LA TIERRA DONDE VOLVIMOS A NACER

colección andanzas

JAIME LAVENTMAN

LA TIERRA DONDE VOLVIMOS A NACER

TUSQUETS
EDITORES

Diseño de la colección: Guillemont-Navares
Imagen de portada: © Getty Images
Fotografía del autor: © Jaime Laventman
Colección: Andanzas

Bajo el sello editorial TUSQUETS M.R.
Avenida Presidente Masarik núm. 111,
Piso 2, Polanco V Sección, Miguel Hidalgo
C.P. 11560, Ciudad de México
www.planetadelibros.com.mx

Primera edición impresa en México: julio de 2025
ISBN: 978-607-39-2976-9

Impreso en los talleres de Impregráfica Digital, S.A. de C.V.
Av. Coyoacán 100-D, Valle Norte, Benito Juárez
Ciudad De Mexico, C.P. 03103
Impreso en México - *Printed in Mexico*

Para Fey.

Para mis hijos y nietos.

Capítulo 1

La mañana era fría. La escarcha aferrada a las fauces de los corceles formaba una imagen absurda que enmarcaba el sufrimiento que las bestias experimentaban. Los árboles, desnudos de forraje, asemejaban en su tristeza el ambiente de ese frío invierno. Se había acumulado un lodo pegajoso que salía despedido al paso de los carruajes, afectando a todos los transeúntes en su inexplicable trayectoria. Había nevado y, por algunas horas, la blancura de la nieve permaneció como una alfombra extendida sobre las calles del pueblo. Los parroquianos se protegían con sus viejos abrigos, sus guantes y las cubiertas de piel sobre sus botas. Caminaban con cuidado, evitando ensuciarse más de lo que ya estaban. Era viernes. El mes era abril.

Ese mismo día, Simja recorría despreocupado la avenida principal, esbozando una sonrisa que lo iluminaba por completo. Sabía que en pocas horas celebraría su cumpleaños junto a su familia. Taciturno como era, no le dijo nada a su rabino ni a sus compañeros. Pasó la primera parte del día estudiando las Sagradas Escrituras, tratando de extraer lo que el hebreo de sus antecesores intentaba expresar. Cuando pensaba que al fin había dominado algún fragmento del Tanaj, se daba cuenta de que el verdadero significado estaba todavía oculto en las palabras, revelado solamente por la astucia y sabiduría del maestro. Luchaba afanosamente por sorprender a los demás, pero a la larga siempre terminaba por aceptar lo mucho que desconocía y, más aún, aquello que temía y que nunca alcanzaría a comprender.

—Te esfuerzas demasiado —le decía el rabino, al tiempo que le mostraba las frases y lo exhortaba a que volviera a recapacitar en su posible mensaje, a que tratara de asimilar por sí mismo el oculto propósito sin recurrir a los comentarios de Rashi.

El jéder mantenía el calor durante el día —afortunadamente, pensaba Simja—. Los taburetes de madera de pino eran incómodos y, tras varias horas sentados, surgía en todos un desesperado impulso por levantarse y caminar, por extender sus piernas acalambradas y hacer que la circulación regrese. Pero la vara amenazante en manos del maestro lo impedía. Durante los segundos en que el rabino recorría el pasillo por fuera del aula, dando la espalda a los alumnos, estos se paraban y efectuaban ejercicios de estiramiento hasta que la vitalidad regresaba a sus cuerpos. Pensaban, satisfechos, que habían engañado al rabino, pero era porque no podían observar la sonrisa que se formaba en su faz, sabedor de lo que sucedía a sus espaldas.

Reb Najman era un hombre joven. Observaba a los alumnos tratando de adivinar lo que les depararía el inmediato futuro. Escuálidos la mayoría. La palidez reflejada en sus caras era la perfecta muestra de su aislamiento, del escaso contacto con la naturaleza. Por momentos abría las ventanas del jéder de par en par para que los rayos solares cayeran sobre los pupitres y sobre los propios alumnos. Necesitaban ese calor que, dada la pobreza que los rodeaba, sustituía el cariño que parecía estar ausente de sus vidas. Casi todos carecían de lo esencial. Desarrollaban raquitismo, que terminaba deformándolos de por vida. Muchos, demasiados, fallecían a edades muy tempranas. Sin duda la tuberculosis era la causa más frecuente. Él mismo sufría de una mala alimentación y un raquítico sueldo. Con extremas dificultades sustentaba a su esposa y sus dos hijos. En Polonia no corrían tiempos buenos para los judíos. Los había malos y otros pésimos, siempre con su existencia en jaque. Los judíos no eran bien vistos por los gentiles, que formaban la mayor parte de la población.

Dio por terminada la lección de ese día. Se avecinaba el shabat y sabía que los alumnos regresarían a sus casas a prepararse para darle la bienvenida a la festividad. En Europa se respiraban momentos de incertidumbre. Leyendo el periódico local, se enteró del asesinato del archiduque Francisco Fernando de Austria y de su esposa a manos del anarquista Gavrilo Princip. Najman presentía que eso terminaría mal: el Imperio austrohúngaro tendría la perfecta excusa para cobrar venganza. Cuando esto sucediera y se desencadenara una nueva conflagración, los judíos, como siempre, serían los perdedores. Calificados como usureros, impuros, los verdaderos culpables de toda catástrofe.

Recogió sus libros al tiempo que observaba a los alumnos salir.

—*A gut shabes* —le decía cada uno.

—*Gut shabes* —les contestaba.

De verdad deseaba que las familias disfrutaran de la llegada del sagrado sábado. Comprobó que la kipá siguiera firme en su cabeza y se calzó el sombrero. Recordó que debía pasar por el mercado, comprar las papas, el apio, las cebollas y el ajo que su esposa le había encomendado. Pronto haría su aparición la primera estrella en el firmamento. Aceleró el paso, seguro de que llegaría a casa sin contratiempos.

Su destino, como lo calificaba, no fue elegido por él sino por otros, muchos años antes. Provenía de una tradición que databa desde el siglo XII, cuando la familia Gershon tuvo su primer rabino. Una tradición que había permanecido inquebrantable desde entonces. Como seguidores hacía ya un par de siglos del jasidismo, el primogénito estaba obligado a completar los estudios rabínicos en Braslav, para posteriormente perfeccionarlos en escuelas más especializadas, instaladas en territorio polaco. Por fortuna, Reb Najman logró hacerlo en Lodz.

Recordaba años de pobreza y estudio, esforzándose por cumplir con el tiempo y la calidad que se le exigía. Pasó noches de quebranto en que elevaba su vista al firmamento buscando una respuesta del más allá que tranquilizara sus dudas, que incluso justificara su fe. Varias veces intentó escabullirse de las aulas para refugiarse en otras ideas y culturas, pero era una labor imposible bajo la estricta vigilancia de sus maestros. En una ocasión, no recordaba cómo, llegó a él un libro no litúrgico. Tenía miedo de ensuciar sus manos con solo tocarlo. Se acurrucó en uno de los rincones de la escuela, lo tomó temblando y leyó el título: *Werther*. Estaba escrito en alemán, idioma que no dominaba, pero que era parecido al ídish, y poco a poco se embebió en su lectura. Nunca había sido expuesto a ese tipo de ideas. El libro lo deprimió, igual que lo hizo con todos aquellos que lo leyeron antes que él. Y aunque el autor le era desconocido, se propuso buscar y leer otras de sus obras. Finalmente compró la que se decía era su obra maestra: *Fausto*. Le tomó varios meses leerla. En su mente, ante la horrífica presencia de Mefistófeles, se debatieron las fuerzas del mal, y no entendió su trillada búsqueda de la inmortalidad en la tierra. Él bien sabía que el Gan Eden esperaba a los justos, mas no a los pecadores.

Fausto era una suerte de antítesis de él mismo. Intentó desecharlo y olvidar la trama, pues no concordaba con la vida lujuriosa de Fausto. Sin embargo, despertaba empapado de sudor por las noches, debido a que soñaba con hermosas ninfas. Pronto comenzó a sentir una culpabilidad interna que le pesaba más que todos los años que el pueblo judío llevaba sobre la tierra.

Continuó su camino hacia el mercado, absorto en sus pensamientos, sin distinguir, frente a él, al grupo de milicianos que le cerraban el paso. Estos, sin proferir palabra, lo empujaron, sacándolo del camino. Reb Najman cayó sobre el lodo sin entender, solo escuchó las carcajadas de burla y desprecio. Se puso de pie. Pensó que en casa podría asearse y prepararse dignamente para la llegada del shabat. Sabía que era inútil tratar de explicarse lo acontecido. En cualquier shtetl o ciudad de Polonia, los judíos eran objeto de esta y otras formas de desprecio. Siglos llenos de este odio afloraban ocasionalmente, permitiendo a las fuerzas del mal desencadenar su furia sobre la población judía. Si las cosechas se perdían por las heladas del crudo invierno, los judíos eran los culpables; si alguna nueva epidemia hacía su aparición, ya tenían a quién culpar, y, si el hambre se esparcía, robarían al judío pretextando que era para sobrevivir, cuando la mayor parte de las veces este era aún más pobre que el ladrón mismo.

Zhytomyr

Zhytomyr era una de las ciudades de Europa a las que nadie prestaba atención. Había sido conquistada e invadida en tantas ocasiones que sus habitantes no podían decidir si eran polacos, rusos o de otra nacionalidad. Arraigada en sus orígenes medievales, su población representaba la combinación de muchas culturas. Católicos fervientes, descendientes de eslavos, judíos y muchos extranjeros que gozaban de las supuestas bendiciones que la ciudad les ofrecía. Analizada bajo la lupa de una sincera crítica, igual que cualquier otra ciudad en el mundo, Zhytomyr tenía aspectos positivos y otros que los propios ciudadanos desearían hacer desaparecer para siempre de la faz de la tierra.

Dominaban la visión las enormes y antiquísimas iglesias de pórticos labrados individualmente por los mejores artesanos del lugar. Sus torres y sus cúpulas se elevaban muy por encima de cualquier otro edificio. Los creyentes las visitaban de manera regular. Unos asistían con fervor, otros más bien por obligación, para mostrar a sus vecinos su calidad humana. Dejaban el licor por unas horas y se presentaban vestidos con sus mejores atuendos para rezar con piedad, como quien siente la comunión con Dios. Aunque no todos observaban este ritual. Había algunos rebeldes dentro de la iglesia ortodoxa con nuevas ideas de emancipación que empezaban a dudar de todo, a cuestionar el legado que sus padres les habían dejado. No creían en la santa Iglesia ni en sus milagros. Tampoco seguían las reglas y normas éticas que habían sido el orgullo de los fieles a través de tantos siglos. No eran muy bien vistos por sus correligionarios. Los judíos, sin entender, los miraban con ciertas dudas, respecto a su aceptación o no, por parte de ellos.

Los comercios cerraban los domingos, y la enorme cantidad de pobladores que asistían a misa notaban que un reducido pero significativo grupo no lo hacía. Los judíos. Estos conservaban sus propias tradiciones. El vulgo jamás aceptó esta decisión unilateral. Los consideraban ciudadanos de tercera que no merecían los derechos de los que gozaban los gentiles.

Los judíos lo sabían. En pleno siglo XX, cuando su emancipación había trascendido en Alemania, Austria y Francia, los derechos seguían constituyendo una quimera inalcanzable para los «herejes y asesinos de niños», como eran llamados en Polonia y en Ucrania.

Esto se les hacía saber varias veces al año. La multitud escogía con cuidado cuál festividad se presentaba más favorecedora para atacarlos. Su favorita era Pésaj. Se vengaban con saña, primero golpeándolos; después, cuando los ánimos se exaltaban, se producían asesinatos que en primer término tenían como víctimas a los rabinos; posteriormente, ultrajaban a las mujeres. Los agresores referían ese encuentro carnal como si fornicaran con el mismísimo diablo.

Pésaj guardaba para los judíos emociones mixtas. Mientras celebraban haber obtenido su libertad tras años de esclavitud en Egipto, al mismo tiempo evitaban salir a las calles para no ser víctimas de sus propios vecinos y supuestos amigos.

Persistía hacia la minoría judía un odio visceral, inexplicable. Casi genético. Se heredaba de generación en generación, se repetía en las actitudes y en las acusaciones. Era parte del *modus vivendi* en esa región de Europa. Poco importaba cuál rey o autoridad dominara. Al menos —ironizaban los judíos— ese desprecio parecía unir a sus enemigos: por única vez estaban de acuerdo en que ese odio era lo justo y adecuado.

Ricos y pobres envidiaban al judío. Los judíos se preguntaban la razón, porque su pobreza era el mejor ejemplo de su dolorosa lucha en el país. Aunque llevaban cerca de un milenio viviendo en Polonia, seguían agradeciendo a las autoridades por haberles permitido establecerse en la zona y seguían sin ser considerados ciudadanos, pero sí merecedores de toda clase de insultos.

Todo lo judío molestaba. Sus costumbres, su manera de vestir, su religión, el idioma que utilizaban para ocultar sus «maléficos propósitos», como les solían decir.

En efecto, los judíos hablaban entre ellos en ídish. Este llamado *dialecto* por sus detractores era realmente un idioma con bases firmes, con una literatura que sorprendía a propios y extraños. La lectura de las Escrituras, sin embargo, se llevaba a cabo en hebreo, el idioma exclusivo para ese fin y que no debía usarse fuera de la sinagoga.

La mayoría dominaba, además, el polaco o el ruso, pues no habrían podido convivir en un país sin el uso del idioma local. Esto lo olvidaban los gentiles, que los acusaban de mentirosos y subversivos. Nada nuevo en todo país que empleaba el antisemitismo como una fórmula necesaria para responsabilizar de sus propios fallos a quienes consideraba inferiores. Estas supuestas diferencias nunca eran esclarecidas. Las palabras tropezaban, los conceptos se confundían y las pretendidas claras razones constituían, en verdad, un mar de contradicciones. Eran judíos y con eso bastaba. Nadie tenía que ofrecer una explicación coherente o convincente. Judíos y, como tales, despreciables.

Nada había cambiado en siglos. Culpables de todo: de la peste, de las hambrunas y de las invasiones de países extranjeros. Es menester hacer notar que las actividades que se les permitía realizar para sobrevivir eran muy restringidas. Y aun así provocaban la ira de la población, esa que los obligaba a llevar a cabo las tareas que nadie deseaba hacer.

Simja estaba próximo a celebrar su bar mitzvá. Como todo buen joven judío, a la edad de trece años se presentaría ante Dios y frente a sus correligionarios para convertirse en un hombre, un individuo responsable de sus actos, liberando a sus padres de una imperiosa carga.

Había estudiado con ahínco y estaba muy bien preparado para la ocasión. El abuelo materno, que vivía en Cracovia, le había enviado como regalo anticipado el talit y los tefilín que usaría de manera continua y personal por el resto de su vida. Simja buscaba a diario el talit, soñando con el momento en que podría usarlo. Las letras en hebreo, bordadas en hilo de oro, contrastaban con el color azul y blanco del manto, reflejo de la pureza y la tranquilidad. Su padre le enseñó a colocarse correctamente los tefilín y le explicó, además, el razonamiento detrás de ellas: el juramento hecho ante el Señor de obedecer los preceptos que Él mismo había marcado milenios atrás.

Comenzó a oscurecer. Simja se dio cuenta de que debía apresurarse para llegar a casa a tiempo. Tenía que bañarse y vestirse con el ropaje apropiado para recibir el shabat. Toda la semana soñaba con la llegada de este día. Podía oler los manjares que su madre había preparado. Sabía que ella, junto con la única hija de entre cinco herederos, bendeciría la fiesta que marcaba, a su vez, el inicio de un día completo de meditación y acercamiento a lo místico, algo que el joven Simja sabía que existía, pero que aún era incapaz de comprender.

—Llegas tarde. Tienes unos minutos para bañarte. No olvides limpiar tus zapatos —le indicó su madre.

Ella seguía cocinando los platillos que se servirían en la noche y que guardaría para el día siguiente, cuando ya no debía prender ni usar la estufa de carbón.

Simja saludó a su hermana y a sus tres hermanos. Parecían haberlo estado esperando.

—Apúrate, por favor —le decían. Y Simja, consciente de la hora, intuyó su preocupación.

Aunque era el mayor de los hermanos, todos reconocían lo distraído que era, lo olvidadizo y poco responsable. Apuró su paso y, encerrándose en el único cuarto que funcionaba como baño, se despojó de sus ropas y tomó un cepillo para restregar su cuerpo. Sentía el calor invadir su piel a medida que las cerdas pasaban sobre su espalda y pecho. En cuanto terminó, se peinó lanzando agua con ambas manos sobre su espesa cabellera. No era fácil domarla, pero el peine terminó de darle forma. Se miró en el espejo. Sus ojos, negros como el carbón; la boca firme, de labios gruesos. Quedó satisfecho y terminó de vestirse. Cuando salió del baño, ya todos rodeaban la mesa del comedor. Su madre enseguida encendió las velas y recitó bendiciones junto con su hija. Después de su intervención, el padre continuó la ceremonia.

Simja escuchaba sin atención. Su mente y su vívida imaginación ya volaban por rumbos inéditos y desconocidos. Absorto en sus propios pensamientos, regresó a la realidad gracias al codazo que le propinó su hermano menor. Nadie, por cierto, recordó que ese día cumplía años.

Shloime

Shloime Goldenberg era un hombre orgulloso de sus orígenes y, más aún, de la familia que había logrado formar. Curtido por años de penuria y abandono, desde muy joven tuvo que esforzarse y luchar por llegar a ser alguien. Se había visto obligado a dejar de estudiar en el jéder; por lo tanto, tuvo que renunciar a la posibilidad de llevar a cabo estudios superiores. A finales del siglo XIX perdió a sus padres, víctimas de forajidos que allanaron su casa y los asesinaron para robarles unos cuantos rublos. Las autoridades hicieron acto de presencia, levantaron la orden de investigación y aparentaron interés en buscar y descartar sospechosos hasta dar con los culpables. Una vez que llegaron a la prefectura, hicieron caso omiso del papel, dando fin a toda indagación. Shloime era hijo único y había quedado huérfano antes de su propio bar mitzvá.

Durante algunas semanas, sus vecinos, horrorizados por lo sucedido, cuidaron de él. Sin embargo, todos sabían que sería imposible continuar así a largo plazo.

La cuestión existencial respecto a su futuro lo sorprendió muy joven. Era un muchacho fuerte, reconocido no precisamente por su inteligencia, pero en la comunidad estaban convencidos de que, con el tiempo, podría convertirse en un buen trabajador.

Al cabo, tuvieron noticia de que, en la ciudad de Zhytomyr, un judío entrado en años que acababa de perder a su esposa se sentía incapaz de trabajar la extensión de tierra que las autoridades le habían concedido. Le habían puesto como condición que el producto de sus cultivos ayudara a solventar la hambruna que aquejaba a la ciudad desde tiempo atrás. Habían atravesado por épocas difíciles en que las cosechas por una u otra razón no se dieron, como si las fuerzas de la naturaleza se hubieran unido en contra de los campesinos para afectarlos. Lograron salvar alguna pequeña porción, pero siempre resultaba insuficiente frente a la demanda de los pobladores.

El hombre era respetado entre sus correligionarios. Al igual que la tierra que debía ser cultivada, había quedado desprotegido tras el fallecimiento de su mujer y el éxodo de sus hijos.

La posibilidad de que Shloime se incorporara a trabajar ayudando al anciano fue bien acogida. Sin conocerlo, la comunidad le daría la oportunidad de desenvolverse hasta, finalmente, aceptarlo como a uno de los suyos.

La transición entre un pueblo y otro no representó dificultad para Shloime. Salía de la podredumbre y oscuridad de uno para entrar a una situación idéntica en el otro. Pero un vigor interno lo impulsó a ofrecer su mejor esfuerzo y, como él mismo pensaba, a dirigirse hacia una nueva vida.

Se dio cuenta de los pocos amigos que tenía. Nadie se despidió de él aquella mañana en que un carruaje lo recogió para trasladarlo a Zhytomyr. Algunos conocidos de sus padres abrieron las puertas de sus hogares y lo despidieron con la mirada. Nadie vertió una lágrima ni le dio una palmada de apoyo. El rabino de la ciudad fue el único que lo animó y lo acompañó durante el corto trayecto.

—La vida te ha castigado duramente —le dijo—. Es una prueba que tu fortaleza y entereza deberán superar, sin olvidar jamás las enseñanzas que has aprendido en el jéder y que deberás continuar en tu nuevo hogar.

Shloime, con la cabeza baja, casi sin mirar el camino que recorrían, iba absorto en tristes pensamientos, con el miedo ante lo desconocido adueñándose de su alma. Dejaba el terruño que lo vio nacer y, una vez más, estaba a punto de enfrentar la vida y su devenir. No pensaba que aquello le ofreciera un buen augurio.

Sin embargo, la llegada a Zhytomyr le causó cierto esbozo de alegría. El pueblo era mucho más grande, las calles más anchas, las iglesias enormes y concurridas. Hasta el cielo, pensó, era de un azul más intenso.

Una vez que arribaron a la pequeña granja, Shloime se percató de que la casucha no difería en nada de las que él ya conocía. La chimenea expulsaba un humo tan negro como el miedo que lo albergaba. Bajó del carruaje, y el rabino, sin apearse, le entregó sus pocas pertenencias y se despidió.

—Sé un buen judío. Cuida de ti y no olvides tus orígenes —insistió.

Y así, sin mediar una palabra más, lo dejó sin presentarle al que de ahora en adelante se haría cargo de él. Shloime vio el carruaje alejarse, al tiempo que un peso que nunca había sentido se posó en su pecho, cortándole la respiración. No pudo despedirse; las palabras se atoraban en su garganta, lo ahogaban. Volteó hacia la casa y, en una silla, sentado afuera, vio al que de ahora en adelante sería no solo su amo, sino también su padre, confidente y, probablemente, su único amigo sobre la tierra.

El viejo lo instó a acercarse. Shloime se sorprendió. No era tan viejo como esperaba ni parecía estar triste. Con una sonrisa amplia, aquel le extendió la mano y le ofreció un poco de agua.

—Shalom, sé bienvenido —le dijo con voz áspera, pero con un tono profundamente amable.

El viejo se levantó sin dificultad de la silla. Era fornido. Su pelo, escaso, no pintaba canas aún. Solamente las marcadas arrugas en su cara delataban su edad. Lo que más le llamó la atención a Shloime fueron sus ojos. Azules como el cielo. En su familia, recordó, todos eran de ojos oscuros.

—Shalom, gracias por recibirme —le contestó sin mirarlo de frente.

—Me llamo Itzhak —explicó el viejo—. Hoy quiero que descanses. Te mostraré la que será tu habitación. Mañana, muy de madrugada, me acompañarás a recorrer la tierra que juntos habremos de cultivar a partir de ahora.

Shloime notó en el tono de voz de su interlocutor una tranquilidad que desconocía y que aligeró mucho el peso que lo agobiaba. Presintió que sería feliz con este hombre; que, finalmente, el destino había dejado de golpearlo y, por primera vez, le anticipaba un panorama de estabilidad y paz.

—No tengas miedo —le pidió el que se llamaba Itzhak—. No solo aprenderás a sembrar y cosechar, también asimilarás los pormenores de lo que significa ser un buen agricultor. Te mostraré las vicisitudes del mercado donde venderemos nuestra mercancía y no dejaré que olvides tus raíces ni las enseñanzas del Buen Libro. He hablado con el rabino de la ciudad, y podrás asistir por algunas horas al jéder para obtener una educación apropiada; conocerás a otros jóvenes y te sentirás en tu hogar. Pero por hoy descansa, pues mañana conocerás el primer día de tu nueva vida.

Los tiempos que se vivían

A medida que el siglo XIX se acercaba a su fin, los movimientos anárquicos mundiales parecían fortalecerse. Los imperios, al compás de sus emperadores, envejecían plácidamente en una época conocida como victoriana. Las diferencias entre pobres y ricos parecían haberse expandido en una vorágine. Los ricos, cada vez más ostentosos; los pobres, con mínimas posibilidades de mejorar su condición económica. Parecía haberse puesto un freno al desarrollo, y el avance tecnológico estaba contenido y supeditado a una inercia lenta y acogedora. Surgían nuevos países y los monarcas deseaban afianzarse en sus tronos sin medir las consecuencias. El comercio fluía; los bancos se fortalecían; las fortunas aumentaban, pero solo para algunos elegidos. Las diferencias entre la Europa occidental, con su visión más moderna, contrastaban con el estancamiento que se sentía en la zona oriental. El Imperio ruso y otros presumían sus ciudades de abolengo, ocultando su secular pobreza. Se perfilaba en el ambiente del orbe un movimiento de protesta, que adquiriría diversas facetas en función de la zona geográfica involucrada. Nacía de un embrión esa inconformidad, anunciando que el mundo, tal como se le conocía, cambiaría de manera drástica en pocos años. Para algunos países fue reconfortante la inyección de este sentimiento de renovada libertad. Para otros, la libertad podría significar desatarse de los amarres con los que el gobierno los dominaba. Una oportunidad de salir de su marasmo, de poder educarse y contribuir a mejorar las condiciones de vida de la mayor parte de los ciudadanos del país. Alemania e Italia se constituyeron como países independientes a partir de muchos pequeños condados, ciudades y aldeas que trataban de regirse de manera individual. Nunca lo habrían logrado sin primero unificarse. Solo así consiguieron enfrentarse a las poderosas naciones que constantemente amenazaban con engullirlas.

En América se vivía una etapa jamás imaginada de inmigración, proveniente principalmente de Europa. El hambre y la escasez de trabajo obligaron a irlandeses, italianos, rusos y judíos a buscar nuevos ámbitos en los que desarrollar sus actividades y su vida, y conservar sus tradiciones. Los frutos de este masivo éxodo darían rápidamente resultados, convirtiendo a los Estados Unidos en un país que parecía compararse con el bíblico Gan Eden, al menos en la mente de los inmigrantes.

Polonia, por su lado, había sido un puente entre la Europa occidental y el Imperio ruso, el cual, después del Congreso de Viena, se la había anexado. Nada extraño. La localización geográfica de Polonia era, por así decirlo, poco agraciada, con campos fértiles y un estrecho corredor entre el Imperio austrohúngaro y los zares.

En Zhytomyr se hablaban demasiadas lenguas. Los únicos que podían entenderse en una sola eran los judíos. Durante el siglo XIX el ídish había adquirido al fin una hegemonía cultural y literaria reconocida por todos. Sin embargo, desde los últimos años del siglo, jóvenes inconformes con la precaria existencia del judío en Europa oriental comenzaron a soñar con emigrar a Palestina, la cual estaba bajo el dominio de Turquía. Añoraban imitar el peregrinaje de Yehuda Ha Levi a la tierra prometida. Fundaron movimientos vanguardistas, tratando de atraer a la juventud judía a emigrar ante la pobreza que los agobiaba para establecerse en otros ambientes, bajo la esperanza de ser, algún día, independientes en un país propio. Dos mil años de exilio, decían, tendrían que llegar a un final, y pronto. Los pogromos, que eran matanzas indiscriminadas —aisladas o colectivas— contra la judería, no pasaban inadvertidos para estos jóvenes. Sabían que para lograr un cambio se tendría que desencadenar una lucha contra un prejuicio de miles de años de duración. Al salir de Egipto, los judíos vagaron durante cuarenta años, esperando que naciera una nueva generación. Ahora, dos mil años después, ¿cuántas generaciones habían sido creadas? Sin embargo, no se vislumbraba ningún cambio en el horizonte.

El viejo Itzhak cumplió cabalmente con su palabra, emulando a un caballero medieval, con un concepto muy atinado de lo que la caballerosidad significa. Le enseñó a Shloime cómo y qué sembrar cada año, la correcta manera de preparar la tierra, y el momento propicio para colocar las semillas, esperando que las bendecidas lluvias cumplieran con su cometido.

—Cosechar —explicaba— es un doble gozo. Sentir en las manos la semilla que plantamos y que la tierra nos devuelve en forma de fruto sin pedir nada a cambio.

Shloime aprendió a efectuar buenas ventas para sostener la huerta, sin temer a que el gobierno se las quitara si resultaba improductiva, y a luchar a como diera lugar para evitarlo.

Aprendió que el precio de la mercancía se establecía en lugares remotos, debatiéndose entre la oferta y la demanda. Curtió sus manos y su cuerpo en la faena diaria, pesada y sin cuartel. Hubo años de bonanza y otros de mísera recolección; años de hambruna frente a otros de plenitud, que le enseñaron que debían saber guardar parte de las ganancias para los tiempos de escasez.

—Es parecido —exclamaba Shloime— a lo que el rabino nos contó en la Parashá de esta semana. José, lector de sueños, aprendió la dura lección. «Vendrán, le dijo al faraón», «años de plenitud y otros de descomunal falta de alimento». Amparado en el poder otorgado por el propio faraón, ordenó guardar el grano y las semillas para los tiempos en que nada crecería en Egipto, aunque el Nilo parecía desbordarse como cada año. Y eso llevó a nuestros antepasados a Egipto, de donde siglos después la mano de Dios nos sacó.

—Veo que has aprendido bien tus lecciones. Recuerda que no hay nada nuevo bajo el sol. Todas las debilidades humanas han sido descritas y discutidas en el Tanaj. Lo que el mundo todavía no termina de entender es cómo utilizar esas lecciones de historia para evitar cometer los mismos errores. Me temo que esa moraleja es la más difícil de asimilar.

Shloime, distraído, escuchó parte de lo dicho. En su cabeza giraban otros pensamientos que creía más importantes que lo que el viejo enunciaba.

Itzhak había notado de tiempo atrás que la mirada del joven se perdía en divagaciones abstractas. Supo, sin tener que preguntar, que a su edad, aparte del trabajo, el estudio y sus amigos, algo comenzaba a hacerle falta. Lo confirmó cuando fueron al mercado del pueblo a comprar víveres y pasó frente a ellos una hermosa joven; por un solo segundo, la mirada de Shloime y la de ella se encontraron. El rubor apareció en ambos. No se necesitaba mucho para entender lo que estaba ocurriendo en la mente y el cuerpo de Shloime. Decidió que en el momento oportuno trataría de hablar con él al respecto.

La casa donde vivían, si bien pequeña, era cómoda. El cuarto principal, de buenas dimensiones, estaba dividido entre el comedor y una cocina rudimentaria, con su horno de carbón. La ventilación era adecuada y evitaba que el hollín permaneciera dentro. La sala principal constaba de una pequeña ventana que miraba al este, que proporcionaba calor a la casa durante las mañanas. Las paredes se asemejaban más bien a las de una cabaña. Los troncos acomodados uno encima del otro, sin adornos ni elegancia. La recámara principal, que pertenecía a Itzhak, miraba hacia el oeste; a lo lejos la vista del frondoso bosque le daba un toque invernal todo el año. Dos rústicas chimeneas proveían de calor al hogar durante los largos y fríos inviernos de la zona. Un pozo de agua afuera de la casa surtía las necesidades mínimas. El piso era de tierra, ya que no alcanzaba para algo mejor. Cada mañana, al levantarse, se colocaban los tefilín y rezaban las oraciones matutinas. Shloime sentía cómo lo invadía la nostalgia.

Se preguntaba si su padre había seguido esa rutina de manera semejante y quién le había enseñado a hacerlo.

Shoshana

La familia de Shoshana vivía en las afueras de Zhytomyr. El padre, de nombre Asher, prestaba dinero. Una actividad mal vista por algunos, pero sin tener otras oportunidades, sin educación formal y siendo judío, no había tenido muchas opciones. Marcaba con cuidado los intereses a pagar en los meses que ambas partes habían acordado.

La única defensa que tenía para recobrar lo prestado era la palabra del otro. Los documentos que se firmaban no tendrían ningún valor en la corte, ya que la actividad referida estaba parcialmente prohibida. Aunque a la población gentil no le interesaba mucho esta situación, la aceptaba porque cubría una necesidad. Prohibida por la religión católica, excluía a los judíos, los cuales ni siquiera eran considerados como ciudadanos.

Las mañanas de Asher eran idénticas unas a otras. Recorría las calles del pueblo de acuerdo con su agenda; paraba en los sitios donde le debían abonar la susodicha mensualidad. Todos los que lo observaban sabían qué trabajo llevaba a cabo. Lo insultaban, le escupían a su paso, como si fuera un personaje poseído por el demonio. Muchos deudores desconocían la operación pactada meses antes y, con desfachatez, dejaban de pagar. Formaba parte, como decía él, de las esperadas pérdidas en este negocio.

A la vez vendía forraje en los pueblos aldeanos y cosechas que le eran encomendadas, tratando de encontrar los mejores dividendos para los agricultores. De las ganancias que recibían, los campesinos le entregaban una cantidad previamente estipulada, con lo cual lograba parcialmente sobrevivir. Y a pesar de los deseos de su mujer, no dejó de ser prestamista, pues significaba otra fuente de ingreso que ayudaba con la precaria situación en que vivían.

Su única hija se llamaba Shoshana. Le habían puesto este nombre en memoria de las abuelas maternas de sus padres, ya fallecidas, y que por coincidencia se llamaban así. Sentían que con esta acción estaría doblemente protegida contra los malos espíritus que asolaban a la población judía.

Shoshana había crecido sin hermanos. Aislada en el pueblo, solo tenía la oportunidad de ver a alguna que otra joven de su edad los días de mercado o cuando asistía con sus padres a la sinagoga. Esperaba esos días con ansia, ante la soledad que la abrumaba. Asher la consideraba la joya de la familia. Siendo la hija única, insistió en darle una educación diferente a la que recibían las demás jóvenes del pueblo. Claro que sabía lo esencial de zurcir y preparar las comidas. Conocía los mejores sitios para lavar y tender la ropa al sol para que se secara a tiempo, y ayudaba en las labores del hogar sin oponerse. Limpiaba la casucha que habitaban, cuidando del pequeño huerto que les proporcionaba algunos vegetales cuando las lluvias cooperaban con la cosecha. Pero, paciente, esperaba cada noche que su padre regresara y se sentara junto a ella para adentrarse ambos en las escrituras sagradas. Además, conocedor del polaco, Asher la indujo a leer, escribir y hablar en ese difícil idioma. Sospechaba que en el futuro podía serle de utilidad. Asher era el tipo de persona que parecía vivir siempre con la premonición de que algo malo estaba a punto de suceder.

Cuando Shoshana se enfrentaba a los ocultos misterios intercalados en el Tanaj, su semblante adquiría otra fisonomía. Hacía muchas preguntas que su padre trataba de aclarar. Y así mismo, cuando iba al mercado, mientras su madre estaba distraída comprando las legumbres, ella se escabullía para acercarse al vendedor de libros. Este ya la conocía y siempre parecía tener algo novedoso para ella. Sabía que no podía pagarle y le prestaba los libros, confiando en que la joven los regresaría la semana siguiente para a su vez recibir uno nuevo. La mayoría de los libros estaba en polaco. Tener la oportunidad de leerlos abrió sus ojos al mundo, y esto ayudó a Shoshana a sobrellevar la soledad.

Lo que no sospechaba era que su padre ya había sido alertado por el vendedor y entre ambos se estableció un acuerdo: aquel le pagaría a este para comprometerlo a nunca develar el secreto. La única condición de Asher era conocer de antemano cuáles eran los libros escogidos, para que su hija no cayera en lecturas inapropiadas para una joven adolescente.

Shoshana se enteró de que Polonia era un país más en Europa y el mundo. Leyó ávidamente sobre la historia del orbe; sus lecturas abarcaron novelas que describían otras culturas que, como en Polonia, deambulaban en la pobreza. Asher cuidó que ocasionalmente libros sobre ciencia, política y filosofía fueran parte de la lectura forzada de su hija. Y cuando esta no lograba compenetrarse con lo complicado de un tema, el padre conseguía algún otro tomo que ampliara sus conocimientos. Java, la madre de Shoshana, desconocía esto. Observaba que su hija desaparecía por las tardes, cuando el sol aún permanecía en el cielo. Solía sentarse a la sombra de un viejo roble que le servía de respaldo. Pensaba que su hija meditaba; quizá rezaba o pedía —como alguna vez lo hizo Java—

por la llegada de un joven que se enamorara de ella. Sueños por demás falsos, ya que eso rara vez pasaba. Los arreglos matrimoniales ocurrían de manera diferente. Eran acuerdos entre dos familias, donde la voluntad de los futuros cónyuges en general no era tomada en cuenta.

Una noche, ambos padres discutían sobre lo que acontecía.

—¿Has notado —preguntó Java— cómo, contra su costumbre, Shoshana permaneció demasiado callada durante la cena? Hoy —continuó sin esperar la respuesta— la vi mirar de reojo a ese muchacho que trabaja para el viejo Itzhak, ¿no crees que ya deberíamos tratar de encontrarle un buen prospecto? En unos meses cumplirá quince años.

Asher asintió, sin proferir palabra. Su mujer tenía razón. ¿Cómo explicarle que Shoshana era una joven muy especial? Ella estaba destinada a un erudito. Su mejor atributo era su intelecto.

Iván

El mercado de Zhytomyr servía como centro de reunión para la población. Judíos y gentiles, pobres y ricos lo reconocían como el lugar adecuado no solo para las compras mundanas, sino también para satisfacer otras necesidades. Estaba el zapatero, que siempre prometía entregar los trabajos antes de que la semana expirara. Los carpinteros ofrecían sus servicios, a la par del herrero, el panadero y el charlatán, que vendía pócimas mágicas capaces de aliviar todo mal. Estaba el perfumero, que mezclaba el aroma de las flores con la cantidad específica de alcohol para producir un intenso aroma, agradable para todos.

El librero, personaje muy visitado, era un viejo judío que había vivido por años en Varsovia. Se jactaba de sus conocimientos sobre literatura, no solo judaica, sino de toda índole. Los jóvenes, especialmente, mostraban un descomunal interés por adquirir las obras que ampliaban su acervo de cultura, geografía e historia, con una franca orientación a las corrientes políticas que estaban en auge en aquellos tiempos en Europa. Anarquistas y comunistas; liberales y conservadores; imperialistas y demócratas. Y, entre los judíos, una nueva tendencia de tipo socialista, en la que los trabajadores por fin expresaban su deseo de tener voz y voto en lugares tan lejanos como Rusia. El Bund, con sus seguidores que promovían el idioma ídish y sus ideas socialistas que, sin embargo, rechazaban en parte la idea del retorno a Palestina, la tierra de sus verdaderos ancestros.

Iván provenía de una familia aristocrática de Zhytomyr. Poseían tierras, eran dueños de fábricas y, por si fuera poco, participaban activamente en la política interna del pueblo, con más de dos representantes. Con un dominio del polaco que era la envidia de muchos, Iván también hablaba con fluidez el ruso, lengua del país de origen de sus bisabuelos. Generaciones atrás habían abandonado la Iglesia ortodoxa rusa y se convirtieron al catolicismo. Se decía que al final de sus años el abuelo de Iván, arrepentido de haberse bautizado, regresó como monje a la ortodoxia rusa, y nadie, jamás, volvió a escuchar de él.

Gustaba de leer a Tolstói, al que consideraba el «mejor escritor sobre la faz de la tierra». Pregonaba por cielo y por tierra su sintaxis perfecta; le desagradaba la irracionalidad de Dostoyevski, que —decía— rayaba en la locura y debería ser proscrito. Había estudiado alemán y dominaba la lengua lo suficiente para poder leer la poesía de Heine y disfrutar su ironía. Goethe, por otro lado, lo cansaba. Leyó *Werther* y sintió —como muchos— que caía en una etapa depresiva despreciable. Lo desechó para siempre.

El día que se topó de frente con Shoshana, le fue imposible borrarla de su mente. Su belleza no era como la de los camafeos que adornaban el cuello de la abuela, pero quedó prendado de la sencillez que destilaba. Esos ojos de color café verdoso lo miraron por un segundo, y eso bastó para producir en Iván un escalofrío que recorrió su espalda. Una sensación como nunca había experimentado. Además, supo que la muchacha había sentido algo parecido por su parte; cuando divisó el rubor que subía a sus mejillas, casi pudo percibir el calor que emanaban. Aquella venía muy acompañada, y no logró acercársele. ¿Quién era semejante jovencita? Tendría tiempo de averiguarlo. Notó que ambos hurgaban entre los libros expuestos y le sorprendió que una muchacha tuviera sus mismos intereses. Algo muy poco común en esa región de Ucrania.

Los jóvenes

Shloime nuevamente se topó con Shoshana. Esta vez, sin embargo, se acercó a ella disimuladamente hasta quedar a solo unos centímetros de distancia. Como quien no desea comprometerse más allá de algo casual, colocó un libro que le pareció interesante a su alcance. Ella se percató de la intención de ese joven huérfano, como le había explicado su madre. Tras unos segundos en que hojeó otros libros, regresó a tomar el que Shloime había separado. Era, pensaron ambos, una forma de aceptarse, de conocerse sin intercambiar palabra. Shoshana le daba la espalda. Él la esculpió con la mirada. Poseía un hermoso cuello; largo, blanquecino. Parecía un cisne. El cabello recogido solo dejaba entrever algunas hebras de color castaño. En perfecta armonía, pensó Shloime, con esos ojos que lo habían deslumbrado desde la primera vez.

Intentó hablarle, pero ella no se dio por aludida. Siguió revisando otros libros, como si él no existiera, aunque no se alejaba del lugar.

El llamado de Java la trajo de regreso a la realidad. Soltó el libro y regresó con ella. Su madre se había percatado de lo que acontecía y optó por no intervenir. Caprichos de jóvenes, se dijo, tratando de convencerse.

Por la noche, Shoshana leía con avidez uno de los libros sobre la historia de Polonia que su padre le había conseguido. Le costaba trabajo concentrarse. Sentía un escozor recorrer su columna vertebral y cómo una gota de sudor se deslizaba lentamente, acariciándola en un éxtasis que nunca había imaginado. ¿Quién era en verdad ese joven?

Discretamente, le preguntó a su padre sobre el viejo Itzhak, aquel que le vendía papas a la familia en el mercado.

—No se sabe mucho de él —le respondió Asher—. Es un hombre educado, poseedor de una pequeña parcela de tierra. Enviudó hace varios años y, por medio de la comunidad de Zhytomyr, un joven que recientemente había quedado huérfano fue a trabajar para él. Desde entonces, ha pasado tiempo —insistió el padre—, ambos han congeniado. Trabajan la tierra y venden su mercancía. Asisten a una de las sinagogas del pueblo y parecen ser gentes honradas. Incluso sé que el rabino le tiene gran estima al muchacho, a quien ha proporcionado la educación adecuada sin que este haya descuidado sus labores en el campo.

El padre asumió que las preguntas eran parte de la curiosidad propia de una adolescente.

Recordó las palabras de su mujer. Mañana, al terminar el shabat, indagaría sobre un buen shidaj para su hija con la ayuda de sus conocidos. Estaba de acuerdo en que el tiempo apremiaba. Las preguntas de esa noche de Shoshana, de alguna intuitiva manera, aceleraron su decisión.

Amor en el aire

Cuando Iván se enteró de que la muchacha del mercado era una joven judía, en vez de alejarla de su mente, una llama casi inextinguible pareció avivarse en él, como el gato que piensa jugar con el ratón antes de engullirlo.

Encomendó al librero que, la próxima vez que ella apareciera, le hiciera llegar un libro, como regalo de un «desconocido». Lo obligó a no revelar, bajo ninguna circunstancia, de quién provenía la ofrenda. Y no solo eso: debería repetir la acción cada semana hasta que él mismo le pidiera que parara.

No era su intención asustarla. Sabía que una muchacha judía jamás iniciaría el diálogo con un gentil. No importaba si este se sentía perteneciente a la realeza del pueblo. No osó tampoco revelarlo a su familia. Esta «aventura» era algo personal. Un pasatiempo vil para demostrar a todos la fuerza y el poder de los que gozaba. Estaba desde hacía tiempo comprometido con una joven proveniente de San Petersburgo, la cual solo esperaba cumplir dieciocho años para desposarse con él. Sin embargo, el forzado alejamiento de ella por la distancia entre sus ciudades le provocaba imágenes lujuriosas que no lograba apaciguar. Si bien las prostitutas cumplían sus encargos, le dejaban una sensación indescriptible y desagradable. Los amigos que conocían a la prometida callaban ante los desplantes de Iván, sin proferir reproches para no desatar en él la furia que lo caracterizaba y que nunca había logrado dominar.

Iván se encaprichó con esa judía. Una muchacha a la que apenas conocía y no había visto más allá de un par de veces. No era su belleza la que lo atraía; siendo muy francos, para ser realmente hermosa le faltaba mucho. Pero poseía una figura agradable y sus ojos podían envenenar el alma de cualquier hombre. Realmente la acechaba, como hace un depredador con su víctima, esperando, paciente, el momento de la caza, con una sensación extática que traspasa el alma y la noción corporal de sentirse satisfecho.

Durante semanas rondó por el mercado, esperando encontrarse con ella. Parecía que sus regalos, en vez de agradarle, lograron ahuyentarla, quizá por miedo a lo desconocido.

Shoshana trató de averiguar los orígenes de ese mecenas que la colmaba de libros. Por más que indagó, ni el librero ni nadie más confesaron la identidad del joven. Iván se desenvolvía en otros círculos. En recepciones y bailes donde las damas de sociedad lucían profundos escotes y flirteaban, estuvieran ellas o ellos casados o no. Iván, buen mozo, joven y adinerado, era muy buscado y presumía sus conquistas sin pudor. Pero la judía representaba un desafío. Y para todo cazador, el juego es muchas veces más importante que la captura de la presa.

Desesperado por el rechazo, fraguó estrategias para conocer y finalmente conquistar a la joven. Averiguó todo de ella. Su nombre, el de sus padres, su entorno y a qué sinagoga acudía. Supo que Shoshana solo tenía una amiga en quien confiaba y se acercó primero a ella, despertando su curiosidad para después alejarse. Esperaba que la amiga le contara la historia a Shoshana para que esta deseara averiguar más sobre él.

La principal taberna de Zhytomyr era el sitio preferido de Iván. Bebía tratando de imitar a sus antecesores, los cosacos, que invadieron esas tierras en el siglo XVII, dejando su marca impresa en los habitantes con un comportamiento más propio de salvajes que de invasores. Se adjudicaron los mejores terrenos del pueblo, abusaron de las mujeres y jamás se comprometieron para integrarse realmente a la sociedad. Iván se sentía heredero directo de esa élite, y muy orgulloso de la misma. Los siglos pasaron, pero la memoria de lo acontecido se selló en el recuerdo de los parroquianos, que en su interior odiaban a esos extranjeros que dominaban las tierras y los negocios, y se habían convertido en el terror del lugar.

El otro entretenimiento de Iván era el juego. Por las noches, sentado en alguna de las mesas, dejaba que pasaran las horas entre las barajas, los dados y la bebida. Si triunfaba —que era lo menos frecuente— se burlaba abiertamente de los demás, exhibiendo de manera desagradable sus ganancias. Cuando perdía, tardaba días en liquidar sus deudas.

Al paso de los años, estas fueron aumentando sustancialmente. Supo que se acercaba el momento de buscar otros aires, donde fuera menos conocido. Pero, una noche, al dejar la taberna —no tan borracho como en otras ocasiones—, se vio asediado por sus deudores, quienes esta vez no solo le exigieron el pago, sino que, tras propinarle una golpiza, lo amenazaron con cobrarse con su vida en caso de que no pagara en una semana.

Su estancia en Zhytomyr había llegado a su fin. No podía contarle a su padre la verdad, así que optó por convencerlo de que lo enviara a dirigir una de las fábricas familiares que funcionaba en Moscú. Hacía tiempo que el gerente había anunciado su jubilación. Estaba esperando solamente al reemplazo para enseñarle el manejo de la fábrica y de los problemas que se afrontaban a diario.

Iván pensó que, una vez fuera del pueblo, estaría lo suficientemente lejos para no temer por su vida. Sin embargo, al meditarlo con más cuidado, optó por solicitar a su padre un «préstamo» que utilizaría para liquidar sus pérdidas casi por completo y, de esa manera, evitar que sus acreedores se vengaran con algún miembro de su familia.

El dilema

De una manera que no comprendía, Shoshana supo que dos diferentes jóvenes mostraban cierto interés en ella. Coqueteaba con la idea de jugar con ambos, de hacer sentir a cada uno «el elegido», aunque realmente no estaba muy interesada en ninguno. Un plan nada adecuado para una joven judía que vivía en una Ucrania racista. Por un lado, observaba al joven judío que, sabía ella, trabajaba en la granja de Itzhak. Reconocía sus miradas de enamorado. En su interior se debatía sobre si corresponderle o no. ¿Cuándo se había escuchado que una joven eligiera a su futuro marido? Era inconcebible, y lo sabía muy bien. Pero los designios que el destino nos depara son incomprensibles, reflexionaba. Podría suceder que la casamentera hablara con su familia y le presentaran a este muchacho precisamente como si fuera el elegido, el gran partido para ella. No diría nada, no confesaría que lo conocía de antemano ni que intuía que estaba enamorado de ella.

Por otro lado, no lograba despejar de su mente al otro joven, al de los regalos. Sin saber quién era, había despertado en ella un sentimiento que el primero no igualaba. Las decisiones del corazón muchas veces dependen, más que del sano juicio, de factores desconocidos que son la base de lo que la gente llama atracción, o amor.

Por las noches Shoshana se debatía en la incertidumbre. Su capacidad de tomar alguna decisión parecía haberse desvanecido. Vanidosa como era, supuso que ambos se habían fijado en su figura, en su cara. ¿Qué era lo que los atraía? No lograba adivinarlo. No la conocían y ni siquiera había cruzado alguna palabra con ellos.

¿Con quién podía hablar? Ni su madre y mucho menos su padre estarían dispuestos a aceptar que su hija decidiera su propio futuro. Ambos exigirían saber sobre la familia de cada uno, su trabajo y el porvenir que le auguraban.

Despertaba angustiada, bañada en sudor por un sueño recurrente: parecía tener que escoger entre dos tazas sin saber su contenido. Una humeaba. Shoshana entendía que en su interior había una bebida caliente. La otra no. Por más que trataba de tomar una de las dos, al acercarse finalmente a alguna, se despertaba, sin comprender el significado.

Java debió darse cuenta de que algo estaba ocurriendo con su hija. Notaba cambios inesperados en su manera de vestir, de caminar, en cómo respondía a las preguntas que le hacían. El rubor en sus mejillas ya era una constante. Y la mirada distraída, tan característica en ella, se asociaba por ahora con periodos en que parecía ausentarse del mundo, entrando a otro demasiado íntimo como para compartirlo.

Trató algo que no acostumbraba: dialogar con su hija. Sin embargo, no logró que Shoshana le contara nada. Aunque Java se quedó preocupada, no intentó hacer algo más, pensando que era una de esas etapas por las que una joven debía atravesar. Recordó que ella misma sintió muchas veces la necesidad de decirle lo que pensaba a alguien más. Al hacerlo, siempre se estrelló con una pared. Y, sin darse cuenta, acababa de replicar lo mismo con su propia hija.

Los jueves no solían ir al mercado. Esa mañana Java se sintió indispuesta. No había calculado bien los víveres para la semana y era necesario ir a completarlos. No era la primera vez que un agudo dolor de cabeza la postraba. Al principio su visión se llenaba de luces brillantes que anticipaban que se desencadenaría un dolor muy severo. No se equivocó. La atacó con saña y acompañado de severas náuseas.

—Esta vez tendrás que ir al mercado sola —le dijo a su hija—. Te escribiré lo que debes comprar. Estaré esperándote preocupada por saber que vas sola.

Shoshana asintió con un movimiento de cabeza y se preparó para ir. Llevaba dos canastos, que calculaba serían suficientes para llenarlos con las compras. Tomó las monedas que Java le entregó y las guardó celosamente en las bolsas de su faldón. Si bien no acostumbraban hacer sus compras los jueves, lo que extrañaría sería la mirada cautelosa del trabajador de Itzhak. Pero, pensó, después de todo eso era lo menos importante.

Su padre aún no regresaba a casa. El camino al mercado le tomaría unos quince minutos. Mirando al cielo, Shoshana se apresuró para estar de regreso antes de que empezara a anochecer.

Los caminos se encontraban secos. No había llovido por largo tiempo, y se comenzaba a sentir en el ambiente la llegada del verano. El cauce del río era más rápido. Los árboles se encontraban cubiertos de hojas y pronto comenzarían a dar sus frutos.

El sol la calentaba mientras iniciaba su declive. Llevaba cubierta la cabeza, como correspondía a una joven. Sus pensamientos se perdían ante la magnificencia del paisaje. Las escasas nubes habían adquirido una tonalidad rosácea y el azul del cielo tenía una intensidad que casi la cegaba.

Una vez en el mercado, recorrió con mesura los diversos puestos donde la mercancía se exhibía. Fue llenando las canastas tratando de nivelar el peso entre una y otra para poder caminar balanceada.

A esas horas de la tarde, el mercado no mostraba las muchedumbres de otros días, en especial de los viernes por la mañana. Se podía desplazar con soltura, sin ningún tipo de presión. Evaluaba al escoger entre un puesto y otro no solo la mejor mercancía, sino los menores precios. Todos, sin excepción, preguntaban por su madre.

—Que se mejore.

—Que Dios le regrese su salud.

Y así, muchos más. Después de tantos años, su ausencia se notaba. Los mercaderes sabían que debían entregarle a su hija lo mejor de sus cosechas, o ya vendría ella en una semana a reclamarles por haberla tratado de engañar.

Y, como solía hacer de manera furtiva cuando venía con su madre, Shoshana se acercó al puesto de libros dispuesta a examinar algunos sin prisa, por el solo placer de recorrer algunas de sus páginas.

El vendedor se esmeraba en mostrarle los últimos tomos que habían llegado. Muchos estaban escritos en polaco y algunos en ídish. Shoshana se daba cuenta de que no conocía a ninguno de los autores. Se propuso indagar más sobre ellos, aprender a escoger los que valían la pena y desechar los que probablemente no tenían mucho valor. Pero ese día en especial no quiso llevar ninguno.

Recogió las dos canastas. Sentía su peso abrumador o simplemente estaba más cansada. Inició el camino de retorno a casa, satisfecha de haber conseguido lo que su madre le había encargado.

Comenzaba a caer la noche. En una hora más, habría ya muy poca luz, por lo que decidió apresurar el paso. Al salir de la calle principal para tomar el atajo que la llevaría a su casa, sintió que alguien la seguía. No quiso voltear, pero escuchaba pasos detrás de ella. Trató de no prestar mucha atención, al tiempo que un instintivo miedo se apoderaba de ella.

Finalmente, volteó para descubrir quién la seguía. Para su sorpresa, era el joven que tantas veces la había observado en sus previas visitas al mercado. Sospechaba que era el mismo que le había estado dejando los libros.

Este se le emparejó a un lado y, en un rápido movimiento, se colocó frente a ella, desafiante, con una gran sonrisa que dejaba ver unos dientes tan desaliñados como su cabellera.

Ella se detuvo. Y, sin levantar el rostro, lo miró por un instante a los ojos. Sintió desconcierto. Los ojos del joven parecían salpicados con pinceladas rojas, lo que le daba un aspecto que aterrorizaba.

Dedujo de inmediato que había bebido. Rápidamente se incrementó la sensación de pánico que la abrumaba.

—No temas, no te haré daño —le dijo. Y, sin aviso alguno, la tomó entre sus brazos. Las canastas, con su contenido, cayeron bruscamente al suelo.

Él intentaba besarla. Shoshana forcejeaba, pero no lograba soltarse y, al rechazarlo de manera brusca, ambos cayeron al suelo.

Estaban en un lugar solitario, alejados de la calle principal. Shoshana trató de controlar su miedo e intentó hablar con él. Sin embargo, el joven tapaba su boca. En el suelo, rasgó su falda y, ante su horror, comenzó a manosearla sin piedad. Trató de resistirse, pero él le propinó un fuerte golpe en el abdomen que la dobló de dolor, al tiempo que la violaba sin misericordia, con la brusquedad de un salvaje, hiriéndola con una furia que le atravesaba las entrañas.

Se levantó y, con desprecio en la mirada, escupió a un lado de ella.

—Es lo que mereces, maldita judía.

Sin decir más, se alejó de ella. Unas horas antes se había reunido con sus deudores y les había pagado lo que les debía. La vergüenza lo invadió cuando le dijeron que se alejara para siempre de Zhytomyr.

Esa frustración la desahogó en Shoshana. Sabía que ella no lo delataría. Una vez en Moscú, de donde nunca regresaría, todo quedaría en el olvido.

Shoshana se incorporó al cabo de unos minutos, al sentir que el dolor menguaba. Arregló su falda y colocó todo de nuevo en las canastas. Con un asombro mezclado con odio, tomó el camino de regreso. Ese día, reconoció, su vida había dado un vuelco irreversible. No volvería a ser la misma. El cuerpo se recuperaría. Su mente nunca.

Itzhak

Itzhak comenzó a sentir que los años se iban acumulando en su cuerpo, como una carga no deseada que llegaba a asfixiarlo, como una debilidad que no había experimentado antes.

La parcela que el gobierno le había permitido trabajar seguía produciendo buenas cosechas, en especial desde que Shloime ayudaba no solo a sembrar y cosechar, sino también en el manejo de las finanzas, para las cuales Itzhak sentía que no poseía la capacidad del joven.

Sin dejar que lo sospechara, Itzhak arregló con los concejales que, si algo le llegaba a suceder, le permitieran a Shloime continuar el trabajo de la parcela bajo las mismas condiciones establecidas con él años atrás. Sin embargo, las autoridades exigieron más para este convenio. Para hacerlo efectivo, Shloime debería demostrar que era familiar de Itzhak.

Itzhak estuvo meditando en las medidas más apropiadas para conseguirlo. Con el paso de los días, encontró una solución que podría satisfacer los requerimientos de todos. Sin contarle a nadie, viajó a Varsovia para acudir al Registro de Ciudadanos, donde solicitó la adopción del joven. De esa manera, como hijo suyo, se eliminarían los obstáculos. Shloime podría aspirar a heredar algún día el derecho a trabajar la tierra, como le fue concedido años atrás al que ahora acababa de convertirse en su padre adoptivo.

Cuando Shloime volvió a ver a la muchacha que le había arrebatado el sueño, notó en su semblante algo diferente que no lograba descifrar. La seguía viendo hermosa, con aquellos ojos que derretían su corazón; pero aquella sonrisa espontánea y simple estaba ausente. Ahora el ceño fruncido parecía ser parte de su ser. Por más que trató de acercarse, ella huía de manera apresurada al notar sus intenciones. No lo entendía. Pero había un cambio aún mayor que le preocupó: sentía, sin poder explicarlo, que una barrera se había interpuesto entre ella y el resto del mundo.

Esa tarde, al regresar a su vivienda, se dio cuenta de una irrevocable realidad. Ya contaba con 18 años y no había pensado en casarse ni en establecer una familia. Por un lado, no tenía educación formal más allá de la otorgada en el jéder y, sin un patrimonio, le sería más que imposible casarse y mantener a su mujer.

Lo discutió por primera vez con Itzhak. Le abrió su corazón. Le contó de la muchacha que lo había hechizado en las pocas ocasiones que logró divisarla a la distancia en el mercado. Ella no sabía nada de él, y él desconocía todo sobre ella.

Itzhak reconoció que había llegado el momento de intervenir. Mientras escuchaba a Shloime, fraguaba un plan dirigido a esa agraciada joven. Trataría de consolidar algún tipo de arreglo.

Le pidió a Shloime que le diera un par de días para investigar quién era ella. Podría entonces manejar promesas para un futuro mediato.

Muchos de los comerciantes del mercado no solo le surtían la mercancía, sino que habían llegado a establecer con él algún vínculo de amistad. Con discreción fue preguntando a sus amigos sobre la misteriosa joven. Finalmente, el vendedor de libros pareció recordarla e incluso añadió que, entre ella, Shloime y otro joven de la aldea se había establecido alguna forma de intercambio visual, sin que llegaran a dirigirse la palabra.

—¿Estás seguro de que es ella? —indagó— ¿A qué familia pertenece?

—Sí. Es quien yo creo —dijo el librero, rascando su hirsuta barba—. Su nombre es Shoshana.

Y así, la situación le quedó bastante clara a Itzhak. En un pueblo tan pequeño, en el que todos se conocían de alguna manera, recordó haber visto en ocasiones a su padre, al que llamaban Asher. Supuso que, si esta joven casadera estaba tan lista como Shloime, debía tratar de establecer algún contacto con los padres de ella.

Por la noche, sentado frente a la ventana que miraba al bosque, Itzhak le contó a Shloime lo que había averiguado. Le explicó también lo que debían hacer para cerrar el círculo y establecer un shidaj entre ambos jóvenes.

Shloime no daba crédito a las pretensiones de Itzahk. ¿Quién era él para ofrecerle estabilidad a una joven como Shoshana?

El viejo adivinó los pensamientos que se ocultaban tras el mutismo de Shloime. En sus ojos reconocía el miedo, la incertidumbre. Supo que era el momento de informarle de los pasos que él había dado hacía tiempo.

Las palabras fluían pausadamente de la boca del viejo. Fue relatando cada una de sus decisiones de manera lenta, parsimoniosa, para no provocarle una sorpresa demasiado difícil de absorber.

Shloime escuchaba con la boca abierta. Desconocía por completo lo que el viejo había hecho y ahora trataba de asimilar lo que significaba para la vida de ambos. Terminada la explicación, se instauró un silencio. Shloime, huérfano, abandonado por todos, ahora tenía un padre que lo había adoptado, que lo quería y del que algún día heredaría esa tierra con la que podría iniciar una vida propia. Las lágrimas corrían por sus mejillas, desbordadas por un sentimiento de amor y agradecimiento nunca experimentado. Se levantó y, con un impulso involuntario, se abalanzó sobre Itzhak, abrazándolo y estrechando su alma con la de él. No lograba calmarse, se convulsionaba en un llanto que parecía interminable. Vio toda su vida frente a sus ojos y comprendió que un nuevo Shloime acababa de nacer. Sí, estaba listo para que Itzhak comunicara a los padres de Shoshana su intención de casarse con ella. Y la oferta no llegaría con las manos vacías.

Para un muchacho que jamás había amado a nadie, ese día su corazón no lograba apaciguarse con todos los cambios. Él, que siempre presumía su pensamiento racional, supo sin cuestionarlo que acababa de vivir un milagro.

El shidaj

Cuando Itzhak logró establecer contacto con Asher, el padre de Shoshana, este sospechó de inmediato la razón de la inesperada visita. Después de todo, su hija ya estaba en edad de casarse. Fue necesario reconocer que las perspectivas de que recibiera la propuesta de un rabino o de algún hombre de mayores recursos eran poco probables, pues no tenía nada que ofrecer como dote. Para él Shoshana representaba la mejor opción para cualquier joven que deseara comenzar una familia; pero ante la situación de extrema pobreza que vivían, solo podía presentar a una hija dotada de una mente superior, ávida de aprender y de llegar a ser alguien en la vida, que no se iba a conformar con ser una esposa sumisa o una madre ejemplar. Ella ambicionaba mucho más. Algo que en esos tiempos no era muy bien visto en una joven.

Después de dialogar, los dos hombres decidieron que, dadas las circunstancias de cada familia, el matrimonio era una opción más que viable y, tras un apretón de manos, sintieron que habían resuelto de manera afortunada el destino de sus hijos.

Shloime se llenó de gozo al enterarse de la visita y de las conclusiones ahí obtenidas. Finalmente había conquistado, pensaba, el corazón de la mujer que amaba. Esa noche soñó despierto con los eventos por venir. Se prometió que la colmaría de amor y que la convertiría en la reina de su hogar.

Él, un joven piadoso, como decía el rabino, contaba con todas las ventajas a las que una mujer judía, joven, sin dote y sin futuro podía aspirar en Zhytomyr. Se vanaglorió de su buena suerte. Después de todo el sufrimiento que había padecido, empezaba a albergar la esperanza de experimentar lo que la gente denominaba felicidad.

Había interrogado con insistencia a su padre adoptivo, deseando extraer cada palabra que había sido pronunciada entre él y su futuro suegro. Sin embargo, algo lo inquietaba, le impedía conciliar el sueño y provocaba en lo más profundo de su alma un desasosiego que era incapaz de acallar. No comprendía por qué esa sensación se anidaba en su mente.

Y no tenía a quién acudir para apaciguar sus dudas. Itzhak, pensaba, era demasiado mayor; probablemente no podría entender la angustia que lo abrumaba.

Fue entonces cuando recordó que durante sus viajes al mercado otro joven, más apuesto y decidido, la había acechado. Pensó que quizá ella esperaba que la familia de aquel se acercara a la suya para discutir el futuro de sus hijos. Pero eso era imposible. El otro joven no era judío. Inmediatamente su corazón respiró: semejante matrimonio nunca sería avalado por los padres de ella.

Salió a caminar un poco, tratando de despejar su mente. Aún era de noche. Los primeros destellos del amanecer se vislumbraban en el oriente; el frío de la madrugada le produjo un estremecimiento.

Reconoció que enfrentaba problemas en los que no había meditado previamente. Él no era un judío convencional. Era un hombre que dudaba, que se cuestionaba todo y no cumplía totalmente con las obligaciones a las que se sometían los demás jóvenes. Si bien se colocaba su talit y sus tefilín cada mañana, cuando rezaba lo hacía con frialdad, sin el fervor que el rabino esperaba de él. Era algo que no podía evitar. Pensó que si la familia de la muchacha se enteraba de esto no les permitirían casarse. Lo considerarían un hereje; se burlarían abiertamente de él por no seguir estrictamente las reglas establecidas. Esto provocaría un distanciamiento, y el sueño de un perfecto matrimonio se esfumaría aún antes de llevarlo a cabo. Pero, se dijo, trataría de cambiar si se lo exigían. Se forzaría con tal de que ella lo aceptara y fuera su mujer. Cualquier sacrificio sería válido. La situación lo ameritaba.

Se quedó pensando. Había otro problema, pero no lograba expresarlo.

Continuó su marcha por la vereda que llevaba al espeso y frondoso bosque, el mismo que no se atrevía a explorar debido a las historias que rondaban sobre la gente que había sido asesinada dentro para robarles unas cuantas pertenencias.

La luz del día comenzó a filtrarse entre las montañas. La temperatura mejoró y el frío dio paso a una calidez reconfortante.

Fue entonces cuando su preocupación tomó forma una vez más, de manera súbita y abrupta. ¿Estaría ella interesada en él como él lo estaba en ella? Había asumido que así sería, pero ahora las dudas hacían su inesperada aparición. ¿Era preciso estar ambos enamorados para hacer que un matrimonio funcionara? ¿Así habría sucedido con sus padres? Sabía, por lo que había escuchado durante su vida, que este tipo de arreglos matrimoniales simplemente se llevaban a cabo y que, para sorpresa de todos, solían funcionar.

Convencido en su propia vanidad, más tranquilo y sonriente, se encaminó de regreso a casa. Despuntaba un día más.

Lo inesperado

Asher notaba a su hija más alejada, podría decirse, casi hostil. Cuando él y Java trataron de acercarse, sintieron un rechazo inmerecido para el cual no encontraron razón. La sentían inmersa en su mundo y temblaban ante la posibilidad de que los demonios se hubieran apoderado de su mente, manteniéndola enajenada y fuera de todo contacto.

El padre intentó por todos los medios imaginables encontrar alguna brecha que le permitiera volver a dialogar con su hija. Quería restablecer los nexos culturales que los habían unido tiempo atrás, pero una barrera se había interpuesto entre ambos. ¿De qué manera podría dirigirse a ella para hacerle saber las importantes decisiones que había tomado?

Sabía que ese momento era ya impostergable. Le habían expresado el deseo de que conociera al joven que había pensado iniciar con ella un futuro compartido. Seguramente Itzhak había hablado ya con su hijo adoptivo, y ambos estaban ansiosos por obtener una respuesta.

—Invita a tu hija a dar un paseo —le aconsejó Java—. Sabes bien lo mucho que le gusta salir y respirar el aire del bosque. Cuando llegue el instante adecuado, deja que las buenas nuevas salgan de ti, como si se deslizaran suavemente, sin apresurar nada, y dale tiempo para que lo reflexione.

Shoshana comenzó a sentir que su cuerpo se recuperaba del ultraje que había padecido. Las semanas transcurridas habían propiciado su sanación y confiaba en que nadie se enteraría de lo sucedido. Sin embargo, el recuerdo no la dejaba dormir, pensar o volver a ser la de siempre. Parecía que su gusto por la vida se había esfumado. A nadie se lo contó. Se convirtió en un secreto que la devoraba por dentro y con el cual aprendería a sobrevivir. Se odió a sí misma por no haber puesto mayor resistencia. Olvidó la fuerza física con que la había sometido aquel, acallándola en un lamento de culpabilidad. Seguía sintiéndose sucia, impotente e incapaz de ver a los demás como solía hacer antes, con la seguridad que ahora se había extinguido como la llama que se apaga poco a poco en un tronco ardiente.

En un principio no quiso darle mucha importancia. Pensaba que era el resultado de la agresión sufrida.

Pero el desasosiego la asolaba de día y de noche. Ocultaba su llanto hundiendo su cara en la almohada y tratando de que la humillación y la pena desaparecieran de su ser.

Se refugió de nuevo en la lectura. Los libros parecían proporcionarle el único respiro ante la angustia que la envolvía. Ya no deseaba salir y le suplicó a su madre que no la llevara al mercado, sin poder darle una explicación satisfactoria.

—Caprichos de una joven —decía Java—. Ya pasará.

El padre esperó la llegada del domingo. Era el día perfecto para llevar a Shoshana a caminar. Se acercó a ella y, antes de darle la oportunidad de rechazarlo, la convenció de que podrían desplazarse por las cercanías del bosque sin ser molestados.

—Necesitas que el sol te caliente y dé color a tus mejillas.

Sin mostrarse autoritario le abrió la puerta y ambos se encaminaron por la vereda que los llevaba al bosque, lejos del pueblo.

Durante varias noches de insomnio, Shoshana había estado planeando alguna venganza, sin tener una idea clara de cómo llevarla a cabo. No sabía que Iván había abandonado finalmente la ciudad con la intención de no retornar jamás. Despreocupado, sin remordimientos, partió hacia Moscú a instancias de su propio padre, quien veía en él a un muchacho rebelde al que, como si fuera un potro desbocado, había que ayudar a enderezar el camino.

—Tengo que hablar contigo —expresó Asher con gravedad.

El tono hizo que la muchacha volteara instintivamente hacia su padre. ¿Acaso algo sospechaba?

—Como sabes —comenzó él—, has llegado a una edad en que hemos pensado mucho en el futuro que te espera. Por más que nuestro deseo sería no alejarte de nosotros, la ley de la vida nos lo exige.

Sin comprender a ciencia cierta de qué hablaba su padre, Shoshana prestó atención. Sintió por un momento el impulso de echarse a correr, sin escuchar lo que Asher estaba por decirle.

—Se ha acercado a mí —continuó— alguien interesado en establecer la posibilidad de un futuro casamiento.

Shoshana, que había permanecido callada, asustada, esperando lo peor, no daba crédito a lo que acababa de escuchar. ¿Le acababan de proponer, a ella, un matrimonio arreglado?

La mirada que dirigió a su padre lo dejó helado. Asher nunca había visto a su hija destilar tanto odio como en ese momento.

Ambos, como si hubieran aplicado un freno conjunto, dejaron de caminar.

—¿Me preguntas —exclamó ella— o me ordenas? ¿Piensan decidir mi vida? ¿Incluso con quién he de casarme? Esto no lo esperaba de mi padre, que presume su modernidad y ahora vuelve a una tradición que debería desaparecer para siempre. ¡Soy poseedora de libre albedrío! Tú mismo me lo has inculcado. Me has repetido que para ti no hay diferencias entre las capacidades de hombres y mujeres. Por tanto, aquel a quien yo escoja será mi marido y no el que tú decidas. Ya puedes —agregó en tono de amenaza— decirle a quien desee conocerme que deberá acercarse a mí y solicitármelo de frente, no por intermediarios. Estamos viviendo un nuevo mundo, en el que tú mismo me otorgaste el derecho a pensar y tomar mis decisiones. ¿Cómo te atreves a proponerme un pacto deshonroso tras la liberación que supuestamente me entregaste desde pequeña?

Asher quedó mudo. Jamás esperó semejante reacción. Vio a Shoshana alejarse, regresar a su hogar, dejándolo solo, arrepentido y, a su vez, decepcionado. Su hija no confiaba en que la elección que él había hecho era la mejor. Pero reconoció que, llegado el momento, sería Shoshana la que escogería a su futuro marido.

Conociendo a Shloime

Sin embargo, Shoshana se quedó tratando de adivinar quién podría ser el elegido por sus padres para compartir su vida. La curiosidad le devolvió un poco de la seguridad perdida. Al parecer, finalmente alguien había notado su presencia.

Recordó al joven que la miraba desde lejos en el mercado. La hacía sentir a la vez incómoda y halagada, tal vez con más confianza en sí misma.

Pero la sonrisa que había vuelto a marcar su semblante duró poco. Conforme pasaron los días y su periodo menstrual no llegó, una sensación de pánico se apoderó de ella. Esta vez la angustia presentó una nueva faceta jamás sentida. ¿Había un ser no deseado creciendo en sus entrañas? ¿A quién podía solicitarle consejo sobre algo tan espantoso? Había decidido guardar el secreto que la quemaba y consumía por dentro.

Pensó en abortar, en matarse para no difamar el buen nombre de su familia. Por primera vez en su vida, no tenía a nadie. Desamparada por completo, entendió que llorar no era la respuesta. Pero ¿cuál era entonces?

No podía dejar pasar más tiempo. Debía tomar una decisión, aunque con ella marcara para siempre su futuro.

Con la mirada baja, ocultando la vergüenza por lo que estaba a punto de hacer, se acercó a su padre.

—¿Podemos hablar? —pidió, esta vez con suavidad.

Asher la tomó de la mano y se sentaron cómodamente fuera de la casa, en el rincón preferido de ambos. Shoshana, su querida hija, volvía a hablar con él. El corazón se le desbordaba de alegría.

—¿Sabes quién es el que me pretende? ¿Lo conozco?

Asher se sorprendió por la pregunta. Después de todo lo que le había dicho, ¿qué hizo que su hija cambiara de esta manera? Consideró, sin embargo, que era mejor guardar la compostura. Si su hija preguntaba, algún plan debía tener.

—Se llama Shloime —le contestó, mirándola extrañado—. Es el hijo adoptivo de Itzhak, el viejo que vive en las afueras de la ciudad, al que le otorgaron permiso para trabajar la tierra y vender su producto al pueblo.

Shoshana vislumbró su salvación. Entendió que se trataba del joven del mercado. No tenía tiempo que perder.

—Lamento mi comportamiento del otro día —explicó a su padre—. ¿Podrías arreglar un encuentro entre ambos?

Sin decir más, Shoshana se levantó y entró a la casa. Esta vez su padre supo que debía dialogar con su esposa. Ella sabría aconsejar y dirigir los pasos de su hija.

Se dispuso a visitar a Itzhak esa misma tarde. Se preguntaba qué habría sucedido para que Shoshana cambiara de parecer de manera tan abrupta, pero aún sin tener una respuesta, se alegró porque finalmente sus vidas iban a tomar el rumbo más adecuado para todos.

¿Para cuándo podrían planear la boda? Desechó la idea enseguida. «Basta», se dijo, «no nos adelantemos a los acontecimientos. Cada cosa a su debido tiempo».

Entró a la casa y buscó a su mujer. Le iba a proporcionar la mayor alegría de su vida.

La guerra

Simja, convertido en un gallardo joven, admiraba a sus padres. Para él, nadie como Shloime y Shoshana. Su padre seguía enamorado de su mujer, a pesar de los muchos años que llevaban casados. No obstante, por alguna razón, Simja presentía que Shloime no era igualmente correspondido. Pero no lo expresaba, lo callaba. Además, sospechaba que ella no era feliz. Por ser el primogénito, Simja sentía mayor cercanía con su padre que con su madre; a ella la sentía distante, sin poder adivinar por qué. Le hablaba diferente; lo veía de otra manera. Había escuchado de otras familias que los padres, ignorantes en la manera de tratar a sus hijos, aprendían los secretos de la crianza con el primero. Este solía pagar los errores que encontrarían la manera de no repetir con los demás. Por ello prefería no quejarse. Sin embargo, no recordaba, a pesar de ser ya un adolescente, un abrazo o alguna palabra de cariño de su madre. No le hubiera molestado de no ser porque ese trato era totalmente diferente con sus hermanos. Cuando se atrevió a preguntarle al respecto a su padre, este le contestó que, por haber sido prematuro, su madre temió que no sobreviviría y decidió no encariñarse para no sufrir si algo le sucedía.

Estas palabras, ininteligibles para Simja, más que responder sus dudas las incrementaron. ¿Cómo era posible que una madre, por muy preocupada que estuviera, no quisiera por igual a un hijo bajo cualquier circunstancia?

La Gran Guerra libraba ya su cuarto año, sin que pudiera vislumbrarse su final. La también llamada «guerra de trincheras» estableció un área de combate entre los contendientes, donde se avanzaban apenas metros y se retrocedía lo mismo, pero con un costo ridículamente elevado de soldados muertos. Las noticias que llegaban a Zhytomyr eran confusas. Pero algo sí llegó a concretarse: Rusia, con su descomunal tamaño, había depuesto al zar y a su familia, y le daba la bienvenida del exilio a su líder, Lenin.

La primera orden que dio este hombre fue que los ejércitos rusos, que combatían contra el Imperio austrohúngaro, se replegaran, emprendiendo el regreso a casa. Esta guerra ni la habían iniciado ni debieron involucrarse en ella; por lo mismo, se despedían de manera inmediata.

Esto provocó pánico en la población local, al sentirse desprotegida y al alcance de los cañones alemanes. Estratégicamente, la ciudad no representaba ningún beneficio, pero la única carretera útil entre la frontera occidental y Varsovia atravesaba precisamente por Zhytomyr. Temían, con razón, que la ciudad fuera ocupada por las fuerzas alemanas.

Shloime había insinuado la posibilidad de huir de Zhytomyr y buscar refugio en las aldeas más alejadas del pueblo, para conservar así la posibilidad de regresar cuando la guerra lo permitiera. Shoshana, sin embargo, se mostraba renuente.

—¿Cómo podría huir una familia tan numerosa sin llamar la atención? —dudaba—. ¿Quién habría de proporcionarnos ayuda o refugio?

Ella sentía que Shloime tenía frecuentemente buenas ideas, pero sus planes para llevarlas a cabo dejaban mucho que desear. Su propuesta, más que salvación, implicaba una probable sentencia de muerte; aunque ella estaría dispuesta a intentarlo si Shloime encontraba una mejor manera de salir adelante. Y así los días iban transcurriendo, sin que nada nuevo se presentara.

No se enteraron de la entrada de los Estados Unidos a la guerra. No sabían nada sobre los ataques con gases venenosos perpetrados por la milicia. Ignoraban a su vez que, olvidando las reglas de la decencia hacia la población civil, los ataques de ambos bandos involucraron a los ciudadanos que, indefensos, vieron peligrar sus vidas. La guerra debía ser ganada y, para lograrlo, las atrocidades comenzaron a aparecer sin miramientos, afectando a la población, que moría de hambre y como resultado de diversas enfermedades.

La tierra que ambos heredaron y su título de propiedad, otorgado por el gobierno poco antes de la guerra, constituía el único y preciado patrimonio de Shoshana y Shloime. Itzhak había estipulado claramente, al morir, la manera en que su voluntad debía ser acatada y arregló que no fuera posible cambiarla.

Los planes de Simja, muchacho ambicioso, incluían la posibilidad de adquirir más tierras para cultivar y de esa manera tener, en un futuro cercano, un mejor prospecto de vida para él y su familia. Como primogénito, sentía que esta obligación extra recaía sobre sus hombros.

Próximo a cumplir dieciocho años, sabía que tarde o temprano sería llamado a servir en el ejército. La notificación no había llegado, pero era solo cuestión de tiempo y, cuando eso ocurriera, sería alejado de su familia por varios años. Aunque no quería pensar en ello, sospechaba que no habría excusa que le permitiera evitarlo.

El fin del verano se aproximaba en ese año de 1918. Los cañones de guerra aún no se habían acercado a Zhytomyr.

Llegaban, sin embargo, noticias alarmantes. El ejército alemán, desesperado, desplegaba sus fuerzas por varias zonas de Europa. Zhytomyr se había preparado con un grupo de milicianos sin experiencia para enfrentarse a un ejército, y tenían la orden de alertar a los pobladores si divisaban tropas desconocidas.

La gente comenzó a desplazarse con cautela por la ciudad y sus entornos, y a observar con detenimiento para evitar ser sorprendida.

Era un día caluroso. Shloime se acercó a Simja y le pidió que llevara la carreta al pueblo para comprar en el mercado provisiones que hacían falta. Era una larga lista que incluía un tanque de petrol y varios repuestos para los instrumentos de arado, toda vez que la cosecha se acercaba.

—Hoy es un día muy ocupado —le recalcó—. Estaremos preparando todo en casa para poder lanzarnos al campo en los siguientes días y comenzar a recoger lo que la tierra ha producido. Por eso es importante que consigas todo lo anotado y regreses antes de que anochezca.

Le entregó las monedas que cubrirían los gastos, así como la lista que habían vuelto a analizar entre ambos para comprobar que estuviera completa. Simja se despidió de su padre y, a través de la abertura de la puerta principal, divisó a sus hermanos y a su madre, ocupados en las labores del día.

Dirigió el carruaje rumbo a la ciudad. Era un corto trayecto y calculó que en unas horas más estaría de regreso.

Ya dentro de la ciudad, llevó a cabo las compras. Los comerciantes del mercado lo conocían bien y lo saludaban afectuosamente, preguntando por la salud de su familia. Fue acomodando la mercancía de tal manera que llegara sin daños a manos de su padre.

A lo lejos, se escuchó un sonido que parecía aproximarse, sin que se pudiera reconocer su origen. La gente detuvo sus labores de manera instintiva y miró al cielo, como si sus oídos les indicaran un lugar difuso en el infinito.

Fue entonces cuando reconocieron que el ruido provenía de aviones militares que se aproximaban a gran velocidad.

—Son tres —exclamaba la gente, sin poder ocultar su temor—. Parece que se acercan a nosotros.

Simja se apresuró a tomar otra vez las riendas de la carreta y, sabiendo lo que podría ocurrir, obligó al caballo a acelerar su paso de regreso a casa.

Uno de los aviones comenzó a descender con la intención de atacar. Los pobladores escucharon primero el silbido de las balas cruzar por la avenida principal. Simja no tuvo tiempo de voltear a ver lo que sucedía. Escuchó un estallido que asustó al caballo y provocó que por poco se desbocara. Intuyó que una bomba había caído sobre el centro de la ciudad. Cuando volteó, el humo que comenzaba a elevarse confirmó sus sospechas. Zhytomyr estaba siendo bombardeada.

Aceleró aún más el paso con la intención de advertir a su familia de lo que estaba ocurriendo. Tanto el animal como el propio Simja sudaban copiosamente. Uno por el esfuerzo exigido, el otro por el terror que se había apoderado de él.

Otro de los aviones voló por encima de su cabeza. No disparó su ametralladora, pero estaba tan cerca que Simja sintió que, si hubiera estirado la mano hacia arriba, las alas se la habrían cercenado. «¿Hacia dónde se dirige?», se preguntó asustado. La ciudad estaba detrás de él. Por delante solo quedaban... «Oh, Dios mío, las granjas y los establos».

¿Qué propósito perseguían dirigiéndose hacia allá?

Se acercó a la pendiente, desde donde podía divisar su hogar en la lejanía. El avión no cambió de rumbo. Simja sintió un aguijón incrustarse en su pecho. Presentía que algo malo estaba por suceder.

La única bomba que este aeroplano llevaba en sus entrañas, Simja la vio caer sobre el techo de su hogar. Sobrevino una terrible explosión, seguida de una llamarada, al tiempo que una columna de humo negro se elevó sobre la escena.

Se dio cuenta de lo que acababa de suceder. Lívido, frenó sobre la ladera.

A medida que se acercaba al sitio de la explosión, sentía el calor que le impedía aproximarse. De su casa no quedaba nada. Quería gritar, pero la voz se le había atorado en la garganta, y solo pudo articular un quejido. Bajó, finalmente, de la carreta y, sin necesidad de que nadie se lo dijera, supo que acababa de perder a toda su familia.

Se desplomó en el suelo. Mudo. Tardaría varios minutos en volver a la realidad. De su pecho salió un grito aún más estremecedor que el estallido de la bomba.

La dura realidad

La guerra finalmente terminó. El armisticio se firmó en un vagón a las afueras de la ciudad de París, el día once del undécimo mes del año de 1918, a las once de la mañana, para que el mundo no olvidara jamás los horrores que se habían vivido y que una conflagración semejante no se repitiera nunca más.

En Zhytomyr los daños fueron mínimos. Con la excepción del hogar de Shloime, su esposa Shoshana y sus hijos. Simja fue el único sobreviviente. Los aldeanos, conscientes de lo ocurrido, ayudaron al joven a reconstruir la casa y, meses después, le echaron una mano con la primera siembra del año. Eso mantuvo a Simja tan ocupado que el dolor que lo agobiaba pasó a un segundo término. La casa, la tierra y sus obligaciones lo tenían en un estado de ánimo apremiante, como si experimentara el purgatorio en la vida misma, y sin esperanzas de poder salir de ahí.

La guerra del 14 fue un parteaguas en la vida de muchos ciudadanos europeos. Aquellos que vieron sus ciudades quemadas y bombardeadas comprendieron que la tarea de reconstruir tratando de emular los tiempos previos implicaría un enorme esfuerzo. En venganza contra Alemania y sus aliados, la Liga de las Naciones les impuso compensaciones que sobrepasaban por mucho su capacidad para cumplirlas. Esto, a la larga, habría de provocar en el pueblo alemán, sobre todo en las nuevas generaciones, una ira y un rencor incontenibles, al tiempo que retenían la esperanza de que habrían de renacer tarde o temprano.

Fue entonces cuando se desencadenó una pandemia mundial de influenza, que provocó tantas o más muertes que las reconocidas en la Gran Guerra.

En Zhytomyr, la población descargaba su furia sobre los judíos. Los culpaban de todo mal surgido; del hambre, las malas cosechas, la falta de lluvias. Los veían como los incitadores, primero, de la guerra y, más tarde, los que con sus «trucos» habían atacado al mundo con esta pandemia. No se daban cuenta de que afectaba por igual a todos. En la sinrazón y la furia, cuando los instintos renacen en su forma más cruda, quienes terminan recibiendo los golpes e insultos son los más desprotegidos. Las autoridades se desligaron de estos actos y, con voluntaria ceguera, permitieron que estas atrocidades se llevaran a cabo. Al principio eran golpes e insultos. A medida que la economía se vio más afectada, las manifestaciones de odio se convirtieron en violaciones, asesinatos y quema de los hogares de los judíos. En muchas ocasiones no permitieron a las familias salir mientras las llamas consumían sus casas. Todo esto en supuestos tiempos de paz.

Con el paso de los años, una idea comenzó a germinar en la mente de Simja. Solo, sin ningún amigo sobre la tierra, sin familiares que lo apoyaran, soñaba con abandonar Polonia y emigrar a América. Dejó de gastar lo poco que le quedaba después de pagar sus deudas y, en sus viajes a la ciudad de Varsovia, adonde iba a vender su mercancía, se reunía con la población judía del lugar para pedir ayuda con el fin de materializar su sueño.

Los permisos, las visas y los pasaportes solo se podían obtener con ayuda de un grupo de malhechores que cobraban cantidades enormes por esos documentos.

Se preguntaba si podría confiar en ellos y la contestación no lo dejaba satisfecho, mucho menos tranquilo. Algunas veces cumplían, la mayoría no. Nadie confiaba plenamente en nadie. Y los sobornos que solicitaban eran cada vez más elevados.

Regresaba de esos viajes más bien frustrado. Veía cómo sus sueños se desvanecían en la nada, en el sinfín de pesadillas que forjaban su vida.

Si sus padres vivieran, estarían desde tiempo atrás buscándole una esposa. Tenía la edad; ahora era dueño de las tierras, aunque sabía que, pese al título de propiedad que lo avalaba, su valor sería relativo si tuviera que venderlas. Y esto constituía su único patrimonio. No podía ofrecer nada más. Lo entendía. Había abandonado los estudios y se mantenía bastante alejado de la comunidad. Su tiempo se repartía entre el campo que cultivaba y sus interminables viajes en busca de compradores para su mercancía.

No era un buen mozo. Era de baja estatura y complexión ancha, más bien daba la impresión de ser un burgués y burócrata de poca estima. Lo sabía. Las muchachas del pueblo y en las ciudades que visitaba nunca parecían observarlo o dirigirle una mirada. Lo único que podía argumentar a su favor era su desmedida ambición por llegar a ser alguien en la vida y no continuar con esa actividad cotidiana que no solo le molestaba, sino que, en un país como el suyo, no le ofrecía un gran futuro.

Al paso de los años, la ciudad de Cracovia se convirtió para Simja en su mejor mercado, muy por encima de otras. Cuando vio que la tierra que sembraba con tanta dificultad solo le entregaba una mínima ganancia, entró en el negocio de comprar productos agrícolas de todo el sur de Polonia y Ucrania para revenderlos a los comerciantes ávidos de este tipo de mercancía, que ofrecían pagar precios aceptables. Sus ganancias comenzaron poco a poco a incrementarse y por primera vez logró ahorrar, ahora sí con la firme intención de conseguir lo que le permitiera llegar a América.

Viajaba representando a los agricultores, administrando los pedidos, otorgando una fecha determinada para que la mercancía fuera entregada a cambio del precio estipulado.

Algunos comerciantes se quejaban porque consideraban que no requerían esos servicios, pero al cabo, al no poder sortear las dificultades del papeleo, aceptaban a Simja, incluso le agradecían su esfuerzo.

Los comerciantes judíos lo invitaban a sus casas, con la obvia esperanza de presentarle a alguna de sus hijas y establecer un buen arreglo. Sin embargo, él no aceptaba. No deseaba involucrarse más allá de la distancia que debe haber entre vendedor y comprador. Al evitar los lazos de intimidad entre unos y otros, predijo correctamente, evitaría problemas más adelante.

Muchos de sus compradores solían diferir su pago a varios meses, ya que no contaban con todo el efectivo en ese momento. Firmaban pagarés, y era raro el que no cumplía. Reconocían que de no hacerlo el crédito y la venta desaparecerían, hundiéndolos inevitablemente a causa de su negligencia. Simja llevaba consigo una libreta en la que apuntaba detenidamente cada una de las operaciones. Usaba un método original que imposibilitaba entender lo que ahí decía, como una especie de escrito cifrado, que solo él era capaz de descifrar. Separaba, además, sin equivocarse nunca, lo que le correspondía al gobierno de impuestos, para evitar que lo calificaran de ladrón o, peor aún, de usurero.

Sabía que podía perder su libreta y guardaba por ello una copia en un lugar seguro en su casa en Zhytomyr.

En la víspera de la festividad de Pésaj, se topó en la calle con uno de sus mejores clientes.

—*A git tog* —le dijo a Simja mientras le extendía la mano—. Hace tiempo que no te veía, y debo admitir que el color de tus mejillas podría mejorar.

El hombre sonreía, mientras le auguraba que con la llegada de la primavera el sol se encargaría de lo demás.

—*A git tog* —contestó Simja.

El señor Rosenblum, aún bastante joven, lucía una barba hirsuta pero muy bien estilizada. A Simja siempre le habían llamado la atención sus ojos tan azules, que parecían tener como marco perfecto esa cara distinguida.

—¿Qué haces —preguntó él, ya con más familiaridad— caminando tan despreocupado por las calles de Cracovia? ¿No será que no se haya liquidado algún pagaré de mi parte? —inquirió, al tiempo que su voz parecía afirmarlo.

—No. Efectivamente, son otros los asuntos que me traen de regreso. Siempre me da muchísimo gusto llegar a esta ciudad. Pienso que su gran comunidad judía es una de las verdaderas representantes de nuestro pueblo en Polonia.

Sintió cómo Rosenblum lo tomaba del brazo, obligándolo de esta manera a deambular juntos.

—Se acerca Pésaj —le informó—. Esta vez no permitiré que te rehúses a ser nuestro invitado de honor.

Antes de que pudiera responder, Rosenblum ya lo había obligado a aceptar.

—En dos noches serás nuestro huésped y no aceptaré una negativa.

El hombre consideraba a Simja un buen prospecto para alguna de sus dos hijas. Mientras pensaba en las futuras posibilidades, inquirió con astucia sobre los asuntos que el joven tenía que resolver en la ciudad. Y así, sin que le diera tiempo para inventar una excusa, conmovido por la insistencia, Simja aceptó.

Simja desconocía prácticamente todo lo relacionado con la familia Rosenblum. Asumía que el jefe de la familia debía ser un hombre acomodado. Jamás en los años que llevaba haciendo tratos con él hubo un retraso en los pagos o el mínimo reproche por los precios.

Hacía varios años ya que Simja había quedado solo. Pasaba las fiestas en casa, como un ermitaño. Se le veía ocasionalmente en la sinagoga. Conocía los rezos a fondo y, de manera no muy consciente, disfrutaba la compañía de los otros habitantes del pueblo. Si bien no solía congeniar socialmente con ellos ni estos le exigían que lo hiciera, él era incapaz de insinuarles cuánto los necesitaba. Un engañoso entendimiento entre ambas partes que, para su sorpresa, rompió cuando aceptó la invitación a la mesa de los Rosenblum. Y, muy dentro de su alma, la idea lo regocijó.

Prosiguió su camino. Debía apresurarse a finalizar todos sus pendientes para estar libre esa noche.

Pésaj

Llegada la fecha, Simja vistió sus mejores ropas, esmerándose en lograr una apariencia adecuada, algo que en cualquier otra ocasión poco le hubiera preocupado. Se paró frente al espejo. La imagen mostraba tristeza en la mirada. Era la misma expresión que la gente veía en su semblante desde lo ocurrido a su familia tiempo atrás, sin que alguna vez fuera invitado a sentarse a la mesa de alguien en Pésaj.

Para su gusto, esta constituía una de las celebraciones más importantes en el calendario judío. Era incapaz de explicar el sentimiento, pero el afán de alcanzar la libertad y llegar a la tierra prometida eran los alicientes que estimulaban su vida. Toda la fuerza moral del judaísmo parecía centrarse en la lectura de la Hagadá y en recordar todas las penurias que ese pueblo había atravesado. En la mente de Simja, se asemejaban mucho a su propio infortunio. Y se preguntaba si algún día podría disfrutar de su propia libertad, y aspirar junto con su pueblo, a la tierra prometida.

La posada en que solía alojarse en sus visitas a Cracovia estaba localizada a corta distancia de la casa de los Rosenblum, lo que le permitió calcular perfectamente para llegar a tiempo, ni antes ni después. Recordó que en el jéder el rabino insistía en que Pésaj era una fiesta universal. En repetidas ocasiones los había ilustrado acerca de la historia que había detrás y, lo más importante, había descifrado con ellos el verdadero significado, oculto entre las palabras. «El pueblo judío», les recordaba, «añora, ya por cerca de dos mil años, poder retornar a esa tierra que fue suya».

Vivían un nuevo éxodo. Simja estaba enterado de los planes de parte de la población judía para regresar a Palestina. Sabía de los grupos sionistas y había escuchado el nombre de Theodor Hezl, el principal promotor de la idea. Este había fallecido a temprana edad; sin embargo, sus seguidores se propusieron llevar a cabo la lucha hasta el final: el ideal seguía vivo.

No entendía por qué llegaban a su mente estos recuerdos. ¿Sería posible que fuera una señal?, ¿que su verdadero camino consistiera en expatriarse a Palestina? Sabía que, tras la Gran Guerra, el territorio había sido entregado a la Gran Bretaña para su custodia. Había escuchado sobre una declaración, en una carta dirigida por el gobierno británico a Lord Rothschild, en la que se vislumbraba una esperanza: el Imperio británico vería con buenos ojos la posibilidad de establecer un hogar judío en esa zona.

Sin embargo, Simja no se calificaba a sí mismo como un joven dispuesto a emigrar a ese sitio. Algo se lo impedía. No lograba explicarlo. Cierto que Polonia, definitivamente, no se presentaba como un lugar seguro, y tarde o temprano debería salir del país. Si la oportunidad se llegara a presentar y el lugar que lo acogiera fuera Palestina, tampoco iba a rehusarse.

Era abril, pero aún se sentía un poco de frío. Se alegró de ir bien arropado. Las calles lucían enlodadas, y la nieve comenzaba a derretirse. Se encaminó con paso seguro a casa de los Rosenblum. Por alguna razón, su corazón se aceleraba. Algo, pensó, iba a cambiar radicalmente en su vida. Una más de las premoniciones que lo asaltaban y que en muchas ocasiones resultaban ser una decepción. Uno más de los sueños que no llegaban a realizarse. ¿Será así esta noche?

Al llegar al porche de los Rosenblum, no pudo menos que detener su marcha un momento. La casa era en verdad grande. A través de los cristales se distinguía lo bien iluminada que estaba. Un aroma agradable llenó su sentido del olfato como una evocación de algo ya experimentado, sentado en otra mesa, con otros comensales. Era un olor exquisito a especias; algo que no podía definir, pero que le trajo a la memoria tiempos ya olvidados. Una lágrima estuvo a punto de caer. Estoico, reasumió su postura erguida, sin permitir que sus sentimientos afloraran en ese momento.

Tocó a la puerta. Cuando esta se abrió, su corazón dio un brinco. Frente a él, una hermosa joven lo saludó y le dio la bienvenida. Detrás de ella apareció el señor Rosenblum.

—Mi hija Leah —dijo, a manera de presentación—. Este es Simja, de quien tanto les he hablado.

La puerta se abrió ahora de par en par. A lo lejos divisó la mesa, que lucía como la imaginaba en sus sueños. Entregó su abrigo y, tomado una vez más del brazo por Rosenblum, fue conducido a la sala, donde le presentaron a cada miembro de la familia. Por un instante imaginó que estaban ahí sentados Shloime y Shoshana, y sus hermanos también.

Rosenblum debió haber intuido lo que pasaba por la mente de Simja. Apretó más aún su brazo, dándole a entender que era bien recibido.

Sin más preámbulos, se sentó a la mesa y comenzaron las preguntas de rigor. Sin saber por qué, su mutismo de años había desaparecido. Ahora las contestaciones fluían libremente. Nadie lo veía con lástima. En los ojos de Leah, observó, había una mirada de aprobación e interés.

«¿Acaso no ven en mí lo que yo siempre he visto?», dudó. «Un hombre frustrado, que de haber tenido la oportunidad de estudiar probablemente hubiera llegado a ser arquitecto. Siempre me gustó observar la estructura de lo que el ser humano ha construido. Pude haber sido escritor también. No me faltarían temas sobre los cuales discernir y entregar mi punto de vista. O quizá me hubiera convertido en médico. Como decía Shoshana, en cada familia judía siempre debería haber un médico o un rabino». Sin embargo, él no recordaba ninguno en la suya.

De pronto, volvió a la realidad. El señor Rosenblum le mostraba el lugar que ocuparía esa noche en la mesa. Se dio cuenta de que se había alejado unos segundos de lo que acontecía a su alrededor. Estaba en un sueño y, tal como ocurre en los sueños, lo que veía no sería verdad.

El señor Rosenblum ocupó su lugar en la cabecera. Se reclinó sobre una pequeña almohada hacia su lado izquierdo. La mesa rebosaba, mostrando el pan ácimo, y en una bandeja se distinguían los símbolos de la festividad. La vajilla —explicó la señora Rosenblum— era la que exclusivamente usaban en Pésaj. Lo decía como si se disculpara, cuando a Simja le pareció que era la porcelana más hermosa que hubiera adornado jamás otra mesa.

Se dio comienzo a la festividad. Simja contó catorce personas sentadas alrededor de la gran mesa. Solo conocía a algunas de ellas. Más adelante, pensó, podría saber quiénes eran los demás. Leah quedó sentada frente a él, de manera que estaban obligados ambos a no perderse de vista, si bien ella trataba de esquivar sus miradas lo más posible.

La tenía más que intrigada la llegada de este joven. Se daba cuenta de que su padre buscaba el mejor shidaj, y no era la primera vez que llevaba un invitado a la mesa. Mas nunca en Pésaj. Lo miró, sin notar en él nada fuera de lo ordinario. No era muy apuesto era de baja estatura y estaba un poco subido de peso. Pero esos ojos de color negro la intimidaban. ¿Qué había visto su padre en él? ¿Simja era su nombre? Lo recordó con un mínimo esfuerzo.

El padre recitó el kidush y procedió a sorber un poco de vino de la primera de las cuatro copas que se usaban durante el séder. Había una quinta copa, a la que nadie se acercaba. Era para Eliahu, el profeta que, según la tradición judía, anunciaría la llegada del mesías.

Poco antes de leer la Hagadá, los más pequeños en la mesa formularon las preguntas obligadas de cada año en Pésaj. Lo hicieron con paciencia, uno por uno, colocados a un lado de Rosenblum. En seguida, este procedió a responderlas y continuó con la lectura de la milenaria historia, que describe la salida de los judíos de Egipto y su larga travesía añorando la libertad.

Al tiempo que esto acontecía, Simja volteó en varias ocasiones hacia Leah. Notó que ella no le prestaba mayor atención. Nada diferente a lo que había vivido en otras situaciones semejantes.

Al finalizar la historia, la señora Rosenblum, esta vez acompañada por las mujeres, se dispuso a servir la cena. La alegría reinaba en esa casa. Una sensación que Simja no recordaba. Percibía que algo diferente sucedía esta noche. ¿Sería la algarabía de una familia unida? ¿Sería la amabilidad con que lo trataban los Rosenblum? ¿Sería, quizá, la mirada no presente de Leah, que lo había cautivado desde el momento de conocerla?

Terminada la cena, empezaron a cantar las melodías que solían entonarse en Pésaj en cada casa judía en el mundo. Simja se unió con el entusiasmo de quien parece haber descubierto el paraíso sobre la tierra. Observaba con cuidado a la familia y se preguntaba a sí mismo si alguna vez podría pertenecer a ella.

Leah

Simja comenzó a pensar seriamente en efectuar un cambio en su vida, en su forma de ver el mundo y, finalmente, no vivir solo y aislado, sino tratando de forjar una familia. Desde la velada en casa de los Rosenblum, tuvo suficiente tiempo para valorar su situación. No era un hombre pobre. Era dueño de la parcela de tierra heredada de Itzhak y, si bien no era suficiente para proponer un matrimonio, tampoco era nada despreciable. Pero su sueño de emigrar se volvió una obsesión. Veía y analizaba la situación de Polonia, y su fragilidad frente a un futuro incierto. No podía continuar con esta vida de intermediario, que lo amarraba a continuar viajando, exponiéndose a la ira de los que, al no poder liquidar sus deudas, intentaban lastimarlo. Ya lo había vivido en otras ocasiones y se libró de sus iracundos clientes más veces con suerte que con palabras de convencimiento. Sospechaba que se jugaba la vida en un jaque permanente. Su trabajo, a pesar de ser honesto, no era bien visto por la población gentil. Aunque eran ellos mismos los que inicialmente solicitaron los pagarés, eran también los primeros que se negaban a liquidarlos. Los argumentos de algunos convencían a Simja de otorgarles un poco más de tiempo; pero la mayoría rechazaba el diálogo, amenazando con resolver la situación de manera violenta.

No tenía a quién acudir. Reconoció, sin embargo, que si se tardaba en solicitar en matrimonio a Leah, ella o su familia podrían encontrar a un mejor prospecto. Ni siquiera podía asegurar que sería aceptado en caso de solicitárselo a su padre. Después de todo, basaba sus pensamientos en una sola noche de miradas ocasionales y que no podía calificar de aprobatorias.

¿Acaso no tendría ella voz? ¿Se sometería sin objeción a la voluntad de su padre, que le ofrecía casarse con un desconocido?

—¿Qué piensas de Simja? —le preguntó a Leah su padre, la noche siguiente del séder.

Leah, quien difícilmente se ruborizaba, no pudo evitarlo. Se dio cuenta de que se delataba con demasiada facilidad. ¿Pero cómo explicarle a su padre que no estaba segura de lo que sentía?

El señor Rosenblum interpretó el silencio no como una aprobación, pero tampoco como un rechazo absoluto. No insistió más. Leah permanecía sentada, con la cabeza erguida, pero sin mirarlo directamente.

Con el paso de los días, Leah recordaba escenas aisladas de aquella cena. Le gustaba cómo expresaba Simja sus ideas. Y sin haber intentado coquetear con él, se dio cuenta de que le había causado una buena impresión. Desde sus miradas previas hasta el momento en que cantó, junto al resto de los invitados.

¿Qué futuro visualizaba Leah para ella misma? La hija mayor de una familia que vivía en la zona reservada a la judería y cuyo padre siempre la animó a ser más que una simple muchacha casadera que procrearía hijos y haría feliz a su marido. Pero de igual forma sabía que las puertas de la emancipación para una mujer judía en Cracovia eran una ilusión que no sabía si llegaría a cumplirse. De llegar a ocurrir, tendría otras oportunidades que en Polonia eran inexistentes. Como asistir a la universidad. Ser alguien en la vida y no solamente una mujer aislada sin la esperanza de convertirse en una persona con otros valores sin olvidar jamás sus orígenes. «No será así en Cracovia», pensó.

Comenzaba a darle forma a la idea de huir de ese entorno, de emigrar a otro país, buscar la libertad que no tenía y a la cual, por más que aspirara, sabía que nunca llegaría. ¿Lo entendería su futuro esposo?

No se sentía capaz de expresar sus más íntimos pensamientos a quienes la rodeaban. La verían con incredulidad, como a una hereje que busca educarse. No cabían semejantes sueños en Polonia. Y Leah lo entendía muy bien.

Le gustaba mucho salir a pasear. Llevaba siempre consigo un libro, escrito casi siempre en polaco. Era la forma en que sutilmente había derrotado los tabúes impuestos a las mujeres. Una forma de rebelión. Su tema favorito era la historia del siglo XIX, y su autor favorito era Goethe. Incluso en la traducción lograba captar en sus obras el espíritu del romanticismo. Se veía a sí misma como un Fausto, incomprendida, rechazando las leyes de la naturaleza y enfrentándose a Dios mismo para extender su vida de manera frívola, y al final reconocer que esa no era la manera de sublimarse.

Pero había algo diferente. No pensaba ser alguien especial ni estar por encima de los demás; si su visión era mucho más amplia, era por lo cercana que estaba a la realidad. Era su personal grito de protesta ante la falta de libertad que la agobiaba.

¿Qué había para ella en el futuro? ¿Sería capaz de manejar su destino? Las interrogantes que de noche le arrebataban el sueño, de día la hundían en una angustia que parecía carcomerla hasta hacerla desaparecer, volviéndola invisible para los demás.

Le hacía falta su única amiga, una muchacha no judía llamada Cristina. Con ella solía escabullirse a las afueras de la ciudad para emprender largas caminatas. Cristina le contaba su fascinación por el cinematógrafo. Le hablaba de Chaplin, de un tal Eisenstein. La animaba a ir algún día con los padres de ella a una función de ópera o al menos a escuchar a la orquesta sinfónica de la ciudad, que solía interpretar conciertos la mayor parte del año.

Leah la miraba, tratando de mostrar que había entendido lo que le contaba, aunque por dentro se sentía más sola y alejada del mundo que nunca.

Recordó que en una de esas caminatas Cristina la llevó casi a rastras al museo de arte de la ciudad. Mientras recorrían los pasillos, Leah no dejaba de asombrarse ante la variedad de pinturas exhibidas. Por momentos cerraba los ojos y desviaba la mirada ante los desnudos, tan frecuentes en la pintura. Pero era inevitable verlos y al final los observó con mucha más naturalidad. Los paisajes de sitios que desconocía la dejaron boquiabierta. Ni qué decir de los retratos, casi con vida algunos, y borrosos otros más. Cristina trató de explicarle las diferentes escuelas de pintura. Mencionó tantos nombres que al cabo Leah no pudo recordar ninguno.

Al salir del magnífico edificio, de nuevo se sintió diferente. Esta vez con tal sensación interna de bienestar que se sintió culpable.

Por más que Cristina insistió en que entraran a ver una película, ella se negó. Lo consideraba un sacrilegio. Si los retratos no eran bien vistos, qué podía decir de lo demás.

Su amiga, quien comprendía sus limitaciones, sonreía. Nunca trató de forzarla o engañarla. Aceptaba la situación, mas no se cansaba nunca de contarle lo que había visto en los lugares a los que su familia la llevaba.

Cuando trató de explicarle lo que significaba una ópera, Leah simplemente no logró entender por qué una trama, en vez de ser contada, leída o simplemente actuada, tuviera que ser cantada. Y a pesar de que su amiga le hablaba de compositores de ópera judíos, no hubo poder alguno que la convenciera de entrar a ver semejante espectáculo.

Finalmente, tomó el camino de regreso a casa. No se había dado cuenta de que ya era casi de noche. Aceleró el paso para no preocupar a su madre, que seguramente la estaría esperando.

Tiempo de decisiones

Simja visitó la casa de los Rosenblum en un par de ocasiones más. Ya no como invitado especial. Lo hacía por razones de negocios. Se encerraba con Rosenblum en el pequeño despacho de este y, al cabo de unos minutos, se les veía salir, cada uno por su camino. No preguntó por Leah, pero durante la conversación mencionó detalles que tenían que ver con ella.

Ya el señor Rosenblum había dicho frente a su hija que sentía que pronto Simja se acercaría a él, pero no precisamente para discutir de negocios.

Leah asimiló bien la leve insinuación. Le pidió a su padre tener una conversación, de ser posible esa misma noche.

Rosenblum notó algo en el semblante de su hija y supo que la plática llevaría más fondo de lo que imaginaba. Era incapaz de negarle un deseo a Leah. Trató de adivinar lo que rondaba por la mente de su hija. ¿Tendría algo que ver con Simja? Probablemente.

Quedaron ambos de reunirse esa misma noche, al finalizar la cena.

Leah le agradeció y se levantó para dirigirse a sus labores. Sabía que la plática nocturna podía desatar enojo y frustración en ambos, pero era absolutamente necesaria.

Por la tarde, Leah se tomó su tiempo. Sintió que debía meditar sus pasos con más detenimiento que nunca. Ser una mujer con bases religiosas no iba a obligarla a asumir que, en un mundo moderno como el que el siglo XX representaba, nada debía cambiar, que seguirían el mismo curso de siglos enteros de dominación masculina. No obstante, entendía el rol que le correspondía a la mujer y nunca desafió esa premisa.

Con sus manos hojeaba el último libro que había conseguido. Rabindranath Tagore resultó ser una enseñanza de tranquilidad espiritual para ella. Leía sus poemas y sus cuentos cortos, tratando de extraer de ellos la miel de la que la gente hablaba. Su amiga Cristina se lo había regalado, como algunos de otros autores. El mundo reducido en el que había nacido parecía abrirse a otros horizontes. Y le fascinaba. Ella y Cristina habían discutido mucho sobre un libro de Tolstói. Ana Karenina representaba a la mujer volátil, moderna, que no está lista para interpretar su papel con docilidad. El final siempre le dio escalofríos a Leah. ¿Cómo era posible que alguien atentara contra su propia y sagrada vida?

Pero fueron las novelas de Dostoyevski las que dejaron una huella indeleble en su forma de pensar. Cargos de conciencia, asesinatos, rebeldías familiares. Y, lo peor, parricidio.

Al finalizar la cena, el señor Rosenblum le pidió de manera muy discreta que lo acompañara al porche de la casa. De esta manera parecía que la invitación venía de él y no de ella.

Se sentaron cómodamente. La noche se sentía cálida y el cielo lucía despejado. La luz de la luna llena les permitió evitar encender alguna lámpara. Aun así, se notaba el rubor en las mejillas de Leah.

—Tu madre —expresó el padre, tratando de romper la inercia del momento— sigue siendo una magnífica cocinera.

Leah asintió. Trataba de hablar y las palabras quedaban encerradas en ella como prisioneras, parecía que no podrían escapar.

—Padre —dijo finalmente—, tengo entendido que Simja, quien ha venido a casa como nuestro invitado, posiblemente está preparándose para hablar contigo y solicitar que me convierta en su esposa.

Antes de que el señor Rosenblum pudiera decir algo, ella le pidió que la escuchara.

—Sería incapaz —expresó— de desobedecer tus planes. Sabes bien que, de llegar a concretarse este matrimonio, asumiré las obligaciones que se esperan de una mujer judía. Seré buena esposa y madre. Pero —y en ese momento levantó la vista— nunca aceptaré a alguien a quien yo misma no haya elegido.

No es mi intención desafiar tu autoridad. Solamente —dudó— quiero dar mi aprobación tras conocer al que desee convertirse en mi esposo. Por ello, con la discreción adecuada, te suplico que me permitas conocer mejor a Simja. Necesito saber quién es, cómo piensa y en qué cree. Necesito estar segura de que ambos no daremos un paso que, en vez de otorgarnos la felicidad, nos aleje de ella con un matrimonio fallido».

Al notar la mirada de alarma de su padre, concluyó rápidamente.

—Solo quiero hablar con él. Verlo a los ojos y asimilar en mi corazón si será el adecuado para mí, y estar convencida de que él piense que yo soy a su vez la elegida para él. Entiendo que esto no se acostumbra. Tuvimos un leve encuentro durante el séder de Pésaj. No me es suficiente. Quiero que sepa quién soy, mis sueños y esperanzas para el futuro.

Pensó con cuidado sus siguientes palabras.

—Lo haremos de manera discreta, bajo la mirada cautelosa de quien decidas. Pero —expresó con énfasis— no me casaré con alguien que me decepcione.

En el silencio que siguió, el señor Rosenblum valoró con cautela lo que acababa de escuchar. Fuera de lo ortodoxo, de lo esperado, aunque nada descabellado. Conocía bien el carácter firme de Leah e intuyó que, de no aceptar su petición, ella simplemente se negaría a cumplir los deseos de sus padres. Era una nueva época. Respetaba la mente despierta de su primogénita y admiraba su tesón, su deseo de ser alguien en la vida.

—Así será, hija mía —le aseguró al tiempo que se colocaba de pie—. Si llegara el momento, buscaré la manera de complacerte con lo que me has pedido.

Dio la vuelta y emprendió el regreso a casa. Leah no logró ver la expresión en la cara de su padre. De haberlo hecho, esa noche habría dormido sin ninguna preocupación.

Simja había concretado varios cambios en sus labores. Sin proponérselo, comenzó a descuidar las tierras que supuestamente debía cultivar para sobrevivir. Desde tiempo atrás se había dado cuenta de que con el trabajo del campo nunca lograría salir de la pobreza, mucho menos cumplir sus sueños. Se había convertido, sin proponérselo, en el hombre de confianza de los demás agricultores de la zona que, conociendo su honradez, se valían de él para que fuera el intermediario entre ellos y los futuros compradores. Para ello era indispensable tener en quién depositar su confianza. No podían y no sabían lograr que su mercancía se vendiera al precio justo. Requerían alguien que supiera manejar adecuadamente las finanzas, el pago de los impuestos, y que evitara que la mercancía se echara a perder o fuera vendida con pérdidas. Simja les resolvía estos problemas, pero con ello los campos del joven quedaron descuidados.

Pensó muchas veces cómo garantizar la confianza de los agricultores sin dejar de sembrar sus propias tierras. Pero supo muy pronto que no podría con ambos trabajos. Consideró arrendar su propiedad, pero al estudiar los números se dio cuenta de que no ganaría gran cosa, sino que más bien podría resultar perdedor.

No deseaba deshacerse de este patrimonio, heredado después de la tragedia que sufrió su familia. Pero, siendo práctico, tendría que tomar decisiones importantes que habrían de involucrar su venta si quería establecerse en una ciudad que le ofreciera menos obstáculos que Zhytomyr.

¿Quién compraría esas tierras? ¿Quién le pagaría el precio justo? ¿Quién podría desembolsar esa cantidad de una sola vez para no tener que esperar años a que la misma fuera cubierta? ¿Cómo podría hacer uso de ese dinero sin peligro, ya que a los judíos se les impedía tener una cuenta bancaria?

Muchas interrogantes que ocupaban sus horas de sueño. Y, sin un patrimonio, ¿cómo podría aspirar a pedir a Leah en matrimonio?

Por lo pronto, alquiló en Cracovia un pequeño local, que le serviría para establecerse en un sitio fijo entre los vendedores y los compradores. Pagó el depósito requerido y, con un pequeño desembolso, compró un escritorio, una silla y un modesto archivo. Estaba listo para no tener que desplazarse, pues Cracovia servía como el centro lógico de sus operaciones. De ser necesario, el cuarto contiguo al local podría modificarse para habitarlo. Pero eso era adelantarse mucho: primero tenía que decidir lo que iba a hacer con las tierras y la casa de Zhytomyr.

Comenzó a buscar con sigilo a un probable interesado. Era una tarea difícil. Ninguno de los vecinos contaba con el capital para comprar la propiedad y anexarla a la suya. Tendría que ser alguien foráneo interesado en comprar tierras como un patrimonio para el futuro, trabajarlas él mismo o arrendarlas a algún agricultor.

Habían transcurrido algunas semanas, y no había hallado un comprador. Comenzó a pensar que quizá el intempestivo alquiler del local en Cracovia constituía una aventura sin pies ni cabeza.

Pasar la voz entre sus conocidos de Cracovia y Varsovia no había dado resultado.

Se acercaba el otoño. Las hojas comenzaron a mostrar colores de vivos matices, para luego caer deslizándose como es lo propio de su ciclo. Pronto vendría el invierno y sería más difícil conseguir un comprador.

La tarde en que Simja se presentó en casa de Rosenblum, se perfilaba en el firmamento la luna llena. Alumbraba sin dificultad el camino, lo que le produjo a Simja una sensación de seguridad ante lo que iba a solicitar. Por ahora, se dijo, no contaría que sus planes incluían deshacerse de su propiedad en Zhytomyr. Rosenblum ya sabía del local alquilado en Cracovia. Había mandado a uno de sus actuarios a efectuar un pago precisamente en aquel sitio.

No era una decisión sencilla para él, pero el cariño que sentía por Leah lo convenció de no demorarse más en solicitarla en matrimonio. Sus planes, aún confusos, incluían vivir por lo pronto en Zhytomyr y encontrar el tiempo para volver a cuidar de la tierra para hacer sentir a su mujer que había tomado la decisión acertada. Desconocía si tendría la oportunidad de hablar con ella para explicarle la precaria situación de Europa, en particular, proponerle salir de Polonia. ¿Lo entendería?, ¿lo aceptaría? Eran dudas que le atormentaban en su supuesta paz y quietud. Las muestras de un antisemitismo latente se percibían a cada momento. Las miradas con las que lo observaban le producían una inquietud que no solo le preocupaba, sino que estaba convencido de que representaba una seria amenaza. No eran agresiones pasivas. Sabía que cualquier chispa podría desencadenar un infierno en el cual los judíos, como de costumbre, pagarían con sus vidas.

Deseaba ardientemente comenzar de nuevo; la soledad que llevaba años cargando sobre su espalda se transformaba en un malestar indescriptible. Pensaba formar una familia, tener hijos y prosperar, dar a todos ellos lo que él jamás pudo disfrutar.

El señor Rosenblum lo conocía bien. Pensaba Simja que su mejor atributo consistía en su honestidad, mezclada con una ambición moderada. Era, sin embargo, un judío creyente pero convencido a la vez de su libre albedrío, lo que le permitía extender su campo de visión a otras empresas. No sabía si esto constituiría un impedimento con Leah.

Por lo pronto, y totalmente convencido de que sus siguientes pasos eran los correctos, aceleró la marcha para llegar a casa de su futuro suegro y, finalmente, convertir la proposición que flotaba en el aire en una realidad.

Al llegar a su destino, volvió a asombrarse de la sencillez y, a la vez, la belleza de la casa. La luz se filtraba por las ventanas. Se acercó y tocó a la puerta.

Una vez dentro, lo hicieron pasar al despacho del propio Rosenblum.

—Nos ha pedido —le informó su esposa— que sea tan amable de esperarlo unos minutos.

Esto le dio la pauta a Simja para recorrer la habitación con más cuidado. Un enorme ventanal, cubierto por una cortina de gasa transparente, dejaba filtrar la luz que la luna reflejaba. El escritorio, sólido, de madera semioscura, sencillo, que no atraía mayormente la atención. Detrás del escritorio, ocupando toda la pared, un librero. Pudo apreciar en él múltiples volúmenes en hebreo. Notó otros, a su vez, escritos en polaco o en ídish. No reconoció a ninguno de los autores, mucho menos los títulos.

El cómodo sillón donde él estaba sentado se encontraba frente al escritorio, a una distancia que lo mantenía cerca sin invadir el espacio del interlocutor. Le permitiría una adecuada comunicación, pero sin perder el carácter íntimo del asunto que iba a tratar.

Una bien conservada alfombra cubría la mayor parte del suelo, dejando entrever, solamente como un marco, el piso de madera. El tapete, de colores vivos, le daba un toque de calidez y alegría a la habitación.

Efectivamente, minutos después la puerta del despacho se volvió a abrir para dejar entrar a Rosenblum. Se le veía agitado, como si hubiera tenido que acelerar sus pasos. Se disculpó con Simja, dando a entender que antes de encontrarlo debió ocuparse de pendientes ya resueltos. Ahora le otorgaba todo el tiempo que requiriera.

Le ofreció una taza de té. Simja gustoso la aceptó.

Sin entrar en más preámbulos, Rosenblum, quien sospechaba la razón de esta visita, quiso aliviar las presiones del joven.

—Simja —dijo con un tono muy afectuoso—, ¿a qué debo esta inesperada visita? Pensé que los asuntos comerciales habían sido liquidados. Pero, en fin, dime —expresó mientras tomaba asiento en el cómodo sillón del escritorio.

Simja carraspeó un par de veces, sin saber cómo empezar. Finalmente, como si una señal llegara, miró al señor Rosenblum; distinguió la calma imperante en su expresión y se tranquilizó.

—Como usted sabe —tartamudeó—, desde que tuve el gusto de conocer a su hija Leah, he sido invadido por un sentimiento hacia ella; por lo mismo, me atrevo a explicarle esto. Mi única intención es formalizar una relación con ella y, si no ven inconvenientes, fijar una fecha para desposarla en los próximos meses. Sabe usted bien —expresó ya con mayor firmeza— quién soy, conoce mi trayectoria y trabajo. Estoy en la mejor disposición de hacer feliz a su hija. Siento mucho —bajó la vista por un momento— ser yo quien venga a solicitar esto. Como es de su conocimiento, quedé huérfano a una muy temprana edad. Por ello, siendo a la vez mi único representante, es que me atrevo a establecer este vínculo con usted sin la presencia de un testigo de mi parte.

Rosenblum, quien llevaba tiempo esperando esta plática, mostró primero una expresión fingida de asombro y posteriormente le dio a entender que de tiempo atrás era considerado como un hombre de bien cuyas intenciones eran bien recibidas.

Pero entonces recordó la conversación que había tenido con su hija. Honró su petición y se lo hizo saber al propio Simja.

El joven mostró su aprobación. Le gustó que la mujer que pretendía tuviera voz y suficiente albedrío para determinar con qué persona deseaba desposarse.

—No veo ningún problema —dijo—. Al contrario, esta posición de su hija incrementa la buena impresión que de ella tengo.

Platicaron un poco más. Rosenblum sacó una botella de vino y vertió parte del contenido en dos copas, tras lo cual ambos se dieron la mano. Le explicó que buscaría el sitio y el momento oportuno para que ambos se reunieran y llegaran a conocerse mejor.

—Guardaremos —decidió cautelosamente— el mazal tov para otro momento y sellaremos el compromiso con toda la familia presente.

Al despedirse y emprender el camino de regreso, Simja reflejaba la felicidad que lo poseía. Le pareció adecuado lo que Leah pedía. Entendió que, en caso de que ella lo aceptara, estaría frente a una mujer con gran determinación. Deseaba ardientemente que el encuentro ya ocurriera para escuchar con toda su atención lo que Leah esperaba de él y decir a su vez lo que él tenía resguardado en su corazón para ella.

La luna brillaba. Y a pesar de que la noche había enfriado, a Simja lo envolvía un calor que lo confortaba, llenándolo de una seguridad interior que lo apaciguó.

El encuentro

Simja regresó una vez más a casa de Rosenblum; la puerta la abrió su esposa, quien lo invitó a pasar a la espaciosa sala. Había llegado un mensaje a Simja para que él y Leah pudieran hablar este día frente a frente.

Se esmeró en su arreglo, recortó su barba, con lo que consiguió un nuevo grado de distinción. La señora Rosenblum le ofreció amablemente alguna bebida, que esta vez rechazó. Pensaba que sería más apropiado beberla conjuntamente con Leah.

Lo dejaron reposando por unos momentos en el salón. Ya lo conocía, pero le pareció mucho más amplio que la última vez que había estado en él. Tomó asiento esperando que ella apareciera.

Lo invadía la incertidumbre.

¿Lo vería Leah con buenos ojos? ¿Qué iba a decir ella? ¿Y qué pensaba contestar él mismo?

Notó que la mesa del comedor parecía más pequeña. No había en ella más que un adorno, un candelabro que podía sostener dos velas. La casa, en general, sin ser austera, daba esa impresión. No había lujos y, sin embargo, su naturalidad proporcionaba una sensación reconfortante para el que la visitaba.

Minutos después, por la puerta del despacho entraron Leah y su padre. Al verla, distinguió una vez más su belleza. Era mucho más esbelta de lo que recordaba.

Tras un saludo formal, Rosenblum los dejó solos. Se retiró a su estudio y, de manera discreta, cerró la puerta. Con ello ambos sintieron un voto de confianza que agradecieron.

Durante un minuto reinó un silencio espectral, incómodo. Parecía que ninguno de los dos iniciaría la conversación.

Leah levantó su vista y miró de reojo a Simja. No era tan mal parecido después de todo —como le habían insinuado—, y le pareció que venía presentable, mucho más apuesto que en la última reunión, con toda la familia.

—Tengo entendido —dijo Leah, cortando el silencio embarazoso— que has hablado con mi padre.

Al decirlo, solo por unos segundos miró fijamente al que aspiraba a ser su prometido. Sintió que el rubor subía a sus mejillas e instintivamente volteó la cara hacia otro lado. Esta era, sin duda, una situación fuera de lo común para ella. Pero era ella quien la había solicitado.

—Solicité a mi padre —continuó, retomando la intención que había sido interrumpida— que, con respeto a su decisión, siendo yo la involucrada, la última palabra sea la mía.

Lo dijo fríamente. Mas no se arrepintió de lo dicho ni del tono que había usado.

Tras unos segundos, que a Leah le parecieron eternos, notó que Simja volteaba a verla algo más relajado. Algo había cambiado en su semblante. Esbozaba una insinuación de sonrisa en su cara.

—No podría estar más de acuerdo —comenzó él. Por unos minutos, dudó en cómo continuar la conversación sin herir los sentimientos de la bella joven—. Me gustaría saber qué piensas tú y... —titubeó un instante— ¿me permites, a la vez, que yo exponga mis puntos?

Tras estas palabras, por primera vez en la naciente relación entre ambos, Leah se sintió cómoda. No hubo reproches. No se valió de esa superioridad que los hombres no pueden disimular. Se mostró comprensivo.

—No pienso —resumió ella— que estén en duda los deberes que tiene una mujer judía al aceptar casarse. Cumpliré con ellos, sea quien sea la persona que elija, o me elija a mí. Sin embargo, creo que es importante que el hombre que pretenda ser mi esposo —hablaba en una lejana tercera persona— sepa que tengo otros intereses, que espero él llegue a respetar.

Antes de contestarle, Simja le pidió que le explicara, hasta donde ella considerara adecuado, a qué se refería.

Poco a poco fueron aflorando sus ideas de emancipación, de libre albedrío para ambos; de una educación secular sin abandonar el judaísmo; de establecer entre ellos un diálogo continuo, de mutua confianza, sin reservas, sin tener que sospechar que las verdades no hayan sido dichas o que las mentiras puedan aflorar.

Posteriormente, Simja le expuso su plan de emigrar fuera de la asfixiante Polonia en la que se sentía obligado a vivir. Para su sorpresa, ella dio a entender que le gustaba la idea. Después de hablarlo, llegaron a conclusiones que satisfacían a ambos.

Leah no esperaba enamorarse perdidamente de Simja. Esto no era un cuento de hadas ni esperaba convertirse en un personaje de una novela romántica, pero comprendió que en su corazón se había abierto un espacio para este joven.

Media hora más tarde —el tiempo que calculó que sería adecuado—, el señor Rosenblum regresó a la sala, para darse cuenta de que la plática fluía sin dificultad entre los dos jóvenes.

Esa noche, tras conversar con su hija, se acercó a su esposa.

—Tendremos una boda —le explicó—. Una gran boda.

Y, sin decirse más, se abrazaron felices por las perspectivas que acababan de surgir.

Se fijó la fecha para llevarla a cabo al año siguiente, cuando la primavera está en su apogeo, poco antes de Pésaj.

Simja y el señor Rosenblum discutieron amigablemente sobre los arreglos y las expectativas que cada uno de ellos habría de cumplir para contribuir al éxito de la celebración. Por segunda vez en su vida después de la muerte de sus padres, Simja sintió que volvía a ser parte de una familia, con nuevas obligaciones. La felicidad solo iría en aumento a partir de este día.

Exactamente una semana antes de Pésaj, tuvo lugar la boda, en el año 1923. Días después, los desposados regresaron a Zhytomyr. Las puertas del Gan Eden parecían haberse abierto de par en par. Eran marido y mujer.

Pero en Polonia los tiempos eran de extrema tensión. Sin que Simja lo sospechara, uno de sus vecinos acababa de presentar una demanda en su contra.

La causa, según quedó transcrito en la declaración, era agresión y daño en propiedad ajena.

Las autoridades comenzaron las indagaciones. Se analizaría la situación antes de emitir una orden de aprehensión en contra de Simja Goldenberg.

Acababan de cumplir una semana de casados.

Capítulo 2

Odessa

Situada a orillas del Mar Negro, la ciudad de Odessa era un espejismo en su belleza, una atracción turística gracias a sus hermosas playas, de fina arena y clima mucho más benigno que en el resto de Rusia. Estratégicamente, constituía la salida que Rusia requería hacia el mar Mediterráneo para afianzar aún más sus exportaciones al resto del mundo. Era un pilar cultural en la zona, donde en particular en Ucrania y Besarabia la presencia judía se dejaba sentir con fuerza.

Presumían con razón los judíos de que Odessa les había permitido, en parte, una emancipación que dio a sus hijos acceso a las universidades y academias de música, haciéndolos sentir, por primera vez en varios siglos, en condición de iguales con los ciudadanos que poblaban el gran reino zarista. Y aunque las cuotas de admisión impedían que se desarrollara el potencial de todos, los pocos jóvenes judíos que no eran afectados por las leyes solían destacarse en los campos artísticos y en el científico especialmente. No obstante, ninguno pertenecía a la élite rusa. Eran trabajadores en fábricas, astilleros o del campo. A partir de la educación bíblica que habían conservado por milenios, buscaban la equidad, el amor y la justicia, y finalmente lo encontraron en los movimientos socialistas clandestinos, que surgían por todo el territorio dominado por el zar.

Tras el asesinato de Alejandro II, se desató una serie de manifestaciones antijudías que adquirieron el calificativo de pogromo, en cuyas letras llevaban impresa la sangre de miles de judíos, asesinados sin razón a causa del sentimiento antisemita que dominaba a Rusia igual que a Europa y otros países.

Alejandro II había exhibido ideas más liberales, con las que deseaba favorecer a la atribulada población de su país. Pero estas ideas liberales desaparecieron con su muerte y, al ascender al poder Alejandro III, los judíos en Rusia volvieron a estar amenazados. El nuevo zar no comulgaba con las reformas de su predecesor. La incipiente emancipación de los judíos que, entre otras cosas, les permitía tener una prensa libre en otros idiomas además del ruso —el ídish y el hebreo, que experimentó así un renacimiento— se desvaneció ante la oposición férrea a todo lo judío que se había desencadenado.

En Odessa vivían Piotr y Olga Nevalsky. Él trabajaba en los muelles de la ciudad, lo que les permitió obtener permiso para habitar dentro de los confines del puerto. Este era un privilegio concedido a escasas familias de raíces judías. A su debido tiempo, la descendencia de ambos podría asistir a los mejores colegios de la zona, siempre y cuando se respetaran las cuotas impuestas a la población semita.

Tras muchos esfuerzos por concebir descendencia, Dios —como decían Piotr y Olga— les mandó a su único hijo: un varón al que llamaron Alexander.

El niño demostró desde una edad temprana una buena disposición para el estudio, aun cuando su temperamento rebelde le impedía obtener mejores calificaciones. Solía mostrar arrebatos de ira incontrolable que, por fortuna, al paso de los años iba logrando dominar.

Asistió a colegios seculares, pero sus padres se encargaron de darle una adecuada educación religiosa, con especial énfasis en los aspectos históricos del pueblo judío. Deseaban ambos que su hijo representara lo mejor de las dos culturas, lo que de seguro le abriría puertas y oportunidades en los años venideros.

Su vida se desarrolló durante el reinado de Alejandro III. Con el nuevo zar, los derechos que su predecesor había entregado a los judíos entraron a una etapa de retroceso. Esto terminaría afectando el futuro de Alexander. Las puertas universitarias le fueron cerradas y debió conformarse, al cabo, con un puesto burocrático en la zona portuaria de la ciudad. Bien remunerado y con el derecho a vivir en Odessa.

Desde una corta edad, Alexander se unió a los grupos de jóvenes judíos del área de Ucrania. Algunos de ellos lo introdujeron a la vida cultural, tan prolífica en Odessa. Otros le mostraron el espíritu sionista, cuya intención era emigrar a Palestina para establecerse ahí. Soñaban que algún día no muy lejano se lograría la independencia de esa zona, que se convertiría en un refugio natural y un país propio para todos los judíos del mundo.

Al llegar a los dieciocho años de edad, habló con sus padres. Sentía que ya estaba listo para celebrar un matrimonio y establecerse con su futura esposa en los confines de la ciudad.

Piotr tenía un amigo en la ciudad de Kiev. Recordó que Eva, su hija mayor, ya contaba con edad para casarse. En una de sus visitas, quedó gratamente sorprendido por la belleza de la joven y su arraigo a las tradiciones judías. Un perfecto shidaj para Alexander. Cuando se lo hizo saber, el joven estuvo de acuerdo. Así eran las tradiciones y no pensaba quebrantarlas.

La futura esposa vivía en una de las zonas paupérrimas de Kiev. Su familia, apegada a la religión, participaba activamente en todas las obligaciones que las leyes judías exigían. Para ellos esto era una solución existencial en la que los problemas solo lograban resolverse a través de la unión comunitaria.

La joven rezaba fervorosamente, pidiendo al Señor que la sacara de su extrema pobreza y le permitiera tener un respiro. Más que creer, buscaba una esperanza en un mundo de oscuridad donde, aunado a los problemas presentes, latía siempre el temor a una revuelta de los gentiles; algo que solía terminar con violaciones y muertes entre la población judía. Pretextos no se necesitaban. Era fácil encender la llama de la ira entre los pobladores, quienes a su vez vivían bajo la opresión zarista, con solo malos augurios. Descargaban su furia sobre aquellos incapaces de defenderse, con especial saña sobre los ancianos y las mujeres.

La vida de Eva se resumía en acatar las órdenes de su madre. Para ella no era fácil. Entre las dos tenían que mantener la casa limpia, cocinar, zurcir las prendas, lavarlas y tenderlas en el patio para que lograran secarse cuando apareciera el sol.

Sus quejas se anidaban principalmente en la sensación de que cada día de su vida era una copia fiel del anterior y, desgraciadamente, del próximo. Lo único que había conseguido de su padre era que, en contra de sus preceptos, le enseñara a leer y escribir en ídish, el idioma que hablaban, y en ruso, que le era más que necesario.

Por razones del comercio al que se dedicaba, su padre aprendió el rumano y un poco de polaco, pero se resistía a enseñarlos a su hija, manteniéndola en ese laberinto sin salida. Eva aceptaba que tarde o temprano un matrimonio sería convenientemente pactado para ella y, ante ese destino, solo podía obedecer y mostrar respeto a sus padres: a él, en particular.

Gozaba la víspera del shabat; ese día de introspección surtía en ella un efecto que a su parecer ningún milagro sería capaz de igualar. Una vez preparadas las comidas del día, salía a caminar, siempre acompañada por alguna de sus hermanas.

La proximidad con Dios que sentía en el sagrado shabat ni siquiera en la sinagoga había logrado experimentarla. Era un intercambio entre lo divino y lo mundano, entre el ser superior al que amaba y su propia persona, ya desprovista de la pesada carga de la semana. Pero no era solo un día de descanso, sino de acercamiento a esferas inalcanzables en cualquier otro momento.

Una tarde, su padre le informó que el hijo de Piotr Nevalsky, un viejo amigo proveniente de Odessa, deseaba casarse ya. Tras discutirlo, ambos habían firmado un compromiso en el que fijaron la fecha de la boda. Estuvieron de acuerdo en que ese casamiento representaba la mejor opción para que sus hijos iniciaran una familia.

Sin conocerse, los cónyuges se vieron por primera vez bajo la jupá. Los pensamientos que afloraron en cada uno en ese momento quedaron como un misterio.

Fue en aquellos años de la década de 1890, a finales del siglo XIX, cuando nació el primogénito y único hijo de la nueva pareja, los Nevalsky.

El niño arribó al mundo con bajo peso y debió mostrar su entereza para sobrevivir. Se creyó que fallecería, puesto que su fortaleza física dejaba que desear. El brit milá tuvo que ser pospuesto en varias ocasiones. Iban a llamarlo Iván. Al cabo de muchas semanas, viendo que se apagaba su débil lucha y asustado ante la perspectiva de perderlo, su padre llamó al rabino de la comunidad y le pidió consejo, algo poco común entre los Nevalsky, que se consideraban librepensadores y seguidores solamente de la filosofía y la moral judía. Pero, a insistencia de la madre, Reb Yohanan se presentó ese día en su casa.

Sin asomo de duda en sus palabras, determinó que, para que pudiera vivir, el niño tendría que ser llamado de manera diferente, para así confundir y ahuyentar a los malos espíritus que amenazaban con lo inevitable.

Fue así como el niño, que logró sobrevivir, finalmente pudo ser circuncidado y nombrado Alter, tal como sugirió Reb Yohanan para engañar al ángel de la muerte. Significaba *viejo*.

Los Nevalsky

Al paso del tiempo, Odessa se había transformado en una ciudad cosmopolita. Todo gracias a sus grandes puertos en el Mediterráneo, que habían elevado las jugosas ganancias de los mercaderes.

Para finales del siglo, la población judía de la ciudad sumaba alrededor de ciento cincuenta mil personas. En Ucrania y en la región cercana a Odessa se vivieron múltiples pogromos en el siglo XIX, y no se esperaba que al entrar el siglo XX la situación cambiara. La bautizaron como una de las ciudades rusas más europeas, con una arquitectura innovadora, poco común en el resto de Rusia. Trataba de imitar ciudades como París o Roma. A su vez, abundaban los jéder, las escuelas de música y un buen número de periódicos que se leían con interés. Se publicaban libros escritos en prosa y también poesía, que expresaban el deseo por parte de la comunidad judía de que se creara un país para ellos. Los ideales por los que muchos jóvenes luchaban hablaban de reconquistar de alguna manera la tierra de sus antepasados, lo que motivó a varios a emprender largos viajes a Palestina con una idea colonizadora.

Alexander mantenía su trabajo en las oficinas situadas en Odessa y gozaba del privilegio de poder mandar a Alter a colegios que, por regla general, excluían a la población judía.

Soñaba con ver a su hijo convertido en ingeniero o en un profesionista destacado.

Las discusiones entre Alexander y su esposa comenzaron a tornarse cada vez más acaloradas. Ella deseaba que su hijo asistiera al jéder, que estudiara las escrituras y continuara su instrucción en alguna escuela rabínica. Como una concesión, de las muchas en las que iba cediendo, permitió que cortara su pelo y vistiera al estilo de sus compañeros gentiles. Aun así, sus amigos seguirían siendo los del jéder, ya que ambos padres estuvieron de acuerdo en que los primeros años de escolaridad de Alter se llevaran a cabo en una institución judía.

Sin embargo, Alexander comenzó a resentir las estrictas imposiciones que su mujer trataba de establecer en casa. A pesar de que respetaban la tradición kosher, él infringía las costumbres del kashrut cuando comía en compañía de sus compañeros de la base naval, tratando de ser visto por ellos como un igual. No sospechaba siquiera que era objeto de las más enconadas burlas. En pocas palabras, deseaba asimilarse a expensas de no mostrar su judaísmo. Con ello, en vez de ganar simpatías, logró solamente un doble repudio: el de ellos y el de su propia comunidad, quienes se daban muy bien cuenta de lo que estaba ocurriendo.

Mientras esto sucedía, y alarmada por estos cambios sutiles, Eva trataba de comunicarse con su esposo. Sus intentos eran en vano. Parecía haberse levantado un muro entre ambos. A la larga llevarían una vida como pareja de casados, pero tan alejados que cada uno a su manera tuvo que adaptarse a vivir en soledad, sin la compañía del otro.

Alexander comenzó a beber. Primero de manera ocasional, *social*, como él mismo afirmaba. No conseguía entender su renuencia hacia las leyes litúrgicas. Al final aceptó que su afición por la bebida era una forma de rebelión frente a la exagerada insistencia de su esposa por los detalles que a él precisamente le molestaban.

La primera vez que Alter vio a Alexander golpear a Eva, apenas había cumplido cinco años. Se aferró por instinto a las faldas de su madre, tratando de bloquear la andanada de manotazos que ella recibía. Esta escena, como habría de recordar, dejó una huella en el niño y, por desgracia, habría de repetirse por muchos años más.

Los primeros pasos de Alter en el jéder resultaron agradables. Desechó las burlas que provocaba su nombre y comprobó que, al no prestarles atención, milagrosamente desaparecían. Sus compañeros se dieron cuenta de que, si no lograban enfadarlo, perdían sentido, algo que se convirtió en una lección que él usaría en más ocasiones.

El rabino reconoció que Alter poseía gran facilidad para los idiomas. Hablaba ídish como todos sus compañeros, pero desde pequeño podía expresarse en ruso y también darse a entender con un poco de rumano. Estos dos últimos idiomas los aprendió simplemente jugando con los niños gentiles de la zona.

El hebreo bíblico lo dominó relativamente joven. Era capaz de leerlo a una velocidad que nadie en su clase podía replicar.

Notaba que sus compañeros presumían a sus hermanos y hermanas, en una especie de competencia para saber cuál provenía de la familia más numerosa. Se preguntaba por qué en su hogar no había más hermanos. Cuando preguntó a su madre sobre esto, ella lo miró y le dio a entender con una caricia que, siendo él quien era, ni a ella ni a su padre les hacía falta repartir su amor con nadie más. Aunque no era un argumento convincente, se dejó llevar por la inercia de la idea y se acostumbró a que, en la casa, tendría que entretenerse de manera solitaria, sin compañía.

Su padre insistió en procurarle, además de su educación judaica, otra de tipo secular. Revisaba con él sus avances en idiomas y solía proporcionarle textos en ruso para que pudiera dar comienzo a su educación universal. Procuró, entre muchos libros, acercarle algunos de temas científicos adaptados a su edad. Los había de astronomía y de biología. A Alter le fascinaba estudiar los planetas y asombrarse con la inmensidad del universo que se elevaba sobre su cabeza. Pero, cuando Alexander llevó a casa una pequeña enciclopedia en un solo tomo, Alter encontró en esta su mejor esparcimiento y desde ese instante su lectura se vio ampliada a tanta diversidad de temas como su cerebro le permitía absorber. Había descubierto otro mundo. Repetidamente pedía a su padre que lo llevara al puerto de Odessa para observar el mar. Este despertaba en su alma el deseo de viajar y conocer los países de los que tanto leía. Además, le gustaba en especial llegar a la inmensa escalinata en medio de la ciudad, que conectaba la parte baja con la más elevada; ni en sus libros se describía algo así.

La precocidad demostrada por Alter convenció a Alexander, mas no a Eva, de que debía inscribirlo en una de las escuelas públicas de la ciudad. Exponerlo finalmente a esa educación universal que Alexander tanto añoraba y deseaba para su hijo. La madre accedió cuando ambos acordaron que, además, Alter seguiría asistiendo al jéder para completar su educación judía. Esto colocó una doble carga sobre los hombros del niño, pero aceptó sin oponerse. Para él la escuela, fuera cual fuera, representaba una alegría y no una carga, a diferencia de muchos de sus compañeros.

Alter poseía también una capacidad excepcional para las ciencias exactas, en especial las matemáticas, que comprendía sin la menor dificultad. Aprendió a usar el ábaco con tal velocidad que sorprendía a sus propios maestros, pues resolvía sumas y multiplicaciones con más rapidez y exactitud que ellos mismos.

Trataron de enseñarle a tocar algún instrumento musical. Definitivamente, esa no era una de sus aptitudes. Probó los de cuerdas, los de aliento, y lo único que logró fue impedir a sus profesores que recobraran su aliento. Tampoco tenía talento para el canto, y se decidió que asistiría a las clases, pero no tendría la obligación de participar activamente.

Lo que no lograron distinguir es que, si bien Alter no poseía aptitudes para tocar instrumentos, su fino oído le permitía disfrutar la música. En cierta ocasión, su profesor lo llevó a la sala de conciertos, donde otro niño tocaría acompañado por la orquesta sinfónica del propio instituto.

—Tocará el concierto para violín de Mendelssohn —le explicó con calma.

Ese día fue una revelación para Alter. Las notas lo envolvieron. Pero lo que más le asombró fue ver a un joven interpretarlo sin problema, como un profesional.

—¿Quién es el violinista? —preguntó Alter.

—Uno de los niños prodigio que parecen abundar en Odessa —respondió su maestro—, uno más de los alumnos del profesor Auer; su favorito. Dicen que a su joven edad ya no hay mucho más que enseñarle y que podría convertirse en el mejor violinista del mundo. Pero, ah —se corrigió—, ¿tú querías saber su nombre?

Miró el programa del concierto.

—Jascha Heifetz —le dijo—. Sospecho que escucharás hablar mucho de él.

Ese día, Alter descubrió la magia de la música y supo que ya nunca se alejaría de ella.

La gran Rusia

En 1905, un momento histórico habría de marcar el futuro de Alter. Los marineros del acorazado Potemkin se sublevaron y arribaron a puerto precisamente en la ciudad de Odessa, por ser una de las más importantes bases navales de Rusia. La furia con que las fuerzas imperiales acometieron contra los marineros y la población en general, que de alguna manera les entregó su apoyo, fue no solo despiadada, sino que se convirtió en la llama, ahora inextinguible, que llevaría al pueblo ruso a aprender una dura lección: no hubo, y al parecer no habría, posibilidad de que se aliviara el sufrimiento de la gente. Las duras leyes que regían al país pudieron volverse más flexibles y otorgar a ese pueblo un diezmo de compasión y un mínimo asomo a la libertad. Esa esperanza quedó destruida en las escalinatas de Odessa. Ocurrió una masacre cuando se suponía que las autoridades se enfrentaban a una petición pacífica, no a un levantamiento en armas. Oportunidades como la anterior se dan a cuentagotas en la historia. Son pocos los que comprenden y asimilan su significado. Empecinado en no cambiar, en no otorgar ninguna concesión, Nicolás II, zar de la gran Rusia, no fue uno de ellos.

Alexander, el padre de Alter, se había sumado a las manifestaciones. Corrió con suerte, ya que, al ver cómo se acercaban las tropas zaristas a caballo, entendió que las arengas, contrario a su propósito, se dirigían al fracaso, a un enfrentamiento contra un ejército armado hasta los dientes. No salió huyendo. Simplemente se escabulló y se ocultó en el pórtico de un edificio cercano, para esperar paciente el final. Como pudo, regresó y ayudó a los que yacían inermes a su paso en las avenidas, la mayoría desangrándose por las heridas de las espadas desenvainadas del ejército. Eran muchos más los muertos que los heridos, pero al no recibir atención médica, estos también iban falleciendo. Observó que la mayoría eran mujeres y que también había muchos niños que las habían acompañado aquel fatídico día.

Al llegar a su casa, con la ropa ensangrentada, apenas logró explicar a su mujer lo que había acontecido, la tragedia de la cual había sido testigo fiel.

Alter escuchó el relato de boca de Alexander pocos años después. Se lo describió de tal forma que le quedaría grabado como si él mismo hubiera estado presente en el lugar.

En la escuela, las autoridades habían prohibido mencionar el asunto. Cada uno debía aparentar que jamás había sucedido, para que todo quedara relegado al rincón más oscuro de su mente.

Sin embargo, varios alumnos instaron a otros a reunirse al término de las clases para hablar sobre lo que había sucedido y discutir acerca de las decisiones que, como jóvenes, debían tomar para el futuro. Sin querer, Alter se vio envuelto por el idealismo de muchachos que soñaban con una Rusia libre, sin el yugo del zar obstinado y déspota que regía el país con mano férrea.

Y, así, escondidos en uno de los salones del colegio, expresaron el horror y el descontento. Relataron lo ocurrido, algo que Alter ya había escuchado de labios de su propio padre. Los jóvenes llamaban a una rebelión, a unirse en la búsqueda de un cambio para Rusia que alcanzara a la enorme mayoría de la población y no solo a los pocos privilegiados que habían sido favorecidos desde siempre.

También escuchó que sus compañeros mencionaban nombres que le eran desconocidos: Marx, Hegel, un tal Lenin exiliado…, y que habían surgido en varias partes de Rusia grupos subversivos que abogaban por la libertad, la igualdad para todos y la entrega de tierras a aquellos que las trabajaban. Pugnaban por eliminar la forma de gobierno actual; pero estaban conscientes de que esto no sucedería en los próximos años. Debían, por tanto, ilustrar al campesino, y al pueblo en general, para que se dieran cuenta de que la única manera de solventar su pobreza era derrocar al zar. Buscarían la forma de publicar estas ideas en panfletos, para comenzar a repartirlos por toda Rusia. Dado que ya existían movimientos clandestinos en Moscú y en San Petersburgo, se les encomendó que los difundieran en Ucrania, Kiev, Odessa y en cada pueblo de la región que, como todos los demás, viviera bajo el yugo de la Rusia zarista.

El grupo reunido aceptó sin reparos la presencia de Alter y de otro muchacho judío, de nombre Lev. Una vez terminada la sesión, Lev se acercó a Alter y se presentó.

—Estamos en clases diferentes dentro de la escuela, pero ambos somos judíos.

Sin más preámbulos le extendió la mano y sellaron ese día lo que, sin saberlo, sería en el futuro una amistad inquebrantable.

La literatura que Alter comenzó a leer a partir de ese año era muy diferente a la que acostumbraba. Desde Rousseau y los enciclopedistas franceses a los liberales americanos; aprendió que existían diferentes maneras de pensar, de gobernar y de llevar las riendas de una nación. Ese mundo utópico le pareció muy semejante al que podía prefigurar en ciertos pasajes bíblicos en que los profetas de Israel pregonaban los mismos ideales y buscaban, afanosamente, encontrar las mismas respuestas.

Cuando relató al rabino algunos de estos sucesos, este más bien pareció horrorizarse. Rechazaba la idea de un levantamiento armado como solución. Le recordó cómo apenas unos años antes, en el año de 1903, en la ciudad de Kishinev, la población judía había vivido uno de los peores pogromos jamás vistos. Hubo decenas de muertos y se cometieron las más espantosas atrocidades, sin que la prensa mundial emitiera una sola protesta.

—¡Si los que llevaron a cabo estas atrocidades fueron los propios ciudadanos, y no las fuerzas imperiales! —le reclamó el rabino.

—Pero el ejército permaneció estático frente a lo que sucedía; debió al menos haber tratado de controlar la situación. Tan culpables unos como otros —se atrevió a señalar Alter.

—No para nosotros. Para los judíos no existe ese tipo de justicia o de igualdad que ahora pregonan algunos. Incluso si llegaran en algún momento a lograr sus objetivos, tarde o temprano los judíos seremos excluidos de ese país con el que sueñan y dentro del cual no tendremos cabida.

Y así, como una pedrada, Alter asimiló una triste verdad. La historia había mostrado, con creces, que los judíos seguirían siendo los chivos expiatorios de toda la maldad ejercida por el ser humano.

Sueños utópicos

Días después, un desconocido entregó a Alter una hoja de papel. Lo invitaba a asistir a una junta en la sinagoga, donde varios jóvenes que habían escuchado de él querían exponerle sus ideas.

La cita era el sábado siguiente por la noche. Una vez finalizado el shabat, nadie los molestaría. Le pedían discreción y que no lo contara a nadie. Faltaban solamente tres días. Alter tenía que tomar una decisión: creer que la invitación era real y no constituía una trampa, o que quizá trataban de que volviera a las raíces judías, de las cuales se había alejado. También podía simplemente ignorar el mensaje.

Tras pensarlo con calma, y sin tener que justificarse, caminó esa noche de shabat al sitio de la reunión. Por más liberal que se considerara, seguía perteneciendo a la comunidad judía, aun cuando en algún momento pensó que sus propios hermanos lo habían olvidado. Sin embargo, acababan de recordarlo. Mejor así.

Rusia era un país conflictivo que, con pogromos y un ejército, atacaba a sus propios ciudadanos en nombre de un zar que no ofrecía un ápice de comprensión para nadie.

Entró a la sinagoga por la puerta principal, como solía hacerlo, pero esta vez no se encaminó al sitio donde se llevaban a cabo los rezos. Los cuartos restantes estaban en la parte superior.

Subió por las escaleras, y a sus oídos llegaron murmullos de voces lejanas que se hacían más nítidas a medida que se acercaba. Fue el primer indicio de que no había sido engañado y que efectivamente se estaba llevando a cabo una reunión. Uno de los cuartos tenía la puerta entreabierta y dejaba filtrar una tenue luz. Alter se aproximó a la puerta y la abrió, tratando de no llamar demasiado la atención.

—Bienvenido —le dijo acercándose para estrechar su mano el que parecía ser el mayor del grupo.

Y, aun así, pensó Alter, era todavía un adolescente, solamente unos años mayor que él.

—Me llamo Saúl —dijo y procedió a presentarle a cada uno de los jóvenes que estaban cómodamente sentados, formando un gran círculo.

Alter notó que quedaba solamente una silla disponible e imaginó que estaba reservada para él. Con la mirada insinuó a Saúl si podía sentarse en ella, y el joven lo instó a hacerlo con un movimiento afirmativo de cabeza.

Conforme pasaron los minutos, Alter fue llevándose una grata impresión de lo que aquellos jóvenes trataban de establecer en cuanto a sus futuras acciones. Entendió que solo había un claro objetivo: emigrar a Palestina y volver realidad el sueño sionista, propagado en las recientes décadas por las ideas de Hertzel, plenamente aceptadas en los congresos sionistas que se habían llevado a cabo desde entonces.

Se percató de que su amigo Lev no estaba presente. Sugirió su nombre para que lo invitaran a las próximas sesiones.

Al salir, Saúl se le acercó. Trató de saber si se había sentido bienvenido en el grupo y si lo expuesto concordaba con sus ideas o no. Aclaró que no era necesario que le contestara de manera inmediata.

—Piénsalo, y te esperamos dentro de una semana en este mismo sitio si es tu deseo abrazar los ideales que perseguimos.

Alter le agradeció y efectivamente pidió un tiempo razonable para asimilar lo aprendido ese día. Comprendió también que, sin ser una actividad secreta, las reuniones debían manejarse con suma cautela. Preferentemente sin hablar de estas con nadie fuera del recinto. Aprovechó la ocasión para volver a mencionar a Lev.

—Lo invitamos hace unas semanas. Como tú, asistió, pero nunca más regresó. No creo que lo haga —contestó Saúl.

Saúl presintió que probablemente Alter lo había considerado porque tenía amistad con él.

—Si es tu amigo —agregó con suspicacia—, será mejor que no hables de esto con él, tal como él no lo hizo contigo.

Se dieron la mano y Alter, por primera vez en su vida, se identificó como un joven judío con una prometedora visión al futuro.

Se encaminó de regreso a su hogar con una nueva actitud y nuevos planes para un porvenir ya muy cercano. En algún momento, Palestina podría ser un sueño vuelto realidad, tras dos mil años de exilio, y los judíos serían los encargados de reconstruir ese país.

Eran un grupo variado. Todos hablaban en ídish o en ruso. Los había quienes portaban una kipá sobre sus cabezas, y otros vestidos más bien a la usanza del lugar. No lograba alejar de su mente una reciente cicatriz que recorría la mejilla izquierda de Saúl.

Había diferencias ideológicas muy claras entre lo que pensaba Alter y lo que Lev deseaba en la vida. Sin embargo, ambos, por diferentes razones, soñaban con emigrar a donde pudieran gozar de una verdadera libertad, no solo como judíos, sino como individuos dentro de un mundo cada vez más unificado. Mientras que a Alter las ideas sionistas comenzaron a causarle una profunda impresión, a Lev le repugnaba la idea de establecerse en una Palestina que desde hacía ya varios siglos era propiedad de los turcos.

—Iremos de un mal a otro. Acá nos discriminan por judíos y usureros. Allá tendríamos que enfrentarnos a una nueva cultura, que nos es extraña; a un clima imposible; a la realidad de no poder ser libres —le decía Lev—. Ni siquiera sabemos si podremos comprar tierras, cultivarlas y desecar algunos de los pantanos, que acarrean enfermedades totalmente desconocidas en Rusia. No, yo deseo emigrar a un lugar mejor del que trato de alejarme, y el único que ofrece esa seguridad son los Estados Unidos, en el continente americano. Tú que posees esa facilidad natural para los idiomas deberías concentrarte en el inglés. Es la lengua que se hablará en el mundo en este siglo XX.

Alter lo escuchaba. No quería iniciar una discusión ideológica con su amigo. A pesar de ello, trataba de no distanciarse y le prestaba atención cuando le relataba sus planes. Un familiar de Lev había emigrado hacía ya varios años a la ciudad de Chicago, donde se había instalado, y era donde este ansiaba llegar para comenzar una nueva vida.

El mundo fuera de Rusia lucía como una incógnita para Alter. En el puerto, a orillas del Mar Negro, interrogaba a los marinos sobre lo que veían y escuchaban, y también quería saber sobre los acontecimientos en el resto del mundo. Se enteró de que Europa seguía dominada por el Imperio austrohúngaro, la marina británica controlaba los mares del mundo y Francia, como siempre, vivía rememorando sus glorias. Tras la derrota de Napoleón III, el espíritu bélico de los franceses sufrió un tremendo revés. Un nuevo adversario en la ominosa figura de Bismarck amenazaba la paz. Pero los marineros rusos, aquellos descendientes del Potemkin, solo aspiraban a una vida tranquila y confiaban en que el tiempo que le quedaba al zar y a su imperio era cada vez más endeble. Hablaban de un nuevo levantamiento. Pero, en contraste al de 1905, esta vez iba a ser diferente. Si el zar no aceptaba abdicar de manera pacífica, sería removido por la fuerza. Hablaban de una inminente revolución.

Europa en jaque

Fueron los acontecimientos en Europa los que a la larga cambiaron al mundo. Por ahora, tanto Alter como Lev presentaron sus papeles y exámenes para ingresar a la universidad en Odessa y cursar una carrera profesional. Sabían de las cuotas impuestas a los judíos, pero confiaban en que llegarían a las aulas.

Alter aspiraba a ser ingeniero algún día. Por su parte, Lev deseaba estudiar ciencias políticas. Soñaba en convertirse en el portavoz de los movimientos independientes en el mundo.

Ambos sabían que en caso de ser rechazados tendrían que cumplir con el servicio militar obligatorio y, por lo tanto, formar parte del ejército ruso. Temían tal cosa, sobre todo por su condición de judíos, puesto que serían rechazados y discriminados por el resto de los soldados.

Lev fue el primero en ser notificado. Sus papeles de admisión fueron rechazados lo mismo que su solicitud. No entraría a formar parte de la universidad y tendría que renunciar a esas aspiraciones. Fue tal el golpe que esto le produjo que comenzó a fraguar la posibilidad de huir definitivamente de Rusia.

Dada su edad, los permisos que se requerían para abandonar el país imposibilitaban esa acción. Sin contar con los medios económicos y los papeles necesarios, supo que en caso de emprender la huida lo haría de manera clandestina, asumiendo los riesgos, ya que, de ser capturado, podría purgar una condena de varios años en prisión.

No podía hablarlo con su familia, pues nunca vieron con buenos ojos la idea de emigrar que les planteó.

«¿Por qué no hacer como aquellos judíos de las últimas décadas del siglo XIX, quienes emprendieron a pie el camino a la tierra prometida?», pensaba. Lo mismo podría intentar él ahora. Decidió esperar un poco hasta saber si Alter había sido o no aceptado como alumno en la universidad. No sería lo mismo tratar de huir como un loco solitario a llevarlo a cabo con un plan mejor trazado en compañía de alguien en quien confiaba. Si llegaba el momento, ¿podría convencer a su amigo de huir con él a América?

La mañana en que Alter se dirigió a la universidad para corroborar si había sido o no aceptado, notó que la gente se había parado frente a los puestos de periódicos, y leían las primeras planas. Curioso, desvió sus pasos y llegó hasta donde estaban. Todos los encabezados eran semejantes:

> «El archiduque Francisco Fernando de Austria y su esposa han sido asesinados en las calles de Sarajevo, a manos de un anarquista».

Todos los que en ese momento leían mostraban la misma cara de preocupación.

—Una inminente guerra se avecina en Europa —dedujeron algunos.

—El emperador austrohúngaro no podrá mantenerse impasible ante los acontecimientos —decían otros—. Debemos estar preparados para una posible represalia en contra de los países balcánicos.

Malas noticias definitivamente, pero para su fortuna, pensaba Alter, Rusia no tenía por qué involucrarse en una guerra si se presentara; no había razón alguna para inmiscuirse. Poco sabía él de los acuerdos establecidos entre los diversos imperios de Europa que, en caso de que escalara el conflicto, tendrían que apoyarse unos a otros.

En la universidad le entregaron una hoja de papel que, sin más explicaciones, decía «rechazado». Con este papel, supo que su destino se había sellado. Al menos en Rusia, no podría aspirar jamás a estudiar una carrera profesional. Ni él ni su amigo Lev. Era momento de que ambos se reunieran para tomar las decisiones apropiadas.

Una semana después, con días de diferencia, Lev y Alter fueron notificados de que debían presentarse en el cuartel para iniciar su servicio en la milicia. Ambos reconocieron que sus sueños tendrían que esperar. Por ahora, a la par de millones de conciudadanos, el zar les exigía su presencia en el ejército. Corrían los primeros meses de 1914.

El día señalado Alter se presentó en la comandancia local. La mirada del capitán que lo recibió le dio a entender claramente que estaba por comenzar una nueva y difícil etapa. Al día siguiente, Lev vivió la misma experiencia.

Era lógico asumir que la vida de los dos amigos estaba a punto de cambiar. Ambos fueron incorporados a la infantería y, meses después, tras un entrenamiento muy básico y cuando finalmente estalló la conflagración anunciada, partieron al frente.

La Gran Guerra

Cuando Alter supo que el ejército lo requería, muy a pesar suyo, tuvo que aceptar que no tenía escapatoria. Por primera vez en su vida reconoció que haber nacido en Rusia lo calificaba como uno más de sus ciudadanos. Si era menester cumplir con un decreto del zar, en que los jóvenes debían formar parte por algunos años del ejército, no había razón válida para no acatar esa obligación. El que se sintiera como ciudadano de segunda clase por ser judío era más bien un aliciente para demostrarle al pueblo ruso que los judíos no eran parte de un grupo separado. Pertenecerían a la milicia, como cualquier otro ciudadano del extenso territorio que conformaba la patria zarista. Al inscribirlo en escuelas no judías, su padre le había mostrado el camino para convertirse en un verdadero ruso y, con esa actitud, tratar de que las autoridades finalmente los reconocieran como iguales. Por más que Alter lo pensara, era una idea pretenciosa y fuera de lógica. El sentimiento antisemita que hervía en cada rincón de la Rusia zarista no desaparecería por arte de magia o por el hecho de que los jóvenes judíos se unieran a las fuerzas armadas del país. Como bien decían, era una obligación y no una prerrogativa pertenecer al ejército y, de ser necesario, dar la vida para defender a la Rusia de sus antecesores, sin importar quién estuviera en el poder.

La despedida no fue nada sencilla, especialmente para Eva. El llanto no cesó durante los días en que se preparó antes de partir. Alexander, por el contrario, manifestaba un orgullo un tanto insensato, pero de absoluta aceptación por lo que estaba ocurriendo. Parecía no considerar que su único hijo podría llegar a morir defendiendo un país que lo menospreciaba.

Por su parte, Alter sintió que acababa de convertirse en Isaac y que era conducido al Monte Moriah para ser sacrificado por Abraham. Se preguntaba si la mano del ángel, representando a su Dios, llegaría a tiempo cuando su vida estuviera en peligro. Eso, intuyó, lo tendría que averiguar durante su estancia en la milicia.

Se despidió de sus amigos cercanos, incluidos los compañeros del jéder. A pesar de que para la comunidad Alter aparecía como un ente extraño, el rabino le tenía un cariño especial y admiraba su inteligencia sobre todos sus demás atributos. Al despedirse, le entregó un volumen del Tanaj; le pidió que lo guardara junto a sus pertenencias. Le explicó que llegarían momentos en que sentiría la necesidad de leer y estudiar las historias y enseñanzas de su pueblo, descritas maravillosamente en el libro sagrado.

Una vez que terminó de empacar, notó que los tefilín habían quedado fuera, pero la mirada de su madre lo convenció de incluirlos en su equipaje. Así lo hizo, sabiendo que la dejaría más tranquila. No era el momento de entablar una disputa religiosa con ella.

El cuartel se había instalado en las afueras de Odessa. Era un edificio monumental, al que se acercó con cautela. Una vez dentro, un sargento dirigió sus pasos a la oficina que le correspondía. Le bastó notar la mirada del capitán para comprender que ahora era un recluta más, y como tal confiaba en que no se harían distinciones por su origen étnico.

Al salir de la oficina, un aguijón en el pecho lo sorprendió cuando cayó en cuenta de no se había despedido de Saúl y su grupo.

¿Sabrían ellos que había sido reclutado?

Las ideas sionistas, las que rigieron su pensamiento por tantos meses, súbitamente parecían haber quedado en el pasado. Aquella oportunidad se acababa de perder. Inimaginable por ahora.

El entrenamiento al que fue sometido mostró las flaquezas del ejército. Pocas armas y generales cuya edad más bien correspondía a la población de un asilo de ancianos y no a cabecillas del ejército. Había poca disciplina, pero, sobre todo, un descontento general con la situación política del país y del mundo. Recordaron la alianza que Rusia había establecido con Francia y sabían que el zar, en caso de que estallara la guerra, tendría que honrarla. Se hablaba con despecho de Nicolás II. Los jóvenes lo hacían en sus dormitorios, cuando los oficiales habían desaparecido. Muchos soñaban con el fin del zarismo y la instauración de un gobierno elegido por el pueblo.

A diferencia de otras regiones de Rusia, Odessa contaba con muchos jóvenes con educación superior, muchachos que sabían de álgebra y filosofía, y leían a los escritores modernos. Algunos incluso habían incursionado en los movimientos anarquistas y socialistas que brotaban por toda Europa. Dominaban por lo menos un idioma aparte del ruso y, lo más importante, estaban conscientes de los acontecimientos políticos dentro de Rusia y del mundo. No eran unos campesinos ignorantes; reconocían que, si la guerra estallaba, sus aptitudes los convertirían en suboficiales del ejército, lo que siempre representaba una ventaja.

Cuando escuchó los nombres de algunos de sus compañeros, entendió que él, afortunadamente, no era el único judío en ese sitio. Incluso se enteró de que uno de los oficiales de mayor investidura lo era.

Por ahora nadie lo molestaba. Respetaban el concepto, más que claro, de que todos eran hijos del mismo destino y que, si hubiera que presentarse en batalla, la vida de uno dependía del compañero, del joven que, como él, deseaba sobrevivir.

Como siempre, a Alter le costaba mucho trabajo entablar amistades. Siempre había sido taciturno. Un soñador, decía su madre. Amaba los libros y podía permanecer horas enteras leyendo novelas históricas, que eran las que más le apasionaban. A su vez, era un romántico callado, sin ínfulas de conquistador de mujeres. Para él no eran objetos sexuales, como para sus compañeros, sino el complemento perfecto que todo hombre aspiraba tener. La belleza que admiraba en ellas no solo era externa. Las escuchaba en su diálogo y establecía un juicio sobre su valor. Una compañera, pensaba, era alguien en quien confiar, a quien poder solicitarle un consejo. Alguien que lo quisiera y a quien él querría por igual.

Observaba cómo sus compañeros flirteaban con las muchachas hasta un punto que le parecía fuera de orden. Las miraban como si fueran un juguete al que tienen todo el derecho de manipular, y actuaban con ellas de la misma manera, hasta llegar incluso a lastimarlas. Especialmente durante su último año en el colegio donde cursó los estudios previos a la universidad, estuvo en contacto con muchas de estas jóvenes. Se admiraba de que, en un país tan ultraconservador como Rusia, finalmente las mujeres comenzaran a tener voz y a aprovechar las oportunidades que se les brindaban. Cierto que constituían una minoría, pero se hacían ver y notar.

Le llamaba la atención que la mayoría deseaba seguir estudios universitarios y, a pesar de que él mismo creía que se dedicarían a la filosofía, las letras y las artes, casi todas optaban por carreras técnicas o medicina, a esta última cada vez con mayor entusiasmo.

Con una en particular, llamada Valeria, proveniente de una casa más bien aristocrática, estableció una incipiente amistad. Solían ir juntos a las bibliotecas cuando tenían que realizar algún trabajo. Supieron de inmediato que a ambos les gustaba la música, en especial ir a conciertos. Cuantas veces les fue posible asistieron a la sala de música principal de la ciudad y se regocijaron con las interpretaciones que escucharon. A ella le fascinaba el violoncelo, mientras que Alter era un apasionado tanto del violín como del piano. Gozaron de los mejores intérpretes de estos y otros instrumentos, y al fin de cada velada se dirigían a alguno de los cafés que permanecían abiertos a esas horas de la noche, para tomar algún sencillo refrigerio.

Solían discutir mucho. No al respecto de la amistad que los unía. Dialogaban sobre política, filosofía y, principalmente, sobre el futuro que ambos pensaban que se insinuaba para Rusia. Alter se abrió con Valeria, le confió que, como judío, siempre se sentía rechazado en ese país, por lo que buscaba la oportunidad de emigrar. En un principio ella renegó ante semejante idea, pues le pareció absurda. Sin embargo, pertenecer a la aristocracia rusa, que vivía amenazada por un levantamiento popular inminente, tampoco le presagiaba un buen futuro.

Valeria le dio a entender en más de una ocasión que, ante la menor insinuación de un levantamiento popular en Rusia, su padre estaría listo para huir del país y esperar en el exilio que la situación mejorara. Era dueño de una gran propiedad en el sur de Suiza y con el tiempo había logrado realizar depósitos importantes de dinero en más de un banco de aquel país. En otras palabras, le explicaba a Alter, su familia estaba preparada para cualquier eventualidad.

A Alter le preocupaba que, de llevarse a cabo lo que ella acababa de contarle, no les sería fácil ni sencillo escapar de un país en plena ebullición. Prefirió no comentarlo y, por lo tanto, guardó un discreto silencio.

Logró despedirse de ella cuando su solicitud de admisión a la universidad fue rechazada. Por el contrario, Valeria había sido aceptada para estudiar medicina, y esta confluencia de hechos los distanció por completo. Era lógico que cada uno continuara con sus actividades una vez que sus caminos se habían bifurcado, obligándolos a tomar el que más les conviniera.

Transcurría el verano del 14. Odessa disfrutaba de un clima especialmente agradable. Se podían divisar los pequeños veleros que navegaban por las aguas del Mar Negro. Las playas estaban saturadas de turistas que aprovechaban para descansar, asolearse, mientras se ejercitaban en deportes que durante el resto de las estaciones del año era imposible practicar.

Alter solo tenía un día libre a la semana y lo aprovechaba para asistir a algún museo, un concierto, o simplemente para caminar por la hermosa ciudad. Se sentía libre y respetado en su uniforme militar. Muchos transeúntes, aun sin conocerlo, lo saludaban. Era una muestra de respeto a la investidura, pensaba, y al ideal de soldado que cada uno debía representar.

Los días fueron pasando bajo una rutina establecida; a diferencia de las primeras semanas, ahora le costaba mucho menos esfuerzo físico llevarla a cabo y terminarla. Aprendió estrategias de guerra, supo que una conflagración no solo se ganaba en el campo de batalla, sino también en la retaguardia, donde la llegada de los suministros era de vital importancia para mantener al ejército en pie. Se enteró de cómo Napoleón Bonaparte intentó conquistar al Gran Oso y de su eventual fracaso, no ante la resistencia de las fuerzas armadas, sino por la voluntad y el coraje de sus habitantes, además del clima imperante.

El uso de las diversas armas, así como la estrategia de mover un ejército durante una batalla le asombraban y simplemente se preguntaba de qué serviría todo ello si a la larga las cosas volverían a su estado de previa inercia.

Pero eran las prácticas a campo abierto las que más lo agobiaban. Exigían fuerzas que no poseía, para las cuales nunca había estado preparado. No obstante, entendió que formar parte de la infantería constituía la base para lograr sobrevivir y derrotar al enemigo.

Tiempo atrás había pedido prestado un ejemplar de *Guerra y paz*, de Tolstói. Lo leía y se sentía como el protagonista del libro, o al menos como uno de ellos. Una gloriosa epopeya, en la que se reconocía que las guerras se ventilaban en los cuarteles, en los hospitales a los que los heridos eran acarreados y en las zanjas, donde sobrevivir era un arte y una imperiosa necesidad.

En agosto de 1914, Alemania le declaró la guerra a Rusia.

«¿Cómo era esto posible?», pensó Alter. ¿Acaso la ceguera había descendido sobre los dirigentes alemanes? ¿No se daban cuenta de la enorme superioridad numérica que tenían los ejércitos del zar sobre los alemanes? ¿En qué basaban, por tanto, su atrevimiento para declararle la guerra?

Una semana después, Alter fue asignado al cuarto ejército ruso, que se enfrentaría en batalla a los prusianos. Se enteró de que su amigo Lev, asignado en otro frente, ya había partido, sin que hubieran logrado despedirse.

Esta guerra, sospechó Alter, aunque una más en la historia de Rusia y del mundo, no sería igual a las anteriores. Los ejércitos combatientes poseían nuevos y mucho más poderosos armamentos, con una supuesta igualdad entre ellos. Imaginó que, al estar involucrados varios países y abiertos varios frentes, sería el crudo invierno, a solo unos meses de distancia, el que marcaría por sí mismo el devenir en las batallas.

Los primeros enfrentamientos del ejército ruso contra el enemigo rápidamente mostraron su absoluta ineptitud. Los rusos fueron derrotados en una y otra ocasión por fuerzas mucho más reducidas que las suyas, pero bien organizadas, con generales que conocían no solo el terreno donde las batallas se libraban, sino los recodos en los que podrían sorprender al enemigo. Sí, muy numeroso el ejército ruso, pero totalmente falto de la preparación requerida, razón por la cual las muertes de los rusos comenzaron a aumentar de manera alarmante. Y la cantidad de heridos que se contabilizaban era aún más espeluznante. Todo esto sin considerar los miles de prisioneros capturados por las fuerzas alemanas.

Rusia vio cómo en esos dos primeros años de la guerra perdía una enorme parte de los territorios que había logrado conquistar años atrás.

Alter luchó en el frente siempre dispuesto a defender a su país. Y, mientras más lo pensaba, menos convencido estaba de estar haciendo lo correcto. Un país que lo rechazaba y humillaba. Una patria, espejo de la brutalidad ejercida por un zar que, sin escuchar a sus consejeros, se permitió caer en la inercia al no hacer caso a tiempo de las advertencias, lo que favoreció que las fuerzas revolucionarias comenzaran a gestar un inminente levantamiento. En los momentos en que el silencio de los cañones señalaba una mínima tregua entre los combatientes, Alter solía tomar el Tanaj que su rabino le había obsequiado y, a pesar de sus ideas antirreligiosas, solía leer algunos pasajes. Muchos ya los conocía, por lo que decidió mejor acercarse a los salmos, que no solo llenaron su alma de una paz anhelada, sino que le despertaron el deseo incuestionable de sobrevivir a esta hecatombe. Se inspiraba en los profetas, en los mayores y en otros que sin razón alguna eran llamados menores, cuya filosofía se acercaba aún más a su manera de pensar.

Vivían a campo abierto, en zanjas que se fueron ampliando hasta convertirse en barracas, donde se esperaba la muerte que podía ocurrir de mil maneras. La mayor parte de las veces los heridos no sobrevivían y morían desangrados o como resultado de la tardía atención por parte de los escasos médicos, que no alcanzaban a auxiliarlos. Por las noches, el estruendo de los cañones solo se equiparaba a la iluminación que provocaban en el cielo oscuro y tenebroso. La lucha cuerpo a cuerpo le despertó actitudes que jamás pensó que llegaría a mostrar. Era matar al enemigo o dejarse matar por este, sin misericordia. No había cuestionamientos éticos, morales, mucho menos filosóficos. Esta era una guerra como ninguna otra que se hubiera disputado, por la despiadada actitud que mostraba cada uno de los ejércitos beligerantes.

A principios del 18, después de casi tres años de duras batallas, de combates en varios frentes, el ejército ruso finalmente consiguió algunas victorias prometidas en el 14. El cansancio en los combatientes era mayúsculo. Las enfermedades los agobiaban y, cuando no eran víctimas de la fiebre de las trincheras, era el frío o la escasez de alimentos lo que los afectaba.

Alter había sobrevivido luchando a la par con sus compañeros, que comenzaron a palmearlo en la espalda, como una demostración de que finalmente era aceptado. Y, entonces, vino el tifo. Las altas fiebres hicieron presa de muchos, entre ellos Alter. Tuvo la suerte de ser trasladado a una de las regiones donde se habían instalado casas de campaña convertidas en hospitales para atender a este tipo de enfermos. Su cuerpo luchó contra la enfermedad, a pesar de no tener ningún medicamento que aliviara sus dolores, su diarrea, o controlara su calentura. Emaciado, tras un mes de permanecer en cama, finalmente sus enfermeras reconocieron que había logrado vencer el mal y pronto sería dado de alta, lo que significaba regresar a la batalla, volver a luchar contra el enemigo y enfrentarse una vez más a la muerte. Había perdido varios kilos, y el pelo que cubría su cabeza, sin saber por qué, había desaparecido por completo.

Se sintió agradecido por haber logrado sobrevivir, ya que la mayoría de los compañeros que contrajeron la enfermedad había fallecido. Consideró que lo suyo era lo más cercano a un milagro y prometió, como lo había hecho otras tantas veces, que no cedería ante nada o nadie, y saldría adelante de esa infame guerra.

Los soldados habían escuchado rumores provenientes de Rusia. Habladurías imposibles de corroborar. Mencionaban el regreso triunfal al país de Lenin, con las ideas que pregonaba y, de manera insólita, se enteraron de la caída del zar y su gobierno, así como del arresto de la familia imperial.

Parecía que la tan anunciada revolución se estaba convirtiendo en una realidad.

«¿Qué hacemos, entonces, en estos campos de batalla?», se preguntaba Alter. Miraba a sus superiores, quienes no podían confirmar nada, obligando a las tropas a seguir luchando.

Finalmente llegó la confirmación esperada. En efecto, Lenin había regresado a la Rusia de sus orígenes para implantar un gobierno bajo nuevas directrices. Se desencadenó una lucha a muerte entre los opositores al zar y los que pretendían defenderlo aún. Se hablaba de un ejército blanco y de uno rojo. Nadie parecía entender una sola palabra.

Una mañana del mes de marzo del año 1918, llegó la orden. Lenin, ya en el poder, disponía que los ejércitos rusos se replegaran, debían regresar a Rusia, y él mismo se encargaría de firmar el armisticio con las fuerzas enemigas.

El capitán, un hombre ya mayor, reunió al batallón de Alter y les dio la noticia: para el ejército ruso, la guerra acababa de finalizar. Todos comprendieron la importancia de lo sucedido. El imperio zarista, después de tantos siglos en el poder, por fin había sido derrocado. Un nuevo panorama de igualdad y derechos, pensaron los soldados, se podría establecer en Rusia; ellos, los combatientes del ejército regresarían a ayudar a completar esta misión.

Las lágrimas corrían por las mejillas de los bravos soldados. Lograron sobrevivir una más de las guerras definidas en un escritorio por unos cuantos y llevadas a cabo en los campos de batalla. No se había ganado nada, sin embargo; los muertos, los heridos clamarían en vano por la futilidad de lo ocurrido.

Alter recibió la noticia como un golpe directo que lo enfrentaba a tener que definir su futuro. Logró salvar la vida, pero ¿a costa de qué sacrificio? Recordó en sus lecturas lo ocurrido en Francia cuando triunfó la revolución. Años de desgracia, de muertes y de ira desaforada. Sin ser adivino, pronosticó que lo mismo podría suceder en Rusia, aún con mayor fiereza. Anticipó, sin dudarlo, que acababa de ser depuesto un tirano, pero, conociendo la mentalidad del ruso, sabía que pronto ascendería otro que, con la misma demagogia, convencería al pueblo de que, con su presencia, resolvería todos los problemas que aquejaban a la madre patria.

Pensó en sus padres, en sus amigos, que ahora no podía predecir si lograrían sobrevivir. Recordó a Lev. Desconocía qué había sido de él tras estos años de lucha. ¿Estaría vivo? ¿Prisionero? Todo lo que le había acontecido se mostró frente a él. Una vez más, debía tomar decisiones, confiando en que serían las que lo liberaran del yugo que lo oprimía. Era su obligación vislumbrar un futuro a través del actual presente, negro y nefasto.

Regresar no era la respuesta. Había llegado el momento en que podría convertir en realidad su deseo de emigrar, de transformarse en un hombre con nuevas metas. Y, antes de que lo declararan traidor, en medio de la oscuridad de esa noche, tomó la decisión de no volver a la patria y partir en busca de su sueño añorado.

Reconoció, sin embargo, que el camino para cumplirlo iba a ser tan peligroso como la guerra que lo envolvió durante los últimos años.

Nunca volteó, nunca mostró arrepentimiento. Alter, lo sabía, había renacido.

El escape

Alter permaneció oculto en una granja, trabajando para los dueños. Estos sabían que Rusia había salido de la contienda y no tuvieron empacho en aceptar a un soldado del glorioso ejército de su país. Nada sabían de sus planes. Al finalizar la guerra, Alter buscaría la manera de salir de esa Europa devastada.

El viejo continente era un campo de destrucción. Pueblos y ciudades habían sido arrasados con el único objetivo de apropiarse de un espléndido botín. El vasto olor a hierba ardiente flotaba en el aire como si nunca fuera a desaparecer. Se adhería a la ropa y no había poder humano que lograra desprenderlo. En todas las laderas se dejaban sentir el clima invernal y las nubes grisáceas de la llegada del otoño. Los árboles parecían llorar junto a la población, con sus hojas cayendo en tropel y siendo aplastadas por los carruajes que atravesaban los caminos. Como siempre, y aunque nada tenía que ver con las ambiciones de sus políticos, la población pagaba con creces su nula intervención, con la obligada huida de sus hogares y de sus pueblos, de esos sitios donde la mano del demonio parecía haber cubierto los otrora fértiles bosques y praderas. Alter comprendía que, aunque en su natal Rusia no lo veían como un desertor o traidor, en el camino hacia la libertad sería atacado como enemigo, a pesar de que su país se había retirado de la guerra. Por tanto, era imperativo esperar el final de la contienda. Sabía de la entrada de los estadounidenses y sospechó que la aventura emprendida por los ejércitos alemanes estaba próxima a su final.

Jamás había trabajado la tierra, y ahora esto se había vuelto parte esencial de sus labores cotidianas. Le pagaban un mísero sueldo, del que sin embargo lograba ahorrar algo. Era imprescindible si aspiraba a adquirir su pasaje con destino a la ansiada Palestina. Se enteró por las habladurías de la gente de que el gobierno británico había otorgado su aprobación para que Palestina se convirtiera en el país de los judíos, el mismo del que fueron expulsados más de dos mil años atrás. Sin embargo, seguía siendo territorio ocupado por Turquía. Este último país, aliado de los alemanes, podría perder la guerra y, en consecuencia, también los territorios que ahora controlaba, entre ellos la propia Palestina. Alter estimaba que si Turquía perdía los territorios habría una muy buena posibilidad de convertir el sueño sionista en una realidad. «¿Cuándo?», esa era la interrogante para la que no había pronta respuesta.

Nunca dejó de pensar en la gente que estaba por abandonar. Principalmente sus padres, los cuales podrían pensar que había muerto. Una vez en libertad, les escribiría y les haría saber la decisión que había tomado. Recordó también a Valeria, a Saúl y a todos los demás compañeros. Pero del que no había tenido noticia alguna era de Lev. Pelearon en diferentes regimientos, muy lejos uno del otro. Las bajas no eran anunciadas sino hasta mucho tiempo después. Tenía miedo de averiguar qué había ocurrido con él. Una sensación indescriptible le decía que su amigo estaba en peligro. ¿Cómo averiguarlo? Al ser él ahora un fugitivo, no podría acercarse a los cuarteles del ejército para indagar su paradero. Sabía que rápidamente se darían cuenta de que en lugar de emprender el regreso estaba tomando el camino contrario. Sería, por lo tanto, considerado un desertor. Dada la situación política en Rusia, donde aún no se lograba una paz o estabilidad verdadera, al menos se alegró de su decisión de no retornar.

Cada tarde terminaba agotado. Las labores del campo lo agobiaban. Lo más triste era que además no le agradaban. Reconoció que no había nacido para ser agricultor. Y en su mente se fueron forjando escenas futuras en una Palestina agrícola a la cual no creía que lograría ajustarse. Tendría que buscar otra manera de sobrevivir en el exilio.

Era un hombre con una educación básica, sin una carrera profesional y ninguna habilidad tecnológica. Le quedaba su inteligencia. Sabía que la necesidad lo obligaría a encontrar los caminos del éxito.

Aunque agradecía enormemente la oportunidad de trabajar en el campo, Alter ansiaba salir de su escondite, otorgarle un nuevo vuelco a su vida, desarrollar sus sueños, truncados por ahora.

Cuando finalmente se firmó la rendición de Alemania, el 11 de noviembre de 1918, por primera vez en su vida, Alter le hizo honor a su nombre. Se sentía viejo. Sin haber aún realizado uno solo de sus proyectos de vida, aislado en el mundo y sin una sola persona a la que pudiera recurrir, tomó la decisión de reiniciar su viaje para atravesar Europa hasta llegar a Marsella, que sería su puerto de salida a la libertad.

Cada día recorría a pie varios kilómetros. Cuando el hambre, la sed o la falta de liquidez se le presentaban, se detenía en algún pueblo o pequeña ciudad, donde conseguía algún trabajo pasajero que resolviera por algunos días su precaria situación.

Toda su educación secular, junto con la adquirida en el jéder, resultaba insuficiente frente a la realidad que enfrentaba. Los caminos estaban atestados de refugiados; muchos de ellos regresaban a sus hogares tras el espantoso conflicto que los había dejado sin protección alguna. Mujeres que en su andar desconocían la suerte de sus esposos, que aún no habían regresado del frente de guerra, e ignoraban si estaban vivos o prisioneros. La incertidumbre causada en la población provocaba oleadas llenas de dolor y de sufrimiento.

Con el final de la guerra, la miseria se desencadenó en Europa como una nueva oleada de muerte, esta vez en la forma de una gripe que, al haber sido reconocida en España, llevaría por siempre ese nefasto apellido. Sin poderlo sospechar siquiera, la influenza española atacaría todos los países del mundo con una saña no vista desde tiempos del cólera en Rusia o de las pestes bubónicas en siglos previos.

Temiendo ser atacado por la enfermedad, aunque desconocía la manera de evitarlo, Alter se aislaba de las personas, razonando que con estas precauciones evitaría el contagio. A diario se preguntaba por qué esta furia e ira se había desatado sobre la humanidad. No solo la metralla o las muertes en los campos de batalla hicieron sufrir a la gente. Peores aún resultaron las enfermedades que mataban más soldados que las balas disparadas. Y ahora una pandemia, que terminaría provocando probablemente más muertes que la guerra misma. Se sentía como Job, desprovisto de toda señal de humanidad, preguntando a Dios cuál era el tremendo pecado que había cometido para tener que soportar tanta calamidad.

Las fronteras, como las recordaba, habían quedado en el pasado. Nacieron nuevos países, como Checoslovaquia, mientras otros, como Polonia, recuperaban mucho del territorio perdido o conquistado. Alter, quien había encontrado refugio en Rumania, trazó en su mente la larga trayectoria que lo conduciría a la libertad. Atravesaría Yugoslavia, el norte de Italia, hasta llegar a Francia y de ahí se dirigiría al sur, al puerto de Marsella. De antemano supuso que de ese sitio partían la mayoría de los buques que podrían transportarlo a Palestina. Una Palestina, por cierto, que había sido adjudicada a los británicos, toda vez que Turquía, al perder la guerra, había perdido también todos los territorios que había conquistado. Pensó que la inmigración a la tierra prometida sería ahora menos problemática al estar en manos de los ingleses. Esta idea alegró su corazón, instándolo a proseguir su viaje tal como lo tenía planeado.

Pronto llegaría la primavera y, con ella, los caminos nevados se volverían senderos más fáciles de transitar. Su intención era llegar a la pequeña ciudad de Craiova, cerca de la frontera con Yugoslavia. Separados ambos países por el río Danubio, lo tendría que atravesar en algún momento.

Desde muy pequeño, su padre le había enseñado a hablar rumano. Ahora agradecía esas lecciones, pues le habían permitido transitar por el país con mínimas dificultades. Estaba enterado de que ahí existía una comunidad judía establecida siglos atrás. Cuando llegara a Craiova buscaría la sinagoga, donde de seguro la gente comprendería su dilema y le prestaría ayuda.

Craiova

Para sorpresa de Alter, Craiova resultó ser una hermosa ciudad, con grandes edificios, palacios y amplias avenidas por las cuales comenzaban a transitar carruajes tirados por caballos y, como pudo ver con asombro, muchos automóviles de combustión interna, que se desplazaban a altas velocidades provocando desconcierto y miedo entre la población.

Buscó alguna de las sinagogas en la ciudad. Era viernes, aún temprano, y se programó para tratar de llegar a una de ellas antes del shabat.

Tuvo la atinada precaución de preguntar en las calles cómo llegar a su destino. Al cabo, decidió que la mejor opción sería hacerlo en ídish a aquel que pareciera judío. Hasta cierto punto era fácil distinguirlos, básicamente por la vestimenta que usaban. En efecto, no se equivocó. Uno de ellos, un amable anciano con quien inició una conversación, le preguntó su nombre y de qué lugar provenía. Después, se presentó a sí mismo.

—Y, mientras llegas a tu destino final, ¿dónde piensas pasar la noche? —indagó.

Sin mayor preámbulo, el viejo lo invitó, no a la sinagoga, sino a pasar el shabat con su familia.

—Comprenderás que no somos gente rica, pero nuestra casa siempre podrá recibir a un correligionario si lo necesita —dijo.

La mirada de este hombre dejaba entrever cierta bondad, algo que en los últimos años Alter había dejado de reconocer en la gente. Explicó al viejo que no deseaba convertirse en una molestia para la familia y que agradecería se le permitiera trasnochar en cualquier granero dentro de los límites de la ciudad.

—De ninguna manera. Hoy serás nuestro huésped. Mañana habremos de encontrar la forma de proveerte con la ayuda necesaria para tu largo viaje. ¡Palestina! —exclamó—. Vaya, vaya. Es cierto que la situación de ese territorio ha cambiado, pero —dudó por un instante— la población musulmana jamás permitirá que los judíos regresen y traten de recuperar la tierra que injustamente nos fue arrebatada.

Sin afán de entablar una discusión, Alter agradeció la invitación y ambos se encaminaron a la casa, donde, como se había dicho, tendría una comida caliente y un sitio para pasar la noche.

Alter no comprendía cómo un desconocido era capaz de tal generosidad. Esa no era la costumbre en Odessa. Quizá en los pequeños pueblos este tipo de situaciones se valoraban de manera diferente.

¿Cómo sabía el viejo que no invitaba a su casa a un potencial ladrón o asesino? El solo haberse expresado en ídish no era suficiente, pensó Alter.

Los más de cuatro años en que Alter había atravesado por una pesadilla lo hicieron pasar por alto que los judíos consideraban una obligación ayudarse unos a otros. Era la primera muestra de afecto que recibía desde su ingreso al ejército ruso. Había dejado de apreciar la cercanía de la gente. Pensó que buscaría la manera de recompensarlos por esta buena acción. Ya aprendería, con el tiempo, que ciertas acciones no esperan muestras de agradecimiento. Tras lo que habían vivido todos en esos años, tenía que nacer una nueva forma de cordialidad entre los hombres. El ser humano acababa de aprender una lección: que las guerras no resuelven ninguno de los problemas.

Caminaron un par de kilómetros, conversando jovialmente.

—Hemos llegado —indicó el hombre, al tiempo que señalaba la entrada de una modesta casa.

Tocaron la mezuzá en el dintel de la puerta y, mientras el viejo le anunciaba a su esposa que tenían una visita, Alter sintió el calor de ese hogar en su cuerpo, algo que con el paso de los últimos años había olvidado por completo.

En verdad, la casa mostraba su pobreza, pero conservaba sin pretensiones un buen aspecto. Los muebles, escasos, estaban bien distribuidos. La iluminación llegaba a través de las ventanas y proporcionaba una calidez con fuerte contenido tradicional. Una menorá, que le recordó la suya en Odessa, descansaba sobre el trinchador del comedor. En la mesa había un samovar que antojaba una humeante taza de té. Escasos cuadros adornaban las paredes. El más hermoso representaba la imagen idealizada de Jerusalén, con el Muro de los Lamentos dominando la escena.

Finalmente se acercó la que debía ser la esposa de este buen hombre.

—Bienvenido. Has conocido a Menajem Mendl, mi esposo. Yo soy Marushka, su mujer —se presentó.

Alter agradeció efusivamente la hospitalidad. Se dio cuenta de que el shabat estaba por comenzar.

Lo invitaron a recitar el rezo del vino, y comprendió que era un honor reservado esa noche a las visitas. «¿Quién más vendrá?», se preguntó al observar dos sillas vacías en la mesa y, frente a ellas, preparados los cubiertos y una vajilla con bordes dorados.

Menajem Mendl esperó unos segundos. Si alguien más estaba por llegar, este debería ser el momento.

Se abrió una puerta en la sala, que seguramente comunicaba con las habitaciones interiores. Aparecieron dos jóvenes, que pidieron disculpas por el retraso.

—Mis hijas —explicó Menajem Mendl—. Vania y Rajel.

Ambas asintieron con la cabeza, como dando a entender al visitante que no sabían de su presencia. Parecía que ninguna se atrevía a observarlo, solo lo intentaron por medio de una rápida ojeada.

Se sentaron a la mesa, donde Marushka y las jóvenes recitaron la bendición que le daba la bienvenida a la fiesta sagrada del shabat.

Poco a poco se fue estableciendo una animada conversación. Todos deseaban saber más de este joven de Odessa, de su paso por la guerra y sus planes para el futuro. Escucharon con mucha atención, sin osar interrumpirlo.

No entendían cómo era posible que huyera y dejara sus raíces para buscar fortuna en otro país.

Una vez terminada la cena, Alter fue invitado a pasar a la sala. Durante las siguientes dos horas les habló de una Odessa que, ahora, bajo el control ejercido por la revolución, no volvería a ser la misma. Si bien esa ciudad le había facilitado una educación adecuada, relató cómo no logró entrar a la universidad, con lo que perdió la oportunidad de estudiar una carrera.

Vania, la mayor de las hijas, comentó que, aunque lo hubieran aceptado, lo habrían llamado a servir en el ejército tras el estallido de la guerra.

Alter asintió, dándose cuenta de que la joven llevaba mucha razón. La miró con más detenimiento. Era de una tez tan blanca como la nieve. Sus ojos y su cabellera, sin embargo, eran de un negro profundo, y la combinación le daba un rasgo de misterio, de belleza. Una nariz prominente y la boca de labios muy delgados. En conjunto con su figura, supo que se encontraba frente a una mujer hermosa.

Alter se enteró de que Menajem Mendl era el dueño de una tienda de víveres en la zona central de la ciudad.

—En ocasiones —le confió Menajem Mendl— me es imposible atenderla como es debido. Tengo que viajar mucho para conseguir víveres, además de llevar las cuentas de manera correcta, para no despertar sospechas ante el gobierno, lo que podría acarrearme problemas.

Expresó que necesitaba ayuda urgente. Quizá Alter comprendió que este hombre le había dado una opípara cena con la esperanza de convencerlo de que se quedara a trabajar para él. Decidió no comentar nada. Lo pensaría con calma esa noche. Necesitaba ahorrar para su viaje y, si el sueldo ofrecido fuera adecuado, probablemente aceptaría.

Le mostraron el patio que quedaba detrás de la casa, en donde un modesto cuarto podría servir esa noche para brindarle descanso. Trajeron un catre, le indicaron dónde quedaba el baño y le entregaron una cobija para cubrirse durante la fría noche.

Alter se quedó mudo ante esta expresión de solidaridad. Por la ventana logró divisar a las dos hijas, que platicaban animadamente.

—Mañana —le dijo Marushka— es shabat. Día de descanso. Menajem Mendl vendrá temprano a despertarte, y ambos podrán ir a la sinagoga. —Y así, sin darle tiempo a contestar, cerró la puerta.

Cansado, se recostó y, antes de poder valorar la situación, se quedó profundamente dormido.

Al despertar por la mañana, solo recordó haber soñado con Vania. Por más esfuerzos que hacía, no lograba recordar algo más del sueño.

La sinagoga había sido edificada en un lugar cercano a la zona donde vivía Menajem Mendl. Sus rasgos arquitectónicos contrastaban con una decoración de tipo morisco, coronada con una bimá al centro y el Arón Hakódesh, que requería que sus dos puertas de madera se abrieran para exponer los rollos de la Torá. El piso superior estaba reservado para las mujeres. Esa mañana se sentía una gran efervescencia. El jazán procedía con el canto para que, posteriormente, todos escucharan el discurso que daría el rabino. Esa mañana se celebraba una fiesta de bar mitzvá. A Alter le trajo agradables recuerdos de cuando esas ceremonias se llevaban a cabo con dignidad y gran pompa en la sinagoga de su comunidad en Odessa.

El joven que se incorporaba ese día como hombre a su comunidad, y a la de todo judío en el mundo, cantó las bendiciones con una voz cambiante, que por momentos sonaba aguda, para en el instante menos esperado ser suplantada por un tono de barítono. Al sacar los rollos de la Torá, la abrieron en la sección correspondiente a la Parashá del día. El rabino dirigió el puntero a la sección que correspondía. Fue llamado a la Torá el primero de los testigos, cohén de ascendencia, quien, tras pronunciar correctamente la plegaria, dejó que el festejado leyera la primera parte.

La ceremonia prosiguió sin interrupciones hasta su conclusión, poco más de una hora después. El muchacho tomó la palabra y dirigió a sus maestros y familiares un discurso en ídish, que resultó emotivo, y con ello se dio fin a la ceremonia.

Después fueron todos invitados a un kidush en el salón anexo, que permitió a Alter conocer a los miembros de la comunidad a medida que Menajem Mendl se los iba presentando. Fue recibido amablemente, y se sintió bienvenido tanto en la congregación como en la ciudad.

De regreso, caminaron a paso lento. No era un día frío, pero tampoco caluroso. Parecía la temperatura perfecta. El cielo mostraba un azul intenso, con escasas nubes.

—¿Has pensado en la propuesta que te hice ayer? —preguntó Menajem Mendl.

La decisión no era difícil. Ya hablarían de los detalles. Por ahora, Alter sintió que toda la carga que Menajem Mendl y su esposa llevaban a cuestas se había levantado en vilo, en espera de su contestación. Necesitaba el dinero, un trabajo pasajero y un sitio donde vivir. Y, sin embargo, sin intención de engañarse, supo que algo más poderoso lo estaba orillando a quedarse. Quería conocer mejor a Vania. Era la primera vez que una mujer causaba esta impresión en él. No sabía absolutamente nada de esa joven. Sus padres la presentaron solo como la hija mayor. Hubiera esperado algo más y no ocurrió. Sabía que tendría que darse un respiro antes de emprender su viaje hacia Marsella y tratar de tramitar papeles, conseguir permisos de salida y, a su vez, tener la certeza de ser admitido en Palestina.

—Lo he pensado —contestó con cautela—. Usted bien sabe que no puedo comprometerme con un trabajo a largo plazo, toda vez que ayer les di a conocer mis intenciones de viajar a Marsella y embarcarme en el puerto. Si me acepta, le prometo que no se arrepentirá. Puedo asegurarle que haré el trabajo que se requiera, cumpliré a cabalidad sin reproche alguno y sin esperar algún tipo de recompensa más allá de un adecuado sueldo.

La familia de Menajem Mendl

El trabajo resultó más interesante de lo que Alter había imaginado. Fue aprendiendo los recodos, los secretos de cómo llevar un negocio; lo intrincado que puede resultar conseguir la mercancía con el mejor postor y lograr extender los créditos por varios meses. Llevar la contabilidad sin equivocarse, de forma clara y nítida, y, por último, aprender el complicado método de vender la mercancía, ya fuera al menudeo o en cantidades mayores cuando se presentaba esa oportunidad.

Las horas eran largas, pero la compañía de Menajem Mendl lo animaba a proseguir sin quejarse. Eran tiempos difíciles en Rumania y en el resto de Europa. Los comercios comenzaban a despuntar tras un letargo de cerca de cuatro años. Conseguir los enseres para rellenar los anaqueles de la tienda requería muchos más conocimientos de los que el joven aprendiz aceptaba tener.

Al cabo, le consiguieron en alquiler un pequeño cuarto cercano al lugar donde trabajaba. Minúsculo en sus dimensiones, conservaba, sin embargo, adecuada ventilación e iluminación, y la pequeña cama, que ocupaba gran parte del espacio, resultó ser muy cómoda. El edredón lo cubría de noche, evitando que el frío de la zona se filtrara por su cuerpo.

Él y Menajem Mendl comían los alimentos que Marushka preparaba cada día. Seguía las estrictas leyes del kashrut y, si bien Alter las había abandonado tiempo atrás, no mostró empacho en retomarlas. Incluso, aunque no lo confesara, le trajeron a la memoria los olores, los sabores de Odessa, cuando su madre solía prepararle los alimentos. El sabor acá era ligeramente más dulce de lo que él recordaba, pero, aun así, deleitaba su paladar.

Menajem Mendl nunca ocultó su preferencia por la hija mayor. En las ocasiones en que Alter era invitado a comer a su casa o en la cena de shabat, notaba claramente cómo el padre se dirigía a esta hija con otra mirada, con otro tono de voz. No podía descifrarlo. ¿Era de despecho o de cariño? Por más que trataba, no lograba penetrar en la mente de ambos cuando hablaban entre sí o cuando solamente se miraban el uno al otro.

Alter dedujo que, con los atributos que poseía, Vania ya debería haberse casado. No se hablaba de esto en la mesa y, durante el trabajo, Menajem Mendl simplemente desviaba las conversaciones a lo esencial que requería el negocio. No encontraba razones ni le agradaba hablar de lo relacionado con su familia. Alter sospechaba que había algo más detrás de esa fachada. En cambio, Rajel, la hija más pequeña, participaba poco en las pláticas familiares, dejando que siempre fuera Vania la que tomara la palabra. Había una mezcla de misterio y belleza en la hija mayor que Alter no lograba descifrar.

Por las noches, Marushka interrogaba a su esposo sobre la opinión que este tenía de Alter, al que aún consideraba un extraño, si bien poco a poco se iba ganando su confianza. Menajem Mendl solía decirle que era un trabajador impecable en su honestidad y desempeño; que el Señor, en su misericordia, se había apiadado de ellos, enviándoles un pequeño ángel para ayudarlos con las tareas diarias. Le contaba las historias de lo que Alter había tenido que soportar y sufrir durante la guerra. Le relató cómo el tifo que lo atacó casi lo mata y que, de no haber sido por la atención médica que tuvo, no hubiera logrado sobrevivir.

Cuando querían saber algo más de su familia, Alter se mostraba reacio a mencionar nada más allá de alabar a sus padres y bendecir la suerte de haberlos tenido. Se abrió con ambos, expresándoles sus deseos de superación personal. Soñaba con estudiar, aunque esta posibilidad se divisaba cada día más lejana. Les habló de Lev, de Saúl y de las ideas sionistas que anidaban en la mente del último y que había adoptado como propias. Les expresó su miedo de ir a Palestina, un territorio no libre, y enfrentarse de nuevo a las vicisitudes de más guerras, más pobreza. No era tan iluso como creían. Consideraba las opciones egoístamente, presumiendo que el mundo estaba en deuda con él tras todo lo que había tenido que sufrir. Les confesó también que deseaba partir a la tierra prometida, pero la idea de soledad que esto acarreaba lo asustaba. De lo único que no les habló fue de sus ideas universales; de cómo deseaba ilustrarse fuera de lo que obligatoriamente eran temas judíos para expandir sus conocimientos. Salir al mundo universal e integrarse al menos culturalmente dentro de él. Les habló de la emancipación que los judíos de Alemania y Francia habían adquirido, y cómo ambicionaba llegar a lo mismo, a formar parte del mundo en su completa totalidad. No les expresó la admiración que ejercían en él la literatura, el arte y la música. Pensó, de manera apropiada, que esta admiración no sería bien recibida.

Para Alter, la presencia de Vania constituía un doble misterio. Notaba algo en ella que no lograba definir, al tiempo que su belleza y su abierta inteligencia opacaban cualquier otro pensamiento. Deseaba saber más sobre ella y trataba de indagar qué enigmas ocultaba.

A su vez, Vania había comenzado a mirar a Alter como un joven apuesto, que en verdad no era. Sin embargo, la fuerza que irradiaba, su prosodia y su manera de reír eran de su total agrado. Supo, a su vez, desde el primer día que lo vio, que ella le había causado una buena impresión.

«¿Por qué no insistió un poco más en acercarse a mí?», se preguntaba. «¿Por qué no habla con mi padre para solicitar permiso para conocernos un poco mejor?».

A pesar de que Menajem Mendl llevaba de manera adecuada su judaísmo, Vania reconocía que, dentro de su alma, su padre deseaba expandir los conocimientos que iba adquiriendo al comerciar con los gentiles de la ciudad y sus alrededores.

Habían pasado tres meses desde que Alter comenzara a trabajar en la tienda de víveres con Menajem Mendl. Había logrado ahorrar un poco, pero sabía que difícilmente completaría la cantidad que requería para poder emigrar. Le preocupaba. Ahorraba lo más que podía. Sabía que el padre de Vania no podría ofrecerle un mejor sueldo, y lo aceptaba. Tampoco tenía tiempo extra para dedicarse a otras labores. Se sintió atrapado en la red, como una presa que no logra zafarse de la trampa. Pensó que había llegado el momento de retomar sus prioridades, de definir su futuro. Lo único que lo ataba era la presencia de Vania.

«¿Sabrá lo que he llegado a sentir por ella?», se preguntaba. «¿Aceptaría que hable con Menajem Mendl para que nos permita conocernos un poco mejor, sin las ataduras que la familia representa y sin las miradas sospechosas que todos muestran frente a mí?».

Tiempo de decisiones

Por las noches, Alter no lograba conciliar el sueño. Los fantasmas del pasado reciente, las escenas de guerra de las que fue testigo, sus padres abandonados y, por último, la búsqueda de un nuevo rumbo en su vida constituían una enorme carga. Trataba de justificar cada una de sus acciones. Y, en cuanto lo intentaba, surgía una contraparte, un contraargumento que le decía que lo hecho siempre tiene una reacción y que es imposible adivinar cómo será.

Un remordimiento en lo más profundo de su ser, un enorme cargo de conciencia ocupaba sus noches, sus sueños o, más bien, sus pesadillas. Y lo peor de todo es que se sentía ahora más solo que nunca, cuando lo que añoraba era precisamente estar acompañado. Rechazaba y aceptaba la religión. Se veía como el judío que era y el hombre universal que aspiraba a ser. Y, siempre, la contraparte provenía de los gentiles, cuyas miradas lo rechazaban por completo, obligándolo a reconocer que jamás sería igual a ellos. «Un judío», le daban a entender con su actitud. «Judío habrá de ser para siempre y no será jamás bienvenido en nuestras mesas o en nuestras vidas». A Alter le costaba trabajo aceptar que no se trataba solamente de un asunto religioso. El arraigo antisemita, imposible de comprender en su totalidad, emanaba un odio visceral que parecía formar parte de las vestiduras de los gentiles. Aun aquellos que lograban desprenderse de sus prejuicios seguían albergando resentimientos contra el judío, sin bases ni lógica. ¿Cómo entender el odio que Shakespeare instaló en la figura de Shylock si nunca había conocido a un judío? ¿Cómo era posible que, tras el destierro de los judíos de Inglaterra, siguieran las manifestaciones antisemitas en ese país?

Darse cuenta de que siempre sería judío representó para Alter una disyuntiva entre aceptarlo o buscar otra opción. Recordó a los «marranos» en España, quienes, convertidos a la religión católica, seguían practicando secretamente su judaísmo y, con ello, estaban expuestos al odio de los ciudadanos y gobernantes. Por las noches trataba en un inútil monólogo de convencerse a sí mismo de que él jamás había elegido ser judío. Pero, a su vez, tras haber recorrido Europa y conocer a sus pobladores, aceptó que lo mejor que le había pasado en la vida efectivamente fue haber nacido judío y decidió finalmente defenderlo y vivirlo en sus múltiples enseñanzas. Cuando racionalmente llegó a estas conclusiones, aceptó su papel en la tierra, reconoció la soledad que lo embargaba y decidió que hablaría con Menajem Mendl. Trataría de comunicarle que deseaba conocer mejor a su hija Vania, con la idea de que, si eran compatibles como pareja, podría pensar en un matrimonio. Eso, sabía, significaba alejar a esta hija de su familia para siempre. ¿Lo aceptarían? ¿Llegarían a entender que la oferta de hacer feliz a su hija implicaba la búsqueda de rumbos diferentes, así como la búsqueda de nuevas oportunidades? Tras la guerra, Europa se convirtió en un continente maltrecho, donde muchas heridas jamás sanarían. Las cicatrices que quedaron serían el recuerdo de la guerra que sus mismos gobiernos forjaron.

Pensó cuándo sería el mejor momento para acercarse a Menajem Mendl. Decidió hacerlo el siguiente viernes, cuando salieran del trabajo y regresaran a casa para recibir el shabat. En el camino trataría el tema pese a no tener una clara idea de cómo este hombre iría a reaccionar. Tenía preparada en su mente cada palabra que iba a decir; solo deseaba abrir su corazón y poder entregárselo a esa joven que lo había embrujado con su mirada cautivadora, su oculta sonrisa y su clara inteligencia. ¿Sería él, sin atributo alguno, al que aceptarían?

La semana transcurrió sin mayores contratiempos. La rutina hizo honor a su nombre. Tal parecía que el mundo en que habitaban se movía por su propia inercia, en un vaivén preestablecido en el que parecían no ocurrir cambios. Las noches no mejoraron en la vida de Alter. A pesar de que había tomado decisiones, las pesadillas acudían a su lecho y martillaban de manera irrespetuosa su deseado descanso.

Forjando el futuro

La economía se desenvolvía con una lentitud que semejaba las olas del mar en calma. Nada parecía acelerar su pulso. El aire despedía un aroma de resignación. La moneda seguía inestable; los mercados sin abasto y, por si fuera poco, las cosechas del año fueron calificadas como de pésima calidad. Parecía que la peste, el hedor del conflicto, se había adherido a la tierra provocando en su náusea un desasosiego en los cultivos. Había hambre en un país que había soportado todo menos eso. La gente se mostraba decepcionada y agresiva a la vez. Cuando el dinero se escapa por la puerta, la estabilidad de la gente desaparece por arte de magia. Eran más los que pedían crédito ahora que en todos los años que Menajem Mendl recordara. Muchos, le decía a Alter, jamás podrían cubrir las deudas.

—No puedo negarles el pan, pero al mismo tiempo, si esta situación no mejora, pronto tendremos que cerrar, y ello nos convertirá en herejes y ladrones, calificativos comunes para el judío en épocas de dificultades.

El viernes por la noche, tras haberse cerciorado de que los candados estaban asegurados y la cortina metálica fija en su sitio, emprendieron ambos el camino a casa. Alter fue invitado, como sucedía cada viernes, a compartir la llegada del shabat con la familia de Menajem Mendl. Se separaron a la mitad del camino, lo que el joven aprovechó para regresar a su cuarto, cambiar sus ropas, asearse y, así, poder presentarse ante ellos como el caballero que ansiaba que reconocieran en su persona.

Cuando se reunieron de nuevo en el camino, Alter aspiró una buena cantidad de aire y le expuso a Menajem Mendl sus deseos con respecto a Vania. Adelantó que llevaba las mejores intenciones, que su único afán era que ella también valorara la calidad de hombre y ser humano que él era.

Mientras hablaba, Menajem Mendl no modificó la marcha. No volteó a ver a Alter; permaneció en un silencio tal que hizo que el joven se sintiera avergonzado por haber expresado semejante petición. Debió haberse callado. ¿Quién era él para intentar ser parte de una familia como esa?

—Te he escuchado, Alter —le dijo sin desacelerar el paso—, pero hay muchas cosas que tendremos que discutir antes de llegar a evaluar tu petición. No se trata de ti —le aseguró.

Alter quedó mudo.

¿De qué hablaba Menajem Mendl?

—Mañana, cuando despidamos el shabat, te prometo que hablaré contigo. Dejemos las cosas como están por ahora y disfrutemos al máximo la llegada del día sagrado.

Sin entender, Alter simplemente aceptó lo que le había dicho Menajem Mendl. Si hasta ese momento sus dudas eran muchas, ahora le pareció que se abrían las puertas del Mar Rojo, que se iban a cerrar sobre él antes de llegar a la tierra prometida.

Faltaban unos cuantos minutos para que iniciara el shabat. Alter aceleró sus pasos, que nunca igualaron el ritmo desbocado que llevaban en ese momento los latidos de su corazón. No podía definir lo que sentía. ¿Era miedo? ¿Era su natural inseguridad aumentada tras el diálogo con el padre de Vania?

No quiso especular más. En menos de veinticuatro horas se enfrentarían de nuevo. Las respuestas aparecerían. Su miedo era por imaginar el tipo de explicaciones que iba a recibir.

Esa noche, la plática estuvo prácticamente ausente. Marushka golpeaba discretamente con el codo a su marido, como intentando despertarlo, suplicándole que hablara, que dijera algo. Por más que lo intentó, todo fue en vano. Un abismo enclaustrado por un silencio espectral se apoderó de la cena. Dieron la entrada a la festividad del shabat.

«Mañana las cosas habrán de mejorar», pensó Alter. Se despidió de todos y, por primera vez, pudo notar un dejo de preocupación en la mirada de Vania.

«¿Será que han hablado del asunto, antes de que yo llegara?», pensó Alter.

Con este sentimiento, casi una obsesión, imaginaba que todos confabulaban en su contra y por ello emprendió el camino de regreso. Sorpresivamente, esa noche durmió como no lo había hecho durante varias semanas. Por la mañana interpretó que su sueño reparador probablemente indicaba un buen augurio. Se dirigió a la sinagoga, pensando que Dios sería el único que escucharía y sentiría su angustia.

Por su parte, Vania despertó el sábado por la mañana descansada. Sospechaba que Alter y su padre habían hablado el día anterior, pero también estaba segura de que ella era capaz de tomar sus propias decisiones. Sin embargo, y dadas las circunstancias, prefirió que su progenitor hablara primero. Si, después de ello, él aún deseaba reunirse con ella, podrían arreglarlo sin dificultad.

Las pesadillas que la asolaban las vivía de día, estando despierta; por lo mismo, había aceptado que Menajem Mendl tomara las riendas y le contara a este joven la penosa situación en que se encontraban todos. Sin aceptar ninguna culpa, ella comprendía que lo que le había sucedido llevaba consigo repercusiones para todos. Por las noches lloraba sin encontrar consuelo.

El silencio que guardaban sus padres dejaba entrever el enojo y la gran decepción por la hija en la que habían depositado todas sus esperanzas. ¿Cómo reaccionaría Alter al enterarse de los secretos íntimos que corroían a la familia? La amenaza de Menajem Mendl seguía latente. Haberle permitido regresar a la casa implicaba absoluta obediencia por parte de ella, sin concesiones. Y si bien la vergüenza la llevaba ella, no por ello dejaba de involucrar a todos los demás.

Vania decidió guardar silencio frente a la comunidad. Ofreció alguna vaga explicación, sin ahondar jamás en lo ocurrido.

En el pueblo solo se comentaba su súbita ausencia de años atrás.

—Está de visita con mi hermana —decía Marushka.

Y así, sin proseguir con las pláticas, dejaba a la gente del pueblo sin una respuesta convincente.

Pero el día en que Vania regresó, todos comentaron que se la veía demacrada y más delgada. Había estado ausente durante varias semanas, pero, al fin, reconocieron, estaba de vuelta.

Por la noche, tal como lo había prometido, Menajem Mendl tomó del brazo a Alter y le pidió que salieran a caminar para poder conversar, aprovechando el reflejo de la luz de la luna.

Una vez encaminados por la vereda, Menajem Mendl le suplicó a Alter que, cualquiera que fuera la decisión que tomara, no fuera a divulgar lo que iba a escuchar, ya que era algo que debía quedar entre él y la familia. Esto despertó aún más la ansiedad del joven, pero esperó paciente a que Menajem Mendl tomara la palabra.

La noche era clara y fresca. La vereda estaba seca y se podía transitar por ella sin dificultad. El aroma del cercano bosque los envolvió como una capa protectora dentro de un silencio en el que solamente se escuchaban sus pisadas.

—Vania —comenzó Mendl—, como tú bien sabes, es mi hija mayor. La luz de mis ojos; uno de mis tesoros más preciados, de los que puedo presumir. Desde que era una niña, su belleza nos auguraba bendiciones. Pero el Señor nos ha enseñado que la vanidad puede resultar dañina y convertir la hermosura en una verdadera maldición. Además de su belleza —prosiguió—, el Eterno la colmó con una claridad de pensamiento que la orilló a expandir sus conocimientos y a buscar muchas respuestas que ni su madre ni yo éramos capaces de entregarle. Fue creciendo y desarrollándose como una flor que abre sus pétalos y muestra su belleza externa al mundo que la rodea. Aprendió a hablar el rumano sin dificultad. Esto le abrió un nuevo panorama, desconocido, fuera del mundo judío en el que nos desenvolvemos. Pero no fue suficiente para ella. Su sed de asimilar más y más, su ambición por ser parte de un mundo universal la alejaba de nosotros. Si bien jamás abandonó nuestra forma de vivir, que es la esencia de esta comunidad y familia, como una paloma encerrada dentro de una jaula deseaba abrir sus puertas, buscar una oportunidad que ella sabía que nosotros no podíamos ofrecerle.

A medida que las palabras fluían, Alter sentía que Menajem Mendl cargaba con un peso imposible de calcular. Las palabras parecían atorarse en su garganta, expresando algo que obviamente le resultaba muy doloroso. Alter permaneció callado, sintiendo una opresión en el pecho, como quien presiente lo que está por ocurrir y que no será precisamente agradable.

—La guerra —continuó Menajem Mendl— nos tomó a todos por sorpresa. Reclutaron a muchos jóvenes del pueblo, la mayoría jamás regresó. Las labores diarias parecieron multiplicarse; no se encontraba tiempo para pensar, para valorar lo que estaba ocurriendo o soñar que algún día podría terminar. La mañana en que un batallón ruso hizo su entrada al pueblo se desató una verdadera alarma. Las mujeres se ocultaron en sus casas, cerrando herméticamente las puertas. Bajaron las persianas de las ventanas para no permitir que alguien pudiera husmear desde afuera. Supimos que no solo estaban de paso. Un pequeño contingente se estableció en el pueblo de manera definitiva. Al paso de los días, nos vimos en la necesidad de volver a nuestras rutinas: abrir los comercios, dejar que nuestras mujeres fueran al mercado, retomar las tareas del día a día que se habían interrumpido. Los soldados, naturalmente, miraban a las jóvenes y trataban de acercarse a ellas, de entablar conversación sin asustarlas para no ahuyentarlas y que buscaran refugio una vez más en sus hogares. Vania era especialmente observada por uno de ellos que parecía ser el de mayor rango, pues una vez que se aproximó a ella, ya nadie más lo intentó. Hablamos mucho con Vania. Le expusimos los peligros que entrañaba mostrar la más mínima intimidad con cualquiera de ellos. Pero ella parecía no escucharnos. Algo en este soldado la atrajo y la enajenó. Llegó el día en que el pequeño batallón comenzó a celebrar. Pensamos todos que había llegado el fin de la guerra. Nuestro deseo resultó ilusorio; supimos después que, tras la llegada de un tal Lenin al poder, Rusia había decretado el regreso de sus soldados a la madre patria. Nos alegramos, ya que su regreso implicaba para nosotros volver a la normalidad y perder el miedo que nos había invadido. Desaliñados, sin un orden específico y de manera separada, independiente, tomaron el camino del retorno. Esa noche esperábamos el regreso de Vania, que había salido al mercado para traer el alimento.

De pronto, Menajem Mendl hizo una pausa. Como si las palabras no pudieran ya ser pronunciadas. Se notaba en su expresión un dolor que no era físico. Uno diferente a los que Alter había observado en los soldados heridos durante la guerra.

Menajem Mendl detuvo su marcha por unos segundos y volteó a ver a Alter, quien presintió que lo que iba a decirle era de tal envergadura que hubiera preferido callarlo. Pero no rompió su promesa.

—Vania —dijo en un susurro— nunca regresó esa noche. No volvimos a saber de ella durante varias semanas. No se comunicó con nadie, y nada logró calmar nuestra angustia ni darnos alguna explicación de lo que podía haber acontecido. Acudimos al rabino, el único al que le teníamos la confianza necesaria para tratar de asimilar lo que sospechábamos. Tampoco él tenía idea de lo que podía haber sucedido. Nos planteó varias posibilidades. Ninguna despejó la angustia de nuestro corazón. Pensamos que había sido asesinada o secuestrada por uno de esos soldados. Abandonada probablemente en algún desolado paraje.

La sorpresa inundó el semblante de Alter. Deseaba escuchar ya el final de esta historia y trataba de imaginar lo que había sucedido. Hubiera querido que Menajem Mendl hablara con más rapidez, pero sabía que tenía que conservar la calma para poder continuar.

—Una mañana, de manera inesperada —siguió—, Vania tocó a nuestra puerta. Cuando Marushka abrió fue tal su impresión que presentó un desvanecimiento. Era una combinación de emociones. Por un lado, saber que Vania estaba viva cuando habíamos sospechado que no era así. Todas las bendiciones que el Eterno se merece han sido repetidas por nosotros desde esa mañana. Nuestra hija, viva y sana. Una vez más a nuestro lado. Pero su semblante, su figura desgarbada, su extrema palidez y su expresión de derrota influyeron para que su madre cayera al suelo, vencida por la angustia, la sorpresa y, sobre todo, la imagen de una Vania que se marchó siendo una joven agraciada y ahora regresaba como una mujer mancillada, triste y callada. Tras escuchar el bullicio que se había suscitado, mi hija Rajel y yo nos aproximamos al dintel de la puerta, donde vimos tendida a Marushka, sin haber notado aún a Vania, que permanecía fuera de la casa. Corrimos a auxiliarla, sin comprender lo que había provocado el desmayo. Cuando comenzaba a despertar, miré desprevenidamente hacia la puerta, que había quedado entreabierta.

Vania, de pie. Observando todo. Sin moverse ni mostrar una mínima expresión. Sin intentar siquiera dar una mano para ayudar a Marushka a incorporarse. Atendí lo mejor que pude a mi mujer. La llevamos a la sala, donde la recostamos sobre el sofá, elevando un poco sus pies sobre un par de almohadas. Poco a poco el color regresó a sus mejillas. Me levanté y le pedí a Vania que entrara. Mi intención era darle la bienvenida y averiguar lo que había sucedido. Mi hija, a quien por momentos no reconocía, pidió hablar conmigo a solas. Salimos un momento por la misma puerta a la calle. Estaba titubeante, indecisa, algo totalmente ajeno a ella. Antes de que dijera nada, le aseguré que esta seguía siendo su casa y que era una vez más bienvenida. Quise que supiera que la alegría que nos invadió al verla no era comparable con ninguna otra en nuestras vidas. Había regresado de las tinieblas de la muerte. Y entonces, la mano de Vania se posó sobre mi boca, suplicándome que callara, diciéndome que no deseaba escuchar más. «Gracias», dijo ella, «gracias por recibirme. Como lo sospecharon, hui con aquel soldado que me prometió las más grandes ilusiones. Me cegué. No sé si fue amor o el simple deseo de volar, de conocer otros sitios de la tierra. Juntos emprendimos el camino que, me juró, nos llevaría de regreso a Rusia, a la zona de los Urales, donde vivía con su familia. Me prometió que una vez en ese lugar me desposaría; me volvería su mujer, su esposa y su más deseado tesoro. Le creí. Había en sus labios, en su voz y en su manera de expresarlo una sensación de seguridad totalmente desconocida por mí. Que el Altísimo me perdone por haberme convertido en su mujer sin antes pararme frente a Él, como es la costumbre de nuestro pueblo».

Alter escuchaba con atención. Su amada, la mujer de sus sueños, aquella a la que deseaba conocer mejor, había sido la mujer de otro. Estaba enamorada, entendió, y por un momento iba a pedirle a Menajem Mendl que callara, que ya no deseaba escuchar una palabra más. La herida que se había abierto en él nunca volvería a sanar. Quedaría solamente una gran cicatriz.

—Sé que te he herido, Alter —le confesó Menajem Mendl—. La verdad es aún más dolorosa que la más piadosa de las mentiras. Vania me explicó cómo una noche, su soldado, aquel al que admiraba por encima de todo mortal, había bebido en exceso. Pernoctaban en un granero que una familia les había prestado. Y, bajo el influjo de la bebida, intentó seducirla con violencia. «Por más que trataba de resistir», decía Vania, «sentía que mis fuerzas flaqueaban, e incluso llegué a temer por mi propia vida». Fue entonces, me contó Vania, que la vio con los ojos desorbitados, con el odio flotando en la mirada. Y la insultó. Tras propinarle una golpiza, comenzó a mostrar arrepentimiento, no por haber abusado de ella, sino por haberse dejado hipnotizar por una maldita judía. Después, se quedó dormido. Sus gritos habían despertado a la gente de la casa, que acudió a ver lo que acontecía. Vania aprovechó ese instante para escabullirse y huir de ese lugar, de ese soldado convertido en demonio. Una vez que estuvo fuera, el dueño de la casa se aproximó al granero y entró. Nunca supo qué pasó. Escuchó varios disparos y finalmente el dueño apareció por la puerta, haciéndole señas a su familia de que ya no había nada de qué preocuparse. Vania decidió regresar, consciente de habernos causado vergüenza y zozobra. «Solo le pido a usted, padre», me dijo, «que respete mi deseo de no volver a hablar de este tema. Regreso a ustedes humillada y destruida, solicitando su perdón, ya que no creo que jamás comprendan las que habían sido mis intenciones».

Menajem Mendl terminó de hablar. Todo su semblante adquirió una nueva apariencia. Se había desprendido de una carga que lo abrumaba. Y, dándose cuenta de que se la había transferido a Alter, quedó mudo ante su propia imprudencia.

—No tienes que contestarme nada en este momento. Tendrás tiempo suficiente para asimilar todo lo que te he dicho. Te aseguro que el arrepentimiento de Vania ha sido sincero. Ha vuelto a ser la hija que conocíamos, y es posible que finalmente haya encontrado la paz que tanto buscó.

Alter agradeció a Menajem Mendl su sinceridad y que hubiera abierto esta confesión a prácticamente un desconocido. Sin despedirse, se dio la vuelta y se dirigió por la vereda paralela con rumbo al pueblo, a su propio hogar, donde tendría que luchar esa noche contra sus propios demonios. Debía pensar si sería capaz de entregarle a Menajem Mendl una contestación honesta a lo que le acababa de preguntar.

Al día siguiente, temprano, cuando el amanecer mostraba sus primeros destellos de luz, llegó a trabajar. Saludó como cada mañana, sin decir más. Realizó sus tareas de la misma manera en que lo había hecho las semanas previas.

Menajem Mendl solo notó un cambio. Esa mañana, Alter, cuyo nombre significa *viejo*, parecía hacerle honor a su nombre.

El dilema

Sin tener a quién acudir para pedir consejo, sin nadie que le diera una palmada de apoyo o que simplemente escuchara sus dudas, Alter revisó en su mente la difícil situación en la que estaba a punto de involucrarse.

«Fácilmente podría empacar mis pertenencias hoy mismo», pensó, «desaparecer como una hoja que el viento se llevó, sin dejar huella, ni siquiera un recuerdo».

¿Qué fuerzas lo ataban a esa casa, a esa mujer cuya mirada lo había cautivado para luego haberle hecho perder toda ilusión?

¿No era acaso ella la culpable? ¿No había decidido huir de casa, aferrada a un sueño, a la imagen irreal de un imaginario futuro más promisorio? ¿Dónde quedaba la supuesta inteligencia? Reconoció, sin embargo, que aquellos impulsos, que no poseen una clara explicación, no dependen de la razón y son muchas veces más poderosos de lo que uno cree. ¿Era su arrepentimiento verdaderamente genuino? ¿En verdad aquel soldado había muerto, como ella dedujo, al ser sorprendido en el granero?

Pero ¿seguía enamorado de Vania? ¿Podría, en el fondo de su corazón, aceptarla sin herirla, sin humillarla? Y, en caso de que ella lo aceptara, ¿sería él un último recurso para una muchacha que ha manchado su nombre? ¿Podría anteponer su emoción, su cariño, a la historia que Menajem Mendl le acababa de confiar? Nadie está exento de pecados. Eso lo incluía a él mismo. Bajo estas circunstancias, ¿podría aceptarla de nuevo? ¿Sería la compañera que había estado buscando?

En su soledad, optó por la solución para él menos lógica. La única persona además de ellos que conocía esta historia era el rabino de la sinagoga. Después de meditarlo, consideró que debía acudir a él, escuchar lo que un hombre letrado y sensible, que entiende las emociones humanas, podría aconsejarle.

Su trabajo al lado de Menajem Mendl continuó. Sin embargo, sus tertulias quedaron suspendidas, sin enojo, como algo que simplemente ocurrió. Pero, en el silencio entre los dos, reconocían que un abismo se había abierto y por lo pronto no había puente para salvarlo. Esquivaban las miradas mientras seguían trabajando sin mostrar ningún tipo de emoción. Era una actitud mecánica, desprovista de calor humano. En el corazón de Alter se libraba una batalla, y no se podía anticipar un vencedor.

Sabía que, por las tardes, poco antes del rezo vespertino, el rabino atendía a su comunidad. Apresuró ese día sus labores para llegar a tiempo y escuchar su consejo.

Pidió permiso a Menajem Mendl para ausentarse más temprano que de costumbre, sin dar una explicación. Y aquel, sin exigirla, se lo concedió.

La vieja sinagoga tenía en su parte superior varias habitaciones donde vivían el rabino y su familia. Una de ellas, que permanecía con la puerta entreabierta, fungía como oficina. Alter fue directamente a ese sitio y con sus nudillos tocó la puerta.

—Adelante —se escuchó la voz del rabino.

Al entrar, notó de inmediato la sencillez del lugar. Un viejo escritorio donde los papeles se apilaban en enormes torres. El sillón, cuya tela lucía desgastada por el tiempo, brillaba con la luz que se filtraba por la ventana. Detrás del rabino, varios estantes formaban lo que parecía ser su biblioteca personal con incontables libros, que Alter dedujo le servían de referencia para tomar y ejecutar las decisiones requeridas. No era joven ni viejo. Al verlo, el rabino se levantó y le pidió que se acomodara en la silla que estaba frente a él.

Se miraron durante algunos segundos sin proferir palabra. En el semblante del rabino se dibujaba una leve sonrisa, como quien, con su experiencia, adivina las razones por las cuales sus fieles le solicitan una entrevista. Tomando en cuenta la edad de Alter, rápidamente descartó muchas de ellas.

Normalmente, el rabino esperaba las preguntas, las dudas o las cuestiones que le venían a consultar. No era él quien tomaba por regla la iniciativa. Pero el silencio de Alter le preocupó.

—¿Eres el joven que ha llegado a nosotros de lugares lejanos? —inquirió—. Sé que ayudas a Menajem Mendl en su negocio. Hay mucho mérito en esa acción, que ha aligerado considerablemente la carga que tenía sobre sus hombros. Pero, dime —expresó en un tono cálido invitando a la conversación—, ¿cómo puedo ayudarte?

—Rabino —comenzó Alter—, en verdad no sé si le será posible.

—Te escucho. Mis conocimientos no pueden sobreponerse a los

hechos, pero si los desconozco no podré hacer nada. Dame la oportunidad. Bien sabes que lo dicho quedará entre nosotros y el Altísimo, cuyo nombre debe ser reverenciado.

—Efectivamente soy la persona a la que Menajem Mendl tendió una mano de ayuda, y a quien yo he tratado de retribuir en parte. Mi nombre es Alter, nací en la ciudad de Odessa. Tras la guerra, busco una salida y un nuevo comienzo en mi vida.

El rabino trataba de leer entre líneas, descifrar lo que el joven intentaba decirle. Notaba en su cara una mueca de angustia, que denotaba un enorme sufrimiento. Era como Noé, solo y esperando instrucciones para embarcarse en un nuevo comienzo.

—En varias ocasiones —continuó Alter—, fui recibido como un invitado especial en casa de Menajem Mendl y su familia. Me hicieron sentir siempre como un príncipe, sin merecerlo, sin ser yo nadie. Amabilidad como esa nunca la había experimentado antes.

—Continúa —lo animó el rabino.

—Sentado en esa mesa, en compañía de esa familia, mis ojos se posaron en la que supe era la hija mayor, Vania. Afloró en mi corazón un nuevo sentimiento, algo que trascendía mi entendimiento. Quedé momentáneamente aturdido, al punto que tuve que bajar la vista y permanecer callado mientras un rubor ascendía por mi cuerpo. No supe interpretarlo. Tampoco lo intenté. Era una nueva experiencia que, debo aclarar, fue más que placentera. Me hizo sentir diferente, como si un rayo de felicidad me hubiera atravesado.

Fue entonces cuando el rabino comprendió lo que aquejaba a este mancebo, la razón de su visita, de su angustia. Hubiera querido levantarse y abrazarlo, darle la palmada en la espalda que, sabía, nadie le había dado. Buscaba solamente que alguien lo escuchara. El rabino recordó la historia de Vania. Entendió que las siguientes preguntas no serían fáciles de responder.

—Sé que conoce la historia de Vania —afirmó Alter—. No quiero abusar de su tiempo, que le es tan preciado. Yo me he enterado solamente hace unos días. No tengo a quién acudir, a nadie a quien pedir un consejo. Esta es la razón por la cual estoy acá.

Alter bajó un momento la vista, sintiéndose apenado. Pensó que sus problemas no eran una razón poderosa para molestar a un rabino. Le repitió lo que sabía, lo que dedujo y cada una de sus dudas. Confió en él como pocas veces lo había hecho con alguien. Alguna vez, recordó, en pleno campo de batalla, con los misiles cruzando el espacio por encima de él, perdió la confianza y sintió que había llegado la hora de morir. Entonces el soldado que estaba a su lado lo miró, y solamente dijo: «Es lo mismo que yo siento, pero tenemos aún mucho por qué vivir».

El rabino se tomó unos segundos, permitiendo que Alter calmara su angustia y se diera un respiro. Se levantó un momento y, tras llamar a su esposa, le pidió a esta que sirviera dos tazas de té.

—Reposemos unos minutos. He escuchado cada una de tus palabras y reconozco la sinceridad que hay detrás de ellas. Todas las criaturas de Dios nos enfrentamos diario a los dilemas más difíciles de resolver. Buscamos la ayuda y muchas veces aceptamos el consejo, que puede o no ser desinteresado. Sin embargo, Alter —dijo, mirándolo de frente—, la decisión está en tu corazón y no en el de alguien más. Tendrás que preguntarte si el aguijón que sentiste la primera vez que viste a Vania persiste tras enterarte de que ella es una joven expuesta a los deslices de su propio corazón, basados en la inexperiencia propia de la edad que aún tiene. Tendrás que explorar los escollos y peligros que se anidan en tu mente, y tomar una decisión que afectará tu vida y probablemente la de otras personas. No tienes derecho a perdonar lo que ella misma no se ha perdonado aún. La angustia en la que vive, la humillación que experimenta sobrepasa tu propia ansiedad. ¿Cómo sabes si ella corresponde a tus sentimientos de la misma manera? La respuesta solamente llegará a ti cuando juzgues, en tu alma, si el cariño por una persona es mayor que la desilusión que ha producido. Nadie puede ver el futuro, pero puede imaginarlo. Estoy seguro de que has cometido muchos errores en tu vida, y quiénes somos para juzgar al prójimo antes de hacerlo introspectivamente con uno mismo y colocarse en sus zapatos. No califiquemos jamás la seguridad absoluta de algo. El futuro, ese que tanto te preocupa, es un proyecto por llevarse a cabo. Tu pasado te ha ofrecido las herramientas para enfrentarlo. El presente, ingrato y pasajero, es el acertijo que tenemos que resolver a cada segundo de nuestra vida. Las decisiones se basan en múltiples factores que combinan la experiencia de más de una persona involucrada. La llamada razón es un atributo que se nos ha entregado y al que debemos dar prioridad. Tendrás que valorar mucho algunos factores, pero nunca dejar que sea la razón sola o los sentimientos la única respuesta. La amalgama perfecta entre ambos te entregará las respuestas que anidan en tu ser.

El rabino hizo una pausa.

—Y ahora —le sugirió a Alter—, olvidemos un momento lo que hemos discutido. Tomemos esta taza de té y permitamos que su calor llegue a nuestros corazones. Cuéntame más de ti. Ansío saber quién eres en realidad.

Las pasiones humanas

A Vania los días le parecieron eternos. La incertidumbre de su lugar en este mundo la tenía al borde de la desesperación. Se sentía sucia; rechazada no solo por sus padres, por el propio rabino y por su hermana, sino, peor aún, también por Alter, por quien había llegado a sentir un gran aprecio. Se preguntaba si en verdad sus sentimientos hacia él eran de amor o si, simplemente, aceptaba la dura realidad de que no debía oponer resistencia a quien se fijara en ella, dadas las circunstancias que la rodeaban. Se rebelaba ante esta idea. ¿Era posible, se decía a sí misma, que se rindiera por un solo error cometido en su vida? ¿Lo amaba? ¿O solo veía en él la solución a uno de sus males?

Las palabras del rabino, más que resolverlas, aumentaron las dudas de Alter. Pero algo quedó claro. La decisión era suya. Una que dependía de sopesar en la balanza los aspectos emocionales frente a los demás.

«¿Me quiere?», esa era la interrogante con la que se cuestionaba a diario. «¿O simplemente soy el vehículo por medio del cual resolverá la penosa situación en que se encuentra? ¿Soy alguien a quien amará o solamente agradecerá el gesto de sacarla de lo profundo del abismo? ¿Tengo que tratar de entender cuáles fueron sus motivos?».

No comprendía. Habían pasado varios días desde que su padre conversó con Alter. Le contó secretos tan íntimos que solo recordarlo le causaba un inmenso dolor, un vacío indescriptible.

«¿Me ha olvidado? ¿Me juzga impropia para sus sueños y para compartir conmigo el resto de nuestros días? ¿Soy solamente una desconocida que se atravesó en su camino? ¿Tendrá el valor suficiente para acercarse a mí y decírmelo? ¿Me permitirá compartir con él mis sentimientos?».

«Creo que he sido muy injusto. Debemos analizar los designios que el Altísimo nos manda como prueba irrefutable de su presencia. ¿Quiénes somos para juzgar a otro ser humano cuando ni siquiera somos capaces de hacerlo adecuadamente con nuestra propia persona? Definitivamente no es mi deseo avergonzarla ni que al verme baje su mirada; tampoco que de esos hermosos ojos broten lágrimas de duda o de arrepentimiento. Siento que esa es la mujer que elegí. Sus imperfecciones reafirman mi cariño, una vez que ante todas las eventualidades me ha escogido a mí. Hablaré a la brevedad con su padre y le pediré que nos permita dialogar, conocernos con nuestras virtudes y defectos. Quiero que la decisión a la que lleguemos sea mutua y no dependa de circunstancias ajenas. Habremos de olvidar el pasado para construir un mejor futuro para los dos. Solo así sabré si sus miradas son de amor o despecho».

«Le pediré a mi padre que, si Alter llegara a acercarse y solicitar su permiso para que definamos entre ambos nuestra situación, lo acepte, tal como deberá acoger las decisiones a las que lleguemos. Esperaré ese día con el corazón latiendo vertiginosamente. Y al verlo, al hablar con él, se develará el misterio de mi amor o mi necesidad de estar a su lado. Sospecho que lo mismo habrá de suceder en su mente».

Vania y Alter

Acababan de finalizar los cuarenta y nueve días de Omer. La fiesta de Shavuot daba inicio y todos los miembros de la congregación asistían a la sinagoga a festejar. Los días en que las bodas no se permitían por fin habían terminado. Muchas parejas esperaron pacientemente para poder declararse su amor y fidelidad bajo la jupá. En el aire se percibía un aroma de verano que todos aspiraban. Pronto vendría el nuevo año, seguido de Yom Kipur.

Alter se acercó por fin a Menajem Mendl. El solo hecho de hacerlo pareció renovar la amistad que había palidecido entre ambos en los últimos meses. Sin preámbulos, le solicitó permiso para poder encontrarse con Vania y determinar la clase de futuro que podrían esperar.

Menajem Mendl aceptó. La cita quedó concertada para esa misma semana.

—Será en la sala de la casa, pero la familia buscará la manera de no estar presente, respetando los deseos de la pareja —le explicó.

Alter le agradeció. El destino de toda una familia podría quedar sellado en las siguientes horas.

El día en que la cita se concertó, Alter llegó con unos minutos de adelanto. Sentía que sus piernas aceleraban el paso, deseando resolver la situación con Vania a la brevedad posible. Se había comprado un nuevo abrigo para la ocasión y vestía sus mejores ropas.

Sentado en la sala, platicaba afablemente con Marushka mientras esperaban que Vania llegara. Cuando esta apareció, su madre se levantó de manera por demás discreta y salió de la habitación. Como prometieron, ambos jóvenes podrían discutir lo que desearan sin la presencia de nadie que les estorbara.

Vania llevaba una blusa blanca, abotonada hasta el cuello, con mangas que a su vez cubrían sus muñecas y sus brazos. Sin ningún dibujo en la prenda. Una larga falda de color azul con destellos blancos le llegaba hasta los tobillos, dejando a la vista solamente unos botines negros. Una pañoleta, discretamente amarrada tras la nuca, cubría casi por completo su cabello. Sus grandes ojos negros, su piel pálida, tan blanca como su camisa, y sus labios de color carmesí, todo enmarcado en un destello de rubor subiendo por sus mejillas. Parecía un camafeo de una belleza que, teniéndola ahora tan cerca, una vez más cautivó por completo a Alter.

Sentados, pero a una apropiada distancia, esperaban que alguno iniciara la conversación, cortara el silencio que se sentía como un muro que los separaba.

—Gracias por aceptar esta reunión —comenzó diciendo Alter, al tiempo que la miraba asombrado de cuán hermosa lucía.

—Mi padre me contó que te ha explicado los pormenores de la situación que me tocó vivir.

Mientras Vania hablaba, sus palabras resonaban en los oídos de Alter, y poco a poco logró deshacerse de la timidez que solía acompañarla. Observaba atentamente los ojos de Alter, buscando en su mirada las respuestas que su alma deseaba.

Los minutos fueron pasando. Alter le preguntó si pensaba que los disparos que había escuchado fuera del granero confirmaban la muerte de su captor. Ella no lo sabía, como él supuso. Solamente vio salir al dueño de la casa y no esperó los siguientes acontecimientos. Intuyó que, si las autoridades la encontraban, la situación podría complicarse. Por eso decidió huir.

—Supe que mi error probablemente había sido enmendado y que era vital desaparecer y tratar de regresar a casa con mis padres —terminó Vania.

A pesar de que le surgían otras interrogantes, Alter no deseaba ofender o humillar a Vania. Se convenció de que esa joven, sin importar su pasado, se convertiría en su mujer, si ella a su vez lo aceptaba.

Por su lado, Vania descubrió que Alter poseía un verdadero control interno sobre sus acciones, lo que llegó a apreciar en ese momento.

Él se levantó de su asiento y, rompiendo los protocolos, se acercó a Vania. Le pidió que no se asustara. Tomó sus manos entre las suyas y le hizo saber que era su deseo que ella se convirtiera en su mujer.

Probablemente ambos reconocieron que, sin estar enamorados como las parejas de las novelas que leían, el tiempo y la paciencia podían obrar milagros. Con lágrimas en los ojos y sin decir palabra, Vania asintió con la cabeza. Desde su regreso a casa, era aquel el primer destello de alegría que sentía. Una sensación de ligereza la envolvió. La tristeza de meses pareció desvanecerse y la angustia que la abrumaba terminó por desaparecer.

«Si esto no es amor», se preguntó Vania, «¿de qué otra manera puede llamarse?».

Para concluir, llamaron a la familia. Después, Marushka y sus hijas se despidieron. Una vez solo, Alter le pidió a Menajem Mendl que le permitiera desposar a su hija y convertirla en su esposa.

Por toda contestación, Menajem Mendl abrazó a su futuro yerno. Si hubiera podido elevar al cielo las bendiciones por permitirle vivir este momento, lo habría hecho. Sacó una botella de licor que, dijo, guardaba para una ocasión especial como esta; vertió su contenido en cinco copas, para que la familia, a la cual ahora pertenecía Alter, brindara por la felicidad de la pareja.

Fijaron una fecha para la boda. Los jóvenes querían una ceremonia pequeña, cuyo principal y único objetivo, ya bajo la jupá, fuera declararse su amor y fidelidad. No deseaban ninguna celebración posterior y claramente se lo hicieron saber a Menajem Mendl.

Cuando el bullicio de la noche comenzó a ceder, Menajem Mendl se acercó a su futuro yerno y le comunicó que había una dote que él había separado años atrás para cuando su hija se casara. Servirá para los planes de emigrar de ambos e incluso podría ayudarles cuando arribaran a su destino a iniciar su vida como casados, fuera esto donde fuera.

Alter sabía que contaba con la total aprobación de los padres de Vania para seguir adelante con sus planes. Ya entrada la noche, cuando hizo memoria de lo acontecido durante la velada, una duda apareció en su semblante. Al mencionar a Vania la idea de viajar a Palestina, ella lo miró con ojos de asombro, de incredulidad. Alter dedujo que no era precisamente el lugar que ella había soñado. Emigrarían para comenzar una nueva vida; pero ella había optado por callar para permitir que fuera la voluntad de Alter la que marcara las pautas que regirían esas decisiones.

En el silencio, Alter comprendió que Vania ocultaba alguna desilusión. Sin pensar más en ello, se recostó, tratando de conciliar el sueño.

La siguiente vez que se vieran, traería de nuevo a colación la decisión que iban a tomar. Tenía que ser aceptada de manera mutua.

Tras meses de angustia, ambos descansaron esa noche. Sabían que el día siguiente se vería más luminoso. ¿Palestina?... La idea apareció durante el sueño de ambos. Desafortunadamente, los sueños se olvidan.

La boda

Una vez celebrada la boda, en el año de 1923, siendo ya esposos y bendecidos bajo la jupá con un sentido discurso por parte del rabino, Alter y Vaina finalmente estaban juntos. Como pareja, como enamorados y, ante todo, como dos fieles amantes que logran sellar su voto de amor y fidelidad por el resto de sus vidas.

Comenzaron con precaución, pero, a la vez, con celeridad a diseñar el plan que los llevaría fuera de Europa, vestigio de una terrible guerra que mostraba un futuro impredecible pero lleno de obstáculos. Menajem Mendl los animó y prometió que la dote les sería entregada cuando ambos estuvieran instalados en algún sitio del mundo.

Vania deseaba escuchar más de la soñada Palestina. Soñaba con un viaje como ese; quizá fuera colofón de su búsqueda.

Alter le explicó cómo había cambiado la situación en esa región. Ahora era parte territorial del Imperio británico. Un gobernador de origen judío se encargaría de llevar las riendas del protectorado. La declaración emitida en 1917 por el ministro Balfour, en nombre de su Majestad, y dirigida a lord Rothschild auguraba que, en un corto tiempo, el sueño milenario del pueblo judío de regresar y volver a vivir en la tierra que les arrebataron estaba por convertirse en una realidad.

Con emoción, casi con lágrimas en los ojos, Alter le hablaba de los primeros judíos que desde el siglo XIX habían decidido reconquistar la tierra prometida. Así se enteró Vania de que luchaban no solamente contra los nativos árabes, que no deseaban verlos en Palestina, sino contra los propios británicos, que trataban de evitar que entraran demasiados judíos, lo que podía despertar la ira de los musulmanes. Pero, seguía diciendo Alter, Palestina era y volverá a ser judía. Trabajarían la tierra, dragarían los pantanos y construirían ciudades que serían la envidia del mundo. Se incorporarían a los habitantes del lugar.

La emoción de esas palabras hacía poca mella en el ideal que Vania se había forjado de su futuro. Buscaba libertad, pero sobre todo la oportunidad de ser una igual entre el resto de la población. Como mujer, deseaba ser aceptada con los mismos derechos, superarse en su educación y eventualmente con un trabajo digno, que fuera sobre todo de su agrado. Pero, de alguna manera, la imagen de Palestina no terminaba de germinar en su mente.

Sin embargo, había prometido que se ajustaría a las ideas de su esposo y lo seguiría a donde este fuera. Fue una de las promesas hechas antes del matrimonio, y no estaba dispuesta a romperla. Se esforzó para que Alter no notara las dudas en su semblante. Si Palestina era el sitio al que irían, ella asumiría el papel que le correspondía y ayudaría en todo para que este sueño, ahora de ambos, se volviera realidad. Pero —y siempre aparecía el *pero*— de acuerdo con su manera de pensar, no estaba convencida; solo sabía que se adaptaría a los planes de Alter y entre ambos lucharían por cumplirlos.

Alter comenzó a reunir los documentos necesarios para abandonar Europa. Con la ayuda de Menajem Mendl y sus contactos en la municipalidad, poco a poco se fue armando ese proyecto que parecía imposible unos meses atrás. Cruzarían Yugoslavia, viajarían por el norte de Italia hasta ingresar a Francia y se dirigirían a la costa, a Marsella, para ser exactos. Averiguó qué embarcaciones los podrían trasladar a Palestina. Sabía que tendría que vencer muchos obstáculos que se irían presentando.

Empacaron sus pocas pertenencias. Prometieron a la familia de Vania que se mantendrían en contacto contándoles por carta cómo iría evolucionando el viaje. Algunos tramos los harían por ferrocarril. El resto, dependiendo de las facilidades que fueran encontrando, lo decidirían en su momento.

Para Menajem Mendl y su familia, la certeza de perder a su hija, de no saber cuándo o si volverían a verla les causó un tremendo desasosiego.

—¿No hubiera sido mejor —preguntaba Marushka— que Vania se quedara en casa, que nunca se casara y no nos abandonara?

Menajem Mendl se enojaba al escuchar lo que no consideraba sino más que un comentario egoísta.

—Tendrá una mejor vida que la que nosotros podemos ofrecerle. Definirá su futuro y debemos estar felices por ello. Por más que lo neguemos, Europa no ha sido ni será el mejor sitio para los judíos. Vivimos por la misericordia de esos gobiernos que nos aceptan imponiéndonos sus reglas injustas. Nada podemos hacer. No poseemos un país propio donde buscar refugio. Veo ira y enojo en la gente. Lo han perdido todo. Y el futuro en países pobres como el nuestro augura más pobreza y menos tolerancia.

Nada de lo expresado logró que Marushka desistiera de su llanto. En los días que quedaban, deseaba asimilar toda una vida para poder recordarla ante la inminente partida de su hija mayor. No conocería a sus nietos. No los vería crecer ni sabría nunca si eran felices allá.

Los preparativos

Las noticias provenientes de Rusia eran aterradoras. Dos ejércitos enfrentándose, con miras a tratar de establecer un gobierno único. El zar y su familia se habían esfumado. Hambre y falta de trabajo por doquier. Y, peor aún, la cantidad de muertos y desaparecidos, totalmente fuera de control.

Vania le pidió a su esposo que le permitiera despedirse a solas de su familia. Por su parte, Alter lo había hecho unas horas antes y se preparaba para el largo viaje. Agradeció tanto a Menajem Mendl como a Marushka el trato humano que siempre le habían brindado. La comprensión cuando más la necesitó. Prometió una vez más cuidar de su hija y hacerla lo más feliz que pudiera.

—Deberás tenerle mucha paciencia, encontrarás en ella una mujer dispuesta a ayudarte en todo. Y, cuando vengan los hijos, crecerán en una casa con valores judíos —le dijo Menajem Mendl.

Mientras le decía esto, sentía que se ahogaba por dentro. Alter había mostrado conocer la liturgia y lo básico del judaísmo. Lo que Menajem Mendl dudaba era si, una vez fuera de Europa, conservarían sus tradiciones. Algo dentro de su corazón le decía que probablemente no sería así.

Si bien Alter no seguía al pie de la letra la ortodoxia judía, desde el primer día tras conocer a Vania, aceptó que en la casa de ambos se conservarían los valores que todo hogar judío debe respetar, como son los rezos diarios y seguir festejando las fiestas tradicionales.

Marushka tuvo que aceptar la situación, dadas las circunstancias y la forma en que se habían desarrollado determinados acontecimientos.

Alter recibió las bendiciones de ambos. Rajel, la hija más pequeña, observaba de reojo lo que sucedía. Entendía que su única hermana partía a tierras lejanas, donde se hablaban otros idiomas y en las cuales, le habían insistido, se podía vivir en absoluta libertad.

Vania logró ahogar sus lágrimas. Pudo reprimir toda emoción. Sentía que era una obligación que ella misma se había impuesto; lo veía, en parte, como el castigo que debía expiar a raíz de la vida que escogió antes, y el cambio después de conocer al que ahora era su esposo.

Finalmente, llegó la carreta que los habría de transportar a la estación del ferrocarril, donde, en unas horas más, iniciarían su personal éxodo. Saldrían de la opresión en la que vivían en Europa y tratarían de encontrar terrenos más fértiles donde poder desarrollar una vida plena y justa.

Desde el momento en que ambos subieron al transporte, un silencio esperado pero incómodo se acomodó sobre ellos. Se habían convertido en una pareja más en la larga historia del pueblo judío que buscaba emanciparse del yugo de sus opresores para poder ejercer su libre albedrío sin presiones externas.

Alter rompió el silencio.

—Me siento como un esclavo partiendo de la tierra de los faraones, en busca de la tierra prometida —dijo.

Iba absorto, recordando todo lo que había vivido y que estaba a punto de abandonar. Al visualizar en su memoria la figura de sus padres, se prometió que les haría llegar toda la información sobre el lugar en el que habrían de fijar su residencia. Recordó a Lev y supuso que probablemente había fallecido. Una más de las bajas en el ejército ruso durante la guerra. Le dolía no poder comunicarse con Saúl para anunciarle que estaba por convertir su sueño en realidad y que iba camino a Palestina. Evocó los duros años de la guerra y la enfermedad que tuvo que vencer para seguir vivo. Cuántos años desperdiciados. Cuánto dolor dejaba marcado en la tierra que ahora abandonaba. No llevaba más que sus recuerdos, apilados en lo más profundo de su ser. Y cuando volteó a su derecha y miró a Vania, los pensamientos parecieron esfumarse y un sentimiento de calor, de intimidad, lo envolvió. En ese momento supo que lo de su mujer no había sido el capricho de un joven solitario y abandonado. Reconoció estar enamorado de ella. Solo se preguntaba si ella lo estaba de él.

Por su parte, Vania permanecía callada. Trataba de darle un sentido a su vida, a sus decisiones. La primera de ellas resultó ser una tremenda decepción, un engaño. Y ahora se preguntaba si en verdad habría tomado el camino correcto. Después de todo, Alter le resultaba prácticamente un extraño. Pero trataba de convencerse a sí misma de que la había sacado del Gehenem y le había prometido llevarla al mismo Gan Eden. Lo miraba de reojo. No era un hombre atractivo. ¿Qué le deparaba el destino? Sabía que había tomado una decisión firme. Un cambio absoluto de vida, de perspectiva. Pero, al mismo tiempo, soñaba con liberarse y convertirse en una mujer de valores universales sin jamás abandonar sus raíces judías. A pesar de ser una joven, sentía que los años le pesaban.

¿Podría volver a sonreír alguna vez?

Alter se quedó observando a su mujer. Una vez más le preguntó si estaba segura de los pasos que acababan de dar. Deseaba en lo más íntimo de su ser estar convencido de que los de su mujer eran voluntarios y no una excusa para escapar de su destino. Vania le aseguró que entre ambos lograrían convertir su matrimonio en un ejemplo a seguir. Por primera vez, lo tomó del brazo con firmeza y así, unidos, descansando en los sillones del vagón, dieron comienzo a la nueva etapa en sus vidas.

Alter tenía todo planeado en su cabeza. Sabía que, al arribar a Marsella, las autoridades exigirían ciertos documentos antes de permitirles salir de Europa. Llevaba consigo lo necesario. Antes de partir, Menajem Mendl le entregó una bolsa con monedas de oro que, le explicó, podrían sacarlos de apuros si las cosas no funcionaban como pensaban.

—Siempre requerirás sobornos, no a una persona, sino a varias, hasta que el último permiso haya sido expedido. En momentos como este, la honestidad queda fuera de discusión y uno debe adaptarse a las exigencias del momento. La burocracia no gana lo suficiente para mantener a sus familias y mediante la extorsión consiguen el añadido que les permite vivir de manera adecuada. Ellos lo saben, las autoridades están enteradas y ustedes dos pronto se darán cuenta de cómo en este juego puede haber o dos ganadores o una pareja perdedora. Tienes que ir preparado —continuó— y jamás sorprenderte por el chantaje que quieran ejercer contigo, pues ellos tienen todo que ganar y ustedes no. Nunca pierdas la cabeza, o el enojo desmedido, la ira incontenible cerrarán las puertas de su búsqueda de libertad. Tendrán también que encontrar una nave que los lleve a su destino, y eso, ya se darán cuenta, exigirá a su vez un buen soborno. No puedes gastar estas monedas en una sola ocasión. Es tu deber saber administrarlas para lograr tu objetivo.

El viaje hasta Marsella les tomaría un par de semanas. Se detenían en pequeños hostales, cuyo costo era mínimo, y las preguntas que les hacían eran más bien discretas.

Al entrar a Francia, en plena frontera, tuvieron que esperar a que las autoridades les dieran paso tras verificar sus permisos. Vania se disculpó para ir al baño, y fue entonces cuando un joven, de aproximadamente la misma edad que Alter, se acercó a este y le habló en ruso. Era difícil no voltear a verlo.

—Le pido —dijo con cortesía— que no se asuste. Los vi arribar a esta estación hace unos minutos. Le suplico me confirme si la mujer que viaja con usted es su esposa.

Con sus palabras, le dio a entender a Alter que creía conocerla. Habló de la mujer de uno de sus superiores en la época en que su batallón pasó por Rumania y añadió que su jefe la había conocido en algún pequeño pueblo. La razón de la pregunta implicaba algo más.

—Creo que usted se ha confundido. Efectivamente, ella es mi esposa —contestó indeciso Alter.

El otro pidió una disculpa.

—Los ojos de su mujer me han hecho equivocarme. Me alegra lo que me dice. Al finalizar la guerra, mi superior me contó cómo aquella muchacha lo abandonó una noche, sin una sola palabra o excusa. Desde entonces la ha seguido buscando. Hasta donde me enteré, no la había encontrado. Pero no cejará hasta dar con ella —concluyó.

Alter contuvo la respiración. Confiaba en que su semblante no lo delatara. Le dijo al soldado que esperaba que su superior finalmente encontrara a la mujer que buscaba.

El soldado le agradeció.

—Salgo mañana de regreso a Rusia. Solo vine acompañando a un hermano mío y su familia, que parten para Sudamérica en unas horas —le dijo.

Alter se despidió de él y, en efecto, minutos después lo perdió completamente de vista. Una daga se había clavado en su corazón. Vania le había mentido. Tras pensarlo unos segundos, decidió enfrentarla y averiguarlo.

Vania regresó con una sonrisa en los labios, como anticipando que el último escollo previo a su viaje estaba por finalizar. Sentados, esperando ser llamados para la revisión de sus papeles, Alter volteó a ver a su esposa. Nada en ella mostraba traición alguna. Él no podía adivinar lo que realmente había sucedido tantos meses atrás.

Sosteniendo su mano entre las suyas, en una señal inequívoca de apoyo, Alter le contó lo que acababa de suceder. Omitió algunos detalles, pero destacó que el oficial, aquel del que ella le contó que probablemente había muerto, al parecer estaba vivo y seguía buscándola.

Vania permaneció callada unos segundos. Notó que en la voz de su esposo no había reproche. Era más bien el deseo de finalizar esta pesadilla; de encontrar la manera de que desapareciera.

—Como te dije, esa noche en el granero, cuando se quedó profundamente dormido, decidí abandonarlo para siempre. En eso no te mentí. Mi vida a su lado había terminado. Lo demás —dijo mientras agachaba un poco la cabeza— no puedo asegurarte si lo viví o si lo soñé, pero confío en que me creas y sepas que no lo inventé. Hubo disparos y estaba yo segura, cuando vi salir al dueño del granero, que él estaría muerto. Ahora veo que no fue así.

Al terminar, no pudo reprimir el llanto, tan real como conmovedor.

—¿Esto significa que no podremos viajar? ¿Siempre estará al acecho, buscándome por todos los lugares de la tierra? ¿No podré escapar de su obsesión y no podremos ser capaces de iniciar una nueva vida? —preguntó.

Alter se quedó pensativo. En los siguientes minutos era necesario tomar decisiones que definirían su futuro. Palpó su bolsillo para asegurarse de que las monedas de oro siguieran ahí. Las había separado, convenientemente, en dos paquetes. Con el primero, ahora tendría que sobornar a las autoridades y obtener dos permisos de viaje. Pero el de Vania tendría que cambiar. Era muy importante que su nombre desapareciera para siempre.

Minutos después, sentados frente al jefe de aduanas mientras revisaba sus papeles, Alter lo interrumpió y le pidió permiso para hablar.

Los dos hombres se pusieron de pie; caminaron a uno de los rincones de la oficina. Pasaron los minutos y, cuando regresaron, el oficial se dirigió a Vania.

—Tu esposo me ha contado una triste historia y hemos llegado a la conclusión de que tu nombre debe cambiar.

Vania volteó a ver a su marido y por su mirada supo que debía permanecer callada. Nunca imaginó la historia que le contó al oficial, pero supo en ese momento que Alter, además de los atributos que le conocía, acababa de demostrar uno nuevo. Sabía dialogar y convencer a la gente, y esto le sería de mucha utilidad en el futuro.

Posteriormente entendió que había sido un simple soborno, algo muy común tras la guerra, y nada verdaderamente novedoso. Pero ambos supieron que las monedas que habían recibido de regalo acababan de salvar sus vidas.

Esperaron juntos un par de horas para que los documentos les fueran entregados.

Cuando revisaron sus papeles, ya oficiales y aprobados para el viaje, Vania se puso lívida al leerlos.

—Pero no somos nosotros. Estos papeles son de otras personas —sollozó.

—No. De ahora en adelante, estos serán nuestros nombres. Nadie jamás sabrá de esto, y tú eres ya una mujer libre. —Y, diciendo esto, la abrazó fuertemente.

Vania revisó una vez más los documentos. Estaban a nombre de Yehuda y Natasha Nevalsky. Miraba con desconcierto a su esposo, como buscando una explicación.

—Hubo otro cambio más, que no estaba planeado. —Al hablar de ello, Vania…, o Natasha, lo miró con temor—. Nuestros documentos son para viajar a América y no a Palestina. Por eso el cambio también a mi nombre.

Y, antes de que ella pudiera contestar, le explicó que América no era un país. Era un continente.

—¿Adónde, exactamente, nos dirigiremos? —preguntó.

Alter, o más bien, ahora Yehuda le explicó que el capitán que los aceptaría con estos documentos comandaba el *Aurora*, el cual se dirigía a las playas de México, al puerto de Veracruz. Y ese sería su último destino.

Vania miraba a su esposo con orgullo en los ojos. No sabía nada de México ni de Veracruz, pero, si ese era el destino, lo aceptaría con gusto. Por fin la posibilidad de iniciar una nueva vida estaba a su alcance.

—Me va a tomar mucho tiempo acostumbrarme a llamarte Yehuda. —Y esbozó una sonrisa al decirlo.

—Así es, mi querida... Natasha. El día de hoy es el primero de nuestras nuevas vidas.

Y, sin decir más, la besó en los labios, sellando su destino, enmarcado todo ello con una sonrisa de esperanza.

Horas después, abordaron el *Aurora*. Les esperaba una larga travesía.

—Con suerte y buen tiempo, llegaremos a Veracruz en menos de dos semanas —les informó el capitán Martínez.

Ya en cubierta, al zarpar la frágil nave, voltearon hacia Europa. Ninguno sabía si alguna vez en el futuro volverían a ver o pisar esa tierra.

Natasha decidió que no era aún el momento oportuno. Pronto le diría a Yehuda que estaba embarazada y que su hijo o hija nacería en un país libre.

Capítulo 3

La población judía en Cracovia alcanzaba ya cerca de un tercio de la totalidad en la ciudad. Las oportunidades de trabajo se habían multiplicado, y a su vez se había ido incrementando el número de trabajadores en todas las ramas en que los judíos tenían una representación. Esto incluía maestros en las escuelas, médicos en todos los hospitales de la ciudad, una buena cantidad de burócratas que ayudaban en el manejo de la administración, más agricultores. Y, sobre todo, la oportunidad de proveer trabajo para las fábricas y talleres, en los que se construían todo tipo de enseres.

Pese a los múltiples brotes de arengas antisemitas que surgían por doquier, los judíos sentían que vivían su mejor momento. Eran los años inmediatos a la Gran Guerra, y Polonia en general crecía al ritmo de sus vecinos. La pobreza era combatida por el gobierno de cada uno de los pueblos aledaños. El ejército se había modernizado. Se exhibían en nuevos corceles y vistosos uniformes. La fuerza de caballería, decían los políticos, protegía a la población; el pueblo de Polonia sería prácticamente invencible.

Los cuerpos de seguridad asistían a los habitantes; las cortes estaban abiertas para escuchar las querellas de los ciudadanos; se vivían aires de libertad desconocidos.

Los alemanes, austríacos y prusianos estaban fuera de la contienda, mientras Rusia estaba ocupada en mantener la paz y la estabilidad dentro de sus propias fronteras, sin la ambición desmedida de conquistar nuevos territorios, como era la costumbre de los gobiernos zaristas del pasado.

En las avenidas de las grandes ciudades comenzaron a hacer su aparición los vehículos de combustión interna, con sus aterradores estruendos y el humo que desprendían como una chimenea, pero esta vez sobre los peatones. Asustaban a los caballos, volcando carretas y carruajes con sus consecuentes tragedias.

—Son avances de la civilización —se decía. Y como tales, eran bienvenidos en un país con aspiraciones a modernizarse.

Las salas de conciertos volvieron a abrir sus puertas las orquestas tocaban para beneplácito de los asistentes. La radio y los periódicos se adaptaron a los nuevos tiempos, permitiendo que las noticias llegaran con una premura no experimentada antes. En definitiva, el cambio sorprendió de manera positiva a la gente, que luchaba por mantenerse al día de los inventos, de la locura del avance industrial y tecnológico.

El campo resurgió con fuerza. Aparecieron los primeros tractores mecánicos y se tuvo la seguridad de que la tierra proveería suficientes alimentos, ya no se tendrían que importar de otros países.

Surgieron más editoriales y se multiplicó la publicación de libros de todo tipo. La población se mostraba ávida por leer, por enterarse de lo que sucedía en otras regiones del globo. Los adelantos alentaron a los médicos a ofrecer nuevas curas para aquellos padecimientos aún incurables que, para ser honestos, conformaban la mayoría. La moda cambió. Las faldas de las mujeres ascendían poco a poco, al tiempo que sus derechos seguían sin ser reconocidos. Las universidades abrieron sus puertas tanto a hombres como a mujeres, y esto animó a muchas de ellas a buscar una profesión que les permitiera dejar de ser consideradas exclusivamente amas de casa.

Junto con el resto del mundo, Polonia buscaba mejorar la calidad de vida de sus ciudadanos y compensar un poco la felicidad negada durante toda una década.

No había aún decretos de emancipación para los judíos, pero sí oportunidades que se presentaban, y estos las aprovechaban. Se debatían las cuotas para ver cuántos de ellos podían aspirar a asistir a las universidades, algo que la comunidad judía consideró un avance frente a la obstinación previa de no permitirle la entrada a ninguno.

Las sinagogas volvieron a colmarse de fieles que buscaban su devenir dentro de sus paredes.

Se extendió el uso del teléfono y la luz eléctrica. Todos confirmaban que nunca en la historia de la humanidad se habían visto tantos milagros tecnológicos en tan corto tiempo. Infortunadamente, la memoria comunal rápidamente olvidó las penurias de la guerra y de la terrible pandemia de influenza que habían sufrido solo unos años atrás.

Por casualidad, un amigo del señor Rosenblum que trabajaba en el ayuntamiento de la ciudad se enteró de la demanda en curso en contra de su yerno, Simja Goldenberg. Tras pensarlo, decidió que debía informar a Rosenblum antes de que fuera tarde. La demanda hablaba de daños personales y a la propiedad, pero omitía la queja específica del demandante.

El amigo le dejó saber a Rosenblum que el vecino de Simja había mostrado interés por apropiarse de esos terrenos y hacerlos parte del suyo. Sabía que Simja se había rehusado siempre a vender el predio.

Aconsejado por el abogado, Rosenblum se percató de que su yerno enfrentaba una batalla perdida de antemano. También se enteró, a través de su amigo, de que el demandante era sobrino directo de un concejal; imaginó que Simja tendría que vender o afrontar una fuerte multa ante la demanda. Finalmente reconoció que, a la larga, igual se vería obligado a ceder esas tierras.

—Simja —le advirtió el abogado a Rosenblum— no tiene muchas opciones. Al final lo obligarán a vender y perderá todo. Mi consejo es conseguir un comprador, que no sea obviamente el que demanda, y venderle la tierra, para que al menos pueda recuperar el dinero. Si después el nuevo dueño decidiera revender las tierras, todos quedarán satisfechos y nadie resultará engañado.

La recomendación parecía tener cierto grado de cordura. Después de todo, los muchachos deseaban emigrar. Sería la oportunidad para llevarlo a cabo. Ahora habría que pensar en un comprador honrado que aceptara sumarse a lo que se proponían y para quien no representara problema alguno. Ganaría las tierras y podría pagarle a Simja un precio predeterminado, justo para ambas partes. Por más que pensaba en quién podría ser ese probable comprador, no lograba identificar a nadie en particular. Decidió discutirlo con Simja y Leah, quienes regresarían de su viaje a Varsovia al día siguiente.

El regreso

La visita a Varsovia resultó muy estimulante para ambos. Recorrieron sus hermosas avenidas; comieron en los mejores restaurantes kosher de la ciudad; pasearon por sus cercanos bosques, y asistieron en una ocasión a un concierto en el que la magia del «Op. 11» de Chopin los fascinó. Conocieron a mucha gente cuando en la víspera de shabat acudieron a la sinagoga principal de la ciudad y fueron recibidos como visitantes distinguidos; además pudieron escuchar al jazán darle la bienvenida al día más sagrado del calendario judío.

A su regreso a Cracovia, visitaron a Rosenblum, el cual los puso al corriente de lo que su amigo le había informado. Simja le confirmó la ambición de su vecino de apropiarse de las tierras que él había heredado.

—Mis tierras, pese a lo pequeñas que son —comenzó Simja—, han sido la envidia de mis dos más cercanos vecinos. Imagino que ambos desean extender sus terrenos, y me han hostigado por años para que se las venda. Uno de ellos, probablemente el que interpuso la demanda, ha sido más que persistente. Se ha presentado en mi casa en repetidas ocasiones, y hemos llegado a un punto en el que, ante mis reiteradas negativas de vender, comenzó a mostrar una actitud desafiante, incluso amenazadora. El otro, al contrario, nunca se excedió y, aunque interesado, siempre aceptó mi decisión.

—Sin embargo —advirtió Rosenblum—, la situación se puede volver muy álgida.

Los miraba sin tratar de asustarlos, pero era necesario tomar decisiones, en pocas horas, que por un lado garantizaran la propiedad y, por otro, la integridad física de Simja.

—Pienso, y de ustedes será la última palabra, una vez dados los planes bien establecidos por ambos de querer emigrar, lo conveniente es vender las tierras y, con ese dinero seguro en sus manos, iniciar su nueva vida en América.

Los hizo comprender que se requerían acciones inmediatas. Les preguntó a Simja y a su hija su opinión y si sabrían de alguien que pudiera adquirir esas tierras antes de que la demanda diera al traste con los planes.

Simja lo discutió por unos minutos con Leah. Ambos estaban de acuerdo en que vender era la mejor opción, algo que además tenían en mente de tiempo atrás. Solo que ahora las negociaciones tendrían que apresurarse.

—Karol Manovetzky es quien podría comprarlas —dijo finalmente, pero con firmeza, Simja—. Es el vecino tranquilo, que sé bien que ha estado muy interesado en ellas.

—¿Un gentil? —preguntó Rosenblum— ¿Podremos confiar en él?

—No lo sé. Tal parece que el tiempo apremia, así que no podemos detenernos a especular si se comportará de manera honrada y verdaderamente fiel a su palabra.

Al día siguiente, Rosenblum, Simja y el abogado de ambos se presentaron en casa de Karol Manovetzky y, sin precisar detalles, le ofrecieron las tierras y la casa que él tanto había ambicionado. Sorprendido ante el súbito cambio y, tras una corta plática, el vecino accedió. Establecieron un precio justo.

Sin embargo, le explicó Manovetzky a Simja, no disponía de esa cantidad por ahora, pero prometió que en cuanto la tuviera, avalado por documentos firmados, depositaría el monto donde ellos decidieran.

Al día siguiente comenzaron los trámites. Poco después se firmaron los papeles por medio de los cuales se establecía la compraventa de las tierras pertenecientes a Simja Goldenberg y ahora propiedad de Karol Manovetzky.

Consciente de la premura con que la pareja requería los fondos, Karol adelantó una suma como muestra de su gratitud y honestidad. Serviría para cubrir el pasaje de ambos rumbo a América.

Rosenblum sabía de antemano que la noticia no sería del agrado del demandante; buscaría la manera de anular la transacción, aunque estaba bastante seguro de que no encontraría bases legales para hacerlo, ni siquiera con ayuda de su tío en la municipalidad.

No obstante, seguía siendo fundamental que compraran los boletos para zarpar de Marsella hacia América a la brevedad. Tarde o temprano, Simja podría enfrentar la posibilidad de un arresto. Razones no faltarían. Era menester asegurar el viaje antes de que esto sucediera.

Rosenblum trazó un plan en su mente y buscó con celeridad la manera de llevarlo a cabo.

Esa misma tarde acudió al jefe del consejo judío de la ciudad, un íntimo amigo suyo de muchos años. Le planteó sus problemas y le pidió ayuda para encontrar una solución.

Por fortuna, la pareja se había casado solamente en la jupá, sin dar aviso a ninguna autoridad.

—Esto es vital —destacó el amigo—. Si vamos a cambiar la identidad de Simja, tendremos que hacerlo con la ketubá también, lo que implica que tu hija, a su vez, cambiará de apellido.

Sentados ambos en la oficina, debatían la mejor manera de lograrlo, sin meterse ellos ni nadie más en problemas legales.

—¿Por qué no editar una nueva acta de nacimiento para Simja con otro nombre? —preguntó Rosenblum.

—Sin una historia, sin antecedentes familiares de ningún tipo —explicó el otro—, despertaría sospechas entre las autoridades y no daría tiempo de hacerse con los documentos necesarios.

Pensaban y discutían opciones, pero no llegaban a ninguna conclusión satisfactoria. Rosenblum sentía que el piso que les sostenía se vencía y podría sepultarlos bajo tierra a todos.

Cuando la noche estaba por caer, el jefe del consejo judío volteó hacia Rosenblum.

—Lo tengo. Por fin lo tengo. ¡No sé por qué no se me ocurrió antes! —le dijo.

Este lo miró de hito en hito. No quería adelantarse y esperó a escuchar la respuesta al angustioso dilema. El tiempo apremiaba.

—La única manera de salvar la situación es otorgarle una nueva identidad a la pareja, a Simja para ser precisos... —recapituló, al tiempo que sonreía para sí mismo, seguro de que lo que iba a decir sorprendería a Rosenblum.

Explicó que un día antes había fallecido un correligionario, al que habían asaltado y golpeado en la calle. Tenía prácticamente la misma edad de Simja. Y, lo más importante, no tenía familiares a quiénes informar. Además, como había sucedido en las últimas veinticuatro horas, aún no lo habían notificado a las autoridades.

—Lo que haremos —indicó con cautela, pero con seguridad— será enterrarlo sin dar aviso a nadie. Su identidad será ahora la que Simja habrá de asumir. Bajo esta nueva identidad, que la comunidad y yo mantendremos en secreto, podrá conseguir los documentos para el viaje. Pero es necesario concluir el papeleo a toda velocidad y hacer que Simja desaparezca para siempre de la faz de la tierra. Si alguien preguntara a tu hija sobre su paradero, diremos que desapareció, humillándola y abandonándola a los meses de casada. Ella, con su nuevo nombre, podrá viajar después a donde se encuentre su marido para iniciar una nueva vida.

Rosenblum escuchaba con emoción. Le pareció una estrategia bien trazada y, aunque acarreaba cierto riesgo, no vislumbraba otra salida. Agradeció efusivamente a su amigo, quien prometió disponerlo todo para concluir rápidamente la operación. Se dio cuenta también de que Simja tendría que viajar solo. Una vez establecido, Leah emprendería el mismo trayecto para reunirse con él. Comprendió lo difícil que iba a ser esta decisión para su hija y su yerno, recién casados y que ahora iban a separarse por tiempo indefinido, con un futuro incierto en un país desconocido.

Antes de irse, volteó hacia su amigo:

—Solo una cosa más. ¿Cuál será el nombre con el que habré de conocer a mi yerno?

—Yakov Schreiber —le contestó—. Ese es, por ahora, el único nombre con el que conoceremos a tu yerno. Simja Goldenberg desaparecerá para siempre, como si la ballena que se tragó a Jonás abriera sus fauces una vez más.

Yakov

En los siguientes días, la familia de Yakov vivió momentos de tal incertidumbre, que era difícil adivinar si habían comido o dormido. El pago de Manovetzky, así como la firma del contrato de compraventa, se llevaron a cabo satisfactoriamente un día antes de que Simja adoptara su nuevo nombre. A la vez, Rosenblum y los amigos de la comunidad lograron imprimir los documentos de identidad para Yakov y su esposa, incluida la nueva ketubá, quedando listos para ser utilizados.

Muy poco tiempo les quedó a Yakov y Leah para estar juntos. Les fue respetada la intimidad necesaria para conocerse como esposos y amarse, entregándose con un sentimiento de amor y de frustración que, bajo las circunstancias, les era muy penoso aceptar, aunque respondía a la inevitable realidad. Compartieron unos días en que se confiaron secretos que cada uno ocultaba y que ahora dejaban salir. Establecieron un lazo de unión inquebrantable que los dos sabían que debería someterse al tiempo, que pasa y deja su huella lo deseen o no.

Prometieron escribirse para mantener así la unión frente a esta separación obligada que estaba a punto de producirse. Por las noches lloraban juntos en su lecho mientras se entregaban de manera amorosa en un frenesí desconocido para ambos.

Llegado el momento en que Yakov tuvo que partir, los Rosenblum se despidieron con la promesa, sin saber lo que les depararía el futuro, de que se volverían a encontrar, ya fuera en tierras de América o en alguna visita a Cracovia. Leah permaneció encerrada en su cuarto. No estaba segura de poder resistir una despedida más. Por la noche habían renovado sus votos, prometiéndose que en muy poco tiempo, ya establecido en algún sitio, Yakov le escribiría.

Tomó sus escasas pertenencias, confirmó que llevaba consigo todos los papeles. Ya en Marsella, explicó, arreglaría su travesía con destino a la ciudad de Nueva York, donde, soñaba, podría iniciar una nueva etapa. Pronto Leah estaría viajando también, para finalmente formar una familia.

El viaje a Marsella le tomaría muchas semanas. Yakov no dejaba de angustiarse pensando cómo lograría establecerse, conseguir algo que le permitiera salir adelante y formar un pequeño patrimonio. No eran muchas las actividades que podía realizar. Poseía conocimientos vagos sobre agricultura, pero estaba consciente de que en su nuevo país no sería agricultor.

Un judío, razonaba, requiere una comunidad en la cual desarrollarse. Y él, como judío creyente, soñaba con formar parte de un nutrido grupo de familias en el que se ayudaran unos a otros. Por regla general, no era lo que ocurría en Zhytomyr; pero el poco tiempo que vivió en Cracovia le abrió los ojos y le mostró que era posible salir de su soledad y vivir en armonía con muchas otras familias. Reconocía que Leah, procedente de una familia bien establecida, de emprendedores y muy arraigada al judaísmo, anhelaba algo semejante. Como parte de las reglas que se había impuesto al aceptar la identidad de Yakov, estaba la promesa de que en el lugar al que llegaran a habitar se incorporarían totalmente a la población y se acercarían a la comunidad judía existente para enriquecer a su propia familia.

Se consideraba a sí mismo un buen administrador. Lo escuchó siempre de sus allegados. Cuando manejó las finanzas de sus tierras, lo hizo con sabiduría, precaución, cautela y, ante todo, honestidad. Esperaba que el dinero de la venta de su casa bastara para iniciar algún tipo de empresa o negocio en América. Para ello había estudiado algo de inglés y, aunque no poseía facilidad para los idiomas, sabría darse a entender. El ídish seguía siendo su lengua preferida. Tenía noticia de que un gran número de la población en Nueva York era judía. Esto lo animó. Supuso que la competencia sería feroz. Pero, si no lograba salir vencedor, podría perder para siempre a su joven mujer. ¿Cuánto tiempo lo esperaría?, se preguntaba.

Tuvo muchas semanas para meditar durante el largo trayecto y en algunas estaciones donde pernoctaba. Su mente hizo que soñara que era el heredero de muchas riquezas; a veces, al contrario, creía que la pobreza lo convertiría en un pordiosero, un mendigo, como abundaban en Polonia, que vivían de las limosnas de propios y gentiles. Esta sola idea lo paralizaba y le arrebataba el aliento.

Ignoraba quién lo recibiría en Nueva York. ¿Le tendería alguien una mano y le ayudaría a que no muriera de hambre? Todas las inquietudes no resueltas galopaban en sus sienes, como un demonio que lo acechaba continuamente, sin permitirle disfrutar la vida, mucho menos el viaje.

Separó parte del dinero para pagar su alojamiento en algunas de las estaciones. El resto, sabía, serviría para convencer —la palabra *sobornar* le molestaba— a quien debiera para obtener el pasaje y la salida a América.

En Nueva York, le habían informado, pasaría por una inspección en un pequeño islote, llamado Ellis, donde revisarían cada milímetro de su cuerpo, sus ojos y su ropa. Y si, Dios no lo permita, encontraban algo fuera de lo normal, sería deportado a Polonia, lo que significaba una sentencia de muerte. Esto, entre muchas otras cosas, lo mantenía en un estado de nerviosismo que le hizo perder algunos kilos.

La frontera más difícil de cruzar fue la de entrada a Francia. Tal parecía que los agentes en las aduanas estaban de acuerdo en no dejar transitar a nadie, sin importar sus orígenes. Y fue cuando Yakov logró conservar la calma. Trató con los de la aduana con tal delicadeza que se los ganó para su causa y se le dejó pasar sin ponerle trabas. Ya en Francia, sintió que los mayores escollos habían sido superados. Al llegar a Marsella buscaría el primer barco que se enfilara hacia Nueva York y compraría su pasaje, listo para embarcarse.

El puerto y la ciudad de Marsella eran dos sitios diferentes. La ciudad conservaba su hermosura, como una madona que se muestra celosa al mundo. Pero el puerto parecía su antítesis. La pobreza y la suciedad se palpaban a cada paso. Los pobladores eran reservados y difícilmente hablaban con los extranjeros. Vivir entre marineros provenientes de los siete mares no era precisamente una carta irreprochable de presentación, más bien suscitaba temor y desconfianza en la gente. Yakov tuvo que esforzarse mucho para hacerse entender y después averiguar qué barco lo llevaría a donde deseaba.

Para su sorpresa, se enteró de que ningún navío partiría con rumbo a esa gran urbe en las siguientes dos semanas. La mayoría, cuyo destino era algún sitio en América —que finalmente comprendió que era un continente y no un país—, enfilaría el rumbo a La Habana o con cierta frecuencia al puerto de Buenos Aires, en la Argentina, que había resultado un lugar de residencia factible para muchos que, como él, huían de Europa por mil y una razones.

Yakov se aferró a su intención de ir a Estados Unidos.

Tras mucho insistir, comprendió que no podía permanecer más tiempo en Europa, por lo que aceptó desviarse hacia La Habana, en la isla de Cuba, que remotamente sabía dónde se encontraba. Le informaron que ahí podría conseguir que otra embarcación lo llevara a Nueva York. Decidido a modificar un poco su ruta, buscó alguna manera de llegar a esa isla.

Cuando finalmente tomó turno para entrevistarse con el capitán que habría de llevarlo, Yakov notó que detrás de él se sumó una larga fila de refugiados que buscaban a su vez un escape fuera de Europa. Escuchó hablar tantos idiomas que por un momento pensó que se encontraba en la mismísima Torre de Babel.

Fue recibido, tras horas de espera, en una oficina que más bien daba la apariencia de ser una bodega donde la gente almacenaba todo lo que no deseaba. Un pequeño escritorio cubierto con un vidrio ocultaba innumerables fotografías de personas y sitios desconocidos.

Un hombre fuerte y de tez muy oscura estaba frente a él, invitándolo a sentarse. Su manera de hablar era como su figura, cortante y fría. Hablaba un idioma que no entendía, pero había un traductor a su lado.

—Soy el capitán Martínez —comenzó—. Mi barco, el *Aurora*, partirá mañana con rumbo a La Habana y después al puerto de Veracruz.

Yakov asintió, dando a entender que estaba de acuerdo.

—Queda solamente un lugar más, así que siéntase usted con mucha suerte —exclamó firme.

Lo siguiente transcurrió con rapidez. Checaron los documentos, se hicieron los pagos requeridos. Le explicaron que no se trataba de una nave de lujo, sino más bien de un pequeño barco carguero; pero contaba con suficientes camarotes para acomodar a los refugiados que viajarían en él.

—Será un viaje largo y difícil para quien no está acostumbrado a navegar las agitadas aguas del Atlántico —le advirtieron.

El capitán miró a Yakov, viendo en él a uno más de los pobres judíos que intentaban encontrar un refugio en América, sin tener la mínima idea de que la vida en esos lugares era tan dura o más que en sus países de origen; pero entendía que añoraban esa libertad de la que aparentemente no disfrutaban en el Viejo Continente.

Sabía que los que pretendían embarcarse a Estados Unidos desde La Habana solamente sufrirían una gran decepción, ya que la entrada a ese país estaba restringida, casi anulada de tiempo atrás. Viajarían a México, si lo deseaban, o podrían quedarse en La Habana y esperar a que la situación cambiara o a que nuevas oportunidades se presentaran.

—Mañana a las seis de la mañana comenzará el abordaje. Lo veré ahí —ordenó con firmeza.

Sin más preámbulos, lo despidió entregándole un papel que supuestamente amparaba la operación que se llevó a cabo.

Al salir de la oficina, Yakov se sintió libre por primera vez en muchos años. Una nueva esperanza de una mejor vida se le presentaba. Extrañó más que nunca a Leah. Le hubiera gustado que ambos gozaran el momento. Lo único que dedujo con cierta exactitud era que en La Habana tomaría las decisiones para poder viajar a la ciudad de Nueva York, sin poder adivinar cuánto tiempo transcurriría antes de volver a ver a su mujer.

Al sentarse una vez más en la zona cercana al embarque, volteó la vista y se dio cuenta de la gran cantidad de refugiados que, como copias idénticas de él, esperaban partir. No todos viajarían en el mismo barco. Otros partirían con rumbo diferente. Se había asegurado de que la única embarcación que iba con rumbo hacia América era el *Aurora*.

Dormitó unas cuantas horas, recargado en la dura banca y recostado sobre el morral que conformaba su único equipaje.

Así como veía a los demás, ellos a su vez lo miraban a él. Nadie trató de iniciar una conversación o acercarse a platicar un poco. Cada uno llevaba, en su mundo interno, las calamidades vividas por años.

El silencio que cimbraba el lugar forjaba el mejor refugio. Muchos judíos rezaron silenciosamente por la mañana, colocándose los tefilín. Por alguna poderosa razón, Yakov no sintió esa necesidad. Permaneció sentado, inmerso en sus propias ensoñaciones y pesadillas. En unos minutos más comenzaría a volverse realidad lo que tanto había anhelado desde que tenía uso de razón. Sintió unas gotas de sudor recorrer su espalda.

Notó que la mayor parte de los jóvenes que viajaban eran parejas de casados. Se cuidaban uno al otro, brindándose el apoyo que tanto necesitaban.

Y así como lo había invadido la sensación de libertad, lo consumió la soledad. Eso lo llevó de vuelta a examinar su vida, sus escasos logros. Se prometió que nunca más volvería a pasar por la discriminación que había sufrido en Polonia. Iba en busca del sueño, con el convencimiento de que, al abordar el *Aurora*, lo haría como un hombre libre.

La travesía

Como era de suponer, la fila comenzó a alinearse un poco antes de las seis de la mañana. Lucía interminable, pero en realidad no eran más de veinte familias, y Yakov. Este se dio cuenta de que la aventura que emprendía en este momento lo perfilaba como un ente solitario. Hubiera deseado decirles que no era así, que al final su mujer vendría a América, donde ambos iniciarían una vida en conjunto. Pero decidió guardar su distancia, no hablar de más ni decir alguna cosa que despertara suspicacias o sospechas. Y no tuvo que preocuparse mucho por ello. Nadie se le aproximó o trató de establecer una conversación o simplemente asegurarle que, aunque iba solo, tenía el apoyo de los demás. A Yakov no le sorprendió esta actitud. Todos venían de países que habían experimentado en carne propia los horrores de una guerra. Judíos que debían huir de sus hogares por una discriminación que siempre terminaba en actos de violencia, permitidos por las autoridades. Deseaban todos no solo aires más libres, sino la posibilidad de ejercer su religión sin ser mal vistos o castigados por ello. Buscaban, pensó, una utopía, algo que ninguno había experimentado antes.

Pasaba horas interminables recargado en la cubierta superior, admirando la bravura del mar. El océano Atlántico, conocido por su fiereza, movía el barco como un juguete, provocando náuseas y mareos en aquellos que nunca habían abordado una nave.

La comida era escasa, pero de buena calidad. El capitán, conocedor de que la mayoría de sus pasajeros eran judíos que seguían leyes estrictas respecto a los alimentos, buscó frutas y verduras en abundancia para que a ninguno le faltara la nutrición correcta ni la vitamina C, para así evitar el escorbuto, tan frecuente desde la antigüedad.

Nadie invitó a Yakov a los rezos matutinos o vespertinos; tampoco le pidieron que los acompañara durante las comidas o participara en las discusiones que se suscitaban cada noche, cuando todos buscaban refugio en cubierta para respirar el aire puro.

Los escuchaba intercambiando opiniones respecto a uno y mil temas. Se preguntaban si en América podrían continuar su vida construida con base en el seguimiento riguroso de reglas o no. Aprenderían la lengua nativa del lugar hasta que dejaran de confundirlos con extranjeros. Hablaban de esos y de muchos otros temas. Con el oído aguzado, Yakov les prestaba atención y maquilaba su parecer personal, que a nadie ofendía, pero tampoco importaba.

Era de los pocos que se ejercitaban todos los días, recorriendo varias veces la cubierta de un lado al otro. Sentía que las miradas se clavaban en él, que provocaba un chismorreo, no tan secreto, que expresaba opiniones a favor o en contra.

Y tuvo suficiente tiempo para revalorar su futuro. Esperaba, solamente, que se le ofreciera alguna ayuda al llegar a su destino. Alguien que guiara al ciego en un país extraño que podría apabullarlo. De no ser así, confiaba en que habría una buena comunidad judía a la que poder recurrir tarde o temprano.

¿Tendrán escuelas, panteones, sinagogas?, se preguntaba. ¿Gozarán de la libertad de culto y personal que tanto añoraban? ¿Las autoridades los verán como una amenaza o como una fuerza positiva para mejorar la economía? Mil cuestiones que no tenía forma de contestar. Y, lo más importante: ¿los gentiles aceptarían a esta pléyade de judíos sin quejarse u oponerse a su simple presencia?

En el barco escuchó que la mayoría pensaba quedarse en La Habana el tiempo que hiciera falta para llegar a su destino final en Nueva York. Otros, que no tenían los medios para subsistir o a su vez no querían perder tiempo, aceptaron ser trasladados a ese país exótico llamado México, del que desconocían absolutamente todo: lenguaje, costumbres, tradiciones. Hablaban de cómo el gobierno pasaba por una difícil etapa después de una revolución, iniciada poco antes de la Gran Guerra. Un país muy extenso, con una población relativamente pequeña. Nadie sabía a ciencia cierta, si bien corrían rumores, si en la capital de México se habría asentado alguna comunidad judía. Una familia mediterránea aseguraba que sí había una comunidad de judíos provenientes de Siria, pero no estaban seguros de cuántos miembros eran y mucho menos de su situación actual en la sociedad mexicana.

Una sospecha se anidó en la mente de Yakov. No deseaba que La Habana se convirtiera en su destino final. Si efectivamente tenía que esperar mucho tiempo, no le quedaría otro remedio que ir a ese país llamado México y entrar por su puerto más importante, Veracruz. En los Estados Unidos, la religión protestante dominaba a la mayoría, pero a su vez había una gran representación católica. ¿Qué le esperaba en México? Sospechó que, habiendo sido conquistado por España, debía ser un país mayormente católico. Se enteró de que en los Estados Unidos y en la Argentina los nativos no representaban una mayoría. Habían sido lentamente eliminados, desplazados de sus propias tierras. ¿Cómo sería esto en México?

Entre los refugiados se contaban varios músicos. Por las noches tocaban sus instrumentos y entonaban las melodías de sus países de origen. No faltó quién interpretara canciones polacas, rumanas o rusas. Pero dominaban las tonadas en ídish, de universalidad inconfundible. Vinieran estos judíos de donde fuera, todos las conocían y las cantaban a coro, como un recuerdo nostálgico de esa Europa que, tras más de mil años, acababan de abandonar.

No había gente mayor. Todos eran jóvenes y representaban una inyección de sangre nueva para los países a los que se dirigían. Tendrían sus familias allá y sus hijos se convertirían en la primera generación de judíos en muchos de estos parajes. Y al pensar en esto, Leah se le aparecía en su recuerdo; podía sentirla, pero no verla. Imaginarla, mas no tocarla. «¿Cuándo?», se preguntaba, «¿cuándo?».

Supo que siempre recordaría esta travesía, sin importar lo que pudiera acontecer. Sus llamados «hermanos de barco», a los que veía pero con los que no se comunicaba, recordarían igualmente el viaje. El desplazamiento de un continente a otro; de una cultura milenaria a otra completamente diferente, mucho más joven y dinámica. ¿Habrá bosques, ríos navegables, museos y castillos en este el Nuevo Mundo? ¿Qué variados paisajes le esperaban? ¿Qué tipo de vegetación? Sabía que los alimentos serían diferentes y en nada parecidos a los de Polonia. Todo representaba una aventura de esperanza y de maravillas que jamás imaginó ver en su vida. Anticipaba con emoción lo que estaba a punto de enfrentar. A la vez, había temor. Un gobierno aparentemente inestable; una economía que no despuntaba; un conglomerado humano de ideas totalmente diferentes a las suyas. Pero, como le aconsejara el rabino alguna vez: «Al lugar al que vayas, habrás de adaptarte. De no hacerlo, sufrirás». Repasó muchas veces esta verdad. Se prometió que, sin perder su judaísmo, se volvería un nativo. Estaba decidido a dominar el nuevo idioma, a obedecer las leyes, a aceptar la forma de vestir de la gente, a disfrutar con ellos la música, el teatro y el cine. Volverse lo más mexicano que fuera posible.

La interrogante era si ellos lo aceptarían o no.

Cerca de trece días en altamar después, el capitán anunció para el día siguiente la próxima llegada al puerto de La Habana, en la isla de Cuba. A aquellos que tenían la intención de zarpar a Nueva York, les informó que el próximo navío, aunque no era seguro que los aceptara, saldría dentro de tres semanas. El *Aurora* permanecería treinta y seis horas en Cuba para abastecerse y continuar su viaje rumbo al puerto de Veracruz, en México. Instó a quienes ya habían decidido continuar a no bajar del barco para evitar la burocracia de las aduanas.

Yakov, quien tuvo esos días para pensar todo con calma, optó por seguir rumbo a México. Una vez convencido de que era lo mejor, recogió y acomodó sus pocas pertenencias y se preparó para el desembarco en tierras mexicanas. Corría el mes de julio. El año..., dudó, y tras pensarlo unos instantes, se ubicó: era 1924. Habían transcurrido ya diez largos años desde el inicio de la Gran Guerra. Era tiempo de comenzar su propia búsqueda de la paz.

Veracruz

Como pudieron constatar los pasajeros del *Aurora*, el Golfo de México no era precisamente un mar de tranquilidad. La travesía entre La Habana y Veracruz, si bien fue cubierta en poco tiempo, tuvo que resistir el embate de un furioso oleaje.

—Es época de huracanes —se escuchaba en la cubierta del barco.

No quedaba muy claro para los pasajeros a qué se referían los marineros, pero Yakov notó en sus caras una mueca de precaución. Sospechó que se trataba de tormentas marítimas de máximo peligro. Afortunadamente para ellos, ningún ciclón se divisaba en las cercanías, y esto hizo que el final del viaje no fuera tan inclemente como el capitán llegó a sospechar.

Lograron divisar un faro situado en una pequeña isla o islote, frente a las playas de Veracruz. Los marineros se referían a esta como la Isla de los Sacrificios, y el pobre entender de Yakov no logró captar la esencia del nombre.

Finalmente, el 30 de julio de 1924, el *Aurora* y sus pasajeros anclaron en el puerto de Veracruz. Varios barcos de diferente tonelaje se encontraban ya atracados, probablemente descargando sus mercancías, que se repartirían por todo el territorio de la república mexicana.

Al salir a cubierta por última vez, antes de desembarcar, Yakov sintió en su piel una humedad totalmente desconocida. La temperatura era extrema y sudaba a raudales, lo que le obligó a despojarse de su abrigo.

Cuando los pasajeros estaban a punto de atravesar la rampa del barco con rumbo a tierra firme, el capitán se despidió de cada uno dándoles la mano, deseándoles buena suerte. Yakov, que había comenzado a sentir un especial afecto por él, le agradeció efusivamente, con palabras en ídish que el hombre no podía comprender, pero cuyo significado intuía. El capitán le dio en la espalda una palmada leve de ánimo, la que hacía mucho tiempo que necesitaba. Habían sido advertidos de que tendrían que pasar por la aduana, donde serían revisados antes de otorgarles el permiso para entrar al país.

Dentro del edificio aduanal, un amable inspector le solicitó sus documentos. Lo único que quiso confirmar era su nombre: «Yakov Schreiber». Procedió a copiarlo con cuidado y, unos minutos después, le dio permiso de salir, con unas palabras que nunca olvidaría: «Bienvenido a México».

Sorpresivamente para él y algunos de los demás, al abandonar el edificio se encontraron con muchas personas hablando en voz alta y en ídish, exhortándolos a darse a conocer, ya que venían a ayudarlos en el difícil trance de su llegada.

Sus oídos no lo engañaron. El ídish que escuchaba susurraba con el mismo acento polaco que él tenía. Fue cuando se enteró, al fin, de que en México se había establecido años atrás una pequeña comunidad judía, y sabían de los barcos programados para arribar al puerto de Veracruz. Habían formado un comité que, rotando a sus miembros, se encargaba de asistir en Veracruz a los recién llegados.

Con lágrimas en los ojos, Yakov se convenció en segundos de que su decisión de continuar hasta estas tierras no había sido errónea. Intuyó que su futuro, y el de su familia, ahora sí podría planearse con la ayuda de esta representación comunitaria.

Un hombre vestido a la usanza moderna, enfundado en un traje claro y con sombrero fabricado con un material diferente —se enteró después que era de paja—, se le acercó directamente.

—Bienvenido —expresó en ídish y en español. Y le dio un abrazo, con el cual le hizo saber que estaba ahí para ayudarlo—. Mi nombre es Berl Goldberg —le dijo al tiempo que le daba la mano.

Preguntó a Yakov su nombre, de dónde venía, si era casado y un sinfín más de interrogantes que poco a poco dieron una idea a Berl de quién era. Averiguó que Yakov tenía la intención de iniciar su vida en la gran capital de México; que en poco tiempo esperaba poder traer a su mujer desde Polonia, pero que no tenía la menor idea de cómo arrancaría su futuro en este país.

Goldberg, a su vez, le dijo que era originario de Varsovia y que había llegado a México solo dos años antes. Miró a Yakov, delgado y pálido, cansado del largo viaje, y lo invitó a comer algo.

—Iremos a la zona central de la ciudad —le anunció—. Pero antes tomaremos un exquisito café en La Parroquia.

Yakov comprendió lo del café, pero el nombre del lugar le sonó más que exótico.

En el corto trayecto a pie, bajo un abrasador sol, Yakov no lograba mantener la boca cerrada. Su asombro ante la vegetación desconocida, el bullicio de la gente, sus trajes multicolores. «Todos», pensó, «parecen traer la túnica de José en sus cuerpos». Notó que su piel era de color oscuro y que contrastaba con la de él y la de su acompañante. La gente volteaba a verlos, pero para saludarlos de manera amable. Llevaban mercancías sobre sus carretas: frutas y vegetales; algunas reconocibles para él; la mayoría no. Berl le señalaba los plátanos, las toronjas y el mamey. La papaya y otras frutas eran tan desconocidas para él, como sus nombres imposibles de pronunciar. Berl intuyó que la impresión inicial, como a él dos años antes, lo había abrumado. Lo calmó y le explicó que, poco a poco, con solo escuchar a los nativos hablar el idioma, lo iría adquiriendo.

Él miraba las enormes palmeras, algunas de las cuales alcanzaban hasta quince metros de altura. Observaba los árboles sin reconocer ninguno. No había pinos, robles o encinos a la vista. Las calles no estaban aún pavimentadas, pero eran transitables. Varios automóviles las cruzaban tocando sus bocinas y alertando a la gente y los animales a su paso. Sudaba sin parar, y Berl le prestó un pañuelo para secar su frente. Nunca había visto uno semejante. De colores, el rojo predominaba, adornado con hermosos dibujos en sus aristas.

El cielo era de un azul impresionante, con escasas nubes. Soplaba una leve brisa que los refrescaba por segundos. Los nativos protegían sus cabezas con sombreros de diversa manufactura. Berl le prometió que comprarían uno al llegar a la plaza principal de la ciudad.

Asombrado, miraba a las mujeres caminar. Erguidas, con los brazos descubiertos, morenas y de fuerte contorno. Usaban unos zapatos que nunca había visto, que permitían que el aire ventilara sus pies y disipara el sudor excesivo que producía este clima. Notó que el color favorito de los hombres era el blanco. Las mujeres portaban blusas y faldones en los que predominaba el blanco, pero rodeado de múltiples colores y dibujos que parecían acompañar, en todos, una alegría interna.

Al llegar al café de La Parroquia se percató de la presencia de varios músicos que interpretaban sus melodías en un instrumento desconocido.

—Es una marimba —le explicó Berl—. Tocan piezas propias de esta región y del resto del país. Te sorprenderás de la variedad de melodías y ritmos que la gente conserva en su memoria.

Notó también la presencia de limosneros, que igual que en Europa debían sobrevivir de la buena voluntad de la gente. Lo que más llamó su atención fue la libertad que se respiraba. Nadie parecía preocupado o pendiente de la aparición de algún miembro de la policía o del ejército.

—Ya hablaremos de los problemas políticos del país —comentó Berl—. Por ahora, comeremos algo.

Conocedor de las estrictas leyes kosher, su guía le prometió que lo que iban a consumir no quebraba el kashrut. Sugirió que ocuparan una mesa en la parte exterior, bajo la sombra que proyectaba el edificio. En el interior, múltiples aparatos parecidos a las hélices de los aviones giraban velozmente por encima de los comensales.

Sin aviso previo, un mesero se acercó a ambos, llevando consigo dos jarras. De la primera vertió un líquido negruzco, al que llamó *café*. Berl le indicó cuándo parar. Para alguien no acostumbrado a este tipo de bebida, era importante no excederse. Y cuando Yakov intentó tomar el vaso para probarlo, Berl le dijo que esperara. De la otra jarra, y por encima de la cabeza de Yakov, el joven dejó caer un contenido blancuzco. Correctamente dedujo Yakov que era leche. El olor era inconfundible. Al caer, produjo una buena cantidad de espuma, y el café perdió su coloración negruzca. Berl le preguntó si lo quería con un terrón de azúcar.

—Dos —pidió Yakov.

Vio que el azúcar era de color café y no blanca como en Polonia. Finalmente lo mezcló con una larga cuchara, y ambos se dispusieron a beber.

La sorpresa por el sabor y el olor fue mayúscula. Nunca había bebido un néctar como este y supo que jamás olvidaría esta primera experiencia.

Extrañado, vio que Berl no seguía las leyes kosher. Mezclaba lácteos con lo que parecía ser algún tipo de carne. Pero no lo mencionó. Probó los panes que le trajeron y, si bien añoraba el pan europeo, este, con su peculiar forma, le pareció exquisito.

—Se llama telera —explicó Berl.

Le dio a probar bizcochos que Yakov miraba con desconfianza. Berl no insistió. Siendo aún temprano por la mañana, ordenó para Yakov un plato de fruta, con papaya, piña y plátano.

En esa mañana, Yakov aprendió más de lo esotérico y maravilloso de la comida mexicana que en todos sus previos años de la polaca. Las frutas se disolvían en su boca. Unas dulces, otras con una sensación de acidez, pero con un sabor exquisito. De todas, el plátano fue el que más apreció. Terminado este platillo, Berl, que sugería seguir con algo más, se encontró con que Yakov estaba ya más que satisfecho; aunque una vez que vació el vaso de café, antes de que pudiera decir algo, el joven que los había atendido procedió a llenarlo de nuevo.

Sentados, bajo la sombra protectora y con la brisa ventilando sus cuerpos, Berl trató de averiguar los planes de Yakov. ¿Conocía a alguien en México? ¿Tenía algún medio económico que le ayudara al principio? ¿Qué sabía hacer? ¿Dónde pensaba vivir? Y muchas otras preguntas. Yakov aceptó que lo apabullaban y se sentía incapaz de contestarlas.

—No es mi intención molestar —se disculpó Berl—, pero necesito saber algunas cosas para poder ofrecerte mi ayuda en la ciudad. Tendremos que buscar dónde alojarte y encontrarte un trabajo que te permita solventar tus gastos y con el tiempo ahorrar lo suficiente para traer a tu mujer. En unas horas, después de trasnochar en un hotel, abordaremos el ferrocarril con los demás judíos que llegaron hoy; este nos transportará a la ciudad. Serás huésped en nuestra casa. Mañana mismo comenzaremos a buscar un sustento para ti.

La vida de Yakov parecía estar experimentando un fantástico giro. Flotaba en el cielo de Veracruz y ya ansiaba llegar a la gran ciudad. No tenía palabras para agradecer la amabilidad de Berl. En su mente se propuso encontrar la manera de corresponderle en un futuro.

Con el bullicio olvidaron comprar el sombrero. Yakov pensó que, si en la ciudad le esperaba el mismo clima, quizá no llegaría a acostumbrarse. Escuchaba que Berl se dirigía a los demás en un idioma que dedujo era español, y notó que todos lo entendían. Se hizo la promesa de aprenderlo lo más rápido posible. El ídish le ayudaría con su comunidad, pero no con el resto de la gente.

Durante la plática se enteró de que en México existían dos comunidades judías diferentes: aquellos que llegaron años atrás, provenientes de la zona del Mediterráneo, especialmente de Siria; y los que provenían de Europa oriental, como él, y que constituían la minoría.

Lo que pudo conocer de la ciudad de Veracruz le dio una idea de lo que mostraría la arquitectura de este nuevo país: edificios de enormes arcos y patios interiores, que se extendían a lo ancho, pero no a lo alto.

Al ver la Parroquia de Nuestra Señora de la Asunción, como escuchó a la gente referirse a ella —muy hermosa, de una sola torre, construida en un estilo que desconocía—, entendió que, al igual que en Polonia, la enorme población profesaba la religión católica. Yakov aprendería con el tiempo a admirar las hermosas catedrales, iglesias y monasterios que eran parte inequívoca del paisaje citadino y pueblerino de este país.

A diferencia de Europa, las vías ferroviarias en México eran escasas y poco utilizadas. Su principal función consistía en el transporte masivo de mercancías. Por boca de Berl supo que el trayecto cubría aproximadamente cuatrocientos kilómetros, la distancia entre el puerto y la capital. Atravesarían varios estados y poblados, principalmente Tlaxcala y Puebla. El trayecto tomaba muchas horas, ya que solían hacerse incontables paradas entre una estación y la siguiente. Pronto pudo observar que el ferrocarril no alcanzaba altas velocidades, y más bien convenía asomarse por los ventanales y disfrutar del paisaje mexicano, tan diferente a los de Europa.

Fueron muchos los que abordaron el ferrocarril. Todos los judíos que llegaron en el *Aurora* encontraron acomodo y se prepararon para su arribo a la capital del país; cada pareja iba acompañada de un miembro comunitario que los orientaría para ayudarlos a establecerse.

Muchas mujeres no lograban contener el llanto. Yakov no adivinaba si se debía a la desilusión o a la esperanza. Sus maridos trataban por todos los medios de consolarlas. Todos se sentían fuera de lugar. México era un país inimaginable en la proyección que de él comenzaron a tener. Las asustaban las penetrantes miradas de los habitantes que parecían ejercer con desfachatez el derecho de escrutinio sobre ellas. Comprendían que el color de su piel, sus vestimentas las marcaban como diferentes, y que eran la razón de las intensas miradas. Muchas sintieron como si esos hombres las desnudaran. Les tomaría muchos años entender que la belleza de la mujer era objeto de admiración y que llamaban a esta situación *piropo*, a lo que se habrían de acostumbrar. Sus acompañantes les explicaban que no había malicia en ello. Era solamente la aprobación de los hombres ante el porte de estas mujeres, tan diferentes a las que estaban acostumbrados. La población heterogénea en la gran ciudad capital las haría menos notorias que en aquella remota zona del país.

Durante el viaje atravesaron enormes parcelas de cultivo de una planta que desconocían.

—Es caña de azúcar —les explicaban.

Y también les dijeron cómo de ella se obtenía azúcar de varias modalidades y para múltiples usos. Era el cultivo más socorrido en ese estado de la república, que se llamaba Veracruz, igual que la ciudad de la que habían partido.

El paso por la metrópolis de Puebla les entregó la primera visión real de un México colonial que parecía haberse estancado en el tiempo y el espacio. Al ferrocarril subieron muchos vendedores ambulantes, ofreciendo camotes —como explicó Berl que se llamaban—, que algunos probaron, aunque muchos otros se rehusaron a hacerlo.

En menos de un día se habían enfrentado a la crudeza de un Nuevo Mundo y a novedosas maneras de pensar, de hablar, de vestir; nuevas tonadas, y hombres y mujeres muy diferentes a ellos. Pero con una belleza interna y personal. Muy pronto pudieron distinguir entre aquellos que gozaban de un estatus económico elevado, y la gran mayoría. Pobreza, pensó Yakov, la hay en todos los rincones del mundo, y México no era la excepción.

Les llamó la atención ver campesinos cargando armas. Cuchillos, sobre todo.

—¿Son utilizados para su trabajo o para defenderse? —preguntó Yakov.

Berl no respondió a esta pregunta. Le informó que estaban por llegar a la estación de Buenavista, sitio final de todos los ferrocarriles que arribaban a la ciudad capital.

La república mexicana era un enorme país. Casi ocho veces más grande que Polonia. Tan extensa es su superficie, le explicaba Berl, que lo mismo había bosques, selvas o desiertos. A su vez, le dijo, los valles eran pocos y la distribución de los ríos no era uniforme, ya que la mayoría se concentraba en el sur. Para su sorpresa, Yakov se enteró de que la gran capital, otrora una extensa laguna, ahora no estaba rodeada ni atravesada por ríos de importancia. Estaba lejos de la costa y, además, a una altura que hizo que se sintiera mareado y cansado al principio. Ya tendría tiempo de adaptarse.

—Tomaremos un autobús —le informó Berl— que nos llevará de la estación a la zona céntrica de la ciudad. Vivimos en una extensa vecindad.

Y enseguida explicó lo que esto significaba: una construcción con su patio central rodeado de múltiples viviendas, que se elevaba hasta tres niveles.

—Estamos cerca de la gran Catedral, el edificio más imponente en todo México, y a un lado del Palacio Nacional, sede del gobierno y oficina del presidente. Las zonas de la enorme capital son conocidas como barrios o colonias. La mayor parte de los habitantes vive en el centro. Han comenzado a fundarse nuevas colonias, a las que algunos más osados piensan migrar —terminó diciéndole.

Yakov recordaba el mal transporte público de Polonia. Al subir al camión solo pudo extrañar lo que tanto había criticado.

Tras un viaje con múltiples paradas en las que los pasajeros subían y bajaban sin respetar el número de asientos, llegaron a su destino. Notó que los conductores aceptaban un número ilógico de pasajeros. Por lo tanto, la mayoría, como Berl y él mismo, iban de pie y encogidos, aferrados a algún pasamanos, cuidando sus pertenencias.

—No puedes confiar en que tus valores no te serán robados —le advirtió Berl antes de abordar—. Si no deseas que esto suceda, cuídalos como si fueran parte esencial de tu propio cuerpo.

La gran plaza de la ciudad, conocida como el Zócalo, era en verdad inmensa; surcada por múltiples avenidas y, entre unas y otras, pequeños parques para el disfrute de la población. Los edificios que la rodeaban dejaron atónito a Yakov. La inmensa catedral, aún más grande que las que conocía en Polonia, era de estilo europeo mezclado con algo más, que le daba un aspecto diferente. El Palacio Nacional, austero en su exterior, de acuerdo con Berl, era bellísimo por dentro.

—Ya tendrás la oportunidad de conocerlo.

Llegaron finalmente a la vecindad. La entrada estaba resguardada por dos puertas enrejadas entreabiertas y un largo patio rectangular con viviendas a cada lado. Había variedad de prendas tendidas atravesando el pasillo, la escena le recordaba a Yakov las costumbres de Polonia. El sol resplandeciente contribuía a secarlas. Vio muchos lavabos en la parte inferior y dedujo que ahí mismo restregaban la ropa, para posteriormente colgarla a secar.

En el primer tramo, unas escaleras a ambos lados del inmenso pasillo llevaban a las viviendas superiores. Subieron por una y en la planta alta caminaron hasta la mitad del pasillo. Yakov supo que habían llegado. Una mezuzá estaba adherida al dintel de la puerta. Berl extrajo una llave, la introdujo en la cerradura y, tras un pequeño forcejeo, cedió, y la puerta de metal con ventanales se abrió. Los recibió una hermosa mujer, vestida de manera modesta, pero con el estilo que ya había distinguido en las demás mujeres de la ciudad.

—Soy Miriam —se presentó—, la esposa de Berl. Bienvenido a nuestra casa.

Sin poder reprimirse, Yakov comenzó a llorar. Miriam y Berl, asustados, pensaron que el lugar había sido una tremenda desilusión para el visitante.

—Perdón —les explicó—. No son lágrimas de tristeza. No puedo creer que finalmente he llegado a mi destino. Que he sido recibido como si fuera un príncipe, sin merecerlo y, al ver esta hermosa habitación, mis temores, mis miedos han quedado atrás. Lloro de alegría, sin saber cómo agradecerles.

Le mostraron su pequeño hogar: un modesto comedor y una sala adyacente.

—Hay un solo baño para todos. Esta —dijo Miriam, al tiempo que señalaba una puerta a la derecha— es nuestra recámara. Dormirás en el sofá de la sala, ya que no tenemos cuarto de huéspedes. La cocina está a un lado. Como puedes darte cuenta, es un espacio muy pequeño. Pero es nuestra casa, y el alquiler no es exagerado.

Miriam se excusó para ir a la cocina a preparar la cena. Sentados a la mesa, Berl sacó una botella de ron y le ofreció un trago a su nuevo amigo para brindar con él.

—Esta es una bebida popular en México. Muy fuerte, así que hay que disfrutarla con frugalidad.

La cena resultó ser un banquete para Yakov. Una mezcla de comida europea, pero condimentada diferente. Al cabo llegaría a reconocerlo como un sabor propio de México. Esa noche, Miriam se abstuvo de agregar a la comida un toque picante. Ella misma recordó su primera experiencia, el ardor que sintió en la boca, y no deseaba que su invitado pasara por lo mismo. Hoy no, al menos.

Por la noche, Yakov se acomodó en el sillón y esperó a que Miriam y Berl cerraran la puerta de su dormitorio. Se lavó en el baño y buscó su ropa de dormir. Al recostarse en el sofá, cubierto con una delgada sábana, notó que el clima era agradable, nada como el de Veracruz.

Apagó la luz y olvidó lo cansado que estaba. No tardó en quedarse dormido. Soñó con visiones de deslumbrantes colores y se vio caminando por las calles de México al lado de Leah.

Por la mañana, lo primero que hizo fue preguntar cómo mandar una carta a Polonia para avisar que había llegado con bien a México.

Sintió que acababa de nacer de nuevo. Como niño, tendría que aprenderlo todo. Y el solo hecho de pensar en eso lo animó.

—Vamos —le dijo Berl al terminar de desayunar—, tenemos que buscarte un trabajo. Cuando ya lo tengas, conseguiremos una casa que puedas alquilar para que comiences a forjar tu propio hogar.

Capítulo 4

Aquella precisa mañana, la costa de Marsella amaneció envuelta en una espesa capa de neblina. La visibilidad era prácticamente nula. El capitán Martínez debió esperar a que levantara la niebla, y las autoridades del puerto le otorgaran el beneplácito para zarpar. Desde las primeras horas, aún antes de la salida del sol, los pasajeros fueron abordando sin provocar problemas. Atendían las indicaciones, deseando fervientemente que el navío emprendiera ya su viaje con destino a Cuba.

Era una nave de mediano tamaño, cuya prioridad era transportar mercancías del Viejo al Nuevo Mundo. Sus bodegas estaban repletas y, de no llegar a puerto seguro antes de quince días, gran parte de su carga podría echarse a perder. Había tensión en el ambiente y prisa por partir y ganarle tiempo al que ya se había perdido.

Natasha y Yehuda fueron de los primeros en abordar. El propio capitán les dio la bienvenida, deseándoles un buen viaje. Ambos notaron la fila que venía detrás de ellos. Muchas parejas que se abrazaban e iniciaban la travesía con las mismas esperanzas de forjar su nueva vida con mayor libertad. En Marsella permanecieron aquellos que habían decidido que Nueva York sería su destino, confiando en que un próximo navío los llevaría allá. Los demás, los que igual que ellos habían renunciado a ese sueño y aceptado la cruda realidad, estaban nerviosos. ¿Podría ese México del que se hablaba ser el lugar adecuado para construir una vida y criar a sus hijos?

Una vez acomodados en su pequeño camarote, Natasha se tendió en la cama y le pidió a su esposo que le trajera un poco de agua. Sentía náuseas y un malestar general que definió como debilidad y preocupación por todo lo que habían tenido que sobrellevar.

Yehuda salió del camarote y en el trayecto volvió a divisar la larga fila de los que aún faltaban por subir. Al final, con sorpresa, vio al mismo joven solitario del que Natasha le había hablado en Marsella.

—Es el único —le había hecho notar— que viene sin la compañía de una mujer.

Ella quería contactarlo, pero Yehuda se lo impidió.

—No sabemos nada de él. Y no deseo que él sepa nada de nosotros.

Había una buena razón para pensar así. Pero esto no la tranquilizó. Al ver su expresión, Natasha dudó por un momento si algo había cambiado en su esposo. Lo notaba más callado. No conversaba con ella como antes y esquivaba su mirada cuando le hablaba. Supuso que seguía molesto por su historia con el militar. Por más que trataba de convencerlo de que aquello había quedado en el olvido, se daba cuenta de que no la escuchaba. Pensaba que con el cambio de nombre él sentiría que al fin ese viejo capítulo había quedado atrás. Y aunque por momentos continuaba mostrándose cariñoso, ella presentía que algo no estaba del todo bien.

Al regresar con el agua, Yehuda encontró a Natasha dormida. Optó por dejarla descansar. Arregló un poco el equipaje y salió a cubierta, no solo para averiguar la hora de salida, sino para dar un último vistazo al continente que dejaba, al que no sabía si habría de volver alguna vez.

Finalmente, la neblina comenzó a disiparse. Los rayos del sol atravesaron la espesa capa, calentando un poco el aire que se respiraba. Escuchó al capitán Martínez ordenar a la tripulación que se alistaran para zarpar; además, se aseguró de que estuviera en las bodegas la totalidad de la carga y urgió a los marineros a acelerar la partida; no podía perder más tiempo.

Ninguna de las parejas que se habían embarcado esa mañana eran conocidos de Yehuda. Y se alegró por ello. No deseaba ser reconocido y mucho menos tener que ofrecer excusas que, al ser mentira, solo confundirían más a todos.

Retirados los amarres del barco, Yehuda regresó al camarote para avisarle a Natasha que la última parte del largo viaje estaba por comenzar. Esperaba encontrarla despierta. Podrían bajar a comer algo para después despedirse de Europa y tener, parados en la cubierta, la primera imagen del inmenso océano que estaban a punto de atravesar.

Entró intentando no hacer ruido, pero Natasha estaba ya de pie. Aseguró que la siesta la había ayudado a renovar sus fuerzas. Tomó la mano de Yehuda y, mirándolo fijamente, le agradeció haberla llevado a esa aventura, en esa situación y después de todo lo que les había tocado vivir por tantos años.

El *Aurora* zarpó bajo buenos augurios. El clima estaba caluroso, y el mar, siempre embravecido en esa zona, parecía haber entrado en una agradable calma que haría el viaje menos turbulento.

Al otro día, Yehuda se levantó temprano. Era una costumbre arraigada en él que no cambiaría con el tiempo. Madrugar le daba la oportunidad de gozar y aprovechar más el día. Se dirigió a cubierta con la intención de observar un amanecer en pleno altamar.

A un lado se encontraba el capitán Martínez. Erguido y firme, con la visera en su lugar, aparentemente gozando de la misma vista y con las mismas pretensiones que Yehuda. Se saludaron desde lejos.

—Veo que disfruta levantarse temprano por las mañanas —le dijo el capitán—. Se dio cuenta de que su interlocutor no entendía nada.

Poco después, distinguió a lo lejos al que fungía como traductor entre el capitán y los pasajeros. Había notado que, además del español, dominaba por lo menos el ruso y el polaco, y hablaba un perfecto ídish.

—¿Va todo bien en el viaje? —le preguntó el hombre, en un ídish más de la zona de Lituania que de Galitzia—. Esperemos que no haya que enfrentarnos a vientos huracanados que perturben la tranquilidad. He sido testigo en el pasado de alguna de esas tormentas y es algo que no le deseo a nadie.

Yehuda agradeció la plática. Se enteró de que su interlocutor venía de Vilna y con este trabajo sostenía a su familia. Llevaba ya más de un año cruzando el Atlántico como intérprete entre la tripulación y los refugiados. Era un trabajo que no solo le daba sustento, sino que además le gustaba. Lo hacía sentirse útil para alguien más.

—Veo que el capitán Martínez es un hombre de pocas palabras. ¿Qué tan bien lo conoce? —quiso saber Yehuda.

El traductor, que dijo llamarse Meir, le contó cómo poco a poco había ido conociendo la historia de Martínez, un marinero de la vieja guardia.

—Sé que nació en la ciudad de Guanajuato, en México. Lejos de la costa. Pero la primera vez que sus padres lo llevaron al puerto de Veracruz quedó enamorado del mar y se propuso convertirse en marinero. Contó con la aprobación de sus padres y cursó la carrera en la escuela naval de México; posteriormente estuvo en Pensacola, donde adquirió mayores conocimientos.

—Pero ¿cuándo decidió comenzar a llevar pasajeros? —inquirió Yehuda.

—A ciencia cierta, no lo sé —contestó Meir—, pero sé de buena fuente que en uno de sus viajes por Italia conoció a una joven a la cual desposó. Ella vive ahora en la ciudad de Xalapa, cercana a Veracruz. El clima del puerto no le era muy favorable, y en Xalapa encontró una mejor opción. Dicen que es de origen sefaradita y que sus padres, ambos de larga estirpe italiana, han mantenido sus tradiciones. Fueron ellos los que, observando que los refugiados de Medio Oriente llegaban a Italia y se dirigían a Marsella, buscaron la manera de ayudarlos a emigrar, en especial a la Argentina, donde podrían encontrar los aires de libertad que no existen para los judíos en sus lugares de procedencia.

El capitán Martínez se encargó de aquellos pasajeros, que deseaban llegar a Veracruz, y para ello logró convencer a los dueños de su embarcación de que, al hacerlo, no incurría en delito alguno; por el contrario, trataba de aliviar la situación de estas personas. A su vez, para aquellos pasajeros que buscaban otros puertos de entrada en América, les indicó las embarcaciones que navegaban hacia esos lugares y les sugirió que contactaran a los capitanes de esos navíos para que los transportaran a esos destinos.

Yehuda reconoció que el capitán Martínez merecía su respeto y agradecimiento, y el de tantos otros a quienes, sin conocer, había ayudado a convertir sus sueños en realidad.

El amanecer no lo decepcionó. Los colores que se fueron reflejando sobre la superficie marítima habrían podido formar parte de la paleta de un buen pintor, aunque no lograban reproducir la emoción que lo embargaba. Esa mañana el mar se mostraba más embravecido, provocando que la nave, aunque estable, se balanceara de más. Sabiendo que Natasha había tenido náuseas y vómitos, regresó al camarote para verificar que estuviera bien.

La encontró de pie, muy pálida y con el semblante desfigurado. Yehuda dedujo que era por el incremento en el movimiento de la nave. Ella le pidió que buscara a un médico para que la examinara, dando a entender que realmente no se encontraba bien.

Después de preguntar si alguien a bordo era médico, Yehuda descubrió entre los pasajeros a una mujer, llamada Sheindl, que había estudiado lo elemental de la carrera de enfermería, si bien no había terminado. De todas maneras, pensó él, podría revisar a su mujer.

El capitán Martínez intervino y solicitó personalmente a Sheindl su ayuda. Ella accedió de inmediato. Su esposo se mostró orgulloso al enterarse de cómo su mujer había sido requerida.

Sheindl bajó al camarote de Natasha y pidió a todos que esperaran afuera mientras la revisaba.

Tras presentarse con Natasha, comenzó a hacerle preguntas, de manera agradable, relacionadas con sus quejas. Básicamente, náusea y vómitos de predominio matutino; cansancio general con somnolencia casi constante. Había notado también un crecimiento de sus mamas y sentía que retenía líquidos en las piernas, aunque ella culpaba al largo viaje emprendido que evitó que se ejercitara. Habló de sus dolores de cabeza o, como los describió, de una pesadez que le impedía pensar correctamente.

Sheindl hizo otras preguntas: ¿cuánto tiempo llevaba casada? ¿Cuándo había sido su último sangrado menstrual? ¿Había notado algo extraño al respecto?

Natasha entendió que no iba a poder engañar más a nadie. Su embarazo se haría aparente en poco tiempo. Explicó a Sheindl que ya estaba consciente de su preñez, lo único que quería saber era si su evolución era normal. ¿No habría otro problema detrás de sus molestias?

Tras un breve examen, Sheindl le pidió que se sentara.

—No veo nada anormal; son los primeros meses del embarazo los culpables de todos tus síntomas. ¿Esto lo sabe tu marido? —preguntó finalmente.

Ante su negativa, Sheindl le insinuó que la carga no compartida de semejante noticia le estaba causando mucha e innecesaria ansiedad, y que debía hacer saber a su esposo que estaba embarazada.

—Cuando lo hagas te sentirás aliviada —le aseguró—. Y en cuanto a tus molestias, comenzarán a desaparecer cuando cumplas unas semanas más de embarazo.

Natasha la escuchó atentamente. Le pidió que dejara que fuera ella misma la que le diera la noticia a Yehuda.

—Me temo que este regalo de Dios nos ha llegado en un mal momento —agregó.

Y al decirlo, no pudo retener más el llanto y dejó salir todos sus miedos.

—Tú se lo dirás —prometió Sheindl, al tiempo que la reconfortaba—. Es tu marido, y es el hijo de ambos. Solo que difiero de lo que dices. Una bendición como esta nunca representa una carga. Al contrario, los unirá y provocará que tu esposo trabaje con doble esfuerzo y alegría para salir adelante. Nunca subestimes la respuesta que un marido puede dar.

Minutos después, Sheindl salió y simplemente anunció que el vaivén del barco había causado el malestar. Sugirió algunos brebajes fáciles de preparar para aliviar sus síntomas. Por último, pidió a Yehuda que pasara a acompañar a su mujer.

El capitán Martínez se acercó a Sheindl.

—¿Solo es eso? ¿No hay nada más por qué preocuparse? —preguntó.

Sheindl no comprendió lo que el capitán le decía. Con señas, y sin la ayuda de un intérprete que hubiera corrido a dar la noticia, le dejó saber que Natasha estaba embarazada, pero que no deseaba que nadie lo supiera. Y, siguiendo su conversación con movimiento de manos, le dio a entender que él, por ser el capitán del navío, debería saberlo, pero guardar silencio al respecto, hasta que la pareja decidiera darlo a conocer…

Martínez no tuvo empacho en aceptar. Más tranquilo, regresó a sus labores, mientras Sheindl era conducida a cubierta por su marido, para que ambos respiraran un poco de aire fresco. Este no podía ocultar el orgullo que sentía por la actuación de su esposa.

Natasha quedó pensativa tras la visita de Sheindl. Deseaba darle ella la nueva a Yehuda, algo que iba a cambiar la vida de ambos. Cuántas veces a lo largo de los años había soñado con este momento. De su vientre saldría dentro de unos meses un descendiente de esta unión; uno que nacería en tierra libre, lejos de los prejuicios del Viejo Continente.

Cuando Yehuda entró al camarote, notó en los ojos hinchados y enrojecidos de Natasha que había estado llorando. Se acercó a ella preocupado, preguntándose qué habría encontrado la enfermera. Al verlo, el semblante de Natasha cambió por completo, como si una fresca ráfaga la hubiera reanimado, dejándola feliz y en calma. Tomó las manos de Yehuda entre las suyas y le pidió que se sentara a su lado. Tenían mucho de qué hablar.

Una hora más tarde, Yehuda salió del camarote. Parecía un hombre diferente. La sonrisa que había estado ausente de su semblante durante años ahora afloraba con inesperada naturalidad. Era como si ambos acabaran de descubrir un tesoro escondido y la dicha los cubriera con un manto de seguridad.

De pie, viendo al horizonte y recibiendo en su cara la brisa proveniente del mar, Yehuda era la imagen misma de la felicidad. Cuando Natasha le confesó su embarazo, se dio cuenta de que ahora serían tres los que tendrían que luchar mano a mano en el Nuevo Mundo. En lo más profundo de sus recuerdos, le pareció escuchar una melodía. Una que su madre de seguro le cantaba cuando era muy pequeño. Trató de recordarla, pero las notas se rehusaban a aparecer. Era como si, junto con la melodía, el balanceo rítmico del barco meciera en su regazo a su primogénito. Un nuevo deseo de superar su situación, de conseguir que su vida valiera algo de manera más inmediata en el futuro se asentó en sus hombros. Sabía que en México tendría la oportunidad de desarrollar sus habilidades, fueran estas las que fueren. El gobierno mexicano estaba dispuesto a recibir en el país a miembros de la comunidad judía mundial. Con esta medida, tan poco popular, reconocía que daría un impulso más que necesario a su economía, tan desgastada por la inestabilidad política en que se encontraba.

Hubiera deseado estar ya en tierra; poder comprarle algún regalo a su mujer, decirle cuán emocionado estaba por su gravidez. Se vendrían tiempos difíciles. Sospechaba que iban a requerir la combinación de los esfuerzos de ambos. No iba a ser una tarea fácil. Natasha no sobresalía por su fuerza física, pero ahora, en su estado, ambos tendrían que desenterrar fuerzas ocultas para salir con bien y lograr establecerse como familia en su nuevo país.

Distinguió la figura del capitán, que se aproximaba. Fue al primero al que informó que él y su mujer esperaban la llegada de su primogénito. El capitán aceptó la noticia sin confesar que ya la sabía ni que habían decidido que guardara silencio, y abrazó efusivamente a Yehuda, por quien sentía un especial afecto.

—Nacerá en México, y con ello sellarán para siempre su alianza con ese país. Su hijo o hija representa una nueva generación de judíos nacidos en tierras mexicanas.

Yehuda entendió poco de lo dicho, pero en los gestos y el tono de voz dedujo que aquella era una felicitación y agradeció profusamente al capitán los buenos deseos.

—Gracias —le dijo en un perfecto español.

—Querido amigo, si esta es la primera palabra que has aprendido, presiento que tu futuro será reluciente.

Con el paso de los días, Natasha sintió que las náuseas comenzaban a ceder un poco. Le pidió a su esposo que la llevara a cubierta. No soportaba permanecer aislada en el camarote. Se sentía como prisionera, cuando su mayor deseo era poder compartir su felicidad con todo el mundo. Hubiera deseado gritar la nueva a los cuatro vientos y que llegara a oídos de su familia. Ya tendrían tiempo de enterarse, pensó, al tiempo que la nostalgia la invadió por unos segundos. El abrazo de Yehuda la devolvió a la realidad. Parados en cubierta, ambos observaban el oleaje, cuyo color competía con el intenso azul del cielo. Auguraba mejores tiempos. De esta manera, dejaron que su imaginación volara a la par de su alegría. Soñaban con darle a su hijo una educación universitaria; con poseer una casa digna para su nueva familia. «Mi pequeño judío», pensaba Natasha, «será el primer Nevalsky que verá la luz en otro continente, nacerá en libertad absoluta».

Sin planearlo, se toparon en cubierta con Meir. Le comunicaron las buenas nuevas, que celebró con mucho entusiasmo.

—¿Qué me puedes contar de México? —le preguntó Yehuda de manera sorpresiva.

En sus palabras se palpaba la preocupación por lo desconocido, lo inesperado.

—No deberían preocuparse. México es un país en busca de una nueva identidad. Después de años turbulentos, de una revolución que mató a la décima parte de la población, se enfrentaron las consecuencias de que ninguno de los gobiernos que lo intentaron pudiera establecerse con firmeza. Mataron al presidente y a su vicepresidente; desde entonces, el país ha buscado una ruta que lo lleve a la normalidad.

Yehuda y Natasha escuchaban con atención. En esos minutos con Meir aprendieron mucho sobre los aspectos políticos de la nación. Lo que no les dijo era que el pueblo mexicano buscaba mejorar sus condiciones de vida, y habían confiado en que la revolución les traería esa bonanza. Sin embargo, no había sido así. La pobreza dominaba y la clase más poderosa buscaba conservarse en el poder. Nada diferente a lo que acontece en otros países del orbe.

Meir les habló de cómo en México existía una importante separación entre los nativos, como llamó a los indígenas de esas tierras, y los descendientes de novohispanos. Un país con bases fuertemente arraigadas en un catolicismo muy regional. Mencionó la devoción a la Virgen de Guadalupe, aunque decidió no contarles la historia de Juan Diego. Ya la averiguarían ellos. Les habló de la basílica, construida expresamente para venerar a la Guadalupana.

Mencionó asimismo el patriotismo del pueblo, un país netamente agrícola, pero que había comenzado a industrializarse, y les dijo cómo las grandes ciudades iban creciendo al mismo ritmo.

Cuando ellos le preguntaron sobre la comunidad judía en México, Meir, cauteloso, les dio a entender que iba desarrollándose, destacando en el comercio. Les dijo que la comunidad ashkenazi, a la que ellos pertenecían, tenía derecho de enterrar a sus familiares en el panteón fundado por la Comunidad Monte Sinai desde el año 1914. En diciembre de 1924, estaba programado inaugurar el Colegio Israelita de México, el primer colegio judío, que serviría a todas las comunidades. El sueño de que sus hijos se mantuvieran como judíos no se perdería en la lejanía de este país, tan diferente a lo que ellos estaban acostumbrados.

Otras preguntas las respondió con frases más sencillas. Se enteraron de que se había construido más de una sinagoga. Lo que no supieron en su momento es que la llegada de los judíos al centro de la Ciudad de México, a la zona de comercios, fue mal recibida por los locatarios y comerciantes, quienes la vieron como una intrusión y un verdadero peligro para sus propios negocios por la competencia que significaba. Hubo levantamientos en contra, que aparentemente no prosperaron. En México la población tenía también el derecho de protestar.

—Ustedes aprenderán a ser discretos, a guardar la distancia para no despertar en los demás sentimientos de antisemitismo, que son precisamente de lo que venimos huyendo.

Al paso de los días, Yehuda y su esposa se enteraron también de que las demás parejas tenían planes mejor establecidos que ellos. Les sorprendió saber que varios tenían conocidos o familiares que los habían ayudado con su ingreso al país. Escucharon que la mayoría no pensaba asentarse en la gran ciudad, a la que por su tamaño y ser la sede del gobierno consideraban inhóspita. Por ello habían elegido otras localidades del interior de la imponente república para forjar sus hogares. Hablaban de Puebla, una ciudad cercana a la capital del país, de costumbres más conservadoras. Otros, averiguaron, tenían como destino Tampico, el segundo puerto más importante del Golfo; y una pareja en especial iría a la ciudad de San Luis Potosí. Todos estos nombres sonaban muy extraños a sus oídos. Se maravillarían todavía más en el futuro, cuando se enteraran de otros nombres indígenas, aún más complicados de retener.

La noticia del embarazo de Natasha se difundió por el barco, y la pareja no dejó de recibir felicitaciones y bendiciones para su futuro vástago. Se habían colocado en un nivel diferente. Aquellos iban con la idea de afianzar su matrimonio, mientras que ellos ya lo habían conseguido y esperaban el nacimiento de su primer hijo o hija.

Desgraciadamente, las náuseas matutinas no cedieron por completo. Al acercarse al puerto de La Habana, por consejo del capitán Martínez, permanecerían en el navío, sin desembarcar hasta llegar al puerto de Veracruz.

Yehuda trataba de conciliar en su mente un futuro en el que un pueblo arraigado a sus costumbres se enfrentaría a otro, totalmente desconocido, con una cultura tan ancestral como la de ellos, pero muy distinta en sus ritos, sus leyes y sus costumbres. Pensó que para establecerse con éxito sería indispensable combinar lo mejor de cada uno, y así, sin abandonar su tradición, adaptarla de la mejor manera posible al Nuevo Mundo. «¿Sería posible?», se preguntaba. No se veía como el judío subyugado a su religión, siguiendo estrictamente sus ritos. Había buscado libertad de movimiento y de pensamiento, poder ampliar sus conocimientos para adaptar al viejo judío jasid a la idea de un nuevo hombre, moderno en sus decisiones e ideas, pero que conservara lo mejor de la milenaria enseñanza. Para los judíos no era conveniente seguir constituyéndose como el grupo aislado que los había definido en Europa oriental. Frente a ellos estaba la emancipación cultural y económica, con oportunidades de desarrollarse como seres humanos, sin las diferencias que los demás pueblos les imponían. Mezclar, finalmente, ambas culturas, manteniendo la ética, moral y filosofía de su milenario pueblo. Serían judíos en casa y fuera de ella, sin ocultarlo.

Confiaría, con esta nueva forma de vivir, en que los gentiles los vieran como a iguales. El antisemitismo sería olvidado.

Él mismo dudaba de sus propias ideas. ¡Cuán ingenuo se puede ser! Lo intentaría, pero, desconociendo la cultura y la forma de ser del mexicano, debía esperar a llegar para obtener sus propias conclusiones.

El puerto de Veracruz

Tras una escala de escasas treinta y seis horas en el puerto de La Habana, en la isla de Cuba, el barco partió por fin rumbo a Veracruz. Desde la cubierta, Natasha miró embelesada las blancas arenas de las playas a lo lejos y unos árboles de gran altura, totalmente desconocidos para ella. Meir se dio cuenta y le explicó que era palmeras, que las volvería a notar al acercarse a Veracruz.

—Son muy comunes, crecen también en las costas del Mediterráneo —agregó.

Y eran parte de la nueva flora que verían en México, que nunca dejaría de asombrarlos.

Yehuda paseaba nervioso por la cubierta. Había revisado varias veces los documentos de viaje y estaba seguro de que no tendrían problemas en la aduana, pero deseaba ya cumplir con ese trámite.

Natasha seguía con vómitos. Luchaba por pasar los alimentos, pero difícilmente lo lograba, ya que las náuseas volvían a aparecer. Bebía bastante agua, que el capitán había insistido en que era potable. Este les advirtió sobre la calidad del agua en México y que deberían hervirla antes de consumirla, lo mismo que lavar muy bien los vegetales y frutas que consumieran. No solo con agua, sino también con algún jabón.

Por fortuna, el clima se mantuvo estable. No aparecieron las temidas tormentas y, para alivio general, el navío no se meneó tanto. Aun así, todos ansiaban poner pie en tierra.

Yehuda notó que algunos pasajeros decidieron permanecer en La Habana. Muchos optaron incluso por viajar a tierras totalmente desconocidas, llegado el momento. Casi parecían arriesgarse en una aventura alocada cuyo final era imposible de prever.

Al cabo, los que siguieron su viaje en el *Aurora* llegaron al puerto de Veracruz. Lo primero que divisaron, además de un faro en un islote, fue un castillo construido cerca de la playa. El capitán les explicó que no era un castillo sino un fuerte que en otros tiempos protegía a la ciudad de los invasores que arribaban por el mar, incluyendo un buen número de bucaneros.

—Es el Fuerte de San Juan de Ulúa —informó.

Meir tradujo parte de la explicación. Yehuda preguntó si los cañones seguían en uso. Exhibiendo una sonrisa, el capitán dijo que esperaba que eso ya no fuera necesario.

—México es un país independiente y soberano. No se espera ninguna invasión. Aunque la benemérita y heroica ciudad se está recuperando apenas de la última, por parte de los Estados Unidos.

Pasaron la aduana sin mayor problema. Meir sirvió como intérprete. Los documentos fueron rápidamente revisados y aprobados.

—Bienvenidos —dijo el aduanero, al tiempo que le extendía la mano a Yehuda.

Al salir del recinto, el calor los golpeó como una bofetada en plena cara. La humedad era impactante, y sudaban copiosamente. Natasha lo sufrió más, ya que venía demasiado cubierta, de acuerdo con la tradición europea para una mujer. Supo al instante que tendría que ir abandonando esa costumbre. No podía competir con el clima.

Un hombre aún joven se acercó a Yehuda.

En un ídish lituano se presentó como el encargado de ayudarlos a llegar a su destino.

—Mi nombre es Rafael Kaplan, me encargaré, en representación de la comunidad judía ashkenazi de México, de hacerles más fácil su arribo. —Saludó a Natasha asintiendo con la cabeza e inmediatamente notó su belleza.

Yehuda escuchaba con atención lo que el joven Kaplan les decía respecto a cómo se llevaría a cabo el viaje a la Ciudad de México, mientras que su esposa más bien pensaba en los cambios a los que pronto habrían de enfrentarse.

Este país no tenía shtetls propiamente, pero sí pequeños pueblos, casi aldeas. Los judíos, que en países europeos representaban por su número una fuerza importante, en México no contaban demasiado en las estadísticas.

Tendría que intentar cambiar, pensaba Natasha, como lo hacía Yehuda: nuevas vestimentas, maneras de hablar y de comportarse, y tratar de cumplir el sueño que atesoró durante años, ser tan útil en el matrimonio como se esperaba de una esposa judía muy moderna. El hogar no constituiría la opción para ella, no se sentía destinada a permanecer oculta dentro de su casa por el resto de su vida. Su mínima ambición se extendía a otros campos, aspiraba a lograr cierta igualdad entre ella y su esposo en muchos aspectos. Con un infante en camino, la posibilidad que alguna vez tuvo en mente de estudiar una carrera pasó a segundo término. Al menos por algún tiempo. Y si la vida realmente iba a ser diferente, los roles podrían revertirse en algunas décadas. Soñaba despierta a las pocas horas de haber pisado esta nueva tierra. Algo de ella parecía habérsele contagiado. Se asombró al notar a hombres y mujeres trabajando a la par en las calles de Veracruz. No parecía haber diferencias, aunque sospechaba, con razón, que probablemente sus ojos la engañaban.

Salir de Europa no había sido una decisión tomada a la ligera, aun bajo las circunstancias que influyeron en la misma. Se sentía prisionera, sin voz propia, sin poder desarrollar sus habilidades ni seguir sus gustos, por eso buscaba un escape. No era una rebelde, pero tampoco una mujer sumisa. Se daba cuenta de que Yehuda, quien apenas la conocía, algo intuía con respecto a ella. La trataba como a una igual, sin mostrar superioridad, algo que ella odiaba ver en otras parejas.

Kaplan se acercó a Natasha y le preguntó si se sentía bien. Ella no había olvidado las náuseas que la asolaron por días y semanas.

Se detuvieron a descansar en un café, que escucharon se llamaba La Parroquia, en el que degustaron la bebida y se atrevieron a probar algunos de los panes que les ofrecían bajo el nombre impronunciable de *bizcochos*. Y entre verlos y paladear su exquisito contenido, se necesitaron solo unos segundos. Ambos ya estaban impresionados con esas delicias. Veían cómo su nuevo amigo Kaplan había tomado uno para remojarlo en el vaso de café con leche. Les insinuó que de esa manera se convertía en un manjar divino. ¿Por qué no probarlo? Y al hacerlo, quedaron tan fascinados como él.

Yehuda notó que su mujer sudaba copiosamente. Él no sentía tanto calor y por lo tanto se preocupó. La obligó a beber un poco más de agua o cualquier líquido que ella quisiera; procuró mantenerla a la sombra, bajo uno de esos extravagantes aparatos del techo, que giraban a alta velocidad, arrojando una sabrosa y refrescante brisa. Ella mencionó lo hinchados que tenía los tobillos. Kaplan explicó que esto era muy común en la costa, debido a la retención momentánea de agua, y para remediarlo acercó una silla, que Yehuda colocó frente a ella para que elevara los pies.

Kaplan detalló los diversos medios de transporte que podrían llevarlos de la costa a la Ciudad de México y los convenció de que el ferrocarril era el más seguro y a la vez el más cómodo. El ejército custodiaba los vagones para evitar asaltos y robos, tan frecuentes durante los años de la Revolución. La ruta se extendía unos cuatrocientos kilómetros y resultaba un poco más lenta que en autobús, debido a las múltiples paradas y rezagos; pero el embarazo de Natasha volvía esta última opción impracticable e incómoda, además de peligrosa.

—Deberíamos —les sugirió— permanecer esta noche en Veracruz. Les he conseguido un cuarto de hotel, que además de ofrecerles una hermosa vista, les permitirá descansar y conservar las fuerzas para lo que será el último trayecto con destino a la capital de México.

Yehuda insistió en pagar el alojamiento, lo que fue rápidamente rechazado por Kaplan.

—Es probable que algún día tengas que hacer este mismo viaje, como yo ahora, y traer a México a una pareja de inmigrantes que huyen de Europa. Entonces, como ahora, la comunidad habrá separado algo de dinero para ayudarlos, y nuestra obligación es aceptarlo, como si se tratara de un mitzvá —explicó.

Una vez en el cómodo cuarto, ambos se recostaron y, sin mediar palabra, se quedaron dormidos. Eran escasamente las cinco de la tarde cuando despertaron, a tiempo para bajar al comedor y tomar algo de alimento. Los acompañaba Kaplan, quien se había convertido en su sombra. Siempre con una sonrisa.

Kaplan les contó que no estaba casado.

—Hay muy pocas mujeres jóvenes judías en México como para poder encontrar una esposa. No puedo regresar a Europa por una, así que espero que en las siguientes oleadas de inmigrantes vengan algunas muchachas solteras; podrían buscar y encontrar marido fácilmente entre nosotros.

Natasha notó que Kaplan ya no era tan joven como presumía. Bien parecido, le era difícil comprender que permaneciera soltero. Llevaba dos años en México y se había adaptado sin problemas.

—Si no encuentro una joven pronto, viajaré a Estados Unidos —dijo él en son de broma—. Me traeré una de allá.

Mientras permanecían sentados, un parroquiano pasó al lado de ellos y, al ver a Natasha, no pudo menos que exclamar algo que nadie logró entender. Molesto, Yehuda comenzó a levantarse de su lugar, al tiempo que Kaplan lo instó a conservar la calma.

—Tendrás que acostumbrarte. Se trata de una vieja costumbre española que consiste en reconocer de algún modo la belleza de la mujer. No hay por regla general una mala intención en ello. Forma parte de las costumbres locales, lo que el extranjero conoce como *folklore*, y que son los atributos propios de varias zonas del país, por los que se distinguen de sus vecinos. Las maneras de hablar, de vestir, incluso la comida y, sobre todo, la música, difieren mucho de un estado a otro. Pronto aprenderán a reconocerlas y valorarlas. Es uno de los atributos que convierten a México en un país que, como ellos mismos dicen, fue inventado por Dios.

En oídos de Yehuda, sonó como si a la par del pueblo judío este pueblo también hubiera sido elegido por alguna razón por el Altísimo. Sin embargo, se guardó su comentario, pues pensó que estaba totalmente fuera de lugar.

De regreso en la habitación dejaron abiertas las ventanas, que estaban resguardadas por una red metálica para permitir el paso del aire, pero no de los insectos que, les advirtieron, eran portadores de innumerables enfermedades, entre ellas la temida malaria. Por eso debían cubrir su cuerpo lo mejor que pudieran y por la noche extender esa tela llamada mosquitero sobre su lecho.

—Cuántas cosas tendremos que aprender —exclamó Natasha—. Siento como si fuéramos niños que inician su primer día de clases en un colegio en el que se habla un idioma que no comprenden y donde las costumbres son tan extrañas que no pueden entenderlas, pero al menos pueden seguirlas.

Yehuda coincidió con ella. Después, tocó su abdomen, como deseando sentir a su futuro hijo.

—Es muy pronto —le dijo Natasha—, pero en unos meses ambos sentiremos su fuerza y presencia.

—¿Para cuándo esperamos al bebé?

—No lo sé —confesó—. Si mal no recuerdo, mi último sangrado fue en mayo. Así que nacerá entre enero y febrero del año que viene. Me parece un sueño, un regalo que nos merecíamos.

—Tendremos que hacernos merecedores de semejante presente, pero lo más importante será que él sienta lo mismo por nosotros conforme vaya creciendo —respondió él con cariño.

Con la brisa entrando libremente al cuarto y refrescándolo, rápidamente se quedaron dormidos. A partir del día siguiente, su nueva vida iba a comenzar.

Llegada a la gran ciudad

Como estaba planeado, el viaje rumbo a la Ciudad de México comenzó alrededor de las doce del día siguiente.

—Llegaremos mañana —les informó Kaplan—. Logré conseguir buenos asientos. El tuyo —dijo, dirigiéndose a Natasha— tiene vista a los campos que iremos atravesando. Te darán una buena idea de lo que México representa.

Paraban constantemente. La variedad de los vestidos de las mujeres y sus exóticos colores llenaban a Natasha de asombro. Llevaban las cabezas descubiertas, con el pelo, negro y espeso, bien recogido. Observó que lo entretejían y dejaban que colgara por la espalda. Hombres y mujeres calzaban zapatos abiertos que ella jamás había visto. Muchos jalaban a sus bestias, generalmente burros o vacas, que cargaban los restos de la cosecha. Probablemente la llevaban a vender al mercado del pueblo, lo que le recordó el de su ciudad. Aunque los productos eran muy diferentes: ya fueran frutas o verduras, sus ojos no las podían reconocer. Las había gigantescas, como calabazas, pero más ovaladas y de un color verde más intenso y brillante. Durante el desayuno pudo probar la papaya. Aun cuando le costaba trabajo recordar el nombre, no olvidaría su extraño sabor.

También miraba con asombro los extraños sombreros de los hombres. De ala ancha, firmes, se notaba que no se podían doblar. Eran del color de la paja y dedujo que con ese material habían sido fabricados. La mercancía descansaba sobre algo semejante a un mantel, pero entretejido de palma, que delimitaba perfectamente el sitio de cada uno de los vendedores. Las canastas, parecidas a las de Europa, se veían macizas y más fuertes. Notaba que soportaban un peso mayor al que estaba acostumbrada a llevar. Cuando vio dentro de ellas unas frutas o verduras muy pequeñas, le preguntó a Kaplan qué eran.

Riendo, él le dijo que se trataba de un condimento llamado *chile* y que, al probarlo, todos los demonios del mundo atacaban al mismo tiempo la lengua, produciendo un dolor de tipo ardoroso que era imposible describir.

—¿Y para qué sirven entonces? —le preguntó.

—Ayudan a dar sabor y fuerza a los alimentos. En México, a diferencia de la Europa de donde venimos, la comida tiene más sazón. Parte del sabor lo da el chile, del cual hay diferentes variedades. Se debe ser realmente muy valiente para probarlas.

Natasha, siempre atrevida en sus pensamientos, se hizo a la idea de que, cuando se estableciera, aprendería los secretos de este chile y lo usaría en sus comidas. Tendría que advertirle a Yehuda, para no sorprenderlo de manera ingrata.

Al llegar a Puebla, las mujeres y sus críos, amarrados con una tela a sus espaldas, subían a vender sus extraños artículos.

—Son camotes —aclaró Kaplan—, vale la pena que los prueben. No, no tienen chile —los tranquilizó, adivinando la siguiente pregunta—; su sabor es más bien dulzón, un poco más de lo que a mí me gusta.

Compró uno y lo dividió en tres partes. Natasha lo paladeó por unos segundos y luego declaró que le gustaba el sabor, pero no la consistencia.

Por el contrario, Yehuda quedó encantado tanto con la consistencia como con el sabor.

—¿Cómo dijiste que se llama? —preguntó a Kaplan.

—Camote —respondió este con seguridad.

Sería una palabra que Yehuda no olvidaría fácilmente.

Llegar a la Ciudad de México representó para la pareja una emoción indescriptible. La estación de Buenavista en nada se parecía a las terminales ferroviarias de Europa. Aquellas, con un bullicio ordenado, y esta, en un absoluto desorden. Todos hablaban al mismo tiempo, en un torbellino de sonidos que simulaba una orquesta afinando antes del concierto. El viaje resultó pesado y cansado, tal como habían previsto. Tomaron un taxi, y Kaplan pidió que los llevara al centro de la ciudad. Dio el nombre de alguna calle que ellos no pudieron asociar a nada conocido.

—Su vivienda estará lista mañana —les informó—, por lo que tendrán que pasar una noche más en un hotel. Los dejaré seguros en él; solo les suplico que no abandonen el cuarto, bajo ninguna circunstancia. Esta zona no es segura, y en los alrededores se cometen robos y otros delitos —advirtió, y luego continuó con más calma—, no crean que trato de asustarlos. Como cualquier ciudad de este tamaño, esta no está libre de bandidos y ladrones. A ustedes los verían como extranjeros y tratarían de robarlos o hacerles daño. Pasaré a buscarlos temprano para llevarlos a desayunar y que conozcan la vivienda que les ha sido reservada.

Para empezar, la fachada del hotel no mostraba en absoluto que lo fuera. Parecía la entrada de un edificio cualquiera. La puerta era de metal, muy pesada para poder abrirla o cerrarla sin un buen esfuerzo. La recepción, si así podía llamársele, estaba ocupada por un individuo detrás del mostrador que en un principio no les prestó atención, como si no los hubiera visto entrar. Cuando Kaplan lo llamó, levantó la vista. Al verlo, pidió mil excusas por su descuido y rápidamente les señaló la que sería su habitación. Yehuda comprendió que no era la primera vez que Kaplan llegaba a este hotel, ya que lo conocían muy bien.

En el cuarto había un plato con algunas frutas. Una vez más, aparte de una manzana, las demás les resultaban desconocidas. Pero no iban a escatimar; como no habían probado bocado, saborearon cada una de las que les regalaron.

Kaplan se despidió. Quedó en recogerlos al día siguiente a las ocho de la mañana. Pidió que estuvieran listos, para no perder tiempo.

Y así, en la penumbra de un hotel casi en pleno centro, de cuyo nombre nunca habrían de acordarse, Yehuda y Natasha pasaron su primera noche en la ruidosa ciudad. A pesar de ser más de las nueve de la noche en un día de trabajo, el bullicio en las calles no cesaba, y les tomó un largo rato conciliar el sueño.

Como lo prometieron, por la mañana estaban ya listos cuando el empleado que atendía tocó a su puerta y les anunció que el señor Kaplan los esperaba abajo.

Tomaron sus escasas pertenencias. Por el cansancio, quizá, Natasha no se quejó de náuseas esa mañana. Al llegar a la planta baja, divisaron en la puerta a su amigo, urgiéndolos a que se apuraran. Un taxi los esperaba afuera.

—Como en la primera palabra del Tanaj: *bereshit* —le comentó Yehuda a Natasha.

Era su primer día, y ambos confiaban en que sería uno muy bueno.

A pesar de ser verano, la Ciudad de México a las ocho de la mañana se sentía fresca. La temperatura era más que agradable. Después de saludarse y darse los buenos días, los tres subieron al taxi y se dirigieron a la zona más céntrica de la ciudad. Estaban a punto de entrar al Zócalo y, al enfrentarse a esa gran plaza, los esposos se admiraron por los edificios coloniales que la rodeaban. La Catedral los dejó atónitos. No solo por su descomunal tamaño, sino por la arquitectura, que no se asemejaba a ninguna de las iglesias rusas que conocían. El Palacio Nacional, como lo identificó Kaplan, dominaba una de las caras del Zócalo. Les causó curiosidad la pequeña campana que pendía por encima del que parecía ser el balcón principal.

—Esa campana —les explicó Kaplan— fue traída de una pequeña población en el estado de Guanajuato, conocida como Dolores Hidalgo. El movimiento de Independencia de México se inició hace poco más de cien años, precisamente afuera de la iglesia de ese pequeño pueblo. El cura de la iglesia era el padre Miguel Hidalgo, un hombre de ideas modernas, revolucionario para su época. La madrugada del 16 de septiembre, tomando el estandarte de la Virgen de Guadalupe, la patrona de México, instó a la población a levantarse en armas para liberarse del yugo que la Corona española, usurpada a su vez por Napoleón I, tenía sobre lo que entonces era la Nueva España. Para congregar a los fieles, Hidalgo hizo tañer la campana que ahora ven. Actualmente, para conmemorar esta fecha, el 15 de septiembre de cada año, a las once de la noche, el presidente en turno congrega a la nación para celebrar tañendo esa campana, al tiempo que declara la heroicidad de los que iniciaron la Independencia.

—Qué hermosa historia —comentó Natasha—, ya quiero que llegue ese día para unirme al júbilo de los habitantes del país y recordar a esos héroes.

—Bueno —anunció Kaplan, cambiando de tema—, estamos a punto de llegar.

En efecto, el taxi tomó un camino diferente, internándose por calles muy estrechas hasta llegar a una vivienda, donde se estacionó para permitirles descender.

—Esta es solamente la entrada a la vecindad —señaló Kaplan, guiando a la pareja al interior del inmueble—. Consta de un patio rectangular, donde en unos años podrán ver jugar a sus hijos. Al final del patio se encuentran los lavabos, donde las mujeres lavan la ropa de cada semana. Y, como habrán notado, la ropa limpia se tiende sobre las cuerdas, para que el sol y el aire la sequen.

Comprobaron que la llamada *vecindad* efectivamente contaba con un patio rodeado de múltiples viviendas. Imaginaron que una de ellas sería, por ahora, su nuevo hogar. Kaplan los hizo subir un piso por la escalera, llevándolos al extremo opuesto, donde sacó una llave y abrió la puerta de una pequeña vivienda.

Aunque muy austera, la luz que se filtraba por las ventanas la mantenía bien iluminada. Ya adentro, notaron que la temperatura era ligeramente más fresca que afuera. Para ellos, provenientes de un país con clima gélido en otoño e invierno, este les pareció perfecto. En la salita había un pequeño sillón y, frente a este, otro más de dos plazas. Había también un par de mesitas, con una lámpara cada una. Al lado, un cuarto de menores dimensiones, con una mesa rústica y dos sillas, y al fondo, una pequeña cocina con su estufa y lo que parecía un modesto refrigerador.

—Por suerte, hay dos cuartos más —agregó Kaplan.

Les mostró uno de ellos, que era la recámara principal y que los dejó satisfechos. Austera, con una cama y un pequeño buró a un lado. Una gran ventana permitía que la luz tempranera de la mañana la iluminara y calentara. Del otro lado había un pequeño cuarto más, que aún no estaba amueblado. Dedujeron que sería la recámara para su futuro vástago. En medio de las habitaciones había un baño de buenas dimensiones, con una tina a un lado.

Natasha miró a su esposo. Ambos reconocieron que era mucho más de lo que esperaban. Kaplan les hizo saber que los dos primeros meses de renta estaban ya cubiertos. Y apenas encontraran un trabajo para Yehuda, podrían sufragar los gastos.

A Natasha le asombró que lo esencial de una casa estuviera ya contemplado. Había platos y cubiertos, vasos e incluso un par de copas. Tenía toallas y muchos otros enseres esenciales para la vida doméstica. Por momentos pensaron que todo el conjunto era un lujo inmerecido.

Rápidamente, Natasha comenzó a desempacar sus pocas pertenencias: algunos adornos, fotos de la familia, un par de candelabros y la ropa que lograron empacar.

—Ahora —le dijo Kaplan a Yehuda—, es momento de comenzar a buscar un trabajo para ti, pero lo haremos mañana; me acompañarás a la sinagoga y conocerás a la que será tu comunidad, y lo más importante, ellos te conocerán. Sin embargo, hoy mi deseo es que caminemos un poco por la zona, para que conozcas el rumbo donde habrán de vivir los próximos meses, o años, quizá. Pero antes, bajemos a la fonda de la esquina para desayunar.

Dirigiéndose a Natasha, agregó:

—Una de las mujeres que vive en esta misma vecindad, Jane, se ha ofrecido a llevarte a conocer el mercado. Pasará por ti a las once de la mañana, así que tenemos tiempo de sobra para alimentarnos. Pienso que llegarán a ser buenas amigas. Habla un perfecto ídish, ruso y un aceptable español. Como puedes ver, tienes por delante una mañana de muchos aprendizajes. Nosotros —añadió, refiriéndose a Yehuda—, después de dar una vuelta por los alrededores, iremos a conocer los comercios que ha establecido la comunidad en esta zona.

Antes de salir, les recordó que siempre debían mantener la puerta principal cerrada y no abrirle a nadie. También les informó que en la sinagoga encontrarían una pequeña biblioteca de donde podrían tomar libros prestados.

—Los hay en varios idiomas, eso los entretendrá un poco, en lo que llegan a familiarizarse con este rumbo.

Una vez desayunados, Natasha regresó a la vecindad y Kaplan tomó a Yehuda del brazo para irse con él a caminar por las estrechas calles. Le iba contando historias diversas sobre la zona. Le habló de un famoso mercado que surte a la población con lo mejor que el país produce en el campo, y le iba explicando de qué manera había surgido el pequeño comercio para suplir las necesidades de la vida moderna.

—A la vuelta de cada esquina —dijo, metafóricamente—, uno encuentra todo lo que necesita. Los comercios de los alrededores ofrecen lo esencial: carpinteros, plomeros, mecánicos, sastres y, bueno, tú mismo te darás cuenta de la enorme variedad y podrás juzgar cuáles son los más convenientes para ti. La mayoría muestra su mercancía en aparadores, pero en muchas calles de esta zona los comercios ambulantes se establecen en las aceras, ofreciendo sus productos. Compiten con los establecimientos fijos, lo que crea una situación que no siempre es bien vista por ninguno de los dos grupos.

Yehuda, con su ojo siempre escudriñador, observó que la basura permanecía tirada en las calles, sin que nadie la recogiera. Lo que más llamó su atención fue la multitud que se movía por ellas. El bullicio era impresionante. En ocasiones, las estrechas banquetas impedían circular, por lo que cortésmente debían tratar de esquivar a los demás sin tropezarse. Notó muchas iglesias, ninguna con la magnificencia de la Catedral. Mientras caminaban, Kaplan le iba mostrando un colegio por acá, una cantina por allá...

La falta de vegetación lo asombró. Pensó que esta era una ciudad gris. No había parques para caminar o riachuelos que la atravesaran. Con la paciencia que era requerida, Kaplan le explicó cómo la ciudad había sido originalmente construida sobre una laguna y que, al paso del tiempo, se extrajo más agua de la que se debía y la metrópoli quedó seca sobre un débil lecho, provocando que los grandes edificios se fueran hundiendo.

No dejó de asombrar a Yehuda la belleza de muchas de esas construcciones. Su exterior, bien labrado por artesanos, ofrecía una hermosa imagen.

—Hay dos mercados principales en esta zona: la Merced y la Lagunilla. Ya te llevaré más adelante a que los conozcas. La economía de esta ciudad parece tener su sostén, en parte, gracias a los mercados. Hay libre competencia, pero, como los propios locatarios dicen, alcanza para todos. Me preocupa en especial la situación de nuestros correligionarios en Europa, que no es la ideal. Sería muy triste que las fronteras se cerraran para ellos una vez más.

También corrigió la observación de Yehuda sobre la ausencia de parques.

—No has visto aún el más famoso de la zona, la Alameda. Tendrán oportunidad de visitarlo y caminar por su considerable extensión. Claro, nada comparable a los grandes espacios en Rusia o Europa. El más extenso de todos los de la ciudad, orgullo del país, es el Bosque de Chapultepec. Tan grande como los más conocidos de otras partes del mundo. Tiene un pequeño lago y está coronado por un hermoso castillo, que alguna vez fue residencia del usurpador Maximiliano y, posteriormente, alojamiento de algunos presidentes de México. Es un parque donde los domingos se almuerza con la familia o simplemente se disfruta el día de descanso.

Demasiadas novedades, pensaba Yehuda, y *Chapultepec* la palabra más difícil de repetir hasta ahora; pero se prometió que sería el primer lugar que él y Natasha visitarían pronto.

Cerca del Zócalo, Kaplan le mostró la famosa librería Porrúa.

—Cuando lleguen a dominar el idioma, encontrarán que esta librería los puede surtir de los mejores textos de la literatura universal. Es un orgullo de la ciudad.

Kaplan había ido mencionando multitud de términos para nombrar los establecimientos: *loncherías*, *billares*, *jugueterías*, *mercerías*, y muchos más. Obviamente, Yehuda no creía poder recordarlos al día siguiente. Pero, muy atento a lo que acontecía, se esforzó en otorgar a cada uno un recuerdo especial, para poder regresar algún día.

—Esta es una taquería —dijo Kaplan señalando el local, donde el olor a carne quemada le provocó una náusea instantánea a Yehuda, que no estaba acostumbrado a eso.

Explicó que el alimento básico, con el que se elaboraban las tortillas, era el maíz. Como a Yehuda le costaba trabajo entenderlo, entraron de plano a la taquería. Vieron cómo las mujeres aplanaban la masa, la colocaban en una especie de superficie plana, sobre un lento fuego, y dejaban que se fuera cociendo. Cuando estaba lista, el cocinero la tomaba con las manos y la colocaba en un plato para rellenarla con carne, a la que le agregaba especias, entre ellas cebolla, que Yehuda reconoció, y una verdura roja llamada *jitomate*, y los indispensables chiles, de los que, sabía, debía alejarse. Luego, de manera mágica, enrollaba el *taco* y junto con otros enrollados iguales los acomodaba para servir a un lado unas habas oscuras, *frijoles*, de acuerdo con Kaplan.

—¿Y eso lo come la gente? —preguntó Yehuda con timidez.

Riéndose, Kaplan le explicó que no solo lo comen, sino que lo consideran su platillo favorito.

—Ya aprenderán que la cocina mexicana no tiene rival, por su variedad y sazón. No alcanza una vida para probar los múltiples platillos, que los irán asombrando. Quizá tengan que adaptar su paladar, pero a la larga concordarán conmigo.

Unas horas después de haber recorrido las calles de la zona, Kaplan lo dejó en la esquina de su vecindad y se despidió.

—Mañana vendré cerca de las siete de la mañana —le dijo—, iremos a la sinagoga para el rezo matutino; conocerás a los hombres de nuestra comunidad. Prepara tus tefilín.

Poco antes habían entrado al Banco de Londres y México para cambiar por pesos el dinero que traía Yehuda, que ahora le servirían para controlar sus gastos.

Al subir los escalones de la vecindad, este recordó que la única llave de la vivienda estaba en posesión de Natasha. Tocó a la puerta con delicadeza, anunciando su llegada. Al abrirse la puerta, Yehuda aspiró el aroma de la comida preparada por su mujer.

—Déjame que te cuente —le anunció ella—. Este país es maravilloso. Vamos a ser muy felices en él.

Y, mientras terminaba de preparar el almuerzo, empezó a relatarle su mañana.

—Vino Jane —le dijo—, una maravillosa joven, y me llevó a conocer el mercado cercano. Pasamos al banco, cambiamos las monedas que me dejaste por pesos, y con eso compré algunas cosas.

Durante cerca de media hora, una feliz Natasha le fue contando las experiencias vividas.

—Jane —aclaró— es una joven ya casada, proveniente de Lublin, pero llevamos nuestra conversación en ídish sin ningún problema. Llegó a México hace solo ocho meses y ya domina bastante bien el español. Su esposo es shóijet para la comunidad; por lo mismo, una persona muy respetada. Caminamos varias cuadras, vi multitud de negocios abiertos. Mucha gente caminando. Nadie parecía prestarnos atención. Finalmente, llegamos al mercado. Me es imposible describirte la variedad de alimentos, frutas y vegetales que vi. Jane me repetía los nombres y me explicaba la textura de cada uno. Puesto tras puesto, trataban de convencernos con amabilidad de comprar su mercancía. La abundancia exhibida aún me abruma. Después de que compramos lo esencial, entramos a una panadería. Había bolillos y teleras —dijo con dificultad—, compré unos para que los pruebes, y ¿recuerdas el pan dulce de Veracruz?, pues compré algunas piezas, aunque no recuerdo los nombres, pero tú me dirás si son de tu agrado. Cuando pensé que habíamos terminado, pasamos a la tortillería y compré ese extraño tipo de pan, delgado y aplanado, que Jane me dijo es el alimento básico en México.

Yehuda decidió callar y escuchar a su mujer sin interrumpirla.

—Hoy —continuó— he cocinado algunas cosas. Jane me ha enseñado qué manteca usar, cuál aceite es el mejor, y muchos otros secretos. Tengo preparado un caldo con papa, poro y cebolla, que espero te guste. Y un pollo que compramos en la zona kosher, como platillo principal. Me enseñó a hacer un guiso con tomate, cebolla, ajo y sal, entre otras especias. Lo acompañaremos con verduras cocidas. Pero antes de comenzar me enseñó a hacer agua de sabores. Hoy es de limón.

Horas después, satisfechos los dos con la comida, Yehuda le agradeció expresando que esta era la mejor comida de su vida. Natasha, que sabía que no era cierto, le agradeció, y procedieron a lavar los cubiertos y trastos. Por la tarde descansaron un par de horas y, cerca de las seis de la tarde, salieron a caminar un poco. Dieron varias vueltas a la cuadra, temerosos de perderse si extendían el paseo.

Se acostaron temprano. Yehuda preparó sus tefilín y prometió estar listo por la mañana para iniciar su nueva vida.

Natasha, recostada, se acercó a él, lo rodeó con su brazo, y ambos se quedaron dormidos. Su primer día en México acababa de terminar. Mucho más intenso de lo que jamás imaginaron.

La comunidad

Al día siguiente, Kaplan y Yehuda caminaron las pocas cuadras que los separaban de la sinagoga en la que los judíos ashkenazim solían reunirse por las mañanas y noches para los rezos diarios. Era imposible deducir cómo, en esa casa, más bien en su interior, se alojaba una sinagoga. Temiendo posibles represalias, como a las que estuvieron sometidos en Europa, los miembros de la comunidad preferían pasar lo más desapercibidos que se pudiera, sin llamar para nada la atención. No podían saber si dichos temores eran infundados en México. Adoptaron, por lo tanto, la discreción. No se arriesgarían a repetir las desagradables situaciones de las que precisamente venían huyendo.

A Yehuda le sorprendió ver que la mayoría de los judíos reunidos eran jóvenes. Estaba acostumbrado en Odessa a que las sinagogas más bien parecían refugios de ancianos. Parte de la juventud prefería alejarse de rituales tan exigentes, como los calificaban. La idea que surgió era seguir siendo judíos, pero aceptando a la vez las costumbres del país que les brindó una bienvenida. Adaptarse era esencial. Independientemente de la religión, tratarían de ser parte esencial del pueblo mexicano.

Kaplan fue presentándole a todos y a cada uno de ellos. Retuvo algunos nombres, pero no todos. Se dio cuenta de que no conocía a nadie y, a la vez, nadie parecía haberlo visto antes. Se colocó los tefilín y el talit sobre su cuerpo, y sacó la vieja kipá que había traído consigo desde Odessa.

El rezo lo llevaba un muchacho de aproximadamente su misma edad. Se notaba, sin embargo, que había sido educado en un jéder y que llevaba en su sangre la liturgia, como otros llevan encima su ropaje.

Siendo jueves, abrieron el Arón Hakódesh, de donde sacaron los rollos que contenían las leyes y comentarios de la Torá, y procedieron a leer la Parashá correspondiente a ese día. Al finalizar el rezo matutino, y de manera ordenada, la congregación se fue disolviendo, partiendo, cada uno, rumbo a su trabajo u ocupación.

Al salir, muchos de los correligionarios le ofrecieron ayuda a Yehuda.

Se dispuso que debería visitar ciertos comercios y decidir si deseaba entrar por ahora a alguno, como empleado, bajo sueldo.

Kaplan lo invitó a tomar un café en la esquina, acompañado con un par de bizcochos. Una vez que terminaron, se despidió, no sin antes asegurarse de que Yehuda asistiera al comercio que le habían señalado, para que tuviera su primer enfrentamiento con un local. Y, una vez más, le preguntó si sabría cómo regresar a su casa.

Kaplan prometió que lo vería a la mañana siguiente en el rezo. Por respeto, Yehuda accedió, aunque su idea original no era seguir asistiendo a la sinagoga dos veces al día. Nunca había sido un hombre religioso, si bien conocía a la perfección la liturgia y las tradiciones judías, así como el contenido del libro sagrado.

Iba caminando a su primera cita, en el negocio de Mendl Sheinman. Este le pidió, al salir de la sinagoga, recordar que se encontraba en la calle de Argentina y le indicó el número, que debería buscar.

—Es —explicó brevemente— un negocio de ropa, y necesito ayuda tanto en el mostrador como para llevar los libros de contaduría. —Aparentemente Kaplan le había hecho saber que esta era una de las habilidades de Yehuda.

Caminaba y miraba los múltiples comercios, frenando su marcha para estudiarlos con cuidado. Observaba la mercancía que exhibían y, a la vez, medía el tamaño de cada uno, calculando qué tan exitoso podía ser.

Había quedado con Mendl a las once de la mañana, y aún era temprano. Miró de reojo un local mucho más grande que los demás. Y al juzgarlo de más tamaño, no exageró. Diez locales de los que había visitado cabrían fácilmente dentro de este. Ocupaba toda una esquina y se asombró de la cantidad de personas que entraban y salían de ahí. Se dio cuenta de que no vendían solamente un tipo de productos. Era, como averiguó después, una miscelánea, donde una gran variedad de mercancías estaban a la venta, desde artículos para el hogar, ropa, zapatos y muchos más. Todo bajo un solo techo. Entró, dio una vuelta por el lugar, mirando y absorbiendo todo. Los empleados lo incitaban, observó, a comprar sus productos. Al final de la enorme tienda notó que de una puerta salió un hombre de mediana edad que, pensó, podría ser el dueño. Vestía diferente y toda su estampa correspondía con la de un nativo, nacido probablemente en esas tierras.

Para su sorpresa, al verlo se le acercó. Trató de establecer comunicación, sin lograrlo por la diferencia de idiomas. Pero en su mirada parecía existir cierta necesidad de hablar con él.

—¿Ídish? —le preguntó. Lo repitió dos veces.

Yehuda no tuvo más remedio que asentir con la cabeza.

Al tiempo que le pedía que no se fuera, el individuo llamó a uno de sus empleados por su nombre.

—Shmuel, Shmuel —repitió en dos ocasiones, hasta que fue escuchado—. Te necesito un momento.

Shmuel se acercó y saludó cortésmente. En español, le dijo varias cosas, y Shmuel finalmente las tradujo.

—El señor desea saber si tienes algún conocimiento de cómo se deben llevar las cuentas y los libros. Me dice que, en lo que aprendes el idioma, yo podría ayudar. Quiere saber cómo te llamas y si tienes trabajo.

Yehuda quedó atónito en un principio ante la sorpresiva serie de preguntas. A su vez, preguntó a Shmuel si ese señor era o no de confiar. Shmuel, en unas cuantas palabras, le dio a entender que era uno de los comerciantes más poderosos de la zona, honesto, con el cual trabajaba de tiempo atrás.

—Y —terminó diciendo— su contador acaba de sufrir un terrible accidente, y no creemos que regrese a trabajar. Le urge la ayuda.

Una vez que contestó todas las interrogantes, el que, ahora sabía Yehuda, era el dueño se acercó a él y le extendió la mano, al tiempo que se presentaba:

—Federico González de la Serna —le dijo.

—Yehuda Nevalsky —contestó de inmediato.

Lo invitó, junto con Shmuel, a finalizar la conversación en su oficina, localizada tras la puerta por la que originalmente apareció. Le explicó lo que su labor implicaría y cómo Shmuel le iría informando de los deberes y de las leyes de este país, pero que su trabajo consistiría en llevar de manera exacta y correcta la contaduría del negocio. Le dio a entender que no era el único negocio que tenía. Y cuando le preguntó si ya tenía dónde vivir y Yehuda le informó de la dirección de su nuevo hogar, sonrió y le pidió le contestara dos interrogantes.

Así lo hizo.

—La primera, dice el *patrón* —y Shmuel le explicó qué significaba este sobrenombre—, es tu sueldo.

Cuando le anunció la cifra, el propio Shmuel quedó sorprendido y le dijo a Yehuda que era una suma mucho mayor de la que él pensaba que le ofrecería. Y, además, que esta le permitiría no solo salir adelante, sino comenzar a ahorrar.

—La segunda —y Shmuel mostró cara de satisfacción— es que te rentará una mucho mejor y más grande vivienda en estos alrededores por un precio que él llamó «muy módico».

El que, ahora sabía, se conocía como el patrón le pidió a Yehuda, por medio de Shmuel, que lo pensara, que le daba cuarenta y ocho horas para conocer su decisión final. Shmuel le dio a entender que González de la Serna le daba empleo a varios correligionarios. Entre los beneficios para los judíos estaba el no trabajar los sábados, pero en el entendido de que podrían ser llamados a trabajar horas extras durante la semana.

González de la Serna se despidió rápidamente y resaltó que lo esperaba antes de cuarenta y ocho horas. En un gesto de amistad, lo golpeó con su palma en la espalda de manera amigable.

Al salir, Shmuel le preguntó si González ya lo conocía de antes. No entendía por qué una oferta como esta.

—No es de pensarse —le aconsejó—. Es para aceptarlo sin chistar, sin decir una palabra más. —Y estrechando su mano con fuerza, solamente agregó—: mazal tov.

El trabajo

Tal y como había sido estipulado, Yehuda visitó el comercio de Mendl. Mucho más pequeño que el del señor González, pero más acogedor. Al discutir el sueldo y las prestaciones, Yehuda se enteró de que la paga era por semana y no por mes. Aun así, quedaba muy por debajo de la oferta que había recibido previamente. Prestaciones, ninguna.

Agradeció mucho a Mendl la oportunidad y le dejó saber que deseaba pensarlo un par de días.

—No hay problema —aceptó Mendl.

Esa noche, al regresar a casa, Yehuda sintió un ligero cansancio. Había estado caminando prácticamente todo el día y olvidó comer. Natasha le sirvió una cena caliente, muy apetitosa, que él agradeció efusivamente.

Pensó en contarle a Natasha todo lo acontecido, pero prefirió solo hablar con ella de Mendl y su oferta de trabajo. Al escucharlo, su semblante cambió.

—Un trabajo —exclamó—, qué maravilla. ¿Lo has tomado?

Le dio a entender que no era lo más recomendable aceptar siempre una primera oferta, sin explorar lo que el mercado podría ofrecerle. Le contó cómo al día siguiente, tras el rezo, Kaplan lo orientaría a qué nuevo comercio acudir y ver si la posible oferta de trabajo lo dejaba satisfecho.

Yehuda no podía entender por qué, de la nada, un sujeto desconocido le había ofrecido aquella oportunidad sin siquiera tratar de averiguar quién era él. Sospechaba que, detrás de un trabajo como ese, algo turbio se podría estar maquilando. No logró conciliar el sueño por la noche. Cavilaba una y otra vez, le daba vueltas a la oferta y seguía incrédulo. Kaplan, pensó, podría conocer a este hombre y aclararle si la oferta era tan honesta como González se la había presentado.

Por la mañana caminaron juntos al rezo una vez más. Una nueva cita fue acordada, esta vez con un hombre mayor que ellos, cuyo negocio era de comida kosher. La cita se concretó para las dos de la tarde.

Yehuda agradeció mucho su interés y preguntó a Kaplan si podría discutir con él algo que le había sucedido el día anterior. Este pensó en un principio que algo malo había ocurrido, pero al ver que Yehuda sonreía, y lo tranquilizaba, su curiosidad fue en aumento.

—Antes que nada —empezó—, ¿el nombre de Federico González de la Serna te suena conocido?

Kaplan lo miró con sorpresa.

—¿Lo conociste de alguna manera? —preguntó.

Al ver que Yehuda no le contestaba, supuso que esperaba que, antes, él mismo lo hiciera.

—González de la Serna —empezó— es uno de los comerciantes y propietarios de locales más poderosos de esta zona. Nadie sabe a ciencia cierta de qué manera logró hacerse de tal fortuna. Viene —confirmó— de una de las familias de abolengo en México, originaria de la zona de Asturias, en España. Dicen los judíos que trabajan para él, y que son muchos, que es un hombre que cumple cabalmente sus promesas. Su única competencia son los comerciantes provenientes del Líbano, dueños a su vez de muchos locales por aquí. Y, para finalizar con tu pregunta, no, no lo conozco personalmente.

Yehuda procedió a relatarle la historia de lo que le había sucedido el día anterior. Lo hizo con lujo de detalles, incluyendo a Shmuel, cuyo apellido desconocía, y terminó con las ofertas que este hombre le había hecho.

Kaplan detuvo su marcha. No podía creer lo que sus oídos acababan de escuchar. Un trabajo bien remunerado y un lugar donde vivir mucho mejor que el que le proporcionó la comunidad. Le preguntó si alguien los había presentado; si él ya sabía de este comerciante previamente, o si alguno de los judíos que trabajaban para él le habló de Yehuda.

—Hasta donde puedo contestar —dijo—, no lo creo.

—¿No pidió ver tus documentos?

—Me pidió que los llevara conmigo a la próxima entrevista si pensaba yo aceptar la oferta —explicó—. Me dio cuarenta y ocho horas para decidirlo. Deseaba mucho escuchar tu opinión.

—No aceptarla —opinó Kaplan— sería una verdadera estupidez. ¿Shmuel, dices, se llama su empleado? Lo buscaré y te avisaré si hay algo no kosher detrás de todo esto. Pasaré más noche a tu casa a informarte. No puedo creer una oferta como esta. Se necesita tener suerte para ello. Parece, Yehuda, que tienes un imán especial que atrae a la gente. Solo espero que, igual que el néctar que atrae a la abeja a la flor, el aguijón no resulte contraproducente.

Se despidieron y quedaron en verse por la noche. Le pidió a Yehuda que, de todas formas, no dejara de ir a la nueva cita.

Por la noche, regresó Yehuda y se encontró con Natasha y alguien más en casa.

—Esta mujer —le explicó— es mi amiga Jane. Tenía deseos de que la conocieras y ella a ti.

—Un gusto —dijo ella—. Estoy de salida, pero quiero confirmarte que tu Natasha es una gran mujer.

Natasha la acompañó a la puerta y con la mirada le preguntó qué le había parecido Yehuda. Jane le guiñó el ojo, como diciendo «Son el uno para el otro».

Después, su esposo le contó de la visita a la tienda de productos kosher, sin mostrar, pensó Natasha, algo del entusiasmo de la noche anterior.

Cerca de las ocho de la noche, tocaron a la puerta.

—Iré yo —indicó Yehuda.

Al abrir, se encontró con Kaplan, que no mostraba ningún gesto que lo delatara. Saludó a Natasha, y luego esta se retiró a terminar de limpiar la cocina, dejando a los dos hombres dialogar en la sala.

—Shmuel —empezó Kaplan, yendo directamente al punto— trabaja con González desde hace varios meses y al parecer mantiene una excelente opinión sobre él como jefe, o *patrón*, como se dice por estos rumbos. Todos a los que les pregunté y que lo conocían me aseguraron que siempre se mostraba respetuoso con la competencia y trataba de que cada comerciante lograra sobrevivir, sin amagar a ninguno. Se le considera en la ciudad un hombre poderoso. Se sabe que su padre, sin mostrar una faceta política, apoyaba siempre al candidato, y esto le había sido remunerado de diversas maneras. Sorpresivamente, su padre donó una cantidad de dinero a la comunidad para ayudar a quienes llegaban de Europa. Parece ser que su opinión sobre los judíos difiere de la que tienen los europeos. Cree ver en ellos un potencial que puede ayudar al desarrollo del país, o al suyo personal. En fin —concluyó—, no encuentro razón para que no aproveches esta oferta. Que Shmuel te lea con cuidado los términos del contrato. Si algo no te parece, no firmes y dile que te gustaría que alguien más lo revise por ti. Y, por último, te tendrá que ayudar, a la par de la comunidad, para obtener los documentos que se requieren para que te permitan trabajar en el país y, naturalmente, pagar tus impuestos.

Yehuda estudió a Kaplan cuidadosamente mientras hablaba. Tampoco detectó en él gesto alguno que lo traicionara. Parecía ser que, efectivamente, corría con suerte y, después de todo, el camino soñado estaba a punto de concretarse en México.

Antes de despedirse, Kaplan dijo algo que Yehuda no esperaba.

—Shmuel…, cuando le pregunté, dijo que lo que había visto en ti el señor González era una cara honrada. Ahora ambos tendrán que hacer honor al acuerdo.

La curiosidad de Natasha por la visita de Kaplan fue finalmente satisfecha. Yehuda le expuso con la mayor claridad lo que había estado sucediendo. Pidió que lo perdonara por no haberle contado antes, pero no quería desilusionarla. Ahora que parecía ser una oferta seria y que él iba a aceptar, ella ya formaba parte de la misma.

La idea de un cambio de casa no le molestó en lo absoluto. Sabía que empacar sus cosas le tomaría unos minutos, ya que nada de lo que tenía el actual departamento les pertenecía. Aun así, sintió que lo iba a extrañar.

A la mañana siguiente, esta vez solo, sin Kaplan, Yehuda dirigió sus pasos a la miscelánea cuyo nombre llamaba su atención: «El amanecer». Pensó que aludía al despertar para los clientes, pero uno en especial para su persona.

Cuando llegó al local, en la calle de Correo Mayor, los empleados retiraban los candados de las puertas de acero y estaban por abrir. Eran exactamente las ocho de la mañana. Lo esperaban largas horas de trabajo, pensó, pero esto no le molestaba un ápice. Calculó que tenía unos minutos para desayunar algo de manera rápida. Dirigió sus pasos a la calle de la Corregidora, donde encontró un pasaje en el que vendían café y los indispensables bizcochos. Esta vez, además de servirle un vaso con café y leche, la empleada le preguntó cuál bizcocho se le antojaba. Yehuda lo entendió cuando le mostró una charola con varios panes. Señaló uno, que aún no había probado.

—Bien escogido —aprobó la muchacha, mientras tomaba la oreja con unas pinzas y la colocaba en un plato, al lado de su café.

Yehuda le preguntó una vez más por el nombre.

—Oreja —repitió ella, mientras señalaba su pabellón auricular.

Yehuda tardó unos segundos en asociar el gesto con el pan. En realidad, observó, la forma del pan se asemejaba mucho. Rio para sus adentros por el ingenio mexicano de nombrar así un pan. Mañana averiguaría el nombre de los otros.

Al momento de finalizar y sintiéndose satisfecho, pagó la cuenta y dejó algo extra —la propina, como le había explicado Kaplan el día antes—, y salió rumbo a la miscelánea.

A pesar de que sus puertas habían abierto apenas unos segundos antes de que él entrara, ya había gente parada afuera, mirando con atención los aparadores. Se dirigió a la oficina del señor González y al llegar tocó con cautela. El propio dueño abrió.

—Qué gusto verle de nuevo —exclamó. De inmediato, llamó a Shmuel para que sirviera de traductor.

Lo invitó a sentarse y por medio de Shmuel le hizo saber que esperaba su respuesta con ansias.

Yehuda le comunicó sin rodeos su deseo de trabajar bajo sus órdenes; el señor González se levantó entonces de su silla y lo abrazó fraternalmente.

—Bienvenido —dijo—. Has tomado la decisión correcta. Haré que nuestro contador oficial arregle tus papeles para que puedas comenzar a laborar a la brevedad. Aunque en México —enfatizó— la burocracia es muy lenta, tenemos conocidos que harán que el papeleo se lleve a cabo con rapidez y eficiencia. En cuanto a la casa prometida, estará lista para ustedes esta misma semana.

Le explicó con calma que la capital de México, conocida como Distrito Federal, crecía de manera exponencial. Nuevas colonias surgían a cada momento. Pero, por ahora, mientras se acostumbraba a la ciudad, al idioma y las costumbres, era conveniente que no tuviera que viajar mucho. La casa quedaba a unas cuantas cuadras del local, así que le sería muy sencillo recorrer esa corta distancia.

—Además —agregó con un guiño—, estarás cerca de la sinagoga y de los lugares de reunión de tu comunidad. Es muy importante que pertenezcas a ella. En unos meses más, hablaremos de otras opciones. Esta propiedad pertenece a mi familia y ha permanecido deshabitada varios meses. Te cobraré una renta que te permita ahorrar para que puedas adquirir dentro de poco un sitio más acorde para tu familia.

Discutieron el contrato. Yehuda no encontró nada que le preocupara. Y, por primera vez desde su llegada a México, tenía un trabajo. Estampó su nueva firma en el documento, con lo cual pasaba a ser, al fin, un trabajador más en el país. Sabía que para convertirse en ciudadano faltaban varios años. Pero ahora, si algo le sobraba, era el tiempo.

Capítulo 5

Transcurrieron dos meses sin que Leah recibiera noticias de Yakov. Él le había prometido que apenas se instalara le escribiría, por lo que dedujo que aún luchaba por establecerse. Vivía con su familia, sin poder comunicarle a su esposo que estaba embarazada, sin nadie que la abrazara y gozara con ella esta nueva etapa de su vida. Como tantas otras mujeres cuando esperan un bebé, sufría severas náuseas matutinas, acompañadas de vómito la mayor parte de las veces.

—Siento —le decía a su madre— como si ya llevara muchos meses preñada. Mis pechos han crecido de manera desproporcionada, mi abdomen ha aumentado más de lo que se podría prever a estas alturas. Tendré que cuidar mi alimentación. No excederme y a la vez consumir los alimentos adecuados, como ha ordenado el doctor Koznik. Pero, además —continuó— me siento extremadamente cansada, como si cargara dentro de mí un peso mucho mayor. Puede sonar ridículo, pero experimento esto día a día.

Su madre la calmaba y le explicaba, basada en su propia experiencia, que lo que le sucedía era normal.

—Es parte de la belleza de crear una nueva vida; un nuevo yehudí en nuestra familia.

Pero si alguien se mostraba orgulloso y pendiente de ella a cada minuto, ese era su padre, el señor Rosenblum. Su primer nieto o nieta, presumía a todo mundo. Claro que omitía decir que probablemente al nacer emigraría junto con su madre a América, para iniciar una nueva vida.

La situación en Europa era desalentadora. El balance general en cuanto a la vida, la economía y la estabilidad política tras la Gran Guerra distaba mucho del tan anhelado equilibrio. El mapa de Europa había cambiado. Algunos países desaparecieron, otros surgieron como por arte de magia, y muchos modificaron de manera importante sus fronteras. El llamado Imperio austrohúngaro se desvaneció; Alemania, tras su fracasado afán de convertirse en la mayor potencia europea, ahora pagaba los elevados tributos que su derrota le había acarreado. Mal augurio, ya que difícilmente podría sufragar semejantes gastos y, aunque la impresión generalizada era que las sanciones habían sido exageradas, nadie osó modificarlas. El descontento en ese país era mayúsculo y anunciaba a grandes voces que no se quedarían así; nada podría impedirles romper la cadena de pagos o rearmarse en un futuro no tan distante.

En Rusia continuaban los problemas. Después de la muerte de Lenin, en 1924, Stalin se había afianzado por la fuerza en el poder, y uno por uno iba deshaciéndose de sus enemigos. Se había colocado a la cabeza de la Unión Soviética bajo el lema del socialismo-comunismo, del mismo que surgiría una nueva dictadura, aún más atroz que la de los propios zares que lo habían precedido. Pero lo que por ahora tenía en mente este hombre era industrializar al país con la mano de obra barata del pueblo ruso. Los obreros trabajarían para mejorar su calidad de vida mientras el gobierno les otorgara las facilidades para hacerlo, algo que los países capitalistas eran incapaces de darles. Por su parte, los judíos, que se habían sumado a la lucha apoyando a Lenin, de nuevo eran perseguidos y eliminados. Su situación era precaria y, como vecinos de Polonia, veían la seguridad de este último país en jaque, dada la ambición demostrada por los rusos de seguir ampliando su territorio.

El antisemitismo había crecido una vez más en Europa occidental. En la zona oriental, jamás desapareció. El shtetl era visto como un signo de retraso, una infamia que cada sociedad debía tolerar. Los mismos gentiles que le cerraban las puertas a la judería eran los que posteriormente criticaban su falta de acción como comunidad, en una supuesta lógica totalmente ilógica.

El señor Rosenblum estaba al tanto de los diversos partidos, a la vez políticos y filosóficos, que nacían entre la comunidad judía, sobre todo en las grandes ciudades como San Petersburgo, Moscú, Varsovia y la propia Cracovia. Eran grupos como los sionistas y otros, divididos en varias facciones: bundistas o socialistas idishistas y hebraístas. Los había comunistas, liberales y de cuanta filiación se pudiera imaginar. Buscaban que el futuro del pueblo judío no solo dependiera de aferrarse a la religión, sino de luchar para tratar de convencer al mundo de que debían tener su propio país —el mismo que les fue arrebatado por el Imperio romano y repartido posteriormente entre diversas naciones—, Palestina. Sin embargo, parecía haber más partidos políticos que integrantes de estos, y tratar de estar de acuerdo unos con otros no era tarea fácil.

La llamada élite intelectual judía, integrada por profesionistas, escritores, soñadores y pseudopolíticos, no lograba llegar a un simple acuerdo en ninguna de sus reuniones. La idea de volver a poblar Palestina, que ya no estaba bajo el dominio otomano sino británico, todavía no era bien vista por la mayoría de los judíos de Europa oriental. Sonaba inconcebible, y le veían tantos obstáculos que la desechaban. Mas no todos. Los jóvenes, mejor educados y con un conocimiento tanto judío como secular, advertían por el rabillo del ojo el renacimiento del odio contra los judíos y estaban comprensiblemente muy preocupados por ello.

Leah deseaba sobre todas las cosas saber algo de Yakov y confiaba en recibir noticias suyas pronto. Ya con una dirección de correo en sus manos, podría hacerle saber que muy pronto se convertiría en papá.

Por la mañana, tras despertar de una noche en la que le costó bastante trabajo conciliar el sueño, Yakov se apresuró a desayunar para dirigirse a la sinagoga, acompañado por Berl. Sabía que al finalizar los rezos matutinos irían en búsqueda de algún trabajo, como le había prometido su nuevo amigo.

—Para ello, es importante —le había dicho Berl— que hoy por la mañana conozcas a algunos de los otros judíos de esta zona, ya que los que se han establecido, con comercios bien arraigados, son los que podrían ofrecerte algún trabajo.

La mañana era fresca, sin llegar a ser fría. Un clima, pensó Yakov, muy agradable, muy diferente al de su natal Polonia. Le habían dicho que en la ciudad nunca nevaba, que las mejores épocas del año eran estas, precisamente, el otoño y el invierno, cuando las lluvias desaparecen y el calor se disipa. Todo esto le resultaba extraño a Yakov, quien, si bien no apreciaba el invierno, sentía que de alguna manera marcaba una pauta necesaria en el año y, por lo visto, en México no era así.

En la sinagoga se dio cuenta de que la mayoría de los que rezaban esa mañana eran jóvenes de aproximadamente su misma edad. Lo hacían con fervor. Mezclados con los que aún conservaban los peyes, la barba y las costumbres de sus lugares de origen, la mayoría lucían bien afeitados, vestidos a la usanza del país. El rezo, conducido por el propio Berl, fue corto. Una vez terminado, mientras guardaban los tefilín y el talit, fue presentado con varios de los asistentes, que lo saludaron con afecto. Se sintió bienvenido. Reconoció que esta era la gente con la que iba a convivir los próximos años. Con ellos rezaría y estudiaría el Talmud; y con ellos y sus mujeres terminaría socializando. Confiaba en que por lo menos uno de ellos le ofreciera el trabajo que tanto necesitaba.

—Este —lo presentó Berl— es Jaim Najman. Es propietario de un local que vende ropa, el primero que habremos de visitar hoy.

Se saludaron, Najman invitó a Yakov a visitarlo más tarde.

—Mi negocio —le explicó— bien puede disponer de una mano extra, nos hace falta. Mi mujer, que solía ayudarme, está próxima a dar a luz, y esto nos ha colocado en desventaja. —Le entregó la dirección, que Berl ya conocía.

Al salir a la calle, Berl le dio instrucciones a Yakov sobre cómo llegar. Él tenía otro asunto que atender y se excusó.

—No es muy lejos —lo tranquilizó—. Caminaremos juntos hasta el Palacio Nacional, desde donde te indicaré cómo llegar. No veo forma de que te pierdas, pero si esto sucediera —dijo, dándole un papel escrito en español donde estaba la dirección de Berl—, siempre alguien podrá indicarte el camino.

Yakov agradeció poder permanecer unas horas solo. La cita con Jaim Najman estaba fijada un par de horas más tarde. Aprovechó el tiempo sin alejarse mucho de la zona del Zócalo para recorrer la Catedral, que tanto lo había asombrado; le pareció más imponente al cruzar la acera y mirarla de frente. Vio entrar y salir fieles que, al estilo polaco, solían persignarse una y otra vez. Las mujeres cubrían sus cabezas con velos coloridos y los hombres, por el contrario, se despojaban de sus sombreros al entrar al recinto. Le llamaron poderosamente la atención los múltiples vendedores hacinados en las aceras, ofreciendo su mercancía. Y la variedad de lo que se podía comprar lo dejó boquiabierto. Las mujeres, con sus pequeños hijos a los lados, cuidaban sus puestos con esmero. Muchas amamantaban a sus críos abiertamente, sin mostrar vergüenza alguna. La gente que transitaba lo aceptaba como algo totalmente natural.

En el Zócalo le sorprendió la diversidad de vendedores que cruzaban de un lado al otro anunciando sus mercancías. «Dulces», gritaban algunos. También verduras y frutas servidas en pequeños recipientes, rociadas con limón y un polvo rojizo, que no tenía idea de lo que podía ser. «No es canela. Tampoco paprika», pensó. Pero no logró identificarlo. Lo llamaban *chile piquín*. Vendían juguetes, artículos para el aseo personal, cepillos y peines de todo tipo.

Faltando cerca de una hora para su cita, a la que no quería llegar con retraso, se encaminó a la calle de Argentina y al ver en una de las esquinas la gran librería, abierta al público, decidió entrar y darse una idea de lo que en esta se podía adquirir.

Se sorprendió gratamente. Había en las paredes estantes rebosantes de libros, lo mismo que las mesas que cubrían la mayor parte de la superficie, anunciando las que probablemente eran las novedades del día. Notó que la mayoría estaban escritos en español. A un lado había una sección con diarios y algunas revistas. Y cuál no sería su sorpresa, al notar sobre la mesa un semanario escrito en ídish. Sus ojos no daban crédito. *Di Voj*, era su título y, al hojear sus páginas, vio que el editor era alguien llamado Jacobo Glantz. Había varios artículos que llamaron su atención. El empleado se le acercó, hablándole en español que no entendía. Al no obtener respuesta, se alejó y permitió que Yakov leyera un poco más. Se maravilló de que esta pequeña comunidad ya tuviera un periódico propio y, por si fuera poco, escrito en ídish.

Miró el gran reloj que colgaba sobre la pared. Indicaba que faltaban solo cinco minutos para su cita, programada para las diez de la mañana. Salió de prisa, revisando los números en la calle hasta que, finalmente, dio con el que buscaba. Notó que era un local pequeño. Dos aparadores flanqueaban la entrada. Y una vez dentro, examinó la mercancía detrás de los mostradores, custodiada por el propio Jaim Najman. Este reconoció de inmediato a Yakov y lo invitó a pasar. Había solo otro empleado más, el cual, por cierto, atendía solícitamente a un parroquiano en ese momento.

—Me da gusto —le dijo— que hayas decidido venir. Abrí este local hace más de dos años, y debo confesar que da lo suficiente para comer y mantener a más de una familia. Necesito un hombre de confianza que maneje las cuentas, que me ayude con los pedidos y lleve un control de lo que se vende o no, más lo que pueda hacer falta. Yo llevo los libros y, aunque me tomo varias horas, no puedo dedicarles más tiempo, ya que perdería a los clientes que se acercan al mostrador. Pero no es un trabajo pesado, y te ayudaré hasta que poco a poco llegues a dominar el español.

Yakov entró a ver las partes del almacén. La variedad de productos le sorprendió. Estaba muy bien surtido. La ventilación no era de lo más adecuado, la iluminación era artificial. Debido a la localización del local, el sol nunca le daba de frente, y permanecía en la penumbra todo el tiempo.

Jaim Najman discutió muchos asuntos relacionados con el almacén. Y le ofreció un sueldo que, le dio a entender, le alcanzaría incluso para ahorrar un poco. Cuando se habló sobre el lugar en que podría vivir, Najman anunció que había dejado para el final la mejor noticia. Encima del negocio, en el mismo edificio, había viviendas de todo tipo. Una de ellas, pequeña pero aceptable, se podía alquilar. Al parecer el último inquilino la había dejado unos días antes.

—Conozco al dueño —le informó— y podré conseguirte un precio justo.

Después de haber permanecido cerca de tres horas en el lugar, sintiendo la premura de obtener un trabajo, así como un sitio donde vivir, Yakov aceptó la oferta de Jaim Najman. Esa tarde, tras un leve almuerzo, visitaron al dueño de la vivienda en cuestión y, una vez que Yakov la revisó, cerraron el trato. Estaba lista para ser habitada esa misma tarde si así lo deseaba. Los papeles los llenarían al día siguiente.

Era un lugar pequeño. Un dormitorio con una cama y un mueble para guardar sus pertenencias. Un pequeño baño, una minúscula salita aún sin amueblar. Esta tenía un gran ventanal que se abría de par en par a un balcón que daba a la calle. A pesar de que no era época de frío, la vivienda se sentía fresca.

Yakov le comunicó las nuevas a Berl. Tenía que recoger sus pertenencias, regresar para acomodarse en su nuevo hogar. Al cerrar el trato, Najman le adelantó la primera semana de su sueldo, previendo que lo iba a necesitar.

—Mi mujer —le dijo— te traerá lo esencial para que te sientas a gusto.

Esa noche en que se acomodó en su vivienda, por fin logró conciliar el sueño. Al día siguiente, Najman le escribió en español la dirección correcta. Ahora ya podría enviarle una carta a su mujer. También le entregó papel y lápiz, y un sobre.

—Cuando esté lista para ser llevada al correo, te ayudaré; compraremos los timbres necesarios para su envío —le dijo.

Por la mañana, hambriento, salió a explorar los alrededores. Varios locales vendían alimentos. Evitaría aquellos que no cumplieran con el kashrut. Su hora de entrada quedó fijada a las ocho y media de la mañana. Cerraban cada día a las siete y media de la noche, a menos que hubiera clientes en el interior; entonces esperaban hasta que el último saliera del local. Los viernes cerraban a las cuatro y media de la tarde, y el local permanecía cerrado los sábados y domingos.

En efecto, su primer día de trabajo lo dejó exhausto. Jaim Najman le indicó los sitios donde podía comprar y consumir alimentos kosher. Tendría que caminar un poco, pero valía la pena. Disponía de hora y media para comer cada día.

Por la noche se dio cuenta de que la esposa de Jaim Najman había dejado una pequeña mesa y una silla en la sala. Había una nota en ídish que le decía que el domingo era el día de compras y que tanto ella como Jaim Najman lo llevarían al mercado. Necesitaría un pequeño refrigerador. Consideró que esa debería ser su primera adquisición.

En una de las loncherías compró algo para satisfacer su hambre. De regreso a su vivienda, mientras comía, tomó una hoja de papel y comenzó a escribirle a Leah una primera carta.

Mi amada Leah:

Mi mayor deseo es pensar y soñar día con día que estás bien, sin mayores problemas, acompañada por tu familia a quien tanto estimo. Debo confesar que siento una nostalgia que por momentos sobrepasa mis fuerzas. Extraño tu mirada, tus hermosos ojos y tu ávida conversación. Desearía que el tiempo transcurriera a mayor velocidad para que pronto llegues a mi lado, como nos hemos prometido.

El viaje, que ahora me parece tan lejano, corrió sin problemas ni consecuencias. La llegada a Marsella, los trámites y conocer al capitán Martínez, quien comandaba el Aurora, el barco que me transportó, fueron experiencias que habré de recordar toda mi vida.

El mar, en su inesperada extensión, siempre estuvo compitiendo con el cielo para ver cuál reflejaba mejor el azul que los domina. El oleaje fue moderado y no tuvimos tormentas ni otros peligros que sortear. Al llegar a La Habana, tras escuchar por las noticias que me llegaban sobre la obligada espera de varias semanas para poder abordar otro navío que me llevara a Nueva York, opté por redefinir nuestro destino y viajé a este maravilloso país que he comenzado a querer: México.

La llegada, como lo será contigo, fue por el puerto marítimo más importante de esta nación, llamado Veracruz. Sin que yo lo sospechara, la comunidad judía mexicana tenía listo a alguien para ayudar a cada uno de los inmigrantes que arribamos ese día. En mi caso, se llama Berl quien me ha ayudado en todo. En los trámites, como traductores, y juntos emprendimos el regreso a la Ciudad de México en el ferrocarril, que dista mucho de las comodidades de los que transitan por Europa. Él me explicó cómo la comunidad aporta ayuda, y la Sociedad B'nai B'rith desde los Estados Unidos coopera económicamente para que, a nosotros, los inmigrantes, no nos falte nada.

Leah, las palabras me faltan para describirte la magia, el colorido y la amabilidad de este pueblo. Un país muy extenso que luchó duramente por más de diez años en una revolución que cambió su estructura misma. Ahora está tratando de forjar un gobierno estable, y por lo pronto le abrió las puertas a la inmigración judía.

La vegetación, las diversas frutas y vegetales de este país no tienen comparación con los de ningún lugar de Europa. Una nación que lucha por sobrevivir, añorando los tiempos maravillosos que tuvieron antes de la conquista por

España y su dominio durante la llamada Colonia. Perdón, he exagerado en cosas banales, pero el mensaje claro es que México, sin duda alguna, es el país que nos ha adoptado, al que habremos de considerar como nuestro futuro hogar.

Me recibieron como si fuera yo un esperado. La comunidad abrió sus puertas. Me alojaron, me alimentaron y me mostraron la sinagoga, el rumbo en el que habremos de vivir. Hay cerca de doce mil correligionarios. Divididos entre ashkenazim, provenientes, como nosotros, de la Europa oriental; sefaradíes, descendientes de los ocho siglos de estancia en España, y los que provienen de Damasco o de Alepo, en Siria. Aparentemente, cada uno vela por sus propios intereses y no sentí que existiera una verdadera comunicación entre las diversas representaciones judías en la ciudad.

Te tengo maravillosas nuevas. Desde esta mañana tengo un trabajo fijo; un sueldo que me permitirá sobrevivir y ahorrar para traerte a México. Vivo en una modesta vivienda, la cual, si bien tiene poco, es suficiente para mis necesidades. Con el tiempo buscaré algo mejor.

Me he encontrado con la sorpresa de que se editan semanarios en ídish en el país. Tendré algo que leer durante el día. El idioma, muy diferente al polaco o al ídish, lo iré aprendiendo poco a poco.

Cuéntame todo de ti. De la familia y de la ciudad. Platícame de Manovetzky y si ya ha pagado su deuda o cuándo podrá hacerlo. Déjame saber qué lees; en qué entretienes el tiempo cuando terminas tus obligaciones.

Viviré soñando en verte pronto, en leer tus palabras y saber que estás bien.

Tu amante esposo, quien solo es la mitad de una persona. Me falta la otra mitad, y esa eres tú.

Yakov
Saludos a la familia.

Tras pensarlo detenidamente, Yakov decidió unirse al grupo de intelectuales en la Ciudad de México. Se sorprendió al enterarse de que eran muchos grupos, cada uno con una personalidad y directriz diferente. La política, algo que era primordial en la mayoría, nunca había sido de gran interés para él. Sintiéndose muy solo en México, decidió asistir, por consejo de Jaim Najman, al club juvenil I. L. Peretz. Una de sus mayores sorpresas fue que casi todos sus integrantes hablaban en ídish y muy pocos en español. Notó a su vez que había más hombres que mujeres, lo que no le sorprendió. Se unió a muchas de las actividades anunciadas, como lecturas de libros y discusiones abiertas sobre el futuro de la comunidad.

Había un libre intercambio de libros entre unos y otros. Y poco a poco tuvo noticia de las diversas publicaciones que la comunidad trataba de dar a conocer. Finalmente se enteró de que un tal señor Rosemberg pensaba, con toda seriedad, inaugurar un periódico más en ídish. Se propuso comunicarse pronto con él, para ver si podía integrarse como escritor. Cierto que el futuro periódico manejaría una afiliación filosófica particular, pero, siendo él más bien de la parte intelectual, no pensó que esto representara algún problema. Lo que sí dedujo de inmediato era que aún faltaban meses, o quizá años, para que el primer número hiciera su aparición formal.

Un tema abierto y que se discutía frecuentemente era la posición que ellos, como judíos, como mexicanos y extranjeros, representaban en el escenario global del país.

Se dio cuenta del dilema general que todos experimentaban. Cargaban con la educación y los recuerdos dejados en Europa, tratando de vivir en México como ciudadanos del país sin serlo aún. Era una especie de dicotomía que les arrebataba el sueño por las noches.

No había, concordaron casi todos, brotes antisemitas como los que experimentaron en el Viejo Continente. Pero, a su vez, no dejaban de ser vistos como extranjeros. Se manifestaban de otra forma, hablaban con un acento difícil de ocultar y pensaban de manera diferente.

Todos, sin embargo, estaban de acuerdo en que era muy importante nacionalizarse como mexicanos a la brevedad posible, para, de esta manera, ser vistos como ciudadanos con los mismos derechos y obligaciones que cualquier otro. Esperaban que las puertas que había abierto el gobierno les permitieran llevar a cabo los trámites de manera oportuna.

Forjó amistad con muchos de los jóvenes de la zona. A pesar de que cada uno venía de lugares distintos, compartían las mismas angustias y los mismos sueños. Algunos que llevaban ya más tiempo en la ciudad habían logrado nacionalizarse y poseían automóviles. Los domingos lo habían invitado a abandonar el perímetro de la zona en que vivían. Comenzó a expandir sus rutas. Conoció el Bosque de Chapultepec; se aventuraron hasta el poblado de Coyoacán, en la zona al sur de la ciudad; poseía un ambiente tranquilo y sus pocas casas semejaban pequeñas haciendas en medio de la nada. Visitó por primera vez el que todos llamaban *la Venecia mexicana*. Un lugar paradisíaco, conocido con el impronunciable nombre de *Xochimilco*. Las experiencias vividas ahí, los paseos en las trajineras, tan originales, el sabor de la comida, la inmensa cantidad de flores que lo rodeaban le dejaron un agradable recuerdo. Una de las promesas que se hizo fue regresar algún día con Leah.

Siempre le llamó la atención cómo se elevaban al oriente de la ciudad dos majestuosas montañas. Le dijeron sus nombres, pero prefirió acortarlos y conocerlos simplemente como el Popo y el Ixtla. No muy lejos, dirigiéndose hacia el poniente, estaba el Ajusco; a su lado, un diminuto monte llamado Xitle que, según le explicaron, había hecho erupción siglos antes, formando un campo de lava en toda la zona sur del extenso Valle de México.

Pero, durante cinco arduos días a la semana, su mente se refugiaba en el trabajo dentro del local de Jaim Najman. Fue aprendiendo los pormenores de la venta en menudeo, y algo escuchaba, con el oído presto, sobre iniciar negocios al mayoreo, exportando mercancía al interior de la república. Aprendió el manejo correcto de los libros, entendió los aranceles, los impuestos y los recargos que tenían que pagar. Supo lo peligroso que era poseer mucho dinero en efectivo y decidió abrir una cuenta en el Banco de Londres y México. Se preguntaba si estaría seguro en manos de desconocidos. La comunidad todavía soñaba con tener su propio banco, poder gozar de los préstamos que necesitaban para dar comienzo a una vida productiva.

Al celebrar las fiestas judías era cuando más añoraba a su mujer y su recuerdo. Lo convidaban en Pésaj y, así, en compañía de otros, su soledad se disipaba un poco.

En el banco, indagó si su dinero podía generar intereses. La cantidad que había depositado era tan pequeña que nadie parecía prestarle atención. Sin embargo, un joven gerente se le acercó. Hablaba un ídish rudimentario, pero confesó no ser judío.

—He tenido que aprender lo básico —aclaró—. Muchas familias de la comunidad han adquirido una cuenta con nosotros. —Y procedió a explicarle las diversas maneras en que podría invertir.

Yakov optó por la más confiable y separó una parte del dinero, ya que requería efectivo para sus gastos personales. A pesar de que el gerente lo invitó a comprar acciones, que iban cada día en ascenso, un instinto personal le advirtió que dinero ganado tan rápido, sin una base real de sustento, era dinero perdido a mayor velocidad. Sin saberlo, acababa de predecir la caída de la bolsa a nivel mundial, que causaría pobreza generalizada en un mundo atónito.

Días después, Jaim Najman se acercó para explicarle que la bolsa de valores se mostraba muy incierta para él, por lo que no podía asegurarle que lo mantendría como empleado. Aún no había tomado la decisión. Observaría el comportamiento del mercado bursátil.

Yakov intuyó, de manera correcta, que muchos negocios podrían cerrar o desaparecer. Valoró la posibilidad de hacerse de uno de ellos con sus escasos ahorros, buscar algún tipo de mercancía que fuera esencial para cualquiera, estuviera la situación como estuviera. Vería con sus propios ojos qué locales cerraban sus puertas y cuáles no.

Estudiaría antes de tomar la decisión. Pero, para eso, se dijo, aún faltaban muchos meses.

Mi adorado Yakov:

Mi corazón aceleró su pulso de alegría al saber que ya estabas en «México», que tu viaje se llevó a cabo con mínimas molestias y que comenzabas a asentarte en esa hermosa ciudad, de la que he leído mucho en mis últimos viajes a la biblioteca.

Extrañarte es una simple palabra. Todo mi ser añora por ti; por volver a verte y tenerte entre mis brazos. La vida sin tu presencia no es lo mismo.

Muchas cosas han sucedido en Cracovia, pero la más importante, mi amor, es que en unos meses más te convertirás en papá de tu primer hijo o hija. Sí, amado mío. Quedé embarazada, y el doctor me ha confirmado que todo va bien. Cuando me enteré, lloré por días enteros. No por estar embarazada, sino más bien por el hecho de no poder compartir esta alegría contigo. Tendrá que ser así, a la distancia; pero esta no nos alejará, por el contrario, enlazará nuestras almas, afianzando la unión que bajo la jupá nos juramos.

Me levanto con náuseas, con los esperados vómitos matutinos. Pero, a medida que avanzan las semanas, el malestar ha ido cediendo. Mi familia, que te manda muchos saludos, me cuida, y debo confesarte que nada me ha faltado.

He leído y releído tu carta con mucho cuidado. Entre líneas siento que estás contento por la decisión tomada y que aspiras a que México se convierta en nuestro definitivo hogar. Me he propuesto buscar a alguien en Cracovia para que me enseñe lo rudimentario del idioma español, para que al arribar no me encuentre en desventaja.

Me cuentas de tu pequeña vivienda. Me preocupa. ¿Quién te ayuda con la limpieza? ¿Quién cocina para ti? ¿Quién lava tu ropa y la separa para ti cada mañana? Cuando mi mente valora esto, mi ansiedad crece, el deseo de estar a tu lado aumenta. ¿Te das cuenta de que ahora nuestros planes no serán solamente para nosotros dos?

Todos en Cracovia preguntan por ti. Algunos visitantes de Zhytomyr se enteraron de la venta de tu propiedad y mandan saludos. Nadie, o casi nadie, sabe que dejaste de ser quien eras y te convertiste en quien ahora eres. Manovetzky vino a ver a mi padre. Pasa por una mala situación y no le ha sido posible juntar el dinero que te debe. Jura que lo hará en menos de dos años. Tenemos que creer en su palabra. No hay otra opción. No me da la impresión de que sea un hombre que desea engañarnos. El tiempo lo definirá.

Lo que me llama la atención, entre muchas cosas que escribiste, son los comentarios sobre el clima. ¿No hay nieve en México? ¿Cómo es eso posible? Me cuentas de las diversas frutas y verduras, que jamás habías visto, de la enorme variedad de flores, la calidad diferente de sus árboles. Me parece, querido mío, que has despertado la curiosidad de tu mujer, quien ya ansía conocer ese maravilloso país.

Muchos jóvenes, algunos solteros y otros no, incluyendo muchas mujeres, tratan de emigrar a donde sea posible. Se ha desatado una especie de pánico entre los jóvenes porque no visualizan un futuro para ellos en Polonia, en Rusia o, para ser honestos, en ninguna parte de la enorme extensión de Europa. La caída de las ventas ha provocado una recesión, y mi padre lo ha resentido. La gente se muestra temerosa e inquieta hacia el futuro inmediato.

Lo único bueno de que no me veas en estos meses es que no me reconocerías. He subido de peso, mis piernas se han hinchado, mi abdomen crece como si le hubieran puesto levadura. No entiendo. El doctor me asegura que es normal. Pero te confieso que me siento muy bien, por ejemplo, siento que en mi piel, que siempre constituía una queja por su resequedad, la humedad ha llegado para quedarse.

Se acercan las fiestas mayores. Pronto entraremos a un nuevo año y me pregunto cómo será para nuestras necesidades. ¿Habremos de juntarnos antes de lo convenido?, ¿el mundo no se desplomará en estos aciagos días?

Mi amor, no me prestes atención. Solo deseo que te des cuenta de que mi cariño por ti abarca todo el universo. Pronto seremos padres. Y confío, también, que encontrarás la oportunidad de mandar por mí y por tu hijo...

Cuídate mucho. No dejes que la soledad te afecte. Recuerda cómo, desde Cracovia, mi corazón está unido al tuyo por toda la eternidad.

Saludos de mis padres y de Mina.
Tuya,
Leah y ¿...?

Las siguientes semanas fueron para Yakov una mezcla de añoranza y de esperanza en el futuro. Se iba a convertir en padre de familia. Se lo hizo saber a sus nuevos conocidos y todos, sin excepción, lo felicitaron, augurándole que, pronto, madre e hijo estarían a su lado en México y, después de eso, la vida tomaría otro rumbo.

Jaim Najman finalmente lo mantuvo en su puesto. Las ventas, que parecían haber caído durante unos meses, poco a poco comenzaron a despuntar, y el optimismo regresó.

Yakov soñaba y sentía que su familia estaba ya con él, para minutos después despertar a la realidad. Visitaba las vecindades, buscando en ellas alguna mejor opción de vivienda que pudiera alojar a su familia.

Su mayor alegría consistía en visitar el centro juvenil, donde se reunía con otros jóvenes como él. El optimismo que se destilaba dentro de aquellas paredes era contagioso. Comenzó a participar en muchas de las actividades. Se convirtió en uno de los que las dirigían. Le gustaba asistir a las reuniones literarias, gozaba los paseos, para los que siempre era un invitado solicitado. La soledad se simplificaba bajo toda esta actividad que desarrollaba. Como prometió, comenzó a escribir artículos que se publicaban en los periódicos de la comunidad. Lo hacía en ídish, idioma en el que volvió a encontrar una fuente de inspiración para expresar muchas de sus vivencias. Decidió no escribir sobre política ni religión. Comenzó publicando cuentos y notó que los jóvenes lo leían con interés y discutían mucho con él, preguntándole cómo se le habían ocurrido esas historias.

Le gustaba caminar desde la vecindad que habitaba hasta el Zócalo. Luego tomaba una de las avenidas que lo conducían a la Alameda. Ese parque le fascinaba. Lo recorría de un lado a otro, sobre todo observando a la gente. Cuando le era posible, acompañado de alguno de sus amigos, se aventuraba al Bosque de Chapultepec, donde solían permanecer todo un día. Llevaban consigo sus alimentos, para, tendidos en el pasto y disfrutando del clima de la ciudad, tomarse una tarde de descanso.

Aunque no le interesaba la política, prestaba mucha atención a los acontecimientos en México, conocedor de que, con ello, también miraba su futuro. En México era indispensable que los gobiernos en el poder tuvieran la seguridad de finalizar sus mandatos. No más revoluciones ni inconformidad. La estabilidad política sería la marca que le permitiría al país lanzarse al mundo, buscando equidad entre las naciones.

Lo que más le preocupaba a Yakov era que los cambios, ya inevitables en México, le impidieran traer a su esposa y a su hijo, que les cerraran las puertas. En un país que pasó por una revolución había que aprovechar las oportunidades sin dejarlas pasar. Con sus escasos ahorros, esperaba ansiosamente que la situación en Cracovia cambiara y le permitiera conseguir los medios para traer a su familia. El tiempo, reconoció, apremiaba.

Un nuevo año

El día que la comunidad celebró Rosh Hashana, la pequeña sinagoga se vio colmada hasta el tope. Estaban, como lo relataría después Yakov, todos y cada uno. Los de Polonia, los de Galitzia, los lituanos y los rusos, los de Latvia y los rumanos, y los que venían de los pueblos de Ucrania. Los unía su judaísmo y, por ahora, el idioma ídish, que todos dominaban. Aunque cada vez se escuchaba más el español.

Al finalizar el rezo, Jaim Najman se acercó a saludarlo. A su lado, un hombre de unos treinta años también lo saludó. Le habían explicado a este último que Yakov, aunque casado, esperaba el mejor momento para traer a su familia desde Polonia.

Cuando Jaim Najman se alejó, el hombre le preguntó sobre su trabajo y si estaba contento con este. Intuía que Yakov aspiraba a algo mejor, más remunerado, dadas sus circunstancias.

Tomó una hoja de su bolsillo y escribió su nombre y dirección. Al entregársela a Yakov, señaló que le gustaría mucho conversar con él respecto a un trabajo que podría ofrecerle.

—Creo que usted encontrará en mi oferta algo que revivirá la sonrisa en su cara —dijo en tono amable—. Si lo piensa y está de acuerdo, lo espero el domingo en esta dirección, después de que finalice el ayuno de Yom Kipur, alrededor de las cinco de la tarde.

Y así, sin decir nada más, desapareció. A la salida, Jaim Najman caminó hacia él para despedirse.

—El hombre al que saludaste lleva muchos años más que todos nosotros en México —le informó—. Ha hecho una modesta fortuna, primero con la construcción de una vía férrea para el gobierno y, después, al inaugurar su propia fábrica de textiles. Por cierto, es polaco, originario de Białystok.

Al regresar a su vivienda, Yakov recordaba la amabilidad de aquel desconocido. La manera en que sin saber nada sobre él le ofreció lo que, pensó, podría ser un trabajo. No preguntó si sabía algo de textiles, o lo que fuera.

Leyó el nombre de la calle donde fue citado. Tendría que abordar algún medio de transporte para llegar, pero no iba a dejar pasar esta oportunidad. Hubiera deseado que Leah estuviera a su lado para escuchar la conversación que tuvieron.

«Si algo se concreta», pensó, «podré adelantar el viaje de Leah y mi hijo… o hija». La sola mención mental de ambos fue suficiente para que no lograra conciliar el sueño durante las siguientes noches. Aguardaba la cita como un joven enamorado cuando va a salir por primera vez con la muchacha de sus sueños.

Se hizo a la idea de no construir castillos en el aire. «Nada en la vida es gratis», lo sabía muy bien.

Fue bien recibido por el señor Abraham. Este lo hizo sentirse desde un principio como si estuviera en su propio hogar. Le ofrecieron una taza de té, acompañada de unas galletas de mantequilla que le supieron como un manjar.

—Ha sido muy difícil arrancar una fábrica en México. Todas las historias que te han contado tienen un lado verídico y otro de confabulaciones. No tenemos estabilidad gubernamental —decía—, y la moneda sube y baja, como si estuviéramos en un parque de diversiones. Los permisos son muy difíciles de obtener, a pesar de la promesa de tratar de promover nuevos empleos en un país que tanto los requiere.

»Una de sus debilidades es la llamada burocracia. O sea, todos aquellos que trabajan para el gobierno. Reciben un sueldo mínimo y resultan, como ellos dicen, *explotados* por el mismo sistema. A la vez, su trabajo deja mucho que desear. Tendrás que aprender, con el tiempo, que para obtener cualquier concesión, para que no tarde mucho, cuesta un pequeño o gran porcentaje *extra*. En pocas palabras, Yakov, para que el sistema funcione hay que pagar sobornos. Cuando hace más de trece años dejé Polonia, pensé que no vería más esta situación en mis futuros planes, pero he sido ingratamente sorprendido. Mi último empleado de confianza cometió dos fraudes por los cuales seguimos pagando. El primero, más grave, fue que no pagó los impuestos a tiempo y, para cuando lo hizo, engañó al fisco. A mi contador le tomó varios meses darse cuenta. Para entonces ya resultó ser muy tarde. Tuvimos que renegociar con la Secretaría de Hacienda y Crédito Público para evitar que nos cerraran la fábrica. Aparte de pagar las multas y recargos, hubo que sobornar a la gente para acelerar todo el proceso. Debo confesar que por un momento sentí que la fábrica estaba a punto de quebrar. Poco tiempo después, descubrimos un desfalco personal del mismo hombre, quien ya había sido dado de baja. Levantarnos de esto ha sido una tarea de titanes.

»Imaginarás mi desesperación. Necesito un hombre de confianza que no cometa los errores que el anterior llevó a cabo. He averiguado que tenías algunas propiedades en Polonia, en Zhytomyr si no me equivoco, por ello he deducido que algo sabes del manejo de una fábrica, negocio o hacienda».

«¿Cómo es que este hombre sabe tantas cosas de mí?», pensó Yakov. Ante su cara de asombro, Abraham le explicó que uno de sus empleados provenía de esa zona y sabía de un hacendado en esa ciudad, pero había olvidado su nombre.

—Alguna vez —dijo— le confiaste algo de esta información a amigos en la sinagoga, y debes comprender que, por mi lado, tuve que hacer algunas averiguaciones antes de poder ofrecerte un trabajo que, pienso, cambiará tu vida. Espero no te hayan molestado estas pesquisas, pero, dadas las circunstancias previas, me eran más que indispensables. Ahora —agregó en un tono más amable—, cuéntame más de ti.

Yakov pensó, y dudó, cuánto debería contarle a un desconocido. No deseaba engañarlo, pero juzgó que el pasado había quedado en el olvido.

—Gracias por el té y las galletas —comenzó diciendo Yakov—.

Efectivamente, mis primeros años fueron en Zhytomyr. La propiedad que tenía la vendí, y sigo esperando que se liquide la deuda, lo cual no ha sucedido hasta el momento. Estoy casado. Mi mujer, Leah, sigue en Cracovia, y ahora me he enterado de que espera a nuestro primer hijo. Vive, por suerte, con sus padres. Desde antes de casarnos, mi mujer y yo tomamos la decisión de abandonar Polonia. Imagino que no es necesario repetir las razones, que deben de haber sido las mismas que lo obligaron a usted a venir a México. A mi favor debo agregar que me considero un hombre honrado y trabajador. Aprendo rápido y la gente, incluso Jaim Najman, ha valorado esta aptitud mía.

Sentado cómodamente en su sillón, Abraham observaba a Yakov con la mirada escrutiñadora del empresario que sabe valorar las capacidades, si bien no la honradez, de cada persona a la que se enfrenta.

—Necesito que te incorpores a este trabajo lo más pronto posible. Hablaré con Jaim Najman para que no vaya a tener contigo un malentendido. Lo compensaré buscándole otro empleado que te supla, y que seguro estoy de que habremos de hallar pronto. Te ofrezco este sueldo que, entiendo, debe ser varias veces mayor al que recibes actualmente. Arreglaré todos los papeles necesarios para integrarte al sistema de trabajo mexicano. Te ofrezco una nueva vivienda, mucho más amplia y con insuperable localización, a un precio justo. Creo que de esta manera ahorrarás lo necesario para traer a tu familia a México lo más pronto posible. No habrá contrato. No por ahora. Estarás a prueba seis meses, tras los cuales tú mismo juzgarás si estás contento, y yo habré de hacer lo mismo. Dependiendo de tu esfuerzo, renegociaremos el sueldo y las prestaciones y, entonces, podremos firmar un acuerdo, llamémoslo contrato, entre ambos.

»Te pido, sin embargo, que no te apresures. Si estás de acuerdo, este próximo domingo pasaré por ti e iremos a que conozcas la fábrica; te explicaré con más detalle en qué consistirá tu trabajo. Una vez que tomes tu decisión, te llevaré a que valores tu nueva vivienda. Quiero que sepas —dijo con mayor énfasis— que, apenas termine este mes, podrás instalarte en ella».

El tiempo había transcurrido con tal rapidez que Yakov no se dio cuenta de que el rezo vespertino estaba por comenzar. Notó, empero, que el señor Abraham no parecía muy preocupado al respecto. «Dios», se dijo a sí mismo, «perdonará que hoy no me presente en la sinagoga».

Algo que desconocía, pero que sospechó, era que esa vida a la que estaba acostumbrado estaba a punto de dar un giro radical.

Agradeció al señor Abraham su amabilidad. Este quedó en pasar por él el domingo a las diez de la mañana.

Se despidieron cordialmente. Abraham lo llevó a la puerta y le deseó un buen viaje de regreso. Sabía que tomaría un autobús que lo dejaría, en unos minutos, cerca de su vivienda. Al cerrar la puerta, la mujer de Abraham lo miró y adivinó de inmediato que la sonrisa que esbozaba su esposo era de total aprobación.

Mi adorada Leah:

La emoción, la inmensa alegría, de enterarme de tu embarazo me acompaña en mi devenir las veinticuatro horas del día. No puedo creer que pronto seremos padres de una hermosa criatura que transformará nuestro hogar en un sitio bendecido por la mano del Altísimo. Deberás cuidarte mucho y permitir que te ayuden, sin correr riesgos innecesarios.

Mi único dolor, difícil de describir, es no poder verte, observar cómo tu abdomen va creciendo a medida que lo hace nuestro hijo; no poder ayudarte en estos momentos en que debes de sentirte sola. Pero, peor aún, mi mayor tristeza será no estar presente cuando des a luz; no acompañarte en ese doloroso y agradable momento. Paradojas de la vida. Se une el más terrible dolor a la más poderosa de las alegrías. Si fuera varón nuestro bebé, no podré estar en su brit milá.

La vida, como hemos aprendido, es una mezcla de tristezas y alegrías. Una de supuestas dualidades, algunas que nos proporcionan paz espiritual, otras que nos la quitan.

He dejado pasar unas semanas desde mi última comunicación debido a que los acontecimientos que se han ido presentando son de suma importancia, y deseaba yo estar seguro de los mismos antes de poder comunicártelos. Nada malo; son buenas noticias, o al menos así lo considero.

Recordarás que había yo comenzado a trabajar en un pequeño local de ropa, con Jaim Najman, a quien tanto le debo. Las cosas seguían un curso lento, por lo que yo me angustiaba. No parecía que lograría ahorrar algo sustancial para pensar en acelerar tu salida de Cracovia hacia México. ¿Qué podía yo hacer?

Y una vez más, alguien, un empresario de nombre Abraham, quien había despedido por fraude a uno de sus empleados de confianza y necesitaba reemplazarlo, supo de mí. Me invitó primero a su casa, donde me explicó las ideas que tenía con respecto a contratarme.

Unos días después, no lo podía creer, llegó por mí en su automóvil. Juntos fuimos a recorrer su fábrica de textiles, que si bien queda un poco alejada de la zona donde vivo, tiene buena comunicación por medio del transporte público, el cual es bastante económico. No deseo aburrirte con los pormenores de esa visita, pero te adelanto que fue muy provechosa. Tiene cerca de doscientos cincuenta empleados y me ha pedido que funja como supervisor de los movimientos en la planta y me encargue de verificar que nada falte, que todo mundo trabaje y, a la vez, que los trabajadores encuentren en ese lugar un ambiente amable y cómodo, además de bien ventilado y limpio. Mi oficina estará localizada en el extremo de la fábrica y, por medio de un enorme ventanal, obtendré una visión completa de lo que sucede ahí dentro sin tener que estar presente todo el tiempo en la planta.

Ya te imaginarás que acepté. Él consiguió inmediatamente un reemplazo para sustituirme con Jaim Najman, lo que evitó que yo le presentara una renuncia a quien tanto me ayudó. Lo entendió.

Mi sueldo, y esta es la parte más atractiva, se cuadruplicó. Así es. Ganaré cuatro veces más de lo que hacía con Jaim Najman. Podré ahorrar, y así nuestro encuentro se ve ahora más cercano, aun si Manovetzky no llegara a cubrir la cantidad que nos debe.

Mas no termina acá la noticia. Me ha conseguido una nueva vivienda, cerca de la zona donde vive nuestra comunidad. Una que consta de una sala y un comedor amplio. Una cocina, lo oyes bien, con los avances más modernos, incluyendo un pequeño refrigerador. Un baño de tamaño más que adecuado y dos dormitorios; dos. El de mayor tamaño será más que suficiente para ambos. El otro, que es prácticamente del mismo tamaño, podrá albergar a nuestro recién nacido.

El Sr. Abraham me adelantó, además, pues su bondad es ilimitada, una cantidad adecuada de dinero, que aprovecharé para pintar la vivienda y comprar los muebles más indispensables.

Podré mudarme en un par de semanas, que es cuando expira mi pacto de amigos con quien actualmente me alquila la vivienda que habito.

Le he pedido prestada una cámara fotográfica a uno de mis amigos y tomaré fotos para mandártelas en la próxima carta y que te des una idea de lo que te hablo.

México es una ciudad y un país de contrastes. Una clase pudiente, muy poderosa, que domina la economía, la política, y que es poseedora de la mayor cantidad de tierras en el país. Una clase pobre, la más abundante, que vive al día. Trabajan muy duro, con relativas expectativas. El gobierno jura y perjura, como dicen acá, que las cosas mejorarán. Prometieron reparto de tierras, que no se ha llevado a cabo como se esperaba. Los obreros y campesinos buscan alianzas y sindicatos que protejan sus salarios. Y una clase media, pequeña, pero consumidora y progresista. Cuidan, igual que nosotros, que sus hijos asistan a las mejores escuelas públicas posibles. Sueñan con mandarlos a la universidad pronto. Y esta pronto habrá de adquirir el estatus de autónoma. Es, si no me equivoco, la más antigua de Latinoamérica.

Existe en la Ciudad de México una gran población indígena. Me he ido enterando de que provienen de diversos estados de la república. Cada uno con su idioma y sus costumbres, vestuario y alimentación. Su variedad no deja de asombrarme. Saludan con recelo. Nos ven como lo que somos. Extranjeros en su país. No me refiero a nosotros solamente, sino también a los españoles que los conquistaron hace más de cuatrocientos años. No se quejan frente a uno. Aquellos que no tienen trabajo constituyen, como sucede en Polonia, un grupo de indigentes pretendiendo vivir de la limosna de otros que poseen más.

El comercio es dominado por los descendientes de españoles y franceses. Los ingleses que habitan en México trabajan para las grandes compañías petroleras. Una incipiente ola de nuevos inmigrantes ha tomado su lugar. Provienen —y no me refiero a los judíos— del Líbano. No son musulmanes, sino cristianos. También hay inmigrados de Centro y Sudamérica, pero constituyen una minoría.

La vida cultural está presente y muy activa entre los inmigrados. Me permiten, por ejemplo, publicar alguna historia en el periódico o semanario en ídish. Y hay muchísimas actividades sociales en la zona céntrica de la ciudad. Bailes, conciertos y conferencias. Una vida por demás productiva. Han inaugurado varios locales de comida kosher. Tenemos un shóijet y pronto disfrutaremos de un nuevo rabino. Por momentos deseo salir de este pequeño enclaustramiento donde vivo, el cual asemeja un gran ghetto sin muros que lo dividan del resto de la población.

Hay un colegio judío inaugurado en 1924. También, tiene que ser así, hay un panteón que sirve a las comunidades judías.

A pesar de los pocos años que han pasado desde que este grupo arribó a México, han demostrado una envidiable organización que vela por el bienestar de cada miembro.

Nuestra identidad como judíos creyentes, religiosos, seguidores de leyes y reglas establecidas podremos continuarla en México. Habrá modificaciones a las mismas, ya que, una vez que uno entra a otro país a convivir con su gente, es necesario adaptarse en gran parte a esa sociedad. Eso deberá sacarnos del eterno shtetl en que hemos vivido en Europa.

Estamos en pleno otoño. Las estaciones en la ciudad no se marcan con la claridad que en Polonia. Sin embargo, los árboles, sin llegar a cambiar de colores, comienzan a experimentar la pérdida de sus hojas. Se anticipa la llegada del invierno que, me dicen los que han pasado algunos en México, no se compara para nada con lo que sucede en zonas más al norte.

Imagino que tú estarás ya con un embarazo que se debe notar, y te será difícil desplazarte. Aprovéchalo, ya que, espero, será el último que tengas que sobrellevar en Europa.

Me he extendido demasiado. Odio este tipo de comunicación, cuando deberíamos llevarla a cabo uno frente al otro, sin obstáculos ni los miles de kilómetros que nos separan. Estoy preocupado por que tu salud y fortaleza vayan bien para que, pronto, nuestro vástago pueda nacer. Si recuerdo bien y mis cálculos no son erróneos, darás a luz alrededor del mes de febrero. Ya me lo confirmarás.

Extrañándote más que nunca. No encuentro consuelo en mi vida mientras estés tan alejada de mí. Habrá que esperar a que nazca el bebé y que crezca unos meses, para que no le sea peligrosa la travesía. Evitaremos los huracanes del Atlántico y, naturalmente, iré días previos a Veracruz a esperar el arribo de tu navío.

Le he mandado instrucciones a tu padre para acelerar los trámites, ya que no es posible adivinar los obstáculos que pueden presentarse en el mediato futuro. Mis ahorros, confío, alcanzarán para sufragar todos los gastos, aún sin la ayuda de Manovetzky.

Un afectuoso saludo a tu familia. A ti, mi corazón impreso en estas líneas y mi deseo de poder abrazarte con mis brazos a la brevedad posible. Antes de un año, confío.

Tu Yakov que te adora.

El embarazo

El médico que atendía a Leah se mostraba preocupado. Ella había aumentado más del peso deseado y, aun cuando estaba ya en la semana veintiocho de su embarazo, la revisaba con mucho esmero. Las piernas estaban hinchadas, le faltaba la respiración, sentía un dolor molesto en su nalga derecha que le corría por toda la pierna.

—Debe ser —la tranquilizó el galeno— que el bebé está recargado sobre alguna raíz nerviosa. La molestia deberá desaparecer cuando dé a luz.

Este le había pedido que tratara de reposar un poco, pero que no permaneciera todo el tiempo en cama, sino más bien sentada. Tomó su estetoscopio y, tras recorrer el abdomen por arriba y por abajo, pensó que sentía más de un producto. Aguzó su oído y finalmente logró distinguir con claridad: dos latidos. Eso significaba que Leah esperaba mellizos, lo que explicaba, en parte, muchas de las quejas y hallazgos que había observado durante las últimas semanas.

Finalmente, con sutileza, le adelantó la noticia a Leah.

—¿Gemelos? —le preguntó ella, más bien asustada que sorprendida—, ¿es eso bueno, doctor?

El médico sonrió.

—No es que sea bueno o malo, simplemente así es. Tendrás dos bebés y no uno. No puedo saber el sexo, tampoco si serán univitelinos.

Ante la cara de sorpresa de Leah, corrigió:

—Idénticos, o sea, de una sola bolsa y no de dos. Nuestras precauciones

—explicó— aumentarán considerablemente a partir de ahora. Es muy importante tratar de llegar al parto con el embarazo lo más avanzado posible. Nos faltan, calculo yo, unas doce semanas más. Mientras más tiempo ganemos, más maduros serán los productos, y mayores probabilidades tendrán de sobrevivir. Además —insistió— el parto no será casero ni con una comadrona. Yo fungiré como partero, y se llevará a cabo en el Hospital Principal de Cracovia, donde disponemos de todos los adelantos de la ciencia.

El médico no deseaba, sin embargo, adelantarle la posibilidad remota de una intervención cesárea y juzgó, con razón, que no era el momento adecuado para discutirlo.

Surgieron muchas preguntas, dudas y preocupaciones por parte de Leah. La escuchó con detenimiento y contestó en términos comprensibles. Habiéndola dejado tranquila, le sugirió que las visitas fueran más frecuentes.

—Necesitaré —indicó— revisar tu orina una vez a la semana, estar seguro de que no excretes proteína. También medir la tensión arterial. No deseamos un cuadro de eclampsia contigo.

—¿Cree usted —le preguntó por último Leah— que llegaré a cumplir las cuarenta semanas de gestación?

—Haremos lo posible para llegar a lo más que se pueda. Después de la semana treinta y tres o treinta y cuatro, creo que podremos estar frente a una situación más alentadora.

Le recetó un diurético suave y le pidió que disminuyera el consumo de sal en su dieta. Con las comidas kosher, esto no era fácil, pero sí muy importante, y subrayó que debía hacerlo.

—Ante cualquier signo de dolor, contracciones o sangrado, es vital que se me avise de inmediato. Y si sienten que es imperativo que se le revise, deberán traerla al hospital. Insisto, así sea de día o de noche; día de fiesta o no, incluyendo el shabat. El enfermo va antes que cualquier ley religiosa. Y esto —señaló firmemente— no lo digo yo, me lo han repetido los rabinos.

Ya en casa, enterados todos de las nuevas, extremaron los cuidados hacia la gestante, llegando en ocasiones a lo ridículo. La propia Leah puso un alto.

Ella tenía una preocupación más. ¿Cómo a iba darle la noticia a Yakov?, ¿de qué manera iba a repercutir esto en el planeado viaje a México?

Esa noche descansó lo mejor que pudo. Al entender los cambios en su cuerpo y sus razones, se sintió reconfortada y tranquila. La ignorancia, pensó, es peor que la verdad. Por la mañana le escribiría a Yakov dándole las nuevas. Pero esta noche, trataría de descansar.

El parto

Leah se levantó esa mañana, había alcanzado las treinta y seis semanas de embarazo. Corrían los primeros días del mes de enero. A pesar de la molestia constante en su pierna derecha, había logrado descansar durante la noche. La hinchazón de los tobillos disminuía mágicamente cada mañana, después de haber permanecido recostada varias horas, con las piernas en posición horizontal. Se sentía agotada, más por la carga que sostenía en su vientre que por otras razones. Tras bañarse, experimentó una sensación de calor húmedo deslizarse por sus piernas y supo que había roto membranas, señal inequívoca de que debía encaminarse al hospital. Tenía todo preparado, solamente llamó a su madre, y entre esta y su padre la transportaron al nosocomio. Dieron aviso al doctor, y este les aseguró que estaba por llegar.

Se sentía emocionada. Había logrado retener un embarazo gemelar más de lo previsto y esto la reconfortaba, esperando que los bebés tuvieran al nacer el tamaño y la maduración suficientes para lograr sobrevivir.

Una hora después llegó el facultativo. La examinó y determinó con seguridad que el trabajo de parto había iniciado. Si todo corría como hasta ahora, considerando que se trataba del primer parto de Leah, calculó que en unas seis u ocho horas podrían nacer. En la sala estaban todos preparados para recibir a los gemelos. Un pediatra, dos enfermeras especializadas, así como equipo de anestesia por si se necesitaba llevar a cabo una cesárea.

Ya entrada la tarde, Leah dio a luz a dos hermosas niñas. Una pesó dos kilos seiscientos gramos, y la segunda, que era ligeramente más pequeña, dos kilos trescientos gramos. Respiraron de inmediato, siendo su coloración la adecuada. Corría el año de 1927.

—Leah —anunció el médico—, son dos niñas. Hermosas. No son gemelas idénticas, ya que cada una proviene de una bolsa. Tienen buen peso y color. Felicidades.

Un llanto espontáneo nació del fondo del corazón de Leah. Lágrimas de felicidad por haber logrado sin aparentes problemas dar a luz a las que ahora eran sus dos hijas. Lágrimas de dolor por sentirse en estos momentos tan alejada de Yakov. Le encargaría a su padre que le enviara un telegrama, anunciándole la buena noticia.

Semanas después, fueron presentadas a la comunidad y se les dio un nombre. Leah y Yakov habían escogido Sara para la mayor y Ana para la menor. Rosenblum tuvo el honor de ser llamado a la bimá y, tras leer las bendiciones del día, procedieron a nombrarlas.

De un momento a otro, Leah y Yakov pasaron de ser una pareja de casados, a convertirse en padres de familia. Y una familia que sumaba ya cuatro personas.

El viaje a México

Pasaron unos meses. En México, Yakov no cabía de gusto. Toda la comunidad sabía que era ya el orgulloso padre de dos hermosas niñas. Además de felicitarlo, todos le deseaban que pronto su familia se reuniera en México, integrándose al país y a la comunidad.

Trabajaba finalmente a las órdenes del señor Abraham. Después de que este observara su desempeño los primeros meses, ambos firmaron un acuerdo, o un contrato, como todos decían, que garantizaba que el trabajo era ahora fijo y por tiempo indefinido.

Al enterarse del nacimiento de las niñas, Abraham y su esposa le regalaron a Yakov todo el mobiliario requerido para ambas. Cunas, cambiadores y muebles para guardar su ropa. Además, una serie de utensilios de baño indispensables que a Yakov nunca se le hubieran ocurrido.

La nueva vivienda estaba ya lista para recibirlas. Yakov había depositado en la cuenta de su suegro todo lo que había ahorrado. A su vez, se enteró de que Manovetzky había liquidado finalmente la suma que adeudaba. Su suegro le informó que los papeles ya estaban en trámite y que para el mes de mayo o junio de ese 1928 podrían embarcarse en Marsella. Le prometió a su yerno que él y su esposa, y la hija menor, Mina, llevarían a Leah y a las niñas hasta la escalera del navío que las transportaría a México.

Estas noticias aligeraron las expectativas de Yakov, quien contaba con algunos meses para dejar todo listo y emprender el viaje a Veracruz para recoger a Leah y conocer a sus hijas.

Lo que Leah no le contó fue lo renuentes que se mostraron sus padres para dejarla ir. La llegada de las nietas cambió radicalmente el panorama y la manera de pensar de los abuelos. Pero la decisión, les recordó Leah, estaba hecha, y no habría poder en el mundo que la fuera a cambiar. Ante tal actitud, los planes para la partida siguieron adelante. Eligieron el mes de junio para que viajara con seguridad.

Terminada la presidencia de Plutarco Elías Calles, en 1928, surgió la figura de Emilio Portes Gil. A este último fue a quien le tocó inaugurar el nuevo Partido Nacional Revolucionario, ideado, sin embargo, por el propio Calles. Le seguirían años de incertidumbre, de caudillaje, en que entraban y salían presidentes. El mismo día en que toma posesión Pascual Ortiz Rubio, sufre un atentado que lo aleja del puesto. Se presumía que, detrás de la figura presidencial, quien manejaba los hilos de la nación era Calles. Posteriormente, Abelardo L. Rodríguez vendría a finalizar el periodo constitucional. En las elecciones de 1934 el candidato postulado por el propio PNR, Lázaro Cárdenas, resultó ser el ganador. Con él, la inmigración judía a México sufrió un vuelco y pasó a ser historia. Cárdenas se concentró en dar la bienvenida a los republicanos españoles, derrotados por las fuerzas del general Francisco Franco.

La gran inmigración de judíos de Europa oriental había tenido su auge en los años previos, y Yakov fue uno de los favorecidos. Lo sabía y estaría agradecido de por vida a su país adoptivo por permitirle establecerse en él como ciudadano con todos los derechos y obligaciones que esto conlleva.

Yakov comenzó a hacer más notoria su presencia en México antes de la llegada de su familia en 1928. Formó parte del patronato del Colegio Israelita, fundado en 1924. Perteneció a la Cámara de Comercio y dejó sentir sus opiniones en la sinagoga y en las reuniones de la comunidad. Ya no era solamente uno más de los inmigrantes. Ahora era parte activa de la organización interna de la comunidad ashkenazi, contribuyendo a que esta afianzara su presencia y relación con el gobierno mexicano.

La despedida de Leah y sus hijas de sus padres y de la Europa que las vio nacer fue una experiencia emocional que la afectaría por el resto de su vida. Sospechaba que, muy probablemente, nunca más volvería a ver a su familia de Europa. Sus padres y su hermana más pequeña se negaron, de manera tajante, a abandonar Polonia.

El viaje representó para Leah una mirada introspectiva a sus pensamientos, a su vida actual y a los planes que ideaba para el futuro. Sorpresivamente, ni ella ni las gemelas sufrieron los embates del moderado oleaje que mecía a su voluntad la frágil nave. Muchas de las mujeres jóvenes que las acompañaban en el barco, casadas o no, se ofrecieron a ayudarla con las dos pequeñas. Sin duda esto favoreció que la travesía las afectara muy poco.

Al arribar al puerto de Veracruz, se anunció que no se les permitiría bajar hasta que el barco y todos ellos fueran revisados por las autoridades sanitarias. Desesperado por ver a su familia, Yakov alquiló una pequeña lancha y procedió a circundar la nave, gritando a todo pulmón el nombre de Leah.

La gente la alertó.

—Alguien grita tu nombre desde una lancha.

Leah se asomó y a la distancia divisó al hombre que vociferaba.

«¿Quién era ese extraño?», se preguntó.

Yakov vestía un traje claro, de color beige, y en su cabeza, ahora descubierta, un sombrero Panamá. Se había recortado tanto el bigote como la barba.

—Soy yo, Yakov —siguió gritando. Se dio cuenta de que no había sido reconocido por su mujer. Regresó al puerto y esperó a que los pasajeros descendieran, unas horas después.

Al ver bajar a su mujer, cargando a las dos pequeñas, toda su vida de desgracias y dificultades pareció desaparecer en un instante y transformarse, finalmente, en un futuro lleno de promesas y buenos augurios.

Esa noche pernoctaron en un hotel de Veracruz. Descansaron y estuvieron listos para partir al día siguiente.

Leah y Yakov no pararon de hablar y de admirar a las niñas. En lo personal, Leah apenas se dio cuenta de la diversidad del país y su gente.

«Tengo toda una vida para conocerlos y que ellos a su vez nos conozcan a nosotros», pensó.

Capítulo 6

La gran depresión de 1929 provocó que las economías y los países del mundo reconsideraran sus posiciones y tomaran nuevas decisiones para su futuro. En México, las leyes migratorias para las minorías que solicitaban asilo cambiaban de un día para el otro. La comunidad judía no poseía una representación comunitaria avalada por el gobierno. Este ocasionalmente prestaba atención a los miembros de la Cámara de Comercio de la propia comunidad, como si fuera la entidad oficial que los representaba. La asociación Kehilá Ashkenazi, nacida en 1922, fungía solamente como representativa dentro de la propia comunidad, mas no frente a entidad gubernamental alguna. Por esos años, las leyes mexicanas que se promulgaban iban dirigidas a cuidar y respetar a los indígenas del país. La clara intención era evitar que se mezclaran o asimilaran con las llamadas «razas inferiores», o diferentes, provenientes del extranjero. Esto dio como resultado una exclusión categórica de múltiples poblaciones para escoger a México, entre muchos otros países, para emigrar. Se cerraron las puertas a los chinos, a aquellos de piel negra, a los gitanos y a la gran mayoría de los habitantes de países de Europa oriental, incluida Rusia, así como a la mayoría de los países mediterráneos de origen árabe y turco. Con ello había surgido una manifestación velada de racismo contra ciertos grupos humanos y, si bien no se había extendido aún a los judíos, de 1930 en adelante su inmigración, incluyendo a los que atravesaban la frontera entre Estados Unidos y México, se vio sumamente restringida.

Yehuda y Natasha se sentían afortunados por haberles sido permitido arribar a México. Y aún esto era controversial. El gobierno aducía que la B'nai B'rith, con sede en Estados Unidos, había logrado engañar en Veracruz a los aduaneros, facilitando de esa manera la entrada de algunos judíos.

Poco a poco el trabajo agotador pero honesto permitió que los inmigrados comenzaran a destacar en el comercio. Producían y, a la vez, proporcionaban trabajo. Comenzaron a adquirir propiedades, afianzando así sus raíces al suelo que los cobijaba, otorgándoles el privilegio de poder al cabo obtener su naturalización.

Las instituciones judías comenzaron a multiplicarse. Desde 1917, año en que se fundó la Young Men's Hebrew Association (YMHA). Los judíos ashkenazim dieron vida a su primer colegio, en 1924, antes incluso de terminar su primera sinagoga. Las prioridades se irían estableciendo poco a poco. Se centraban en tratar de conservar las tradiciones judías dentro del marco de diversidad que México presentaba. Otra de las agrupaciones, de tendencia socialista, era visitada por Yehuda, la I. L. Peretz; se trataba de una representación para estimular las actividades sociales dentro de la propia comunidad.

La idea original del gobierno de Elías Calles, y previamente del de Porfirio Díaz o de Álvaro Obregón, era industrializar al país para lograr presencia y mejorar la calidad de los productos en el mercado nacional e incluso poder exportarlos a otros países.

Pero, sobre todo, Yehuda era un soñador con los pies sobre la tierra. ¿Cómo era eso posible? ¿Consistía en conciliar lo deseado con la posibilidad de llevarlo a cabo? ¿O en depositar en alguien más los mejores deseos y hacer lo posible para que se convirtieran en realidad?

Nacido con un nombre y habiendo adoptado otro diferente, ¿significaba eso que uno y otro eran diferentes personas, o seguían siendo el mismo? Un nombre, se decía, no califica a una persona. Un nombre no da a entender la calidad de ser humano que este pueda llegar a ser.

Dado que había decidido de mucho tiempo atrás que ni Rusia ni básicamente toda Europa representaban un sitio seguro o deseable para desarrollar una vida, se determinó a dejar todo atrás. El pasado se transformó para él en un baúl lleno de fotografías, del que había olvidado la llave y no lograba abrirlo o mirar su contenido.

Cuando le contaron la historia, real o no, de cómo Hernán Cortés había decidido hundir sus naves para evitar que él o sus hombres volvieran a España, se identificó con ello. La encrucijada era idéntica y, para su sorpresa, el destino final también.

Era un hombre diferente. Sentía que las bases de su judaísmo sostenían su estirpe, pero no dominaban por completo su mente. Era libre de escoger su manera de vivir y desarrollarse en los diferentes ámbitos que la vida puede ofrecer. Judío, pero a la vez amante de la cultura universal, de los valores que incluyen a todas las manifestaciones artísticas. Era libre de extraer, de cada una, una enseñanza. Debía respetar la manera de ser de otros y empatizar con ellos para evitar guerras, odios y aislamientos basados en la raza, el color o el credo de la gente.

No pensaba que en México una minoría pudiera distinguirse entre los demás si no definía su esencia y, al mismo tiempo, se abría a la posibilidad de asimilar otras enseñanzas.

Su nuevo trabajo absorbía la mayor parte de su tiempo. Se dedicaba a este en cuerpo y alma, y convenció al señor González de la Serna de diversas maneras para mejorar aún más su éxito financiero, al tiempo que creaba suficientes fuentes de trabajo para aquellos que tanto las necesitaban. Tratando de ser justo, exigiendo entrega y entregando lo exigido. Una amalgama que, en un país en desarrollo, funcionaba adecuadamente, al tiempo que el mismo gobierno se dedicaba a proveer al pueblo de lo elemental.

Comenzó a incursionar en círculos sociales de toda índole. Se encontró con que en una buena parte de ellos lo aceptaban e incluso apreciaban su revolucionario judaísmo. Otros, más al estilo del Viejo Continente, albergaban rencores antiquísimos, que ni lograban evadir ni deseaban evitar tampoco. Amplió sus lecturas. Se interesó en la historia de los pueblos indígenas de este gran país, y de su carga genética mezclada con la del pueblo que los había conquistado. La venta de más de la mitad del territorio por parte de Santa Ana le provocaba enojo y desconcierto. Pensaba que era la razón del odio perenne del mexicano al *gringo*, como despectivamente llamaban a los estadounidenses; la realidad era otra, basada en haber perdido casi la mitad de su territorio y que ahora formaba parte de esa poderosa nación. Estudió las guerras en que los mexicanos se vieron envueltos, muchas veces a pesar de sí mismos. Un movimiento de independencia que parecía no terminar nunca, una serie de invasiones al país, bajo todos los inexplicables pretextos de las naciones agresoras. Pero lo que más aprendió en esos años fue una forma diferente de patriotismo. Una mezcla extraña de religión y paganismo; de cultura indígena y mezcla europea. Dualidades en un país de clases sociales tan diferentes que aumentaban las tensiones y las colocaban en una cuerda tan frágil, que Yehuda sospechaba que en cualquier momento podría volver a reventarse.

Natasha dio a luz finalmente a un sano y hermoso niño el 27 de enero de 1925. Se llevó a cabo la circuncisión ritual al octavo día, en su casa, con una buena cantidad de invitados. Nombraron al niño Yosef ben Yehuda. A partir de ese momento, la vida de ambos se enriqueció y, poco a poco, al paso del tiempo, tendrían la oportunidad de verlo crecer como a un nativo de México.

Natasha

Natasha agradecía a este país la acogida tan amable que había recibido. Si algo le llamaba poderosamente la atención, eran sus diversas manifestaciones artísticas plásticas. Desde la artesanía hasta la pintura, donde su afán patriótico transformaba paredes desnudas en magníficos murales. Apareció en ella un deseo de cultivarse, de aprender sobre el arte pictórico del país. De poder, incluso, estudiar el difícil arte de pintar.

Con el paso de los años, fue mejorando su dominio del idioma español. Cada domingo le pedía a Yehuda que la llevara a alguno de los múltiples museos de la ciudad, donde apreciaba las obras que se mostraban en dichos recintos. Su favorito era la Academia de San Carlos. Miraba los cuadros de los siglos pasados, los retratos, el manejo del claroscuro, los paisajes. Su mayor deleite era, sin embargo, asistir a los pequeños pueblos que rodeaban el Distrito Federal. En ellos se embelesaba con los tejidos, las cerámicas, las piezas de barro y, sobre todo, el fino dibujo de la porcelana, que la fascinaba en su variedad de matices.

Comenzó a tratar de convencer a un escéptico como Yehuda de que el arte mexicano, el arte en general, representaba una excelente manera de invertir algunos de los ahorros. Poco a poco estudió con ahínco a quienes constituían la élite en la pintura mexicana. No solo a los grandes muralistas, sino al resto. Y, sorpresivamente, como ella misma admitía con orgullo, a muchas mujeres. Aprendió a distinguir las diversas escuelas de pintura; el surrealismo le fascinaba, pero su gusto se inclinaba un poco más hacia los paisajes. Sin saberlo, gustaba de los maestros impresionistas y valoraba la luz y el color como los ingredientes más importantes de cualquier obra de arte.

A mediados de los años treinta, Natasha y Yehuda tomaron decisiones importantes que afectarían sus vidas. Por insistencia de Yehuda, sobre todo, Yosef no asistiría al colegio judío de la comunidad. Reconocieron la importancia que iba adquiriendo el idioma inglés a nivel mundial, así que optaron por solicitar su ingreso en alguno de los colegios más afamados, en los que, aparte de la enseñanza obligada del español, enseñaban inglés, pero a un nivel superior. Yehuda calculaba que esta medida le proporcionaría a Yosef una ventaja en el futuro. Natasha, quien se inclinaba más por una educación judía clásica, aceptó la premisa de Yehuda siempre y cuando le enseñara las bases del judaísmo y asistiera a la sinagoga con él, por lo menos durante las fiestas. Ella, sin hacer alarde, le enseñaría las bases del ídish, idioma que, a su vez, consideraba que no podía dejar de estudiar.

La segunda decisión, y que fue aplaudida por Natasha, fue adquirir una vivienda lejos de la zona centro de la ciudad. Tras explorar muchas otras colonias, optaron por la Hipódromo Condesa. Varios correligionarios ya se habían establecido ahí e incluso presumían su propia y muy personal sinagoga dentro de la zona. Con el tiempo surgirían otras. La principal atracción para ambos fue el Parque San Martín. No les alegraba pasear en un lugar tapizado de cemento, y la Alameda y Chapultepec les quedaban muy lejos. Finalmente, compraron una pequeña casa en la Avenida México, muy cerca del cruce con la calle de Sonora, donde establecieron su nuevo hogar.

En la cabeza de Yehuda, los conflictos que enfrentaba a diario no le permitían dormir tranquilo. Por un lado, se había vuelto un hombre secular, con hambre de cultivarse. Por el otro, el judaísmo, como él seguía viéndolo, incluía la visión de un hogar permanente para los judíos en Palestina. Se convirtió en miembro de la Hashomer Hatzair. Las ideas socialistas que pregonaban y el capitalismo que vivían chocaban constantemente en su pensamiento, pero deseaba ardientemente que el sueño de poseer un país propio se volviera una palpable realidad. En la Hashomer, aprendería las bases de lo que serían los kibutzim. A la vez abrigaba la posibilidad de emigrar a esas tierras, como pionero, con la intención de estimular el resurgimiento del sueño de todo judío. Natasha se mantenía alejada de ello. Su afecto por México había establecido raíces más profundas que las del propio Yehuda.

Cuando Natasha expresó su deseo de estudiar pintura, a su esposo no le sorprendió. Lo había visto venir con el transcurso del tiempo y pensó que sería una actividad muy apropiada para que Natasha desarrollara sus propios intereses. Buscaron ambos algún maestro que la iniciara en los secretos básicos de este arte. Algunas conocidas de Natasha le recomendaron uno que consideraban que tenía todo el potencial para convertirse en uno de los grandes, pero su estilo personal todavía no era totalmente aceptado por el público. Debido a ello, accedía a darle clases de pintura a quien lo solicitara y pudiera además cubrir sus honorarios.

El estudio del maestro Ambrosio Fernández estaba en la colonia Roma, lo cual resultaba doblemente atractivo por la cercanía.

Tras la visita que le hicieron al maestro, tanto Yehuda como su mujer quedaron convencidos de que era el adecuado. Este propuso empezar con dos sesiones a la semana; pero, antes de aceptar, le dio a Natasha lápiz y una hoja de papel, y le pidió que dibujara el florero que lucía sobre la mesa del comedor.

Mientras ella se esforzaba en hacerlo lo mejor posible, Yehuda y Ambrosio entablaron una afable conversación. El maestro supo de inmediato que la sensibilidad de Yehuda no estaba enfocada hacia el arte o la pintura. Confiaba en que su mujer mostrara mejores aptitudes.

Minutos después, el maestro preguntó a Natasha si había terminado.

Esta afirmó con la cabeza. Dejó la hoja sobre el escritorio y permitió que él valorara lo que había dibujado.

Ambrosio pasó algunos segundos observando el dibujo. Notó que tenía talento, incluyendo un buen sentido de la perspectiva de profundidad, aunque poco para el detalle. Manejaba bien las sombras, algo que le asombró que supiera plasmar.

—Comenzaremos —confirmó, mientras sellaba el pacto con una sonrisa— el próximo jueves.

Y así, sin agregar más, emocionada hasta la médula, como le relató más tarde a sus vecinos, Natasha iniciaría su vida de artista.

Al salir del estudio del maestro, ya en plena avenida, Yehuda la miraba con asombro, pero a la vez con un toque de admiración.

—El maestro ha visto en tu sensibilidad algo, me alegra que te haya aceptado como discípula. Pronto —dijo en son de broma— podremos colgar en las paredes de nuestra casa tus propios cuadros.

Natasha apretó fuertemente la mano de Yehuda sin decir nada. Nunca en su vida había sido elogiada por alguien. Sus esperanzas de convertirse en artista no se cifraban en exponer obras por todos lados, sino en el exclusivo placer de tener la capacidad de darles forma en un lienzo. Sintió que finalmente alguien había valorado su potencial. Sería una mujer creadora, y había quedado muda, no encontraba las palabras para agradecerlo. Pero estuvo segura de que, con esta actividad, se vería a sí misma como una mujer más completa.

Yehuda

Las reuniones de las organizaciones a las que Yehuda asistía con regularidad comenzaron a mostrar cada vez más un giro político. Después de abandonar Odessa, tras la Revolución rusa, y haber llegado a un México que había pasado por su propia revolución, la política no era un tema predilecto para él, pero se convirtió de la noche a la mañana en la manzana de la discordia, no solo en la comunidad o en México, sino en el mundo entero. Se confiaba en que los cañones de guerra, silenciados en 1918, no volverían a ser detonados; pero se vivía una paz tan frágil como una hoja otoñal. Europa estaba dividida una vez más en múltiples facciones que trataban de imponer su única verdad. Comenzaba a percibirse en el aire un hedor a pólvora, azufre y muerte.

Rusia se había convertido en un país comunista, la Unión de Repúblicas Socialistas Soviéticas, la URSS. Algo que solo podría mantenerse unido mediante el uso de la fuerza, del látigo perenne en la historia de ese país. Se habían dado muchas reformas en todos los sentidos, pero con una palpable pérdida de la libertad; ahora eran dependientes en su totalidad de las decisiones del Estado, en manos del nuevo zar que se hacía llamar camarada Stalin. Enarbolaba la bandera de la igualdad con mano férrea, ocultando, por imposible, la manera de hacerla efectiva. Las teorías socialistas de igualdad para todos los hombres contagiaron al mundo en un deseo de reconocerla como la única y verdadera libertad. Pero las purgas que comenzaron a llevarse a cabo en la URSS eran desconocidas en el mundo occidental. El socialismo trataría por todos los medios de desbancar a las demás filosofías económicas del planeta. Se apoyaba en la gran recesión que el mundo vivía tras la caída de los mercados en 1929. En los Estados Unidos, el New Deal, promulgado por el presidente Franklin D. Roosevelt, trataría de revertir esta situación.

Para la comunidad judía a nivel mundial, sin un país propio, sometida al maltrato de los dirigentes de los lugares en los que se había establecido, las ideas socialistas adquirieron primacía. Sus organizaciones juveniles en México se afiliaron a esa filosofía, en un intento de imponer el regreso a Palestina a como diera lugar, sin dejar de luchar para forjar un país propio.

Desde 1934, el régimen de Lázaro Cárdenas, entonces presidente de la república mexicana, destacó por sus acciones y decretos como uno de cambio y de mayor igualdad para el país y sus habitantes. Centró sus esfuerzos en la agricultura y la educación, y al fin arrancó lo que sería el eterno reparto de tierras para aquellos que las trabajaban. Abrió las puertas a los republicanos españoles que huían de su país tras el ascenso del general Franco. Pero las oportunidades se esfumaron casi por completo para todos los demás. Las nuevas y en realidad muy escasas cuotas habrían de permanecer sin cambios por varios años. La inmigración de los años veinte ya no habría de repetirse. Afectaría a los refugiados de varios países que deseaban emigrar a México. La comunidad judía, a pesar de las circunstancias, no dejó de apoyar al gobierno en muchas de sus decisiones. Confiaba en que las puertas se abrirían en el futuro si la situación lo ameritaba.

Pero el mayor problema, percibido por la comunidad como una amenaza hacia la humanidad en general y un peligro inminente para la judería europea en especial, fue el ascenso al poder en Alemania del nacionalsocialismo. Su nuevo dirigente, Adolf Hitler, desencadenó en todo el mundo una admiración que no medía las consecuencias de sus ideas fascistas, sin excluir a la población de México.

La gente compraba el libro *Mi lucha* en las librerías y lo leía con avidez. Así mismo, leían un libro totalmente inventado con malos augurios para la judería, *Los protocolos de los sabios de Sion.* Ambos contribuyeron a difundir entre la población mexicana un odio irracional contra la figura del judío, el cual se había mantenido hasta ese momento en la penumbra, tratando de no acaparar la atención.

Los periódicos judíos en México levantaron protestas sobre estos acontecimientos, pues despertaban temor ante lo que podría suceder en el futuro en Europa, aún poblada por más de seis millones de correligionarios. Advertían sobre la nube negra que se avecinaba. Alemania especialmente encontró en los judíos un chivo expiatorio al que culpar de todos sus males. Habiendo reprimido durante muchos años su rencor por la derrota en la Gran Guerra, el país promovió con esa alternativa un sentimiento de superioridad con el que intentaba regresar al pedestal del que argüía haber sido desplazado.

El mundo se daba cuenta de la inseguridad política que llevaba ya varios años fraguándose, como en Italia, donde desde el año de 1922 Mussolini se exhibía, como el payaso que era, sometiendo a la península al fascismo, algo totalmente ajeno a la sensibilidad italiana, pero por ahora no se lograba entender por qué este país se subyugaba a un gobierno dictatorial.

Aunque alejado de las conmociones europeas, México no podía permanecer totalmente ajeno a estas. Bajo un gobierno que se presumía como socialista, vivía momentos de estabilidad política, soñados desde hacía mucho tiempo. Los fascistas poseían una presencia dentro de la sociedad mexicana que no pasaba desapercibida y que culminaba en manifestaciones para nada espontáneas sino bien organizadas por toda la capital. En estas se resaltaban las ideologías de cada uno de los contendientes de la política nacional. Tenían pocas conclusiones en común, pero el antisemitismo era una de ellas. Fascistas y comunistas mostraban una vez más su desprecio a la judería e incitaban a la población a luchar contra ese enemigo invasor, que, decían, les había arrebatado empleos, cuando la realidad era la contraria.

Una vez más, los inmigrantes judíos, que habían huido de un feroz antisemitismo en sus países de origen, lo vieron reproducirse en este su país adoptivo. Volvieron a emerger los temores de antaño. El miedo a un pogromo o a ser maltratados en las calles iba en aumento.

A pesar de todo, decidieron mantener un bajo perfil. No incitar a la violencia y seguir trabajando a favor del país y sus habitantes, de sus instituciones y la libertad que se pregonaba a los cuatro vientos, aunque por momentos pareciera que podía esfumarse.

Los representantes de las diversas comunidades exigieron protección al gobierno y que cedieran ese tipo de provocaciones. Debía evitarse, hasta donde fuera posible, llegar a la confrontación.

El gobierno argumentaba que la ciudadanía tenía derecho a manifestarse, pero que no permitiría ningún acto de violencia durante esas marchas.

El propio Yosef, que nunca había sido objeto de discriminación en su escuela, por primera vez notó miradas de odio hacia él; sin razón, sin haberlas provocado. Abrió sus ojos a una realidad que desconocía y que sus propios padres trataban de mantener oculta. Fue, sin embargo, una desagradable experiencia. Insistía en que era mexicano al igual que ellos. Se piensa que los niños no comprenden este tipo de situaciones, pero es una idea equivocada.

A pesar de todo, Yosef fue apoyado totalmente por una compañera, que incluso lo defendió cuando resultó necesario. Lo acompañaba en los recreos y las comidas, cuando sus supuestos amigos se alejaron de él. Yosef preguntó a sus padres las razones de esto. No obtuvo una respuesta satisfactoria. Ambos se quedaron mudos, inmóviles, ante lo que les contaba.

—¿Crees que deberíamos cambiar de escuela a Yosef? —le preguntaba Natasha a Yehuda.

Este no contestaba. Pero no lo hacía con mala intención; simplemente no sabía qué responder. ¿Debían renunciar a su idea de convivir con la población general para refugiarse, una vez más, temerosos por las posibles repercusiones? ¿Podrían llegar a lastimar a Yosef? ¿Acaso los maestros no se daban cuenta, no lo defendían?

Se propuso ir a la brevedad al colegio de Yosef y averiguar las cosas por sí mismo. Pero el mal sabor de boca que le había dejado el enterarse de lo que consideró impensable lo sensibilizó acerca de que no iba a ser tan sencillo.

Natasha tomó a su hijo y lo abrigó en un fuerte abrazo, que seguramente era lo que Yosef deseaba en su interior. Sentirse seguro y apoyado.

Yehuda se excusaba consigo mismo. «La población mexicana no es antisemita», afirmaba. «Solamente son pequeños grupos, influenciados por la demagogia del momento, los que comulgan con esas ideas». Pero, para desatino propio, los mismos líderes sindicales, junto a la llamada intelectualidad mexicana, promulgaban los movimientos antisemitas. No podía comprender cómo ellos, de ideas socialistas, atacaban al judío igual que los fascistas. No le resultaba lógico. Ahora, ambas facciones parecían haberse unido en México con el único propósito de atacar a los que ellos seguían denominando *extranjeros indeseables*.

En un momento determinado temió que González de la Serna se uniera a estos movimientos y lo dejara sin trabajo. No sabía bien qué pensar… De la Serna lo seguía apoyando. Se dijo a sí mismo que ya tenía suficientes problemas como para agregar uno más.

Esa noche, Natasha le confesó a Yehuda que Ambrosio, su maestro de pintura, le había hecho saber que se forjaba en el medio cultural un sentimiento antijudío. Que, si bien él no comulgaba con esta ideología, le decía esto para instarla a tener mucho cuidado en sus reuniones, cuando se mezclaba en museos y presentaciones con otros pintores.

Al mismo tiempo habían surgido cuestiones existenciales de gran importancia en la kehilá. El futuro de las familias que aún residían en Europa comenzó a adquirir importancia vital. Las palabras, los escritos y las acciones de los nacionalsocialistas en Alemania no bajaban de tono. La impunidad con la que actuaba Hitler era comparable a la indiferencia que los demás mostraban, lo que le había permitido desechar, uno por uno, los acuerdos del malogrado Tratado de Versalles. En este se había obligado a Alemania a mantener reducido su ejército, con un máximo de cien mil tropas. De buena fuente, la kehilá confirmó que el canciller estaba promoviendo la reconstrucción del ejército y, sobre todo, de la aviación en su país. Se comenzaba a sentir en el aire la amenaza de nuevas confrontaciones. Tampoco la población judía de Estados Unidos lograba que las puertas de su país se abrieran para recibir a más correligionarios. Por el contrario, cada vez eran más estrictas y reducidas las cuotas para los países europeos orientales, como Polonia, Alemania y la Rusia europea, así como aquellos de la zona mediterránea en Asia y los países septentrionales de África, y, por lo mismo, para los judíos que los habitaban.

Al entrevistarse Yehuda con las autoridades en el colegio de Yosef, solo escuchó que negaban las supuestas acusaciones; le informaron que no se sostenían en base alguna y que no había manera de comprobarlas. Sin embargo, le dieron a entender también que su hijo no iba a ser bienvenido para el siguiente ciclo escolar y, sin dar mayores explicaciones, ofrecieron ayudarle a conseguir un traslado a una institución de la misma calidad. Yosef cursaba el primer año de primaria.

Esa noche, Yehuda y Natasha discutieron por varias horas el futuro de la educación de Yosef. Natasha insistía en una educación mixta, como la que ofrecía el colegio judío. Yehuda, que deseaba dejar atrás los estigmas del judío separatista y apátrida, finalmente cedió.

—Probaremos por un año —dijo—, y veremos los resultados.

A Yosef solamente le hicieron saber que sería transferido a un nuevo colegio el año siguiente.

—Estarás —lo tranquilizó Natasha— con muchos de tus amigos que viven cerca, los mismos con los que te diviertes y juegas en el parque.

Yosef intuyó que había algo más detrás de ese cambio, pero no comentó nada y terminó aceptando lo que sus padres habían dispuesto. Pensó que extrañaría a su amiga, pero esperaba hacer nuevos amigos; muchos de ser posible.

Más tranquilos, los tres se fueron a dormir. Yehuda se encargaría de los trámites; pensó incluso en conseguir un maestro particular para que durante las vacaciones pusiera a Yosef al corriente en el deficiente ídish que hablaba.

—¿Piensas que nuestra situación en México podría empeorar? —le preguntó Natasha.

—Confío en que no sea así. Creo conocer bien a los habitantes de esta nación, la mayoría rechaza las ideas extremistas y fascistas que pueden llegar a perjudicarnos. Duérmete, no veo razón para preocuparnos. Si llegara a presentarse un nuevo conflicto europeo —agregó—, este no alcanzará tierras mexicanas.

—No es eso lo que me preocupa —expresó Natasha—. ¿Qué sucederá con mi familia en Europa?

Ante el elocuente silencio de Yehuda, se dio la vuelta en la cama, consciente de que no iba a poder dormir esa noche, ni muchas más aún por venir.

El arte de la pintura

Natasha continuó asistiendo a sus clases de pintura con el maestro Ambrosio. Las aptitudes que había observado en su pupila no lo engañaron. Poco a poco, en un camino ascendente, pedregoso y empinado, la mano firme del maestro guiaba el ímpetu que su alumna poseía como a una fiera que no se deja domar. Los diversos trucos en el manejo sutil de los contornos, las sombras y las perspectivas iban moldeando de manera cada vez más fina y precisa los dibujos de Natasha. Aunque no habían llegado aún al uso del color.

—El óleo —le dijo— tardará todavía. Tienes que perfeccionar tu trazo antes de proceder con el pincel y los secretos que contiene. Poco a poco te mostraré los colores básicos, sus mezclas y el tamaño que requiere cada pincelada. Aprenderás a preparar tus propios lienzos, para que el tiempo no los destruya.

Sin embargo, la paciencia de Natasha no era eterna. Difería de Ambrosio en cuanto al trazo fino en el papel, pero sabía que tenía que pasar por los diferentes niveles antes de poder encontrar el suyo; el trazo original que la distinguiera de los demás.

Ambrosio comenzó por mostrarle los dibujos de los viejos maestros. Las técnicas que usaron hasta simplificar la pintura de tal manera que parecía un milagro cómo de líneas aparentemente desarticuladas y sin una hegemonía surgían figuras que ni ella misma hubiera podido imaginar. Amaba en especial los firmes trazos de Doré y se maravillaba con las diversas etapas pictóricas de Picasso y del joven Miró. El surrealismo le apasionaba, pero las bases rusas que había adquirido en la infancia la llevaban del brazo a la naturaleza, al recuerdo que tenía de la misma.

Aun así, se dejaba educar. Cuando visitaban las bibliotecas y observaban en los libros de arte las diversas manifestaciones de la pintura a través de la historia, se maravillaba al punto de que las lágrimas inundaban sus ojos. Deseaba poder ya pintar como esos maestros. En los museos, Ambrosio le enseñaba lo más importante en toda pintura: el uso de la luz, de sus contrastes, por encima de la perspectiva y el fondo. Aprendió la matemática de un buen dibujo; las aristas de un trazo perfecto, y cuándo ejercer presión con el lápiz y cuándo permitir que apenas dibuje lo que uno desea.

Eran tantas las escuelas y maneras de pintar que la sofocaban.

—Encontrarás tu propio estilo —la tranquilizaba Ambrosio—. Llegará a ti, como una revelación inesperada, en el momento más inoportuno. La reconocerás, sabrás que el momento ha llegado y que tu nombre se divulgará entre los amantes de este arte porque reconocerán una originalidad que no habían experimentado. Si lo logras —le decía sin quitarle la mirada—, habrás triunfado. No para los demás; para ti misma.

En el taller de Ambrosio, ella no era la única alumna. Varios de los aspirantes ya mostraban avances en técnicas que ella deseaba experimentar. Se asombraba al ver cómo aquellos jóvenes parecían realizar sus dibujos sin aparente dificultad. Pintaban muchas veces el mismo objeto, y era cuando Natasha aprendía la cantidad de maneras en que podía ser representado. Ninguna se parecía a la otra, aunque no todas, reconocía, eran de su agrado. Apreciaba más el trazo libre, que no se ajustaba a las estrictas reglas de siglos anteriores. Era, como la calificó Ambrosio desde un inicio, una rebelde en busca de su propio estilo.

Le gustaba comparar sus dibujos con los de Ramiro, un joven procedente de la ciudad de Durango. Nacido en casa humilde, había mostrado aptitudes para la pintura desde siempre, y uno de sus maestros lo convenció de presentarse en México con Ambrosio, a quien conocía, y escuchar su opinión. Desde ese momento, becado por el gobierno de Durango, se había convertido en el favorito. No era algo que el maestro divulgara abiertamente, pero todos lo notaban. Ramiro era un pintor nato y eventualmente crecería hasta superar a su propio maestro.

Se hicieron amigos. Ramiro la ayudaba cuando el trazo parecía detenerse en la mano de ella. Con suavidad, sin imponerse, le mostraba el camino. Al sentir la mano de Ramiro sobre la suya, percibía un escalofrío que recorría toda su espalda. Una sensación nunca antes experimentada.

Al salir de las clases, solían ir a la cafetería localizada a solo unos metros para tomar un refrigerio. Discutían sobre mil temas. Nunca nadie habría de enseñarle a Natasha lo que era México como Ramiro. En sus alocuciones se mezclaban la admiración y el coraje; la desilusión por lo que la Revolución aún no había entregado a la gente y la esperanza cifrada en los gobiernos para que, eventualmente, le cumplieran al pueblo las promesas que se habían anunciado a todo pulmón. Le habló de su estado, uno de los de mayor extensión territorial y de menor población. Y dejó que Natasha le contara, como si fueran un sueño, sus recuerdos de Europa. Cada uno se deleitaba con las palabras del otro, en un aprendizaje fundado en la mutua admiración.

Un gran proyecto

A medida que pasaban los años, Yehuda comenzó a involucrarse más en las actividades de la comunidad. Sobre todo, en la intervención que sus representantes desarrollaban frente al gobierno. Recalcaba que todos deberían unirse en una sola presencia, que les otorgaría la fuerza necesaria para enfrentar los problemas que les aquejaban y para que el gobierno los escuchara.

—Es muy importante —insistía a los miembros de la kehilá— que reunamos a toda la comunidad; con esa unión obtendremos la fuerza necesaria. Mientras no lo concretemos, nadie nos escuchará. Es necesario unificarnos. Solamente así lograremos triunfar. Es nuestra obligación formar un comité judío que abarque a todas las facciones de la comunidad. Si el gobierno nota nuestras propias diferencias, nunca lograremos un consenso con ellos.

Por su parte, los proyectos establecidos con González de la Serna serían discutidos a la brevedad. La población iba en aumento y la clase media se fortalecía, exigiendo nuevas colonias donde establecerse, nuevos comercios y las facilidades para llevar todo esto a cabo.

Los bancos comenzaron a prestar dinero a quienes lo solicitaban, con intereses que era posible pagar. Las colonias no se construían al azar. Su planeación, distribución de las calles y de los lugares de asueto las convertían en populares o no. La venta de terrenos fue en aumento, y la ciudad comenzó a expandirse como un cáncer al que se tenía que controlar o terminaría por invadirse a sí mismo.

Yehuda vivía sus mejores días desde su llegada a México. Estaba ocupado de tal manera que Yosef extrañaba su presencia y Natasha resentía esos alejamientos.

Usando el transporte público, los domingos visitaban Xochimilco en compañía de amigos. Se aventuraron a conocer Cuernavaca y Cuautla, cuyas aguas hediondas brindaban consuelo a los más viejos al aliviar sus dolores articulares.

Natasha se acercó a Yehuda y le dio a entender que entre él y Yosef se estaba abriendo un precipicio enorme. Era la edad en que más necesitaba la presencia de un padre fuerte y que le proporcionara el apoyo que requería.

Con el cambio de escuela, Yosef encontró finalmente los amigos que no había conseguido antes. Fue una revelación. Juntos comenzaron a hacer deporte, a jugar futbol, primero en los patios de la escuela y, más tarde, organizando partidos en el parque San Martín, cerca de donde ahora vivía la mayoría.

Cuando regresaba a casa, después de un largo día de clases, encontraba su hogar vacío. Natasha generalmente estaba fuera y Yehuda llegaba ya muy noche y tan cansado que difícilmente cruzaban palabra entre los dos. No había quien lo ayudara con las tareas que se le dificultaban; nadie lo apoyaba para comprender mejor el ídish que sus padres dominaban.

Este alejamiento lo sentía más pronunciado con Yehuda que con su madre. A medida que el éxito rondaba a su padre, sus relaciones familiares parecían apagarse, alejarse hasta el punto de la indiferencia.

González de la Serna había citado a Yehuda en su oficina una mañana muy temprano. Estaban los demás socios del consorcio, los contadores, fiscalistas y abogados.

Meses antes, el propio Yehuda le había expuesto un plan de expansión más que ambicioso. Propuso al consorcio que deberían abarcar otras ciudades fuera del Distrito Federal. Se aventuró a decir que tenían que ampliar sus horizontes, visualizar un futuro mediato y no permitir que alguien más les ganara las oportunidades. González de la Serna le propuso que presentara este plan en una de las sesiones, en presencia de los inversionistas y demás involucrados. Le dio tres meses para prepararlo.

Durante esos meses Yehuda viajó a la costa del Pacífico en repetidas ocasiones. Su plan involucraba una verdadera aventura al futuro.

—La población —decía— desea salir de la ciudad a descansar en otros lugares, y es importante encontrar un sitio lo suficientemente alejado, pero a la vez cercano. Con buenas vías de comunicación y que ofrezca al viajero algo totalmente diferente.

La carretera México-Acapulco había sido inaugurada y terminada hacía algunos años. El Acapulco soñado por la población de la ciudad finalmente estaba comunicado, en un tiempo por carretera que no excedía las siete u ocho horas. Y es acá donde Yehuda puso el índice en el mapa. Visitó el puerto en varias ocasiones, asombrado siempre por su belleza. Era un lugar perfecto para convertirlo en el más importante desarrollo turístico de México. Pero antes de que esto sucediera, su grupo debía comprar suficientes terrenos para ofrecerlos en el futuro para la construcción de hoteles de gran lujo, una necesidad ya palpable en México.

Esa mañana llevaba consigo los croquis del puerto. Junto con los ingenieros que le acompañaron, sabía que el municipio podría ofrecerles los servicios necesarios de agua potable, electricidad y drenaje. Averiguó cuáles terrenos eran los más apropiados, cuántos de los mismos estaban a la venta. Sabía que el desarrollo comenzaría en las playas de Caleta y Caletilla, pero se extendería finalmente a las demás. Por lo pronto era indispensable apurarse y conseguir los terrenos que aún se podían adquirir a precios accesibles. Los pormenores de la compraventa le corresponderían ahora a la barra de abogados del grupo.

Cuando Yehuda tomó asiento, se sentía en el ambiente la tensión ante lo desconocido. González de la Serna fue muy enérgico en que nadie debería estar ausente esa mañana. Y, en efecto, estaban todos presentes.

Yehuda había presentado este plan a González de la Serna previamente, sabía que contaba con su aprobación. Entendía que los socios tendrían que sacrificar sus ganancias de algunos años para lograr este sueño, y era muy importante que Yehuda los convenciera de que estarían haciendo lo correcto.

Llegado el momento en que dieron la palabra a Yehuda, todos le prestaron su máxima atención. Este fue explicando con calma cómo la carretera México-Acapulco había abierto las puertas a este soñado lugar, y cómo era de vital importancia tratar de desarrollar ahí un plan ambicioso para que el viajero tuviera la impresión de visitar un paraíso terrenal dentro de las fronteras de su país.

Habló del puerto, de que sus autoridades habían mostrado su beneplácito por los planes presentados. Explicó dónde se encontraban los mejores terrenos para su eventual adquisición, ya fuera para construir hoteles o comercios. Calmó las inquietudes de todos, mostrando la actual urbanización del lugar y cómo las autoridades cooperarían para mejorar las aún inexistentes.

—En este negocio —les aseguró—, todos saldrán ganando.

Los abogados expusieron los problemas que se suscitarían, pero que legalmente tenían solución. Sin embargo, a excepción de Yehuda y González de la Serna, nadie sabría de la tajada extra, exigida sutilmente por quienes trabajan en el gobierno para otorgar los permisos que harían falta. Un mal, pensaron, que no podían esquivar.

Al final, los arquitectos tuvieron la palabra.

—Acapulco —dijeron— es una realidad. Podremos construir ahí lo que haga falta. Si lo hacemos nosotros o no, es secundario. Por ahora, es vital adquirir los terrenos. Los permisos para su adquisición y posteriormente su uso ya han sido aprobados por el municipio.

—Debemos entender —terminó diciendo Yehuda— que este sueño se volverá realidad con o sin nosotros. Desaprovechar la oportunidad representa, a mi manera de ver, un error. A la larga, esta deberá ser la mejor inversión que el grupo haya hecho en toda su trayectoria.

Finalmente, González de la Serna, como presidente de la junta, tomó brevemente la palabra para apoyar la iniciativa presentada por Yehuda.

La reunión se había extendido por seis horas. Nadie, sin embargo, había protestado o insistido en que terminara. Supieron desde el inicio que en este día se planteaba el futuro de todos ellos, que no debían permitirse dudar en sus decisiones.

—Será necesario —puntualizó finalmente De la Serna— someter este proyecto a votación. Cada uno ha tenido tiempo de revisar sus carpetas y comprender cómo se llevará a cabo este plan, los gastos en que habremos de incurrir y sus perspectivas al futuro. Propongo un descanso de veinte minutos para que tomen sus decisiones. Llevaremos a cabo la votación por la tarde del día de hoy.

González de la Serna le dio una palmada de aprobación en la espalda a Yehuda.

—Has hecho —dijo— una magnífica presentación. Pase lo que pase a continuación, solo deseo felicitarte. Si este proyecto es aprobado, ten por seguro que el próximo socio de este consorcio serás tú.

A las dos de la tarde en punto, de manera secreta, cada socio emitió su voto. Eran trece en total, y se requerían por lo menos siete votos a favor para seguir adelante con el plan.

González de la Serna vació los votos. Los fue descubriendo uno por uno. Al final, levantó la vista.

—Gracias —expresó—. La decisión de proseguir con el proyecto ha sido unánime. Como presidente del grupo, les aseguro que han elegido lo apropiado. Como amigo de ustedes, a partir del día de hoy habremos de cambiar la idea del turismo en México, para el inmediato y mediato futuro.

Como le fue prometido, Yehuda se convirtió en uno más de los socios del consorcio. Habían pasado unos cuantos años desde su llegada a México.

Su sueño era ahora una realidad.

Un mundo en crisis

Al enterarse de lo que había trascendido en la reunión de Yehuda, Natasha se sintió orgullosa de él. Uno más de sus éxitos, logrado en tan poco tiempo. La decisión de casarse, de huir de Europa y refugiarse en América para seguir su aventura, había comenzado a dar frutos. Su situación económica mejoró considerablemente, y pronto Natasha adquirió un estilo muy personal para vestir. Su actitud ante los demás la mantenía en una élite diferente que al resto de sus amigas, sin embargo, cuidó no ofender a nadie. Trató de mantener un perfil lo más discreto posible y nunca mostrar a los demás que lo poco que ellos tenían no se comparaba con lo que ella actualmente poseía.

En México, la situación política entró a un nuevo punto de confrontación para gran parte de los pobladores. A pesar de las diferencias de opiniones frente a la tendencia socialista del presidente Cárdenas, el pueblo, en su mayoría, respaldó sus decisiones. Dos de ellas marcarían el futuro de la nación y, a su vez, la fuerza que afianzó al gobierno. Se nacionalizaron los ferrocarriles y, con ello, pudo soñarse con una nueva serie de rutas que ampliarían el turismo y el comercio entre los estados de la república y los países vecinos. Y finalmente, en contra de la opinión mundial y en especial la de Estados Unidos, en 1938, con el apoyo de la población, el presidente decretó la nacionalización del petróleo. Con ello pudo dar a entender al mundo que el subsuelo mexicano era propiedad y derecho solamente de la nación mexicana. Incluso el propio presidente Roosevelt, ocupado con sus propios problemas internos, no amenazó con invadir México para supuestamente defender los derechos de los dueños de esas industrias. Cárdenas dejó en claro que el valor de las acciones sería cubierto por el gobierno, despejando así dudas futuras respecto a otro tipo de inversiones provenientes del extranjero.

Por otro lado, la gran inmigración republicana española silenció por fin a los movimientos fascistas del país, enviando el claro mensaje de que se afiliaba a los intereses republicanos y mostraba su desprecio a los dictadores fascistas como Franco en España, Mussolini en Italia y, sobre todo, al más temido de ellos, Hitler, en una Alemania que resurgía de sus cenizas.

La comunidad judía manifestó al gobierno mexicano su preocupación por la situación de los judíos y otras minorías en Europa, que eran amenazadas abiertamente por el gobierno nacionalsocialista. Incluso Yehuda acompañó a un nutrido grupo de su comunidad para entrevistarse con el presidente. Este no negó la posibilidad de abrir sus fronteras, pero tampoco se comprometió a hacerlo ni habló de cuántos se podrían recibir ni cuándo. Fue una situación por demás embarazosa para la comunidad judía, que sintió que en esta petición había perdido el apoyo que tanto requería.

La anexión pacífica de Austria por Hitler, la posterior conquista de una parte de Checoslovaquia y más tarde del resto de ese país entretejió la clara realidad de que Alemania estaba preparándose para su resurgimiento militar y político en Europa. Que sus acciones en esos dos países no provocaran la intervención de Francia o Inglaterra le garantizó a Hitler que podría seguir adelante con sus planes de expansión.

Nada, sin embargo, era seguro, como Yehuda y la comunidad advertían. Pero todo cambió bruscamente a finales de agosto, cuando Hitler firmó un inesperado pacto de no agresión con Stalin, su acérrimo enemigo y su único obstáculo. El razonamiento era simple. Para que Alemania pudiera concretar sus planes de avanzar sobre Europa, debía evitar abrir un segundo frente a como diera lugar. Y eso fue lo que logró con el Pacto Ribbentrop-Mólotov, firmado el 23 de agosto de 1939. Acababa de dar paso a una nueva conflagración. Yehuda lo supo, la comunidad judía lo supo. Y se volvería una realidad el 1 de septiembre de 1939, cuando Alemania invadió Polonia. Todas las pesadillas que rondaban el mundo judío se derramaron sobre ellos como un balde de agua fría. Polonia y sus tres millones de judíos reconocieron estar bajo amenaza, pero un mundo poco reactivo, que había cerrado los ojos ante lo inminente, tarde comprendería que todos eran parte de la catástrofe que acababa de desencadenarse.

El desarrollo en Acapulco

Yehuda continuó con sus viajes al puerto de Acapulco. Por más que Natasha le insinuaba que deseaba ir con él, acompañarlo, siempre la convencía de que eran viajes de trabajo y que, por lo mismo, no podría dedicarse a ella como lo merecía.

—Llegará el momento —le aseguró Yehuda— en que podremos ir solamente a disfrutar ese paradisíaco lugar como cualquier turista.

La relación entre Natasha y Ramiro parecía ser cada vez más cercana. Incluso en una ocasión, Ambrosio le advirtió al joven que cuidara sus pasos.

—Natasha —le recordó— es una mujer casada, y no deseas destruir una relación como esa.

Durante los fines de semana en que Yehuda se ausentaba, Natasha solía ir al parque acompañada de Yosef. Las amigas notaban la tristeza que se dibujaba en su semblante e insistían en que debería ser más firme y acompañar a su marido a esos viajes, aunque estuviera ocupado todo el tiempo. Eso significaba que habría momentos de volver a la intimidad necesaria en un matrimonio.

—No es sano que una pareja joven como ustedes permanezca separada por tanto tiempo —le decían.

Poco a poco, las clases que Natasha tanto añoraba ascendieron de perfil. Ambrosio le explicó que ya le había enseñado todo lo que él podía enseñarle. Estaba lista para nuevos horizontes.

Probablemente no quiso explicarle que esta era, también, una manera de separarla de su relación cada vez más cercana con Ramiro. Le sugirió que, estando ya lista para iniciarse en la pintura al óleo, lo hiciera bajo las instrucciones de otro maestro.

Pese a la renuencia de Natasha a dejar a Ambrosio y alejarse de Ramiro, al final aceptó el reto.

—Tendrás —le explicó— que viajar un poco más. El maestro tiene su taller en el sur de la ciudad, en San Ángel. Pero en la actualidad, nadie te guiará mejor que él.

Natasha ya había escuchado mucho acerca de Jerónimo López y Argüelles. A pesar de la fama que había conquistado y de vender cada pintura que salía de su taller, Jerónimo encontraba en la enseñanza su mayor deleite. No aceptaba más de tres alumnos y era muy exigente incluso antes de aceptarlos como aprendices.

En el caso de Natasha, la recomendación de Ambrosio fue suficiente. López y Argüelles la citó, no sin antes pedirle que trajera consigo sus cuadernos de dibujo. Sería el último requisito para ser aceptada en su taller.

Jerónimo no quedó muy sorprendido al verlos. «Pero», se dijo, «hay algo en sus dibujos, y podrá mejorarlo en el futuro. Tiene, al menos, la sensibilidad. Veremos ahora si los otros atributos para la perspectiva, la luz y el color se desarrollan a la par».

Para Ramiro, la súbita ausencia de Natasha representó el alejamiento de una amiga a la que había aprendido a estimar. Para Natasha, la tristeza por el cambio tardaría algunas semanas en sanar. No había nada físico entre ellos y, sin embargo, en su mente, el trato que le daba Ramiro había dejado una profunda huella. Pero aceptó, sin dudarlo, que su carrera estaba por encima de todo.

Jerónimo resultó ser un maestro mucho más exigente que Ambrosio. Al corregir sus dibujos y primeros intentos con el color, mostró una decepción mayúscula, que produjo en ella lágrimas incontenibles, pero que en él no hacían mella alguna. El lema del maestro era probar una y otra y otra vez y cuantas veces se requirieran hasta lograr el resultado buscado. No pasaría a la siguiente fase sin primero superar la anterior.

Cuando Natasha llegaba a casa, Yehuda la veía y no comprendía la tristeza que asomaba a su semblante. No insistía mucho. A Natasha no le gustaba ser interrogada, mucho menos atosigada por nadie.

Se habituaron al silencio entre ambos. Él, sin comprender lo que pasaba por la mente de Natasha, y ella, decepcionada de sí misma. Una mala combinación.

Cierto jueves por la tarde, al salir de su clase con Jerónimo, Natasha no esperaba que Ramiro la estaría aguardando, sentado afuera, sobre los escalones del estudio. Se sorprendió al verlo. Este se levantó presuroso y estrechó su mano con la misma efusividad de siempre. Una señal inequívoca del cariño que sentía por ella.

—No esperaba verte, y mucho menos afuera del estudio de Jerónimo. ¿Tienes cita con él?

—No. Solo deseaba verte —le dijo Ramiro—. Te he extrañado. Las clases con Ambrosio, debo confesar, no son las mismas debido a tu ausencia. Cuéntame, ¿cómo van tus sesiones ahora que has incursionado en la pintura al óleo?

Uno junto al otro, como dos tórtolos, caminaron un poco alrededor de la casa del maestro. Hablaban de tontería y media. Él la miraba con ojos que mostraban un sentimiento diferente al que ella estaba acostumbrada. Algo, se dijo, había cambiado. La manera como la veía, las palabras que usaba. Cómo apretaba su mano. Por un momento se sintió desnuda en plena calle; era un sentimiento que no podía expresar. La admiración y cariño que ella sentía por Ramiro no llegaba más allá de ese punto. Pero lo que había cambiado ese día a Natasha le provocó una desagradable impresión.

Bajo el pretexto de que la esperaban en casa porque su hijo Yosef le había pedido ayuda con una tarea difícil, trató de desprenderse de él, sin conseguirlo. Su sensación pasó a ser de cautela a miedo. Se sacudió con esfuerzo y, con palabras no hirientes, le explicó que tenía que regresar.

—La verdad es —confesó Ramiro— que mi presencia acá la he pensado seriamente por muchos días. Te amo y te deseo. Me es imposible seguir viviendo mientras tú permaneces alejada, indiferente a mi cariño.

Natasha sintió ya no solo miedo, sino un pánico que inundó todo su cuerpo. No esperaba una declaración como esta. ¿Acaso no entendía Ramiro que ella estaba casada?

Las palabras de este subieron de tono. Frente a ella, en una actitud ya amenazadora, le decía que, si no decidía irse con él, pronto se enteraría de lo que era capaz.

Afortunadamente para Natasha, la puerta del taller se abrió, y apareció el propio Jerónimo. Al notar la presencia de Ramiro, a quien ya conocía, le preguntó la razón que lo traía por esos rumbos.

Al verlo, Ramiro soltó la mano de Natasha y, sin saludar ni despedirse, le susurró a ella que volvería a oír de él muy pronto.

Jerónimo intuyó que había ocurrido algo inusitado y desagradable. Interrogó a Natasha con cautela, hasta que ella, aún atemorizada, le explicó lo que había ocurrido.

—Vete a tu casa —dijo—. Quiero pensar que el desplante de Ramiro no volverá a repetirse.

A pesar de lo que había dicho, Jerónimo se quedó más que preocupado. Nadie mejor que él sabía que los artistas son personas cuyos sentimientos son incontrolables. Haber sido rechazado solo iba a incrementar el capricho de Ramiro por Natasha.

Se encargaría de hablar de esto con Ambrosio para pedirle que tratara de darle fin a este desagradable incidente discutiéndolo con su alumno.

Natasha subió a su automóvil. Comprobó que los seguros estuvieran puestos y arrancó con rumbo a su hogar. Mientras manejaba, se dio cuenta de que sus manos aún temblaban, aferradas al volante. Por primera vez desde su llegada a México experimentaba una sensación de inseguridad. Pensó en solicitar el apoyo de Yehuda, pero rápidamente desechó la idea. Jamás entendería que entre ella y Ramiro no había sucedido nada. Prefirió, como en otras situaciones, guardar silencio y resolver las cosas por sí misma.

Yosef la esperaba y notó en el comportamiento de su madre algo que no comprendió. Se mostraba esa tarde demasiado amorosa, demasiado cariñosa con él. Aunque eso le gustaba, no estaba acostumbrado a ello.

Natasha se preparó una taza de té de manzanilla. Poco a poco, el calor de la bebida la hizo sentirse menos incómoda. «Cuando Yehuda llegue a cenar esta noche, seré para él la Natasha de siempre».

Sin embargo, no lograba olvidarse de la mirada de Ramiro. La había hecho sentirse sucia. «¿Acaso fui yo quien instigó semejante situación?», se preguntaba.

El domingo recibió una llamada telefónica de Jerónimo.

—Hablé con Ambrosio —informó simplemente—. Prometió resolver las cosas.

Y sin decir más colgó, sin saber si esta llamada tranquilizaba a Natasha o no.

Yehuda, quien no había viajado ese fin de semana a la costa, desayunaba con Yosef.

—¿No vas a acompañarnos? —preguntó a su esposa—. En unos minutos más saldremos a Xochimilco con nuestros vecinos. No deberías ir con el estómago vacío.

Natasha lo había olvidado por completo. Sorbió un trago de su taza de café y apuró un bizcocho. La costumbre de hacer esto cada mañana, aprendida en Veracruz, no desapareció jamás. Le dijo a Yehuda que estaría lista en seguida.

Al subir al automóvil, donde ya todos la esperaban, saludó y se sentó al lado de Yehuda. Iba feliz, despreocupada al fin. Al arrancar el auto, distinguió frente a su casa una figura que la estremeció. Ramiro estaba ahí parado, desaliñado.

«Dios mío», se dijo a sí misma. «Sabe dónde vivo. ¿Qué más planea hacer?».

Yehuda notó a Natasha distraída durante todo ese día. Cuando le preguntó la razón de su estado de ánimo, ella solo le contestó que una de sus tareas, pintar un paisaje, la tenía nerviosa.

La contestación no lo dejó tranquilo, pero no insistió más. El viaje por los hermosos canales de Xochimilco la tranquilizaría.

Al regreso, Natasha examinó el frente de su casa y comprobó con alivio que Ramiro ya no se encontraba en la acera.

Tomó con firmeza el brazo de Yehuda para entrar a la casa, cansados ambos del largo viaje, pero satisfechos con el día.

El Comité ProRefugiados Judíos funcionaba en México otorgando facilidades para aquellos que, desesperados, buscaban asilo o refugio en la república mexicana. Yehuda había formado parte de dicho comité por muchos años. Los más recientes acontecimientos en el Viejo Continente, con el inminente estallido de la Segunda Guerra Mundial, motivaron a las diferentes comunidades judías con presencia en México a unir finalmente sus esfuerzos bajo una sola representación. Con el consentimiento de las autoridades, se formó en 1938 el Comité Central de la Comunidad Judía en México. Uno de sus principales asesores era Yehuda.

Ahora los viajes al puerto de Veracruz se incrementaron, con la idea de proporcionar ayuda a todas esas familias desesperadas de inmigrantes, que en número pequeño pero sustancial se presentaban en las costas veracruzanas buscando refugio.

Yehuda le ofreció a Menajem Mendl y a su familia los medios necesarios para traerlos a México antes de que la situación fuera irreversible. Nunca lo aceptaron y cuando Polonia fue invadida, en 1939, la esperanza de poder hacer algo por ellos se esfumó por completo. Conocedora de los esfuerzos de su esposo, Natasha había escrito desde dos años antes a su familia, suplicándoles que aceptaran salir de Craiova. Obtuvo la misma negativa que le habían dado en repetidas ocasiones a Yehuda.

Ese mes de diciembre de 1939, consciente de la tristeza y desesperación de su mujer ante los acontecimientos en Europa, Yehuda la invitó finalmente a acompañarlo al puerto de Acapulco.

—Deseo que lo conozcas —le dijo en un tono sincero—. Que veas la belleza natural que lo envuelve. Así comprenderás nuestra ambición por convertirlo en el más importante centro turístico del país.

Le explicó que pernoctarían en casa de los González de la Serna, quienes precisamente ese fin de semana dejarían la casa exclusivamente para ellos.

Yosef, a sus trece años, se quedó en casa. Yehuda le pidió a unos vecinos de la misma cuadra que estuvieran al pendiente del hijo. Aquella familia tenía a su vez dos hijos, uno de ellos de la misma edad que Yosef y su compañero en el colegio.

El jueves, por la mañana, subieron al Packard, su automóvil recién adquirido, y se dirigieron al sur de la ciudad para tomar la carretera que los llevaría primero a Cuernavaca, donde desayunarían algo, y después seguirían su camino hasta el puerto de Acapulco.

—Atravesaremos —informó Yehuda a Natasha— las afueras de la ciudad de Iguala y entraremos de lleno a Chilpancingo, de donde partiremos hacia Tierra Colorada y luego al puerto.

Un viaje de más de siete horas. Con suerte llegarían a su destino cerca de las tres o cuatro de la tarde. Les daría tiempo suficiente para acomodarse, pasear y regresar a la Ciudad de México el domingo a muy temprana hora.

—En esta época del año —precisó— no se siente tanto calor y por regla general no llueve. Sin duda es la mejor temporada para visitar el puerto.

Las carreteras, sinuosas y de solamente dos carriles, obligaban a los viajeros a extremar precauciones. Cuando era necesario rebasar algún camión o vehículo que circulaba a lenta velocidad, debían esperar que se presentara una recta de buena extensión antes de intentarlo. El Packard respondía sin mayor problema, incrementando la velocidad cuando se le exigía. Al llegar a Cuernavaca, ambos notaron cómo la temperatura parecía haber cambiado mágicamente. Hacía calor. Al entrar a la plaza principal, se estacionaron y buscaron una cafetería cerca del Palacio de Cortés. Una vez en su interior, Natasha aprovechó para ir al sanitario, mientras Yehuda ordenaba el desayuno, que disfrutaron mucho. Huevos rancheros, jugo de naranja, frijoles refritos y tortillas de maíz recién hechas. Trataron de no excederse con el café, ya que sería muy difícil encontrar algún otro sanitario en el largo trayecto que tenían por delante.

Aún era temprano. Atravesaron la ciudad y tomaron camino rumbo a Iguala.

El viaje cursó sin ningún contratiempo. En el Cañón del Zopilote, un punto temido por todos los automovilistas debido a que las pesadas subidas, bajo el extremo calor, reventaban los radiadores de los automóviles, el Packard resistió perfectamente; si bien se calentó un poco, en la larga bajada hacia el puerto la temperatura del motor se estabilizó. Unos cuantos kilómetros antes de llegar, Natasha tuvo su primera visión de Acapulco tras una curva muy pronunciada. Una imagen que jamás olvidaría.

Atravesaron la entrada, pasaron por el aeropuerto y se dirigieron a Caleta, donde estaba localizada la casa de los González de la Serna.

La vista que tenían desde la recámara reservada para los invitados les cortó la respiración. Al fondo, la isla de la Roqueta, con su faro, apagado a esas horas. Se veía tan cerca que Natasha pensó que fácilmente podría llegar a su playa ella misma nadando.

Por la noche se aventuraron a Playa de Hornos, cerca del Club de Yates. Encontraron un pequeño restaurante que ofrecía toda clase de mariscos y pescados, para satisfacer cualquier paladar.

Yehuda, que hacía tiempo que había dejado el kashrut, pidió un tarro de camarones, mientras decidía qué le apetecía como platillo final. Natasha se conformó con un plato de frutas. Decidieron compartir un huachinango recién capturado. Lo pidieron sencillo, asado, con unas gotas de limón, y solicitaron al cocinero que lo deshuesara. Como acompañamiento, un tazón de arroz blanco mezclado con algunas verduras y un sabroso guacamole.

Disfrutaron una cerveza y la hermosa vista de la bahía. Natasha no se había sentido tan feliz en los últimos años de su vida como en esa tarde.

Yehuda le tenía reservadas dos sorpresas más. Poco antes del atardecer, tomaron el automóvil y fueron hacia la zona conocida como la Puesta del Sol. El nombre, reconoció Natasha, le quedaba a la perfección. Nunca pensó que un simple ocaso pudiera ser tan hermoso.

De regreso la llevó a una zona cercana, conocida como La Quebrada. Tras una espera de unos minutos, se acercaron al precipicio para observar a los intrépidos clavadistas volar por los aires, arriesgando sus vidas en cada clavado.

Cerca de las nueve de la noche, regresaron a la casa. Exhaustos pero felices. Yehuda se acercó a ella. Por fin disfrutaban de una cercanía perdida hacía meses y ahora reencontrada bajo el cielo acapulqueño. La chispa del amor, aparentemente extraviada, los envolvió a ambos en un abrazo que pareció eterno.

Durmieron con la brisa del mar refrescando el cuarto. La puerta corrediza dejaba espacio a otra que, según le explicó Yehuda, impedía que los insectos entraran a picarlos.

Los dos siguientes días, Natasha se deleitó sentada al lado de la alberca, esperando el regreso de Yehuda de sus citas de negocios. Solían caminar por Caleta, remojando sus pies en la arena. Comían en los puestos a los que el apetito los llevaba.

Las noches fueron copia de la primera. Como dos recién casados, volvieron a conocerse y amarse.

El domingo, tal como estaba planeado, regresaron sin contratiempos. Una vez en la ciudad, saludaron a Yosef y cenaron todos juntos.

—Mañana volvemos a la rutina —le dijo Yehuda—. Te prometo que pronto regresaremos al puerto. Y Yosef vendrá con nosotros.

La guerra y sus consecuencias

Estaba por finalizar el sexenio del presidente Cárdenas. El país lo sobrevivió. Era el primero que lograba completar seis años de mandato sin problemas. Muchas de las promesas de Cárdenas se llevaron a cabo y el pueblo sintió que había cumplido, guardando siempre una buena impresión de él. En su lugar nombró al general Manuel Ávila Camacho como candidato a la presidencia. Eran tiempos de guerra y, si bien México no participaba activamente en ella, había declarado su intención de unirse a los Aliados. Con esto, silenció aparentemente las esperanzas que el gobierno nacionalsocialista tenía puestas en el país. Aunque las protestas promovidas por los grupos fascistas en la república no cedieron, fueron perdiendo fuerza y presencia frente a una nación que había reafirmado su deseo de paz y su respaldo a los países e ideas que combatían al llamado Eje.

La comunidad judía, sin embargo, se fue enterando poco a poco de los cambios acontecidos en Europa. No solamente desde el punto de vista bélico y militar, donde la maquinaria nazi daba la impresión de ser invencible, sino al respecto de las medidas tomadas por los servicios especiales, colocados en la retaguardia en los países conquistados, en contra especialmente de sus habitantes judíos. Se levantaban clamores de terror sobre su destino. Supieron de los ghettos, y se enteraron al mismo tiempo de lo que acontecía en el campo de concentración de Dachau, erigida en suelo alemán. Las amenazas vertidas por Hitler, desde antes de la publicación de su libro *Mi lucha*, ahora se traducían en acciones.

Parecía que los nacionalsocialistas cumplirían su palabra y lograrían hacer desaparecer a la judería europea. Y nadie, ni los aliados ni los habitantes de estos países, levantaría un dedo para evitarlo. Las protestas caerían en el silencio absoluto y las acciones que se podrían tomar para impedirlo quedaban fuera de los planes de batalla de los ejércitos aliados.

Tratar de salvar a los pocos refugiados que llegaban a playas de México fue una tarea que el Comité Central se tomó muy en serio. Yehuda, entre muchos otros, cooperó activamente con este esfuerzo.

Natasha no se enteró nunca de si las cartas que dirigió a sus padres fueron recibidas por ellos. La situación de su familia no estaba asegurada tras el maléfico pacto nazi-soviético. Después de la conquista de Polonia, vendría el reparto de tierras entre alemanes y rusos, donde ningún judío, habitara del lado que fuera, se encontraba a salvo. Nazis, cosacos o rusos tenían una sola idea en común: ninguno abogaría por defender a los indeseables.

Tiempo después, Ambrosio volvió a comunicarse con Natasha. Le confió que había platicado con Ramiro de manera por demás infructuosa. Lo único que había conseguido, le dijo, era que su alumno dejara las clases. Llevaba ya varias semanas sin aparecerse. Natasha le contó sobre el día en que lo vio frente a su casa, confirmándole que desde entonces no había vuelto a saber de él.

Sin poder sugerirle nada diferente, Ambrosio solo esperaba que el embarazoso asunto hubiera quedado ya en el olvido.

Natasha resumió sus clases con Jerónimo. Ahora, al término de cada sesión, cuando ella abandonaba el estudio, el maestro la acompañaba hasta su automóvil, asegurándose de que Ramiro no se apareciera de manera inesperada.

Unas semanas después, Ambrosio buscó de nuevo a Natasha para informarle que Ramiro había retornado al taller. Se había acercado a él suplicándole que lo volviera a admitir en su clase. Solo deseaba asegurarse, había dicho, de que «la judía» no estuviera presente.

—Parece ser —detalló el maestro— que aquel amor supuestamente desbordado ahora se convirtió en un odio que ha extrapolado a toda la comunidad judía de México. Encima, se ha comportado grosero con los demás estudiantes. Le tuve que pedir que abandonara mi estudio, que no era ya bienvenido. Tras amenazarme con infundadas represalias, terminé por solicitar la ayuda del cuerpo policiaco. Si vuelve a aparecer, existe ya una orden de aprehensión en su contra. Pensé —agregó antes de colgar— que era muy importante que estuvieras al tanto de todo esto.

Natasha no sabía cómo reaccionar. Y, esta vez, se animó a contarle la historia completa a Yehuda. Sintiéndose obligado a proteger a su mujer, este reforzó las medidas de seguridad en la casa y, a pesar de sus protestas, le consiguió a Natasha un chofer que se encargaría de llevarla a donde fuera necesario y, lo más importante, de cuidar su integridad.

Finalmente ella aceptó las medidas sin rezongar. Había cierta lógica en las acciones de su marido; por lo tanto, agradeció su preocupación.

Pasaron unas semanas sin que surgiera ningún nuevo contratiempo.

Como no se había sentido bien los últimos días, fue a ver a su ginecólogo. Este le confirmó que su malestar era secundario al embarazo que llevaba.

Por la noche, le dio la noticia a Yehuda, este la abrazó y besó, dándole a entender que era la mejor noticia que jamás hubiera podido recibir.

Yosef, quien ya contaba con catorce años de edad, no podía creer que pronto tendría un hermano o hermana en casa. Después de años de ser el único, esta situación finalmente iba a ser modificada.

El ideal sionista

Aunque llevaba mucho tiempo alejado de las organizaciones sionistas, Yehuda supo que había llegado el momento para que su hijo se afiliara a alguna de ellas. Como exmiembro de la Hashomer Hatzair, discutió con Natasha esta opción, y ambos estuvieron de acuerdo en que era la más adecuada. Las tendencias izquierdistas del movimiento eran lógicas cuando se pensaba en el futuro Estado de Israel y cómo tendría este que organizarse eventualmente. Con el advenimiento de la Segunda Guerra, la posibilidad de poseer un país propio quedó parcialmente en el olvido. Los dirigentes sionistas y los más reaccionarios, que vivían en Palestina, habían unido sus fuerzas para defender al país de una posible invasión por parte del Eje, muy seguramente, no siendo apoyada por los líderes musulmanes.

De haberse logrado una nación judía antes del estallido de la guerra, reconocían los líderes comunitarios, una buena parte de los judíos europeos, ahora bajo amenaza y desplazados, podrían haber emigrado. A pesar de que la Gran Bretaña se oponía a dicha posibilidad, hubieran tenido que aceptarlo. Era muy tarde para lamentarse. Todos los esfuerzos para lograrlo quedaron cortos. El sueño tendría que esperar mejores tiempos.

Una semana después Yosef se incorporó al mencionado movimiento. Yehuda sabía que los líderes tratarían de adoctrinar a los jóvenes con la idea de que, tarde o temprano, deberían pensar y tratar de cumplir la aliyá a Palestina. Tratarían de prepararlos mejorando la calidad del hebreo que hablaban y mostrándoles los beneficios de la agricultura, que sería la actividad más importante para el Estado en formación, cuando declarara su independencia.

En los siguientes meses y años, además de conocer a nuevos compañeros y compañeras, Yosef aprendería los secretos de las actuales juventudes judías en el mundo. Nuevas canciones y bailes; nuevos libros que leer, y un idioma hebreo adaptado a las necesidades modernas, reservando el viejo hebreo para la liturgia. Una novedosa actitud en la que sería vital saber defenderse ellos mismos, así como a los demás. Los nuevos sionistas que reconquistarían su propio país, por ahora controlado por potencias extranjeras, pero que tarde o temprano tendrían que abandonar esos territorios.

El nuevo judío, nacido de la adversidad de tantos siglos de diáspora, se preparaba para un eventual regreso a su propio reducto. Debían luchar por él y, al mismo tiempo, reconstruirlo de las ruinas en que dos mil años de exilio lo habían convertido.

Mientras tanto, Natasha llevó su embarazo sin mayores problemas. Daría a luz a principios del año siguiente, 1942, y el ginecólogo le había asegurado que todo iba perfectamente, aunque le advirtió que el parto se realizaría en un hospital y no en casa.

—No hay —dijo— por qué correr riesgos innecesarios.

Yehuda la había colmado de regalos. La actual casa tenía tres habitaciones. Una de ellas había servido como estudio para que Natasha se dedicara a sus pinturas.

«Si es niño», acordaron, «los dos podrán compartir el cuarto de Yosef, que es el más amplio» y que era el único que disponía de un baño suficientemente grande.

—No veo necesario —le decía Yehuda— que, si tenemos un varón, pierdas tu libertad. Y en último caso, si el Señor nos iluminara con una niña, veremos la manera de construir un cuarto extra para tus actividades.

El mundo en guerra

—Hitler —le explicó Yehuda a Natasha— ha desatado una invasión, esperada, pero aun así sorpresiva, contra la Unión Soviética. El pacto que firmaron estos dos países apenas dos años antes, solo representó una sentencia de muerte para el resto de Europa. Ahora, la Unión Soviética padecerá la peor de las guerras en su historia, y desgraciadamente la judería va a pagar un precio muy elevado por esto. Los alemanes entrarán con fuerza al país, con la mira puesta en Ucrania y sus ricos depósitos de petróleo y sus campos de cultivo, que servirán para alimentar y mover al ejército nazi. Me temo que a su paso arrasarán con los pueblos y su gente, especialmente con los judíos. Tenemos además la nefasta experiencia con los eslavos y cosacos, que se unirán a la lucha contra los soviéticos, a quienes ven con admiración, pero, también, como invasores de sus territorios.

Aunque territorialmente la guerra estaba alejada de ambos, sabían que la situación para la judería en esas regiones tan remotas se veía muy comprometida.

Natasha lloraba. Sabía que sus padres, su hermana, y todos, estaban en gran riesgo. Nada podían hacer.

—También —sentenció Yehuda— la invasión ha abierto un segundo frente. Esto —aseguró— será el principio del fin del Tercer Reich. La brújula va a cambiar el rumbo de la guerra. No sé cuánto tiempo vaya a tomar, pero hoy, para fortuna de todos, Hitler ha tomado la decisión equivocada en sus desmedidas ambiciones.

Mientras esto sucedía, González de la Serna y su grupo decidieron que además de los terrenos que habían adquirido previamente en Acapulco, ahora iniciarían la construcción de hoteles. El futuro del turismo mexicano se concentraba en esa pequeña zona de la costa de Guerrero. Consideraban un deber ayudar al gobierno en su tarea de promoverlo para convertirlo en el más atractivo centro turístico del país y, ¿por qué no?, del mundo entero.

Yehuda había adquirido un pequeño terreno cercano a la Playa de Hornos. Podía, pensó, construir una casa o levantar a la postre un edificio y venderlo como condominios. Decidió no tomar ninguna decisión en esos momentos. En un futuro, y dependiendo de quién gobernara al país, podría llevar a cabo sus sueños o arrepentirse y venderlo todo.

Esa noche, el Comité Central se reunió para discutir los recientes acontecimientos. Yehuda expuso sus puntos de vista. No todos estuvieron de acuerdo en que Hitler sería derrotado.

—Rusia, o como se haga llamar ahora —dijo con firmeza—, nunca ha sido conquistada. Dudo mucho que lo sea esta vez. Estamos en junio. El ejército bolchevique sufrirá los embates, pero, pronto, si resisten, llegará su mejor aliado a defenderlos: el invierno.

Se tomaron varias decisiones en aquella junta. Se intensificó la ayuda a los inmigrados. Incluso, si fuera necesario, tendrían que suplicar a las autoridades que dejaran entrar a los que lo solicitaran. «Así lo haremos. Cambiaremos sus nombres, los mandaremos a vivir al interior de la república hasta que la guerra se defina o se sepa cuándo habrá de terminar».

—Recordemos —dijo el presidente del Comité— que México deberá definir su papel. No le ha declarado la guerra a nadie y tampoco ha mostrado inclinación hacia alguno de los contendientes.

—Y así seguirá —advirtió Yehuda—. La Gran Bretaña, el único combatiente europeo aún no conquistado por los ejércitos de Hitler después de la derrota de Francia, confía en que los Estados Unidos entren a la guerra en algún momento. No lo han hecho porque Roosevelt lo ofreció al pueblo norteamericano para tratar de reelegirse. Pero tarde o temprano se verá involucrado, y entonces México no tendrá otra opción que unirse a los Aliados y definir su política exterior ante el mundo.

Antes de dar por concluida la reunión, el presidente leyó un comunicado de la Agencia Judía Mundial. Insinuaba fuertemente que Hitler estaba aniquilando a los judíos en los países conquistados. Los del Comité no fueron capaces de interpretar si con *aniquilar* se referían a que los estaban matando o separando en ghettos, desperdigados por toda Europa.

Siempre desconfiado frente a la capacidad del hombre para hacer el mal, Yehuda prefirió permanecer callado.

«¿Cuántos pogromos pueden llevarse a cabo?», reflexionó. «En Europa, se calcula, viven cerca de seis millones de judíos. Nadie es capaz de organizar la muerte sistemática de un número semejante de no combatientes». Y al terminar de pensarlo, se dio cuenta de que se estaba contradiciendo.

«¿Serán capaces?», se preguntó.

Capítulo 7

Su primera noche en un país tropical, donde en la oscuridad se escucha el tránsito de la brisa hacia el mar y las olas romper sobre las rocas y acantilados, resultó ser una nueva experiencia. Un ventilador de aspas en el techo les proporcionaba una corriente de aire fresco constante sobre sus cuerpos. Las ventanas, abiertas de par en par, con sus mosquiteros para protegerlos de los ataques de los insectos que abundan en esa zona; los que transmiten enfermedades como la fiebre amarilla o la malaria, que ni siquiera son mencionadas en Polonia. Las niñas finalmente se quedaron dormidas. Una sábana las cubría, y sudaban, tal como el resto de la población veracruzana.

Leah y Yakov, exhaustos por los acontecimientos de ese día, dormían plácidamente, acurrucados uno junto al otro, remembrando su amor, interrumpido por años de haber estado separados.

Leah había llorado de alegría por el reencuentro, pero también por vislumbrar un país exótico, de plantas y árboles como jamás había visto. Lloraba por sus padres, quienes decidieron quedarse en Cracovia. La despedida de ellos, en las riberas de Marsella, resultó muy dolorosa. Los padres de Leah no podían desprenderse de sus nietas y lloraban amargamente sospechando que el tiempo, que no perdona, podría alejarlas para siempre de su regazo. Las últimas palabras para Leah fueron de ánimo, y para decirle que tratara de mantenerse en contacto con la familia.

Las gemelas se despertaron durante la noche. Leah les cambiaba los pañales y les daba un poco de leche que el hotel le proporcionó. Sabía que en algunos años ninguna de las dos recordaría nada de este viaje, ni de sus orígenes en Cracovia o de la familia que se había quedado allá. Para ellas, México sería su único hogar. Las experiencias que permanecerían en su memoria serían las que absorberían en este país. Una nueva generación.

Leah se asombró de que Yakov ya dominaba bastante bien el español. Se defendía frente a los empleados del hotel, donde logró adquirir los boletos del ferrocarril sin mayor problema. Las había ayudado a pasar la aduana y registrarse. Los nombres y los apellidos fueron respetados, ya que en ocasiones los aduaneros no los comprendían y los modificaban sin ton ni son. De ahora en adelante, ellas eran Leah, Sara y Ana Schreiber. Los antiguos apellidos, los del Viejo Continente, quedaban olvidados, perdidos para siempre.

Yakov, observador como siempre, miraba a su mujer y notaba en ella los estragos del tiempo. Seguía, sin embargo, siendo una mujer hermosa, de perfectas facciones. Las niñas caminaban tomadas de la mano de su padre, a quien veían como un extraño. Pero algo les dio la seguridad de confiar en él.

Esa mañana, poco antes de partir en el ferrocarril, desayunaron en el hotel. Las exóticas frutas sorprendieron a Leah por su exquisito sabor y textura. Las niñas desayunaron un poco de avena con leche, que se terminaron sin respingar. También probaron el jugo de naranja y quedaron más que satisfechas. Pero Yakov las previno de que les tenía preparada una sorpresa para el postre. Sobre una charola, les trajeron una variedad de pan dulce; las niñas lo miraron con recelo al principio. Cuando finalmente se atrevieron a probar alguno, no tardaron en pedir más. Yakov pidió que guardaran el resto en una bolsa de papel, ya que serían de mucha utilidad en el largo viaje que les esperaba.

Traían consigo tres maletas. Dos más bien pequeñas y una de mayor tamaño. Hubo necesidad de pedir ayuda a los lugareños, y al final un transporte de carga los llevó a todos a la estación del ferrocarril, donde acomodaron sus pertenencias y ocuparon un asiento. Las niñas, maravilladas, iban sentadas junto a la ventana y no paraban de saludar a los parroquianos, quienes, al ver dos niñitas de tez tan blanquecina, no lograban quitarles los ojos de encima.

El viaje transcurrió sin problemas. Sara y Ana, ya acostumbradas a los largos trayectos, disfrutaban ir sentadas cómodamente, observando por el cristal la diversidad de paisajes que se les aparecían.

Leah divisó a lo lejos una elevada montaña con su pico nevado. Cuando le preguntó a Yakov cuál era su nombre, este no lo recordaba. Le solicitó ayuda a uno de los pasajeros.

—Es el Citlaltépetl —contestó este—. Es el pico más elevado en la república.

Y al notar que Yakov no lograba repetir el nombre, el pasajero agregó que también se le conoce como Pico de Orizaba. Yakov agradeció la información.

—Siempre pensé —le confesó a su mujer— que los dos volcanes que circundan al Valle de México eran los más elevados de este país, pero noto que estaba equivocado. Cuando lleguemos a la ciudad podrás verlos y maravillarte con su magnificencia. Uno, el Popo —Yakov no recordaba el resto—, es el de mayor elevación. Dicen que sigue activo y humea casi todos los días. El otro, el Ixtla, si lo observas con cuidado, da la impresión de que es una mujer recostada en su lecho, dormida, como dicen todos. Sobre ellos hay diversas leyendas, algún día te las contaré.

Esa noche en que arribaron a la estación de Buenavista, notaron que había poca gente. Solicitaron ayuda para bajar el equipaje y localizaron un auto de alquiler para que los trasladara a su hogar.

La noche, tranquila y con escasa iluminación, le pareció a Leah como una enorme gruta que sentía que podía devorarla en cualquier momento. Iba aferrada a Yakov, al igual que sus hijas a ella.

Al llegar al departamento que Yakov tenía preparado, notaron que en la fachada no había ningún rasgo que realmente llamara la atención. Un pequeño balcón que asomaba a la calle era prácticamente el único adorno. Leah se preguntaba qué le esperaba. ¿Yakov, tan ocupado, habría podido arreglar algo dentro?

Al abrir la puerta de par en par y encender la luz, Leah mostró una amplia sonrisa. La vivienda era mucho más grande de lo que imaginaba. En la sala, ya amueblada y con gusto, había dos mesitas, y sobre cada una de ellas una lámpara brindaba mayor iluminación. La mesa central estaba adornada con un enorme florero, lleno de un tipo de flores que ella jamás había visto. De todos colores.

El comedor era pequeño, con cuatro sillas que se veían muy cómodas, y un trinchador en la parte posterior, cuyas vitrinas mostraban una vajilla de porcelana blanca pintada con flores. Había vasos y copas. La mantelería estaba a un lado; incluso llegó a ver cubiertos bien resguardados. Un pequeño samovar era el único adorno de la mesa. Por encima, una lámpara de varias luces iluminaba profusamente el cuarto. Leah no cabía de gozo y asombro. Al fondo divisó la cocina. No daba crédito. Una moderna estufa, un pequeño refrigerador y un lavabo de buen tamaño. Supo de inmediato que pasaría muchas horas en esa cocina. Su ventana estaba cubierta parcialmente por una cortina y miraba a un patio exterior.

Entraron a ver el único baño. Era generoso en su tamaño, con un lavabo grande, y Leah notó una bañera perfecta para las niñas; por encima de esta había una ducha para los adultos. Una cortina podía correrse por el perímetro de la tina para evitar que el agua salpicara.

En la sala, las niñas saltaban de un sillón al otro. Yakov aprovechó para mostrarle la recámara de las gemelas. Pequeña, pero con un extenso clóset y dos camas. Una para cada niña, con su barandal para que no llegaran a caerse. Un mueble con seis cajones completaba el menaje. Una lámpara de tres luces pendía del techo.

Leah estaba, por decirlo de alguna manera, maravillada. Cuando finalmente entró en la recámara que compartiría con Yakov, las lágrimas que derramaba en cascada sorprendieron a su marido.

—¿No te gusta? —acertó a preguntar.

Leah volteó y, con las lágrimas escurriendo por su cara, se abalanzó sobre Yakov y lo besó de manera apasionada. No fue necesario decir nada más.

La recámara era amplia, con un clóset de buen tamaño y una cama confortable flanqueada por dos burós, cada uno con una lámpara. Leah incluso notó algunas pinturas enmarcadas que colgaban de varias de las paredes de la casa. Le parecieron de muy buen gusto y juzgó que representaban la obra de artistas mexicanos.

Decidieron desempacar lo indispensable para esa noche. Yakov guardó varias provisiones en el refrigerador y Leah, aunque cansada, calentó algo de comida para los cuatro.

Fueron las niñas las que notaron en la sala un mueble diferente. Le preguntaron a su padre qué era, y este se levantó para mover una manija y encender el aparato; comenzó a sonar música.

—Es una radio —les dijo. Sonrió para sus adentros al ver la cara de alegría de sus hijas y pensar que era su primera palabra escuchada y aprendida en español, *radio*, que era exactamente la misma en todos los idiomas del mundo.

Por la noche, bajo la sombra y la oscuridad, en el silencio que era su eterno acompañante, Leah trataba de asimilar los enormes cambios y pensaba en los que aún estaban por venir. Reconoció estar asustada más que preocupada. Yakov era un extraordinario proveedor, y su vida en México estaría cubierta de todo lo necesario. La añoranza por Europa, por su cultura, podría ser una falacia. La cultura, pensó, es un don universal, y es compartido por todas las naciones de la tierra. Trataría, con el paso de los años, de ampliar sus referentes, tan importantes para ella. Música, arte y, sobre todo, literatura. Tendría que aprender a dominar el español como una nativa para así poder disfrutar las obras que habían sido y serían escritas en ese desconocido lenguaje.

No lograba dormirse. La antigua y molesta sensación de un vacío en su vida parecía abrumarla por momentos y no lograba deshacerse de ello por más que lo intentaba. La llenaba con una tristeza interior, con la impresión de ser una persona sin valor alguno. Por momentos, estando en Cracovia, le impedía salir de la cama o arrancar con las actividades del día. «¿Qué sucederá si esta llega a mí cuando mis hijas más me requieran y necesiten?».

Al día siguiente, Yakov la puso al corriente en cuanto a quiénes eran sus amistades, cuáles eran las actividades sociales y culturales en la comunidad, y que podría disfrutar, así como en cuáles podría involucrarse para ayudar a que se llevaran a cabo. Le mostró un panorama realista, como él lo llamaba, y que, sin mostrar falsos optimismos o pesimismos, la llevaría a encontrar su sitio dentro del grupo femenino en la comunidad.

Las experiencias de los días siguientes para aprender a desenvolverse en la enorme ciudad le parecieron interminables. Conocer los mercados, las carnicerías y las tiendas que abastecían todas las necesidades. Supo, con la ayuda de las mujeres, cuántas sinagogas existían en la comunidad. Le mostraron lo esencial en el centro de la ciudad y le explicaron que había muchos sitios que visitar, lo que generalmente hacían en grupos familiares los domingos, cuando no se trabajaba.

Yakov le presentó a sus vecinas y estas le extendieron su mano para lo que necesitara.

Había pequeños parques por doquier, donde se juntaban para que aquellas que tenían niños los dejaran jugar, mientras las madres los vigilaban.

Le explicaron que el contacto entre los niños sería la mejor escuela para que Sara y Ana aprendieran el idioma sin dificultad, como algo natural. Aun así, le dijeron ellas, se seguía hablando ídish en muchas de las casas y, cuando tuvieran la edad requerida, el Colegio Israelita las asimilaría, proporcionándoles una educación mixta. Una parte llena del judaísmo y las bases de la cultura sostenida por el ídish, y otra, por supuesto, en cumplimiento con las materias que la Secretaría de Educación Pública exigía y que debían enseñarse en todo plantel educativo en México, fuera este privado o no. Le informaron que, a diferencia del jéder en Europa, la educación en México, por ley, no era religiosa. Los niños aprenderán lo básico del judaísmo en el colegio, y lo esencial de la religión en la sinagoga o en su casa.

Ella y Yakov reiniciaron su relación como si el tiempo no hubiera transcurrido en los años previos. Pero en los recuerdos de Leah se mezclaban demasiadas emociones. Su mayor deseo era superar sus debilidades y volverse merecedora de la admiración de su esposo, del cariño de sus hijas.

Con la llegada de su familia, la vida de Yakov dio un giro favorable. Pintaba en su semblante una sonrisa que nadie le había visto antes y lo impulsaba a involucrarse de lleno en los problemas que la comunidad experimentaba. Siguió escribiendo, como habría de hacerlo por muchos años. Adoptó el seudónimo de Ari ben Yehuda, con el cual sentía que podía gozar de una mayor libertad para expresar sus ideas sin la mirada indiscreta de sus amigos, ya fuera en la sinagoga, el trabajo o en la misma calle. De la noche a la mañana se convirtió en un convencido de que el futuro del judío moderno estribaba en la aceptación de, eventualmente, poseer un país propio que les permitiera desarrollarse sin los inconvenientes que se le presentaban a la judería en la diáspora. Apoyaba de manera secreta a las organizaciones sionistas y, cuando le era posible, escribía sobre esto en los diarios en ídish que circulaban en México. Eran varios los lectores que estaban interesados en lo que tenía que decir.

Día con día, el señor Abraham confiaba cada vez más en su juicio e ideas. Nacidos ambos en la ética y moral religiosa, seguían sus preceptos. Uno de manera aún convencional; el otro, convertido en un judío moderno, con otras aspiraciones. Abraham veía un Israel en el futuro. Y deseaba ardientemente pasar a ser parte de su fundación y desarrollo. Abogaba con sus amigos de la política para que, llegado el momento, apoyaran la formación de ese país independiente abierto a todo judío que deseara formar parte de este.

Por su parte, la idea de establecer un banco con socios comunitarios era un sueño para los dirigentes. Abraham sabía de estos planes y, a su vez, habiendo sido tan exitoso en la fábrica textil, soñaba con fundar un banco donde él fuera uno de los socios mayoritarios.

Había delegado la mayor parte de las responsabilidades que concernían al manejo de la fábrica a dos de sus familiares, así como a Yakov. La gente comenzó a murmurar que Abraham parecía haberlo adoptado como a un hijo más.

Una de las más brillantes ideas que Yakov presentó en la junta del consejo de la fábrica fue empezar a exportar a Estados Unidos. Esto significaba competir con los fabricantes de textiles ya establecidos, originarios sobre todo de la Gran Bretaña y cuyos productos tenían indiscutiblemente la mejor calidad del mundo. Pero Yakov insistía en que la calidad del material que se producía en México era muy semejante a la del europeo, lo que representaría un significativo ahorro para el consumidor estadounidense, dada la cercanía y el costo mucho menor para importarlo. Estaba consciente de la etapa de depresión económica que atravesaba ese país, pero, insistió, esto daría más tiempo a la fábrica para mejorar e incrementar su producción. Yakov calculaba que en cuatro años podrían exportar fácilmente cincuenta por ciento de su producción. Por ahora no tenían que ir a Estados Unidos, Canadá o ciertos países en Sudamérica, donde eventualmente encontrarían buenos clientes. Con una clase media ascendente, formaban un mercado que era necesario explorar y al que era necesario acercarse antes de que otros lo hicieran.

El consejo se preparaba para votar en contra o a favor de esta idea, que les pareció demasiado aventurada y peligrosa. Argüían que la inestabilidad en los países al sur de México los descalificaba como buenos pagadores. Y, concluían, en Estados Unidos jamás se fijarían en este tipo de mercancía, proveniente de un país que estaba terminando una revolución e intentaba promover una mejor vida pública.

Pero la voz final de Abraham cambió el rumbo de la votación cuando se mostró entusiasta y le encargó a un grupo de ellos, encabezado por Yakov, estudiar el mercado y viajar al país del norte para mostrarles la calidad del producto que podrían adquirir.

Esto, que representó un triunfo parcial para Yakov, de llegar a concretarse podría permitirle aspirar a convertirse en socio de la fábrica, con lo que su sueldo y prestaciones mejorarían considerablemente.

Leah

Durante los dos primeros años, Leah logró controlar la situación con mucha soltura. Cuidaba de las gemelas y, para 1932, volvió a quedar embarazada. Soñaba con darle a Yakov un varón. Uno que heredara su nombre y, con el paso de los años, se incorporara a los negocios. Era tan sencillo hacer planes tan adelantados cuando todavía no había la certeza de que fuera un niño. Tal como lo habían pronosticado, las gemelas comenzaron a jugar con sus vecinos y aprendieron el idioma español en unos cuantos meses. Seguían comunicándose con su madre en ídish, pero con Yakov ya mezclaban ambos idiomas. Leah, a su vez, aprendía de las niñas y de sus amigas, quienes desde un inicio le ofrecieron toda la ayuda que requiriera, especialmente porque sabían la carga que dos hijas podían representar. Al enterarse del embarazo de Leah, la felicitaron sinceramente.

—Tendrás una hermosa y nutrida familia —le decían.

La carga de trabajo era excesiva para ella. Yakov consiguió que una joven viniera a ayudar en el aseo de la casa tres veces por semana. A la larga, con el embarazo ya en pleno, Leah le externó a Yakov la preocupación de que esta vivienda, a la que tanto amaban, resultara un sitio demasiado pequeño para su familia, en plena expansión.

En los siguientes días, Yakov contactó a un amigo suyo de la sinagoga que se dedicaba a bienes raíces. Le expuso la necesidad de poseer una vivienda más espaciosa que la actual. Con dos hijas y otro hijo en camino, deseaba que esta tuviera un amplio jardín para que pudieran disfrutarlo plenamente.

El amigo prometió buscar una casa adecuada que atendiera a los pormenores indicados por Yakov. Desde un principio, los esposos estuvieron de acuerdo en moverse de la zona centro de la ciudad a la colonia Hipódromo, que ofrecía espacios amplios con muchas facilidades para los inversionistas.

Un domingo, Yakov fue a ver una casa que se apegaba a sus deseos.

—La encontrarás —le decía su amigo— muy espaciosa, y con un jardín de buen tamaño. La orientación permite que el sol la caliente durante el día y que por las noches puedan dormir en un ambiente fresco. Está —destacó— localizada en la avenida principal de la colonia. En la calle de Ámsterdam, cerca de todo lo que necesitarán, así como de la sinagoga, del mercado y, lo más importante, una gran parte de los jóvenes de la comunidad se han mudado por esos rumbos.

La casa, en efecto, era de buen tamaño, distribuida en dos pisos. En la parte de enfrente, un pequeño jardín que más bien servía de adorno para la entrada. A un lado había un garaje. «Que se ha vuelto una imperiosa necesidad», había dicho su amigo. Tenía cupo para un par de automóviles. Yakov notó de inmediato que el interior era muy amplio. Constaba de una gran sala, con enormes ventanales que filtraban la luz, dándole vida. A un lado, un amplio comedor y, más adelante, un cuarto situado entre el comedor y la cocina, donde, según le explicó su amigo, podrían colocar una mesa que sirviera para las comidas de todos los días, dejando así el comedor para ocasiones en las que hubiera más invitados. Lo llamaba *antecomedor*, y Yakov pensó que era una muy buena idea tener uno.

Cuando vio la cocina, inmediatamente supo que sería del agrado de Leah. Muy bien iluminada, con muchos estantes para llenarlos con todo lo esencial que una familia requiere para sus alimentos. La estufa tenía cuatro quemadores, y notó que había debajo de la misma un gran horno. Había lugar para un moderno refrigerador, algo más que necesario a medida que la familia iba creciendo.

Una puerta comunicaba la sala a un jardín posterior, cuyo tamaño fue del gusto de Yakov.

Había, cerca de la entrada, otra puerta que su amigo abrió, para mostrar un pequeño baño, «que siempre podría ser de utilidad», dijo.

En la parte superior se localizaban cuatro recámaras, todas de buen tamaño. La principal, la que él ocuparía con Leah, tenía su baño propio y las otras tres compartirían dos baños más. Lujos como estos, Yakov no los había soñado nunca. Ambas plantas ya lucían una alfombra que cubría el piso casi por completo. La luz penetraba por los amplios ventanales y por dos tragaluces. Uno entre la sala y el comedor, discreto pero que iluminaba maravillosamente la planta inferior, y el otro en el pasillo que comunicaba con las recámaras.

—Esta casa —le explicó su amigo, por último— fue terminada apenas hace dos meses y aún no ha sido ofrecida a la venta. Los constructores me han permitido mostrártela, y pienso que el precio que piden es justo. Tendrías que dar un enganche del cincuenta por ciento del costo, y el resto es a pagar en diez años, con un interés muy bajo.

Le hizo saber que la casa se pondría a la venta la semana siguiente.

Emocionado, Yakov le pidió a su amigo que, antes de tomar una decisión, le permitiera a Leah verla y aprobarla.

Cuando Yakov le expuso al señor Abraham los planes de cambiarse de vivienda, este inmediatamente los aprobó y ofreció ayudarlo con el enganche, para que no tuviera que solicitar algún préstamo extra al banco.

—Yo mismo —le informó— vivo a unas cuadras de esa casa. Encontrarás en la colonia un lugar donde vivir tranquilo y feliz.

Para Leah, la casa representaba un sueño que nunca pensó que llegaría a convertirse en una realidad.

—¿Podremos pagarla? —fue la única pregunta que le hizo a Yakov.

Cerraron el trato, se firmaron los papeles necesarios. Las escrituras se les entregarían cuando terminaran de pagarla. «Pero esta casa», les dijeron, «es de ustedes».

Yakov aún disponía de un remanente monetario de lo que Manovetzky le había pagado años atrás. Con el interés que el banco le otorgaba, le producía un poco de dinero extra. Separó una parte para comprar lo más esencial para la nueva casa. El refrigerador fue la primera adquisición. Lo demás lo irían adquiriendo con el tiempo. Tenían que pensar también que pronto un nuevo hijo o hija llenaría una de las habitaciones. Leah insistió en que las gemelas deberían seguir compartiendo la misma habitación.

Dos meses después, la familia se mudó a su nueva casa. Leah, con un embarazo ya avanzado, dejó que Yakov se encargara de acomodar los muebles y demás enseres, pero naturalmente bajo su dirección.

Y la familia crece...

El año 1933 resultó ser de diversos acontecimientos, muchos de los cuales repercutirían en la vida de Yakov y su familia. En enero, ante la incredulidad de un mundo sin un rumbo fijo en sus políticas exteriores, Adolf Hitler se convirtió en canciller de Alemania. Un triunfo esperado por muchos y temido por otros. Esto último, en especial por los judíos. Conocedores de los planes del canciller, y ante el silencio que el mundo exhibía, los judíos consideraron que deberían tomar sus propias medidas antes de que fuera demasiado tarde. En aquellos meses, Alemania veía con «buenos» ojos que sus pobladores semitas salieran del país. Naturalmente que lo que exigía a los judíos para «permitir» ese éxodo le convenía únicamente a la economía del país, ya que los fueron despojando sistemáticamente de todas sus pertenencias, en especial a aquellos que habían solicitado una visa o eran poseedores de grandes fortunas, ganadas con esfuerzo a través de varias décadas de arduo trabajo. Las trabas impuestas para salir se convertían más bien en obstáculos que terminaban por disuadir a la mayoría de ejercer este derecho. Pero, en palabras de los dirigentes de la comunidad judía alemana, el país más avanzado del mundo en ética y cultura no sería capaz de cumplir con las preocupantes medidas de las que se hablaba. Se trataba, comentaban, de exageraciones basadas en las arengas de un líder que solo quería convencer a los votantes de votar por él.

La situación en los países vecinos, y en especial para sus comunidades judías, era diferente. Dependiendo del país al que uno se refiriera, no pendía sobre ellos una amenaza nueva a aquellas con las que los judíos habían convivido por más de un milenio. Pero el estallido inminente de una nueva guerra se comenzaba a sentir. Los banqueros y empresarios judíos veían a Hitler como un líder que haría lo que fuera necesario para mejorar la economía de Alemania, devaluada en todos sentidos. Lo primero sería, dedujeron, rearmar al país, estimular la fabricación de nuevas armas y otorgarles el tan indispensable trabajo a aquellos que no lo tenían, y que indudablemente era la mayor parte de la población. Un poderoso plan de inversiones fue adoptado y sin tardanza comenzó a dar sus frutos. Las ciudades en Alemania comenzaron a experimentar un nuevo renacimiento. La moneda comenzó a revaluarse y, ante todo esto, se hizo notorio el giro principal de la estrategia del *führer*. La idea era otorgar al Estado el mayor poder económico, sin menospreciar a aquellos industriales que se afiliaran a sus ideas de reconstrucción. Rearmar a un país como Alemania implicaría utilizar esas armas en el futuro, con un destino aún no aclarado. Con la pérdida de una parte de su territorio, tras el Tratado de Versalles, Hitler había determinado que, tarde o temprano, vería la manera de recuperarlo. El mundo callaría cuando además deseara extender el territorio que reclamaba mucho más allá de sus fronteras.

Parte del dinero que se requería simplemente les fue arrebatado a los judíos, bajo los pretextos de expropiación o por ser su deber ético con el gobierno, que los había cobijado por siglos. Se fueron estableciendo leyes draconianas, dirigidas exclusivamente contra la judería. Se desataría una propaganda jamás experimentada con anterioridad, que atacaba todo lo que fuera judío, en el país y el mundo, culpándolos de todos los males que la gran Alemania había sufrido y que ahora era imperativo remediar.

Yakov leía las noticias día con día. Todo le indicaba que Hitler no solamente levantaría a Alemania de su letargo, sino que la lanzaría a la eventual conquista de Europa. Conocedor del mapa europeo, previó que los países más débiles que rodeaban a Alemania estaban en la mira del canciller. Difícil adivinar cuál de ellos sería el primero, pero dedujo que los últimos serían los más poderosos, Francia e Inglaterra. Con la Unión Soviética, pensó, no trataría de buscar querellas. A pesar de las diferencias ideológicas, no sería tan torpe como para enemistar al gran oso rojo.

En Estados Unidos, un nuevo presidente ascendió al poder. Un hombre con ideas novedosas para salir de la prolongada recesión. No rearmando al país, pero sí estimulando la economía a como diera lugar, con la formación de nuevos empleos y la ayuda que el gobierno proporcionaría a pequeñas y grandes empresas. Dos países con ideales semejantes, pero con directrices totalmente opuestas.

Lentamente, el llamado New Deal cambiaría la depresión económica por una fuerza renovadora. En México, la lucha política estaba en su apogeo. La figura de Pascual Ortiz Rubio manejaba la política y confiaba en que, fuera quien fuera, el próximo candidato para 1934 ejercería el poder con autoridad y determinación.

En ese mismo año de 1933, Leah, internada en el Hospital Americano Británico de la Ciudad de México, dio a luz sin problemas a su tercer vástago, en esta ocasión un varón.

«Ahora», pensó Yakov, «somos una gran familia. Dos hijas y un varón».

La ceremonia del brit milá se llevó a cabo puntualmente al octavo día, y el niño recibió el nombre de Yoshua ben Yakov.

Leah no pudo salir del hospital como estaba planeado, unos días después de dar a luz. Una vez más, apareció una enorme tristeza, como un peso insoportable que caía sobre ella. Lo único que parecía poder llevar a cabo era amamantar a su bebé. Yakov se mostraba muy preocupado por esta situación. Pero ahora no entendía lo que pasaba, no asimilaba que una madre cayera en ese estadio de angustia después de dar a luz sin problemas. El doctor Antuñano, su ginecólogo, la definió como depresión posparto.

El mismo médico le aconsejó ir a consulta con el psiquiatra Pérez Asunción y, por consejo de ambos, la familia entera decidió trasladarse a la ciudad de Cuautla, en el estado de Morelos, para que Leah pudiera descansar, tomar un poco de aire fresco y aprovechar los baños de aguas purificadoras, aunque pestilentes, del lugar. En palabras del facultativo, esto debería levantarle el ánimo a Leah, y podrían regresar a casa en dos semanas, con una nueva actitud. Yakov decidió dejarlas instaladas en un hotel y, para mejorar la atención, contrató a una enfermera, que ayudaría a Leah con el cuidado de Yoshua especialmente. Él tendría que regresar a trabajar durante la semana, pero volvería el viernes antes del shabat para estar con ellos el fin de semana. Se enteró con gran satisfacción de que, por fortuna, varias parejas de la comunidad habían hecho reservación en el mismo hotel, y muchas tenían hijos, por lo que las gemelas no podrían estar en mejor compañía.

Leah se resistía al principio, pero, por insistencia sobre todo del doctor, aceptó la recomendación. Y en verdad puso de su parte, tratando de vencer el marasmo que la envolvía.

Al paso del tiempo, en México se comenzaron a desarrollar diversos lugares donde vacacionar y la mayoría no quedaban muy alejados de la ciudad. El más conocido se localizaba en la ciudad de Cuernavaca, que ahora competía dentro del mismo estado de Morelos con el balneario localizado en Cuautla, donde muchas familias que buscaban un lugar tranquilo pasaban los fines de semana. Fueron apareciendo hoteles y, poco a poco, tras un viaje por carretera de cerca de dos horas, llegaban a su destino. Una ciudad muy pequeña, pero dominada por el turismo y sus famosas aguas, que despedían el olor a azufre que las hizo famosas.

Durante la Independencia, esta ciudad fue testigo de una de las más encarnizadas batallas entre los independientes y las fuerzas reales. Fue tomada finalmente por el caudillo José María Morelos y Pavón. Durante los años de la Revolución, Emiliano Zapata fue emboscado y asesinado cerca de la ciudad, y desde entonces sus restos yacen en esta zona.

Cuautla era una ciudad con el clima cálido típico de Morelos, aunque un poco más seco y semidesértico que su contraparte, Cuernavaca.

El hotel, favorecido por la comunidad judía mexicana, servía alimentos kosher, lo que lo hacía más atractivo. Tenía autobuses que llevaban a los huéspedes a la zona del balneario y los traían de regreso. Los niños, en particular, se tapaban las narices cuando se acercaban, mostrando su desagrado frente al penetrante olor que despedían. Una vez dentro, olvidaban todo y se dedicaban a divertirse, siempre bajo la supervisión de algún adulto.

Yoshua resultó ser un niño intranquilo. Lloraba de día y de noche. Su pediatra no encontraba la razón. Cambiaron de la leche materna a fórmulas de diversos tipos, hasta que encontraron una que parecía satisfacerlo. Por las noches, la enfermera dormía a su lado y, si lloraba, ella se encargaba de atenderlo, permitiendo que Leah descansara. Las gemelas, en especial Sara, acompañaban a Yoshua y trataban de distraerlo igual que la enfermera para que dejara de llorar.

Años de ajuste

Salir a explorar varios sitios de la república les brindó a Leah y a Yakov una visión del país que contrastaba con la que ellos solían imaginar. Independientemente de las maravillas que la flora y fauna les entregaban a los sentidos, de los hermosos paisajes donde el contraste entre lo desértico y lo selvático se conjuntaba forjando panoramas que ellos jamás pensaron contemplar, era la población en general la que siempre llamaba más su atención. Este era un pueblo compuesto por diversas culturas. La riqueza de estas, en sus artesanías y su gastronomía, se recargaba fuertemente en la estructura indígena, la que se mostraba con fuerza en cada rincón de la nación. Cada una, le explicaba Yakov a Leah, con su propia personalidad. Todos curtidos por el sol y apegados a la tierra, el mayor tesoro que el ser humano puede disfrutar.

Esta variedad de estilos de vivir expresaba su colorido con diversos bailes y una música específica para cada región. México, sin duda alguna, era un país mágico.

En la avenida Ámsterdam encontraron muchas familias que les abrieron sus casas y su amistad. Los Arellano y los Ledesma eran, por suerte, sus vecinos puerta con puerta. Solían invitarse los unos a los otros a conversar sobre múltiples temas que interesaban a todos. Y, cuando invitaban a los Schreiber, cuidaban de ofrecer alimentos que no fueran prohibitivos para ellos.

Los Arellano y los Ledesma mandaban a sus hijos a colegios con una estructura católica muy poderosa. Por lo mismo, comprendían que las gemelas, y a la postre Yoshua, asistieran a alguno de los colegios judíos de la ciudad.

—Es vital —le contaba la señora Ledesma— que los niños se involucren desde muy pequeños con las tradiciones religiosas de su familia y aprendan lo esencial de la estructura del país en el que viven.

—Efectivamente —aseveraba Leah—, en el colegio las gemelas han ido aprendiendo no solo la historia y tradiciones judías, sino también la historia y los valores del pueblo mexicano, algo muy importante.

El señor Arellano era dueño de uno de los periódicos de mayor circulación en la Ciudad de México. Se enteró de que Yakov gustaba de escribir y un día le pidió que le escribiera un artículo que pudiera leer, en español. Yakov, quien aún no dominaba el idioma a su satisfacción, intentó rehuir la proposición, pero fue tal la insistencia que aceptó entregarlo en menos de una semana, aunque le pedía que sus correctores lo ayudaran.

Tal como lo prometiera, Yakov le entregó un ensayo de tres páginas, escrito, con mucha dificultad, en español. Era una descripción de su experiencia en México desde su llegada al puerto de Veracruz, así como sus primeras impresiones de este país.

Arellano lo tomó y le agradeció el esfuerzo. Esa noche, recostado cómodamente en su sillón favorito, leyó con asombro lo que este inmigrante escribía sobre esas, sus primeras vivencias en el país. La profundidad del pensamiento y las conclusiones que dejaba entrever lo convencieron de que Yakov era un escritor nato y que su periódico podría engalanarse publicando sus artículos. Darían a conocer de esta manera algo de la cultura judía dentro del país, así como sus esfuerzos por sobresalir y, de manera fundamental, para integrarse por completo a la sociedad mexicana.

Sus correctores estuvieron de acuerdo con la opinión de Arellano y, con mínimas intervenciones, dejaron el texto listo para que apareciera en la prensa del país. Yakov le suplicó que le permitiera usar un seudónimo, lo que Arellano aceptó. Una semana después, en la sección cultural del periódico, aparecía un nuevo escritor, con el mismo seudónimo que usaba en el periódico en idioma ídish: Ari ben Yehuda. La sección se titulaba simplemente «Impresiones».

Leah, que aún no dominaba el español tanto como su esposo, tomó el periódico y, al ver la publicación, se sintió muy orgullosa de uno más de los logros conseguidos por su marido.

El artículo causó sensación, en especial entre los miembros de la comunidad judía de México. Por primera vez se abría una ventana de expresión, en el idioma español, para difundir su adhesión ilimitada al país. Se dieron cuenta de que, para la opinión pública, esta oportunidad de darse a conocer representaba su mejor tarjeta de presentación, algo que jamás habían soñado tener. Aunque nadie sabía a ciencia cierta quién era el autor, algunos recordaron que bajo ese mismo nombre se habían publicado algunos artículos en la prensa en ídish. Interrogaron al editor para averiguar el nombre real, pero este, un hombre justo en su comportar, se negó a dar detalles, ya que, si el autor deseaba pasar inadvertido, jamás osaría revelar su identidad.

La señora Ledesma se acercó a Leah y le mostró el artículo, sin saber que Yakov era el autor.

—Me ha encantado —señaló— lo que se expresa ahí. Me recuerda un poco las anécdotas que ustedes nos han contado y me da gusto que al fin alguien las haya puesto por escrito.

Y cuando la interrogó sobre la identidad del autor, Leah, con una cara de no sé de qué me habla, simplemente dijo que no lo sabía.

Arellano, consciente de la veta que habían encontrado, pidió a Yakov que continuara con la idea y ofreció reservarle una parte de la sección dominical a sus «Impresiones». Con un apretón de manos, se selló esta cooperación.

Al cumplir ocho años, tanto Sara como Ana fueron inscritas en el Colegio Israelita. Para su suerte, en ese año de 1935 se acababan de inaugurar sus nuevas instalaciones en la calle de San Lorenzo 290, en la que parecía una muy lejana colonia Del Valle. Entraron ambas al primer año de primaria, emocionadas y felices de poder escapar un poco del tedio que significaba permanecer en casa día y noche. Yakov y Leah hubieran deseado que las niñas fueran separadas, colocadas en grupos diferentes, para que no se estableciera una desleal competencia entre las dos. Pero, siendo el colegio aún muy pequeño, al menos en este primer año estarían juntas; después se tomarían nuevas decisiones.

A escasos once años de la fundación del colegio, con esta nueva construcción, fruto de toda la comunidad ashkenazi, se lograba cumplir con el precepto indispensable de educar a sus hijos sin que menguara la dedicación que requería la labor. Yakov pasó a formar parte del patronato del colegio. Recordaba las interminables argumentaciones en cuanto a las metas que debían cumplirse con respecto a la educación, sobre todo judía, de sus alumnos. La lucha entre las diversas facciones: liberales, bundistas, sionistas, tradicionalistas y demás grupos, cada uno con sus propias ideas. Y, finalmente, tras largas discusiones, algunas amigables, otras no tanto, se implementaron bajo la dirección del profesor Berger las normas que marcarían el rumbo los siguientes años. De manera adecuada, el colegio contaba con canchas donde los alumnos podían ejercitarse o simplemente conocerse mejor, platicar y establecer lazos de amistad que, en la mayor parte de los casos, podían durar toda la vida.

Las más brillantes e ilustradas mentes judías venidas de allende el mar se encargarían de impartir la educación en las aulas a todos los niveles. Hombres considerados sabios, con una cultura superior envidiable, ya con el dominio a estas alturas tanto del idioma español como del ídish, que era la base de su formación personal.

El colegio se esforzó por lograr ese cometido: tener en su plantilla a los mejores maestros posibles en cada una de las materias obligatorias. Para ello no se escatimaron gastos ni esfuerzos. Tarde o temprano los alumnos se darían cuenta del beneficio que esto representaba para su futuro, cuando buscaran continuar sus estudios superiores provistos con bases que, sin duda alguna, eran las mejores que el país les podía ofrecer.

Leah solía acudir al colegio con cierta regularidad. Deseaba estar informada de primera mano del progreso de las gemelas. Pronto aprendió que a Sara las materias se le daban con mucha facilidad; no así a Ana, quien, sin ser menos inteligente, tenía que batallar mucho más. Esto motivó a Sara a tratar de ayudar a su hermana en las tareas, lo que terminó por unirlas más. Sara, más orgullosa e independiente, no rezongaba ante la cercanía de Ana con su madre. Al contrario, esto la liberaba de estar tan atada a sus faldas. Ella necesitaba respirar sus propios aires, buscar sus espacios. Menos soñadora que Ana, ese primer año lo resolvió sin dificultad.

Por su parte, Yoshua crecía, al tiempo que aquel llanto imparable al fin cedió. Sentía un lazo especial con Sara, a la que buscaba de manera insistente.

Poniendo todo su empeño, Leah volvió a sentir que la vida transcurría a su favor y no en su contra. Desarrolló una vez más una actitud positiva, se olvidó del estadio de depresión en el que había caído por muchos meses. Yakov, siempre un apoyo firme para ella, aprendió a demostrar con más frecuencia el cariño que le tenía. Era un consejo del médico, y él, obediente, se unió sin esfuerzo a la sugerencia, pero con más firmeza, otorgándole el sitio que le correspondía y apreciando lo que ella significaba para la familia.

El ascenso a la presidencia de Lázaro Cárdenas marcó una pauta de tranquilidad parcial en México. Cerró la inmigración a ciertos grupos europeos, pero la abrió de manera más que generosa a los españoles republicanos que en 1939 huyeron de su país tras la victoria obtenida por Francisco Franco.

Las acciones que tomó durante su presidencia cambiarían el rumbo de México de manera drástica y positiva. Uno de sus aciertos, como reconoció la población, fue exiliar al expresidente Calles, el 10 de abril de 1936, aislándolo del poder político en México. Una acción necesaria que lo afianzaba sobre la silla presidencial y lo ascendía de manera categórica como único jefe de una nación que se regiría por la ley y no por los caprichos de nadie, incluido él mismo. Para ayudarlo lo apoyaban la cámara de diputados, la de senadores y la Suprema Corte de Justicia. El presidente debería ser el representante del pueblo, no su domador.

Las cartas que regularmente habían llegado de Cracovia cada vez tardaban más en arribar. Ninguna de ellas mostraba optimismo por el futuro, debido a la situación que se vivía en Europa. El antisemitismo, ejercido de manera abierta y descarada por el régimen nacionalsocialista de Alemania, se había expandido con sus tentáculos, abarcando a otros países que no tenían empacho alguno en practicarlo. Uno de los que nunca, durante siglos, había ocultado su odio, especialmente hacia los judíos, era el pueblo polaco. Se pensaba que la tan esperada emancipación, ya vigente en algunos países, llegaría también al este de Europa. La realidad era otra. Ni la URSS, ni Polonia, ni alguno de los demás países cercanos, como Hungría, Bulgaria o Rumania, mostraban la menor de las intenciones de sumarse a ese movimiento. Por el contrario, las trabas de todo tipo, ya fuera para adquirir tierras, negocios o estudiar en las universidades, se volvieron aún más draconianas y mezquinas para la población judía.

Por primera vez en muchos años, los Rosenblum comenzaron a experimentar un miedo visceral, al reconocer que otra vez la guerra provocada por regímenes totalitarios estaba más cerca que nunca. En esta ocasión su foco estaría en la zona central de Europa, Alemania y los países circundantes. Nadie ponía en duda que Hitler ambicionaba mucho más de lo que dejaba saber al mundo. Pasó con descaro por encima de todas las decisiones tomadas años atrás en Versalles, las cuales proclamaba como injustas y exageradas; incluso el mundo reconocía que algo de verdad había en esas aseveraciones. Pero no había justificación alguna para reconstruir un ejército poderoso, basado en gran parte, al menos en su maquinaria, en los adelantos tecnológicos que Alemania poseía por encima de las demás naciones. Era cierto que el ejército francés contaba con muchos más soldados. Pero, juzgando lo que una nueva guerra sería, la ventaja recaía sobre los alemanes. Gran Bretaña dormía en silencio, aislada del continente, con la confianza de que lo decidido en Versalles no iba a ser modificado. Demasiada ingenuidad para el país con la fuerza marítima más poderosa sobre la tierra, pero que, a su vez, se iba degradando por su antigüedad y falta de previsión para no dejarse ganar la batalla por la supremacía de los mares.

A estas alturas de finales de los años treinta, Yakov era incapaz de prestar alguna ayuda a los Rosenblum, que además habían rechazado todo intento de salvarlos antes de que el caos sobreviniera.

Consciente de todo esto, Leah había dejado de forzar a Yakov a hacer más, sobre todo cuando aceptó finalmente que México había cerrado sus puertas a la posibilidad.

Desde que era una adolescente en Cracovia, Leah había mostrado una inclinación favorable a la música clásica. Obligaba a su padre a que la llevara a los conciertos que la orquesta de la ciudad interpretaba regularmente. Si bien nunca aprendió a tocar un instrumento, esto lo compensaba con su devoción a los conciertos. Nunca insistió a sus padres que le dieran apoyo para dedicarse a la música. Por alguna razón pensaba que no estaba dotada para ello y que, en cambio, su oído se sublimaba cuando escuchaba buena música. En México buscó afanosamente involucrarse en esta afición que tanto extrañaba. La comunidad la puso en contacto con los músicos de vanguardia, y estos la introdujeron a las tertulias que cotidianamente se llevaban a cabo en ciertos hogares, donde los músicos de la época se reunían y discutían sobre la representación artística que el gobierno los estimulaba a desarrollar.

Hizo amistad con Manuel M. Ponce, un hombre al que calificó de taciturno. Uno de los mayores deleites de estas reuniones era cuando alguno de ellos, especialmente él, tocaba su instrumento, el piano, y reproducía tanto las piezas clásicas conocidas como muchas de su propia cosecha. Verlos interpretar sus propias composiciones constituía una cura para la abstinencia de la música clásica que padecía.

Dos compositores de esa época superaron sus expectativas por encima de todos los demás. Silvestre Revueltas, primero. Reconocía que era un gran violinista, pero sobre todo un compositor original, quizá el más arraigado a su tierra y tradiciones. Y, después, el maestro Carlos Chávez. Al asistir a los conciertos con la Sinfónica Nacional, su entrega a la música se vio recompensada ampliamente. Fue una de las promotoras para conseguir fondos para que la orquesta funcionara, en conjunto con otras personas e instituciones financieras. Yakov, que la apoyaba totalmente, cooperaba con su grano de arena; incluso llegó a sentir afinidad, casi una amistad, con Revueltas.

El arte en México en aquellos años de la posrevolución adquirió una temática nacionalista muy poderosa. Fue la época en que los muralistas comenzaron a despuntar. Y a su vez, las artesanías y la música se unieron a ese fervor patriótico, que le entregó al mundo ejemplos vivos de su expresión.

Revueltas lo logró con *Sensemayá*, y el gran director de orquesta Erich Kleiber abogó para que la música de *La noche de los mayas*, compuesta originalmente para una película, fuera transformada en una suite para orquesta. El mismo Kleiber se entregó a la tarea de darla a conocer a un mundo que jamás había escuchado armonías semejantes. Chávez hizo lo propio con sus sinfonías, en especial con la llamada *Sinfonía india*, que rápidamente se identificó en el mundo como la obra mexicana por excelencia para ser interpretada por una orquesta sinfónica.

Leah asistía a estos conciertos lo mismo que a aquellos que llevaba a cabo la Orquesta de la Universidad en diferentes foros. Se sentía orgullosa de pertenecer al patronato de ambas orquestas, donde con su pequeña aportación estimulaba la asistencia del público y cooperaba al éxito de las mismas, sobre todo cuando estrenaban alguna nueva obra de los compositores de la vanguardia de aquellos años de la década de los treinta.

Sin ser una gran mecenas, la personalidad y presencia de Leah eran apreciadas por los músicos, así como por Yakov, quien encontró en esta actividad la mejor prevención para las recurrentes depresiones de su mujer.

Sin embargo, el sonido de las campanadas que anunciaban problemas en Europa rápidamente se hizo sentir en los círculos artísticos. Los músicos judíos, base de muchas famosas orquestas europeas, comenzaron a ser despedidos sin mayor explicación. El círculo antisemita promovido por los nazis se amplió a los compositores de origen judío y a los directores de orquesta, que anticiparon que muy pronto serían totalmente excluidos de los conciertos en el Viejo Continente. Los más afamados buscarían refugio en América. La mayoría simplemente pasaron a ser parte de la judería desempleada y sin opciones para el futuro.

Cuando sus hijas entraron a estudiar al colegio, Leah, quien se consideraba poco educada en temas no judíos, buscó afanosamente la manera de adquirir estos conocimientos. Trató de matricularse en los estudios seculares provistos por la Universidad Nacional a través de cursos para adultos. Tomó clases de historia de México y universal. Las gozaba y las ampliaba posteriormente con la lectura de libros relacionados. Llegó a dominar el español lo suficiente para leer muchas de estas obras en el idioma original.

Asistía a seminarios y conferencias, muchas veces sola, otras acompañada de Yakov o de alguna amiga. Llegó el momento en que sintió que la cultura que tanto ansiaba poseer comenzaba a ser parte esencial de su vida.

Antes de que terminara la década de los años treinta, la situación de los judíos en Europa se fue convirtiendo en un problema insoluble. Incluso México, tan alejado de los eventos europeos, resintió en su población parte de esta disputa. La influencia de la propaganda alemana en el país dio frutos y, como era de esperarse, la comunidad judía fue la más afectada. Comenzaron a realizarse manifestaciones antijudías.

Se llevaban a cabo mítines con una importante asistencia, promovidos por las fuerzas derechistas del país. La inseguridad hizo su aparición. No atacaron con el mismo desdén a los comunistas o izquierdistas, ya que el propio presidente Cárdenas se inclinaba más hacia la izquierda, por lo que evitaban tener problemas con el gobierno. Esperaban, pacientes, que una vez terminado su sexenio hubiera un mayor apoyo a sus supuestas demandas. Esta animadversión se extendió también contra los estadounidenses, quienes eran, lógicamente, poco queridos en el país, invadido por su ejército en repetidas ocasiones.

Hubo protestas por parte de la comunidad ante el gobierno. Este prometió cuidar la integridad de todo ciudadano mexicano, sin importar sus orígenes. Se entrevistaron en repetidas ocasiones, entre 1934 y 1940, con el secretario de Gobernación, el licenciado Miguel Alemán Valdés, quien, sin comprometerse, les confirmó que las puertas para la inmigración al país se verían muy reducidas en los próximos años. La política de abrir las fronteras a los necesitados parecía haber llegado a su fin en el momento más crucial, cuando era más indispensable. Y este fenómeno se expandió por toda América. Habría de repercutir drásticamente en el futuro de millones de seres humanos.

Incluso Arellano, uno de los grandes apoyos de la comunidad, si bien publicaba lo que Yakov le entregaba, tenía sus propias dudas.

—Extraño —le decía a Yakov—, siendo que México siempre respaldó una política de asilo a los necesitados.

La situación desde Cracovia

Cracovia, Polonia, agosto de 1939.

Muy queridos Simja, Leah, Sara, Ana y Yoshua:

Esperando que esta carta los encuentre bien de salud, en la Ciudad de México. Recibimos una carta de Leah, fechada en abril, sin que nos hayan llegado más noticias de ustedes. Queremos pensar que el correo, siempre lento, ahora se ha retrasado aún más.

Podríamos decir que, en la ciudad, parecería no acontecer nada novedoso. Pero detrás de esta supuesta calma, el país se prepara para una posible invasión por parte del ejército de Alemania. Nadie se engaña y, después de las anexiones de Austria y Checoslovaquia, la única duda que nadie puede aún resolver es cuándo ocurrirá lo inevitable. El gobierno ha llamado a la ciudadanía a prepararse para lo peor, y los jóvenes, y los que ya no lo son tanto, han sido llamados a formar parte de las filas del ejército. Esto último con mucha tardanza, ya que los futuros soldados de ninguna manera estarán preparados para combatir a un ejército motorizado como el alemán.

No nos engañemos. Polonia ha estado en la mira, no solo de los alemanes, sino de rusos, prusianos, austríacos y quien sea, alrededor de esta zona de Europa. Servimos de paso a aquellos que ambicionan invadir a las grandes potencias como Francia e Italia, y donde solo la Gran Bretaña se salva gracias a su aislamiento natural del continente.

Hemos visto cómo nuestros vecinos nos miran de manera diferente. Hay en su mirada un reproche y un odio que nos produce un severo malestar. Una gran cantidad de hombres judíos han sido reclutados en las fuerzas armadas de Polonia. Muchos de èllos, oficiales que lucharon en la Gran Guerra y pensaron que nunca más se enfrentarían a otra conflagración. Ahora lucharán al lado de quienes les odian, pero los consideran indispensables en estos momentos.

Les contamos todo esto porque el futuro de esta nación, incluido el nuestro propio, penden de un delgado hilo, que sentimos se quebrará muy pronto.

El gobierno polaco por ahora nos ha manifestado su apoyo y reitera que protegerá a cualquier ciudadano del país frente a los invasores. Ustedes y nosotros sabemos que no será así. Un pueblo antisemita invade a otro que, solo en ese aspecto, al menos puede igualársele. Comparten como único acto de mutua solidaridad su siempre latente antisemitismo.

Les escribimos estas líneas una vez que hemos tomado ciertas decisiones que ustedes deben conocer. En primer lugar, hace unos meses, previendo lo que sospechamos puede suceder, vendimos nuestro negocio. Para fortuna de la familia, se nos pagó en el momento, logrando cerrar el círculo.

Decidimos que era importante escapar de Cracovia. ¿Adónde? Sin una idea clara, recordé a Manovetzky. Sí, al viejo Karol, quien comprara tus tierras en Zhytomyr. Fui a verlo, y el viejo, por cierto, les manda muchos saludos. Sabe que viven en el extranjero, pero no en qué lugar precisamente.

Me recibió amablemente. La tierra la ha cultivado y la casa está en muy buenas condiciones.

El granero en la parte posterior, si bien un poco descuidado, sigue siendo habitable. Y es en este punto que abiertamente le expresé nuestros temores frente a una invasión, digamos, ya inminente.

En pocas palabras, le pedí que nos ocultara. Que, si él no lo hacía, tarde o temprano seríamos arrestados y encarcelados. Le sugerí construir en el granero un cuarto falso, que no se logre detectar ni por dentro ni por fuera, que sirva de escondite en caso de una revisión.

Me miró en un principio como si estuviera yo demente. ¿Invasión? ¿Ataques a la ciudadanía? ¿De qué estábamos hablando?

Tras sentarme y explicarle la situación de Polonia y de Europa, pienso que al final me hizo caso aún sin creer del todo en mi visión del futuro. Le di a entender que, si decidía ayudarnos, pondría en peligro su propia vida. No sabemos, le dije, qué leyes imperarán o en qué situación quedará Polonia. Por lo pronto, le expuse una vez más la necesidad de un escondite adecuado, que nosotros mismos ayudaríamos a construir, y que, naturalmente, cubriríamos el gasto, así como todos los que surgieran en caso de tener que permanecer allí por tiempo indefinido.

Nos trasladamos los tres a su casa y por las noches, de manera sigilosa, hemos estado construyendo el escondite, que ya ha quedado listo. No sabemos si habrá o no necesidad de usarlo. Pero, para tranquilidad de todos, existe, y es importante que ustedes lo sepan.

¿Dirán que estamos locos? ¿Que exageramos más allá de la lógica? No lo sé. Novecientos años de vivir en Polonia nos han enseñado una lección: pensar en todas las precauciones necesarias ante una clara eventualidad.

Es posible que, de volverse realidad mis peores pesadillas, la comunicación entre nuestras familias quede truncada. ¿Cuánto tiempo?

Algo es seguro. Polonia será el próximo país invadido en la lista de Hitler. Su fanático antisemitismo se desencadenará con una furia por ahora inconcebible contra los tres millones de judíos que habitamos estas tierras. Lo ha venido pregonando abiertamente y me temo que lo va a cumplir. No sé de qué manera, ni cuándo. Pero lo hará.

Nunca en mis peores pesadillas pensé que terminaríamos ocultándonos en Zhytomyr, en Ucrania. No podemos adivinar si Manovetzky cumplirá o no su palabra. Pero reconozco que ya es tarde para nosotros, para siquiera imaginar que podemos valorar otras decisiones. Las puertas para abandonar Polonia se van cerrando, mi familia y yo solo agradecemos a Dios que ustedes hayan podido salir a tiempo de este infierno por venir.

Habremos de sobrevivir y, cuando esta inminente guerra termine —sueno como un enajenado, hablando de que finalizará algo cuando aún no empieza—, será posible, con suerte, volver a reunirnos. Estoy seguro, Simja, de que entonces harás lo posible para ello, de la misma forma en que trataste una vez de salvarnos y llevarnos a México o algún otro sitio en la tierra. Reconozco que mi necedad, mi ceguera, nos ha puesto en esta imposible situación.

Les ruego nos perdonen. Nuestra batalla por sobrevivir está por comenzar. ¿Qué sucederá en el inmediato y mediato futuro? Nadie lo sabe, pero los augurios no son buenos.

No habrá más cartas, a menos que esté equivocado y esta serie de elucubraciones resulten ser las pesadillas de un viejo judío loco.

Dios quiera que esté equivocado.

Con mi amor a todos ustedes,
Jaim Rosenblum.

Para Yakov, esta carta representó un duro golpe a las esperanzas que alguna vez guardó, confiando en que la familia de Leah lograría salir a tiempo de Polonia. Efectivamente, de manera más que clara, Rosenblum había pintado la escena europea por venir y, dentro de su alma, Yakov sabía que estaba en lo correcto.

¿Manovetzky? De todas las personas en el mundo, la que menos hubiera pensado que ayudaría era precisamente Karol. Trataba de recordar cómo era su casa, el granero en Zhytomyr. Por más que intentaba, le costaba trabajo visualizar dónde habría sido posible construir un escondite que no fuera fácilmente detectado. Confió, por ahora, sin tener otro remedio, en las aptitudes de Karol y de Rosenblum, y se enfrentó a una nueva disyuntiva. ¿Cómo informarle de todo esto a Leah sin que ella volviera a caer en la depresión que, con tanto esfuerzo, parecía haber superado?

Esa noche, pensó, encontraría el momento para acercarse a su mujer y darle estas noticias. Trataría de suavizarlas lo más que se pudiera, pero dudaba encontrar alguna forma de decirle todo sin herirla en sus más íntimas vulnerabilidades.

La cena transcurrió en calma. Las gemelas y Yoshua se mostraban muy animados. Leah misma parecía irradiar una oculta felicidad que Yakov no había detectado en su mirada desde hacía ya algunos meses.

Un poco más noche, en la intimidad de su propia habitación, Yakov se levantó con la intención de informar a Leah sobre la carta recién recibida. Sudaba, por esa sensación desagradable que se tiene cuando se está a punto de dar a conocer una mala noticia.

Fue Leah, sin embargo, la que lo invitó a sentarse en el borde de la cama.

—Yakov —comenzó diciendo, a pesar de que las palabras parecían atorarse en su garganta—. Yakov… —repitió—, estoy embarazada.

La noticia lo dejó mudo. La inmensa alegría que debió de haber sentido se detuvo en seco, como si hubiera chocado con un iceberg.

Leah, asustada de que la noticia no era bien recibida, lo miró asombrada.

—Yakov, ¿no me escuchaste?, ¿o esta nueva no llena tu corazón de gozo?

Arrepentido, la abrazó y, con lágrimas en los ojos, le explicó que no podía haberle dado mejor noticia que la que acababa de entregarle.

—Has llenado una vez más —dijo, mostrando mucha emoción— mi alma de una alegría que me traspasa y me ha dejado mudo.

Ya más tranquila, Leah lo miró con el amor de siempre. Notaba aún una extrañeza que no lograba descifrar. Sin prestar mayor atención, ambos se quedaron dialogando por varias horas.

—¿Será otro varón? —le decía. Y, ante la sonrisa de ambos, reconocieron que este último niño o niña llenaría su casa y sus corazones de una inmensa felicidad.

Al apagar la luz del dormitorio, Yakov seguía pensando cuándo sería el momento más propicio para darle a Leah la otra noticia. No lo sabía.

«Pero», se dijo, «esta noche no será».

Capítulo 8

La guerra, la inevitable conflagración mundial, había finalmente comenzado. Yehuda no podía dar crédito al alocado mundo en el que vivía. Tras haber experimentado lo que fue la Gran Guerra y cuánto costó a la humanidad, sobre todo en pérdida de seres humanos, le era muy difícil asimilar que, una vez más, en los mismos campos de Europa, se presentaba una nueva serie de batallas expansionistas, donde dos diversos mundos, compuestos por los mismos hombres y mujeres, pero con diferencias políticas y económicas, volvían a los campos del enfrentamiento brutal. Todo manejado por líderes sin consideración para sus ciudadanos, a quienes manipulaban con su bien establecida propaganda y enviaban a una muerte segura, en esta única vida que tenemos y que dura tan poco. Se sentía angustiado, además, por la miseria e incertidumbre que los judíos estaban viviendo.

Los ejércitos alemanes parecían tener un objetivo militar, que era la conquista brutal de nuevos territorios, arrasando a su paso con lo que encontraran. Y un segundo objetivo, más oscuro y tenebroso, pero a la misma altura e importancia que el primero: la sistemática aniquilación de la judería. Las noticias que llegaban no mentían. La descomunal fuerza alemana arrasaba con los ejércitos que trataban de defender sus países a como diera lugar. Una labor imposible. Los alemanes, con la diligencia y exactitud que les caracterizaba, ahora habían implementado la tecnología en el manejo de sus tropas, y los resultados rápidamente se dejaron sentir.

Aún no podía creer cómo Hitler, acérrimo enemigo del comunismo, había firmado un tratado de no agresión con su natural enemigo Stalin. Una mezcla de dos venenos que no conseguían unirse por más que trataran. Un convenio incómodo para el mundo, pero más que apropiado para ambos países. La Unión Soviética se haría de la vista gorda mientras Alemania arrasaba con Polonia, Lituania, Estonia y Latvia, en su imparable marcha hacia los demás países europeos. La ventaja era que eso daría tiempo a los soviéticos para levantar un ejército que por ahora no poseían, al menos al nivel del que presumían los nazis.

Además, como espectadores invitados, al terminar la invasión, y sin hacer el menor esfuerzo, esperarían su «recompensa»: la entrega previamente establecida de algunos de los territorios conquistados por Alemania. Fríamente, era una jugada peligrosa, pero conveniente para Stalin, quien jamás se tocó el corazón para pensar que, con esto, impulsaba el inicio de una guerra mundial a una escala desconocida. Lo que sí intuyó Yehuda era que semejante «alianza» no duraría mucho. Un matrimonio por conveniencia tarde o temprano termina en un divorcio, probablemente nada amigable.

Francia, con su numeroso pero pobremente equipado ejército y su línea Maginot, no tardó en caer. La vergüenza de ver desfilar a los alemanes a un lado del Arco del Triunfo forjó una imagen que perseguiría a los franceses por muchos años. Solo quedaba la Gran Bretaña. Hitler supo que se enfrentaba a la férrea voluntad de Churchill y a la obstinación del pueblo inglés. Su estrategia era volverlos vulnerables con un bombardeo implacable, llevado a cabo por Göring y su Luftwaffe. A pesar de las enormes bajas, Gran Bretaña no se rindió. Quedó como el último objetivo de Hitler. Mientras tanto, el Imperio del Japón, sin previo aviso, lanzó en diciembre de 1941 un mortífero ataque contra la base naval de Pearl Harbor, diezmando parte de la flota americana presente ese día. Solamente los portaaviones, que por azares del destino se encontraban en alta mar, no fueron destruidos. Y así, un día después, el gigante dormido, en voz de su presidente Franklin D. Roosevelt, le declaró la guerra al Japón. Alemania e Italia se unieron a los pocos días para declararle a su vez la guerra a Estados Unidos.

«La mesa», pensó correctamente Yehuda, «finalmente está servida. Es el futuro el que por ahora desconocemos».

En el mes de febrero de 1942, en plena efervescencia por la guerra, ya extendida a todo el orbe, Natasha dio a luz a su segundo varón. Un parto sin complicaciones, que se llevó a cabo en el Hospital Americano Británico de la Ciudad de México.

Debido a la precaria situación secundaria a la guerra, Yehuda y Natasha decidieron llevar a cabo una ceremonia de brit milá íntima, acompañados solamente de sus mejores amigos, algunos compañeros de trabajo y la presencia siempre bienvenida de González de la Serna y su esposa. Decidieron llamarlo Sasha, puesto que a ambos padres les gustaba ese nombre, aunque ninguno de sus familiares lo había llevado previamente.

Yosef, de diecisiete años, se regocijó con la llegada de su hermano, y se hizo el propósito de ayudar a sus padres lo más que pudiera.

El Comité Central de la comunidad, preocupado por la situación migratoria en general en todo el mundo, pero sobre todo en Estados Unidos y México, decidió mandar a Yehuda a la ciudad de Nueva York a entrevistarse con las autoridades de la B'nai B'rith para tratar de establecer pautas y normas que pudieran convencer a los gobiernos de ambos países de que cambiaran sus políticas de restricción de la entrada a aquellos que venían huyendo de Europa.

Yehuda se sintió incómodo por dejar en México a su esposa con dos hijos, uno prácticamente recién nacido; pero fue la propia Natasha quien lo animó. Probablemente pensaba en Menajem Mendl, en la familia que había quedado aislada en la zona de Rumania, al menos fuera del alcance de los nacionalsocialistas.

Yehuda contaba con un pasaporte mexicano. Años atrás, el gobierno les otorgó tanto a él como a Natasha sus actas de naturalización, convirtiéndolos, de la noche a la mañana, de apátridas a ciudadanos mexicanos. La visa para entrar a Estados Unidos se la entregó finalmente el cónsul norteamericano, por injerencia directa del Comité Central. Varios de sus miembros mantenían fuertes lazos de unión con el país del norte, donde habían desarrollado múltiples acuerdos entre las empresas de ese país y las de México, en un intercambio por demás amistoso y ventajoso para ambas partes.

A principios de 1942, Yehuda se encontró en Estados Unidos con un país preparándose para la guerra. Tanto la gente, animada en su intento de ayudar, como todas las grandes fábricas de Estados Unidos modificaron su producción y comenzaron a manufacturar lo necesario para que el gobierno, el ejército, la armada y la aviación trataran de cambiar el rumbo de esta guerra. Nadie hubiera podido imaginar jamás la capacidad industrial que este país estaba por desarrollar. Aún se estaban viviendo las victorias obtenidas por japoneses y alemanes en Asia y Europa respectivamente.

La B'nai B'rith había tratado por todos los medios de convencer a su país para que abriera sus respectivas cuotas y admitiera más migrantes judíos de los que marcaba la ley en aquellos momentos. Tras una semana completa en la ciudad de los rascacielos, Yehuda regresó a México con la tarea de convencer al presidente, o en su defecto al secretario de Gobernación, de la importancia de abrir las fronteras mexicanas a los necesitados.

Previamente, en los años en que el general Cárdenas les dio la entrada a los republicanos españoles, se calcula que aceptó aproximadamente a veinte mil de ellos. Pero surgieron nuevas leyes restrictivas a la inmigración de los no deseados, o también llamados *indeseables*, que prácticamente involucraba al mundo entero en una acción que parecía más bien racista por parte del gobierno. El secretario de Gobernación en tiempos del propio general Cárdenas, Ignacio García Téllez, se opuso a todo tipo de inclusión de esos grupos que solicitaban entrar al país. Habían establecido una cuota de aceptación de mil judíos por año, que definitivamente solo quedó inscrita en tinta, ya que difícilmente se llevó a cabo.

Las manifestaciones fascistas en México se fueron multiplicando a la vez que las consignas de tipo antisemita se incrementaban de manera alarmante.

Todo esto iba a cambiar ese año. México, en gran parte por la presión ejercida por Estados Unidos, declaró la guerra a los países del Eje el 28 de mayo de 1942, sumándose a la causa de los Aliados. No ocurrió lo mismo en los demás países de América, donde Argentina fue ejemplo de favoritismo hacia el fascismo y sus líderes.

A su regreso, Yehuda informó al Comité Central de los infructuosos avances de las comunidades judías en el país del norte. En México hubo intentos de entrevistarse con el general Manuel Ávila Camacho que no prosperaron. Este aducía que no dependía de él, ya que las decisiones las tomaban los congresos y eran aprobadas por la Suprema Corte de Justicia de la Nación.

Uno de los mejores amigos del secretario de Gobernación, el licenciado Miguel Alemán Valdés, era González de la Serna. Juntos estuvieron involucrados en la adquisición de bienes raíces, y el propio Miguel Alemán estaba más que consciente de la situación que atravesaba la comunidad judía.

Mucho, sin embargo, no se logró. Cuatro barcos llenos de refugiados europeos fueron rechazados en playas mexicanas y tuvieron que regresar a sus países de origen. Las cifras oficiales hablaban de una inmigración judía menor a dos mil personas en más de una década. Aquellos tiempos de los años veinte, en que el gobierno alentó la llegada de judíos al país para estimular la economía, quedaron en el olvido, sin que se vislumbrara que la situación fuera a modificarse.

González de la Serna consiguió que Alemán Valdés y Yehuda, como representante del Comité Central, se reunieran de manera no oficial. Esa plática, lo que en ella se discutió y se aprobó, quedó en un secreto que ninguno de los que se entrevistaron reveló jamás.

Sabían que no habría forma de aceptar judíos que trataran de desembarcar en los puertos del Golfo de México. Con papeles y visados aprobados por el gobierno, algunas familias lograron internarse a través de la frontera norte. Desgraciadamente, como decía Yehuda, era una cantidad vergonzosa por su mínimo alcance.

Mientras tanto, Natasha estaba de nuevo bajo la dirección de su maestro Ambrosio, con el cual había regresado para continuar sus estudios. A medida que pasaban los meses, él comenzó a distinguir un estilo propio en las pinturas de su pupila. No lograba establecer, dentro de esa originalidad, si había alguna escuela que ella favoreciera sobre las demás. Y, de haberla, Natasha logró ocultarla de manera tan atinada que de su paleta nacieron lienzos que no se habían visto con anterioridad en México. Es, pensaba Ambrosio, una combinación de lo burdo del arte ruso con el colorido de los pintores y artistas mexicanos. Pero, por debajo de cada obra, lograba distinguir un toque personal. Un color que no encajaba; una figura incompleta; un cielo que imitaba a todos sin llegar a ser ninguno. La obra, vista desde una corta distancia, cobraba vida y las figuras parecían danzar dentro de la tela. Era algo casi mágico, algo que Ambrosio no deseaba discutir con ella, por temor a que, al darse ella misma cuenta, llegara a perder su embrujo.

Ella dominaba de tiempo atrás el dibujo. Ahora, con suave pincel, recorría los bordes de la figura y con uno mucho más grueso rellenaba los huecos, otorgándole vida a toda la obra. No importaba si eran paisajes o escenas —las que ella prefería— de la vida diaria, de la gente común y corriente que formaba parte de esta vasta república. No solamente le gustaban las escenas indígenas.

Era capaz de colocar en su perspectiva muy personal lo duro y desagradable de la vida ciudadana, y a la vez encontrar el momento de belleza que se ocultaba dentro de esa espantosa fealdad. Era como si los personajes trajeran un disfraz, y su verdadera esencia apareciera claramente al retirar la máscara.

El maestro trataba por todos los medios de convencerla de organizar una exposición propia, exclusivamente de sus obras. Su excusa para negarse era que no había encontrado aún su estilo personal. Por más que Ambrosio insinuaba que esa búsqueda nunca terminaría, ella hacía oídos sordos.

—Tu estilo —le decía— cambiará año tras año. Tus colores subirán o bajarán de tono; las figuras adquirirán una nueva perspectiva, sin que tú misma lo notes. Cada etapa de nuestras vidas como artistas debe progresar hacia algo novedoso. Ya es tiempo de que tu actual destino sea exhibido en las salas de arte de México.

Había algo antinatural en su pintura. A diferencia de otros, ella no deseaba agradar a nadie. Las obras representaban una manera de expiación. Una confesión ante el Ser Supremo. Un grito de ansiedad y angustia entre la vida que le había tocado en suerte y su propio devenir.

Encerrada en su estudio, pasaba horas enteras buscando algo; tratando de que la luz que irradiaban sus cuadros no se perdiera en la profundidad de las oscuridades. Y se fue alejando de sus amigos. Por momentos, Yehuda sentía celos del amor que ella era capaz de volcar sobre una simple tela, olvidando a su propio marido y en ocasiones hasta a sus hijos. La pintura se había convertido en una franca obsesión.

Miraba a través de la ventana de su estudio. En aquellos momentos, parecía estar separada del mundo terrenal. Sus pensamientos, propios y personales, la mantenían en un éxtasis de aislamiento. Como si buscara la fuente de la juventud o el cáliz del que bebió Jesús, tema recurrente en las obras de Ambrosio.

Había ya acumulado un buen número de telas. Lo más extraordinario de ello era su absoluta desigualdad. Como si cada uno de esos lienzos hubiera sido pintado por un artista diferente. Solo el ojo entrenado de un amante del arte podía encontrar el punto confluente entre las obras. Al hacerlo, podía sonreír para sus adentros diciendo: «¡Eureka! ¡He penetrado en el secreto de Natasha!».

Una tarde en que salía de su casa, notó enfrente la olvidada estampa de Ramiro. Ahí estaba una vez más. Con la cabeza gacha, sin el orgullo pretencioso de la última vez. Mal vestido, lo cual no le sorprendió, ya que no era uno de sus puntos fuertes. Había envejecido. Las canas pintaban sus sienes, incluso a esa distancia. Aquel juntó ambas manos, como en una plegaria, lo que Natasha interpretó como un signo de reconciliación, de desear la paz.

Atravesó la calle. Estaba dispuesta a escucharlo y, de una vez por todas, terminar con esa angustia que le había dejado en su última y alocada visita. Miró a los lados, cerciorándose de que hubiera gente a su alrededor; solo en caso de que Ramiro intentara, de nuevo, una escena como la de tiempo atrás.

—Gracias, Natasha —fue lo primero que le dijo en un tono conciliador, tranquilo. Nada característico de él—. Entiendo —siguió diciendo, mientras mantenía la vista baja— que te ofendí la última vez, incluso dije cosas de las que aún me arrepiento. No deseo molestarte. He venido a confesarte mi pesar y solicitar tu olvido a esas escenas. Si así lo deseas —agregó en voz baja— no volveré a molestarte, ni a hablar contigo o tratar de comunicarme.

Natasha sintió ternura por las palabras expresadas. Pensó que eran sinceras y, como tales, las aceptó.

—Entenderás —le respondió— que efectivamente viví momentos de tristeza y sorpresa ante tu conducta. Pero quiero que sepas que no te guardo rencor. No has venido a solicitar perdón ni buscas redención.

Has dicho lo que deseabas decir. Lo he aceptado, como te dije. Mantendremos una amistad en aquellos momentos en que, dadas nuestras inclinaciones artísticas, podamos volver a encontrarnos. Y, como me has pedido que sea honesta contigo, quiero que sepas que valoraba mucho tu amistad, tus consejos y tu genialidad. Pero, ahora, creo que debemos distanciarnos y sí, te pido que te alejes. Conservemos solamente un buen recuerdo de los meses pasados con Ambrosio. Seguirás tu camino, y yo el mío. No deseo otra cosa y no aceptaré algo diferente.

Al terminar, Ramiro finalmente levantó la vista, sorprendido ante esta nueva Natasha. Miró sus ojos y supo que lo que acababa de decir no tenía vuelta atrás. Le agradeció la oportunidad de hablar con ella y en seguida, sin despedirse, emprendió su camino, al tiempo que Natasha regresaba a su automóvil, virando en sentido contrario. Por primera vez en mucho tiempo, un peso pareció abandonar su cuerpo. Se sentía liviana, segura de sí misma.

Más noche, cuando regresó a su casa, le habló por teléfono a Ambrosio.

—Acepto tu oferta. Organizaremos, ambos, una exposición de mis obras. Pero recuerda que he dicho *ambos*. Necesito tu indispensable ayuda.

Antes de que Ambrosio tuviera tiempo de responder, se cortó la comunicación. Ambrosio lo supo. Una nueva artista en México estaba por nacer.

Y la vida continúa

La Ciudad de México mantenía su ritmo y cadencia, ciudad de contrastes, probablemente como lo eran la mayoría de las grandes metrópolis en el mundo. Problemas con el tráfico; insuficientes vías de comunicación. Una mancha asfáltica que iba derrumbando árboles mientras las máquinas trataban de ampliar algunas avenidas. Ocasionalmente surgían grupos de malhechores, aislados dentro de las zonas que se ampliaban y que convertían ciertas colonias en bocas de lobo, a las que ninguna persona cuerda osaba aproximarse. Esto incluía a las llamadas fuerzas del orden. Pobreza extrema, por un lado, en colonias no urbanizadas, sin agua y sin luz eléctrica, que obligaba a sus habitantes a robarla. Extrema riqueza en otras, fomentando así un contraste de tristeza y desánimo en la mayor parte de la población. Las inundaciones en el verano asolaban a todos, con un más que deficiente servicio de alcantarillas y drenaje profundo. El ciudadano estaba acostumbrado y no exigía a las autoridades, que supuestamente había elegido, corregir estas fallas.

El ciclo escolar no iba acorde con el de otros países. Se descansaba en el invierno y se estudiaba en el verano. Pero las autoridades se defendían diciendo que, dadas las especiales circunstancias del clima en esta metrópoli, así debía ser.

Las vacaciones en el verano, argüían con algo de razón, serían insoportables en las costas, con el calor y las lluvias que las azotan en esas épocas. Por lo mismo, a finales de noviembre, la gente hacía sus planes para pasar días de descanso en muchos sitios de la república. El puerto de Veracruz era uno de los más socorridos. Siempre se corría la posibilidad de encontrar mal clima, lo que en México se denominaba un «norte» y que se refería simplemente a una avalancha de poderosas lluvias y vientos huracanados. Otros solían viajar a las aguas termales de San José Purúa o a lugares más alejados, como el balneario de Comanjilla, en el estado de Guanajuato. Algunos aventurados comenzaron a viajar a las playas de Acapulco y a estrenar algunos de los magníficos y nuevos hoteles, que competían con los mejores del mundo. La idea de Yehuda y el consorcio de González de la Serna no había sido un error. Y fue precisamente en esos años de la guerra que Yehuda decidió construir una casa en el puerto. Quedaría terminada a finales del año 42 y serviría de hogar durante los fines de semana en que podrían viajar allá o durante las vacaciones.

Yosef cursaba la preparatoria. En ocasiones se veía rodeado por las pandillas de la colonia Hipódromo; por regla general, solo trataban de intimidarlo y rara vez recurrían a la violencia. Lo insultaban por ser blanquito y judío.

Recordó cómo, a sus trece años, se preparó para la festividad de su bar mitzvá. Esto desencadenó en su casa una lucha frontal entre Yehuda, que pensaba que no era necesaria, y Natasha, que no iba a ceder jamás en que todo joven judío debía cumplir con esta obligación. Fueron finalmente Natasha y su voluntad las que imperaron. Y, de esta manera, Yosef comenzó sus clases litúrgicas y la comprensión de lo que la ceremonia significaba para un joven judío.

Sasha, a su tierna edad, era sin duda la nueva atracción de sus padres. Se desvivían por atender sus más ocultos caprichos, aun en esa etapa tan temprana de su desarrollo.

—Pronto —le recordó Natasha a su marido— tendrá que ir a la escuela.

Natasha, después de haber aceptado exponer sus obras, se enfrentó a la tarea de prepararlas, listarlas, separar con cuidado unas de otras. Con el consejo siempre atinado de Ambrosio, procedieron a enmarcarlas, lo que consumió mucho de la paciencia de ambos. No era posible escoger el mismo marco para todas. La diversidad de las obras, los colores utilizados requerían un experto en la materia, y finalmente lo encontraron. Eran cerca de cuarenta cuadros que Natasha iba a exponer en una de las salas del recién inaugurado Palacio de las Bellas Artes. Cada día dedicaba horas enteras a observar el cuadro, buscando el tono de luz más favorecedor para la exposición. Ambrosio consiguió ayuda para montarlos en una de sus antiguas alumnas que ahora se dedicaba a la museografía. Consuelo, como se llamaba, era una atractiva mujer a sus cerca de sesenta años de edad. De pelo suelto, canoso y bien recortado, con una figura que una jovencita envidiaría. Su voz, que era suave, indicaba sin embargo un total dominio de lo que deseaba llevar a cabo. Manejaba con destreza la altura a la que cada cuadro debía colgarse; la luz artificial o natural que lo iluminaría; la correcta distancia entre una obra y otra; los letreros que, bajo cada una, precisaban el tipo de lienzo y de material usado, así como el título de la pieza. A ella se le encargó también, con la ayuda de un buen crítico de arte, preparar los catálogos que acompañarían a los visitantes dentro de la exposición. Finalmente, Ambrosio le pidió que estableciera el precio que cada pintura debería exhibir, ya que probablemente la mayor parte de las obras sería vendida.

Esto último causó sorpresa a Natasha. No esperaba verse de pronto desprovista de sus obras. Nunca, en su imaginación, supuso que tendrían un valor monetario. Pero, cuando Ambrosio mencionó posibles cifras, la cara de asombro de Natasha arrancó carcajadas en su maestro y en la propia Consuelo.

—Pero hay —objetó Natasha— un par de cuadros que no quiero vender.

Acordaron, por esta razón, que desde el primer día de la exposición aparecería el letrero de «Vendido» a un lado de los mismos. Aunque Natasha no lo sabía, eso constituía una maniobra más que adecuada para incitar al público a comprar: ver que dos de esas pinturas ya habían sido previamente adquiridas. Una de ellas colgaba desde hacía tiempo en la sala de su casa y era admirada incluso por Yehuda, que se rehusaba a venderla. La otra era el regalo que le tenía preparado ella para su próximo cumpleaños. Soñaba que él la colgaría por encima de su sillón, en la pared principal de su oficina.

«Soñar», pensaba ella, «no cuesta nada».

Todos los preparativos llevados a cabo para la magna inauguración tomaron cerca de un año. Esta se programó para el tercer domingo del mes de noviembre de 1943.

El miedo al fracaso, a una inesperada vergüenza, la asoló durante todos esos meses. No consideraba ser, como Ambrosio insinuaba, una gran artista. Venciendo sus miedos, sin el apoyo de nadie, se entregó a esta tarea. Lo peor que podía suceder era fracasar en un país de excelsos maestros en el arte pictórico. Pero haber podido presentar una exposición debería serle más que suficiente.

Por más que intentó acercarse a Consuelo, escuchar su personal opinión sobre la obra, esta nunca se prestó a dársela. Su habitual silencio solo se rompía cuando tenía que ordenar algún cambio en la colocación o iluminación de las obras. Era tal su perfeccionismo que Natasha dudaba seriamente si la museografía estaría lista a tiempo. Pero desconocía la determinación de Consuelo.

—Jamás —le aseveró— te fallaré.

Natasha tampoco supo que Ambrosio había invitado a la inauguración a la élite de la plástica mexicana. En la portada del catálogo estaba representado uno de sus cuadros, el cual, sin ser el favorito de Natasha, sí lo era de Ambrosio. Este juzgó correctamente que, con solo observar ese lienzo, los maestros de la pintura mexicana asistirían. Tal era la confianza depositada en su alumna.

Para asegurar el éxito publicitario, Ambrosio le pidió a Natasha que corriera la voz entre sus amistades y conocidos.

Yehuda invitó a González de la Serna a asistir; este, sorprendido, dio a entender que desconocía por completo esa faceta artística de Natasha. Emocionado, no solo prometió asistir con su esposa y conocidos, sino que él mismo se encargaría de pasar la voz entre muchos de sus amigos. Según dijo, entre ellos había grandes coleccionistas de arte que valdría la pena que estuvieran presentes.

—Una hermana mía —le confesó González de la Serna a Yehuda— es escultora. Su obra ha sido expuesta en algunos museos en Estados Unidos e incluso en Canadá. Pero, a diferencia de otros artistas, ella no ha encontrado su lugar entre los coleccionistas mexicanos. Espero sinceramente que Natasha corra con mejor suerte.

Yosef solía entrar sin avisar al estudio de su madre. A una adecuada distancia, miraba con detenimiento cómo Natasha se preparaba para pintar un nuevo cuadro. A él le parecía eterna la espera. A pesar de ello, regresaba día con día, tratando de entender la estructura misma de una obra de arte. Desde el dibujo inicial hasta el momento en que la paleta de colores comienza su trabajo sobre el lienzo. Pero lo que más le llamaba la atención era la concentración que tenía Natasha cuando estaba frente a un nuevo lienzo. Ni los ruidos ni su misma intromisión la alejaban de su propósito.

Solía regresar a su cuarto a tratar de imitar las pinceladas de Natasha. Rápidamente reconoció que no poseía ese don maravilloso del arte, al menos no para la pintura.

Un Acapulco para la familia

La angustia que Yehuda y Natasha habían conseguido evitar finalmente llegó a sus vidas. Alemania decidió atacar a su supuesto aliado, la Unión Soviética. Desplegó para ello un ejército cuyas dimensiones jamás habían sido vistas en la historia de la humanidad, con un frente de soldados bien entrenados para llevar a cabo una guerra relámpago. Tenían que hacerlo aprovechando el buen clima imperante en ese momento, antes de la llegada del temido invierno que podía envolverlos en su gélido y blanquecino manto. Ese crudo invierno que ha derrotado a otros ejércitos en el remoto pasado, y en el que los soviéticos confiaban para hacer retroceder a los alemanes. Stalin no tuvo otra alternativa que aliarse a sus acérrimos enemigos, los capitalistas, y formar con ellos un frente unido. Por segunda vez en menos de dos años, Stalin jugó las cartas a su antojo, sumando ideas contrarias a sus ideales y filosofía.

Ucrania, con sus ricos campos de petróleo, carbón y minerales, tan necesarios para la maquinaria de guerra, constituyó el principal objetivo. Para su sorpresa, los alemanes encontraron, dentro de estos mismos territorios, amigos dispuestos a cooperar con ellos. Rebeldes que nunca estuvieron de acuerdo con las políticas soviéticas, que añoraban una clara independencia de Stalin. Pero, para los judíos de esas zonas, eso representaba su mayor peligro. Un frente común en su contra, formado por el ejército alemán y los grupos antisemitas de la zona. Una pésima combinación que definió el destino fatal que le esperaba a la judería en esas regiones. Como si fuera un designio divino, comenzaron las matanzas en contra de ellos. No tomaban prisioneros; simplemente, y a pesar de ser todos civiles, los exterminaban.

Pero no fueron malas noticias solo para los judíos que habitaban en la Unión Soviética. Los territorios polacos que originalmente habían quedado en manos de los soviéticos, ahora volvían a ser parte del invasor nacionalsocialista; con ello se incrementó la exterminación de manera exponencial. Esta situación terminaría por afectar a cada una de las familias de la comunidad. Todos, sin excepción, tenían más de un familiar tratando de sobrevivir a la hecatombe. Y empeoró: las reglas impuestas por Hitler consistían en aniquilar al pueblo judío a como diera lugar. Acciones inconcebibles, pero reales.

Yehuda viajaba al puerto de Acapulco con cierta frecuencia. Por un lado, tenía que concretar los avances que el municipio debía llevar a cabo para poder completar el desarrollo turístico de la zona. La carretera federal agilizó los viajes al disminuir el tiempo para arribar. Asimismo, con el nuevo aeropuerto, los vuelos entre el Distrito Federal y la ciudad de Acapulco favorecieron mucho el turismo con destino al puerto.

Y así surgieron nuevos complejos hoteleros. Los había desde pequeños moteles sin lujo alguno hasta los más sofisticados complejos hoteleros, novedosos para México. Mucha gente comenzó a adquirir terrenos y construir casas donde lo primordial era la vista de la bahía a través de sus amplias terrazas. Una de esas casas era la que Yehuda se estaba construyendo. No era fácil conseguir los materiales necesarios, que eran enviados desde varios puntos de la república y, a veces, mientras no llegaran, era imposible continuar.

La zona centro de Acapulco creció, ofreciendo a habitantes y turistas todo lo esencial para su estancia en el puerto. Desde mercados bien surtidos hasta tiendas especializadas en trajes de baño, escafandras, aceites especiales para el bronceado y los cuidados del cuerpo. Los turistas compraban además las artesanías propias de la región, con lo cual comenzó a mejorar la situación económica de los más desprotegidos. Aparecieron lanchas y gente dispuesta a llevar a los visitantes a pescar. Se multiplicaron los restaurantes en los que era posible disfrutar comidas con lo mejor que el mar podía ofrecer, a un módico precio.

Como Natasha estaba tan ocupada con su exposición, Yehuda empezó a llevar a Acapulco a Yosef los fines de semana, y en varias ocasiones también llevó a uno o más de los amigos de su hijo para que disfrutaran de este paraíso terrenal. Paraban en hoteles con albercas y restaurantes propios. Comenzaron a estrenarse salas cinematográficas, y se terminó de construir una plaza de toros en la zona de Caletilla. Sin lugar a dudas, los planes esbozados por el grupo de González de la Serna tiempo atrás comenzaban a confirmar que su decisión había sido la correcta.

Yosef, en particular, refinó su paladar con alimentos que Natasha hubiera calificado de «prohibidos». Aprendió a comer almejas con limón y chile, ya que de esa manera sabían mejor. Saboreó los camarones y el pulpo, pero no pudo con los ostiones. Todo esto lo convenció, a medias, de estar cometiendo algún pecado, y por un momento pensó que algún rayo iba a caer del cielo sobre su cabeza.

La primera vez de Yosef en Acapulco, enfundados en sus respectivos trajes de baño, él y Yehuda viajaron hasta las playas de Puerto Marqués, donde pudieron nadar sin el oleaje de otras zonas. Notaron que la arena no tenía la misma suavidad que en Hornos. Era gruesa, adherida al suelo. Parecía como si la marea no lograra moverla de su sitio. Las aguas tranquilas mantenían una agradable temperatura y se podía divisar el fondo con facilidad. Mucho más transparente que en otras playas. «Y no iremos», le advirtió Yehuda a su hijo, «a la playa del Revolcadero. Es peligrosa por su inesperado y agresivo oleaje, así como la resaca del mar, que parece jalarlo a uno como para nunca más devolverlo a tierra firme».

Yehuda le explicaba cómo Acapulco servía de puerto de entrada a las mercancías que provenían de Japón e incluso China. Le habló de la *Nao de China*, de la importancia que el puerto había gozado a través de muchos siglos.

—Y ahora —le explicaba— queremos darle un giro y convertirlo en un paraíso que visiten todos los turistas del mundo. Para ello es necesario cambiar la manera de pensar de los dirigentes y de la gente que labora acá. Van a requerirse numerosos empleos que cubran las necesidades del turismo y, a la vez, de los trabajadores que habrán de vivir en esta zona.

Dejó para el final un viaje especial, para ver los adelantos de la casa que estaba construyendo.

—Cuando la terminen, imagino que la podrás vender con una muy buena ganancia, ¿o no? —preguntó Yosef.

—Así podría ser, hijo. Sin embargo —suavizó el tono y bajó la voz—, esta casa no será vendida. La he construido para nosotros. Será nuestro refugio personal cuando deseemos venir al puerto a descansar, y podrás traer a tus amigos.

Esa noche de sábado durmieron en el hotel. Al día siguiente, muy temprano, desayunaron en sus instalaciones y, una vez que bajaron su equipaje, prepararon todo para el regreso al Distrito Federal; calculaban llegar para la hora de la comida. La amplia cajuela del Lincoln permitió que se guardara el equipaje, así como varias de las compras que habían hecho.

Partieron del puerto casi al amanecer, sin ningún contratiempo, y arribaron a la casa poco antes de las tres de la tarde. Era domingo y la colonia se mantenía desierta. Sabían bien que la mayor parte de las familias estaría descansando en las instalaciones del Parque San Martín, ahora ya conocido por todos como el Parque México.

Al entrar, notaron que la mesa estaba puesta. Se abrió la puerta del comedor y aparecieron Natasha y Sasha, quienes les dieron una cálida bienvenida.

Yosef no paró de hablar durante las siguientes dos horas. Le describió a Natasha con lujo de detalles cada una de las maravillas que había visto. Pero prefirió callar sobre los alimentos que había probado. No era necesario irritar a su madre. No decirlo no era mentir, solamente hacerse de la vista gorda.

Natasha les informó de los adelantos de su exposición.

—Las cosas van demasiado lentas —lamentó—, y solo espero que Consuelo y Ambrosio cumplan su palabra y todo esté listo para finales de noviembre.

Encendieron la radio y se dispusieron a escuchar las noticias, así como un poco de música. Pero esto los deprimió. El avance del ejército nazi seguía siendo la principal noticia del día.

Era de estratégica importancia que el petróleo mexicano pudiera ser exportado a Estados Unidos para movilizar los miles de vehículos que se necesitaban en los dos frentes de guerra en que se peleaba. Pero todavía era más importante impedir que México le siguiera vendiendo petróleo a Alemania. Después del bloqueo impuesto al petróleo mexicano, como respuesta a la expropiación de 1938, esto había sido beneficioso para ambos países, pero ahora, con las nuevas pautas marcadas por la guerra, el petróleo de México se volvió indispensable y un arma con la cual podía participar en su lucha contra el Eje.

Eventualmente, con la aprobación del congreso, el presidente de la república declaró la guerra al Eje. Con ello México selló su destino para los años futuros. En aquellos momentos, Alemania aparecía ante el mundo como una fuerza incontenible; pero la ideología que exhibía a su paso por los lugares conquistados no era compatible con la política mexicana.

La comunidad judía se sentía amarrada de brazos. Inmovilizada por las denigrantes leyes que impedían la inmigración al país cuando esto podría haber salvado a varios miles de correligionarios. Por más esfuerzos que se llevaron a cabo, no se logró avanzar. Aun así, la comunidad introducía a una que otra familia al país a través de las redes de contacto que había establecido. Fueron contadas las familias que lograron salvarse al concedérseles un permiso, y muchas veces este fue revocado en los puertos del Golfo.

Las organizaciones sionistas, sin bajar la guardia, sentían que su lucha por poseer una patria propia se antojaba como una tarea imposible en estos momentos frente a la desmesurada guerra que se peleaba en Europa. Los planes de establecer a tiempo un hogar judío en Palestina quedaron truncados ante los acontecimientos bélicos. Los habitantes de Palestina, con una importante presencia judía, decidieron unirse al ejército británico y pelear contra el invasor, sin olvidar que los propios británicos y sus leyes restrictivas a la inmigración seguirían siendo, en el futuro, el objetivo a conquistar por los grupos sionistas, establecidos dentro y fuera de Tierra Santa.

Aquellas demostraciones fascistas que se vieron en las calles de la Ciudad de México, con desfiles, oradores alentando a una lucha interna, especialmente en contra de los judíos, pasaron a un segundo término cuando la política mexicana viró a favor de los Aliados. Los macabros planes de llevar a cabo una infiltración alemana en México finalmente empezaron a perder su fuerza. Alemania tuvo que reconocer que este país no lucharía en contra de los Aliados y, en cambio, terminó expulsando del país a los infiltrados nazis.

La guerra de espías desencadenada por Alemania en Latinoamérica pareció terminar, al menos en México.

Con la presencia del Comité Central de la comunidad, las diversas facciones que integraban a los judíos en México intentaron por todos los medios unir fuerzas en su lucha a favor de ellos mismos; de todos.

La presencia ashkenazi se refugió en la colonia Hipódromo Condesa y establecieron en ella sus hogares y centros de culto. Al mismo tiempo, los judíos de origen turco, sefaradíes, como se llamaban a sí mismos, buscaron dónde establecerse y, junto a las comunidades provenientes de Siria, Damasco y Alepo, se concentraron en la llamada colonia Roma. Unas y otras se mantenían, sin embargo, independientes. Las bases religiosas eran las mismas, pero con sus diferencias en el culto y costumbres. Sobre todo, los aspectos culturales diferían bastante entre sí. Se hicieron esfuerzos por enlazar a todas bajo un solo techo, con la esperanza de que poco a poco la unción se fuera convirtiendo en una realidad.

La guerra era evaluada en su evolución de manera diferente por cada fracción de la comunidad. La angustia de los descendientes de ashkenazim ante la acometida soviética y nacionalsocialista marcó esos años, por la impotencia de no lograr ejercer un cambio positivo. Cuando las fuerzas de Rommel y su África Korps iniciaron su embestida en el norte de África, los judíos asentados en esos países sintieron entonces la guerra en sus propios hogares. Aunque nada comparable con la perfecta sincronía exterminadora en Europa. Finalmente, las fuerzas de Rommel fueron derrotadas, y el Medio Oriente y los países localizados en las márgenes del Mediterráneo volvieron a respirar.

La exposición

Tal como se había establecido, a finales de noviembre de 1943 se anunció la exposición de las obras pictóricas de Natasha. Así, solo con su nombre. Así firmaba y así sería conocida.

La sala que albergaba la muestra, dentro del Palacio de Bellas Artes, en la zona centro de la ciudad, estuvo lista días antes. Los catálogos se habían distribuido con dos semanas de antelación. Era lo idóneo, le explicaba Consuelo. «De hacerse antes, la gente lo olvidará. Y si tardamos, siempre encontrarán una excusa para no asistir».

El que había sido el principal problema, la iluminación apropiada para los cuadros, se había resuelto satisfactoriamente, para alegría de todos. Las pinturas, colgadas a una altura óptima, recibían la luz de diversas fuentes, lo que resaltaba las virtudes de cada obra. Se habían situado lo suficientemente alejadas unas de otras para apreciarlas de manera individual, pero no tanto como para que el espectador perdiera la secuencia de las mismas.

Ambrosio fue muy insistente en que se reservara la parte central de la galería para colocar las que él consideraba más apropiadas para el público. Sin importar en qué momento o de qué punto entrara uno a la exposición, sería sorprendido agradablemente por estas, las pinturas más representativas de la artista.

Los grandes pintores de la época y los mejores críticos de arte prometieron asistir. Si bien Natasha era una total desconocida, la exposición apoyada por Ambrosio despertaba la natural curiosidad en todos, que conocían la calidad del maestro y sus alumnos.

El evento estaba programado para ser inaugurado a las siete de la noche. El maestro Diego Rivera sería el encargado de cortar el listón. Un honor que emocionó a Natasha.

La noche se presentó libre de lluvia y con una temperatura más que agradable. Bellas Artes se mostraba iluminado y los anuncios de la exposición sobresalían a ambos lados de la entrada principal. Natasha llegó al sitio acompañada de Yehuda y de Yosef. Una vez dentro, mientras ellos esperaban, Ambrosio y Consuelo la condujeron por una de las entradas laterales para que viera que todo estaba ya listo.

Natasha se había puesto para la ocasión un vestido largo de color negro que contrastaba a la perfección con su pálida piel y resaltaba su figura.

Yehuda saludó a González de la Serna y su familia que, tal como prometieran, acababan de llegar.

Natasha notó la presencia de varios meseros, encargados de ofrecer canapés a los asistentes, así como copas de vino tinto. Consuelo y

Ambrosio observaban detenidamente a Natasha. Una vez que constaron que la artista estaba satisfecha con los arreglos, regresaron a la entrada, donde una buena cantidad de invitados estaban ya colocados en fila, esperando que las puertas de la galería se abrieran.

Las puertas cedieron y la gente entró con una mezcla de entusiasmo e incertidumbre, ya que no podían imaginar a qué tipo de obra pictórica estaban por enfrentarse.

Mucha gente se acercó a Natasha. Algunos la felicitaban; otros aprobaban su estilo o incluso la elogiaban por ser tan original. Un par de pintores se acercaron a ella y, sin felicitarla, la animaron a seguir buscando afanosamente su estilo definitivo.

Consuelo estaba al pendiente de todo. Si notaba que alguien estaba más interesado en alguna obra, se acercaba de manera discreta y esperaba que tratara de indagar el precio, entonces sacaba la lista y se lo daba.

Diego Rivera, tras honrarla cortando el listón, se acercó a Natasha.

—Su obra —comenzó diciendo— es muestra de su originalidad. A pesar de notar destellos de uno que otro artista, debo felicitarla porque ha logrado definirse como una verdadera artista. Notará en el futuro que esta exposición, que veo lo que ha gustado, podrá mejorarla sustancialmente. Hoy ha logrado captar la atención de nosotros, los que estampamos en un lienzo nuestra propia vida. Imagino que mañana las críticas serán mixtas, por ello —dijo con un guiño— debe entender que eso es lo esperado; nunca deberá tomárselo muy a pecho.

La felicitó con un abrazo y a Yehuda le extendió la mano, expresando su personal gratitud por haber podido asistir al evento y haber tenido el honor de cortar el listón de la exposición.

Hubo, sin embargo, quienes le dieron a entender, tras ver su obra, que debería dedicarse a otra cosa. Algunos se acercaron como demandando una explicación de lo que significaba aquello que observaban en los cuadros, y no faltó una señora en particular que la felicitó, ya que nunca había experimentado esa cercanía con una rusa.

Las críticas en los periódicos se dividieron entre aquellos que juzgaban haber sido testigos del nacimiento de una potencial y novedosa artista, y los que no lograron divisar en su obra nada de interés.

Ambrosio la llamó después de leer los periódicos de la mañana y le hizo un balance general de lo que él interpretaba a partir de las opiniones: Natasha era una ganadora y si algunos, los más conservadores, estuvieron en desacuerdo con su nuevo estilo, no era motivo para sentirse mal.

Consuelo permanecía callada. Alrededor de las cuatro de la tarde, le llamó.

—Fue un éxito, Natasha. La gente estaba impresionada por la fuerza exhibida en la mayoría de tus cuadros. Y esa —le enfatizó— es la buena noticia del día.

Ante el silencio que siguió, Natasha le preguntó cuál era entonces la mala noticia.

—De los cuarenta y ocho cuadros que estuvieron a la venta, no se vendió uno solo. Peor aún, nadie me ha llamado el día de hoy, de entre los que prometieron que pronto lo harían. Es decir que —concluyó— fue un éxito, pero no económico. Aunque la exposición permanecerá en el Palacio por dos semanas más. Esperemos que en ese tiempo logremos obtener alguna ganancia.

A pesar de que la intención original de Natasha no era trascender como pintora, que nadie mostrara el mínimo interés en adquirir alguno de los cuadros le provocó una profunda desilusión.

Yehuda había permanecido al margen de todo comentario. Prefería esperar a que Natasha le contara su experiencia. Viendo el silencio de su esposa, decidió averiguar qué había pasado. Tanto Ambrosio como Consuelo le ratificaron, en menos o más palabras, lo que le habían informado a Natasha.

Esa noche, cuando llegó a casa, traía bajo su brazo un enorme ramo de rosas. De color rojo, las que Natasha había dicho siempre que eran las que más le gustaban.

Discutieron mucho sobre lo acontecido la noche anterior. Mientras lo hacían, sonó el teléfono. Era Consuelo.

—Natasha, buenas noticias —le dijo—. Se vendieron ya dos de tus mejores cuadros, quería que lo supieras.

González de la Serna y su esposa cumplieron su palabra. Adquirieron cada uno un cuadro que, reconocieron, les había gustado mucho.

Le contó a Yehuda de la llamada.

—¿Quién los compró? —preguntó él.

—Qué tonta de mi parte. No pregunté.

—Mejor, querida. Ya veremos si eso desata una cadena de interesados y a la larga resulta que la gente no solo aprecia la obra, sino que desea poseerla.

Una guerra sin cuartel

La mañana mostraba rasgos de una humedad no común en la ciudad. Los parabrisas de los autos amanecieron empañados. Las calles y avenidas estaban mojadas, pero, al menos, no encharcadas. Diciembre era un mes especial para Yehuda. Venían las vacaciones escolares del fin del año. Pronto, el país se sumaría a la fiebre mundial para celebrar la Navidad. Natasha, antes de la fiesta de Janucá, tenía preparada la januquiá de días atrás. Por la noche prenderían la primera de las ocho velas. Un recordatorio de la epopeya vivida por el pueblo judío tras la rebelión de los sionistas. Tiempos de gloria y de reivindicación resguardando los valores propios, los que la Torá, el libro sagrado, había inculcado por miles de años. Una de las festividades favoritas de la familia.

Se vivían tiempos difíciles para el pueblo judío. Las noticias provenientes de Europa no sonaban para nada alentadoras. Hablaban de grandes campos de detención en los que encerraban a los judíos sin juicio alguno; solo por el hecho de haber heredado su religión. Su suerte nadie parecía conocerla. Llegaban rumores de que eran sometidos a trabajos forzosos. Otros afirmaban que estaban siendo aniquilados de manera sistemática. Las agencias judías trataban de corroborar por todos los medios tales suposiciones.

En Palestina, los británicos luchaban para evitar que los alemanes invadieran esas tierras. La brigada judía, que no estaba de acuerdo con las medidas locales ejercidas por los ingleses, aceptaba por ahora que era necesario luchar a su lado en contra del nacionalsocialismo. Esta guerra, que se había prolongado más de lo esperado, desesperaba a los líderes judíos de cada país, ya que veían frustrados sus planes de poder eventualmente evacuar a los británicos y declarar a Palestina como territorio judío. Peor aún, la posible ola de inmigración que ya podría haber viajado a Palestina para ese entonces quedó relegada al olvido.

Las reuniones en la sede de la Hashomer Hatzair mostraban rostros lúgubres. El entusiasmo previo a la guerra parecía haberse estancado y la posición de ventaja que pensaron que se tenía se perdió por completo.

Escuchaban las noticias que llegaban de todo el mundo sin tener manera de corroborarlas; por lo tanto, no siempre eran creíbles. La invasión a la Unión Soviética, como muchos lo predijeran, fue efectiva en sus primeros embates. Una vez que llegó el invierno, la situación cambió. Y para fortuna del mundo libre, ese invierno del 41 al 42 fue terrible por sus bajas temperaturas y prematuras heladas, que sin embargo lograron parar el avance de los alemanes. Varias de las grandes ciudades estaban siendo atacadas, y se había mantenido un cerco a su alrededor para aniquilar a la población por hambre o enfermedad.

—Volvemos —decía Yehuda— a las tácticas empleadas en tiempos inmemoriales, cuando los atacantes que eran incapaces de penetrar las murallas de las ciudades recurrían a rodearlas y matar a sus habitantes de hambre y sed, y por las epidemias muchas veces inducidas por los mismos asaltantes.

Estados Unidos combatía también en el frente del Pacífico. Japón dominaba por completo la región y aquellos soñaban con el momento en que virara la suerte. La industria estadounidense se convirtió de la noche a la mañana en una de tipo militar, como jamás se había experimentado en el planeta. La batalla de Midway, en junio de ese año, cambió por completo el panorama en el Pacífico Sur. Esa deseada victoria ensombreció las aspiraciones imperiales del Japón y enfiló a los estadounidenses a recuperar poco a poco los territorios ocupados. Ambos bandos reconocían que lo que estaba por suceder cobraría miles y miles de vidas.

Churchill, aislado como el último remanente en Europa de la lucha contra el Eje, agradecía la ayuda militar provista por Estados Unidos y su personal amigo, el presidente Roosevelt. Se estaba dando un vuelco, donde el ejército alemán acaparaba sus últimas victorias al tiempo que sus generales reconocían lo inútil que había sido abrir un frente en el este, que diezmó sus fuerzas.

Todo esto lo meditaba Yehuda. Unos días más tarde, cuando llegó a sus oficinas, se sorprendió gratamente al ver colgada por detrás de su escritorio una de las pinturas de Natasha. Era su favorita —aseguraba a quien le preguntara—, un regalo más que apreciado por él.

Junto con González de la Serna y los demás ejecutivos tuvo lugar su reunión mensual. Marcada por la premura, debido al inicio de las vacaciones.

El tema principal por debatir fue la reciente apertura de dos hermosos hoteles en los que el grupo tenía participación como socio; confiaban en que serían un éxito. Se le encomendó a Yehuda que pasara ese fin de año en Acapulco supervisando los acontecimientos en el puerto y valorando la ocupación hotelera. Tenía programadas citas con el ayuntamiento, e incluso una con el gobernador, para tratar de agilizar el desarrollo de la estructura turística, que aún era deficiente en el puerto. Además, habían abierto para renta varios comercios en la zona del centro de la ciudad, y el consorcio le encargaba que fueran ocupados y se valorara la respuesta tanto de los locatarios ante este nuevo estímulo a su economía como la del aún escaso turismo.

A pesar de haber intentado hacer propaganda a Acapulco en Estados Unidos como destino turístico, la guerra truncó esos planes. Ahora era importante saber si el turismo nacional sería capaz de ocupar por completo las instalaciones hoteleras y cubrir una parte de los gastos en que todos habían incurrido.

Por la noche, sentada la familia alrededor de la mesa del comedor, se habló principalmente sobre el desempeño escolar de Yosef. En general era un buen alumno. Destacaba, sobre todo, en las materias humanísticas, como la historia. Pero ambos padres se sentían orgullosos de él.

Natasha se veía exuberante a solo unos días de la exposición. Su clausura estaba programada para el 13 de diciembre. Consuelo no la había vuelto a llamar, pero Ambrosio le dijo que varios de sus conocidos estaban interesados en sus pinturas.

Yehuda le explicó a la familia los planes para las vacaciones. Fueron más que bien recibidos. Por primera vez ocuparían la casa que Yehuda construyó y podrían estrenar la alberca, que fue lo último que se terminó.

—Para ti —dijo Yehuda, dirigiéndose a Natasha— he construido un estudio en la parte más alta de la casa. Tiene un enorme ventanal con vista directa a la bahía. Pienso que deberás llevar tus enseres para continuar pintando.

Natasha le hizo saber con su mirada que la idea la dejaba muy satisfecha. Efectivamente, empacaría sus colores, lienzos y pinceles. Esperaba encontrar en Acapulco una nueva inspiración para su trabajo.

Yosef les pidió permiso para invitar a su mejor amigo.

—Absolutamente —le contestó Yehuda—. Tu madre se comunicará con los padres de tu compañero para pedirles permiso. No creo que tengan inconveniente en permitirle venir. Debido a todo lo que tendremos que llevar, pienso que será mejor que mamá y ustedes, junto con el invitado, viajen en avión. Yo partiré horas antes en auto, y nos reuniremos allá.

Acordaron salir el día 14 del mes y regresar en los primeros días de enero, para que principalmente Yosef se preparara para el eventual regreso a clases.

Natasha dispuso todo lo necesario para el viaje. Llevaba consigo pañales, más todo lo necesario para Sasha. Era la primera vez que el niño los acompañaría en un viaje tan largo y, aunque se mostraba preocupada porque pudiera enfermar, Yehuda la tranquilizó.

—No hay razón alguna para preocuparnos.

—Pero —decía ella— no hay doctores en Acapulco en caso de que lo necesitemos.

—Si fuera el caso, en unas horas estaríamos de regreso en la ciudad. Trata —pidió— de no angustiarte. Debemos, todos, intentar disfrutar este viaje; el primero que hacemos como familia.

El portafolio de Yehuda incluía diversas citas y supervisiones que tendría que atender. Según le informaron, la ocupación reservada para ambos hoteles estaba por encima de noventa por ciento. Esto animó considerablemente al grupo, ya que, dada la situación reinante en el mundo, pensaban que sus esfuerzos podrían terminar en un rotundo fracaso.

Habían inaugurado una oficina en el centro de Acapulco. En esta trabajaban una secretaria y un aspirante a contador. Ambos le prestarían a Yehuda una ayuda más que necesaria. Aligerarían un poco el trabajo y, sobre todo, le confirmarían las citas que tenía programadas con las autoridades del puerto.

En la última llamada, Yehuda indagó sobre el clima. Le informaron que era perfecto. Sin lluvias, poco calor, con las noches bastante frescas. Habían experimentado un ligero temblor de tierra unos días antes. Revisaron las instalaciones de los hoteles y afortunadamente no notaron daños en ninguno de los dos. Este tipo de fenómenos naturales ocurrían con cierta frecuencia en el puerto, lo mismo que en ciertas zonas de la república. Los ingenieros y arquitectos que construyeron los hoteles, conocedores de este hecho, se esforzaron por utilizar los métodos y materiales más modernos para evitar un posible daño en las instalaciones.

El viaje de Natasha y los niños transcurrió sin problemas. Arribaron al puerto después de un vuelo, algo movido, de noventa minutos. Los esperaba un transporte encargado por Yehuda para llevarlos a la casa.

Yehuda partió temprano esa mañana. Aún no amanecía. La carretera, ya en plenas vacaciones, tenía un flujo de automóviles un poco mayor al esperado. Pero, habiendo parado en Iguala para desayunar, llegó sano y salvo al puerto tras siete horas de trayecto.

Al estacionar su automóvil en la casa, salieron todos a recibirlo. Su corazón se alegró al ver la sonrisa de cada uno. La decisión de pasar estas vacaciones en Acapulco había sido la mejor que pudo haber tomado.

Por la noche, cuando los niños ya descansaban, los esposos se asomaron a la terraza del piso superior. Las luces intermitentes del puerto iluminaban la bahía. Una luna llena se encargaba del resto. Sopló la brisa, e incluso Natasha se cubrió con un rebozo que llevaba explícitamente para ello. Yehuda bebía una cuba libre y le ofreció una a Natasha, quien la aceptó agradecida.

Esa noche hizo realidad las expectativas de ambos. La casa era bellísima. Acapulco se veía más hermoso que nunca.

Por la mañana, Yehuda los dejó a todos instalados. Tomó su automóvil y se dirigió a la primera de sus citas.

Cuando regresó para comer, todos nadaban en la alberca. Sirvieron el almuerzo en el jardín.

Natasha le mostró que tenía todo listo para inaugurar su estudio. Trataría de hacer los primeros bosquejos esa misma tarde.

En los días subsecuentes, visitaron los sitios de interés del puerto. Comieron en cada uno de los hoteles inaugurados recientemente y los niños, en especial, se maravillaron con los clavadistas de la Quebrada.

Cuando regresaron a la Ciudad de México, Natasha le contó a Yehuda que en días pasados había notado una pequeña tumoración en uno de sus senos.

—Deberás hacer una cita a la brevedad con tu ginecólogo —le recomendó Yehuda.

Al día siguiente, la vio el médico.

—No me gusta su consistencia —indicó.

Tomaron una radiografía de su tórax, que se vio limpia. Era necesario extirparla y determinar con exactitud su histología.

Ante la expresión de Natasha, el médico explicó:

—Debemos saber si la lesión es benigna o no.

Una vez dicho esto, ella se comunicó con Yehuda. Estaba programada su cirugía para el día siguiente.

Esa noche, ninguno de los dos logró dormir. Natasha en especial tenía un mal presentimiento.

Yehuda, aunque no tan convencido, trató a su vez de tranquilizarla.

Capítulo 9

Los años de la década de los treinta marcaron muchas pautas de comportamiento en el mundo entero. Yakov y Leah discutían abiertamente lo que acontecía en España. Una especie de revolución. Un movimiento entre liberales y las fuerzas fascistas que desmembró por completo a la sociedad española. Un terrible preludio a lo que una guerra podría significar en un tiempo corto. Franco, apoyado por las fuerzas cóndor, desencadenó con la ayuda de los nacionalsocialistas una masacre entre los habitantes, todos hermanos, de la península Ibérica. Terminaría esa matanza con el triunfo no esperado, pero bien apoyado, de las fuerzas falangistas del ahora general Francisco Franco. Los republicanos, aquellos que mostraban ideas y tendencias izquierdistas, comunistas o como desearan llamarlas, habían sido derrotados y debieron escapar para salvar la vida. El general Lázaro Cárdenas, presidente de México, invirtió los papeles que le dieron historia a México. Ahora él le abría las puertas a ese grupo de intelectuales, liberales y pensadores, permitiendo la entrada a México a cerca de veinte mil refugiados. Podrían, como otros grupos de inmigrantes, aportar a la calidad de vida de los habitantes con su trabajo, esfuerzo y su experiencia de siglos en la economía y en la cultura.

Lo que el mundo pudo observar en España lo asustó. La completa falta de respeto frente a la población urbana y agrícola, totalmente desprotegida. La brutalidad ejercida entre hermanos y el uso de una violencia excesiva, nunca experimentada, dejaron a Europa con un sabor de boca amargo.

En el año de 1936, Leah quedó embarazada por tercera vez. Una preñez nada fácil para ella. Tuvo, entre otras cosas, un desproporcionado aumento de peso. La tensión arterial le subía y le bajaba, las piernas se le hincharon y desarrolló várices muy dolorosas. Poco antes de entrar al último mes, la fuente se rompió y, tras un trabajo de parto por demás rápido, dio a luz a una niña en octubre de ese mismo año. Una vez más, como le había sucedido antes, se sintió atacada por una debilidad, cansancio y desgano que asustó no solo a la familia, sino a los propios médicos. Se rehusaba a ver a su recién nacida y optó por no darle pecho. No deseaba que se la acercaran de la cuna a su cama y, en vez de abandonar el nosocomio en cinco o seis días, permanecieron ambas internadas quince días. A la postre, por insistencia de Yakov, contrataron a una enfermera y esta se encargó de la recién nacida por varias semanas, mientras que Leah no daba esperanzas de poder superar esta nueva depresión posparto.

Yakov se mostraba muy preocupado. Afortunadamente, las gemelas podían velar por sí mismas y eran de gran ayuda en las labores de la casa, manteniéndola en orden. Yoshua, aún muy pequeño, parecía no enterarse de lo que sucedía y se pegaba a las faldas de sus hermanas cada vez que le era posible. Ninguno recordaba una sola ocasión en que este hubiera preguntado o buscado a su madre.

La casa se veía triste a pesar de ser un momento de absoluta felicidad. Al mes de nacida, cuando Leah comenzaba a recuperarse, llevaron a la pequeña a la sinagoga, donde, tras una breve ceremonia, se le dio el nombre de Shulamit bat Yakov. De esta manera se cerraba el capítulo de hijos en la familia. Eran cuatro, todos robustos, aunque aún no se podía adivinar nada con respecto a Shulamit, todavía demasiado pequeña para dar muestras de su personalidad. Era una niña que lloraba constantemente; difícil de alimentar, ya que con apuros aceptaba las fórmulas que se le daban. Leah rechazó de manera categórica amamantarla.

Las noches se volvieron de espanto. Si no lloraba Shulamit, continuaba el llanto, como un reflejo preestablecido, Yoshua. El concierto de lamentos no dejaba reposar a nadie, y Yakov exhibía por las mañanas unas ojeras que evidenciaban su agotamiento interno. Pero era mayor su preocupación por Leah que por la pequeña.

En México se sucedieron acontecimientos que cambiarían el rumbo de la patria, uno tras otro. La nacionalización de los ferrocarriles y la aún más importante y criticada a nivel mundial expropiación del subsuelo mexicano y sus hidrocarburos.

El mundo fingió no mirar lo que sucedía, pero bloqueó los esfuerzos de Cárdenas para que México lograra prosperar y cumplir con el pago de su deuda. No obstante, el presidente contaba con el apoyo de toda la población y, con esta, sabía que lograrían salir adelante.

La difícil situación de la judería mundial se tornó en una obsesión para Yakov. El único medio con el que contaba para tratar de contrarrestar lo que ocurría en Europa era escribir sobre ello. Pero era insuficiente para él hacerlo en los periódicos de habla ídish, cuyo tiraje era por demás limitado y solo eran leídos por una sección de la comunidad judía.

Después de varias pláticas con Arellano y algunos otros directores del periódico, se determinó darle un espacio tres veces por semana para que escribiera algún artículo que él considerara de interés, cuya intención fuera sofocar los brotes fascistas y antisemitas que, como las aguas de una fuente, surgían con recursos inagotables.

La columna nueva, que sustituiría a la anterior y que escribiría a partir de 1936, se titulaba «La cuerda floja». Procuró, como era el deseo original de Arellano, no solamente exponer en ella la situación política mundial, sino también abrir sus palabras a la cultura y ética universales, que, como el propio editor decía, estaban por desaparecer.

Como en otras ocasiones, usó el seudónimo de Ari ben Yehuda. No quiso cambiarlo; en primer lugar, para dar a entender al lector que efectivamente era un judío el que escribía. Y, a su vez, al haber hebraizado el nombre, procuraba estimular a la nación a pensar de manera positiva en la ya no tan remota posibilidad de que en algún cercano día renaciera un nuevo Estado judío. Muchos de sus artículos llevaban la clara intención de promover el sionismo, no como un arma más, sino como el derecho universal que todo ser humano tiene a desarrollar su cultura y tradición dentro de las fronteras de su propio país. Usó inteligentemente muchos ejemplos tomados de la propia epopeya mexicana, que parecía navegar por fin en aguas tranquilas, más de cuatrocientos años después de la conquista ejercida por Hernán Cortés.

En su columna gustaba mucho de mezclar los ideales y batallas sostenidos por los sionistas, comparándolos con la lucha promovida por los insurgentes. Ambas luchas, explicaba, volvían a otorgar a la gente la libertad que deseaba para convivir en concordancia los unos con los otros. Usaba hábilmente tanto el Antiguo como el Nuevo Testamento, mezclando sus ideas de tipo ético y moral, y ajustándolas a los eventos más recientes a los que el pueblo mexicano se había enfrentado. Comprendía que jugaba con fuego. Cuidaba mucho de no herir susceptibilidades; aunque su lenguaje podía ser mordaz en ocasiones, lo suavizaba al tocar determinados temas.

La página era leída con avidez por todos los sectores de la sociedad mexicana. Cuando la influencia fascista estaba en su apogeo en México, recibió incluso amenazas de muerte y, aunque las descartó, considerándolas solo provocaciones, lo reportó a las autoridades. Esto no lo comentó nunca con Leah o con los miembros de la comunidad judía. Yakov, sin sospecharlo, pero sí habiéndolo deseado, se convirtió en un portavoz del lamento judío mundial ante las noticias que se filtraban a América desde Europa. Con el paso de los años, tras la anexión de Austria y la invasión a Checoslovaquia, el tono de sus artículos cambió. La situación ameritaba el conocimiento de la verdad y esta, aunque dolorosa, era importante comunicarla a la población.

Citaba las amenazas proferidas por los nacionalsocialistas, explicando lo que había detrás de aquellas palabras y lo que sucedería si la guerra estallaba; algo que parecía inevitable.

Cuando se firmó el pacto de no agresión entre la Unión Soviética y la Alemania nazi, se abrieron las puertas de una conflagración, y nadie en su sano juicio dudó de que en los siguientes días comenzaría una nueva guerra.

Poco antes de esto, cuando Yoshua y Shulamit ya habían superado los difíciles años de la infancia, Yakov entendió que había llegado el momento de sentarse con su esposa y relatarle los pormenores de la carta que el señor Rosenblum había mandado y en la que el destino de su familia quedaba en suspenso.

Escogió con cuidado una noche en la que, tras una agradable cena, encontró a Leah de un humor apacible para iniciar una conversación. El doctor Antuñano le había procurado algunos estimulantes y, como él decía, el tiempo de la depresión iba llegando a su fin y vendrían mejores días. Sin embargo, la depresión, Yehuda lo sabía, era cíclica, y tarde o temprano podría volver.

Antes de hablarle a Leah de la carta, había llamado por teléfono al doctor Antuñano. Le explicó lo delicado de la misiva, preguntándole si la noticia podría resultar nefasta y llevar a Leah de nuevo a la temida caída de ánimo. Aunque no podía asegurar nada, el galeno insistió en que ese tipo de verdades, de noticias buenas o malas, no se debían ocultar. Había que darlas a conocer, confiando en que el receptor comprendería e incluso sacaría fuerzas para tratar de asimilarlas.

Aquella noche de agosto estaba despejada. Acababa de llover; el aire parecía más fresco que nunca. Sentados en el porche, tomando una taza de té, ambos se miraban, como cuestionando lo que estaba por suceder, dado que durante la cena Yakov había sido muy claro en sus opiniones respecto a lo que el futuro le deparaba al mundo.

Con actitud resuelta, aunque con delicadeza, Yakov le habló de la carta que había recibido y de su contenido. Le relató con detalle lo acontecido en Cracovia, así como la decisión de su familia de deshacerse de sus propiedades, hablar con Manovetzky y refugiarse en Zhytomyr, en un escondite que prepararon para la familia, sospechando que, si Polonia era invadida, la situación de los judíos sería desesperada.

Yakov esperaba que Leah se deshiciera en lágrimas y lamentos al escucharlo. Para su sorpresa, se mantuvo ecuánime. La invadió una lógica tristeza, pero, al mismo tiempo, se despertó en ella un deseo de supervivencia compartido con su familia. Volteó a ver a Yakov, dándole a entender que había comprendido la noticia, pero quería saber si él pensaba que ese era el camino correcto.

Imaginó por unos segundos a la familia resguardada entre cuatro paredes, obligada a un silencio mortuorio; peor aún, sin una idea precisa sobre cuánto tiempo iría eso a durar.

Yakov, con el dolor de ver herida a su mujer, le aseguró que, sin duda, era la mejor opción. Los nacionalsocialistas, enfatizó, siempre expresaron de manera contundente que uno de sus principales objetivos era buscar una solución que terminara con la judería europea. Polonia, con sus tres millones de judíos, representaba una afrenta para Hitler, y el mundo estaría pendiente de su actuación en los próximos días.

Esa noche, que pareció ser interminable, Yakov le mostró un afecto más que real a su mujer. La abrazaba y le infundía ánimo.

Con el paso del tiempo, el panorama europeo empeoró. Fue entonces cuando Leah dejó que sus emociones salieran a flote. Era un llanto de culpa. Sus lágrimas mostraban su cargo de conciencia.

La depresión que Yakov tanto temía no apareció. Era una nueva Leah. Ella sabía que nada podía hacer, pero no dejó de mantener viva la llama de la esperanza, conservando la fe en que su familia habría de sobrevivir.

Solamente le hizo una pregunta a Yakov.

—Manovetzky... ¿crees tú que cumplirá su palabra y no los delatará?

Yakov solo pudo estrecharla con más fuerza. No había en su bagaje de palabras ninguna que pudiera contestar a eso. Su silencio, delator, no sorprendió a su mujer.

Un banco para la comunidad y para México

Una de las mayores ambiciones de la comunidad judía en México era fundar un banco propio. Una institución crediticia que ayudara a los pequeños y medianos empresarios a desarrollar sus comercios, sus sueños. Para ello se requería una banca abierta que les permitiera obtener préstamos, y así evitar la abultada burocracia de las demás instituciones mexicanas. Un banco, como decía la gente, propio. Que sepa escuchar, enseñando cómo utilizar de manera adecuada esos fondos. Una banca más amigable, decía Yakov. Este sueño se hizo realidad en 1934.

El señor Abraham había reunido a muchos miembros de la comunidad para poder arrancar este proyecto. Por fin, el gobierno aceptó que se fundara una nueva institución que, obviamente, serviría a todo el país y no solo a la muy reducida comunidad judía. Abraham insistió en que Yakov formara parte de la misma, otorgándole funciones específicas de suma importancia para el éxito de las operaciones. Muchos de los miembros disfrutaban de una holgada situación económica, obtenida en algunos casos tras más de quince años de arduo trabajo. Ahora, decían correctamente, había llegado el momento de ofrecer un capital a aquellos que no lo tienen, y la facilidad para que puedan arrancar con sus sueños.

Con el paso del tiempo, la república contaría con dos nuevos bancos que dependían en parte de miembros de la comunidad, pero que extendían sus servicios a todo aquel que los necesitara, fuera quien fuera.

Para finiquitar todo esto, y como una nueva tarea, Yakov se había impuesto a sí mismo el tratar de extender sus conocimientos, bastante rudimentarios por ahora, sobre el judaísmo, tanto el religioso como el secular, ya que era vital entenderlo, dada la situación actual de los judíos en el mundo.

Estableció nexos de amistad y mutua admiración con dos rabinos de la comunidad. Con el apoyo y la directriz de cada uno, se sumergió en lo más profundo del pensamiento religioso del judaísmo. Su intención no era convertirse en erudito en esta etapa de su vida. Era tratar de compaginar al judío religioso, que regía su vida por los preceptos establecidos por siglos, con lo más moderno que la religión y sobre todo la sociología podían ofrecerle. Medir ambas fuentes y encontrar un flujo compartido entre ambas que le permitiera, por lo menos a él, navegar un sendero seguro, donde la comprensión de los valores de ambas estructuras calmara y encauzara su personal lucha consigo mismo y, en un segundo término, con los demás.

Apartó algunas horas de la semana para el estudio, ya bien entrada la noche. Así fue como profundizó en el Zohar, en el Talmud y parte de la cábala, sin descuidar a Graetz o a los pensadores modernos, como Buber, buscando las respuestas a sus enormes dudas de tipo existencial.

El descubrimiento de los misterios de la historia universal, incluida la del pueblo de Israel, fue como una cascada de agua fresca para su espíritu. Observaba la situación actual bajo diversas perspectivas, tratando de comprender las bases, si las había, del severo antisemitismo que se vivía a nivel mundial.

Por las noches llegaba agotado a su casa, pero siempre encontraba tiempo para discutir lo aprendido con Leah. Si bien ella se mostraba más interesada en el aspecto cultural, no dejaba de escuchar y tratar de sobrellevar su pena respecto a la situación, más bien desconocida, de su familia en Zhytomyr.

Cuando tomaba en sus manos el Tanaj, Leah buscaba poder comprender la filosofía oculta en los salmos. Se extasiaba con el Cantar de los Cantares, que la transportaba a reinos mágicos, los que solían existir exclusivamente en la mente de cada ser humano. Le entregaban la fuerza moral que necesitaba para sobrevivir esta terrible guerra que, aunque no la afectara a ella directamente, afectaba al pueblo judío. Aunque trataba de alejar de su mente la culpabilidad por haber emigrado y vivir en absoluta libertad, a diferencia de los demás, no siempre le era posible lograrlo.

Tras pensarlo durante muchas semanas, Leah decidió hablar con Yakov. Deseaba convertirse en una especie de mecenas para los músicos que tocaban en diversas orquestas sinfónicas en México. Recordó haber leído sobre los salones en Europa, en las ciudades de Viena y París, donde mujeres, muchas con sangre judía, abrían las puertas de sus hogares para convertirlos en salas dedicadas a producciones musicales, y de esa manera dar a conocer los nuevos valores en la composición o la interpretación de las grandes obras. Lo calificaba como un deseo que, de cumplirse, le permitiría extrapolar sus actividades a toda la ciudad. Pero sabía que, sin el apoyo de su esposo, nada de esto podría consumarse.

En un principio, Yakov no comprendió la razón de llevar a cabo esas tertulias. Nunca había sido un gran amante de la música, pero, a fin de cuentas, intentaba comprender la visión que tenía Leah. Después de reflexionarlo, pensó que sería una buena forma de mostrar al pueblo de México la definitiva alianza que debería prevalecer entre las múltiples manifestaciones culturales del mundo.

Los dos sabían que en la comunidad existían músicos muy talentosos y que ellos podrían ser los motivadores para organizar estos conciertos. Podrían adaptar parte de la inmensa sala de su casa y convertirla en un escenario más que apropiado. Ya contaban, al menos, con un Steinway de un cuarto de cola, que adquirieron con la idea de que alguno de sus hijos se interesara en tocar. Por ahora, ninguno había mostrado esa inclinación.

Sabían que uno de los jóvenes comunitarios aspiraba a la dirección musical orquestal y había mantenido una estrecha interacción con el maestro Carlos Chávez y especialmente con Silvestre Revueltas. Pensaron que serían el trampolín para estos conciertos, incluso podrían dirigir algunas de las obras para pequeña orquesta de cámara.

Escogieron con mucho cuidado a quiénes deberían invitar y a los músicos a los que les solicitarían que tocaran sus propias composiciones. Llamarían a los más importantes periódicos de la nación para que engalanaran estos actos con su presencia y, claro, les dieran publicidad; esto conferiría más valor a las presentaciones y daría a conocer a las promesas artísticas del país.

Una vez que Yakov aprobó la idea, Leah se lanzó a la tarea con un entusiasmo que no había mostrado en muchos años. Se dedicó en cuerpo y alma a establecer estos conciertos como una actividad cultural de abolengo en México. Determinó que deberían ser mensuales, para lo cual contó con el consentimiento de su esposo.

Él mismo ordenaría a sus ayudantes tener preparada la casa para esos días, con sillas cómodas y bien distribuidas. Calculó una asistencia de aproximadamente ochenta personas, que quedarían distribuidas en dos grupos de cuarenta cada uno, dejando a los músicos en la parte central. Se prepararían canapés y se servirían copas de vino como colofón de cada una de esas noches.

La primera de estas actividades conjuntó a un cuarteto de cuerdas. Miembros de la propia Sinfónica Nacional cooperarían con los mejores representantes en cada instrumento.

Escogieron una noche de jueves, en que no competirían con ninguna otra actividad musical en la ciudad. Se tocarían dos piezas esa noche, y ambos compositores estarían presentes.

Una, del maestro Miguel Bernal Jiménez, su *Cuarteto Virreinal*; la otra, uno de los cuartetos para cuerdas del maestro Silvestre Revueltas.

Se hicieron llegar invitaciones a los grandes mecenas de la música mexicana. Familias de abolengo y otras desconocidas, que a través de los años aportarían dinero y esfuerzo para mantener el nivel de la composición de obras de artistas mexicanos en lo más alto.

Para ese primer concierto, Leah hubiera deseado que se tocara la obra de algún compositor judío de vanguardia. Sin embargo, lo dejó para una futura sesión. Ese día de 1938, la clara intención era dar a conocer las nuevas obras de estos artistas locales.

Miembros escogidos de la comunidad también estuvieron invitados. Eran los que a través del tiempo habían demostrado su interés por el arte musical en el país. Formaban parte de algunas fundaciones que procuraban ayudar económicamente a las principales orquestas de la ciudad, entre ellas la Sinfónica Nacional y, la más antigua, la Filarmónica de la Universidad Nacional Autónoma de México.

Con una asistencia completa, Leah, esbelta, en su vestido de gala, abrió la velada con un breve discurso en el que agradeció la asistencia de todos y más efusivamente a los músicos que participarían esa noche. Destacó que la presencia mexicana en el mundo, por medio de las composiciones musicales, constituía una carta de presentación inolvidable. Alentó a los asistentes a involucrarse en el proyecto de dar a conocer las obras y mantener una presencia viva en la inmensa variedad musical del país trasladada a la música clásica.

El maestro Chávez tomó brevemente la palabra y agradeció. Primero, presentó a la concurrencia a ambos compositores y explicó, en una ligera síntesis, la música que estaban por escuchar.

La noche transcurrió en un abrir y cerrar de ojos. El cuarteto tocó con el entusiasmo y la perfección que los maestros ya habían exhibido en otros foros. La obra de Bernal Jiménez, clásica, pero con un toque de travesura en sus temas, fue muy bien acogida. Después del intermedio, y veinte minutos que se dieron para tomar un canapé y beber una copa de vino, se desarrolló la segunda parte.

Las tonalidades del maestro Revueltas resonaron en acordes que parecían disonantes, pero cuya originalidad se podía palpar sin problema. Requirió una absoluta concentración de los intérpretes y, al finalizar la obra, todos, sin excepción, se pusieron de pie y ovacionaron a ambos músicos.

Leah se sentía más que realizada. La presencia en su casa de varios compositores fue un regalo inesperado y una señal de triunfo para su idea. Miró a Yakov de reojo, quien a su vez estaba feliz al darse cuenta de que Leah parecía una mujer transformada.

Estas tertulias se celebraron sin interrupción. Al año siguiente, con el inicio de la guerra, pasaron a un segundo término, y eventualmente fueron olvidadas. Un año después, Silvestre Revueltas moriría y, con la economía tambaleándose, este sueño ya no se repitió.

Zhytomyr

Cuando el ejército alemán se lanzó contra Polonia, en septiembre de 1939, no era posible adivinar cuáles ciudades terminarían bajo su control y cuáles subordinadas a Rusia. Como bien lo temía Yakov, una de ellas era Zhytomyr, adentrada en territorio propiamente ucraniano, con una importante población judía. Hubo aciagos tiempos en que los pueblos y provincias situados entre Ucrania y el Mar del Norte por un momento dependían de un país cuando otro diferente ya los controlaba. Yakov, quien conocía a fondo esta situación, pensó que el hecho de que los Rosenblum hubieran logrado salir de Cracovia, por aquel entonces territorio polaco, y trasladarse a Zhytomyr, dentro de la Unión Soviética, podría garantizarles quedar, como era la realidad, dentro del territorio de Ucrania perteneciente a los soviéticos, y no ser atacados por los nazis.

Aquello no garantizaba, sin embargo, que cualquiera de los dos ejércitos no ejerciera su saña sobre la población judía. El fanatismo antisemita en ambos países era por demás reconocido. Confiaba en que Manovetzky cumpliría su palabra, aceptaría el dinero que se le había ofrecido y salvaguardaría a los Rosenblum. Hasta ahora, se dijo Yakov, siempre había cumplido con sus obligaciones y sus promesas. Pero una cosa era hacerlo en tiempos de paz y prosperidad, y otra bajo el yugo amenazante de ejércitos bien armados y sin compasión, en tiempos de guerra.

Las primeras semanas de la guerra le confirmaron al mundo la superioridad de la máquina bélica nacionalsocialista frente a cualquier otra sobre la faz de la tierra. Polonia ofreció una batalla digna, pero irremediablemente inútil desde un inicio. No era posible enfrentar a la caballería contra tanques blindados. La Luftwaffe mostró su poderío aéreo y su absoluta falta de escrúpulos; con su incesante bombardeo no solamente acometió puntos estratégicos, sino que atacó a la población civil sin misericordia. Esto mostró muy pronto lo que al mundo europeo le aguardaba. La repartición de los territorios conquistados dejó, como supuso Yakov, a Zhytomyr en manos de los soviéticos, hasta julio de 1941. Tras la invasión de Alemania contra Rusia, cayó en manos del ejército alemán.

En México, el estallido de la guerra en Europa afectó en particular a la población judía, que hubo de reconocer que sus familias que vivían en esas zonas se enfrentaban a la muerte.

En España la guerra civil había terminado y se decía que Franco establecería una alianza con Hitler, como una forma de agradecer su ayuda para conquistar la península Ibérica.

En esos primeros meses de la guerra se desató la propaganda fascista en México, basada en los triunfos que estaban logrando los ejércitos alemanes. Se difundió una imagen de Hitler que le otorgaba poderes inimaginables, y se le consideraba ya el lógico vencedor. Se desencadenaron manifestaciones antisemitas contra el supuesto yugo impuesto por los comerciantes judíos sobre el resto de la población. Aunque las ideas del gobierno de Cárdenas eran contrarias a las del nacionalsocialismo, se hizo poco para detener estas demostraciones sufragadas por el fascismo internacional.

Yakov trataba de explicarle a Leah, en palabras coherentes, la situación como él la comprendía. Le dio a entender que Zhytomyr, como provincia soviética, probablemente respetaría la vida de los judíos, aunque en el fondo estaba convencido de que no necesariamente sería así. Tenía que darle una esperanza a su mujer sobre la situación de su familia en Europa. La correspondencia había cesado muchos meses atrás. Era parte del plan para hacerlos «desaparecer» de aquellos parajes en la siniestra oscuridad de sus escondites. Un juego donde todo dependía de la voluntad de un ciudadano, que además no mantenía nexo alguno de amistad o simpatía con ellos.

Las puertas de México se habían cerrado a la posible migración de minorías de cualquier país. Se promulgaron leyes y decretos inviolables. Por más esfuerzos que hicieran los representantes de las comunidades frente al gobierno, se enfrentaron contra una férrea resistencia que no iba a modificarse mucho en los años siguientes.

Yakov fue testigo al mismo tiempo de un nuevo fenómeno, esta vez entre la juventud judía que habitaba en la Ciudad de México. Con la presencia, una vez más, del fantasma de la guerra, con el antisemitismo en su punto más álgido, con la peligrosa situación en que se encontraba la judería europea, las diversas organizaciones judías comenzaron a demostrar una franca inconformidad con sus padres, quienes no aceptaban las ideas sionistas. Los que habían llegado a México en la década de los años veinte, ahora con hijos e hijas nacidos en un país con libre expresión, deseaban hacer uso de esos privilegios. Las organizaciones sionistas incrementaron sus actividades y dejaron escuchar su voz en el Comité Central, exigiendo una actitud de mayor firmeza hacia el gobierno para poder admitir refugiados en el país, algo que se había tornado en una emergencia real. Estos jóvenes, al igual que los líderes judíos en Palestina, ya no dudaban de que Israel como país sería una eventual realidad. La guerra solamente había establecido una pausa en sus aspiraciones para poseer la tierra que les correspondía desde hacía cerca de dos mil años.

Forzaron a las autoridades a escuchar las voces de alerta que se dejaban oír en Europa, donde, se sabía, habían comenzado a asesinar a los judíos, sin juicios, sin remordimientos y, desgraciadamente, sin razones, legales o no, en que apoyarse. Sobrevivientes de algunas de estas matanzas comenzaron a expresar miedo ante la barbarie exhibida por los nacionalsocialistas en su aún implacable avance. Corrían rumores de hacinamiento en ghettos y en campos de detención con la intención de proseguir adelante con el plan de confinamiento de la denominada «raza» judía.

Se lanzaron protestas en mítines que se llevaban a cabo en diversos puntos de la ciudad; en panfletos y en artículos periodísticos, donde la figura de Yakov como escritor se reafirmó, convirtiéndose en el portavoz de esas mismas querellas, fundadas en datos ya comprobables pero generalmente desechados por los gobiernos de América.

Hasta ese momento, en casa de Yakov se solía hablar de cultura, de historia y un poco de política. Las gemelas introdujeron en su propio hogar su inseguridad respecto a los informes que se filtraban sobre la situación de los judíos en los países ocupados por el Eje. Tuvo Yakov que comprometerse con ellas a escribir con mayor ímpetu y fuerza sus artículos en la prensa nacional. No era el único, pero sí uno de los más importantes y más leídos.

Se forzaron entrevistas con el nuevo gabinete del presidente Manuel Ávila Camacho y su grupo de colaboradores. Desgraciadamente, poco se logró. Todavía era el tiempo en que México no declaraba formalmente la guerra a ninguno de los dos bandos. La infiltración fascista en el país y la propagación de la bien preparada quinta columna seguían manipulando a la opinión pública.

Una gran proporción de la población mexicana pensaba que la guerra la ganaría sin duda Alemania. Mostraban, a la vez, cierta condescendencia con el régimen nacionalsocialista, soñando cómo esto podría tener muchas ventajas para la economía en México. Ya con el bloqueo impuesto a México y su petróleo por las acciones tomadas en 1938, el país se vio forzado a buscar nuevos clientes para el crudo mexicano, resultando Alemania uno de ellos. Cuando los norteamericanos se enteraron de esto, naturalmente cambiaron su política hacia su país vecino, y al declararle la guerra a Alemania, a finales del 41, México pasó a ser, por las conocidas circunstancias, un aliado más que indispensable para proveer ese insumo al ejército estadounidense. En 1942, Ávila Camacho declaró formalmente un estado de guerra entre México y las potencias del Eje, con lo cual las directrices previamente indecisas en el país se organizaron en un esfuerzo único para derrotar a Alemania y sus aliados.

Muchos jóvenes deseaban ser voluntarios y formar parte de las brigadas en México que, en caso necesario, serían enviadas a pelear en Europa. Otros, al enterarse de la ambición alemana de conquistar los países árabes, con sus enormes reservas de petróleo, intentaron dirigirse a Palestina y prestar su servicio a las brigadas judías, que luchaban conjuntamente con los ingleses para evitar la que parecía una inminente invasión. Pero las puertas de entrada a Palestina seguían selladas. No aceptaban más inmigrantes. El llamado *Libro Blanco*, impuesto por las autoridades británicas y que limitaba la inmigración judía, representó una ofensa a las aspiraciones de los judíos para trasladarse a Palestina.

Antes de la declaración formal de guerra por parte de México, las instituciones judías solicitaron protección al gobierno. Al no obtenerla de manera eficiente, la propia comunidad se vio obligada a establecer sus propios cuerpos de defensa. Se habían recibido amenazas en contra de los colegios y, en especial, las sinagogas. Eran épocas de desolación y precaución extrema, pero sin que los inmigrantes abandonaran su total entrega al país.

Tanto Sara como Ana pertenecían a organizaciones sionistas. Aprendían el hebreo, o trataban de hacerlo, más allá de las clases de este idioma que recibían en su colegio. Pero habían olvidado la herencia del shtetl. Aun viviendo en México, eran parte de las pioneras que abogaban por un renacimiento en Israel. Aprendían las enseñanzas básicas para, en caso de emigrar, ser parte del sueño de los judíos de repoblar el nuevo país y, si lo deseaban, eventualmente vivir dentro de sus fronteras.

Este cambio fue predominante en la comunidad ashkenazi. Gran parte de ellos se asimiló a un mundo más moderno. Su forma de pensar, judía hasta la médula, era ahora más congruente con el mundo en que vivían. Pensaban y soñaban como jalutzim; leían a los autores judíos modernos y, por primera vez, visualizaban la posibilidad de llegar a ser parte de un país que fuera gobernado por judíos, para quien solicitara vivir en él, sin olvidar jamás las bendiciones que les había dado México hasta ese momento y que posiblemente les daría en el futuro.

Depresión

Leah empezó a albergar una vez más un sentimiento de soledad y aislamiento. Las actividades musicales que en otras épocas ocuparon mucho de su tiempo e interés ahora solo dejaban traslucir su silencio, como una maldición surgida del ruido de los combates que se llevaban a cabo en el mundo, en el transcurso de la guerra.

Las gemelas no solo habían crecido y cursaban la secundaria, sino que, con los horarios escolares, aunados a las tareas que ellas mismas se imponían dentro de las organizaciones sionistas, rara vez llegaban a casa antes del anochecer. Yoshua, ya un joven de casi diez años de edad, se aferraba a sus amigos. «En casa», se quejaba con Leah, «solo hay mujeres todo el día». Y efectivamente, trataba por todos los medios de estar fuera de casa, igual que sus compañeros del colegio. A Leah solo le quedaba la presencia de la pequeña Shulamit. Una niña que apenas cursaba los primeros años de la primaria. Soñadora desde muy pequeña, a su vez se sentía alejada del resto de la familia. Las hermanas eran bastante mayores que ella y no le prestaban mucha atención. Yoshua, con quien se suponía debería llevar una mejor relación, siempre estaba ausente y en verdad jamás se interesó por lo que le acontecía a ella.

Cuando requería ayuda con alguna tarea escolar difícil, tenía que esperar que regresaran a casa sus hermanas o que Yakov, si llegaba a cenar, la ayudara. Aunque mostró facilidad en la escuela, le gustaba más jugar. Por esos años contrataron al maestro Benítez, para que al menos uno de los hijos tomara clases de algún instrumento musical. El piano fue el elegido y las clases le agradaban, aunque se burlaba siempre de la forma en que Benítez le explicaba las cosas. Iba aprendiendo lo básico, lo absorbía con más facilidad que las materias escolares, las cuales aún le resultaban simples y sencillas.

Leah leía mucho. Constituía, en la actualidad, su pasatiempo favorito. Novelas de todo tipo. No buscaba lecturas más profundas. Se dejaba llevar por los personajes de sus novelas románticas, soñando con vivir mejores tiempos que los actuales.

La falta de actividad probablemente jugó un papel decisivo en el regreso de la depresión para Leah a la que se veía sometida por temporadas. No había, en sí, una razón que la desencadenara. Como explicaba el doctor Antuñano, posiblemente era algo inherente a la personalidad o, entrando en campos fisiológicos, a la bioquímica del cerebro de Leah. Se desconocía si hubo en la familia de ella casos semejantes. Por otro lado, argüía el médico, las noticias que había recibido respecto a los acontecimientos en Europa, en especial lo relacionado con su familia, le habían producido un severo desánimo. Solía dormir la mayor parte del día y evitaba participar en otras actividades. Comía poco y con desgano. Cuando Antuñano trataba de averiguar si sentía ganas de llorar, ella lo negaba rotundamente, siendo que en realidad pasaba horas encerrada en su cuarto llorando su aparente desgracia, o la que ella sentía como una avalancha que se dejaba caer sobre sí misma. Yakov trataba de ayudar; de comprender sus razones; si bien le costaba mucho entender o aceptar la triste realidad, no tenía, sobre todo, mucho que ofrecerle. Los hijos rehuían su presencia, llevaban vidas totalmente separadas de su madre. Todo esto incrementaba el peso que Leah sentía recaer sobre su alma. Intentaba por momentos luchar contra el letargo que la agobiaba, pero, por más esfuerzos que hacía, era incapaz de romper ese desagradable estadio en el que se encontraba.

Antuñano le recetaba algún barbitúrico, que al menos, como decía ella, la ayudaba a dormir de noche, sin tener que pensar en las pesadillas que la asolaban de día.

Una mañana de sábado en que Yakov se levantó un poco más tarde que de costumbre, notó que efectivamente Leah dormía profundamente. La cubrió con la cobija en lo que se bañaba y afeitaba. Al salir del baño, notó que su mujer permanecía exactamente en la misma posición en que la había dejado una hora antes. Se dio cuenta de un tono ligeramente violáceo en sus labios. Volteó instintivamente en busca de las pastillas. El frasco permanecía abierto, la tapa a un lado, pero estaba vacío. Rápidamente entendió. Trató por todos los medios de despertar a su mujer y no lo consiguió; llamó de manera urgente a Antuñano. Este le ordenó que la subieran de inmediato al auto y la llevaran al Hospital Español. Ahí estaría esperándolos, en el departamento de Urgencias.

Por más esfuerzos que hizo, Antuñano no logró despertar de su letargo a Leah. Rápidamente ordenó a los médicos que le colocaran una sonda estomacal y procedió a un lavado, con la esperanza de obtener todavía algunas de las pastillas. El lavado fue negativo. Era de suponer que las había ingerido por la noche. Antuñano sabía el efecto que podían provocar y el tiempo que el organismo requería para expulsarlas. Ordenó internarla y la colocó en una tienda de oxígeno; recetó sueros para que pudiera hidratarse y acelerar la excreción de los barbitúricos. Se le notaba muy preocupado.

—Sin saber —dijo a Yakov— cuántas tabletas tomó, será difícil pronosticar lo que pueda suceder. Su respiración y la función de sus riñones son lo primordial para evitar un daño permanente o incluso —tomó aire— la muerte.

Yakov confiaba totalmente en la capacidad de Antuñano. El médico, sin embargo, sugirió que debería verla un especialista en este tipo de situaciones para encauzar el mejor tratamiento posible. Por último, le dio a entender a Yakov que no la dejaría salir del hospital hasta que la examinara un neurólogo-psiquiatra. Sugirió que la volviera a ver, como años antes, el doctor Pérez Asunción. Tendrían que esperar a que reaccionara y pudiera estar lista para ser revisada.

Comenzó a reaccionar poco a poco. Seguía en la tienda de oxígeno y con los sueros, donde Antuñano agregó algún estimulante para acelerar la mejoría. Aún tenía la sonda en el estómago, en caso de que se decidiera iniciar algún tipo de alimentación, y colocaron una más en su vejiga para facilitar la salida y medir la cantidad de orina.

—Sus signos vitales se han mantenido en niveles bajos, pero normales. Empieza a responder a estímulos dolorosos, lo que ayer no hacía, y creo que vamos por buen camino.

Sin embargo, Yakov notaba un cierto titubeo en la voz de Antuñano y no estaba seguro de si le decía toda la verdad.

Al cumplirse las setenta y dos horas de su internamiento, Leah abrió al fin los ojos. Al primero que vio fue a Yakov, el cual no se había despegado de su lecho durante esos tres días. Se le notaba cansado, envejecido. Trató ella de hablar, pero las palabras parecían no fluir de su boca. Yakov la tranquilizó. Le explicó lo que había sucedido, sin mencionar que todos estaban al tanto del posible intento de suicidio; le informó que se encontraba internada en el Hospital Español. No le dijo tampoco que las autoridades habían llegado a interrogarlo. Convencidas de que no había delito alguno, y estando Leah bajo el adecuado cuidado de los médicos, se firmaron los papeles necesarios y desaparecieron.

—Son reglas que el hospital tiene que cumplir —justificó Antuñano.

Yakov nunca tuvo objeción para ello. Su única preocupación era Leah. Durante esas horas, se sometió a un proceso introspectivo sobre la vida de ambos y al final estuvo a punto de declararse culpable. Había, en efecto, mostrado un alejamiento absoluto de su mujer, sin prever las actuales consecuencias. Se hizo la promesa de cambiar. Solo deseaba que ella mejorara.

Dos días después, fue posible retirar las sondas y mantenerla fuera de la tienda de oxígeno. Sus signos vitales se habían normalizado y Yakov supuso que sería dada de alta en los próximos días.

Cuando vino a revisarla el doctor Pérez Asunción, permaneció con ella por más de tres horas. Nadie supo ni sabrá de lo que hablaron. Ella aparentemente encontró en él no solamente a un buen médico, sino a un confidente también; abrió su corazón y dejó expuestas sus más íntimas heridas.

—Su mujer —le informó a Yakov— ha pasado por una experiencia muy desagradable. Es solamente la gota que derramó el vaso. Viene arrastrando una serie de culpas, cargos de conciencia e interrogantes existenciales de tiempo atrás. Necesitará un muy largo proceso de curación. No será dada de alta. Tendrá que permanecer en esta institución por tiempo indefinido, hasta que, entre ella y sus fantasmas, se establezca una tregua que nos asegure, en lo posible, que algo semejante a esta acción no volverá a repetirse.

Cuando Yakov intentó protestar, Pérez Asunción fue directamente al grano.

—Su mujer —le dijo categóricamente— debería estar en la Castañeda y no en este hospital. Es una enferma grave, cuyo mal no es físico, sino mental. Pero es tan peligroso como si tuviera un cáncer. Puede acabar con ella en el momento menos pensado. Su gran fragilidad debe ser reforzada con un largo tratamiento psicológico. Sin embargo, no puedo garantizar que la lleve de regreso a la normalidad. En lo personal

—añadió— me sorprende que no lo haya intentado antes. Pero le puedo asegurar que, de volver a hacerlo, lo planeará con más cuidado y no jugará con la posibilidad de ser rescatada y regresar a los miedos y horrores que la acosan. Es un problema complejo. Puede haber factores familiares y genéticos que desconocemos o una inseguridad y terror a enfrentar la realidad, que por ahora no puede afrontar por sí sola; ni siquiera en su compañía.

—Lo comprendo, doctor. Agradezco su honestidad al contarnos todo. Haremos lo que sea necesario, por el tiempo requerido. Entiendo también —aceptó Yakov— que nadie puede asegurarnos que saldrá adelante. La dejaremos en sus hábiles manos y confiaremos en su recuperación.

El doctor Pérez Asunción insistió en que debería tener a una enfermera con ella las veinticuatro horas del día. Por ahora, las sesiones con la paciente se llevarían a cabo todos los días.

—Veremos —decía— cómo evoluciona y decidiremos sobre la marcha el camino a seguir.

Les dio a entender que la hospitalización se extendería por las próximas seis semanas.

—Las visitas estarán muy restringidas y, por lo pronto, no habrá ninguna en las primeras dos semanas. Después se decidirá, dependiendo de la evolución, y se programarán.

Las gemelas lloraban mientras escuchaban al doctor Pérez Asunción. Yakov notó cómo ni Yoshua ni Shulamit entendían la situación.

—¿Mamá va a morir? —Fue lo único que preguntaron.

Los días transcurrieron lentamente para todos. Las primeras dos semanas, Leah no dio muestras de mejorar y las visitas fueron suprimidas por otras dos semanas.

Tras un mes internada, Leah solicitó a Pérez Asunción ver a sus hijos. No preguntó por Yakov. Cuando le informaron de esto, los dejó pasar y el médico se sentó a dialogar con Yakov.

—Con usted —comenzó diciendo— el proceso será más lento. Ella aún no puede enfrentársele. Tiene tal sentimiento de culpabilidad dentro de su alma que presiente que podría tener una severa recaída si lo viera. Tendrá que mantener la calma. Esperar el momento más adecuado.

Los días se convirtieron en semanas. Tras cerca de cuatro meses internada, con una nueva actitud de parte de Leah, que ya lograba dormir toda la noche y había mejorado su apetito, Antuñano y Pérez Asunción decidieron que ya era el momento de que regresara a su hogar, bajo estrictas medidas de cuidado y con enfermera las veinticuatro horas.

Debería seguir un programa de ejercicio, meditación y tener visitas intermitentes con el doctor Pérez Asunción para completar la psicoterapia iniciada desde su estancia en el hospital.

A raíz de estos acontecimientos, Yakov buscó refugio en el estudio de los textos judíos con más devoción e interés que nunca. Su relación con los profesores mejoró, y el diálogo con ellos le otorgó paz espiritual.

Seguía siendo un hombre respetuoso de su religión. Rezaba por las mañanas, seguía respetando en su casa los alimentos con una orientación kosher. A la vez, había roto con algunos estigmas que trajera de Europa. Vestía modernamente, con la barba afeitada y sin bigote, tan de moda en aquellos años. No gustaba mucho de usar sombrero y lo evitaba la mayor parte del tiempo.

La vida conyugal con Leah había sufrido constantes episodios de alejamiento. Si bien la extrañaba, comprendió perfectamente que las cosas no volverían a ser como antes. «Las aguas tendrán que encontrar su cauce», pensaba. No existía manera de solventar esa situación. La paciencia, que nunca fue un arma que gozara de su favor, ahora marcaba pausadamente su devenir.

Dedicó más tiempo a convivir con los hijos. Se encontró con dos adolescentes maduras, de ideas firmes respecto a su futuro. Sara, la mayor, le expresó el deseo de continuar sus estudios al finalizar la preparatoria. Su interés se centraba en la filosofía y deseaba que no hubiera objeción por parte de Yakov o de su madre para ello. Ana, por el contrario, más propensa a pensar en casarse y tener una familia, seguiría los pasos de Leah y de todas las mujeres de la familia que la precedieron. No era una joven ambiciosa, reconocía no estar en los estudios a la altura de su gemela.

Yoshua, aún muy joven, destacaba en los deportes. Era un alumno que no se distinguía mayormente, pero siempre estaba a la par de sus compañeros. Era muy pronto para definir su futuro.

Y a pesar de ser la más joven, Shulamit se resistía a someterse a las reglas que imperaban en la casa y declaró su independencia. Era, sin duda, la que más leía y se mantenía al tanto de los acontecimientos pese a su corta edad. Seguía con los estudios de piano, pero todos anticipaban que pronto los dejaría. No notaban en ella esa chispa de entusiasmo por la música que todos esperaban.

Era la mejor alumna de su clase. Tendía mucho a buscar la soledad y así, recargada en algún árbol de su jardín, solía permanecer absorta con un libro, leyendo por varias horas. Su poder para concentrarse era lo que más llamaba la atención de Yakov.

Los domingos que no se quedaban en el perímetro del Parque México, subían a la limusina que manejaba Yakov y paseaban por lugares conocidos, y otros no tanto, de la ciudad. Les mostraba las nuevas colonias.

—México —les decía— crece de manera vertiginosa.

En otras ocasiones iban a Chapultepec. Llevaban un almuerzo preparado y pasaban ahí varias horas agradables. Todos extrañaban la presencia de Leah.

Una mañana, el señor Abraham lo citó en su oficina del banco. Yakov se presentó puntualmente sin saber siquiera la razón de esa inesperada junta.

Tras invitarlo a sentarse y preguntar por la salud de Leah, le informó que el banco, que había iniciado sus actividades con gran dificultad, había mostrado un crecimiento importante en los últimos trimestres hasta convertirse en la institución que la comunidad y el país deseaban tener. Y todo esto, según explicó, lo había alejado por completo de sus demás actividades y negocios.

—He decidido vender mis propiedades —le informó.

Al notar la expresión de Yakov, lo tranquilizó y le reiteró que los cambios por venir serían provechosos para él y sus socios.

—Necesito —agregó— un hombre de mi total confianza para manejar toda la problemática que el banco me presenta. Deseo, así mismo, establecer una fundación de ayuda a los más necesitados de la comunidad y de México. Ayudaré a colegios, hospitales e instituciones de beneficencia, sin importar sus orígenes. Bueno —puntualizó—, la razón de llamarte, querido Yakov, es que quiero que tú seas esa persona de confianza en el banco que me permita cumplir mis sueños. Eres sin duda el indicado y, si lo apruebas, lo presentaré al Consejo de Administración. En pocas palabras, pasarás a ser el nuevo subdirector de este banco, con todas sus responsabilidades y beneficios.

Yakov, que pocas veces en su vida se quedaba sin habla, esta vez permaneció mudo ante la sorpresa. El viejo Abraham se levantó de su asiento, se acercó a Yakov y estrechó su mano.

—Sé que puedo confiar plenamente en ti, en tus decisiones y capacidades. Los socios te estiman, y no veo razón para que se opongan a mis planes. Debo, sin embargo, advertirte. Tu vida va a cambiar. Tu presencia en la comunidad y en México requerirá mucho más de tu tiempo que antes. Lo resentirán tus hijos y Leah. Con tu inteligencia, tendrás que administrarte para que ellos no resientan la falta de un padre o esposo. En ello va implícita la felicidad de tu familia.

Yakov comprendió que este nombramiento no movía un ápice de la fortaleza que Abraham tenía sobre las decisiones importantes del banco. Su presencia marcaba siempre las pautas a seguir.

«¿Por qué yo?», pensó Yakov. Había otros más preparados. Era cierto que Abraham no tenía hijos, lo que siempre representó una pérdida personal para él. Decidió no hacer comentario alguno al respecto.

La triste realidad en Europa

El silencio finalmente se rompió. La oculta verdad; el susurro de una noticia; el miedo a reconocer una realidad. Ya no era una posibilidad. Era una molesta confirmación. En Europa, los judíos en los países subyugados por la bota nazi estaban siendo eliminados de manera sistemática.

Los ghettos donde se les hacinó en un inicio se iban vaciando cada día. Los habitantes eran transportados a lugares predestinados. En vagones, acarreados como ganado. Sin provisiones, sin agua o lo más elemental que un ser humano merece. En sus destinos eran recibidos por los guardias nazis, con sus feroces perros ladrando sin parar. Eran conducidos bajo engaño a desinfectarse y lavar su cuerpo. Sin conocer la realidad, sin tiempo de rebelarse, entraban desnudos a las enormes duchas en las que el agua prometida se convertía en un gas mortífero que los libraba de su vida y les entregaba esa «libertad», como la calificaban sus opresores. Cientos de campos de concentración y varios de exterminio. Se había desatado el apocalipsis sobre la judería y otras minorías. Sistemáticamente, de acuerdo con los lineamientos para llegar a la «solución final», iban siendo aniquilados solo por ser quienes eran.

Era una verdad que pesaba sobre el mundo. Ninguno, sin embargo, habría de levantar un dedo en señal de protesta. Nadie se molestaría en bombardear las cámaras de gases que los propios judíos se vieron forzados a construir. Nadie desviaría a un batallón para liberarlos. Los judíos nunca serían considerados en la lucha de los Aliados por vencer al Eje.

Por ahora, en ese 1943, solo llegaban rumores sobre lo que sucedía en Europa. ¿Quién iba a pensar que un país como Alemania se estaba encargando de la total aniquilación de un pueblo? Algunos sobrevivientes que escaparon de los ghettos o de los campos de exterminio emitieron una voz de auxilio que jamás fue escuchada. La suerte de los judíos en Europa había sido dictada. El mundo simplemente cerró sus ojos, tapó sus oídos y se convenció de que todo conformaba solamente una gran mentira.

En el continente americano, la judería solicitó la ayuda de los políticos que gobernaban sus países. Nada se hizo. Lo peor del caso es que no ayudaron no porque no estuvieran en la posibilidad de hacerlo, sino que simplemente lo desecharon. Mostraron una indiferencia absoluta. No hubo remordimiento ni cargo de conciencia. Los judíos no eran parte de ninguna prioridad en los planes de los ejércitos aliados para derrotar al régimen nazi. Su indiferencia no sería jamás juzgada por algún tribunal en la tierra.

Yakov escuchaba a diario los lamentos de los judíos de México, que comprendían cómo se estaba exterminando a sus familiares en el Viejo Continente. Escribió artículos denunciando estos hechos sin que nadie les prestara atención.

Leah le preguntaba cada noche a su esposo si pensaba que sus padres seguirían ocultos en Zhytomyr.

—¿Habrá cumplido su palabra Manovetzky? ¿Cómo podríamos averiguarlo?

Muchas interrogantes; ninguna respuesta.

La festividad de Pésaj de ese año despertó en el mundo asombro y admiración. Se sabía que los judíos fueron hacinados en una zona de Varsovia en la que los alemanes introdujeron más de diez veces su capacidad. Nadie podía salir o entrar sin permiso especial. Como era de suponerse, el hambre y las enfermedades hicieron su aparición. Pero, desde un año antes, empezaron a presentar listas de grupos enteros que eran deportados a lugares desconocidos y de los cuales ninguno regresó.

En la víspera de la primera noche de Pésaj, en abril de 1943, el ghetto de Varsovia, prácticamente sin armas con que defenderse, tomó la ofensiva y promovió un levantamiento contra las fuerzas alemanas. Los nazis calcularon que podrían terminar con la sublevación en cuestión de unos cuantos días. Esto no ocurrió así. La desigual lucha obligó no a finiquitar la insurrección, sino a hacer desaparecer por completo al ghetto, tanto sus edificios y calles como a la judería que aún seguía luchando dentro.

Fue así como un puñado de seres hambrientos y desarmados hizo tambalear al supuestamente más poderoso ejército sobre la tierra. Un mundo asombrado reconoció finalmente que algo no estaba siendo respetado en cuanto a los derechos humanos; derechos básicos de las personas. Se aceptó que la judería estaba bajo la mira de Hitler. Y una vez más, nadie hizo nada.

Un puñado de héroes que lograron escapar por las alcantarillas serían los encargados de describir a detalle lo ocurrido en aquellos días. Sí, un ejemplo de pundonor, de rebeldía ante situaciones inciertas. Había sospechas de un exterminio sistematizado dentro de algunos campos. Muchos fueron fotografiados y esa sospecha se corroboró. Nada habría de cambiar. No hubo un solo intento de terminar de una vez por todas con esas prisiones y sus ocultos y viles asesinatos. Los dirigentes se rehusaban a prestar atención al grito de protesta que se extendía por el mundo judío. Rechazaron las fotografías y documentos, así como los relatos personales. De nada sirvió.

Al final de la guerra, cuando las campanas de todas las iglesias repicaban anunciando la victoria, el pueblo judío se enteró de que seis millones de sus integrantes habían sido asesinados bajo un plan bien establecido y llevado a cabo. Significaba el fin de la presencia judía ashkenazi en Europa, tras cerca de mil años de haber tratado de convivir con la población en aquellos países.

El mundo judío acababa de perder cerca de la mitad de sus habitantes.

Como muchos, Yakov se enteró de este acto de rebelión en el ghetto de Varsovia, llevado a cabo por hombres, mujeres y niños que de antemano sabían que iban a morir. Esto terminó por abatir su ánimo e incluso su esperanza de encontrar a los Rosenblum con vida.

Leah le hizo prometer una sola cosa.

—Prométeme —le dijo— que regresarás a Polonia y buscarás a mi familia. Irás a Zhytomyr y tratarás de ver si Manovetzky vive y si efectivamente cumplió su palabra.

Así lo prometió Yakov.

—Y de ninguna manera habré de faltar a mi promesa.

Capítulo 10

Camino al hospital, ambos, pero en especial Natasha, iban silenciosos en el automóvil. Yehuda trataba de animar la conversación lo más posible. Decidió que no hablaría sobre la guerra. Le mencionó algunos de los cambios ocurridos en el puerto de Acapulco.

—Han decidido ampliar la avenida principal —le decía—. Han plantado innumerables palmeras a lo largo de esta. Esperan que proporcionen un poco de sombra, tan necesaria, a los automovilistas que circulan por ahí. Y el club de yates se ha expandido.

Natasha miraba fijamente al frente. Sentía que su destino estaba por encontrarse en una encrucijada tan complicada que amenazaba su futuro. En el relativamente corto trayecto, analizó toda su vida. Antes y después de haber conocido a Yehuda. Callaba, sintiendo que el silencio que la envolvía le auguraba aún sorpresas por venir. Tenía miedo de su cirugía. No por el dolor o las molestias. Por algo más profundo, inherente a su persona como madre y esposa. No era una mujer supersticiosa, pero cruzaba los dedos. «Dios mío», suplicaba en silencio, «que todo salga bien».

El doctor Robledo había programado la biopsia y, de ser necesaria, una cirugía, temprano esa mañana. Era un especialista altamente recomendado por el propio ginecólogo de Natasha. Se había hecho de un buen nombre en la medicina mexicana, tras un prolongado entrenamiento en cirugía en la ciudad de Nueva York. Una de sus especialidades consistía, precisamente, en el tratamiento del cáncer de seno, tan frecuente en el mundo.

Con delicadeza, les explicó a ambos el tipo de procedimiento que se iba a llevar a cabo.

—Primero —les dijo— tomaremos una serie de muestras de la lesión, que mandaremos al patólogo. Este observará en su microscopio las células de la biopsia y podrá definir si son benignas o malignas. En caso de ser benigna la lesión, la extirparé en una simple cirugía y en unas horas estará de regreso en su cuarto, después de un breve lapso en la sala de recuperación. Pero —y en este punto se tomó su tiempo para continuar— si las células muestran algún grado de malignidad, procederé con la extirpación de toda la mama y de los ganglios en la axila, para asegurarnos de que el cáncer no se haya expandido. Si así fuera, una vez terminada la cirugía, y habiéndose usted recuperado, estudiaremos las demás opciones de tratamiento.

Contestó con calma y firmeza gran parte de las dudas que ambos le expusieron. No todas. No había contestación para algunas de ellas. Natasha y Yehuda comprendieron que, si se trataba de un cáncer, todo el panorama expuesto esa mañana podría cambiar sus vidas.

El médico le pidió a Yehuda que esperara en la cafetería del nosocomio. A medida que se enterara de los resultados de la biopsia y el plan a seguir, se lo haría saber.

Yehuda se encontraba acompañado esa mañana por la esposa de González de la Serna. A los demás les pidió que no fueran y respetaran la angustia que todo esto había causado.

Un poco antes de las ocho de la mañana, acompañada del anestesiólogo, Natasha se despidió de Yehuda con lágrimas en los ojos. No lo podía evitar. Tenía un desagradable presentimiento.

La esposa de González de la Serna trató de tranquilizarlo durante el breve café con bizcochos que ambos tomaron. Los bizcochos le trajeron recuerdos de su llegada a Veracruz, apenas unos años antes. Cuántas cosas habían acontecido desde entonces.

Una vez realizadas las biopsias iniciales, el doctor Robledo esperó pacientemente que el patólogo regresara a la sala con un diagnóstico presuntivo.

—Doctor Robledo. —El patólogo asomó la cabeza en la sala de operaciones, cubierto con un cubrebocas y un gorro quirúrgico—. Se trata de un adenocarcinoma —dijo—, de los más agresivos, me temo. Veo una gran cantidad de mitosis, que lo convierte en un grado IV.

Al escucharlo, Robledo supo que estaban por enfrentarse a uno de los peores escenarios. El grado máximo de malignidad y la súbita presentación eran un mal augurio.

Mandó a su segundo asistente a la cafetería. Este, sin muchos preámbulos, expuso el panorama y confirmó que el doctor Robledo estaba por efectuar lo que se conocía como una mastectomía radical.

Yehuda cayó sobre el asiento. Un sudor mortal lo envolvió. Las palabras parecían flotar en su mente y ninguna expresaba un futuro agradable.

Varias horas después, estando Yehuda en la sala de espera, vio que se aproximaba el doctor Robledo.

—Su esposa se encuentra bien —fue lo primero que dijo—. Ha terminado la cirugía, y pronto pasará a la sala de recuperación. Esperemos que despierte pronto de la anestesia. Hemos cubierto sus necesidades y, como prometí, no sentirá mayor dolor.

Yehuda lo observaba sin emitir sonido alguno.

—Se trata, desafortunadamente —agregó el cirujano—, de un cáncer bastante agresivo. Hemos procedido con la extirpación de la mama y pienso que he logrado disecar y retirar todo el tumor. Así mismo, retiré los ganglios de la axila, pero tendremos que esperar unos días para saber si están o no libres de tumor. El pronóstico dependerá mucho de ese resultado. Por ahora, trataremos de que Natasha no sufra.

—Doctor Robledo —lo interrumpió Yehuda—, mi mujer me pidió que se le dijeran las cosas sin ocultarle nada. Le suplico que, cuando le diga lo mismo que me ha expresado a mí, lo haga con la delicadeza que sé que siempre muestra con sus pacientes. Le estoy muy agradecido —continuó— por todo lo que ha hecho por mi esposa.

Unos días más tarde, mientras Natasha continuaba recibiendo cuidados, pasó revista el doctor Robledo y se sentó a dialogar con ambos.

—Me temo —comenzó— que les tengo malas noticias.

Los miraba a ambos, tratando de encontrar palabras que no hirieran de más, pero sin ocultar la verdad.

—Los ganglios linfáticos salieron positivos. Esto significa que han sido a su vez infiltrados por el cáncer. Antes de tomar otras decisiones, tendremos que llevar a cabo otros estudios para conocer con exactitud la extensión del tumor en el resto del organismo.

—¿A qué se refiere? —interrogó Natasha. Temblaba por dentro. Sus peores pesadillas la estaban acosando. Pensó que prefería cerrar sus oídos; estas verdades eran demasiado para cualquier ser humano.

—Este tipo de tumores malignos puede extenderse, lo que definimos como atacar a otros órganos del cuerpo. Sabemos que los pulmones están bien, por la radiografía del tórax que tomamos a su ingreso. Estamos en espera de los demás resultados.

No hubo más preguntas. El panorama, si bien sombrío, tendría que ser confirmado.

Yehuda tuvo que explicarle a Yosef lo que estaba aconteciendo. El joven sabía que su madre tenía cáncer. La nueva información lo confundió, pero comprendió que la situación no era para nada halagadora.

Natasha entró inicialmente en un estadio de absoluto mutismo. Se sometió a todas las pruebas sin quejarse. Deambulaba como un robot. Hablaba poco y toda su energía parecía estar centrada en Sasha, de quien no se despegaba. Yosef, quien trató de acercarse a su madre en esos difíciles momentos, se encontró con cierta resistencia. Había en su actitud una negación a compartir las nuevas con su hijo mayor.

Cuando el oncólogo se acercó a Yehuda y le explicó la extensión del cáncer en el cuerpo de Natasha, le ofreció pocas esperanzas. Harían lo posible por lograr dos objetivos. El primero, evitar el sufrimiento físico, ya que el emocional sería imposible eludirlo. Y el segundo, procurar que los medicamentos que se le administraran no tuvieran más efectos desagradables que aquellos que producía el propio tumor.

A pesar de la insistencia de Yehuda, Natasha se rehusó a volver a pintar. El cáncer, que afectó el seno derecho, produjo, a consecuencia de la cirugía, debilidad y una importante inflamación de su brazo derecho. «Con el que alguna vez pinté», decía ella. Se sentaba por horas a contemplar lo que en el pasado estampó en los lienzos.

—Guarda alguna de ellas —le pedía a Yehuda—. Serán para nuestros hijos un recuerdo que verán a diario, como si estuvieran viendo a su madre.

No era una actitud derrotista, sino realista. Natasha intuyó que el cáncer se había extendido por varios órganos del cuerpo. Comenzó a perder peso y manifestaba extrema debilidad, que avanzaba día con día. Le costaba ya trabajo incluso caminar. Rechazó las visitas. No deseaba ver a nadie y prefería que la recordaran como era antes de esta pesadilla.

Yehuda decidió cancelar sus compromisos. Pasaba la mayor parte del tiempo a su lado. Jamás habían conversado tan abiertamente como ahora. Aunque vio cómo se iba deteriorando día con día y por momentos deseó que ya dejara de sufrir.

Fin de la guerra

Tras cerca de cinco años de guerra en varios frentes en el mundo, la parte que se libraba en Europa llegó a su fin en mayo de 1945. Fue una masacre que cobró muchos millones de muertos, la devastación de Europa, y un caos económico del cual tardarían muchos años en recuperarse. Los jerarcas nazis murieron, algunos por su propia mano. Estados Unidos surgió después de esta conflagración como uno de los países más poderosos en la historia. Junto con la Unión Soviética, dominaría el panorama mundial durante varias décadas aún por venir. Roosevelt murió unos días antes del armisticio. Stalin, con su política de una guerra patriótica, resurgió de sus cenizas como el máximo ganador en esta contienda. Absorbió bajo su poder a toda Europa oriental, sin cejar en su desmedida ambición y forzando al mundo a una Guerra Fría, que habría de durar décadas. Churchill, el indiscutible héroe de la Gran Bretaña, fue derrotado en las elecciones generales del Reino Unido el 5 de julio de 1945. Un buen primer ministro en la guerra, decían, pero no el más adecuado en tiempos de paz. En un discurso en Estados Unidos, expresaría en una famosa frase que una «cortina de hierro» se había erigido entre las fuerzas de occidente y las de oriente. El comunismo dominaría al oriente, pero, por el otro lado, un capitalismo brutal sería el triunfador en el resto del mundo. Aún faltaba el final de la guerra en el Pacífico Sur: dos bombas de inimaginable potencia, arrojadas sobre Hiroshima y Nagasaki, forzaron al Imperio japonés a aceptar la derrota sin posibilidades de negociación.

México no quedaría ni como vencedor ni como derrotado. Para su fortuna, decidió aliarse con el que resultó ser el bando ganador. A partir de las cenizas de una revolución, de una etapa de incertidumbre en la política del país, comenzó a desarrollarse en el país una industrialización que llegaría a su apogeo en los siguientes años cuando, tras una votación muy reñida, el presidente electo para el sexenio 1946-1952 resultó ser un civil y no un militar: Miguel Alemán Valdés.

Se presentó una época de años buenos, muy al estilo del sueño del faraón que descifrara José, que abarcó a la mayoría de sus habitantes.

El presidente Miguel Alemán veía todo esto con buenos ojos. La comunidad se vio beneficiada, como muchas otras, por las concesiones que el gobierno le otorgó.

Triunfo y tragedia.

En especial la judería no tuvo tiempo de celebrar el fin de la guerra ni la victoria de los Aliados sobre el Eje. El luto acababa de iniciar, en memoria de los seis millones de compatriotas de religión y tradición vilmente asesinados en los campos de exterminio, cuyo solo nombre sembraría horror en quien los escuchara en el futuro. Todos los miedos acumulados por la incertidumbre de no saber lo que pasaba se presentaron en una vorágine de incredulidad ante los crímenes cometidos. Un holocausto, como posteriormente lo calificaría un famoso escritor, Elie Wiesel, sobreviviente del campo de concentración de Auschwitz.

De una población mundial judía cercana a los catorce millones, casi la mitad habían sido sistemáticamente asesinados. Nunca en los anales de la historia se había experimentado semejante despliegue de falta de humanidad y odio racial.

Los pocos sobrevivientes callaban. Su sentimiento de culpabilidad era enorme por haber sobrevivido y no así sus compañeros. Algunos hablaron. Muchos que los escucharon no lograban asimilar lo que oyeron; otros incluso llegaron a negarlo.

El mundo fue parcialmente expuesto a lo acontecido. Pero eran tiempos de reconstruir, de olvidar el pasado inmediato y construir un futuro incierto. Esa era la prioridad, no los crímenes de guerra cometidos, que serían prácticamente olvidados en los años siguientes.

Ahora, decidió Yehuda, era el tiempo de finiquitar un viejo asunto. Convertir por fin a Palestina en un hogar para los judíos. Todos los esfuerzos que él pudiera aportar irían dirigidos a esta causa; convencería a quien fuera necesario, y no pensaba rendirse. Esta imposición se volvió su principal interés en la vida.

Natasha luchó con dignidad contra el cáncer que la consumió. Finalmente, acompañada de Yehuda y de sus hijos, perdió la batalla meses antes de que la guerra llegara a su final, pero consciente de que los Aliados serían los triunfadores. Le pidió a Yehuda que hiciera lo posible para que sus hijos no la olvidaran y supieran un poco quién había sido. Cambió un poco de opinión en cuanto a sus pinturas y le pidió que vendiera la mayoría para que reservara ese dinero para sus hijos en el futuro. Él se quedaría con las mejores y dispondría cómo repartirlas. Le agradeció haberla querido y respetado bajo las difíciles circunstancias que vivieron en Rusia y después en México.

Yehuda, que aún no cumplía los cincuenta años, de la noche a la mañana quedó viudo y a cargo de dos jóvenes. La sonrisa ausente de sus labios lo hacía verse tan viejo como el propio Matusalén.

Terminaba una guerra; finalizaba una etapa de su vida. Yehuda pensó que no lograría sobrevivir.

La batalla por salir adelante

Yehuda buscaba un refugio. Esconderse de las circunstancias. Mostrar valores que no pueden medirse o ser encajonados. Luchar por un ideal que no fuera personal, que afectara la vida de todos y no la de uno solo.

El dolor y la impotencia constituían la base sobre la que trataba de sostenerse día tras día. Un aguijón se clavaba en sus recuerdos, volviéndolos imposibles de asimilar. Toda la energía que usó para lograr algo en esta vida, para ser reconocido por sus pares y por él mismo como un ser útil pasó a un segundo término con la desaparición de Natasha. Pasaba horas enteras observando las pinturas que ella había dejado. ¿Cuántas más podría haber creado? Era una de las incontestables preguntas que a diario se hacía.

Los siguientes meses representaron un enfrentamiento con la soledad y la tristeza que envolvía todo su cuerpo como una mortaja. No dejaba de culparse al sentir que no había sido el mejor marido para Natasha. Aseveraba que, en ese sentido, había fallado. Muy tarde para lamentarse y muy pronto para olvidarlo.

Con el apoyo de la comunidad, se concentraría en desarrollar un sueño que era menester realizar. Hacer lo posible, lo inhumanamente increíble, para que de las cenizas del mundo judío renaciera su nueva representación, con una fortaleza y determinación no vistas en más de dos mil años, aunque sabía que era la juventud la que lograría construir un Estado en Palestina y, lo más importante, la que lograría protegerlo. La burla mundial de que los judíos no saben defender lo que les pertenece había quedado enterrada en los campos de Europa. Una nueva visión, menos religiosa, más cercana a la realidad, es la que construirá un Estado en Palestina donde el judío pueda volver a sentirse libre.

Tras los acontecimientos en Tierra Santa, Inglaterra declara ya no ser capaz de lidiar con el problema y recurre a la recién formada Organización de las Naciones Unidas para buscar una solución afín a todas las partes. Corría el año de 1947.

El camino es pedregoso. Dos mil años habían pasado como un pueblo despojado de su propia dignidad y, como estocada mortal, sucedió ese holocausto que prácticamente terminó con la vida judía en el mundo.

Pero Yehuda sabe que, por un lado, se lleva a cabo una intensa lucha en Palestina para procurar que se convierta en el país soñado para los judíos y todos los habitantes de esas tierras. Por el otro, que hay demasiados enemigos dentro del pequeño territorio. Y, por encima de todos, que aún persiste la nefasta presencia británica, con sus leyes draconianas definitivamente en contra de la población judía. Se gesta la posible partición del territorio para instituir un hogar para judíos y otro para los árabes. Será necesario convencer a un mundo, escéptico, de la necesidad de resolver este rompecabezas.

En cada país, en cada rincón del mundo, los representantes de la judería hicieron variedad de intentos para convencer a sus respectivos gobiernos de los beneficios que acarrearía convertir en realidad el sueño en Palestina.

A Yehuda se le encomienda la difícil tarea de tratar de convencer al gobierno mexicano para que, en caso de requerirse una votación, lo haga a favor de la partición. Si no de manera equitativa, al menos lógica. Así los judíos desplazados y apátridas podrán albergar la esperanza de que un país los acoja permanentemente.

Queda encargado, además, de visitar Nueva York y entrevistarse con los líderes que abogan por crear en Palestina un país propio.

Viaja por los confines del este norteamericano, asiste a los diversos mítines que se llevan a cabo, donde hombres de la talla de ben Gurión exponen sus puntos de vista y solicitan de los norteamericanos y del mundo asistencia de todo tipo para convertir este sueño en realidad.

Logra entrevistarse con ben Gurión en una habitación de un hotel en Manhattan, junto con los demás representantes de América Latina. Comprende de inmediato que este hombre, un volcán en erupción, no cederá ante ningún obstáculo para llevar a las Naciones Unidas la idea de la partición. Ben Gurión aboga para que los países al sur de Estados Unidos comprendan y se unan a la lucha, ya que cada voto será importante. Le hace saber a Yehuda que el voto de México será vital para las aspiraciones de todos, y este a su vez le informa que el gobierno mexicano aún no decide si apoyará o no la propuesta.

A su regreso a México, los miembros de la comunidad lo reciben con caras de decepción. No han logrado establecer con firmeza un voto favorable por parte de México. Incluso, piensan algunos, podría ser un voto en contra de la partición.

Tras años de lucha, se establece una fecha, en noviembre de 1947, para decidir el futuro de Palestina. Los países miembros de las Naciones Unidas votarán ese día por la partición o no del territorio, por establecer o no un Estado judío y uno árabe. Se necesitarán dos terceras partes de votos a favor para lograrlo. El futuro de los judíos pende de una delgada hebra que puede romperse por la diferencia de un solo voto. Ben Gurión les dejó un mensaje muy claro:

—Los países de Latinoamérica son los que nos darán o no un Estado. No lo olviden.

El 29 de noviembre de 1947, los judíos del mundo, los religiosos y los seculares, los jóvenes y los viejos, hombres y mujeres, escuchaban a través de la radio la progresión de la votación.

La comunidad mexicana ya había sido informada de que el gobierno iba a abstenerse. Todos reconocían que este voto perdido era de vital importancia, pero no hubo forma de cambiar esa directriz.

Poco a poco se fueron sumando los votos a favor y aquellos en contra, además de las abstenciones. Al término, un milagro ocurrió: los votos a favor de la partición alcanzaron las dos terceras partes necesarias. A solamente cuatro años de su nefasta actuación con la judería, el mundo había aprobado la partición. Tras dos mil años de dispersión, de ser apátridas, de no tener derechos en el país que les era propio, la esperanza finalmente renacía con la votación muy reñida de los países del orbe.

Como lo anunciara ben Gurión, el voto de Latinoamérica fue vital, la decepción de los países que se abstuvieron fue un golpe moral que por fortuna no trascendió. Se fijó la fecha en que los británicos abandonarían Palestina.

El regocijo se mezcló con la incertidumbre. Yehuda, molesto consigo mismo por no haber logrado su cometido, se prometió que haría lo posible por ayudar al gobierno judío y a su población para no ser aniquilados por los países árabes, que enfáticamente acababan de declarar que se lanzarían a una guerra feroz y mortal para erradicar a los judíos y eliminarlos del territorio palestino. Una amenaza en la que varios países, que rodeaban al futuro estado y que poseían ejércitos bien armados, irían en contra de un poco más de medio millón de habitantes judíos, con un pequeño ejército y escaso armamento.

Y así, antes de que se declare su independencia, la amenaza de la extinción ya pende sobre el aún inexistente Estado judío.

En menos de seis meses, Palestina y su población tendrían que prepararse para una nueva guerra. Y esta vez no podían fallar.

Un plan macabro

González de la Serna, buen observador y, con el paso de los años, un buen amigo de Yehuda, fue testigo de la tristeza que lo embargaba. Incluso recordó cómo le expresó el deseo de vender su casa en Acapulco; esa que tanto trabajo le había costado construir. Lo convenció de conservarla.

—Los hijos —le recordaba— podrán aprovecharla en un futuro no tan lejano.

Yosef había crecido y no le sorprendería que pronto tuviera novia.

—En fin —le decía—, la casa es, además de todo, una muy buena inversión.

Yehuda se dejó convencer. Aun así, pasaron muchos meses antes de que regresara a pasar un fin de semana. Sin dar crédito, al retornar al puerto se tranquilizó, y la angustia que se había asentado en él se disipó, como pasa con la niebla por las mañanas. Recordaba los tiempos pasados en compañía de su esposa y agradeció haber podido ofrecerle esos fines de semana que ella tanto disfrutaba. Decidió dejar el estudio intacto. No tenía fuerzas para desmantelarlo. En el caballete todavía reposaba, incompleta, la última de las pinturas. Era un amanecer, bajo un cielo tranquilo. Se dibujaban los colores que ella iba a utilizar y, aún sin terminar, era hermoso. Decidió que nunca se alejaría de esa pintura.

Tras la muerte de Natasha, en el año de 1945, Yehuda consiguió ayuda en casa, sobre todo para mantener el hogar tal y como ella lo deseaba. Además, un ama de llaves se encargaba de todo lo concerniente a sus hijos e incluso a él mismo. Ordenaba las comidas; ayudaba con las tareas al pequeño Sasha; la ropa siempre estaba limpia, y las mínimas necesidades eran llevadas a cabo con la ayuda de un chofer que iba y regresaba cumpliendo las órdenes que aquella le daba.

Faltaba el cariño, el abrazo y la preocupación de una madre. Trataba Yehuda de cumplir esa tarea. No le era fácil. Yosef, convertido en un joven de veinte años, buscaba su propia libertad y el camino que debería escoger pronto para definir su futuro. Con Sasha era más sencillo. Un muy buen alumno. Solía pedirle a Yehuda que les permitiera a sus amigos ir seguido a la casa. Jamás le negó este deseo. A su vez, cuando por alguna razón se alejaba los fines de semana, lo encomendaba en casa de alguno de sus amigos de la escuela. Los padres de ellos siempre lo aceptaban como si fuera uno más de la familia.

Los negocios de los bienes raíces, así como su participación en la comunidad y el Comité Central lo obligaban a viajar al extranjero con frecuencia. Las visitas a Estados Unidos se hicieron cada vez más necesarias. Habían establecido nexos con algunos bancos, como el Chase Manhattan, y era invitado a algunas juntas del consejo como representante de los intereses de los negocios en México. Tuvo así mismo la oportunidad de dialogar con los más poderosos representantes de la comunidad judía de Estados Unidos, cuya preocupación latente era pensar cómo podían evitar que el Estado judío fuera aplastado por las fuerzas de los ejércitos árabes una vez que naciera, en mayo de 1948. Muchos planes surgieron a raíz de estas conversaciones. Uno de ellos consistía en encontrar la manera de abastecer al naciente ejército con armas para poder responder a la inminente agresión. Hablaban de transportar equipo pesado, incluso aviones de guerra. ¿Cómo llevar a cabo semejante plan?

En uno de estos viajes, ya cercana la fecha para la declaración, un hombre aún bastante joven se le acercó y le comunicó que deseaba tener una plática, pero en un lugar más tranquilo que el banco.

Acordaron verse en la parte oeste de Central Park. El hombre le dibujó el sitio preciso, la banca en donde podrían hablar, y lo citó a las once de la mañana del día siguiente.

Yehuda arribó de su hotel al parque con más de una hora de anticipación. Desconocía quién era su interlocutor y por qué deseaba que se vieran bajo esas circunstancias. No era la primera vez que paseaba por ese hermoso lugar. Lo comparaba, cada uno con sus propias limitantes, con Chapultepec, en México.

En uno de los puestos de comida del parque, compró una dona y una taza de café. Se sentó cerca de uno de los lagos interiores y dejó que los minutos transcurrieran.

Faltando poco para la hora, llegó al sitio elegido. Aún no se presentaba el otro. Encontró la banca indicada, tomó asiento en ella. A las once en punto, apareció. Venía solo, bajo su brazo se adivinaba un portafolio de piel. Lo saludó y agradeció que aceptara reunirse bajo estas sospechosas maneras de hacerlo.

—Es imperativo —advirtió el hombre— que nada de lo que hoy se discuta sea del conocimiento de la gente jamás. No, no vamos a llevar a cabo algo criminal, pero sí podríamos llamarlo —dijo, tomándose su tiempo para encontrar la palabra— *humanitario*. Me conocerás siempre por mis iniciales: JM. ¿Tú serás? —le informó—: YN. —Al decirlo, Yehuda sintió que estaba viviendo una novela de misterio, de espías y confabulaciones. Dejó prudentemente que JM hablara.

—Sabemos —explicó JM— que el 14 de mayo de este año, David ben Gurión declarará formalmente el nacimiento del Estado judío. No sabemos aún dónde será la ceremonia ni el nombre que asumirá el nuevo Estado. Pero, aparte de estos mínimos detalles, al hacerlo, los británicos evacuarán Palestina; entonces los judíos y la población árabe que vive en esas fronteras se verán inmediatamente expuestos a una guerra con el único objetivo de eliminarse unos a otros. Nuestra labor, y acá te incluyo a ti YN, es ver cómo conseguir y llevar armamento al naciente ejército del Estado.

Yehuda escuchaba con atención. ¿Quién era este hombre?, ¿quién lo apoyaba? Como sea, no cejó un instante de prestar atención a sus palabras. ¿Qué deseaba este hombre de él?

—No debo ocultarte —continuó JM— que el mundo judío sufrió una enorme decepción cuando el gobierno mexicano se abstuvo en la votación de las Naciones Unidas. Sé bien que ustedes lucharon por tratar de modificar esto y que no les fue posible. Ahora que se ha aprobado que el Estado nazca, pese a lo anterior, el gobierno mexicano ha dado muestras de apoyo a la causa judía, aunque de manera no oficial, me he enterado de esto por medio del Comité Central de la Comunidad, con quienes me he entrevistado en repetidas ocasiones. Apoyan de manera decisiva el plan de transportar armas en cantidad suficiente para garantizar la supervivencia.

—No comprendo —exclamó Yehuda—. Nosotros en México no poseemos ese tipo de armamento.

—No, claro que no —coincidió JM—; pero tienen la posibilidad de ayudarnos a transportar las armas que nosotros nos encargaremos de conseguir. Hablarás con gente allegada a nuestra causa, y te darán luz verde para embarcarlas y transportarlas al Estado judío por la vía marítima en el momento adecuado. Lo que necesitamos es apoyar a estas personas, que tienen que mantener un perfil bajo para no despertar sospechas. Te he visto —le confió— en muchas de las sesiones y considero que eres el elegido para esta más que vital tarea. Contarás con todo nuestro apoyo. Si la empresa fuera descubierta y tuvieran que pagarse las consecuencias, haremos lo posible para defenderte.

»La persona con la que tendrás que entrevistarte en México —terminó diciendo— ya está enterada y creo que, al igual que yo, se mostrará de acuerdo con la persona elegida, siempre y cuando tú estés de acuerdo. Hoy a las seis de la tarde tendremos una reunión más con el banco. Tienes unas horas para pensarlo. Al terminar la reunión me acercaré a ti; si consideras adecuado el plan, me darás un apretón de manos, así reconoceré que has aceptado y te entregaré un sobre con los pormenores, que estudiarás en tu viaje de regreso. Permíteme levantarme primero y tomar mi camino. Tú lo harás minutos después».

Y, sin darle oportunidad de decir nada, JM se levantó de la banca y se fue. Yehuda, aún sorprendido por lo sucedido, dejó que una sonrisa se dibujara en su cara. Por fin tenía una nueva misión que llevar a cabo; probablemente la de mayor envergadura en su vida. La de ayudar, en parte, a evitar un nuevo holocausto.

El destino

Yehuda amaba a México, a su gente y su cultura. Con el paso de los años, recorrió gran parte de la república mexicana. Solía visitar aquellos lugares que no aparecían en las guías de turismo. Representaban al México encantador, aún no contaminado por los torbellinos de visitantes que difícilmente apreciaban la esencia de cada lugar, su historia y su artesanía. Solía ir acompañado de sus hijos, los cuales disfrutaban ese encuentro con la naturaleza.

Yehuda era un hombre apolítico. Había vivido ya tantas variantes de la política, que su mayor deseo era alejarse de la que consideraba, sin excepción, una carga inútil que el ser humano se impuso con la esperanza fatua de vivir una utopía. Ni las llamadas democracias ni las teocracias llamaban su atención. Comunistas, anarquistas o demócratas, decía, eran hijos de la misma incertidumbre que entregaban a sus ciudadanos. No existía un gobierno perfecto en el mundo. Odiaba en especial las monarquías, con su culto a un personaje que se presumía ungido por los dioses y que no era más que un ser humano tan frágil como cualquier otro.

La historia le había enseñado que el hombre suele repetir los mismos errores, una y otra vez, sin aprender las lecciones, olvidando lo esencial generación tras generación. México era un país especial. Por siglos fue poseedor de diversas culturas que competían con cualquier otra sobre la tierra, cuyos líderes, cuando anhelaron el poder, hicieron sacrificios y guerras, e igualmente ejercieron opresión. Hubo otras que nacieron y desaparecieron sin razón aparente. Vivieron siglos bajo la dominación de los conquistadores, con la implantación de una nueva y muy diferente religión que, para imponerse, tuvo que sacrificar a miles de habitantes, los verdaderos dueños de la tierra. Y, desde hacía más de un siglo, peleaba sus guerras: de independencia, de reforma, contra gobiernos extranjeros, y una macabra revolución. Finalmente, el país encontró la senda de la cordura, de la paz y del progreso. No. Claro que el sistema no era perfecto. Poseía muchas aristas que podían cortar. Pero había un renacimiento de las facetas que integraban a su gran comunidad, y México parecía haber tomado el camino que marcaría su propio destino.

El Estado judío representaría un hogar para aquellos judíos del mundo que desearan emigrar. Después de todo, emigrar es un derecho de cada ser humano sobre la tierra. Los judíos no tuvieron una patria a la cual retornar y eso, en vidas, les costó la mitad de su población total.

Las fronteras han sido impuestas por el hombre, las diferencias entre un país y otro. El hombre le quitó las alas al hombre para poder volar y posarse donde deseara, pero nunca logró evitarlo. Cada ser humano, en su continua búsqueda de la felicidad, tiene el derecho de escoger lo que él crea que es lo más adecuado para su persona, para su ambición de una mejor vida, y los valores éticos que su país represente. México, para Yehuda, era el último bastión, la última parada. Aquella en la que se sintió más protegido y libre.

Solía viajar todavía a Acapulco los fines de semana. Cuando iba solo, buscando paz interior, prefería alojarse en uno de los hoteles de la cadena. En casa, la ausencia de Natasha le era aún difícil de aceptar.

Por la mañana, muy temprano, incluso antes de que el sol despuntara, salía a caminar por las playas, dejando que la espuma del mar cubriera sus pies y le inyectara vida y ánimo. Caminaba absorto en sus pensamientos. A pesar de la felicidad que lo abrazaba con su manto regio, un sentimiento de soledad se alojaba en lo más profundo de su ser. Se consideraba aún muy joven, pero la vida parecía haberse encaprichado colocándole innumerables obstáculos.

No tenía planes para ese sábado. Subió a su cuarto, se bañó y afeitó, y con un pantalón corto, unas cómodas sandalias, una camisa de manga corta y un sombrero tipo Panamá, bajó a desayunar en el restaurante del hotel.

El sol ya calentaba el lugar, pero aún sin la intensidad con que lo haría unas horas después. La humedad estaba presente, pero sin ser molesta.

Tomó su lugar en una de las mesas con la mejor vista al Pacífico. El sol, reflejado en el mar, le otorgaba un color grisáceo que, al pasar las horas, adquiriría una tonalidad azul muy diferente a la actual. El oleaje era muy suave. A lo lejos distinguía las lanchas y los pescadores que regresaban con su pesca a esas horas tan tempranas de la mañana. No era una época de gran turismo, pero el hotel estaba casi lleno, básicamente con turismo extranjero.

La aventura de construirlo, de convertir a Acapulco en un resort internacional, había sido un absoluto éxito. Se sintió como los pioneros, quienes, años después de llegar a tierras áridas y despobladas, observaban ahora el pequeño paraíso que ayudaron a erigir.

Pidió, como siempre, un desayuno ligero. Un plato de frutas, un café y un par de bizcochos. Por más que trataba de eliminarlos de su dieta por el temor a subir de peso, nunca lo logró. Desde su llegada al puerto de Veracruz constituían parte esencial de su desayuno diario.

Miraba, a lo lejos, cómo algunos yates cruzaban la bahía. Los meseros, siempre atentos, rellenaban su taza de café aún antes de que lo solicitara. Observaba a las parejas sentadas en las mesas adyacentes, que se deleitaban con la vista, con el clima, tal como él.

Volteó brevemente a su izquierda y notó que en la mesa más cercana a la suya estaba sentada una mujer, sola, leyendo algún libro cuyo título, por más esfuerzos que hizo, no logró distinguir. Le llamó la atención su concentración. A ratos levantaba la vista, con una sonrisa de felicidad por el momento que vivía. Era en verdad una mujer hermosa. Traía el pelo recogido de manera sencilla, sin maquillaje. Parecía aún muy joven.

La mirada de ambos se cruzó. Fue por unos cuantos segundos. Yehuda notó sus ojos de un azul profundo, hermosos, como perfecto acompañamiento a toda ella. Ella le sonrió sin provocación e inmediatamente regresó a su lectura.

Yehuda se dio cuenta de que no podía evitar mirar constantemente en su dirección. No tenía la intención de apenarla, pero algo en ella parecía intrigarle.

Hizo lo que nunca pensó que haría jamás. Se levantó de su mesa y se acercó a la de aquella mujer. Cuando esta levantó su vista, se disculpó por interrumpirla. Ella bajó el libro que leía y lo miró con curiosidad. Yehuda le preguntó si le molestaría que él se sentara por unos momentos, ella titubeó. Antes de que contestara, se presentó.

—Mi nombre —le dijo— es Yehuda. Le suplico perdone mi atrevimiento.

Aquella sonreía. Escuchaba, al parecer con mucha atención, lo que este hombre le decía. Intuyó que deseaba acompañarla en su mesa. No era algo a lo que ella estaba acostumbrada; pero en la mirada del tal Yehuda, como luego le contó, notó cierta tristeza que reconoció de inmediato.

Con un ademán, asintió, y Yehuda, sorprendido de la manera más agradable, tomó asiento frente a ella.

—Me temo —explicó ella— que no domino el español, ¿podríamos hablar en inglés?

Fue él quien ahora sonrió. Para su suerte, el inglés era un idioma que hablaba con soltura. Y así, Yehuda conoció a Rinah.

Las horas transcurrieron con lentitud. El sol alcanzó su cenit y el calor de la mañana los envolvió con su fuerza. Dialogaron durante todo ese tiempo, descubriendo similitudes que no pensaban que fueran posibles y estrechando, un poco, una posible amistad.

—Me llamo Rinah —se presentó ella—. Soy una de las representantes de Hadassah, la organización de mujeres sionistas en Estados Unidos, para ser más exacta, represento a la región del Pacífico. Mi hogar se encuentra en la ciudad de San Francisco. Me dirijo, con otras compañeras, a una reunión en la Ciudad de México, en coordinación con la rama de este país, llamada WIZO (Women International Zionist Organization), para discutir la actual situación de nuestras organizaciones respecto a la ayuda que tendremos que proporcionar al naciente Estado judío, en mayo de este año.

Yehuda la observaba con detenimiento. Ella mostraba una seguridad y aplomo que derivaban en asombro y sorpresa. Se le veía tan joven, y en sus palabras percibió una energía contagiosa, algo que hacía mucho que no notaba en una persona. A medida que narraba los sucesos, su cabellera, ahora suelta, se mecía con la brisa, mostrando un color cenizo claro, en perfecta armonía con sus ojos azules. Por momentos, Yehuda se sintió transportado en el aire, flotando, como si el mundo no existiera.

—Nací —dijo más adelante— en la ciudad de Baltimore, en Maryland. Estudié literatura universal en la propia universidad y a la fecha ejerzo como maestra en San Francisco. Escribo varios artículos en la prensa de mi país y he terminado mi tercera novela. Todas relacionadas con aspectos literarios de la cultura judía previa a la Segunda Guerra Mundial. Habrás adivinado que hablo con soltura el ídish y algo de hebreo. Mis padres, ya segunda generación americana, lo hablaban en sus casas con sus propios padres, venidos de la Rusia zarista. Desgraciadamente, mi madre falleció tras la ruptura de un aneurisma cerebral, hace ya varios años. Mi padre es empresario, dedicado a la manufactura de trajes para hombre; vive aún en Baltimore, acompañado de su segunda esposa, quien, debo admitir, es una excelente mujer. Pero ¿quién eres tú?, ¿y qué haces en este hermoso puerto de Acapulco?

—Como dije antes, soy Yehuda. Soy empresario y mis negocios tienen que ver con bienes raíces. Parte de los mismos se centran en el desarrollo turístico de Acapulco, al que hemos impulsado fuertemente desde hace ya varios años. Incluso este hotel constituye una parte pequeña de las inversiones del grupo. Nací en Odessa y llegué a México, tras una larga epopeya, a principios de la década de los treinta. Llegué con mi mujer. Ella —dijo con tono de tristeza— falleció hace poco, víctima de un cáncer de seno. Tengo dos hijos. Yosef, ya un adolescente, y el más pequeño, Sasha. He dedicado parte de mi vida a la lucha sionista. Creo que en eso tenemos una más de nuestras coincidencias. La otra tiene que ver con nuestro lugar de origen, Rusia.

Rinah lo observaba con una amplia sonrisa dibujada en su hermoso rostro. Procesaba cada palabra. ¿Cómo era posible que viviera en México un alma tan parecida a la suya?

No era mal parecido, pensó. Vestía con elegancia, aunque sin tratar de llamar la atención. Tenía una abundante cabellera y en ambas sienes comenzaban a notarse algunas hebras plateadas, que le daban, sin embargo, un grado de distinción. Pero era su manera de expresarse y su mirada lo que más le llamó la atención a ella.

—Estuve casada varios años —continuó Rinah—. Un buen hombre que me apoyó siempre. Poseía un pequeño comercio de artículos eléctricos en San Francisco. Fue uno de los primeros en presentarse como voluntario en la pasada guerra, para pelear por su país, y recibió su entrenamiento en Sacramento. Entró a la marina y en los primeros meses del 42 sirvió con distinción y mucha energía. En el desembarco de Iwo Jima, fue herido y, por más esfuerzos que hicieron, murió. De él —y asomaron lágrimas a sus ojos— me queda la condecoración del corazón púrpura entregada de manera póstuma y una hija, Margaret, que actualmente estudia el *college* en las afueras de San Francisco. Como tu hijo, también ella ha sobrepasado la adolescencia. Su plan es estudiar la carrera de medicina, en la ciudad de Nueva York.

—Mi hijo no se ha decidido aún —contestó Yehuda—, pero sospecho que desea seguir la carrera de leyes. Abogado, pero, como él alguna vez aclaró, no penalista, sino corporativo. De Sasha, nada aún. Sigue estudiando en el Colegio Israelita, como lo hiciera Yosef.

—Veo que somos partícipes de una coincidencia más. Ambos somos viudos —señaló Rinah.

Ella partiría a la Ciudad de México en avión al día siguiente. Había sido invitada a quedarse en casa de una compañera de la WIZO, como parte de los apoyos que ofrecieron a las visitantes.

—Lo único que sé de ella es su nombre, y esta es su dirección —dijo Rinah, extendiéndole un papel.

Yehuda tomó la hoja.

—Bueno —contestó—, tenemos una coincidencia más. La familia que te alojará por esos días vive en la misma calle que yo. Es más, estaremos a menos de dos manzanas de distancia.

Quedaron en verse para cenar juntos esa noche. Cada uno se despidió sintiendo que la serie de similitudes no eran solamente una coincidencia más. Quizá así estaba predestinado.

Yehuda había quedado más que impresionado por la soltura de Rinah. La consideraba una hermosa e inteligente mujer; muy joven aún. Para la noche, se preparó con diligencia. Volvió a rasurarse y se esmeró para que su cabello luciera bien peinado pero libre, sin la molesta goma que lo convertía en una masa sin movimiento alguno. Usó sus mejores ropas para la ocasión. Lo interesante es que lo hizo automáticamente, sin pensarlo. Pero eso mismo denotaba un importante cambio de actitud. Por primera vez en mucho tiempo, había visto con otros ojos a una mujer, una a la que deseaba conocer mejor. Vistió pantalón de lino azul claro, con zapatos *sport*, y una camisa de fino algodón, de color crema. Miraba el reloj continuamente, esperando que pronto dieran las ocho, hora en que ambos habían concertado volver a verse, bajo la luna especialmente luminosa de esa noche. Había pedido a los meseros que le apartaran la mesa que brindaba la mejor vista de la bahía. Aunque la noche se presentaba cálida, la humedad había disminuido considerablemente. Era, como uno desearía, una noche fresca. Pidió que colocaran en la mesa un arreglo de flores, apartó una botella de champagne. Todo esto algo inusitado en alguien como él. Si no lograba causar una buena impresión, pensó, no creía que podría volver a intentarlo jamás.

Rinah, que había pasado la tarde en la playa, leyendo a ratos, no dejó de pensar en Yehuda. Le había causado una muy buena impresión. Efectivamente, eran muchas las cosas que compartían y nada mejor que una noche a la luz de la luna. Llevaba años de viudez. Había aceptado a últimas fechas salir en varias ocasiones, y cada una le causó una mayor decepción que la anterior. No lograba encontrar un alma afín, un ser humano con una mirada cálida y una plática inteligente.

Se preparó con más esmero que el habitual. Buscó un vestido holgado, pero que no disimulara su figura, que aún provocaba miradas de admiración. Era de un color claro, pero con un bordado muy especial para un sitio como Acapulco. Se maquilló muy discretamente. Un poco de *rouge*, de color suave, y su abundante cabellera apenas sostenida por pasadores a la altura de las sienes. Encima, un chal que había comprado en el aeropuerto a su llegada y que combinaba a la perfección con el atuendo. Cuando se miró, con esa mirada crítica para saber si estaba lista, quedó más que satisfecha.

No iba a ser la cita de dos jóvenes, como decía su hija, con las hormonas a punto de estallar. Era una reunión de dos adultos. Y cada uno tendría aún mucho que contar.

Como una mujer consciente de su persona y educación, no trató de llegar ni muy a tiempo ni muy tarde: cinco minutos de retraso eran más que suficientes. Se colocó unos pendientes de plata y decidió no usar collar. No hacía falta.

Al hacer su entrada al restaurante, fue recibida por el jefe de meseros, que la condujo a la mesa de Yehuda. Este sintió al verla que su corazón latía a una velocidad acelerada, y la impresión de toda ella confirmó su primer instinto: se trataba de una mujer muy hermosa.

Se levantó de la mesa y le acercó la silla. Al ver la bahía, ella no pudo menos que exhalar un largo suspiro.

—No tenía idea —dijo— de cuán hermoso es el mundo en el que vivimos.

—Permíteme decir algo —susurró con admiración Yehuda—. Te ves hermosa.

Ella pidió una copa de vino blanco. Un albariño, que le solicitó al mesero que estuviera un poco más frío de lo que acostumbraban. Yehuda la acompañaría con lo mismo.

Esa noche, y sin habérselo propuesto ninguno de los dos, hablaron de todo en sus vidas, sin mencionar a sus cónyuges o a sus hijos.

Le explicó Rinah cómo se vio envuelta en su trabajo a favor de Hadassah, con qué entusiasmo había aceptado venir a México. Pero, agregó con una sonrisa seductora, no se hubiera perdonado no hacer una escala en este Acapulco, del que todos en Estados Unidos comenzaban a hablar.

—Espero no te haya decepcionado.

—Naturalmente que no. —En esa contestación iba implícita la aceptación no solo del puerto, sino de haber conocido a Yehuda—. Es un lugar —continuó, al tiempo que con la mano suavemente acomodaba su pelo— maravilloso. Primitivo y a la vez sofisticado. Pero lo que más llama mi atención, además de la gran bahía, es la amabilidad de la gente. Ayer estuve un rato paseando por las afueras del hotel, entré a un centro de artesanías y debo confesar que son más hermosas de lo que jamás imaginé. La combinación de colores es simplemente sorprendente.

La cena ordenada especialmente por Yehuda tenía como primera entrada una sopa ligera de verduras. Sin saber si ella no comía más que kosher, se cuidó de no causar problemas. El platillo principal era un filete de pescado a la veracruzana, con un poco de arroz blanco al lado. Cuidó que no fuera una cena demasiado pesada. La acompañaron con una botella de otro vino blanco, de más cuerpo, y terminaron con un plátano macho frito, muy delgado, acompañado de una bola de helado de vainilla.

—Tienes muy buen gusto para escoger una cena —dijo con agrado, al tiempo que chocaban sus copas llenas del vino—. No estoy acostumbrada a cenar tan opíparamente, mucho menos con platillos tan exquisitos. Gracias.

Terminaron de cenar cerca de las nueve y media de la noche. Le pidió al mesero que olvidara la botella de champagne.

Pasaron a la terraza con sus copas de vino, sentados uno cerca del otro, brindando por muchas cosas que con el tiempo se olvidan. Frente a la bahía, semejaban una pareja de enamorados.

Al despedirse, Rinah le agradeció efusivamente la velada.

—He pasado una noche increíble. Hacía mucho tiempo que no encontraba paz en mi alma. Te agradezco. —Se acercó a Yehuda y le dio un beso en la mejilla.

Quedaron de reencontrarse en México.

—Hay tantas maravillas en la ciudad —le dijo él— que espero poder mostrarte algunas.

A la mañana siguiente, temprano, Yehuda desayunó, cargó su maleta en el auto y se dispuso a partir hacia México.

La imagen de Rinah no se alejó de él durante toda la noche. Solo soñaba con volver a verla.

El futuro de todos

Yosef se acercó a Yehuda un domingo por la tarde. Habían comido en un restaurante y pensó que ese lugar no era el más adecuado para lo que él tenía que discutir con su padre. Y así, mientras Sasha jugaba en el jardín de la casa y podía ser vigilado por ambos, le pidió permiso para platicar sobre su futuro.

Yehuda, siempre atento a su hijo, no dudó en sentarse e invitarlo a que le dijera lo que deseaba. Fue la cara de seriedad de Yosef lo que más le intrigó.

—He decidido —comenzó él— que, de todas las carreras que yo podría escoger para cursarla y dedicarme a ella el resto de mi vida, he encontrado la que más llena mis expectativas. Deseaba escuchar tu consejo.

—Te escucho, Yosef.

—Es mi deseo ser abogado —anunció—. Para empezar, es una carrera que me atrae. Me interesa sobremanera el derecho romano, su relación con la ética judeocristiana, y ayudar a que las leyes se cumplan, como es obligación de este y los demás gobiernos. Pero, sobre todo, trata una serie de materias que me fascinan. En nuestra comunidad es una carrera muy poco solicitada, siendo que los abogados, penales o corporativos, son muy necesarios.

Yehuda escuchaba con atención. Se sentía más que orgulloso. Su primogénito dejó de ser un joven y estaba convirtiéndose en un adulto, con ideas propias, con metas que cumplir y, algo muy importante, con una visión consciente de los pros y contras que toda profesión acarrea.

—¿Dónde te gustaría cursar la carrera? —preguntó.

—A pesar de que existen varias escuelas en México, desearía hacerlo en una institución más liberal. Por ello, he escogido, si lo apruebas, la Escuela de Jurisprudencia de la Universidad Nacional Autónoma de México. He revisado las materias que deben ser cubiertas y encuentro un adecuado equilibrio entre las científicas, propias de la abogacía, y las más liberales, para convertirme en un abogado honrado, aunque esto, por la fama que tienen, puede parecer altisonante.

—Habré de apoyarte en esta tarea y en todas aquellas que con el tiempo emprendas. Deseo que seas un gran abogado; pero, como bien lo has expresado, sobre todo, un ser humano honrado y preocupado por los demás. Que tu trabajo nos enorgullezca y el esfuerzo te haga sonreír.

Ya mucho más tranquilo, Yosef permaneció al lado de su padre por varias horas. Algo que no solían hacer y les resultó más que agradable. Dialogaron. Exteriorizaron sus temores y la pena que ambos cargaban tras la muerte de Natasha. Discutieron el futuro aún lejano de Sasha.

—¿Crees que finalmente él pueda heredar algunas de las habilidades artísticas de mamá? Puedes estar seguro de que yo no las heredé —señaló enfáticamente—, pero he visto a Sasha dibujar en su cuaderno y pienso que lo hace muy bien. Deberías hablar con él —se atrevió a decir—. Probablemente lo convenzas de estudiar pintura o alguna actividad relacionada con el arte. Aunque aún es muy joven, ya está listo para comenzar. Habrá que ver sus gustos y aptitudes.

—Así será —contestó orgulloso Yehuda.

Sintió que no debería volver a perder la oportunidad de dialogar con sus hijos, tanto con Yosef como con el pequeño. Se dio cuenta de que ambos aún dependían mucho de él. Los tiempos podrán cambiar, pero una adecuada orientación siempre es válida. Si Natasha viviera, pensó, ya lo habría obligado a tener este tipo de conversaciones con sus hijos, y mucho más seguido.

Esa noche le costó trabajo dormir. En su cabeza galopaban libremente los recuerdos de la operación llevada a cabo para proporcionar armas a Israel, como finalmente nombraron al país. Era un secreto que, sin embargo, llenaba su recuerdo. Satisfecho al haber podido cooperar, aunque fuera con un grano de arena, al futuro de esa nación.

Hablaría al día siguiente, sábado, con Sasha y trataría de averiguar si le gustaría hacer algo más, por fuera de las actividades escolares. Si no hubiera sido por la discreta llamada de atención, y bien merecida, de Yosef, no se hubiera dado cuenta. «Es más», pensó, «son muchas las cosas que han sucedido o que van a ocurrir que no exteriorizo ni con mis hijos, ni con amigos, ni con nadie».

Yosef entraría a estudiar en la Escuela de Jurisprudencia en 1952. Sasha cumpliría once años. Se hizo la promesa de hablar con sus hijos, ver su reacción cuando les contara de su reciente relación con Rinah. «Han pasado ya muchos meses, y es el momento de abrirme con ellos».

Tras esta reflexión, apagó la luz de su buró. Esa noche, a diferencia de las anteriores, no tuvo pesadillas.

Sasha

Yehuda pensaba cómo sería la reacción de sus hijos cuando les diera a conocer su interés por Rinah. ¿Cómo tomarían la noticia?

Habían ya pasado varios años desde la muerte de Natasha. Pensó que el más difícil podría ser Sasha.

«¿Una madrastra?», podría preguntar. Sin embargo, no había un plan establecido, al menos para un futuro cercano. Ella no tenía la intención de abandonar San Francisco.

Esa mañana, durante el desayuno, Sasha y él se encontraron solos. Yosef aún estaba dormido. Era, pensó, el momento para explorar la situación.

—Me cuenta Yosef —empezó— que al parecer tienes mucha facilidad para el dibujo. Me encantaría que algún día me permitieras ver lo que has pintado.

Sasha, siempre callado, interrumpió su toma de cereal y miró de soslayo a su padre. Sin mediar palabra entre ambos, se excusó diciendo que bajaría en unos segundos. Efectivamente, en menos de un minuto, reapareció con una carpeta que le extendió a Yehuda.

—Me gusta mucho pintar. ¿Crees que podré hacerlo igual que mamá algún día? —le preguntó.

Yehuda hizo a un lado la taza de café. Tomó la carpeta y la abrió. Frente a él había varias hojas, cada una con un dibujo que no parecía haber sido dibujado por alguien de la edad de su hijo. Había uno en especial, un retrato de Natasha, que le quitó el aliento. ¿Cómo era posible que un niño lograra estampar con esa facilidad el rostro de su propia madre? Levantó la vista hacia Sasha. Este, asustado, no entendió las lágrimas que aparecieron en los ojos de Yehuda.

—¿No te gustan? —exclamó.

Yehuda se levantó y se acercó a su pequeño. Nunca había sido muy expresivo. Tomó la cara de Sasha entre sus manos.

—Es el dibujo más hermoso que he visto en mi vida —le dijo.

Y tras decirlo, lo abrazó tratando de contener el llanto. Había sido incapaz de acercarse a Sasha y averiguar más sobre él. Y ahora, bajo la luz de esa mañana, no cabía de gozo.

Revisó los bocetos. Uno tras otro. El dibujo parecía muy bueno y, cuando usaba los colores, le recordaba a Natasha y el don que ella tenía para escoger la combinación correcta.

—¿Te gustaría tener un maestro de pintura? —preguntó.

Al terminar el desayuno, Yehuda no sabía si sentirse culpable al no reconocer valores en sus propios hijos u orgulloso por lo que acababa de aprender de Sasha. Cuando este le confirmó que estudiar pintura era su sueño, Yehuda le prometió que le conseguiría al mejor maestro a la brevedad.

Subió a su despacho y buscó la libreta en la que anotaba los teléfonos de la gente que conocía.

Marcó un número.

—¿Diga? —contestó una voz masculina.

—¿Maestro Ambrosio?

—Al habla.

—Le suplico —comenzó a decir Yehuda— que me perdone por molestarlo en un fin de semana. Habla Yehuda Nevalsky, el esposo de Natasha.

—Claro —dijo aquel con voz emocionada—. Me pareció reconocer su voz en el teléfono. Han pasado tantos años. Dígame, Yehuda. ¿Cómo ha estado usted?

Tras unos minutos, Ambrosio estaba enterado de los pormenores de la vida de Yehuda. Lo recordaba siempre como distante pero dispuesto a darle una mano a Natasha en lo que fuera.

—¿Cómo podría ayudarlo? —preguntó el maestro.

Le explicó lo que esa mañana había descubierto en Sasha, la finura de su trazo, el orgullo de padre al descubrir un talento desconocido en su hijo, y le preguntó si podría tomarlo como alumno.

—Si usted —le aseguró— no me lo hubiera solicitado, me hubiera sentido ofendido. Me encantará ver esos bocetos y tener una plática con... ¿Cómo dijo que se llama el pequeño? Sí, con Sasha a la brevedad.

Por ser esta la primera vez que el alumno y su probable maestro se iban a encontrar, decidieron que fuera en casa de Yehuda. En terrenos conocidos para el joven. Lo haría sentirse en confianza.

La cita se acordó para el siguiente martes a las seis de la tarde. Por un lado, explicó el maestro, le era imposible hacerlo antes y, además, imaginó que Sasha llegaría tarde de la escuela y tendría tareas que cumplir.

Yehuda fue al cuarto de Sasha y le comunicó la nueva. Por toda contestación, Sasha se abalanzó sobre él y lo abrazó por un largo rato. Esta vez las lágrimas asomaron a los ojos de ambos, pero discretamente se las ocultaron al otro. También le pidió que le dejara su carpeta de dibujos. Deseaba admirarlos un poco más.

Sasha se los dio sin chistar. Su mayor tesoro. Sabía que estaba muy bien resguardado en las manos de su padre.

—¿Es el mismo maestro de mamá? —preguntó. Y al enterarse de que así era, no dejó de sonreír por varias horas.

Sentado en el porche esa mañana, Yehuda miraba al horizonte. Buscaba algo, y sabía que no iba a encontrarlo.

Tras muchos años, le habló a Natasha. Le dijo cuánto la extrañaba. Le contó que Yosef pronto entraría a la Escuela de Jurisprudencia. «Tendremos pronto un abogado en casa». Le contó de los bocetos de Sasha.

—Ha heredado —dijo— tu sensibilidad, tu amor a la pintura. Me recuerda tanto a ti, como no tienes una idea.

Y, finalmente, le pidió perdón.

—Nunca te olvidaré —le dijo—, pero he conocido a una mujer con la que me he estado viendo ya por algún tiempo. Necesito que me digas que esto no te enoja, que lo comprendes...

Las lágrimas volvían a derramarse esa mañana. Ahora como una cascada. Había abierto finalmente su corazón y no sabía cómo cerrarlo. Se sintió más ligero. Un peso que lo hundía acababa de caer de su cuerpo.

Notó que era la primera vez que dialogaba con Natasha tras su muerte. Se dio cuenta de que sería imposible continuar su vida como antes. La cerradura fue abierta y supo, a partir de ese momento, que no volvería jamás a cerrarla.

Rinah

Sentados, por la noche, en la sala de la casa, después de haber cenado, cada uno estaba entretenido haciendo algo. Yehuda leía las noticias del día. Yosef revisaba algunos papeles, de los cuales dependía su admisión a la carrera de abogado. El pequeño Sasha dibujaba sobre su regazo. Ya lo mostraría después, al finalizarlo.

—Deseo hablar unos minutos con ustedes —dijo Yehuda.

Como si hubiera dado una orden, sin haber solicitado su atención, los dos hijos dejaron sus tareas a un lado y se vieron más que dispuestos a escuchar lo que su padre tenía que decirles.

—Anoche —comenzó diciendo— leía un cuento jasídico. Recuerden que son las historias que ocurrían en los shtetl, los pequeños pueblos donde vivían nuestros padres y abuelos. Era una historia concerniente a una familia que habitaba en una ciudad de Polonia. En ella, nos cuenta el escritor, el hombre de la casa, siendo aún bastante joven, por desgracia y designios del Altísimo quedó viudo. Todos en los alrededores dejaron que pasara el tiempo. Que su alma y las de sus hijos sanaran y volvieran a ver la luz. Pero el padre, tras muchos años, no terminaba de llorar a su mujer. Los amigos le insistían en que debería conocer a más personas, salir más de casa, hallar un consuelo. Él no entendía exactamente lo que le decían. La gente del pueblo, donde vivían todos en comunidad, se preocupaban los unos por los otros. Le contaron al rabino lo que acontecía. Una noche, tocaron a la puerta de este hombre y, al abrirla, se encontró de frente con su rabino. Lo invitó a pasar, sorprendido de la visita. Ni tardo ni perezoso, el rabino le contó otra historia. En su colofón, insistía en que Dios, cuando forjó del barro a Adán, se dio cuenta de que estaba muy solo, incompleto. Fue entonces cuando decidió otorgarle una compañera, ya que solo de esa manera, como pareja, podrían encontrar la verdadera felicidad. Exhortó al hombre a tratar de encontrar a su alma gemela. Le dijo con claridad: «Sé que nunca olvidarás a tu mujer;

jamás lo pondré en duda. Y ¿sabes? Ella tampoco te ha olvidado, esté donde esté».

Al terminar esta historia, los dos jóvenes se quedaron viendo a su padre. Yosef intuyó que era su manera de prepararlos para darles alguna noticia. Sasha permaneció callado.

—¿La vamos a conocer? —dijo inesperadamente Sasha.

Yosef volteó a verlo. Le dio la impresión de que su hermano había comprendido aún mejor que él la moraleja, si la había, de esa larga historia. Decidió esperar a que su padre volviera a hablar. Yehuda permanecía sentado; se le veía pálido. Le estaba costando mucho trabajo explicar lo que su corazón deseaba decirles.

—Todos extrañamos a mamá. Sabemos que no volverá. Pero sigue y seguirá ocupando un lugar muy especial en nuestras vidas. No importa lo que suceda, ella siempre estará presente. Me ha costado mucho trabajo —reconoció Yehuda— aceptar esta difícil realidad. Jamás trataré de imponerles a nadie sobre su recuerdo y su cariño hacia ella. Hace ya algún tiempo —retomó—, conocí a una señora. Ella vive lejos, en la ciudad de San Francisco. En estos meses, nos hemos encontrado en algunas ocasiones, ya sea en su país o en México. También es viuda. Su esposo murió en la guerra, en la zona del Pacífico Sur, luchando contra el Japón. Tiene una hija, que va a estudiar medicina. Ella es a su vez profesora de Literatura y una reconocida escritora. Yo sé de su dolor, y ella sabe del nuestro. No tratamos de imponer nada a nuestros hijos. Por ahora, somos amigos. Ella no está convencida de vivir fuera de su ciudad y, la verdad, yo tampoco de la mía. Como en la historia que les conté, el hombre necesita a una mujer. No pensamos casarnos por ahora. Deseamos seguir como lo hemos hecho hasta la fecha. El tiempo podrá o no cambiar esta situación. Ella vendrá a México la semana que viene y me ha expresado que desea conocerlos. Le he contado tantas cosas de ambos que su curiosidad por verlos ya no permite dejarlo para más tarde. Le dije, sin embargo, que primero lo discutiría con ustedes.

—Cuenta conmigo sin reservas —le dijo Yosef.

—¿Es bonita? —preguntó Sasha.

—No tanto como lo era Natasha. Pero sí, es bonita por fuera y por dentro. Pero eso es algo que ustedes juzgarán una vez que la hayan conocido.

—¿Vendrá a comer con nosotros?

—Si no les molesta —dijo Yehuda—, me encantaría.

Sin mayor preámbulo, quedó fija la fecha. Comerían juntos el siguiente domingo.

Yehuda, un poco más noche, llamó a Rinah por teléfono. Tras contarle la conversación con sus hijos, le hizo saber lo feliz que estaba por todos.

—Por fin conoceré a tus hijos —se alegró ella—. Gracias por haberlo programado.

Esa noche, recostado sobre su cama, le explicó a Natasha lo ocurrido.

—No te olvidaré nunca —le dijo—. Y debes tener la seguridad de que tus hijos tampoco.

Capítulo 11

Al fin de la Segunda Guerra Mundial, un mundo atónito, incrédulo, desviaba su mirada de las atrocidades que se habían llevado a cabo aquellos años. Varsovia y Cracovia no escaparon a la furia de los nazis. Independientemente de ello, el mundo se enteró de la existencia de ghettos donde eran hacinados los judíos; si no morían en este por hambre o enfermedad, eventualmente eran trasladados a campos de exterminio, donde finalmente eran asesinados.

Se sabía del levantamiento ocurrido en abril de 1943 en el ghetto de Varsovia, las consecuencias que tuvo. Pero no fue el único. El ghetto de Cracovia reflejó el sufrimiento que los judíos experimentaron y que nunca podrá ser totalmente comprendido.

Yakov leía los titulares de los más importantes periódicos de México y Estados Unidos. Los reportes sobre la conducta de los nazis y, a la vez, la enemistad de los rusos con la población judía en su territorio constituían una abominación frente a la idea judeocristiana que se tiene en cuanto a que todo ser humano debe ser, supuestamente, piadoso y amante de sus semejantes.

Al enterarse del destino que corrieron los judíos en Cracovia, mantuvo una mínima esperanza en su corazón. Los Rosenblum habían elegido bien. Su salida de esa ciudad y su posterior ocultamiento en Zhytomyr, en Ucrania, confiaba, podría haber salvado sus vidas. Sin embargo, solamente era una serie de especulaciones. Las noticias que llegaban de sobrevivientes del holocausto, como finalmente se le denominó, eran incompletas. Nadie sabía realmente si algún familiar o conocido había logrado sobrevivir. Se contaban historias de heroísmo y de total incredulidad, siendo estas escasas y no muy bien documentadas.

La embajada de Polonia cooperaba poco, y era prácticamente imposible saber quiénes se habían salvado y en qué sitio de Europa podían encontrarse en este momento. Eran muchos los refugios, y muy escasa la información.

Supo que Cracovia sufrió intensos bombardeos. De Zhytomyr no tenía ninguna información. El correo estaba suspendido y las direcciones previas a la guerra dejaron de ser válidas. Todo se manifestaba como un enorme caos. Yakov sabía, sin embargo, que el señor Rosenblum conocía su dirección en México. Aun así, a meses de finalizada la guerra, no habían recibido ninguna noticia de ellos.

En esta incertidumbre de no saber si alguno de sus familiares había logrado sobrevivir, Leah vivía en un estado de constante ansiedad. Yakov temía que si esta situación no se resolvía, ella volvería a caer en una de sus depresiones. Y le aterrorizaba la sola idea. Recordó la promesa hecha a su mujer de que al final de la guerra viajaría a Europa en busca de los familiares de ella, sus padres y su única hermana.

¿Habrán logrado permanecer escondidos en Zhytomyr? ¿Habrá Manovetzky cumplido su palabra y resguardado a los Rosenblum? No tenía datos suficientes para descifrar esas interrogantes.

Cuando finalmente se decidió a viajar a Polonia y a Ucrania, muchos amigos de la comunidad le entregaron listas con nombres de sus propios familiares. Prometió revisarlas y hacerles saber si alguien había sobrevivido a la guerra.

Pero Yakov temía otros problemas que podrían acarrearle serias consecuencias. Cuando abandonó Polonia bajo su actual nombre, quedó registrado el de Simja Goldenberg. Temía que alguien pudiera reconocerlo y delatarlo, evidenciar que los papeles que ahora mostraba eran apócrifos. A pesar de traer un pasaporte mexicano con su nombre actual, esa posibilidad lo mantenía preocupado.

«Pero una promesa debe ser cumplida», se dijo. Con su pasaporte, logró conseguir visas para el viaje. Sabía que Polonia y Ucrania se encontraban actualmente bajo el estricto control de los soviéticos.

Lo que no sabía, pero lo dedujo, era que un pasaporte mexicano le abriría muchas puertas, negadas a otras nacionalidades. Después de todo, México le había declarado muy temprano la guerra al Eje. Era bien vista su participación durante la conflagración.

Antes de emprender la travesía, que podría durar varios meses, habló con la gente del banco y obtuvo su total cooperación. El propio señor Abraham lo animó a llevar a cabo este viaje de redención, como lo llamaba, con la esperanza de hallar sobrevivientes. Con su ayuda, los trámites fueron mucho menos engorrosos. Finalmente, en el mes de julio de 1945, tomó el avión que lo llevaría a la ciudad de Nueva York. Una vez en la gran urbe, averiguaría cuál era la mejor y más segura forma de transporte para tratar de llegar a su primer destino, Cracovia. Zhytomyr sería la última de sus etapas. Había mucho por delante que recorrer, incluso gran incertidumbre en cuanto a poder lograrlo. Al menos dominaba ambos idiomas, lo cual podría facilitar la búsqueda.

Llevaba consigo, como una precaución, la última carta del señor Rosenblum. Pensó que, si Manovetzky estaba vivo, se la mostraría y agradecería su enorme ayuda.

Se despidió temprano por la mañana de su familia y, acomodado en un auto de alquiler, se encaminó con rumbo al aeropuerto. En el trayecto recapitulaba cuántos años habían transcurrido desde que salió de Zhytomyr y de Cracovia. ¿Qué le aguardaba en el Viejo Continente? Estaba enterado de que Polonia en particular había sido devastada por los constantes bombardeos de los ejércitos. Costaría mucho esfuerzo y dinero reconstruir lo que había sido destruido. Pero en manos de los soviéticos no se auguraba nada bueno, cuando ellos mismos estaban al borde de la quiebra.

El vuelo a Nueva York, con una sola escala, transcurrió sin mayores problemas. Le llamó la atención que la aeronave iba prácticamente vacía. Al llegar a la gran urbe neoyorquina, averiguó sobre los vuelos que podrían llevarlo a Europa. Llegaría al fin en un vuelo de Pan Am a Varsovia, cuyo aeropuerto ya estaba autorizado para recibir a los aeroplanos. Contó las paradas. Eran tres hasta llegar a su destino.

Su avión partiría ocho horas después. Decidió entrar a uno de los restaurantes que estaban disponibles y comer algo. Después, leería uno de los tres libros que había empacado, previendo que iba a tener tiempo de sobra para hacerlo, además era una manera más que inteligente de pasar el tiempo.

Unas horas antes del previsto viaje, se presentó en el mostrador de Pan Am. Ya revisados sus documentos y habiendo entregado su única maleta, se sentó, dispuesto a esperar el aviso de abordaje. En la silla, sin darse cuenta, se quedó dormido. El alboroto de los demás pasajeros lo despertó justo a tiempo para entrar a la aeronave.

Un nudo en su garganta se le había formado. Recordó que había estado seguro de que nunca más volvería a Europa y mucho menos a Polonia y Ucrania.

La aeronave estaba parcialmente ocupada. Tenía un asiento con vista al exterior. Junto a él, nadie ocupó los asientos restantes. Esto le dio la oportunidad de recostarse buena parte del vuelo, consiguiendo conciliar el sueño buena parte del trayecto.

Después de casi veinticuatro horas de travesía, agotado pero satisfecho por haberla llevado a cabo, llegó a Varsovia. Buscó un hotel para pasar la noche y partir al día siguiente rumbo a Cracovia. En el trayecto al centro de la ciudad, solo divisó ruinas. Muy pocos edificios se salvaron del bombardeo.

No esperaba encontrar un hotel en pie, sin embargo, le aseguraron que sí los había.

Efectivamente, era más bien una casa de huéspedes. Se sintió aliviado de poder pasar la noche bajo buen resguardo.

No dejó de notar que, en la casa, varias personas con aspecto más bien sospechoso lo seguían por donde fuera. Acababa de penetrar, reconoció, a territorio enemigo.

Y el enemigo era él.

Cracovia

Por la mañana, tomó un ligero desayuno. Un poco de avena con agua y un café, que le supo bastante desabrido. Había una escasez de productos lácteos y de azúcar. El dueño de la casa de huéspedes lo despidió amablemente. Le informó de cierto lugar donde podría hospedarse una vez que llegara a Cracovia.

—Han sufrido ambas ciudades —le expresó— más daño moral que material, y será muy difícil levantarse de cualquiera de los dos.

El dueño arregló también que un auto lo llevara hasta el centro de Cracovia. Irían él y otros dos pasajeros. Le explicó que debido a la falta de gasolina no se permitían viajes con un solo pasajero.

Yakov agradeció la ayuda. Recogió su maleta y se dirigió al auto, que esperaba en la acera.

—La carretera —advirtió el chofer— se encuentra en muy mal estado. Esa es la principal razón para viajar de día. De noche, podrían no divisarse los obstáculos o las zanjas, y el viaje se convertiría en una mortal pesadilla. Son un poco menos de trescientos kilómetros. Bajo condiciones normales, nos tomaría de cuatro a cinco horas. Bajo las actuales, no puedo garantizar la hora en que arribaremos a Cracovia.

Sentó a Yakov en el asiento delantero y a los otros dos pasajeros, una pareja joven, en el asiento trasero. La cajuela del auto era lo suficientemente grande para que todo el equipaje cupiera dentro sin problemas.

El viaje, efectivamente, fue azaroso. Las carreteras habían perdido, por partes, todo el revestimiento de concreto, y cruzarlas era un desafío. El chofer, sin embargo, muy conocedor de la zona, los llevó en menos de seis horas sin enfrentar ningún contratiempo.

El hotel recomendado en la ciudad había sido dañado, pero solo en uno de sus dos edificios. Por suerte, era verano. De haber sido invierno, nadie podría asegurar que hubiera calefacción dentro.

Se registró y firmó en el cuaderno que se le presentó, y se le entregó la llave de su cuarto. No dejó de observar que, al igual que en Varsovia, siempre alguien parecía estar observándolo. Lo vigilaban las veinticuatro horas del día.

Algunos restaurantes habían vuelto a abrir. Una vez instalado, procedió a recorrer el centro de la ciudad hasta encontrar un lugar apetecible para cenar. La ciudad denotaba un extenso daño. La iluminación pública no funcionaba. En todas las fachadas se observaba deterioro y notó, con tristeza, una gran cantidad de personas viviendo en las aceras. Se sentía una inmensa desolación y, para culminar, notó que nadie sonreía. La gente caminaba como autómata, sin rumbo fijo. Parecía arrastrar su propia desgracia.

La otrora casa de gobierno mostraba sus heridas, como los demás edificios de la zona. Mañana la visitaría, pensó, para tratar de averiguar si los Rosenblum o Manovetzky aparecían en las listas de sobrevivientes o, en su defecto, en las de los desaparecidos.

Recordaba que en esa zona, previo a la guerra, se habían instalado varios comercios judíos. Ahora no divisó uno solo. Supo desde su llegada que debía mantener un bajo perfil. Los soviéticos hablaban de la muerte de sus ciudadanos. Eslavos, cristianos o judíos, todos eran, supuestamente, ciudadanos soviéticos. No hacían ninguna distinción. Pero Yakov supo que, a la hora de asesinarlos, lo hicieron contradiciendo sus afirmaciones, precisamente por ser judíos, no ciudadanos polacos o del nuevo régimen de la Unión Soviética.

Hubiera deseado preguntarle al ciudadano común, al que se desplazaba por las calles de la ciudad qué había acontecido con los judíos.

La cautela le impidió efectuar esas pesquisas: se vería, a su vez, expuesto de tener que relatar cosas que podrían ser cuestionadas por los pobladores. Por ahora, nadie parecía haberlo reconocido. Y él tampoco logró reconocer una sola cara.

Se propuso visitar al día siguiente el barrio donde alguna vez los Rosenblum mantuvieron su comercio y su hogar. ¿Habría quedado algo en pie?

Encontró un pequeño lugar de comida. Constaba solamente de cuatro mesas, cada una con cuatro sillas. Tres de las mesas estaban ocupadas. Lo sentaron en la última, junto a dos hombres que hablaban ruso entre sí. Cuando estos le preguntaron si hablaba el idioma, Yakov les dio a entender que no. No deseaba entablar conversación con nadie. Prefirió escuchar.

Hablaban uno con el otro sobre sus experiencias en la guerra. A medida que ingerían alcohol, su lengua perdía la censura y relataban con mayor libertad sus intervenciones tanto en Alemania como en Ucrania. No faltaron las descripciones, por desgracia, se dijo Yakov, de las violaciones y asesinatos que cometieron a su paso, pueblo tras pueblo. Se jactaban de su actuación al entrar en Alemania y gozar las «delicias femeninas» que el país les entregaba. Y ambos estuvieron recordando cómo sometían a la población civil y abusaban de ella, alardeando de ello al tiempo que chocaban sus tarros llenos de cerveza.

Yakov se encaminó al edificio que albergaba, o al menos eso suponía, los datos sobre la gente desaparecida o los sobrevivientes de la guerra.

Una mujer ya entrada en años, bastante desaliñada, se hallaba sentada frente a uno de los escritorios cuando Yakov llegó. Se levantó y se acercó al módulo donde atendían a la gente.

Tras una pequeña plática, Yakov la convenció de mostrarle las listas de los sobrevivientes en la ciudad. No quiso explicar que buscaba el nombre de judíos entre ellos. Desconocía qué actitud podría tomar.

—¿Algún nombre en especial? —preguntó. Al hacerlo, miraba fijamente a Yakov. Lo veía bien vestido y afeitado. Supuso que no había participado activamente en la guerra.

Yakov pensó con cuidado cómo contestar.

—Manovetzky —dijo—. Karol es su primer nombre. Tengo entendido que vivía en Ucrania y ocasionalmente atendía sus negocios en Cracovia.

La mujer, tras checar una buena cantidad de papeleo, finalmente lo encontró.

—Este hombre que menciona —dijo con mueca de desprecio— vivía en Zhytomyr, en Ucrania. En uno de sus viajes a esta ciudad fue arrestado por los soviéticos y acusado de haber cooperado con los nazis. Hasta donde sé, se encuentra en la cárcel municipal de la ciudad, esperando juicio por traición. Uno más de los viles traidores —terminó—. ¿Busca algún otro nombre?

—Rosenblum —dijo Yakov—. Tengo entendido que eran una familia de tres personas que vivían en esta ciudad.

Tras unos minutos, la mujer le dio a entender que ninguna familia con ese nombre aparecía en los documentos que revisó. Pero, le explicó, muchos de los judíos que habitaban en la ciudad desaparecieron durante los trágicos eventos de la guerra. Mientras decía todo esto, observaba detenidamente la expresión de su interlocutor. Buscaba alguna señal, algo que delatara que el hombre que tenía frente a ella era a su vez un maldito judío.

Yakov, que desconocía el destino de los Rosenblum, no hizo comentario alguno. Le agradeció a la mujer la ayuda. Tenía por delante esa mañana dos sitios más que visitar. Primero iría a ver las listas que la Cruz Roja poseía, donde se incluía a todo ciudadano polaco desaparecido. Sospechando que no encontraría nada, iría a la comandancia para averiguar si Manovetzky aún estaba encarcelado. Solo él podría informarle del destino de los Rosenblum.

Recorrió las calles de la ciudad. No podía dar crédito a sus ojos. Los parques que recordaba habían desaparecido. Los árboles que engalanaban las calles y avenidas brillaban por su ausencia. Adonde dirigía su mirada, solo veía ruinas de lo que alguna vez fuera esa hermosa ciudad.

Solicitó instrucciones para encontrar la sede de la Cruz Roja. El trato que recibió ahí fue diferente. Una joven, ataviada en un uniforme en el que destacaba su delantal blanco, portaba una cofia con una gran cruz roja estampada en ella.

Tras explicarle con un poco más de detalle, se abocaron ambos a buscar el nombre Rosenblum entre los papeles que revisaban.

Más confiado, Yakov agregó:

—Eran Jaim, su esposa Rivka y su hija Mina.

Después de algunos minutos, aquella le expresó lo que Yakov ya sabía.

—No aparece ninguno de los nombres —concluyó—. Lo siento. ¿Sabe usted si fueron internados en el ghetto?

Yakov mintió.

—No, no lo sé —respondió.

Al salir del sitio, Yakov estaba convencido de que el plan de los Rosenblum de escapar a Zhytomyr y buscar asilo con Karol probablemente se llevó a cabo exitosamente. Una esperanza renació para rápidamente desaparecer. «¿Por qué, entonces, fue arrestado Karol?» se preguntó. Le habían dicho que cooperó con los nazis. ¿Significaba que, a fin de cuentas, tuvo que delatar a los Rosenblum?

La prisión en Cracovia lucía muy semejante a los demás edificios aledaños. Mucho daño en la estructura y, aun así, parecía haber resistido parcialmente el intenso bombardeo. Muchos guardias la custodiaban, por dentro y por fuera. Cuando se acercó a la puerta principal, uno de esos soldados lo interrogó.

—¿Cuál es la razón de su visita? —inquirió enfáticamente—. ¿Busca a alguien en particular?

Exhibió sus documentos, entre ellos el pasaporte mexicano; el guardia le indicó hacia dónde debía dirigirse.

Al llegar al escritorio mencionado, un oficial le volvió a preguntar la razón de su visita. Esta vez, Yakov decidió ir al grano.

—Busco a Karol Manovetzky. Tengo entendido que se encuentra preso.

Se abstuvo de hacer mayores comentarios.

El oficial buscó en la lista.

—Así es —dijo con firmeza—. El tal Manovetzky espera juicio por traidor. Nadie puede visitarlo.

Yakov supo en ese momento que tendría que usar toda su fortaleza e inteligencia para entrevistarse con algún oficial de mayor envergadura. Era vital que Karol y él se vieran, y le contara lo que había sucedido con los Rosenblum.

—Tengo —explicó con mucha seguridad— documentos que pueden ser vitales para el juicio de este hombre. He venido desde México al enterarme de su arresto. Tengo pruebas que entregaré a su superior, pero a nadie más.

La firmeza de las palabras de Yakov, la advertencia de tener en sus manos documentos de suma importancia o quizá el pasaporte que mostró lograron que el oficial se excusara por unos minutos. Yakov dedujo que iba en busca de un superior. Con el corazón latiendo a una velocidad vertiginosa, se sentó a esperar.

Minutos después, regresó el oficial, acompañado de alguien, en efecto, que se podía suponer era su superior, dada la manera en que se dirigía a él.

—¿Es usted —preguntó este directamente— el que busca a Manovetzky?

—Así es —contestó en un tono más amable Yakov.

—¿Puedo saber cómo es que sabe usted del preso?

Yakov, sin deseos de incriminarse, habló en tercera persona. Explicó que «un conocido en México» conocía a Karol; había hecho negocios con él, tanto en Cracovia como en Zhytomyr.

El oficial miraba a Yakov. No sabía hasta qué punto llegaría esta conversación.

—Karol Manovetzky —continuó Yakov— le compró unas propiedades a la familia de mi amigo. Ellos —le dijo con cautela— eran judíos.

—¿Dónde se localizan estas propiedades de las que habla?

—Acá mismo —respondió—. En Cracovia.

—No entiendo —dudó el comandante—. ¿Qué tiene esto que ver con que quiera ver al preso?

—Karol Manovetzky —aseguró Yakov, ahora con mayor firmeza— ocultó a esta familia. En su casa, en Zhytomyr. Karol no es un colaborador de los nazis. Por el contrario, escondió a esta familia con riesgo de que los alemanes lo descubrieran y lo mataran.

—E imagino que tiene usted pruebas de ello. Hay un juicio pendiente contra él.

—Así es. Las mostraré, a su debido tiempo, a las autoridades competentes. Pero, antes, necesito entrevistarlo. Mis amigos quieren saber lo que sucedió con sus familiares, con esos que Manovetzky ocultó durante la guerra.

La historia que acababa de escuchar el soviético lo intrigó. ¿Estaría diciendo la verdad este desconocido?

—Hablaré con mis superiores —indicó este—. No puedo hacer nada más por ahora.

Después de averiguar en qué hotel se encontraba, prometió que mandaría a un oficial para informarle la decisión que tomaran.

—Entenderá usted —agregó Yakov— que vengo de muy lejos. Sin desear apresurarlo, le suplico que lo tome en cuenta.

El comandante giró algunas instrucciones a su inferior. Yakov entendió que, ante todo, deseaba revisar el expediente de Karol antes de presentárselo a sus superiores.

—Gracias —terminó diciendo Yakov—. Esperaré la decisión.

Supuso que la contestación no iba a ser inmediata y podría tardar varios días, incluso semanas. Pero comprendía que no podía dar un paso más sin entrevistarse antes con Manovetzky. ¿Y por qué lo acusaban de colaborador de los nazis?, se repetía, ¿tendría que ver con los Rosenblum?

Decidió regresar a la Cruz Roja. Quería enterarse de la suerte de los judíos en Cracovia.

La misma joven que lo recibió la primera vez se acercó a él y, ante las interrogantes de Yakov, le entregó una dirección.

—En ella —le dijo— encontrará a algunos judíos que sobrevivieron a los nazis. Probablemente ellos podrán relatarle mejor que cualquiera de nosotros lo ocurrido durante la guerra en estos parajes.

La dirección no quedaba muy lejos del centro de la ciudad. Era mediodía, viernes, y se encaminó allá en busca de respuestas.

Al tocar la puerta de la humilde casa, una pareja de ancianos la abrió. Cuando los vio con más cuidado, Yakov se dio cuenta de que probablemente eran más jóvenes que él mismo. Sin embargo, su apariencia era la de dos hombres que habían terminado su estancia en el mundo. Más muertos que vivos.

—Mi nombre —les dijo en perfecto ídish— es Yakov.

Los dos, que resultaron ser amigos que sobrevivieron a todo, al escucharlo hablar en ídish, lo invitaron a pasar.

—¿De dónde viene? —fue lo primero que preguntaron.

—Vengo de muy lejos —les informó—. De México. Pero alguna vez, antes de la guerra, mi familia política vivió en Cracovia.

—¿Y viene usted —dijeron casi riendo— buscando si sobrevivieron? Es usted demasiado ingenuo.

—¿Cuál es el nombre de esta familia?

—Rosenblum. Eran dueños de una tienda de combustibles.

Ninguno de los dos asoció el nombre con alguien que ellos conocieran o recordaran.

—¿Qué pasó realmente en Cracovia? ¿Dónde quedaron los miles de judíos que habitaban esta ciudad?

Ambos miraban a Yakov como si este hubiera llegado de otro mundo.

—¿Sobrevivientes? Los está usted viendo. No quedamos muchos.

En las siguientes dos horas, Yakov se fue enterando de la suerte que habían corrido los judíos en Cracovia. Con la invasión nazi, fueron primero trasladados a un ghetto del cual solo quedaba alguna pared en pie. En el año de 1942, Cracovia tuvo el «honor» de recibir a Himmler en la ciudad. Junto con Ludwig Fischer, que era gobernador de los territorios en Polonia, decidió que la mitad de los habitantes del ghetto morirían en las próximas semanas. Los demás serían trasladados al campo de Plaszow, bajo la supervisión de Amon Göth.

—Imaginamos —señalaron— que nunca ha escuchado su nombre. Era un animal, una bestia que disfrutaba matando a los judíos que estaban bajo sus órdenes. Desde su oficina, con un fusil en la mano, se aparecía a cualquier hora y, con la buena puntería que tenía, disparaba al azar, matando a algún judío como si fuera una cacería, un juego. Sí, logramos sobrevivir. Pero las escenas vividas nunca las olvidaremos. Fueron matando a uno por uno. Es un milagro que hayamos quedado vivos y seamos capaces de contar esto. ¿Quién va a creernos?

Unos días después, se apareció un soldado soviético en el hotel preguntando por Yakov. Este bajó las escaleras y se presentó. El oficial le dijo que tenía órdenes de llevarlo al cuartel, en la prisión.

Yakov subió por los papeles y se dispuso a regresar a la prisión. ¿A qué iría a enfrentarse? Pronto lo averiguaría.

Manovetzky

Durante el camino, Yakov iba pensando que, si Manovetzky lo reconocía, esto podría acarrearle serios problemas. Confiaba en que, cuando lo viera, lo cual aún era dudoso, Karol no lo delataría.

Al entrar, el oficial de la última vez lo saludó. Sin tener que esperar, siguió al soldado hacia los pisos superiores. Tras ascender dos de ellos, llegó finalmente al sitio. Caminaron por un largo pasillo que, a pesar de ser aún muy temprano por la mañana, permanecía oscuro, con una ocasional bujía iluminándolo. Al final del largo corredor, viraron a la derecha.

Sobre la puerta, un cartelón en ruso: «Comandante en jefe de la prisión federal de Cracovia». Supo Yakov, sin dudarlo, que parte de su búsqueda estaba por llegar a término.

El soldado tocó delicadamente, dando aviso de que pretendía abrir la puerta. Lo hizo y se cuadró ante su jefe. Este se levantó de la silla detrás del escritorio, y lo despidió con un ademán. Se quedó mirando a Yakov. Se había enterado de que este no hablaba ruso. Por suerte, él podía llevar una conversación en polaco.

Lo invitó a tomar asiento. Con la bocina del teléfono en mano, giró órdenes precisas en ruso. No quería ser interrumpido. Pidió dos tazas de té. Volteó a ver a Yakov y le preguntó cómo lo tomaba.

Yakov, que en estos días observó la escasez de alimentos en Cracovia, respondió que le gustaba solo, ni leche, ni azúcar.

El comandante le pidió una vez más sus papeles de identificación.

Yakov le entregó el pasaporte.

—Vaya —comentó el comandante—: México.

Procedió a examinarlo con cuidado. Checó la foto que aparecía y la comparó con el que estaba frente a él. Satisfecho al comprobar que eran el mismo, le regresó el documento.

—Yakov Schreiber —repitió—. No es un nombre, digamos, muy común en México. Me suena más bien europeo.

No lo dijo en un tono de amenaza. Lo hizo como el cazador que está a punto de capturar a su presa. Sabía que la verdad afloraría tarde o temprano.

Yakov también lo sabía. Midió sus palabras.

—Tiene usted razón, comandante. No es un nombre común en México. Como habrá usted adivinado —expresó, dándole así el honor al otro— soy judío. Llegué a México hace ya muchos años, antes de la guerra. Soy uno de los cerca de quince mil judíos que viven ahora en ese país. Vengo en nombre de un amigo, yerno de una familia judía de Cracovia, que —y sopesó lo que iba a decir— fue protegida y escondida por Karol Manovetzky en la ciudad de Zhytomyr, en Ucrania. Este amigo, al que por enfermedad no le fue posible venir, me ha pedido que busque a sus familiares, si es que están vivos, y encuentre a Manovetzky para agradecerle lo que hizo por ellos.

—Permítame ver si he entendido —dijo el comandante—. Según sus palabras, Manovetzky no solo no cooperó con los nazis, sino que ocultó a una familia judía en su propiedad. ¿Es así?

Yakov asintió.

—El comandante ha comprendido perfectamente lo que acabo de contarle.

Sin más preámbulo, sacó la carta, afortunadamente escrita en polaco, dirigida a Simja Goldenberg y se la entregó al oficial.

Este revisó primero el sobre. Había salido de Cracovia, como este judío se lo dijo. Iba dirigida a un tal Simja, que dedujo debía ser el amigo de Yakov.

Con calma, como quien es consciente del poder que tiene y que debe ejercer, sacó la carta del sobre y procedió a leerla con cuidado.

Ocasionalmente, levantaba la cara y fijaba su mirada en su interlocutor. Tras algunos minutos, que a Yakov se le hicieron eternos, la dobló con cuidado y la guardó en el sobre.

—Servirá —concluyó—, efectivamente, como testimonio. Manovetzky, como usted debe saber, es un orgulloso ciudadano soviético. Al ser capturado, se rehusó a decir algo para defenderse. Lo único que declaró fue que era inocente de cualquier delito que lo inculpara. No fue apresado en Zhytomyr, sino en Cracovia. Al parecer, un ciudadano de Zhytomyr fue quien lo denunció y claramente estableció que había cooperado con los nazis. Pero quiero que usted sepa, y cuando regrese a México lo divulgue, que el sóviet juzga a cada acusado por separado; no somos unos tiranos.

Una vez expresada esta última frase, con la cual deseaba demostrar su respeto a México, el comandante ordenó, por teléfono, que trajeran a Manovetzky. Pensaba interrogarlo de nueva cuenta. Solicitó a su vez que los abogados subieran y se convirtieran en testigos de lo que estaba por acontecer.

Entre tanto, llegaron las tazas con el té. Yakov le agradeció y procedió a beberlo con cautela. Al puro estilo ruso, la bebida parecía hervir.

Sin pedir a Yakov que saliera, el oficial continuó con su trabajo, con el odioso papeleo que llenaba su escritorio. Una tenue luz se filtraba en la habitación, por la única ventana en la oficina. La misma permanecía abierta de par en par, por lo que el ambiente dentro se sentía fresco. Las paredes se mostraban desnudas, excepto por el retrato de Stalin en una de ellas, enmarcado y colgado justamente detrás del comandante. Yakov imaginó que, meses antes, en vez de Stalin, la fotografía de Hitler debió colgar sobre esa misma pared.

Unos minutos después, entró Manovetzky. Iba acompañado de dos suboficiales, y al menos no venía esposado. Habían pasado muchos años. Yakov, al verlo, tuvo cierta dificultad para reconocerlo. Se le veía mucho mayor. La barba, mal recortada, era canosa por completo. La espesa cabellera, que él consideraba como su principal atractivo, había desaparecido, en su sitio había una calva pronunciada. Lo más notorio para Yakov fueron las arrugas que surcaban toda su faz. Efectivamente era Karol, pero no el que recordaba de tiempos previos a la guerra. Había perdido peso. En pocas palabras, se veía frágil y desamparado.

Lo sentaron en una de las sillas frente al comandante. Dos de los abogados solicitados se sentaron a su vez, uno a la derecha y el otro a la izquierda del propio Karol.

Yakov permanecía en un sillón detrás de ellos. Karol no lo había visto aún. Repentinamente, tuvo el presentimiento de que Karol podría reconocerlo y echar por tierra todo el plan si llegaba a mencionar su verdadero nombre.

—Bienvenido, Karol —lo saludó el magistrado—. Quiero estar seguro de que se encuentra bien, que esté cómodo. La razón por la que lo hemos traído a esta sala es para revisar su caso. Han surgido nuevas evidencias que tendremos que aclarar. Usted —dijo mirándolo fijamente— nunca contó en verdad lo que había sucedido. Esperamos que el día de hoy lo haga y así pueda defender su supuesta inocencia. Pero antes de comenzar —agregó— quiero que sepa que el señor que está a sus espaldas es quien nos ha hecho llegar esta nueva evidencia. Le presento a Yakov Schreiber, procedente de México. Y ahora, dejaremos que usted nos cuente, en sus palabras, lo sucedido.

Instintivamente, Karol volteó a ver al tal Yakov. Lo observó durante varios segundos. Por su expresión, supo Yakov que lo había reconocido.

—¿Conoce usted a este señor? —preguntó el magistrado.

Tras unos segundos, en que volvió a mirarlo, Karol carraspeó. Pensó para su interior que le parecía familiar.

—No, señor magistrado. No lo conozco. Nunca lo había visto.

Con estas palabras, Yakov estuvo seguro de que Karol lo había reconocido y, previendo alguna sorpresa, al escuchar un nombre diferente al que conocía prefirió guardar silencio y esperar los acontecimientos.

—Prosigamos, entonces.

—Como usted, Karol Manovetzky, sabe bien —enfatizó el magistrado—, ha sido acusado por un vecino suyo de Zhytomyr de haber cooperado con el ejército y los invasores nazis cuando estos se adueñaron de Cracovia. ¿Qué tiene usted que decir a su favor?

Se estableció un silencio en la sala. Todos esperaban que Karol, finalmente, contara la historia que se había encaprichado en no contar. Pero, al ver a Simja, o Yakov, como ahora se hacía llamar, decidió que era tiempo de confesar la verdad.

—Gracias, señor magistrado —dijo, al tiempo que se reacomodaba en la silla—. Es una historia larga, que trataré de simplificar lo más posible, sin dejar fuera lo relevante para esta audiencia. Poco antes del estallido de la guerra, siendo yo ciudadano soviético en Zhytomyr, un joven de nombre Simja Goldenberg se acercó a mí deseando venderme sus tierras. Al parecer tenía planes para salir del país, de Polonia, de Cracovia para ser específicos, previendo que una guerra estaba por estallar. Sus tierras, que colindaban con las mías, eran más ricas en su suelo y más extensas. La sola idea de poder unificarlas me pareció magnífica y, tras un tiempo, cerramos el acuerdo. Con el paso de los años, le fui pagando a su suegro, quien vivía en Cracovia, dado que Simja y su esposa habían salido de Polonia. Se preguntarán cuál era la enorme prisa que llevaban. Su condición de judíos, pienso yo, era la principal razón. Por lo tanto —continuó— nunca más supe de ellos y hasta la fecha sigo sin saberlo. El suegro de Simja, su esposa y su hija más joven decidieron quedarse en Cracovia, a pesar de que, con el tiempo, la situación para ellos como judíos se volvió cada vez más inestable.

Yakov comprendió que Karol lo había reconocido y le seguía el juego preestablecido. Sus miradas se encontraban ocasionalmente durante la confesión. El comandante seguía con interés lo que Karol relataba.

—Como es de su conocimiento —continuó Karol— el nacionalsocialismo amenazaba al mundo con una inevitable guerra. Se había anexado pacíficamente Austria y, posteriormente, pero no de la misma manera, Checoslovaquia. Una tarde en que yo vine a Cracovia por negocios, el señor Rosenblum, que sabía de mí porque los pagos del terreno y la casa se los hacía yo a él, se me acercó y me propuso un plan. Me pareció totalmente descabellado en un principio. Me explicó que no dudaba del inicio de la guerra próximamente. Que no era un secreto que Polonia estaba destinada a ser el siguiente país invadido. Y que, habiendo Hitler pregonado su deseo de aniquilar a la población judía, él y su familia se veían en la inminente necesidad de encontrar un sitio donde esconderse y resguardarse antes de que los nazis llegaran a Polonia.

»Sonaba—exclamó Karol— como un profeta que ha visto el futuro en su mente y está seguro de no equivocarse. Fue entonces cuando me pidió que los escondiera. No en Cracovia, no en terreno polaco, sino en Zhytomyr, en mi propio hogar. Ante mi asombro, me propuso dos cosas: que iba a vender todas sus propiedades y que, de aquello que se lograra obtener, me entregaría una parte como compensación para, y esta era la segunda petición, que construyera yo un refugio en mi propio hogar, imposible de ser descubierto, donde él y su familia pasarían la guerra, por el tiempo que fuera necesario».

Yakov estaba tranquilo. Por fin, la primera verdad había salido a flote. Esta declaración, que era una copia de la carta entregada al comandante, ayudaría a exonerarlo de los cargos.

—¿Qué sucedió después? —preguntó el comandante—. ¿Por qué fue usted acusado de colaborar con los nazis?

—Construí el refugio, como el señor Rosenblum me lo solicitó. Debo confesar que no había forma de inferir su existencia, ni por fuera de la casa, ni aun entrando a la misma. Tomamos todas las precauciones necesarias. Cuando finalmente estalló la guerra, los Rosenblum ya vivían en el refugio. Nunca, durante el tiempo que duró, salieron del perímetro de la casa. De día dormían y de noche podían, sin encender ninguna luz, hacer uso de mi casa como si fuera la suya. Corríamos las cortinas, no encendíamos la chimenea y evitábamos cualquier ruido. ¿Cómo se enteró mi vecino de que yo ocultaba a unos judíos? No lo sé. Me acusó falsamente ante las autoridades soviéticas en Zhytomyr de tratar secretamente con los nazis, en contra de mi propio país.

»Advertido por un amigo, supe que vendrían por mí en cualquier momento. Si descubrían que yo ocultaba judíos provenientes de Cracovia, algo prohibido por las autoridades, me vería en serios problemas. Tuve, entonces —admitió, bajando la cabeza—, que tomar decisiones de las que no me siento orgulloso. Hablé con el señor Rosenblum y le expliqué la situación. Yo podría demostrar que no cooperaba con los nazis. No tenían pruebas. Pero si se enteraban de que los ocultaba a ellos, terminaríamos todos presos, y probablemente morirían en manos del ejército rojo. Eran tiempos de guerra, los Rosenblum, como polacos y judíos, representaban al enemigo. Lo entendieron. Esa misma noche tomaron algunas de sus pertenencias y por primera vez salieron del escondite, los esposos y su hija Mina. Sabían que corrían peligro. Les entregué todo el dinero que tenía y los vi abandonar mis terrenos a la luz de la luna. Había resuelto uno de los dos problemas. Pero estaba la evidencia del escondite. ¿Qué debía yo hacer? Esa misma noche tomé la única opción que me quedaba. Quemé mi casa y el establo. Quedaron solo cenizas. Ninguna evidencia de que en ese lugar hubiera yo ocultado a algún judío o enemigo. Me cercioré de que no quedara nada que me inculpara. Al día siguiente llegaron por mí. Me llevaron a la jurisdicción, donde fui formalmente acusado. El que me acusó, que se enteró de que había yo quemado mi casa y destruido las evidencias, agregó algo más a su declaración. Dijo que intencionalmente quemé mi hogar para destruir los documentos que me incriminarían como traidor y pronazi. Señaló que los viajes que hacía a Cracovia no eran de negocios. Transmitía información al enemigo. Sin poder objetar nada de esto, sin desear poner en peligro a los Rosenblum, decidí callar.

»Al terminar la guerra, meses después, me trasladaron a la prisión en Cracovia, donde fijaron una fecha para mi juicio. Y esta es la verdad. Protegí a los judíos, sí. Pero nunca actué como traidor con los nazis. No pienso, además, que hayan encontrado alguna evidencia que confirme las acusaciones hechas por el verdadero traidor. Mi pecado, el que no me permite conciliar el sueño desde aquella fatídica noche, es no haber podido proteger a los Rosenblum y haber tenido que dejarlos ir».

—¿Y sabe usted —preguntó el comandante— qué sucedió con los Rosenblum?

—No, señor —dijo Karol—. Aquella fue la última vez que los vi. No puedo saber si sobrevivieron o no. Lo único que sé es que fue como si yo mismo los hubiera matado.

El comandante pidió unos minutos a solas con los defensores. Tanto Yakov como Karol esperaron fuera. Cada uno en una diferente habitación. Esto les impidió comunicarse.

Un par de horas después, todos regresaron a la sala. Yakov se veía abatido por la noticia y notó como Karol era incapaz de mirarlo de frente.

El comandante, una vez que todos estuvieron sentados, comenzó a hablar en un tono más conciliador.

—He escuchado lo que el camarada Manovetzky nos ha contado. Ha roto su silencio, y ahora comprendemos las razones. Pero esta historia no tendría pie ni sostén de no ser por la carta que el señor Schreiber nos ha traído desde el lejano México. Los datos concuerdan con lo expresado por Karol. Y por su parte las acusaciones de haber cooperado con el enemigo no tienen un sustento. Hubiéramos deseado que la familia Rosenblum atestiguara en esta audiencia. Sabemos que no es posible. El señor Schreiber vino a nuestro país buscando respuestas que no ha encontrado. He mandado un cable a Zhytomyr para que en sus archivos busquen algún indicio de los Rosenblum. Han prometido hacerlo. Exhorto al señor Schreiber a que viaje en unos días a esa ciudad, donde quizá encuentre las respuestas que ha venido a buscar.

Todos los presentes asintieron ante las palabras del comandante.

—Por último, con la autoridad que mi gobierno me otorga, declaro que Karol Manovetzky es inocente de los cargos imputados y será puesto en libertad en las próximas dos semanas, cuando el papeleo haya sido llenado a satisfacción. Y —agregó viendo a Karol directamente— debe usted agradecer al señor Yakov Schreiber que haya acudido a nosotros y nos haya mostrado la carta que lo ha redimido de toda culpa. Regresará usted eventualmente a Zhytomyr y podrá disponer por orden mía de las tierras que son su propiedad. He girado una orden de arresto contra el traidor que falsamente lo acusó.

Ordenó regresar a Karol a su celda, pero esta vez como un hombre libre.

Al salir, se paró frente a Yakov.

—Gracias. Dígale usted a Simja Goldenberg que agradezco la carta que, por usted, llegó a esta audiencia. Dígale que cuidé de sus suegros y que me arrepiento de cómo se desarrollaron los acontecimientos a raíz de la falsa acusación. Por último, busque a los Rosenblum. Dios quiera que los encuentre con vida. Y pídales perdón de mi parte.

Yakov miró a Karol. Sabía que este lo había reconocido.

—Así lo haré. Pero no tiene que pedir disculpas usted, que los mantuvo con vida todo el tiempo que pudo. Simja, en mi nombre, le agradece lo que hizo. Dios los bendiga.

Al día siguiente, Yakov partió con rumbo a Zhytomyr. Lo que no supo y no pudo adivinar era que Karol estaba enfermo. Moriría unos meses más tarde. Por lo menos murió siendo un hombre libre.

La búsqueda en Zhytomyr

El viaje de Cracovia a Zhytomyr tomaba varias horas. Implicaba recorrer más de setecientos kilómetros; todo esto, recién terminada la guerra. Sabía Yakov que abandonaba la Polonia ocupada por las fuerzas soviéticas y se internaba en una Ucrania víctima de las mismas circunstancias.

A través de la historia, Ucrania había sido objeto de múltiples ocupaciones y, antes de 1920, cuando fue de nuevo invadida por el sóviet, constituía una república independiente. Los ucranianos estaban orgullosos de su historia y tradición, y ser ahora, tras la guerra, parte del botín de la Unión Soviética, solo añadía una nueva herida en su orgullo. Los judíos habían vivido en esa zona por cientos de años.

Siempre bajo algún grupo de ocupación, pero discriminados de manera equivalente por todos. Durante la ocupación nazi, la población judía fue literalmente exterminada. A partir de la combinación de soldados nazis con la invaluable ayuda de los ucranianos, profundamente antisemitas, la suerte de los más indefensos quedó sellada.

Yakov penetraba a territorio hostil. Cuando Manovetzky relató que aquella noche vio partir a los Rosenblum, comprendió que su sentencia de muerte había sido firmada. Iba con pocas esperanzas de encontrarlos con vida. Deseaba estar equivocado, pero si no era posible hallarlos, debía conocer, al menos con certeza, cuál había sido el destino final de su familia política.

Sabía que como judío no lograría adelantar nada. Una vez más, confió en que su pasaporte mexicano lo sacaría de problemas, aunque sin estar del todo convencido de ello. Persistía en Ucrania una hostilidad muy virulenta contra el extranjero que se había exacerbado con el advenimiento de la guerra y la pérdida de valores que esta acarreó.

Entró al hotel, si así se le podía denominar, en la parte de la ciudad donde, para su buena suerte, se alojaban los edificios gubernamentales. Le solicitaron sus documentos; lo interrogaron sobre las razones de su visita a la ciudad; le exigieron una fecha cercana de salida o, de lo contrario, se vería en problemas. Tanto fuera del hotel como dentro, varios soldados, bien armados, vigilaban lo que sucedía, así como a los parroquianos que caminaban por las aceras.

En el cuarto del hotel, muy pequeño, había una angosta cama, un colchón muy escuálido, soportado en una base de metal. Un hueco en la pared funcionaba como armario y, al lado de la cama, un buró con una lámpara que apenas entregaba algo de luz, con su bujía de veinticinco watts. El baño, en el pasillo, era compartido con los demás huéspedes del piso. El hotel no tenía servicio de restaurante, por lo que, una vez depositadas sus pertenencias, salió a la calle hasta encontrar cerca una pequeña taberna, donde, por unos cuantos rublos, comió apetitosamente un borsht frío, acompañado de un platillo de papas deshechas y mezcladas con cebollas fritas. El pan, aunque duro, tenía un buen sabor. Acompañó todo con un vaso de vodka.

Al salir, se desorientó por unos instantes. La ciudad había sufrido cambios. Una vez que logró reconocer dónde se encontraba, regresó al hotel y se dispuso a pasar la noche, confiando en que el descanso le daría ánimos y fuerzas para los eventos del día siguiente. Se enteró de que las oficinas del gobierno abrían después de las diez de la mañana. Se hizo a la idea de que, si despertaba temprano, visitaría las afueras de Zhytomyr en busca de su antiguo terreno, una vez que la casa había ya desaparecido.

La cama le resultó incómoda. Pero un par de horas después, el cansancio lo venció y se quedó dormido. Tuvo pesadillas que afortunadamente al día siguiente no logró recordar. A pesar de todo, se sentía tranquilo. Su única y real preocupación era adivinar qué estaba a punto de enfrentar ese mismo día.

Por la mañana, logró alquilar un transporte individual. Le entregó la dirección a la que debería dirigirse. Le explicó que era en las afueras de Zhytomyr. Por suerte, recordaba con detalle la localización de sus antiguos terrenos y no les sería difícil llegar. Se sorprendió al notar que en lo que antiguamente eran campos de siembra, ahora daba la impresión de que la ciudad se había extendido con sus tentáculos, cubriendo con múltiples construcciones todo lo que a su alrededor recordaba. Por más vueltas que dieron, por más esfuerzos que hicieron, Yakov no tuvo más remedio que regresar sin haberlos localizado. Supo, sin dudarlo, que efectivamente la casa que alguna vez fuera suya y que él mismo ayudara a construir ya no existía. Con un toque nostálgico, tuvo que admitir que, de su infancia y adolescencia, no quedaba ningún remanente, excepto lo que su memoria ocasionalmente podría hacer llegar a su conciencia.

Pidió al transportista que dieran una ronda más alrededor de esa zona. Los robles y encinos que fueran parte de su vida habían desaparecido. La mancha de la ciudad se extendía hasta fusionarse con el bosque, que afortunadamente seguía incólume.

Se rindió y le pidió que lo llevara al edificio que guardaba los archivos de la recién terminada guerra. Confiaba en que podría hurgar en ellos y averiguar el destino de su familia.

El edificio, como los demás que alojaban oficinas del gobierno, tenía un aspecto austero, grisáceo y frío. Los inevitables guardias, bien instaurados a la entrada, revisaban a cada persona que deseaba entrar. Preguntaban con cierta rudeza la razón de la visita, el nombre, y exigían los documentos de identidad, para, con ojo minucioso, decidir si eran auténticos o no. Yakov pasó por lo mismo. Una vez dentro del edificio, solicitó informes sobre la oficina de personas desplazadas o desaparecidas.

Cuando llegó al segundo piso, buscó la oficina marcada con el número B14, tocó a la puerta y entró.

Para su sorpresa, era el único visitante aquella mañana. Una mujer enfundada en un traje ceñido y una blusa abotonada hasta el cuello le preguntó sin ninguna muestra de amabilidad la razón de su visita.

Yakov explicó todo. Su estancia en Cracovia, la historia de Manovetzky y su visita infructuosa esa mañana al recorrer los que fueron los terrenos de Manovetzky. Pero hizo énfasis en que la verdadera razón de su presencia en Zhytomyr era tratar de averiguar el paradero y la suerte de la familia Rosenblum. Mintió de nuevo diciendo que un amigo, Simja Goldenberg, le había pedido esto.

—¿Sabe usted —preguntó ella— cuándo salieron de su escondite en Zhytomyr?

—No a ciencia cierta —contestó Yakov. Recordó, sin embargo, que Karol habló de finales del 44, siendo aún verano—. Probablemente entre julio y septiembre de 1944 —estimó.

—¿Y dice usted que no han sabido nada de ellos en todo este tiempo?

—Así es.

La mujer se levantó de su escritorio y se dirigió a donde probablemente estaban resguardados los documentos que podrían darles esa información.

Le pidió a Yakov que tomara asiento. Reconocieron ambos que esta pesquisa tomaría más tiempo del que deseaban.

Media hora después, sacó uno de los tomos y lo colocó sobre la mesa.

—Este tomo —le explicó ella— contiene la información de aquellos que fueron arrestados por la policía o hallados en los terrenos cercanos a la ciudad.

Se colocó sus espejuelos y recorrió lentamente, con su dedo índice, los nombres anotados en las listas. Repetía como autómata «Rosenblum... Rosenblum...».

Inesperadamente, alzó su vista y se quedó viendo a Yakov.

—¿Jaim y Rivka Rosenblum? —preguntó—. ¿Son las personas que usted busca?

Yakov sintió como si una puñalada hubiera sido incrustada en su corazón. Tenía un mal presentimiento.

—Efectivamente —contestó.

La mujer dejó a un lado el voluminoso tomo. Se sentó y se retiró las gafas.

—Le tengo malas noticias. Las dos personas que aparecen en la lista fueron halladas sin vida, a escasos kilómetros de este lugar. Desgraciadamente no se especifica lo que pasó con ellos. En el extremo de esta información está escrito que fueron enterrados en una fosa común, junto con otros... —titubeó por un momento— judíos. No sabemos exactamente dónde, pero fueron identificados por los papeles que se encontraron entre sus pertenencias.

Se hizo un silencio.

—Lo siento mucho —agregó finalmente.

Yakov notó un tono sincero de condolencia en las palabras de esta mujer.

Ella le informó que este tipo de historias se repitieron por miles en los meses finales de la guerra. Los soldados no tomaban prisioneros. Esta última frase fue la que más le dolió a Yakov. Daba a entender, con claridad, que probablemente fueron asesinados. Ya fuera por soldados, milicianos o cualquier otro, eso es lo que había sucedido, sin temor a equivocarse.

—Había una hija con ellos —explicó Yakov—. Se llama Mina.

La mujer volvió a abrir el tomo. Con el mismo índice, recorrió una vez más las listas. «Mina, Mina...», repetía.

—Lo siento —dijo al terminar la búsqueda—, no aparece este nombre. ¿Está usted seguro de que así se llama?

—Sí —confirmó Yakov—. Mina.

El hecho de que esta no apareciera en las listas abrió la remota posibilidad de que aún estuviera con vida. Se guardó este pensamiento. ¿Habrá sido secuestrada? ¿Habrá logrado huir? ¿Y cómo averiguarlo?

—El gobierno —le explicó la mujer— puede extenderle un documento que avale que Jaim y Rivka Rosenblum han muerto.

Amablemente, lo condujo a la oficina respectiva. Tras una larga hora, le fue entregado una especie de certificado que confirmaba la muerte y posterior entierro de Jaim y Rivka Rosenblum.

Decidió Yakov continuar indagando sobre la suerte de Mina. No encontró, por desgracia, ningún documento que lo ayudara. Ni en las oficinas de la Cruz Roja ni en los papeles que la comunidad le presentó aparecía el nombre. Era como si la tierra se la hubiera tragado. Y, como bien dedujo, en tiempos de guerra eran más los desaparecidos sin dejar huella que los sobrevivientes. Pero no perdió la esperanza y decidió, tras pensarlo un buen rato, que no regresaría a México sin una respuesta.

Sabía que existía una remota posibilidad de que Mina hubiera escapado. ¿A dónde? La lógica no existía. Eran tiempos aciagos. Una muchacha sola rondando por los bosques era prácticamente inimaginable. La ciudad más cercana a Zhytomyr era Kiev. Ella sabía que su hermana estaba en América, en México. Podría haber tratado de salir de Ucrania una vez finalizada la contienda y ¿buscar viajar a México? Estas ideas lo atormentaban. Primero tendría que haber encontrado un refugio, esperar que la guerra finalizara. Y, si lo hubiera logrado, la vía de escape más cercana era el puerto de Odessa.

Decidió que su viaje debería continuar. Al día siguiente, estando aún sus permisos vigentes, se encaminó a Kiev. Buscaría en los archivos de la ciudad el nombre de Mina. Lo haría en los registros oficiales, pertenecientes al gobierno local, y buscaría las listas de sobrevivientes que tanto la policía como otras instituciones deberían poder proveerle.

La ciudad lo conmovió. Poseía una belleza y presencia que la volvía única y especial. La guerra la había herido, pero no la mató. Buscó, como hiciera en otros lugares, un hotel para alojarse. Esta vez, comparado con el de Zhytomyr, encontró uno más que adecuado.

Decidió no perder tiempo. Tras haber visitado las oficinas del gobierno y emprendido la misma búsqueda hecha en Zhytomyr, no dio con el nombre de Mina. Sin embargo, se enteró de que había un sitio en la ciudad en el que la comunidad judía guardaba, a su vez, sus propios documentos e información.

Se dirigió allá. Era una pequeña oficina, situada en lo que parecía un edificio abandonado tras la guerra. No lo custodiaba nadie y no tuvo dificultad en identificarlo.

Tocó y, al abrir la puerta, se topó con varios jóvenes que dialogaban, según dedujo, en hebreo. Le llamó mucho la atención. Todos, al verlo entrar, guardaron silencio y se quedaron observándolo.

Un hombre de mayor edad, quien Yakov supuso era el jefe, se acercó a él.

—¿Se puede saber quién es usted? —preguntó de manera amable a Yakov, pero mostrando cierta firmeza en su voz.

—Mi nombre —explicó— es Yakov Schreiber.

Así se dio a conocer frente a un grupo de judíos que no parecían ni rusos ni producto de ningún shtetl. Altos, bronceados por el sol, con confianza en sí mismos, algo verdaderamente envidiable.

Tras contarles con detalle toda la conocida historia, ya sentado, supo que había captado su atención. Después de todo, pensó, esta era una más de las historias que debían de haber escuchado mil veces. La interrogante era si podrían ayudarlo.

El más viejo se presentó como Mordejai.

—Estos jóvenes —explicó— provienen de Palestina. Buscan, como lo haces tú, sobrevivientes judíos de la guerra. Te preguntarás qué hacen en Kiev, en el sóviet. Tratan de conseguir que estos sobrevivientes, que han perdido a sus familiares, puedan ser reincorporados a una vida nueva y útil en Palestina, de preferencia. Pero —indicó cautelosamente— primero revisemos las listas de sobrevivientes. Mina Rosenblum, ¿correcto?

Yakov asintió. El que dijo llamarse Mordejai repartió papeles entre los jóvenes. Todos buscaban el nombre. Su trabajo era meticuloso. No mostraban prisa ni se quejaban de revisar una y otra vez.

—Lo tengo —exclamó uno de ellos—. Mina Rosenblum, originaria, dice acá, de Cracovia. Al parecer, estuvo oculta por un largo tiempo junto a sus padres en Zhytomyr. No explica más, pero tuvo que dejar el escondite y en compañía de sus familiares partió una noche de agosto del 44.

Yakov estaba estupefacto por la noticia. Mina, se repetía una y otra vez, al parecer logró sobrevivir.

Mordejai le pidió al joven el papel. Se sentó y lo revisó con cuidado. Elevó su vista y miró directamente a Yakov.

—Mina —le aseguró— sobrevivió y está viva.

—No lo puedo creer —exclamaba Yakov, al tiempo que el llanto lo estremecía—. ¿Dónde puedo encontrarla? ¿Está en Kiev? Ya ha pasado mucho tiempo desde entonces.

—¿Cuál era tu plan si la encontrabas? —preguntó Mordejai.

Yakov no había pensado en esto. Su angustia se limitaba a tratar de encontrar sobrevivientes entre los Rosenblum.

—Llevarla a México —respondió—. Pienso que ese es mi plan. Reunirla con su única hermana; con su único familiar vivo en el mundo.

Mordejai le pidió que volviera a ocupar su asiento.

—Me parece que esos planes tendrán que ser revalorados. Como te expliqué, estos jóvenes vienen de Palestina. Judíos orgullosos que desean poseer pronto un país propio. Son los encargados por ahora de llevar de Europa a Palestina a aquellos judíos que quedaron desamparados tras la guerra.

Yakov esperaba el final de esta conversación. Sentía que lo que estaba por escuchar no iba a dejar de sorprenderle.

—Mina Rosenblum —dijo Mordejai— fue trasladada hace ya varios meses al puerto de Odessa. Efectivamente, deseaba salir de Europa. Le ofrecimos la única opción que teníamos. De manera ilegal, tras pagar por ella, y por muchos otros, los sobornos que el gobierno nos exigió, obtuvimos papeles de salida para cada uno. El barco partió.

«Sabemos que hubo problemas a su llegada a Haifa, pero lograron desembarcar y establecerse en su nuevo hogar: Palestina».

—¿Me quiere dar a entender que está sana y salva?, ¿en Palestina? —inquirió Yakov—. ¿Sabemos dónde exactamente?

—No poseo esa información —le contestó Mordejai—. Pero está sana y a salvo. Seguro fue trasladada a alguno de los kibutzim que se han organizado en la tierra de nuestros antepasados. Sugiero que nos deje su nombre y el de la hermana de ella, según entendí. En el próximo viaje de estos muchachos a Palestina, entregarán los datos a las autoridades judías para que ella se ponga en contacto con ustedes. Si tenía su dirección en México, la pudo haber perdido en este peregrinar. Pero, Yakov —concluyó, mientras todos se acercaban a abrazarlo—: ¡Mina está viva!

Mina y el regreso a México

Con sentimientos encontrados, Yakov regresó a Varsovia. Ahí abordó el avión que lo llevaría de regreso a la Ciudad de México. Un viaje con varias escalas, pero con el deseo de retornar, de poder compartir toda la información que llevaba dentro, la cual lo consumía, lo quemaba, convirtiéndolo en un hombre ansioso y triste.

Había estado fuera cerca de un mes. Envió varios telegramas, explicando que aún no encontraba a los Rosenblum. Si tenía que darles la noticia, sería en persona; cara a cara, no por medio de un papel, sin personalidad, sin sentimiento. Tenía miedo de cómo reaccionaría Leah al enterarse de que sus padres habían sido asesinados. Trataría de usar otras palabras, de no contar exactamente «todo». Una mentira piadosa, trató de convencerse a sí mismo. Esperaba que la noticia de que su hermana Mina vivía compensara todo lo demás. Ya tendrían tiempo para encontrarla o para esperar que ella los encuentre.

El mal tiempo imperante en Nueva York, con lluvias descomunales, retrasó veinticuatro horas su salida. Buscó alojamiento en las cercanías del propio aeropuerto y dio instrucciones de que lo despertaran a temprana hora de la mañana para no llegar tarde al vuelo ya programado. Esa noche el cuarto del hotel le pareció el mismísimo paraíso. Agua corriente y una cama aún más cómoda que la suya en México.

No había querido avisar a la familia de su llegada. Tomaría un transporte público para dirigirse a la casa. La aeronave aterrizó finalmente a las cuatro y media de la tarde. Una vez cumplidos los requisitos en la aduana, se sintió más ligero. Llevaba varios regalos para Leah y sus hijos; sabía que no era lo correcto regresar de tan larga travesía con las manos vacías.

Eran cerca de las ocho de la noche cuando el taxista se estacionó a las afueras de la casa. Yakov sacó sus pertenencias de la cajuela, le pagó al chofer y así, cargado de regalos y de noticias, llegó al umbral de la puerta y tocó.

Cuando Leah abrió la puerta, no pudo evitarlo y comenzó a sollozar. Se abrazaron. Para entonces los hijos ya habían bajado y, después de saludar a su padre, le ayudaron con el equipaje.

Leah se mantuvo ecuánime. No preguntó nada. Permitió que Yakov, que se veía agotado, descansara y tomara un rápido baño. Les prometió que al terminar de bañarse platicaría con todos en la sala. Leah le había llevado algo de alimento, lo que agradeció efusivamente. Después de un mes, después de ver la sonrisa de su familia, Yakov supo que era un hombre que había encontrado la felicidad y que apenas ahora se daba cuenta de ello.

Cuando bajó, se encontró con su familia en la sala, ya cada uno acomodado en algún sillón y esperando escucharlo.

Yakov les pidió un poco de consideración. Les suplicó que escucharan con detenimiento todo lo que experimentó en carne propia durante un mes entero. Les solicitó paciencia.

—Tomará tiempo contarles todo lo acontecido, pero es importante que los hechos salgan a relucir en el orden temporal correcto y que no les generen dudas.

Leah estaba sentada a su lado. Volteaba a verlo para poder registrar los cambios en la gesticulación de su esposo. Los cuatro hijos estaban sentados frente a él. Nadie osó interrumpir el relato. Se dibujaba claramente la gran dificultad con la que Yakov les daba a conocer cada uno de los detalles de esta historia.

Relató lo acontecido en Cracovia. Habló mucho de Karol Manovetzky y llegó a defenderlo, con voz temblorosa, a pesar de que hizo partir a los Rosenblum aquella noche que cambió la vida de muchas personas. Les explicó cómo llegó finalmente a Zhytomyr y les contó lo que las autoridades sabían, aunque sospechaba que ocultaban muchas cosas.

Habló de cómo se enteró del destino de Jaim y Rivka Rosenblum. Fueron hallados sin vida. Las autoridades, en tiempos de guerra, solo tomaron las identificaciones y procedieron a enterrar los cuerpos en una fosa común. No les dijo todo lo que sabía. La herida que acababa de abrir no sanaría nunca. La mano de Leah se alejó de él cuando contó lo que había acontecido con sus padres. Aclaró después que el cuerpo de Mina no había sido encontrado por ningún lado.

Habló del viaje a Kiev, de su visita a Mordejai y al grupo de jóvenes judíos provenientes de Palestina; de cómo rescataron a Mina de la muerte. Al decir esto, miró de frente a Leah:

—Sabemos que Mina está viva y esa es la única buena noticia que logré traer de este viaje. Fue trasladada a Palestina —agregó—. Por más que traté de averiguar su actual localización, me fue imposible.

Les explicó que entregó a los jóvenes los datos de la familia en México y que ellos le prometieron que le harían llegar esta importante información a Mina.

—Es posible —dijo dirigiéndose a Leah— que ella haya perdido nuestra dirección durante su escapatoria. Tendremos que confiar en que la buscarán y le entregarán nuestros datos. Por ahora, bajo el estricto mando británico, no se puede hacer más.

Al finalizar, notó que Leah se mantenía fuerte. Sus cuatro hijos tenían lágrimas en sus ojos, comprendían que habían perdido a los únicos abuelos que esperaban conocer.

Hablaron de planes para el futuro, para averiguar si Mina seguía o no en Palestina.

—Creo —expresó Leah— que mi hermana, como lo dijo muchas veces, llegó a Palestina, y lo primero que hizo fue cambiar su nombre. Pero —agregó— nunca me dejó saber cuál sería este. Si ella no se pone en comunicación con nosotros, quizá la habremos perdido para siempre.

Más tarde, ya en la recámara, Leah le preguntó a Yakov cómo creía él que habían muerto sus padres y cómo logró escapar su hermana.

—No lo sé, querida —contestó—. Debemos estar en parte agradecidos porque, al menos, ella sigue viva. No perderemos la esperanza de reencontrarnos con ella. De lo que estoy seguro —la tranquilizó— es de que tomó su decisión a conciencia, sabiendo que tenía familia en México. No es que nos rechazara. Simplemente, y así debemos entenderlo, eligió libremente su destino.

Shulamit

Al paso de los años, la vida de los Schreiber se fue estabilizando dentro de una sociedad que crecía, cuyas industrias se desarrollaban y que se incorporaba al comercio mundial, siendo México uno más de sus distinguidos socios.

La presencia del banco de la comunidad logró que mucha gente alcanzara sus metas. Uno de los más importantes logros lo constituían los préstamos otorgados con intereses pagables a cualquier miembro de la comunidad, judía o no, que se acercara a ellos, mostrara un plan de ejecución que diera confianza a los prestadores y asegurara de esa manera que los pagos no cesarían. Las diversas facciones de la comunidad comenzaron a desarrollar nuevos comercios, fábricas de todo tipo y, a través de sus inversiones, contribuyeron al progreso de México.

La acción tomada por los dirigentes del banco fue la de abrir una caja de ahorro para aquellos sobrevivientes del Holocausto o de la guerra, que llegaban a tierras mexicanas necesitados de una mano amiga.

Era importante proporcionarles un sustento de vida, para que, con el tiempo, retomaran alguna actividad.

El conocimiento de lo que la guerra le costó en vidas a la judería mundial fue como un balde de agua helada que cayó en los hombros de todos los judíos, los que de una forma u otra habían logrado sobrevivir. Si bien lo vivido y observado por Yakov en Polonia y Ucrania fue algo que jamás podría olvidar, enterarse de las atrocidades cometidas en los ghettos y los campos de exterminio, de los asesinatos en masa sin razón, de las violaciones a todos los derechos humanos, por momentos, le hizo querer separarse de sus convicciones religiosas. Al pensarlo con detenimiento, reconoció que se trataba de acciones del ser humano. Se aferró de nuevo al estudio de la ética y de la moral judeocristianas con la intención de encontrar respuestas a lo que había fallado de manera tan estrepitosa durante los años de la guerra.

Toda su infraestructura existencial se tambaleaba. Se cuestionó la visión que tenía del libre albedrío, lo decepcionó el ser llamado humano y la manera como él mismo se manejó. No era la primera vez que ponía en duda las acciones humanas, sobre todo en periodos de guerra.

Pero, tras pensarlo detenidamente, se dio cuenta de que el pueblo judío, que acababa de sufrir una de sus mayores desgracias, no estaba libre de verse envuelto en un futuro muy cercano en algo parecido. La respuesta que llegaba a su mente era la de convertir a Palestina en el hogar judío, en el retorno al hogar que les había sido arrebatado milenios atrás. La de tener presencia mundial como país y no solamente como un pueblo errante.

Supo que una parte de su vitalidad se encauzaría en lograr la salida de los británicos de Palestina, en forjar un lugar seguro para los judíos. Su fervor sionista, que con los años parecía haberse diluido, renació, esta vez con fuerza descomunal.

Se unió en esta lucha a muchos otros. Cuando finalmente en 1947 los británicos se declararon ineptos para seguir controlando Palestina y sus luchas internas, las Naciones Unidas convocaron a la histórica votación en la que se decidiría la partición de ese territorio en dos Estados separados; uno perteneciente a la judería y otro al pueblo árabe.

La lucha por conseguir que el gobierno mexicano votara a favor de la resolución exprimió todas sus fuerzas. Se unió a otros grupos que sabían que, de lograrse el sueño, el nuevo país nacería vulnerable sin la ayuda del exterior. Se necesitarían armas, hombres, mujeres, alimentos, medicinas…

Cuando supo, horas antes de los comicios, que México no votaría a favor, temió que esto pudiera afectarlos de manera definitiva. Pero, para fortuna de los judíos, la resolución pasó en las Naciones Unidas, y se anunció la salida de los británicos de Palestina para mayo de 1948. Un resurgimiento, un sueño mesiánico estaba por consumarse. Esta vez, a diferencia de la pasividad exhibida durante la guerra, la comunidad judía en México se unió a la causa, presintiendo que podrían entregar al nuevo Estado una invaluable ayuda.

En ese sueño Yakov lucharía con denuedo para convertirlo en una realidad. Acababa de ser admitido como un miembro más del Comité Central, con ello supo que la comunidad se comportaría a la altura y cada uno habría de cooperar con su pequeño grano de arena.

Aún sin poder aceptar plenamente lo acontecido con su familia, Leah soñaba en que algún día no muy lejano sabría si realmente Mina había logrado sobrevivir. Cuando nació el Estado de Israel, en 1948, le pidió a Yakov que escribiera a los nuevos dirigentes e indagara sobre su hermana. Sabía que, si había entrado al país con otro nombre, la posibilidad de encontrarla era mínima. Aun así, por varios años escribió cartas junto con su esposo, tratando de saber dónde se había establecido ella.

Al paso de los años, admitió que era una lucha perdida. Su nombre nunca apareció en las listas de los nuevos inmigrantes; ni antes, ni después de la declaración de independencia.

Esta obsesión fue quedando en la caja del olvido, pero la cerradura no estaba cerrada de manera definitiva.

—La esperanza —le decía Yakov— es lo último que perderemos.

Las gemelas iban creciendo. Convertidas en mujeres, cada una comenzó a salir con algún joven de la comunidad. Pronto, estaban seguros, habrían de venir a solicitar a ambas en matrimonio. Yoshua estudió finalmente la carrera de administrador de empresas, con la intención de forjar en el futuro una sociedad junto a su padre. Aún no tenía novia, si bien la casa estaba llena de muchachas que, como decía Leah, eran invitadas continuamente, esperando que algún día hubiera un flechazo.

Shulamit parecía haber heredado el amor a las letras y humanidades que su padre profesaba. Entró a estudiar finalmente a la Facultad de Filosofía y Letras, en el edificio de Mascarones, en la Ciudad de México.

Con los hijos ocupados en sus propios intereses, Leah regresó al Patronato de la Orquesta Sinfónica. Al paso de los años, esta labor altruista convirtió a dicha organización en una poderosa fuente de sustento para la propia orquesta, logrando que sus temporadas contaran con un aforo a plenitud cada semana. Hizo amistad con el maestro José Pablo Moncayo, director de la misma, y más adelante con una joven promesa, Luis Herrera de la Fuente, quien años después sustituiría a aquel y permanecería en el puesto durante dos décadas.

Un domingo por la mañana, Shulamit se acercó a Yakov. Le explicó que necesitaba su ayuda. La razón era que, aunque sabía que era pronto para hacerla, había decidido escribir su tesis de licenciatura sobre la importancia del humorismo en la literatura judía escrita en ídish.

Yakov la vio con el orgullo de tener una hija universitaria que había decidido hacer un recuento del pasado a través del idioma ídish, que ahora, con la desaparición de la judería europea, también podría desaparecer. Al mismo tiempo, pensó, escoger hablar sobre el humorismo era una manera más que inteligente de anunciarles a todos «Acá estamos».

En 1952, tras un periodo de paz y tranquilidad, Miguel Alemán terminó su mandato como presidente y le dio la entrada a Adolfo Ruiz Cortines. El enorme gasto llevado a cabo en el sexenio anterior y una economía poco estable llevaron al nuevo dirigente a decretar en 1954 la devaluación del peso frente a las monedas extranjeras. Se esperaban seis años de austeridad y a su vez de establecer una nueva política económica.

Shulamit, quien ya cursaba el segundo año de la carrera, tomó la palabra un sábado por la noche, mientras la familia cenaba tranquila.

—Quería anunciarles —dijo— que tengo novio.

Acto seguido, se sentó y siguió comiendo.

Capítulo 12

El consorcio que dirigía González de la Serna entró a una nueva etapa en México. Después de años de haberse dedicado a los bienes raíces con éxito, durante los cuales lograron establecer al puerto de Acapulco como el centro turístico más importante de América y realizar la venta y urbanización de nuevas colonias en la ya enorme Ciudad de México, iban a incursionar ahora en la construcción y el manejo de hoteles. Ya habían tenido en Acapulco un punto de partida importante pero esta vez planeaban expandirse a otras ciudades de la república. Sus siguientes pasos fueron en la llamada Sultana del Norte, Monterrey, centro industrial del país en el que cada vez se requerían más lugares de hospedaje para los viajeros, tanto de origen nacional como internacional, que en su mayoría viajaban por negocios. Además, introdujeron en estos hoteles una serie de cambios innovadores para satisfacer las exigencias de este tipo de visitantes. Lo mismo llevarían a cabo en algunas ciudades norteñas fronterizas y terminarían por abarcar también a la segunda gran metrópoli del país, Guadalajara.

Yehuda viajaba frecuentemente a esas ciudades, por uno o dos días, tratando de no exceder ese tiempo para no dejar de prestar atención a sus hijos. Uno de esos hoteles abrió en la ciudad de Tijuana, un paso obligado para los turistas extranjeros que visitaban el estado de Baja California. Así que aprovechó para invitar a Rinah a pasar ese fin de semana en su compañía.

Meses antes, ella había hecho un viaje a la Ciudad de México, y fue invitada a cenar en casa de Yehuda. Pudo finalmente conocer a su familia. La cena transcurrió de manera armoniosa. Tanto Yosef como Sasha en especial la aceptaron como a alguien de la familia. Probablemente Yosef, más maduro, se sintió algo incómodo al verla, al evocar el recuerdo de Natasha. Pero Rinah, que se veía deslumbrante esa noche, supo ganárselos. Al terminar la velada, lo primero que le pidieron los hijos de Yehuda al despedirse fue que regresara pronto.

Rinah le confesó después que había sentido pánico y terror esa noche antes de tocar el timbre de la puerta. Como cuando alguien en una película de misterio se encuentra a punto de cruzar el umbral a lo desconocido.

La hija de Rinah logró ser aceptada para estudiar medicina en la ciudad de Nueva York, en la Universidad de Columbia, gracias a sus excelentes calificaciones. Esto produjo en Rinah una alegría con componentes mixtos, pues estudiaría en una institución envidiable, pero muy lejos de su hermoso San Francisco.

Las visitas entre Rinah y Yehuda se volvieron más frecuentes. Se encontraron en varias ocasiones en San Francisco, donde él pudo también conocer a su hija durante unas vacaciones. Desde el principio hubo buena química entre los dos. Supo ella que, si la relación prosperaba, eventualmente su madre podría rehacer su vida e iniciar una nueva.

Yosef entró a estudiar en la Escuela de Jurisprudencia, en la zona céntrica de la Ciudad de México. Logró su ingreso con la presentación de un brillante examen de admisión. A partir de ese momento, no solo se dedicó a su carrera, sino que expandió sus intereses hacia la propia comunidad. Empezó a frecuentar las reuniones sociales y los bailes que esta organizaba en varios foros de la ciudad. Ingresó también a uno de los talleres literarios, con maestros llegados de Europa y otros que eran miembros de la Academia Mexicana de la Lengua. Escogió desde un principio talleres en los que predominara el español. Sin embargo, cuando se enteró de lo acontecido con la judería europea durante la guerra, sintió nostalgia. Decidió no permitir que el ídish desapareciera de su vida. Para él representaba una amalgama entre lo antiguo y lo moderno. Ahora que el Estado de Israel finalmente había renacido, el hebreo comenzó a desplazar al ídish entre la juventud. Y todavía más entre aquellos que deseaban emigrar algún día a ese país. Amaban a México, pero la posibilidad de contribuir a forjar un Israel libre y soberano para la judería mundial era un postre muy difícil de rechazar.

Yosef ansiaba que llegara el martes por la noche, día en que el club literario llevaba a cabo sus reuniones. El invitado de esa noche era Salvador Novo, una promesa de la literatura y la poesía en México, y él se sentía muy emocionado. Aunque había otra razón, más obvia e importante, para su entusiasmo: volver a ver a la joven que asistía siempre a las reuniones, y cuya sola presencia lo mantenía embelesado.

Cada martes trataba de sentarse un poco más cerca de ella. Y esta noche, valientemente, se acomodaría en la silla que estaba a su lado, sin intermediarios. Si bien por ahora él parecía ser el único interesado, trataría de cambiar esa situación.

La reunión comenzó cerca de las 8:10 de la noche. Aunque citados en punto, siempre comenzaban tarde. Una de las conocidas características del mexicano: que la puntualidad no es precisamente su fuerte.

Se sentó al lado de la joven. Durante la primera media hora, ella parecía embrujada con la presencia de Novo, sin prestar atención a lo que ocurría a su alrededor. En el primer intermedio, volteó y miró a Yosef. Sus pupilas se dilataron un poco y sus mejillas se sonrojaron. Él solo la saludó cortésmente.

La segunda parte de la presentación transcurrió sin mayores incidentes. Yosef, sin embargo, supo que le había causado cierta impresión a la joven, porque volteó en repetidas ocasiones para observarlo.

Al concluir la velada, se atrevió y se acercó a ella. Se presentó; le dijo que sería muy agradable si la semana entrante pudieran verse un poco antes de la hora de la reunión. Deseaba invitarla a tomar un café. Para su sorpresa, ella accedió.

Cuando llegó a casa, su padre notó en él un semblante diferente. Se le veía feliz. Imaginó que la clase de esa noche había llenado las expectativas de su hijo.

La semana siguiente, Yosef se arregló con esmero, pero sin exagerar. Nunca se había sentido de esa manera. Llegó muy puntual al café donde acordó verse con la joven. Minutos después, apareció ella. Su arreglo era sencillo, pero a él le pareció que estaba más hermosa que nunca.

Llegaron tarde a la reunión del taller literario. Solamente se sonrieron, como cómplices en una travesura.

Quedaron, acabada la sesión, en verse el fin de semana. Ambos se despidieron con la sensación de que sus vidas estaban por cambiar.

¿Mina Rosenblum?

Mina Rosenblum llegó a Palestina poco después de que finalizara la Segunda Guerra Mundial. El viaje hasta el puerto de Haifa fue tranquilo, pero su entrada al país resultó mucho más complicada. Eventualmente, los pasajeros lograron desembarcar. Mina fue trasladada de inmediato con las autoridades del puerto, donde los sionistas le preguntaron su nombre. Ella había decidido de tiempo atrás que, de llegar a otro país, conservaría su nombre original; pero no en Palestina. Lo había meditado mucho antes del viaje.

—Me llamo —respondió con firmeza— Orly Neeman.

—Bienvenida a Palestina, Orly —contestó un joven, que copió su nombre y se aseguró de que este apareciera en los papeles que se le iban a entregar.

—Serás trasladada —le informó— a un kibutz localizado cerca de Tel Aviv. Aún no sabemos exactamente a cuál, pero hoy mismo se llevará a cabo el traslado.

En lo que desembarcaban los demás pasajeros y se registraban, se le ofreció un desayuno consistente en yogurt, huevo duro y pepinos rebanados. El café le pareció amargo, no se asemejaba en nada al que tomaba en Cracovia.

Mientras esperaba, recordaba su odisea. Había partido con su familia de Zhytomyr aquella fatídica noche. No se quejó jamás del trato recibido por Manovetzky, pero entendió que este se encontraba entre la espada y la pared, y no le quedaba otra opción más que pedirles que huyeran esa noche. Sabía muy bien que los mandaba a una misión imposible. Serían considerados como fugitivos y, en aquellos tiempos, los soldados no se detenían a pensar qué hacer, simplemente disparaban.

A escasos kilómetros, en su peregrinaje hacia la ciudad de Kiev, divisaron a lo lejos un convoy de soldados. Bajo la luz de la luna llena, no estaban totalmente ocultos, por lo que buscaron refugio entre la maleza y los árboles que circundaban la carretera. El primer convoy pasó sin notarlos. Sin embargo, sospechaban que vendrían otros. El papá de Mina sugirió que se separaran. Mina, en especial, se negaba a hacerlo. Sospechaba que no era la mejor idea. Pero la autoridad de su padre jamás era discutida, solo acatada.

—Tu madre y yo —le indicó— tomaremos la desviación de la izquierda; tú irás por la derecha. En Kiev está la casa de un amigo gentil. Sé que él nos proporcionará refugio mientras decidimos qué camino seguir. Su nombre es Iván Malkov. Deberás recordar tanto su nombre como la dirección —concluyó. Y la obligó a repetirlos varias veces, hasta estar seguro de que no lo olvidaría.

Se despidieron con un abrazo. Mina no dejaba de sollozar, notando que sus padres trataban a la vez de controlar sus emociones. Los vio partir y, unos segundos después, tomó el camino de la derecha.

La ruta implicaba caminar varios kilómetros en la oscuridad. Cada vez que escuchaba el sonido aislado de disparos, instintivamente se arrojaba al suelo. Le tomaba algunos minutos lograr que su miedo cediera para poder reanudar la marcha. Tras varias horas de guiarse por las luces de Kiev, entró por una de las zonas de la ciudad. Una vez dentro, supuso que corría menos peligro que a campo traviesa. Ahora podía ser confundida con cualquier ciudadano. Había amanecido. Su mayor deseo era encontrar la casa de Malkov y volver a reunirse con sus padres. Aceleró sus pasos. Iba preguntando a los parroquianos cómo llegar. Preguntaba solamente a las mujeres. Confiaba en que ellas, aunque sospecharan algo, no habrían de delatarla. Llevaba sus papeles de identidad, que su padre le entregó al separarse.

—Guárdalos con cuidado —pidió—. Son tu salvoconducto y tu única identificación.

Kiev, la gran ciudad de Ucrania, con una población judía bastante nutrida, se veía desolada. Muchos edificios dañados, pocos comercios abiertos al público. Finalmente entró a la calle Khrescatyk. Era, según le informaron, la avenida principal de la ciudad. La llevaría directamente a la dirección que buscaba.

Al llegar, tocó a la puerta. Cuando esta se abrió, apareció un hombre sexagenario, quien pareció sorprendido al verla.

—¿Iván Malkov? —preguntó ella.

El hombre se le quedó viendo. Era obvio que por más esfuerzos que hacía no lograba reconocer a la joven. Le tomó unos segundos formular una pregunta antes de contestar la que le hicieran.

—¿Quién lo busca? —atinó a decir en voz baja.

—Mi nombre es Mina Rosenblum. Mi padre, Jaim, me manda con usted.

Después de un silencio que pareció interminable, finalmente el hombre abrió la puerta y la invitó a pasar. Una vez dentro, la condujo a una pequeña sala y le indicó que se sentara.

—¿Puedo ofrecerle un café? —preguntó.

—Se lo agradecería mucho —respondió Mina—. Lo tomo con un sorbo de leche y sin azúcar.

El hombre se excusó y se dirigió a lo que parecía ser la cocina. Pidió que les prepararan un par de tazas de café y regresó con la muchacha.

—Veo —dijo Mina, mientras volteaba por la casa como buscando algo— que mis padres no han llegado aún.

Una vez que Iván le confirmó que ni Jaim ni Rivka habían arribado, quiso saber los detalles de lo que acababa de ocurrirles. Mina pudo conservar la calma para relatarle la separación y cómo ella había conseguido escabullirse esquivando el estruendo de alguna batalla, hasta llegar a salvo a esa casa. Le externó la preocupación que la corroía porque sus padres no habían llegado.

—Confiemos en que —comenzó el hombre, tratando de tranquilizarla—, debido a su edad, les tomará más tiempo. Por ahora —le aseguró—, serás nuestra huésped en casa.

En ese momento apareció una mujer entrada en años que se presentó como la esposa de Iván; al mismo tiempo depositó una taza de café en la mesita al lado del sillón donde Mina estaba sentada.

Iván agregó que, en caso de que los Rosenblum no llegaran esa misma noche, él se comunicaría con las autoridades de la ciudad para tratar de averiguar algo de ellos; asumirían que eran amigos de tiempo atrás y que eran esperados en su casa.

—Pero —insistió— esperemos que ambos lleguen por la noche, sanos y salvos.

La esposa de Iván tomó a Mina del brazo y la condujo al piso superior. Abrió la puerta a una pequeña recámara con una cama por todo amueblado.

—Hoy dormirás acá. Imagino que no has comido nada —reflexionó—, te traeré algo un poco más tarde. Descansa y siéntete en confianza de bajar a la sala, donde estaremos mi marido y yo.

Ya entrada la noche, Iván y su mujer se retiraron de la sala.

—Esperamos que pronto lleguen tus padres —se despidieron.

—Si así fuera —suplicó Mina—, por favor despiértenme sin importar la hora que sea. Buenas noches.

Mina se acomodó en el sillón, decidida a esperar a sus padres. Minutos después, sin notar lo cansada que estaba, se quedó profundamente dormida.

A la mañana siguiente, al despuntar el alba, Iván se acercó a Mina y la despertó con un leve susurro. Un poco avergonzada por haberse quedado dormida, comenzó a llorar al darse cuenta de que sus padres aún no aparecían.

—Desayunaremos algo —le dijo él—. Después, como te prometí, llevaré a cabo algunas averiguaciones en la Comisaría. Ahí aparecen día con día las fatalidades registradas en Kiev y sus alrededores, así como una lista separada de los capturados o heridos.

Sin hacer alarde de ello, confió en encontrar a sus amigos en la segunda lista y no en la primera. Iván partió esa mañana poco después del desayuno. No tenía caso apurarse, les explicó, ya que las oficinas abrían tarde y las listas comenzaban a aparecer después del mediodía. Aprovecharía para pasar por el mercado y conseguir algunos víveres que su esposa le pidió.

Mina se abrazó a la esposa de Iván. Le dio a entender claramente la zozobra que abrumaba su cuerpo. Era como un peso extra o, más bien, un miedo instintivo de que algo malo había sucedido. Los disparos que había escuchado durante el trayecto auguraban malas noticias.

Pidió permiso para bañarse. Recordó que no llevaba consigo ningún equipaje. Lo había perdido en algún momento y no podía recordar el sitio exacto. Lo único que había logrado rescatar era su identificación, guardada en la bolsa de su vestido. La mujer le prestó una blusa y una nueva falda en lo que su ropa era lavada.

Las dos contaban con mucho tiempo para que Mina le relatara con el mayor lujo de detalles todo lo acontecido en su vida, desde los tiempos en que vivieron cómodamente en Cracovia hasta que tuvieron que venderlo todo y solicitar asilo a Manovetzky en Zhytomyr.

Le habló de su hermana. Del marido de ella. Pero, inteligentemente, le ocultó algunos detalles, como los necesarios cambios de nombre que habían llevado a cabo. Le contó del matrimonio de Leah y de cómo su esposo había viajado a América con la idea de entrar a Estados Unidos, para terminar en México.

—Entonces —inquirió ella—, ¿tienes familiares en América, en México?

—Así es. Una hermana casada.

—¿Has pensado, por lo tanto, emigrar a México?

—No lo sé aún. Ellos ya tienen una familia establecida, con hijos. Lo que menos quiero es convertirme en una carga más para ellos.

Decía todo lo anterior buscando alguna excusa que le permitiera en ese momento imaginar su propio futuro, sin la presencia de alguien que la obligara a decidir algo. No era un acto de rebeldía. Era el deseo, que ya había sentido antes, de convertirse en un ente libre para elegir la vida que quería tener.

Toda esta incertidumbre la había preocupado desde que su hermana quiso que los alcanzaran en México. Tendría que esperar a saber lo acontecido con sus padres. «Dios quiera que estén vivos», se dijo. Eso implicaría viajar a México y volver a unir a la familia. De lo contrario, pensó, mientras una vez más la invadía la angustia, tendría que sopesar con mesura lo que se le presentaba por delante.

La ansiedad de Mina crecía a medida que pasaban las horas. Ya entrada la tarde, hizo su aparición Iván. Venía solo. Al ver la expresión en su cara, Mina supo que algo grave había sucedido.

Iván las invitó a sentarse en la sala.

—Me temo —comenzó— que soy portador de malas noticias.

Mientras hablaba, miraba a Mina. Deseaba poder abrazarla, pero comprendía lo impropio de semejante acción.

—Después de haber recorrido varias instancias gubernamentales, en una de ellas me permitieron ver los papeles de dos personas que, al tratar de huir de la milicia, habían sido muertas. Los revisé con cuidado. Pertenecían, en efecto, a Jaim y Rivka Rosenblum. Me explicaron que los cuerpos habían sido enterrados en un lugar no precisado, junto con otros, también de personas que trataban de huir y fueron alcanzadas por las balas de los soldados que les ordenaban detenerse. Me dieron a entender que esto ocurría todo el tiempo. Dicen que el ejército les pide que se detengan y, de no hacerlo, disparan sin misericordia.

»No puedo decirte, Mina, si es verdad o no lo que me han dicho. No hay cuerpos; tampoco hay indicios de que hayan podido sobrevivir. Lo han tomado como algo que sucede en cada ciudad y pueblo durante esta interminable guerra. Cualquier señal de misericordia, de humildad, me da pena reconocerlo, ha sido olvidada por completo. Los extremos a los que hemos llegado deshonran el sobrenombre de humanos del que tanto presumimos».

Mina escuchó sin interrumpir ni una sola vez a Iván. Lo que tanto temía se había vuelto realidad. Intuyó correctamente que su padre los separó porque sabía muy bien que ellos no lograrían sobrevivir. Si bien era como una moneda tirada al aire, al separarse aumentaban la posibilidad de que ella lo lograra.

Se excusó con Iván y su esposa, y subió a su cuarto. Esta vez, las lágrimas no afloraron. Era como si el río que las surtía se hubiera secado para siempre. El único recuerdo que le quedaba de sus padres lo llevaba en algún rincón de su mente. Ahora tendría que pensar con mucho cuidado lo que debía hacer.

Los días siguientes resultaron ser una panacea para la extrema soledad que invadía a Mina. La presencia de Iván y de su esposa ayudaba mucho. Según le había dicho Iván, la guerra estaba por finalizar.

La esposa debió de haberle narrado a Iván en esos días la historia que Mina le contara. Era importante establecer vínculos de ayuda para esta solitaria muchacha.

—Ella —le recordó— nos ha reiterado su deseo de emigrar y de encontrar su propio destino.

Iván tenía contactos que podrían acercarla a este sueño. El puerto de salida más cercano era Odessa. Pero eran muchos los trámites que tenían que llevarse a cabo para que Mina lograra salir. Pensó que lo ideal era ponerla en contacto con la insurgencia judía en dicha ciudad, y ya ellos se encargarían de ayudarla con los trámites y, al cabo, con el traslado al lugar que ella eligiera. Tenía amigos que podrían llevarla a Odessa y, ya en ese lugar, con su contacto. Suponía que este, a su vez, mantenía una estrecha relación con las organizaciones sionistas que ayudaban a los inmigrantes a llegar a Palestina.

Fueron muchas las conversaciones que los esposos tuvieron con Mina. Primero, insistieron, tendrían que esperar a que la guerra terminara. De otra manera, correría un enorme peligro al transportarse. Entre tanto, ella permanecería en casa con ellos. No era un favor, le explicaron, sino la manera correcta de cumplir la voluntad de Jaim Rosenblum, viejo amigo y conocido de Iván.

A medida que transcurrieron los meses, la confianza pareció renacer en Mina. Reflexionó sobre todas y cada una de sus opciones. Si la judería ofrecía llevarla a Palestina como inmigrante, ella estaba dispuesta a aceptar.

A mediados del mes de mayo de 1945, cuando los cañones de guerra se acallaron en el frente europeo, Iván le anunció a Mina que el transporte tan esperado estaría listo al día siguiente por la mañana.

Para una joven prácticamente sin familia, sin futuro, con un presente incierto despedirse de Iván y su esposa representó un nuevo dolor. Supo que no los volvería a ver. La manera como la trataron y la amistad que le demostraron no se puede agradecer en palabras, y no lo intentó. Llevaba con ella una lección de vida. Si ellos habían logrado darle lo necesario a una completa desconocida, sin esperar recompensa alguna, todavía quedaba una esperanza en el mundo. La ética y la moral podían regresar a los seres humanos pese a haber sido tan menospreciadas en este siglo XX.

Antes de subir al auto que la esperaba, le confió a Iván que había ya tomado su decisión. Iría a Palestina y pensaba cambiar su nombre. Con ello esperaba volver a nacer y que el odioso pasado permaneciera en el olvido.

Los cerca de quinientos kilómetros que separaban ambas ciudades fueron toda una epopeya para Mina, para el conductor y, sobre todo para el automóvil. Las carreteras habían quedado deshechas, y los baches representaban un constante peligro. Pero lo que más atrajo su atención fueron los refugiados que circulaban por las carreteras, la extrema tristeza que mostraban. Muchos, probablemente, regresaban a sus hogares, alejados de los campos de batalla en ambas ciudades, confiando en que aún los encontrarían de pie. El sóviet había instalado puestos de comida gratis precisamente para estas personas, pero eran custodiados por el ejército para evitar motines o manifestaciones civiles inapropiadas.

Por fin, cerca de las ocho de la noche, llegaron a Odessa, la hermosa ciudad a orillas del Mar Negro. El conductor la trasladó a la dirección que había indicado Iván, localizada en una zona al norte de la ciudad.

La casa, muy dañada, se distinguía con dificultad en la penumbra. El conductor bajó del auto y tocó la puerta. Cuando esta se abrió, apareció un joven bajo el dintel. El chofer le entregó un sobre y, tras un intercambio de palabras que Mina no logró escuchar, se acercó al auto y abrió la puerta para que ella bajara. El conductor le entregó sus escasas pertenencias y se despidió de ella. Mina se abalanzó a él y con un abrazo le agradeció toda la ayuda prestada.

—Shalom —le dijo el joven de la casa. Y después, en perfecto polaco, la invitó a pasar—. Me llamo Shimshon. Te estábamos esperando.

—Gracias.

Y, al decirlo, entró a la pequeña sala, donde la recibieron varios jóvenes, hombres y mujeres, con una afable sonrisa. Cada uno se presentó de manera firme, diciendo su nombre. El último dijo llamarse Gedeón y explicó que era el jefe del grupo.

—Hoy —le dio a entender a Mina— descansarás tras cenar algo. Mañana platicaremos contigo sobre los planes para tu futuro. Por cierto, en el piso superior encontrarás a otros jóvenes que, como tú, esperan emigrar a tierras más hospitalarias. Dormirás con el grupo de mujeres. Siento mucho no poder ofrecerte un mejor alojamiento, pero confío en que el colchón en el suelo te resulte cómodo.

Mina agradeció, y esa noche durmió sin problemas. Había cerca de diez mujeres más. Todas con alguna historia que contar sobre la guerra. Nativas de Polonia, Rusia, Bulgaria, Rumania y Lituania. Todas, sin excepción, solas, sin familia a quien recurrir, aún en su plena juventud, una etapa de sus vidas que parecía no haber existido; aunque ahora, con el esfuerzo de la brigada judía en Rusia, Palestina y otros países, intentaban devolverles algo de lo que les fuera arrebatado durante la guerra.

Gedeón le explicó las dificultades que implicaba poder evacuarlas de Odessa. Los «tributos» que se tuvieron que pagar por cada una de ellas, los papeles necesarios, las fotografías y los documentos de identidad.

—Pronto —le informó— iniciaremos tus trámites.

—¿Puedo cambiar mi nombre? —preguntó Mina. Lo hacía totalmente consciente de cerrar una etapa de su vida y darle la entrada a otra. Sin embargo, en su voz no había titubeos. Era una convicción, no solo un deseo.

—Podrás hacerlo —le contestó—, se elaborarán nuevos papeles. Y —advirtió— con ese nombre entrarás a Palestina, con el mismo que serás conocida de hoy en adelante. Así que deberías pensarlo con mucho cuidado.

Mina conocía pocas palabras en hebreo. En una plática con la esposa de Iván, esta le había explicado que el apellido de ellos significaba, en parte, una especie de lealtad al Creador, y Mina quedó bastante impresionada con ello. Decidió que lo adoptaría como suyo. Y, como nombre, escogió uno que se refería a la luz, para ella un símbolo de la esperanza de una mejor vida.

Los trámites no fueron ni tan rápidos ni tan sencillos como Gedeón supuso. Las autoridades del puerto, viendo la cantidad de gente que deseaba emigrar, impusieron de último momento reglas más estrictas. Y con esto, sobornos más altos.

El día que le tomaron la fotografía, el representante de los sionistas le preguntó cuál era el nombre que deseaba tener para el resto de su vida, congruente con su entrada a Palestina.

Sin dudarlo mucho por primera vez en su vida, Mina se dirigió al oficial con la convicción de que olvidaba a la mujer que hasta entonces había sido.

—Orly Neeman —dijo con firmeza—. Ese es y será para siempre mi nombre.

Meses después, el barco atracó en las aguas del puerto de Haifa y los pasajeros desembarcaron. Nadie arribó a tierra con más firmeza y entereza que Orly. Ese día, se dijo a sí misma, nacía una judía orgullosa e independiente. El pasado quedaba en el olvido. Palestina era, por ahora, su único interés.

Yosef y Shulamit

El principal objetivo en la vida de Shulamit era convertirse algún día en escritora y en una comprensiva maestra. Esto no constituía un capricho. Desde muy pequeña vivió rodeada de libertad, contacto social y la oportunidad de desarrollar sus habilidades. Pero, al mismo tiempo, coexistía con otra vida más, basada en parte en lo que los libros le habían proporcionado durante horas y horas de intensa lectura. Llegó el momento en que comenzó a escribir. Pequeños ensayos al principio. Cuentos de todo tipo. Calificaba estos intentos como esenciales en su aprendizaje a través de la vida. Estudiar letras representaba una apertura al mundo de las ideas y la posibilidad de transmitirlas a otros, que probablemente las necesitaban para estimular sus propias vidas. Las reuniones literarias a las que asistía, tanto las comunitarias como las de otra índole, despertaban ese impulso de tratar de sublimarse y convertirse en una gran comunicadora en el futuro.

Cuando salieron por primera vez, ella y Yosef intercambiaron un poco de sus historias. Tenían mucho en común, sin embargo, las diferencias entre ambos fue lo que más los atrajo.

Poco a poco, a través de incontables pláticas e intercambio de ideas, afianzaron una buena amistad, primero, que rápidamente pasó a convertirse en un incipiente romance.

Estudiaba cada uno su propia carrera, pero por las noches y los fines de semana olvidaban sus clases y se centraban en visualizar un futuro promisorio para ambos. Al principio, parecían monólogos, en los que cada uno marcaba las pautas de su personal camino. A medida que las semanas transcurrieron, iniciaron un diálogo, tratando de fusionar, en una cadena inquebrantable, no solo ideas, sino hechos firmes para establecerlos como baluartes en el devenir de sus vidas.

Una tarde de ese año de 1954, Yosef llegó por ella con un ramo de flores. Ella se excusó antes de salir y las acomodó en un florero dentro de la casa. Yosef la había invitado a un concierto en la sala de Bellas Artes. Tocaría la Sinfónica Nacional, interpretando esa noche la novena sinfonía de Beethoven, una favorita de ambos. Al terminar el concierto, caminaron por la avenida Juárez hasta encontrar un pequeño restaurante en alguna de las calles cercanas.

Yosef veía a Shulamit aquella noche con una mirada de enamorado de la que ella se percató inmediatamente. Cuando finalmente le declaró su amor, ambos sellaron esta nueva etapa de sus vidas con un apasionado beso. Aún tendrían que finalizar sus respectivas carreras antes de formalizar su compromiso bajo la jupá, en un matrimonio que los uniría de manera permanente por el resto de sus vidas.

Cada uno dio por separado la noticia a sus familias, permitiendo que surgieran preguntas cuyas respuestas se fueron dando poco a poco. Y fueron finalmente los padres de Shulamit los que invitaron a Yosef a cenar la noche de viernes en casa. Era, sin tener que anunciarlo, una manera más que aceptable de conocer mejor a aquel que había robado el corazón de su hija más pequeña.

Yosef pasó a ser, ahora, un joven adoptado por la familia Schreiber.

Cuando Shulamit le preguntó si pronto sería a su vez invitada a la casa de él, Yosef reconoció que había llegado el momento de hablar con su padre. No solamente de su enamoramiento con Shulamit. También era vital que su padre le explicara con claridad la situación reinante entre él y Rinah.

Yehuda y Rhina

Yehuda continuó con su trabajo en las empresas de González de la Serna. Era, sin dudarlo, uno de los elementos considerados como indispensables por todos. Observaba con diligencia los acontecimientos políticos en la república mexicana, al tiempo que veía a sus hijos despegar por sí mismos; Yosef en la Escuela de Jurisprudencia y Sasha un buen alumno, ya en la secundaria. El último seguía sus clases de pintura con el maestro Ambrosio, y al parecer ambos estaban felices compartiendo esa amalgama de maestro y alumno. Era una faceta que Ambrosio había vivido anteriormente con Natasha. Y, tal como le sucediera con ella, descubrió en Sasha una facilidad notable para el dibujo, fuerza en su trazo y en el uso del color, que comenzaba a explorar, impresionándolo favorablemente.

Los nuevos desarrollos dentro de la Ciudad de México ofrecían oportunidades únicas para la construcción de nuevos departamentos y casas.

Yehuda había albergado la idea de construirse una nueva casa en las Lomas de Chapultepec. Había comprado hacía tiempo dos terrenos contiguos para construir la que llamaría la casa de sus sueños. Esta llevaba especificaciones muy precisas de su parte, las cuales los arquitectos habían acatado. La primera, que debería constar solamente de una planta. Por ello había escogido un terreno más amplio. La quería de grandes cristales, que filtraran mucha luz al interior. Esto, aunado a los tragaluces, que dejarían penetrar a su vez una buena cantidad de rayos solares que calentaran el interior de la casa. Con cupo para por lo menos cuatro automóviles. Constaba de cuatro habitaciones, más una gran sala de estar, donde una chimenea serviría para proporcionar calor durante las noches de invierno.

Una vez terminada, se mudaría con su familia. Pero había agregado a una nueva huésped de tiempo completo, como solía decir. Había pedido matrimonio a Rinah y esta, renuente en un principio a cambiar de ciudad y de aires, aceptó, pero sin abandonar su departamento en San Francisco, que permanecería listo para poder viajar allá si la nostalgia la invadía.

Yehuda todavía no lo había anunciado a sus hijos.

Esa noche en que finalmente pensaba hacerlo, Yosef se le adelantó al preguntarle, de manera directa, sobre la relación que guardaba con Rinah.

—Solo deseo —agregó su hijo— que sepas que estoy a favor de que rehagas tu vida. Alguna vez nos explicaste cómo el hombre, o en su defecto la mujer, no debe vivir en soledad. Conocemos a Rinah y siempre te hemos apoyado. Si alguna vez pensaste que al menos yo sería un impedimento para tus deseos, quiero que sepas que no es así. Que me daría mucho gusto volver a verte feliz, tal y como lo eras cuando mamá estaba viva.

La vida nos da sorpresas, pensó Yehuda; algunas gratas, otras no. Escuchar a su hijo mayor esa noche lo llenó de tranquilidad. No era, y lo sabía, una decisión sencilla, pero su manera de abordarla le facilitó las cosas. Sasha, con sus jóvenes años, sonreía escuchando a su hermano mayor. Aprobaba todo, con sacudimientos constantes de su cabeza.

Yehuda les explicó de qué manera habían transcurrido los eventos con Rinah y cómo solo unos días antes le había pedido que se convirtiera en su esposa.

—Pensaba darles hoy la noticia, cuando Yosef se me adelantó. Tenemos planeada una pequeña ceremonia en el juzgado civil y, posteriormente, una más íntima en la sinagoga. Ambos lo hemos decidido así. Somos viudos y no deseamos grandes celebraciones.

Explicó, además, que ella vendría a vivir finalmente a México. Con todos, en su nueva casa en las Lomas. Aclaró que el departamento que ella tenía en San Francisco no se vendería. Ella también tenía una hija, que actualmente estudiaba medicina en Nueva York.

—Rinah habló también con su hija —puntualizó Yehuda—. Nos acompañará en la ceremonia y aprovechará para conocerlos a ustedes. Por cierto, Yosef, deseamos que Shulamit esté presente. Una vez instalados, tendremos el gusto de tenerla con más frecuencia en casa.

»He hablado además con las autoridades del Colegio Americano en México —agregó— y han aceptado entrevistar a Rinah para que, si la consideran apta, aspire a ser maestra de literatura en esa institución. También dialogué con los dueños del periódico *The News* que se edita en México. Una vez que revisen sus artículos y credenciales, la invitarán, o no, a integrarse al diario con una columna».

El resto de la velada consistió en discutir todo lo relacionado con la nueva casa. Cada uno de los hijos expresó sus preferencias.

—Por ahora, los cuadros de Natasha —explicó Yehuda— serán los que adornarán las paredes. Y digo por ahora porque espero que pronto los dibujos de Sasha sean parte del mobiliario.

Cuando Rinah habló con su hija respecto a su futuro casamiento con Yehuda y el traslado a México, no pensó enfrentar ninguna resistencia. Pero se equivocó. Si bien ella aceptó que su madre iniciara una nueva vida, México se le representaba como un país lleno de misterios e incertidumbres.

Cuando Rinah platicó esto con Yehuda, este rápidamente ideó un plan.

—¿Cuándo podrá tu hija visitar México? —le preguntó—. Quiero que conozca primero la ciudad, que vea lo que la comunidad ha desarrollado. Pararán en uno de los hoteles de nuestra cadena, como invitadas especiales. La pondré a su vez en contacto con la comunidad americana, y podrán visitar las instituciones médicas de la ciudad. Por último, antes de regresar, las enviaré a Acapulco, para que juntas disfruten el puerto. Con tiempo y suerte, lograremos cambiar la opinión que guarda tu hija de este país.

Rinah aceptó el plan con gusto. Averiguó que su hija disponía de dos semanas de vacaciones en el mes de marzo, cuando podría viajar a México.

Tal como lo prometiera, Yehuda se encargó de los pormenores. El viaje se llevó a cabo. Rinah y Yehuda recibieron a Margaret en el aeropuerto. Era una joven hermosa, aún más que su propia madre. Esbelta, de cabello castaño y ojos de color verde avellana.

La Ciudad de los Palacios, como la nombrara Humboldt, se presentó frente a Margaret en toda su magnificencia. Una ciudad en ebullición. En los escasos días en que permaneció en ella, visitó cada uno de los lugares que la hacían tan especial. La inmensidad del Zócalo la apabulló; el Palacio de Bellas Artes la cautivó. Visitaron Xochimilco y las principales sinagogas de la ciudad. Yehuda planeó para el domingo un viaje con la familia, incluida Shulamit, para visitar Teotihuacán. Y, si alguna de las actividades fructificó y convenció a Margaret de que México no era lo que ella había supuesto, fue esa última excursión. Hubo, en particular, una naciente amistad entre Margaret y Shulamit. Yosef estaba extasiado. Sasha no paraba de subir y bajar por la ladera de la Pirámide del Sol.

A la mañana siguiente, Rinah y su hija tomaron el avión con destino a la ciudad de Acapulco. Permanecerían en ella cinco días y, al final de estos, regresarían ambas a Estados Unidos.

Días después del viaje, Rinah llamó por teléfono a Yehuda.

—Margaret —le informó— está encantada. Piensa regresar a México, a nuestra boda, en las vacaciones del verano. Por fin podremos casarnos. Yehuda, soy la mujer más feliz sobre la tierra.

Noticias desde Israel

Un sábado por la mañana, mientras Yehuda descansaba en el porche en la nueva casa de las Lomas, arribó el correo. Lo revisó con cuidado, separando aquellas cartas sin importancia de las que sí la tenían.

No reconoció el nombre del que mandaba una carta desde Israel. Además, venía dirigida al señor Alter Nevalsky, y con su dirección anterior. Por suerte, pensó, el correo la había redirigido a su nueva dirección postal. Con mucha curiosidad por haber recibido una carta desde Israel, se preparó una copa de vino blanco, ligeramente fría, y se dispuso a abrirla para enterarse de su contenido. La intriga ante lo desconocido le producía una especie de escozor en el cuerpo.

Marzo de 1954
Kibutz Or Haaretz
Israel

Muy querido Alter. ¿O debería llamarte ahora Yehuda?

Sé bien que el contenido de esta carta habrá de sorprenderte, espero que lo haga de manera agradable. Llevo varios años tratando de comunicarme contigo. No me fue fácil. Primero, supe, cuando nos separamos en la guerra, que tu deseo en aquel entonces era emigrar a Palestina. Busqué por todos los posibles medios en este país la forma de comunicarme contigo. Ningún papel indicaba que tú, como Alter Nevalsky, hubieras llegado aquí. Me quedé pensando: «¿Dónde podría haber ido?». En nuestras conversaciones, allá en el año de 1917, siempre expresaste el deseo de emigrar. Se suponía que Palestina era la elegida, pero, al darme cuenta de que no fue así, indagué en el único país que, sospeché, podría ser tu elección. Pasaron muchos años, y las respuestas que yo recibía del Departamento de Inmigración de los Estados Unidos eran que nunca encontraron un solo documento que sustentara tu llegada a ese país, por alguno de sus múltiples puertos de entrada. Y entonces, me sentí perdido. ¿Dónde podrías estar?, ¿seguías vivo? Si bien no había manera de comprobarlo, no perdí la esperanza. ¿Cómo di contigo? Debo confesar que fue por una simple coincidencia.

Pero permíteme remontarme a los tiempos anteriores a esta carta, platicar contigo lo que ha pasado con tu buen amigo Lev Ivanovich, de Odessa. Igual que tú lo hiciste, combatí contra el ejército alemán y, tras la llegada de Lenin, decidí ya no regresar a Rusia; aunque separados, cada uno definió de similar manera su destino. Y ve lo que la vida nos ha deparado. Yo, que siempre quise emigrar a Estados Unidos, terminé en Palestina. Y tú, que siempre pensaste en establecerte en esta tierra, me entero ahora de que estás en América, para ser exacto, en un país del que desconozco todo, llamado México.

Desde mi llegada, ayudado por organizaciones civiles y militares en Palestina, me establecí en el kibutz del que ahora te escribo. Si lo hubieras conocido en aquellos años y vieras en lo que se ha convertido, no darías crédito alguno. Pero debo admitir que, a pesar de ser Israel ahora un país pobre, le pronostico un futuro envidiable, que a la larga lo convertirá en uno de los más poderosos e influyentes en el mundo.

Regreso a mi confesión hacia ti. El kibutz, muy pequeño en aquellos tiempos, ha logrado sobrevivir a incontables tragedias, guerras y situaciones que en repetidas ocasiones lo han puesto en peligro de desaparecer. Y, como te has enterado, acá seguimos.

Esperamos con ansia la votación de las Naciones Unidas en noviembre de 1947. Y al enterarnos de que había sido aprobada la partición, lo que nos proporcionaba un país tras dos mil años de exilio, todas mis esperanzas se cifraron en conseguir que el mismo fructificara. En mayo de 1948, cuando David ben Gurión declaró al mundo la Independencia del ahora llamado Estado de Israel, se desencadenó sobre el país el mismísimo apocalipsis. Una guerra que define al judío moderno como un poderoso combatiente que supo defender a toda costa la libertad que se nos había otorgado. Por momentos, nos daba la impresión de que no sobreviviríamos. Los ejércitos enemigos contaban con muchos más combatientes, luchaban con las mejores armas contra un minúsculo ejército del nuevo Estado de Israel, con escasos soldados y menos armamento. No te molestaré describiendo cómo, una vez más, David logró derrotar a Goliat. Establecimos las bases de este nuevo país, con sus fronteras reducidas, con el acoso constante de los países árabes, que nos ven con odio y recelo, y que han continuado atacándonos de manera sostenida hasta el mismo día de hoy. Sí. Pertenezco a un nuevo país. Orgulloso de su estirpe y de sus logros. Hemos tenido que arar la tierra con una mano y defenderla con el fusil en la otra. Hemos dragado pantanos, vuelto fértiles los desiertos y expandido nuestra presencia con un mayor número de pobladores, gracias a la inmigración de numerosos grupos de judíos del mundo, que aprovechan la ley del retorno, que le otorga la entrada, sin otros requisitos, a todo judío a Israel. Llegué a este kibutz antes de cumplir los veinticinco años; ahora, ya un hombre maduro, creo que tomé la mejor decisión en mi vida.

Confieso que la ayuda recibida del exterior, en especial de los estadounidenses, fue clave en el fortalecimiento de Israel. Una enorme inmigración; un presupuesto escaso, del cual más de la mitad tiene que destinarse a proveer al ejército, para que a su vez nos proteja de los ataques del exterior. Unos pobladores no exactamente con una educación envidiable, pero que muestran deseos de superarse en todas las actividades para las que son requeridos. Sí, un país en ebullición, con una generación de jóvenes que muestran su energía al conservarse judíos y ahora israelíes, orgullosos de su país y de sus instituciones.

Muchos son refugiados de la última guerra; del espantoso holocausto que le ha costado al mundo judío casi la mitad de sus integrantes. Algo que aún no ha sido aceptado o discutido por las naciones del orbe, como debería ya haber sido.

Llegué a estos parajes desprotegido, sin una gran educación. Me enseñaron a cuidar la tierra, a extraer de ella el alimento que nos sostiene. A defenderla con mi cuerpo, mi alma y mi fortaleza. Y durante muchos años, esa fue mi primordial ocupación.

Sin embargo, a medida que fueron arribando al kibutz nuevos olim, su fuerza creció y su estabilidad ha hecho que fructifique con la instalación de una fábrica que produce radios. ¿Lo puedes creer? Radios. Ha sido un negocio redondo para todos y nos ha dado la oportunidad de mejorar nuestra calidad de vida.

En la guerra de Independencia, fui herido de gravedad. Los médicos en Hadassah salvaron mi vida, pero a costa de extirparme el bazo, que había sido destruido por una bala de fusil y no lograron conservarlo. Pero estoy vivo. He podido reintegrarme a una vida, digamos, normal. Con el paso del tiempo, llegué a ser Rosh Kibutz, o sea, el jefe del mismo. Esto acarrea ciertos privilegios y muchas obligaciones. Uno de los privilegios fue poder obtener información sobre tu posible estancia en Israel o Estados Unidos y, como dije, ambas búsquedas resultaron no tener éxito.

Una ola de inmigrados llegó a Israel, perdón, a Palestina, en los años del 45 al 48. Jóvenes provenientes de Europa. La mayoría abandonados, solos y con sus familias exterminadas por el enemigo nazi. Hombres y mujeres. Le inyectaron nueva sangre e ímpetus al kibutz. Fue como si hubiéramos recibido una transfusión tras una severa hemorragia. Y, para sorpresa de nosotros, muchos eran gente bien preparada. Sí, para actividades intelectuales, mas no para un kibutz. Logramos, a pesar de los augurios, una mezcla aceptable entre las necesidades físicas y las intelectuales que ellos podrían aportar y el kibutz recibir. Esa fuente de energía nos elevó por encima de otras granjas colectivas cercanas y marcó para siempre una especie de distinción entre ellos y nosotros.

Seguía soltero. No había tiempo para pensar en otras cosas. Y un buen día, la conocí. Había llegado en uno de los convoyes procedentes de algún puerto europeo. Hermosa, ágil y con esa mirada… Cuando nuestros ojos se cruzaron, me dije: «Esta es la elegida».

No pienso hacer una historia larga de todo esto. Te confieso que, a pesar de ya no ser un jovencito, esta mujer llamó poderosamente mi atención. Me costó muchísimo trabajo que llegara siquiera a notar mi presencia o contestar mi saludo. Había en su aspecto una tristeza como pocas veces he observado en alguna persona en mi vida. Tras muchos esfuerzos, finalmente logramos establecer una comunicación y, tras cerca de dos años de insistencia, aceptó convertirse en mi esposa. Y fue cuando el Gan Eden me fue concedido en mi propia vida.

¿Por qué te cuento toda esta historia?

Como te dije, me era imposible averiguar el lugar al que habías sido exiliado y aceptado. Mi mujer, Orly Neeman, se rehusó por años y años a hablar de su pasado. Sentía que al hacerlo iba a exponer la herida abierta una vez más, sin que esta lograra cicatrizar. Tuve que darle tiempo.

Hace poco me confesó parte de su historia. Cuando pregunté por su familia, me dijo que sus padres habían fallecido. Que tenía una hermana, de la cual no sabía absolutamente nada desde hacía ya varios años. Desconocía dónde vivía, pero recordó —el mundo es un sitio muy pequeño— que probablemente emigró con su esposo a la Ciudad de México.

Cuando escuché esto, me di un golpe yo mismo en la frente. «Pero», me dije, «qué bruto soy». Averigüé sobre Estados Unidos, Canadá, Brasil y Argentina. Pero nunca pasó por mi mente que en México existiera una comunidad judía.

Rápidamente, me puse en contacto con la embajada de México en este país. Hicieron las pesquisas necesarias buscando a Alter Nevalsky.

Una mañana, recibí una llamada de la propia embajada. La secretaria me preguntaba qué tan seguro estaba yo del nombre de Alter. En México, nadie respondía a los datos que yo había proporcionado. Pero, me dijo, habían encontrado a un Yehuda Nevalsky, quien emigrara en los años treinta a México y quien estaba casado, con dos hijos.

Fueron tan amables de proporcionarme tu dirección, que es a la que actualmente he escrito, confiando en que esta carta llegará eventualmente a tus manos.

Me informaron también del nombre de tu esposa. Me aclararon que eras viudo…

Finalmente —como puedes ver— me atreví a escribirte, con el gusto de saber que estás vivo. Cuando le dije a Orly que al fin te había localizado, comenzó a sollozar al caer en la cuenta de que ella nunca había hecho el esfuerzo de contactar a su hermana en México.

Me ha pedido que averigües al respecto, siempre y cuando te sea posible. Su hermana, recuerda bien, de nombre Leah, se casó con un joven llamado Simja Goldenberg. No sabemos si ella entró al país con su nombre de soltera o no, que era Rosenblum. Quizá tú puedas averiguar algo al respecto.

Cómo desearía volver a verte. Debemos continuar, por ahora, con la correspondencia y no dejar pasar de nuevo treinta años sin saber el uno del otro.

Tu amigo de toda la vida, a quien conocías como Lev Ivanovich. Mi nombre ahora —parece que tenemos una tendencia todos a cambiar de nombre— es Lev ben Halevy.

Tienes mi dirección. No tardes en responder.

Me tendrás que explicar qué pasó con Alter y si ahora eres el que se llama Yehuda.

Entre tú y yo, el nombre de Alter nunca me gustó.

Tu amigo y compañero de una vida,
Lev

Rinah y Yehuda

Rinah y Yehuda, tal como lo planearon, se casaron en una breve ceremonia religiosa, la cual fue conducida por el rabino principal de la comunidad ashkenazi. Pocos y muy selectos invitados fueron testigos de cómo dos vidas que parecían haber finalizado su trayecto prematuramente, ahora encendían la flama de la supervivencia, con aplomo, amor y una madurez que se adquiere tras años de haber sobrevivido. Para ambos cónyuges, fue extraño tener a sus propios hijos en la ceremonia de bodas. El recuerdo del esposo de Rinah y de Natasha no pasó desapercibido en la mente de los cónyuges. Ambos vivieron en su momento épocas de felicidad. Una, truncada por una más de las guerras de la humanidad, y la otra, víctima de una enfermedad mortal.

Yehuda se sentía afortunado de poder iniciar una nueva vida. Juzgaba, correctamente, que su nueva esposa pensaba igual. El amor que les unía no era una manifestación visceral y hormonal propia de la juventud. En verdad estaba sustentado por años de sobrellevar penas, alegrías, esperanzas frustradas y sueños que finalmente se consumaron.

Comenzaron una nueva vida en la casa que Yehuda construyera en las Lomas. Apropiada en todos los sentidos. Tenía un pequeño estudio para ella, donde se sentiría libre de escribir, estudiar o preparar las clases para el Colegio Americano, en el que finalmente la habían contratado como maestra.

Sus primeros artículos para *The News* comenzaron a ser publicados meses después, con un éxito que ni ella misma pensó que fuera posible. Sus temas de discusión variaban, pero trató de no inmiscuirse nunca en política ni en religión. En cambio, se abocó a la causa pacifista con todo su corazón. Se libraba en esos años una nueva guerra en Corea, donde su país estaba involucrado. Trató de no dejar de ser una patriota, pero sí abogar contra los pobres argumentos que llevaron a los dos países a un enfrentamiento armado.

Su pasión por la literatura la acercó a la élite de los autores estadounidenses y mexicanos. Se palpaba la llegada de lo que se conocería como el *boom* latinoamericano. Y ella, orgullosamente, deseaba formar parte del mismo. Comenzó a estudiar el español, con tal suerte que lo llegaría a dominar en los años por venir.

Sasha, quien guardaba pocos recuerdos de su madre, aceptó a Rinah con amor y con gusto. Le mostraba cada día sus avances en sus clases de pintura, que asombraban a todos por igual.

Días después de recibir la carta de Lev, la cabeza de Yehuda seguía analizando la información. Recurrió antes que a nadie al presidente del Comité Central y lo exhortó a ayudarlo en la búsqueda de Leah Rosenblum.

Buscaron afanosamente en todos los sitios, remontándose a los primeros años de la inmigración ashkenazi a la república. Le explicaron a Yehuda que en esos tiempos no se llevaba un registro adecuado, aunque gran parte estaba en ídish. Le prometieron que buscarían a la supuesta inmigrada y, de encontrarla, le informarían de inmediato.

Yehuda pidió a varios de sus asistentes que recorrieran las oficinas del Registro Civil y que buscaran entre los papeles de todos aquellos judíos que habían solicitado sus cartas de naturalización.

Semanas después, desilusionado, no había logrado dar con alguna pista que lo condujera a encontrar a la persona que todos buscaban. Parecía, se decía a sí mismo, como si la tierra se la hubiera tragado.

En esos días, Rinah y él viajaron a San Francisco. Rinah concedió deshacerse de su departamento. Su hija, Margaret, decidió que al terminar su carrera y su entrenamiento de posgrado se quedaría a vivir en la zona de Nueva Inglaterra. No solo amaba la naturaleza que se desbordaba en esos sitios, sino también la vida cultural a la que tendría acceso. Y no tardó en informarle a Rinah que había iniciado un noviazgo con un joven judío de la zona de Long Island, en Nueva York.

Para Rinah, todo esto representó el final de una larga epopeya y, como Cortés, estaba a punto de encallar sus naves. Su decisión de vivir en México ahora era incuestionable. Había encontrado calidez en la gente, un país en franca ebullición en todos los aspectos de la vida. Su relación con Yehuda era inmejorable. Entre ambos se había establecido una relación como de llave y cerradura que encajan a la perfección.

A su regreso, Yehuda no lograba olvidar la petición de Lev. Era imperativo para él platicarlo con alguien más. Quién mejor que su propia familia.

Esa noche, como muchas otras en que la familia cenaba junta, Yehuda les pidió que lo escucharan, ya que estaba por contarles una saga que de seguro los sorprendería y los dejaría pensativos; iban a enterarse un poco más de la historia de su propio padre y esposo.

Le tomó una buena hora describirles lo que su vida había sido antes y después de la Primera Guerra Mundial. Dejó fuera las imágenes que podrían ser demasiado crudas para ellos. Y dedicó una buena parte del relato para hablarles de su amistad, truncada por años, con Lev, de las vicisitudes que los llevaron por caminos diferentes y a una ausencia forzada de más de treinta años. En algún punto, buscando las palabras adecuadas, se quedó mudo por unos instantes.

—Papá —le preguntó Yosef—, ¿estás bien?

—Pido una disculpa —se excusó Yehuda—. Falta, ahora, la parte más importante de la historia. Tiene que ver con una búsqueda, el reencuentro de una familia y la imposibilidad de poder llevarlo a cabo.

—No entiendo —le dijo Rinah, con preocupación en su voz.

—Lev —explicó— conoció a una mujer en el kibutz donde ambos vivían. Se casaron. Por razones obvias, tras los sufrimientos experimentados en la Segunda Guerra, ella no hablaba mucho de su pasado. Un buen día, le relató a Lev que sus padres habían sido asesinados en Europa cuando huían de los nazis y de los soviéticos. Ella, milagrosamente, logró salvar su vida. Y es por esto que Lev solicitó mi ayuda. Su esposa —agregó, midiendo sus palabras— tiene una hermana que huyó de Europa antes de la guerra y que, según me cuenta Lev, se dirigió a la Ciudad de México.

—¿O sea —preguntó Yosef— que esta mujer supuestamente vive en esta ciudad? Maravilloso. Deberíamos buscarla... Imagínense —decía emocionado— cuando la encontremos y le informemos a tu amigo y...

De manera muy sutil, Yehuda cortó el hilo de lo que Yosef estaba diciendo.

—Ese es precisamente el problema —señaló—. Hemos buscado por cielo, tierra y mar, y la hermana no aparece por ningún lado. Recuerdan que se casó con Simja Goldenberg, pero no hay un solo registro en México que avale ese nombre o compruebe que alguna vez entraron a territorio mexicano.

Yosef, que había adquirido un interés de investigador, volvió a interrogar a su padre.

—¿Cómo dices que se llama esta mujer?

—Leah. Debe ser Leah Goldenberg; pero.... Oh, Dios mío —recordó—, tengo su nombre de soltera. Permítanme un minuto para encontrarlo.

Sacó una vez más la carta y la fue leyendo con cuidado.

—Ah —dijo—, acá está. Su nombre de soltera es Leah Rosenblum.

—¿Estás seguro? —se sorprendió Yosef—. ¿Leah Rosenblum? —repitió.

—Así es. Es el nombre que Lev escribió acá. ¿Por qué te asombra, hijo?

—Papá... —comenzó a decir, demorando sus palabras y aún más emocionado que antes—. Como saben, he venido saliendo ya por algún tiempo con Shulamit.

—Pero —lo interrumpió Yehuda— ¿qué tiene esto que ver? Si bien recuerdo, su apellido es Schreiber.

—Tienes razón, papá. Pero —aclaró sonriendo— su segundo apellido es... Rosenblum.

Un silencio se posó sobre todos los que estaban sentados en la mesa. Yehuda veía a Yosef como quien no da crédito a lo que escucha.

—No solo eso —agregó Yosef, ahora de manera contundente—. La madre de Shulamit se llama Leah. Me parece —precisó— que acabamos de resolver un misterio que, si lo hubiéramos soñado, la gente nos tomaría por locos...

Se habían quedado sin palabras.

—Imaginen —dijo con orgullo— cuando se lo cuente a Shulamit.

Lev

Agosto de 1954
Muy queridos Lev y Orly:

¡Qué inmensa alegría saber que estás bien y viviendo nada menos que en el recién fundado Estado de Israel! Tu carta, como un puente, unió de nuevo nuestras vidas y nos ha puesto una vez más en comunicación. La epopeya que me describes, tus experiencias y, finalmente, tu matrimonio no han hecho más que iluminar mi ser con estos recuerdos y vivencias que desde ahora forman parte de mi vida.

Al separarnos, hace ya tantos años, efectivamente tu deseo era venir a América, y el mío viajar a Palestina. Ahora veo cómo todo parece haber resultado exactamente al revés. La vida, querido amigo, no tiene un destino predeterminado. En mi camino hacia Marsella, de donde pensaba partir con rumbo a América, conocí a una joven de nombre Natasha y con ella emprendí el viaje hacia Cuba, en donde se nos informó que las cuotas para viajar a Estados Unidos, los barcos que transportaban y las facilidades para llegar allá en esos años se habían esfumado. Mi mujer estaba embarazada y, sin tratar de extender esta nota más allá de sus límites y convertirla en una novela, llegamos al puerto de Veracruz; de ahí nos dirigimos a la hermosa Ciudad de México, que ha sido mi hogar desde entonces.

Natasha, desgraciadamente, falleció hace unos años, víctima de un agresivo cáncer. Me dejó dos hijos que son ahora la base de mi felicidad. Adelantaré un poco la historia... me he vuelto a casar.

México, queridos Lev y Orly, es un país mágico. Tuvimos la suerte de ser recibidos con los brazos abiertos y desde entonces compartimos su cultura, su historia y su devenir. País de contrastes, como lo son todos. Pobres y ricos. Pero con una serie de reformas que lo han ido industrializando y entregando una mejor calidad de vida a sus habitantes.

He absorbido su esencia; sus recónditos misterios y su magia, que es única en todo el mundo. Una comunidad judía que abarca cerca de veinticinco mil almas, que hemos desarrollado nuestras vidas en el contorno de una acogedora ciudad, a la que nos hemos integrado plenamente.

Mi vida en los negocios, lo admito, ha sido satisfactoria. Disfrutamos de una excelente calidad de vida. Uno de mis hijos, el mayor, de nombre Yosef, pronto se graduará como abogado. El más pequeño, Sasha, cursa la educación secundaria y se ha comenzado a destacar, tal como sucediera con su madre, en el arte; en la pintura para ser exacto.

Volví a casarme hace poco con una mujer estadounidense, proveniente de la ciudad de San Francisco. Para fortuna mía, ya vive en México con nosotros de tiempo completo y ha comenzado a desarrollar una vida activa como maestra y editorialista en uno de los más prestigiosos diarios de la ciudad.

Te preguntarás por qué contesto tu carta tardíamente. Mi deseo era hacerlo al día siguiente. Pero, cuando me expresaste que tu mujer tenía una hermana en esta ciudad, me aboqué a buscarla si era posible. De ella, como tú lo dijiste, solo teníamos su nombre y apellido de soltera. Sin querer extenderme, y hacer aún más lenta la conclusión, te contaré lo que hemos averiguado y que, creo, cubrirá las expectativas.

Efectivamente, Leah Rosenblum entró a México hace ya algunos años. Su esposo, al que Orly recordaba como Simja Goldenberg, nunca apareció como tal en los registros del país. Para ser sincero, tampoco Leah bajo ese nombre. Yo estuve a punto de rendirme, pero una noche, sentado a la mesa con mis hijos, les conté la historia que ustedes me relataron. Cuando mencioné el nombre de Leah Rosenblum, notarán qué pequeño es el mundo, mi hijo Yosef me interrumpió diciéndome que su novia, llamada Shulamit, lleva de segundo apellido Rosenblum y que el nombre de su madre es, precisamente, Leah.

Sí, mis queridos amigos. La encontramos. Leah Rosenblum vive en México, casada con quien alguna vez se llamó Simja Goldenberg, pero que por razones que desconozco se cambió el nombre a Yakov Schreiber. Por ello no aparecían en los registros.

Me he tomado la libertad de darle a mi hijo su dirección, ya que entre él y su novia le han dado a Leah la noticia de que su hermana está viva y se encuentra sana en Israel. Pronto habrán de recibir una carta de ella.

Como ven, amigos, tras tantos años, hemos logrado reunir a las dos familias. No solo eso, sino que hay un fuerte eslabón que ahora nos ha amalgamado gracias al amor y la perseverancia de todos.

Por último, y les suplico que lo acepten. Dentro de algunos años, mi hijo Yosef y Shulamit se casarán en esta hermosa ciudad. Desde ahora les informo que ustedes serán nuestros invitados de honor. En su momento les mandaré los boletos, y sepan que su estancia en esta ciudad correrá a cargo de este más que agradecido amigo, quien, tras tantos años, ha recobrado parte de su pasado, lo ha vuelto presente y habremos de disfrutarlo en el futuro.

Con el cariño de siempre,
Yehuda Nevalsky

La boda

Los años, que no perdonan su paso, siguieron su curso. Yehuda, a quien México tanto le dio en su vida, pensó de qué manera podría retribuirlo, ayudando de alguna manera al prójimo. Finalmente, con la colaboración de sus amigos, estableció la «Fundación Natasha», que proveía de becas completas a aquellos estudiantes que no podían sufragar los gastos relacionados con sus carreras dedicadas al arte. En sus primeros años, repartió más de quinientas becas.

Yosef se graduó con honores en la Escuela de Jurisprudencia. Lo mismo sucedió con Shulamit en la suya. Ambos, seguros de sí mismos, enamorados, procedieron con los planes para casarse.

Sasha será aceptado, confiamos, sin injerencias de nadie, en la Academia de San Carlos. Después de todo, la carrera artística era su meta final y podría desarrollarla en la prestigiosa escuela donde su propio maestro Ambrosio fungía como docente.

Rinah no solo se estableció en México y aprendió español, sino que se convirtió en un pilar de las dos comunidades: la judía, por un lado, y la estadounidense por el otro. Su hija Margaret terminó la carrera de medicina y fue aceptada para proseguir con sus estudios de posgrado, en la especialidad de Ginecología y Obstetricia, en el Hospital General de Massachusetts, en Estados Unidos. A su vez, se casó con su novio.

La boda, sencilla, se llevó a cabo en una de las sinagogas de la ciudad de Nueva York. Yehuda y sus hijos acompañaron a Rinah a tan especial ocasión.

La salud de Yehuda seguía siendo envidiable. Su hipertensión arterial se mantenía estable con la ayuda de los médicos, y esto le permitía llevar a cabo sus actividades sin mayor esfuerzo.

Los Schreiber y los Nevalsky, acorde con los deseos de los hijos, programaron la boda en la sinagoga principal de la comunidad para el día 6 de abril de 1957.

Tal y como lo prometió Yehuda años atrás, les mandó los boletos a Lev y a su esposa para que asistieran como sus invitados especiales a la boda. Facilitó así la oportunidad para que Leah y Orly se reencontraran tras años de separación. Habían mantenido una nutrida correspondencia por cerca de tres años, pero ambas esperaban el momento de abrazarse una vez más. Y qué mejor ocasión que la boda de la última hija de Leah.

Al fin, llegó el día. Una noche de sábado, despejada, de primavera. Yosef lucía como todo un caballero. Llevaba un esmoquin negro, moderno, tal como lo exigía la ocasión. Se rehusó usar sombrero y solo portaba su kipá favorita.

Shulamit iba ataviada, con su natural belleza, en su vestido de novia.

Ambos irradiaban la felicidad que los acompañaba a cada uno de sus familiares.

La esperada reunión entre Leah y Orly se había llevado a cabo la noche anterior, en que Leah organizó una cena de shabat en su casa e invitó a las familias de los desposados. La emotividad del encuentro, las lágrimas vertidas, de dolor, de pérdida y, ahora, de intensa alegría, no solo por la boda de los jóvenes, sino por la seguridad de ser una fuerza resplandeciente que muestra al mundo que, a pesar de todos los pronósticos, seguían vivas y listas para emprender una nueva lucha.

Lev y Yehuda se habían reencontrado un día antes. Probablemente sin la emotividad desplegada entre Leah y Orly, pero con una empatía nacida del infortunio, de los inesperados designios que la vida impone a cada individuo. Felices por la oportunidad de establecer una vez más los mismos hilos de cercanía entre ambos, que databan ya de tantas décadas. Un ejemplo para los hijos de cómo una amistad real sobrevive aún en la oscuridad y en el silencio de la incertidumbre.

Recordaron sus epopeyas; las luchas llevadas a un final y, sobre todo, el haber encontrado la felicidad en sus vidas, cada uno en otro país y bajo diferentes circunstancias.

La boda transcurrió bajo una nube que transportó a todos al mundo presente, por el cual estaban agradecidos. Los Schreiber llegaron con sus tres hijos mayores, ya todos casados. Yehuda y su familia estaban presentes, con Sasha, Margaret y el esposo de esta. Extrañaban a Natasha, pero estaban seguros de que, de haber estado presente, hubiera mostrado una gran sonrisa de satisfacción.

Los bailes y la cena transcurrían a lo que parecía una velocidad vertiginosa. En un momento dado, en que las mujeres danzaban alrededor de la novia, festejándola como merecía, Yakov y Yehuda se encontraron juntos en la mesa, felices y cansados.

Observaban a las familias celebrando esta boda. Tras tantos años de que ambos llegaran a México, no podían haber escogido un momento más agradable y adecuado que este para agradecer seguir con vida y con la alegría de ver a sus hijos bajo la jupá.

Tomaron sus copas de manera espontánea y las levantaron en el aire; y así, sin tener que explicar o decir nada más, reconocieron que también entre ambos había nacido una amistad que duraría muchos años; que sus vidas, hasta cierto punto paralelas, les permitirían dialogar y ahora, emparentados, disfrutarían el fruto que, con tanto derecho, les dejaba la cosecha, que había sido abundante y satisfactoria.

—*Le Jaim* —exclamaron simultáneamente.

Sellaban su amistad con un brindis por la vida.

Glosario

Aliyá: del hebreo «ascender», pero su uso más común se refiere al acto de emigrar al Estado de Israel, entendido como una forma de regresar a la tierra de origen del pueblo judío.

Arón Hakódesh: literalmente quiere decir «arca sagrada». Es el gabinete donde se guardan los rollos de la Torá.

Ashkenazi: nombre que se le da a los judíos originarios de Europa central y oriental. Su origen se remonta a las comunidades judías que se asentaron a orillas del río Rin, aproximadamente en el siglo VIII. El nombre fue tomado del Tanaj en el libro Génesis (Bereshit) 10:3.

Ashkenazim: plural de ashkenazi.

Bar mitzvá: ceremonia de pasaje que celebran los varones en la tradición judía a la edad de trece años y a través de la cual son considerados mayores de edad en el cumplimiento de las ordenanzas y mandatos del judaísmo.

Bimá: plataforma elevada que se localiza generalmente en el centro de la sinagoga, donde hay una mesa destinada a colocar el rollo de la Torá para su lectura.

B'nai B'rith: literalmente significa «hijos de la alianza». Es una organización judía de carácter filantrópico, libre de dogma religioso y orientada hacia los derechos humanos y la asistencia social, con filiales en todo el mundo. Originalmente era exclusiva para varones, pero desde 1990 las mujeres son parte activa de esta organización. Su símbolo es la menorá, candelabro de siete brazos, que para la organización representa sus siete principios fundamentales: fraternidad, benevolencia, amor, paz, verdad, luz y justicia.

Borsht: palabra en ucraniano para denominar una sopa hecha a base de betabel, uno de los alimentos de la tradicional cocina ashkenazi.

Brit milá: ceremonia mediante la cual el niño judío pasa a formar parte del pueblo a los ocho días de nacido. Pacto ordenado por Dios a Abraham para él y para toda su descendencia, según el libro de

Génesis (Bereshit) 17:11-14. Las palabras quieren decir: «brit-pacto» y «milá-circuncisión».

Bundista: que pertenece al movimiento del «bund». Movimiento político socialista y secular formado a fines del siglo XIX (primer congreso en 1897) con el fin de proteger los intereses y derechos del proletariado judío. El nombre completo era Unión General de Trabajadores Judíos de Lituania, Polonia y Rusia.

Cohén: hace referencia a los descendientes de los sacerdotes del Bet Hamikdash (el Templo de Jerusalén) que fue destruido en el año 70 por los romanos. En la actualidad, los cohanim tienen roles simbólicos en la sinagoga, como recitar la bendición de los sacerdotes.

Gan Eden: literalmente significa «huerto del Edén». Denominación que le dan los textos judíos al «Paraíso».

Gehenem: denominación que le dan los textos judíos al «Infierno», considerado lugar de purificación temporal.

Ghetto: área separada en una ciudad para ser habitada por un grupo, en mayor o menor reclusión. La palabra deriva del italiano y significa «fundición de hierro», ya que el primer ghetto se estableció en Venecia en 1516 en un lugar en el que anteriormente se fundía acero. Durante el nazismo se retomó la palabra y el concepto de aislamiento y encierro. En el ghetto los judíos y otras comunidades marginadas vivían en represión antes de la deportación a campos de exterminio.

Hadassah: Organización Sionista Femenina Norteamericana, en inglés American Women's Zionist Organization. Es una organización de mujeres voluntarias. Fue fundada en 1912 por Henrietta Szold (Baltimore 1860 – Jerusalén 1945) con el fin de apoyar y contribuir con el desarrollo del Estado judío.

Hagadá: libro que se lee durante la cena de Pésaj y en el cual se describen los acontecimientos que condujeron al fin de la esclavitud y la consiguiente libertad que vivieron los judíos. La palabra proviene de la raíz hebrea «decir» o «narrar».

Jalutzim: se refiere a los jóvenes judíos que a fines del siglo XIX y durante las primeras décadas del siglo XX emigraron en calidad de voluntarios a Palestina y construyeron los cimientos para la nación judía que surgiría en 1948.

Januquiá: objeto ritual que se utiliza durante los días de la fiesta de invierno llamada Janucá, en la que se celebra la victoria sobre los greco-sirios en el siglo II a.e.a. La januquiá es una especie de candelabro con ocho espacios para colocar una vela o aceite, y un noveno llamado Shamash, que es el que prende al resto. Cada noche de la fiesta se enciende una vela más hasta completar las ocho noches.

Jasidismo: movimiento que se inició en el siglo XVIII y cuyo fundador fue el Rabí Israel ben Eliezer, mejor conocido como el Baal Shem Tov (1698-1760), quien les dio esperanzas a los judíos de Ucrania y Polonia en tiempos difíciles y de extrema pobreza. Sus ideas principales eran el acercamiento a Dios a través de la danza y el canto, actividades que permitían la elevación del encuentro con lo Divino.

Jazán: cantor de la sinagoga. Es quien conduce el rezo.

Jéder: escuela elemental judía donde los niños aprendían a leer y estudiar la Torá. Era su primer encuentro con los textos tradicionales del judaísmo.

Jupá: palio nupcial, simboliza el hogar que una pareja construirá en conjunto. Consiste en una tela sostenida por cuatro pilares a manera de techo para una pareja durante la ceremonia nupcial.

Ídish: idioma que crearon y hablaron las comunidades ashkenazim del centro y este de Europa, así como sus descendientes en América e Israel. Su sintaxis y gran parte de las palabras provienen del «alto alemán» con muchos hebraísmos y posteriormente con eslavismos. Se escribe con letras hebreas pero su sonido es más cercano al alemán.

Kashrut: preceptos de la religión judía acerca de lo que se puede o no ingerir, y las leyes para cuidar de ello.

Kehilá: significa público, agrupación, lugar de reunión. Es el nombre que se le da a una comunidad de pertenencia. La kehilá se encarga de organizar la vida comunitaria de sus miembros y atiende a todas sus necesidades.

Ketubá: literalmente significa «documento», y se trata del acta o contrato de matrimonio en la tradición judía, donde se establecen los compromisos del esposo hacia la esposa.

Kibutz: literalmente significa «agrupación». Es una comunidad agrícola inspirada en la ideología sionista socialista donde los miembros comparten los productos y el trabajo de manera colectiva. Los kibutzim (plural de kibutz) fueron una base fundamental para el desarrollo del Estado de Israel.

Kidush: derivado de la palabra «Kadosh», que quiere decir «sagrado». Es la bendición que se recita sobre el vino durante el shabat y las fiestas.

Kipá: pequeña gorra ritual usada por los varones judíos. Es un símbolo de humildad para marcar la distancia entre el ser humano y Dios.

Kosher: la palabra significa «apto» y se refiere a los alimentos que son considerados aptos para su ingesta según la ley judía.

Mazal tov: de las palabras «mazal-suerte» y «tov-bueno». Es la costumbre pronunciar estas palabras para felicitar en momentos festivos y de alegría.

Mezuzá: objeto que se coloca en la jamba o el quicio de la puerta de una casa. Es un pergamino que se resguarda en una pequeña caja de madera o metal en el que se escriben versículos del Deuteronomio (Devarim) 6:4-9, que incluyen la declaración de fe judía conocida como el Shemá Israel. La orden de colocar este objeto, está allí mismo, en el versículo 9.

Mitzvá: precepto del judaísmo que indica mandamientos divinos. Existen seiscientos trece mitzvot (plural de mitzvá). En el uso cotidiano, puede referirse a una buena acción o actos moralmente correctos.

Olim: viene de la palabra hebrea «oleh» que significa «que fueron». Se refiere a los judíos que hacen alyá al Estado de Israel, principalmente dentro del contexto de «retorno a la tierra».

Omer: medida de peso usada antiguamente y mencionada en la Torá. La contabilidad del «Omer» son los cuarenta y nueve días que median entre la fiesta de Pésaj y la de Shavuot. Días que con el correr del tiempo y el devenir de la historia se convirtieron en días de luto.

Parashá: es el nombre que se le da a la sección temática del Pentateuco (cinco Libros de la Torá). Los sabios dividieron estos cinco libros en cincuenta y cuatro secciones, cada una de las cuales se lee el sábado por la mañana durante la oración y a oídos de la congregación. Por extensión se le llama así a toda la semana.

Pésaj: fiesta judía que recuerda y celebra la extraordinaria saga de la salida de los judíos de Egipto, narrada en el libro de Éxodo (Shmot).

Pogromo: palabra en ruso que quiere decir «devastación» y da cuenta de los múltiples ataques de los que fueron víctimas los judíos en Europa oriental, con la consecuente destrucción y despojo de sus pertenencias.

Rashi: acrónimo de Rabí Shlomo Itzjaki (Troyes, Francia, 1040-1105). El más excelso comentarista de la Torá.

Rosh Hashana: literalmente significa «cabeza del año». Es la celebración Judá del inicio del año en el calendario judío y que generalmente coincide con el mes de septiembre u octubre.

Shabat: séptimo día de la semana considerado como el día más sagrado para los judíos. Se suspenden las labores y se emplea el día para el descanso del cuerpo y el espíritu.

Shavuot: fiesta judía de «las semanas». Se llama así porque entre Pésaj y esta fiesta median siete semanas. La fiesta rememora el momento de la Revelación de Dios en el monte Sinaí y la entrega de la Torá.

Shidaj: práctica a través de la cual se busca acercar a dos personas con fines matrimoniales.

Shóijet: palabra en hebreo que refiere al matarife, quien realiza la matanza tradicional de los animales de acuerdo a la ley judía. Todos los animales (salvo los peces) deben ser sacrificados por un shóijet para ser considerado kosher.

Shtetl: pequeña población habitada por numerosos judíos en Europa oriental antes del Holocausto.

Talit: accesorio religioso en forma de manto con el que se cubren los judíos durante los servicios religiosos a partir de los trece años.

Tanaj: acrónimo de T (Torá o Pentateuco), N (Neviim o Profetas) y J (Ketuvim o Libros sagrados). Es el conjunto de libros canónicos judíos conocido como el Antiguo Testamento.

Tefilín: filacterias. Objeto litúrgico que consta de dos pequeñas cajas de las que se desprenden correas de piel. Una se coloca en la parte de la cabeza donde inicia la frente, y la otra en el brazo junto al corazón. La correa de piel se va anudando en el brazo para terminar en la mano y alrededor de los tres dedos de en medio. Esto lo hacen los varones mayores de trece años durante la oración matutina que se conoce como Shajrit (de la palabra «shajar», que significa «mañana») con el fin de cumplir con el mandato «Y los atarás en tu brazo y estarán como un recordatorio entre tus ojos», Deuteronomio (Devarim) 6:8.

WIZO: siglas de Women's International Zionist Organization, es decir Organización Internacional de Mujeres Sionistas, fundada en 1920 para contribuir y responder a las necesidades de mujeres y niños en la creación del Estado de Israel y después en su construcción. Cuenta con aproximadamente doscientos cincuenta mil voluntarias en el mundo.

Yom Kipur: nombre dado al Día del Perdón. Se celebra diez días después de Rosh Hashana. Durante la celebración los judíos ayunan veinticinco horas y dedican el tiempo a la plegaria, con el fin de sentirse absueltos de todas las posibles transgresiones cometidas durante el año y proyectarse, habiendo sido perdonados, hacia un año con nuevas posibilidades.

Índice